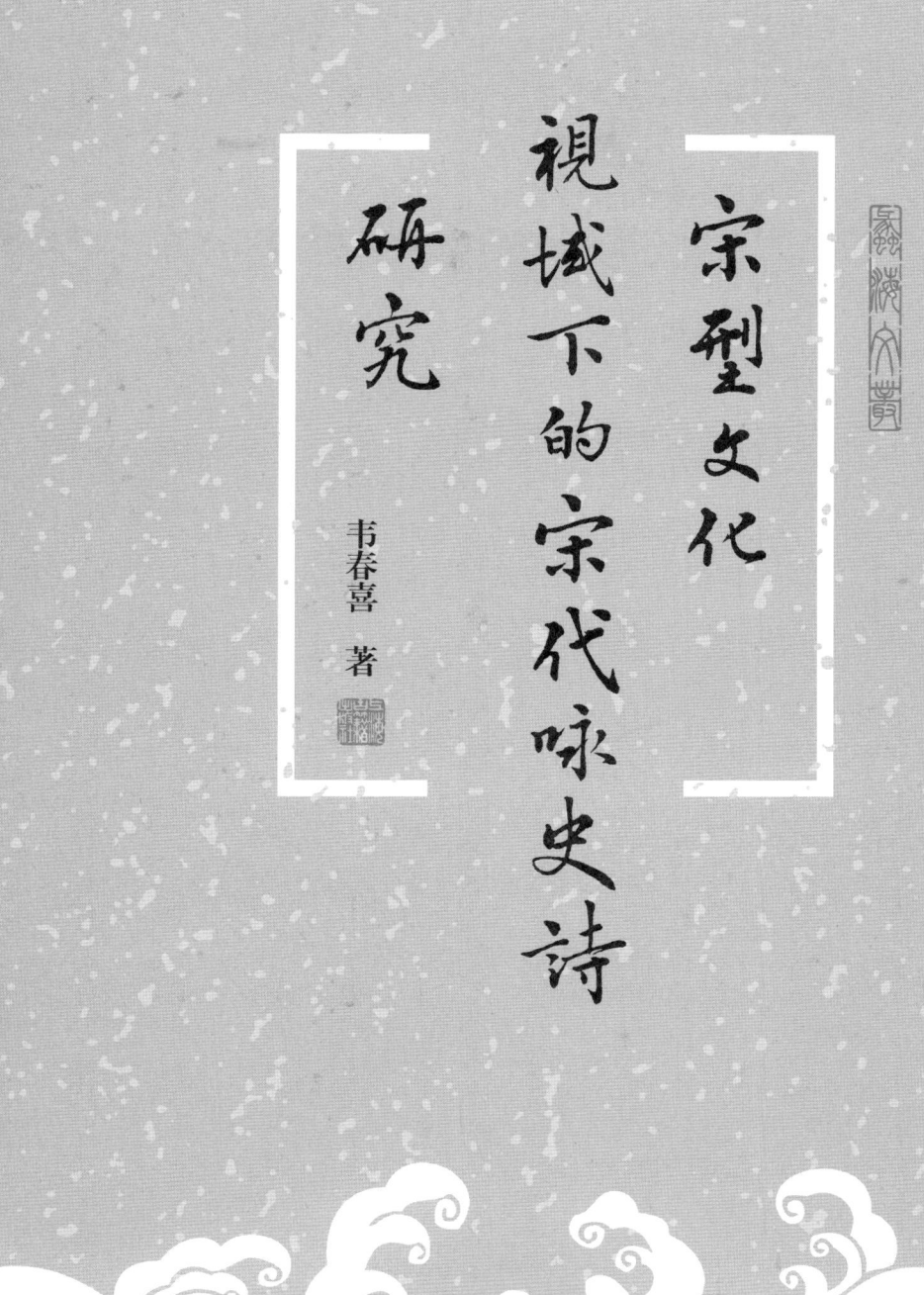

宋型文化视域下的宋代咏史诗研究

韦春喜 著

图书在版编目(CIP)数据

宋型文化视域下的宋代咏史诗研究 / 韦春喜著. ——上海：上海古籍出版社，2022.10
（蠡海文丛）
ISBN 978-7-5732-0452-3

Ⅰ.①宋… Ⅱ.①韦… Ⅲ.①宋诗—咏史诗—诗歌研究 Ⅳ.①I207.22

中国版本图书馆 CIP 数据核字（2022）第 180569 号

蠡海文丛
宋型文化视域下的宋代咏史诗研究
韦春喜　著
上海古籍出版社出版发行
（上海市闵行区号景路 159 弄 1-5 号 A 座 5F　邮政编码 201101）
（1）网址：www.guji.com.cn
（2）E-mail：guji1@guji.com.cn
（3）易文网网址：www.ewen.co
常熟市新骅印刷有限公司印刷
开本 635×965　1/16　印张 20.25　插页 6　字数 291,000
2022 年 10 月第 1 版　2022 年 10 月第 1 次印刷
ISBN 978-7-5732-0452-3
I·3655　定价：98.00 元
如有质量问题，请与承印公司联系

中国海洋大学一流大学建设专项经费资助

教育部人文社会科学青年基金项目
（项目批准号：10YJC751093）

山东省儒家文化与文学关系研究青年创新团队项目
（项目批准号：2020RWC004）

《蠡海文丛》序

刘怀荣

《蠡海文丛》为汇集中国海洋大学"古代文学与传统文化"重点研究团队系列成果之总称,将由上海古籍出版社陆续推出。

"蠡海"者,"以蠡测海"之省称。其命名,首先考虑的是"海"在民族文化中的特殊含义。概言之有三:

一曰:"凡地大物博者,皆得谓之海。"(段玉裁《说文解字注》)自古以来,我国长期以农耕为主,安土重迁而难得亲近大海。在很长的历史时期里,人们对海的认识多偏于想象。如《尔雅·释地》按距我们生活区域由远及近的顺序,有所谓"四极"、"四荒"、"四海"之名。其中的"四海",指的是"九夷、八狄、七戎、六蛮"。与此相应,先秦以来的典籍也多以"四海之内"指古代华夏族统治之疆域;以"四海之外"指超出这一范围,辽远无际、更广大乃至未知的空间。如荀子论王道理想,以"四海之内若一家"(《荀子·王制》)、"国家既治四海平"(《荀子·成相》)为标志,管子以"上通于天之上,下泉于地之下,外出于四海之外,合络天地以为一裹"(《管子·宙合》)谈论宇宙之构成,都将"海"视为广阔无边的空间概念。

二曰:"海不辞东流,大之至也。"(《庄子·徐无鬼》)这是海的本义。《说文解字》也说:"海,天池也,以纳百川者。"可见,在古人眼中,容纳了极大数量的水,是海的重要特点。"观于海者难为水"(《孟子·尽心上》)、"江海不择小助,故能成其富"(《韩非子·大体》),都是从"多水"的角度立论。"天下之水,莫大于海,万川归之,不知何时止而不盈;尾闾泄之,不知何时已而不虚"(《庄子·秋水》),庄子此论,尤为典型。

三曰:"(江海)能为百谷王。"(《老子》)"万川归之"的自然现象,为大海赢得了有类于王者的崇高地位。"江汉朝宗于海"(《尚书·禹贡》)、"沔彼流水,朝宗于海"(《诗经·小雅·沔水》)的经典表述,都体现了对海近乎宗教式的尊仰。

海也被借指知识和学问,有"学海"之喻。因上述对海的特殊理解,"学海"自然包含了"海"的主要含义。赵翼"学海迷茫未有涯,何来捷径指褒斜"(《瓯北集》卷三十五《上元后三日芷堂过访草堂……》),谈到了身处至大无边、包蕴无穷之"学海"中特有的"迷茫",这或许也正是"蠡海"者共同的体验吧!

中国海洋大学以海洋类学科见长,在海洋之地位日显重要的今日,可谓适逢良机;而作为一所综合性大学,补足人文学科发展的短板,也成为必须面对的课题。只是中文专业曾中断数十年,像中国古代文学这样需要长久积淀的传统人文学科,基础较薄,力量尚微。近年来虽略有改观,但与国内兄弟院校相比,依然大有差距。况三千年文学史,典籍浩如烟海,名家代有其人。庄子"吾生也有涯,而知也无涯"(《庄子·养生主》)之慨叹,能不于我心有戚戚焉?似我辈浅陋之人,于"蠡海"盛事,"迷茫"愈深。

虽然,仍致力于"蠡海"之业,启动此《文丛》,非不知力之弱,愿以此为起点,日积月累,薪火相传,庶几可集腋而成裘,积"蠡"以测"海",冀他日或有小成也。"不积小流,无以成江海"(《荀子·劝学》),前贤高论,自当涵泳;"海纳百川,取则行远",此吾校训,更需铭记。愿与诸同仁,勤而行之,"蠡海"于万一。虽不能至,心向往之。

是为序。

2020 年 11 月 15 日于青岛

目 录

《蠡海文丛》序/刘怀荣 ... 1

绪论 ... 1
    一、"唐宋变革论"与"唐型文化""宋型文化"概念的提出 ... 2
    二、宋代咏史诗研究现状述评 ... 7
    三、目前宋代咏史诗研究的不足之处 ... 14
    四、本著拟探讨的主要内容与研究思路、方法 ... 18

第一章 宋前咏史诗的发展演变 ... 22
    第一节 先秦诗篇的咏史因素、性质 ... 22
    第二节 两汉时期的咏史诗 ... 25
    第三节 魏晋时期的咏史诗 ... 28
    第四节 南北朝时期的咏史诗 ... 35
    第五节 唐代时期的咏史诗 ... 38

第二章 唐宋文化的转型与宋型文化的本质特征 ... 54
    第一节 混融开放的唐型文化 ... 54
    第二节 从唐型文化到宋型文化的转型 ... 60
    第三节 宋型文化的性质：民族本位文化 ... 65

第三章 宋型国防文化策略与咏史诗 ... 71
    第一节 宋型国防文化策略与防御体系 ... 71

第二节　宋型国防文化策略与防御体系的弊端　76
　　第三节　宋型国防文化策略与咏史诗创作　82

第四章　宋代右文国策与咏史诗　94
　　第一节　宋代右文国策的形成与奠基　94
　　第二节　宋初右文国策下的唱和之风与咏史诗　107
　　第三节　右文国策下的崇儒之风与咏史诗　111
　　第四节　宋代书法、绘画与咏史诗　130

第五章　宋代科举文化制度与咏史诗　152
　　第一节　宋代科举进士、制科等科目与考试内容　152
　　第二节　宋代科举与咏史诗人的激增及其知识储备　169
　　第三节　科举考试对历史文化知识的考核与咏史诗　175
　　第四节　科举考试的精神、理念与咏史诗　188

第六章　宋代士风与咏史诗　199
　　第一节　读书之风与咏史诗　199
　　第二节　博学之风与咏史诗　208
　　第三节　崇尚识见议论之风与咏史诗　218

第七章　宋代"《春秋》学"与咏史诗　228
　　第一节　"《春秋》学"的繁盛与以《春秋》为法的史学潮流　228
　　第二节　"《春秋》学"的主导义向与咏史诗　235
　　第三节　"《春秋》学"的阐释方式与咏史诗　245
　　第四节　"《春秋》学"的学术精神、研治途径与咏史诗　250

第八章　宋代理学史学观与史论体咏史诗　260
　　第一节　理学影响史论体咏史诗创作的必然性　260
　　第二节　以史经世、探究治乱的理学史学观与史论体咏史诗　265

第三节　识统察机、以心论史的理学史学观与史论体咏史诗 …… 271
　第四节　标崇义理、维护正统的理学史学观与史论体咏史诗 …… 276

第九章　宋代史学精神与史论体咏史诗 …… 284
　第一节　史学精神对史论体咏史诗产生影响的前提 …… 284
　第二节　以史为鉴、探求治道的史学精神与史论体咏史诗 …… 289
　第三节　疑经辨伪、不拘成说的史学精神与史论体咏史诗 …… 294
　第四节　以理观史、尊王为本的史学精神与史论体咏史诗 …… 300

参考文献 …… 307

后记 …… 317

绪　论

公元 960 年，后周殿前都点检赵匡胤发动陈桥驿兵变，在众将拥护下，黄袍加身，建立了赵宋王朝，史称北宋。公元 1127 年，靖康国难之后，北宋灭亡。康王赵构又建立了南宋政权，偏安于淮水以南。至公元 1279 年，在蒙古大军的进逼打击下，南宋灭亡。两宋国祚达三百多年。在此期间，宋人创造了辉煌灿烂的历史文化，在中国古代文化史上产生了相当重要的影响。对此，王国维先生云："故天水一朝人智之活动与文化之多方面，前之汉唐，后之元明，皆所不逮也。近世学术多发端于宋人。"[①]陈寅恪先生认为："华夏民族之文化，历数千载之演进，造极于赵宋之世。"[②]邓广铭先生也说："宋代是我国封建社会发展的最高阶段。两宋期内的物质文明和精神文明所达到的高度，在中国整个封建社会历史时期之内，可以说是空前绝后的。"[③]由王氏、陈氏、邓氏的论断即可看出宋代文化在中国古代文化史的重要地位与意义。

实际上，早在赵宋一朝以前，在经历了先秦两汉魏晋南北朝的发展之后，中国古代文化到唐代就已达到了一个高峰。可以说，唐人立足于当时的政治文化需求，充分继承往古，已创造出彪炳史册、光辉灿烂的时代文化。但唐代文化与宋代文化是不同的文化范型，两者之间存在着质的区别，可以分别以"唐型文化"与"宋型文化"进行概括。

---

① 王国维《宋代之金石学》，见《王国维遗书》第 5 册《静安文集续编》，上海古籍书店 1983 年版，第 70 页。
② 陈寅恪《金明馆丛稿二编·邓广铭宋史职官志考证序》，生活·读书·新知三联书店 2001 年版，第 277 页。
③ 邓广铭《谈谈有关宋史研究的几个问题》，载《社会科学战线》1986 年第 2 期，第 138 页。

一、"唐宋变革论"与"唐型文化""宋型文化"概念的提出

从先秦至明清时期,中国古代文化垂统示范,承续演变。其中,唐宋时期的文化变革尤其值得注意。对此,中国古代史家已有较好的认识。郑樵《通志》卷二十五《氏族略》称:"自隋、唐而上,官有簿状,家有谱系,官之选举必由于簿状,家之婚姻必由于谱系……自五季以来,取士不问家世,婚姻不问阀阅。"[①]虽然所论是就氏族问题而发,但是透露出很明显的唐宋变革文化意识。明人陈邦瞻《宋史纪事本末·叙》:"宇宙风气,其变之大者有三:鸿荒一变而为唐虞,以至于周,七国为极;再变而为汉,以至于唐,五季为极;宋其三变,而吾未睹其极也……今国家之制,民间之俗,官司之所行,儒者之所守,有一不与宋近者乎?非慕宋而乐趋之,而势固然已。"[②]在此,陈氏对中国古代社会的发展、演变进行了论述,认为可以分为先秦、汉魏六朝隋唐、宋以后三大阶段。毫无疑问,唐宋之间是社会变革的关键时期。如果说,郑樵、陈邦瞻等前人所论是拘于传统史学的个人认识,与近代以来的史学研究体系有一定的区别。那么,到了近代时期,我国学者夏曾佑(1863—1924)便率先提出"唐宋变革"论。他在《中国古代史》第一章《传疑时代》第四节"古今世变之大概"中说:"中国之史,可分为三大期。自草昧以至周末,为上古之世;自秦至唐,为中古之世。自宋至今,为近古之世。"[③]此著初成于1902年,原名为《中国历史教科书》。在史学史上,这部著作影响很大,"是中国近代的'第一部有名的新式通史'"[④]。它从历史发展的角度,分析了中国古代历史进程,把中国历史分为三大时期,已较为深入地论述了中国古代社会文化的演变分期情况,体现出鲜明的近世史学学科色彩。在夏氏

---

① 郑樵撰,王树民点校《通志二十略》,中华书局1995年版,第1页。以下版本均同。
② 陈邦瞻《宋史纪事本末原序》,见陈邦瞻《宋史纪事本末》,上海古籍出版社1987年影印文渊阁《四库全书》第353册,第2—3页。
③ 夏曾佑《中国古代史》,河北教育出版社2000年版,第11—12页。
④ 吴怀祺《前言》,见夏曾佑《中国古代史》,河北教育出版社2000年版,第3页。

的影响下①,钱穆在1939年出版的《国史大纲》一书中已体现出鲜明的文化变革意识,把社会文化的变化作为历史阶段划分的依据。这在其《引论》部分有很明显的体现。其后,他出版了《中国文化史导论》,大力提倡唐宋变革之说。在此著中,他认为:"我们若把中国文化演进,勉强替他划分时期,则先秦以上可说是第一期,秦汉、隋唐是第二期,以下宋、元、明、清四代,是第三期……宋、元、明、清四代约略一千年,这可说是中国的近代史。"②钱穆作为现代时期最著名的史学家,其观点的影响是非常大的。

新中国成立后,为了充分认识中国古代社会的发展问题,五六十年代,史学界曾展开过很热烈的讨论。其中,作为新中国著名的马克思主义史学家,侯外庐在1959年相继发表了《中国封建制社会的发展及其由前期向后期转变的特征》《中国封建社会前后期的农民战争及其纲领口号的发展》等文章。他认为:"中国封建社会可分为前期和后期两个阶段","唐代则以建中两税法为转折点,处在由前期到后期的转变过程中。"③随即,胡如雷在《史学月刊》1960年第7期发表了《唐宋时期中国封建社会的巨大变革》一文,认为"把中国中世纪史划分为封建社会的早期和盛期两个阶段是比较合适的","由均田制的最终破坏至北宋初","是中国封建社会发生巨大变革的历史阶段";"中国封建社会在唐宋时期发生了一系列的巨大变革"④。由于在研究方法上,当时的学界深受意识形态影响,多机械地从马克思主义史学立场出发进行研究,侧重阶级斗争、经济基础等方面的考察,这导致了当时对唐宋变革论的认识还是比较狭隘的。

随着改革开放时代的到来,特别是进入了新世纪,学界对唐宋变革论的认识取得了很大的成绩与进展。在摆脱了意识形态对学术的过多干预后,由于研究立场的多元化,一方面学界很少从传统的阶级斗争立场进行

---

① 钱穆对夏氏颇为服膺,其史学观念深受夏氏影响。他曾对夏氏的《中国历史教科书》反复研读。其《师友杂忆》中回忆云:"读夏曾佑《中国历史教科书》,因其为北京大学教本,故读之甚勤。余对此书得益亦甚大。""此后余至北平教人治史,每常举夏氏书为言。"后来又"细读夏氏书",订正"夏氏钞录时疏失,凡一百七十余条"。(钱穆《八十忆双亲·师友杂忆》,生活·读书·新知三联书店2005年第2版,第87—88页。)

② 钱穆《中国文化史导论》,商务印书馆1994年版,第175页。
③ 侯外庐主编《中国思想通史》(第四卷),人民出版社1959年,第1页。
④ 胡如雷《唐宋时期中国封建社会的巨大变革》,《史学月刊》1960年第7期,第23、29页。

论述,同时关于经济基础方面的论述也避免了"农民—地主"即被剥削与剥削阶级的二元对立的思维模式,实现了纵深挖掘;另一方面,学界已注意到从哲学、思想、文学等不同文化方面进行探讨。学界逐渐认识到唐宋文化变革涉及诸多层面,它既是哲学的、思想的,也是文学的变革。"汉唐时代,是儒家伦理通过士族的化身变成社会的实践的伦理的时期;唐宋以后,是这种实践的社会伦理推广到整个社会的各个领域的时期。前者是从社会到思想的时期,后者是从思想到社会的时期。这就是唐宋变革的分水岭所在。"[①]"近十年来,唐宋文化与唐宋文学转型成为学界的热点话题,成为唐宋文学研究中最流行的一个'主题词',甚至构成一种研究范式。"[②]

与此同时,国外与中国港台地区的学者对于唐宋变革也有很深入的认识。1910 年,日本学者内藤湖南(1866——1934)在《历史与地理》杂志上发表了《概括的唐宋时代观》一文。此文首先提出:"唐和宋在文化的性质上有显著差异:唐代是中世的结束,而宋代则是近世的开始。其间包含了唐末至五代一段过渡期。由于过去的历史家大多以朝代区划时代,所以唐宋和元明清等都成为通用语,但从学术上来说,这样的区划法有更改的必要。"[③]然后,该文从政治、经济、学术、文学等各个方面进行了分析,认为在政治上,唐宋的差异主要表现为"贵族政治的式微和君主独裁的出现";在经济上,唐代主要是实物经济,而到了宋代,货币经济逐渐发展起来,导致了当时的经济发生了重要变革。在学术方面,唐代以前的经学主要是传统的义疏之学,中唐之后,"怀疑旧有注疏,要建立一家之言"的学风逐渐兴起。宋代进一步承续这种风气,"全部用本身的见解去作新的解释,成为一时风尚"[④]。就文学艺术而言,"文学曾经属于贵族,自此一变成为庶民之物"。唐代的音乐"是一种服务于贵族的仪式的东

---

① 张国刚《"唐宋变革"与中国历史分期问题》,《史学集刊》2006 年第 1 期,第 10 页。
② 陈元锋《唐宋之际:一个历久弥新的学术史话题》,《江西师范大学学报》2007 年第 5 期,第 53 页。
③ 刘俊文主编,黄约瑟译《日本学者研究中国史论著选译》第 1 卷《通论》,中华书局 1992 年版,第 10 页。
④ 刘俊文主编,黄约瑟译《日本学者研究中国史论著选译》第 1 卷《通论》,第 16 页。

西",宋代以后"变得单纯以低级的平民趣味为依归"①。总之,这篇文章较全面地论述了唐宋之变,具有很重要的意义。1950年,宫崎市定发表《东洋的近世》一文,在学承其师内藤湖南论点的基础上,详细地从社会经济、政治统治、科举制度等方面的巨大转变入手,分析了宋代社会形态的新变,指出了该时期作为近世社会的主要特征。其后,他在二十世纪八十年代又发表了《从部曲到佃户》一文,专门从社会经济方面入手,探讨了唐宋变革问题,更加有力地支撑了"宋代近世开端说"。虽然日本东京学派代表人物如前田直典、周藤吉之等学者对内藤氏的认识,也有不同看法,但唐宋时期是中国古代社会的重大变革时期,这种论断总体上已被日本学界认可。

除了日本学界,美国学者包弼德对唐宋变革问题也有自己的见解与认识。他在《斯文:唐宋思想的转型》一著中把"斯文"界定为"包括了诸如写作、统治和行为方面适宜的方式和传统"②,重点探讨了它在唐宋文化思想、士子价值观念中所具有的意义及其转变轨迹;同时,该著在论述时还"引入社会史与政治史的分析,提出唐宋思想转型的社会基础是士人身份从门阀士族,向文官,再向地方精英文人的转型"③。这种探讨丰富了唐宋转型方面的研究,深化了人们的认识。2000年,包弼德还在《中国学术》上发表了《唐宋转型的反思:以思想的变化为主》一文。该文在对内藤湖南以来的传统解释进行辨析、反思的基础上,指出:"有关唐宋转型的传统解释,其问题是,在某些方面它是错误的,或者是误导的。"④该文认为,在社会史方面,真正促进唐宋转型而发挥社会作用的是士即地方精英,而非平民阶层。在经济史方面,除了传统上认为的商业发展因素外,国家制度在刺激、活跃经济方面的作用以及当时的国际贸易,也是唐宋社会转型的重要原因。尤其重要的是,在思想史与文化史方面,唐宋转型有

---

① 刘俊文主编,黄约瑟译《日本学者研究中国史论著选译》第1卷《通论》,第17页。
② 包弼德著,刘宁译《斯文:唐宋思想的转型》,江苏人民出版社2001年版,第2页。
③ 刘宁《译后记》,包弼德著、刘宁译《斯文:唐宋思想的转型》,江苏人民出版社2001年版,第599页。
④ 包弼德《唐宋转型的反思——以思想的变化为主》,《中国学术》2000年第3期,第72页。

三个重要的特征:"从唐代基于历史的文化观转向宋代基于心念的文化观";"从相信皇帝与朝廷应该对社会和文化拥有最终的权威,转向相信个人一定要学会自己做主";"在文学和哲学中,人们越来越有兴趣去理解万事万物是如何成为一个彼此协调和统一的体制的一部分"[①]。

在中国港台地区,台湾师范大学历史系教授丘添生侧重于唐宋变革研究,著有《唐宋变革期的政经与社会》(文津出版社 1999 版)。该著紧密围绕唐宋转型问题,重在分析唐宋期间政治、经济、社会等层面所发生的重要演变,认为唐宋之际是具有划时代意义的过渡期,唐代中叶以前属于中世纪,而经过晚唐五代的各种变迁之后,至宋代,中国的政治文化则迎来了具有新异性质的近世面貌。值得一提的是,针对唐宋变革研究时所出现的问题,有的台湾学者还进行过认真的辨析与反思,比较典型的是台湾中研院历史语言研究所研究员柳立言的《何谓"唐宋变革"?》一文(《中华文史论丛》总第 81 辑)。

随着唐宋变革与转型问题的探讨愈来愈深入,无论学界在具体观点上存在着怎样的争论与差异,但其基本立场则是可以确定的,即唐代文化与宋代文化存在着质的区别,分别代表了两种范型。为此,"唐型文化"与"宋型文化"概念自然而然也就被提出来了。最早提出这两个概念的是台湾学者傅乐成。其《唐型文化与宋型文化》一文分为四部分:一、唐代文化的渊源;二、唐代的佛化与胡化;三、唐代民族思想的滋长与儒学的复兴运动;四、宋代中国本位文化的建立及其影响。该文经过分析认为:"大体说来,唐代文化以接受外来文化为主,其文化精神及动态是复杂而进取的。唐代后期的儒学复兴运动,只是始开风气,在当时并没有多大作用。到宋,各派思想主流如佛、道、儒诸家,已趋融合,渐成一统之局,遂有民族本位文化的理学的产生,其文化精神及动态亦转趋单纯与收敛。南宋时,道统的思想既立,民族本位文化益形强固,其排拒外来文化的成见,也日益加深。宋代对外交通,甚为发达,但其各项学术,都不脱中国本位文化的范围;对外来文化的吸收,几近停滞状态。这是中国本位文化建

[①] 包弼德《唐宋转型的反思——以思想的变化为主》,《中国学术》2000 年第 3 期,第 78 页。

立后的最显著的现象,也是宋型文化与唐型文化最大的不同点。"①虽然就具体内容与观点而言,这篇文章也有可商榷的地方。但是,它首次从文化范型的角度分析唐型与宋型文化,并深入揭橥其不同之处,是非常精彩的,对唐宋文化研究产生了重要影响。

伴随着学界对唐宋变革的认识愈加深入,特别是唐型文化与宋型文化概念也受到了充分认可,一些文学研究者开始尝试着从宋型文化的角度去看待、研究宋代文学。王水照在其主编的《宋代文学通论》②"绪论"部分就直接提出了"宋型文化与宋代文学"问题,对宋型文化的特点与内涵作了一定程度的分析,并指出了宋型文化对宋代文学的影响,为从文化角度研究宋代文学提供了新思路。其后,刘方出版了《宋型文化与宋代美学精神》。虽然该著论述的重点是宋型文化对宋代美学精神的影响,但它也涉及了宋型文化的分期、类型、内涵特征等问题,对研究宋型文化与文学的关系是富有启发的。其后,从宋型文化角度研究宋代文学相关问题渐成趋势,如董春林《宋型文化形成的内在动力管窥——以宋初雅乐改制为中心的考察》(《求索》2009 年第 12 期)、陈登平《宋型文化视域下的柳永都市词评价》(《黄冈师范学院学报》2010 年第 2 期)、何婵娟《宋型文化视野中的刘敞文章解读》(《兰州学刊》2008 年第 1 期)、常德荣《一个宋型文化符号的解读——宋诗中的酴醿》(《名作欣赏》2010 年第 3 期)、饶迎《易安体与宋型文化》(《湖南城市学院学报》2009 年第 2 期)等。这些文章均从不同方面探讨了宋型文化,特别是揭示了宋型文化对宋代文学具体作家、作品的影响,显示了宋代文学研究的新趋向与新面貌。

二、宋代咏史诗研究现状述评

咏史诗是我国古代诗歌中的重要题材类型。它是指以历史人物、事件、古迹等为题材或感触点,对之进行吟咏、思索,借以抒发思想感情,表达议论见解、历史感悟或借咏史以娱乐、讽谏、教育等的一种诗歌类型。

---

① 康乐、彭明辉主编《史学方法与历史解释》,中国大百科全书出版社 2005 年版,第 383—384 页。
② 王水照主编《宋代文学通论》,河南大学出版社 1997 年版。

早在先秦时期,《诗经》中的部分诗歌,屈原的《离骚》《天问》等就包含着一定的咏史因素、性质。两汉时期是咏史诗的形成期。尤其值得注意的是,班固的《咏史诗》标志着咏史诗作为一种诗歌题材类型正式形成。其后,咏史诗逐渐为诗人瞩目。到了魏晋时期,在左思、陶渊明等名家的努力下,咏史诗逐渐成熟起来。经过南北朝时期的进一步发展,到了唐代,咏史诗已进入了繁荣期,创作蔚为大观。而宋代则进入了极盛期,咏史诗数量极为惊人,达到了创作的高峰。元明清时期,咏史诗进入了流变期,表现出新的创作特征。这种创作状况,使它成为古典诗歌中不可忽视的一部分。可以说,作为一种题材类型,它同山水、田园、边塞、宫体、咏物等诗共同组成了古典诗歌这一有机整体,并在其中占有重要地位。

作为在古诗中占有重要地位的一种诗歌类型,咏史诗具有比较重要的研究意义与价值。为此,学界已出版、发表了比较多的研究成果。按照出版时间的先后,现在我们能够见到的专著就有:1.赵望秦《唐代咏史组诗考论》,三秦出版社2003年版;2.赵望秦《宋本周昙〈咏史诗〉研究》,中国社会科学出版社2005年版;3.李翰《汉魏盛唐咏史诗研究:"言志"之诗学传统及士人思想的考察》,广西师范大学出版社2006年版;4.陈建华《唐代咏史怀古诗论稿》,华中科技大学出版社2008年版;5.赵望秦、潘晓玲《胡曾〈咏史诗〉研究》,中国社会科学出版社2008年版;6.张润静《唐代咏史怀古诗研究》,上海三联2009年版;7.李晓明《唐诗历史观念研究》,人民出版社2009年版;8.拙著《宋前咏史诗史》,中国社会科学出版社2010年版;9.赵望秦、张焕玲《古代咏史诗通论》,中国社会科学出版社2010年版等。

学界发表的相关论文更是不胜枚举,如陈贻焮《谈李商隐的咏史诗和咏物诗》(《文学评论》1962年第6期)、肖瑞峰《论刘禹锡的咏史诗》(《贵州文史丛刊》1984年第2期)、韦凤娟《论左思及其文学创作》(《中国古典文学论丛》第2辑,人民文学出版社1985年版)、师长泰《论杜牧咏史七绝的艺术特色》(《人文杂志》1986年第1期)、刘学锴《李商隐咏史诗的主要特征及其对古代咏史诗的发展》(《文学遗产》1993年第1期)、黄筠《中国咏史诗的发展与评价》(《中国文化研究》1994年冬之卷)、杨云辉《论杜牧咏史诗的艺术特征》(《吉首大学学报》1999年第6期)、[韩]金昌庆《论咏史诗在汉魏六朝的出现与发展》(《广西大学学报》2001年第2期)、尚永亮《刘禹锡咏史怀古诗的类型和特点》(《东南大学学报》2000年第3期)、刘曙初《论汉魏六朝咏史诗的演变》(《贵州社会科学》2002年第5期)等。

上述研究状况反映了学界对咏史诗的重视,有助于我们更加深入地认识唐前尤其是唐代咏史诗。当然,由这种研究状况可知,宋、元、明、清时段的咏史诗研究还没有引起学界的充分关注,这就遮蔽了我们对这些时段咏史诗发展演变的深刻认识。事实上,仅就宋代而言,此时期咏史诗创作极其丰富。笔者据《全宋诗》粗略统计,两宋咏史诗约为三万多首,创作数量约是唐代的10倍,并且出现了相当值得注意的咏史现象,如宋代咏史诗与右文政策紧密相关,其发展、转变与科举制度的关系,其创作特征与宋代史学、理学的关系等等。可以说,宋代咏史诗是相当值得注意的。但与宋前如火如荼的研究局面相比,宋代咏史诗研究则稍嫌寂寥冷清。目前,与宋代咏史诗研究相关的文章、论著情况如下:

第一,鉴赏、注解类文章。这类文章主要集中于对宋代著名作家特别是王安石咏史名作的鉴赏。据笔者所搜集的资料,有关宋代咏史诗的论文约80余篇,其中鉴赏类文章约60余篇,其中有关王安石《明妃曲》等诗作鉴赏的约有40多篇。在民国时期,个别学者就已开始对相关咏史作品进行赏析、评价。如,早在1936年,朱自清先生就在《世界日报》发表了《王安石〈明妃曲〉》一文,通过对《明妃曲》的细致辩解指出,诗中的明妃"还只是个悲怨可怜的明妃,明妃并未变心",批评了宋代王深父、范冲等人的误读曲解之处,进而说明解诗不能"断章取义,不顾全局"[①],要重视解诗方法问题。1946年,郭沫若在《评论报》(12月11日)发表了《王安石的〈明妃曲〉》,对王安石《明妃曲》自创作以来颇受非议的"汉恩自浅胡自深,人生乐在相知心"两句进行了独到的分析。但是这样的鉴赏性文章,在当时还是很少的。

---

① 朱自清《朱自清古典文学论文集》(下),上海古籍出版社1981年版,第431页。

自新中国成立到 1976 年之前,对宋代咏史诗名作进行鉴赏的文字仍然是比较少见的。在 1966 年—1976 年期间,因王安石被定性为法家代表人物,深受认可,其咏史作品《商鞅》《赐也》等自然引起了大家的强烈兴趣,各类报刊发表了较多的评论文章。这种情况看似很火热,但实际上是"两条路线"斗争的一种反映,真正有价值的文章是很少的。到了八十年代,伴随着思想的解放,咏史诗赏析逐渐摆脱了阶级斗争与两条路线的束缚,渐次繁盛起来。这类文章非常多,如史黎《〈明妃曲〉艺术谈》(《社会科学辑刊》1980 年第 4 期)、徐仁甫《王安石〈明妃曲〉释义辩》(《西南师院学报》1982 年第 1 期)、高洪奎《也谈王安石的〈明妃曲〉》(《齐鲁学刊》1984 年第 2 期)、岳富荣《笔底出新意,言外见真情——读王安石〈明妃曲〉》(《语文学刊》1984 年第 7 期)、程应镠《书王荆公〈明妃曲〉后》(《上海师范大学学报》1986 年第 1 期)、张仁健《析王安石〈明妃曲〉其一》(《名作欣赏》1989 年第 2 期)、徐慧琴《魅力寻幽——评王安石的〈明妃曲〉》(《太原师范专科学校学报》2000 年第 2 期)、周玲《〈明妃曲〉文化意蕴解读》(《抚州师专学报》2001 年第 2 期)、张小丽《糟粕所传非粹美 丹青难写是精神——论王安石〈明妃曲〉的艺术独特性》(《昆明理工大学学报》2007 年第 2 期)、郑子欣《王安石〈明妃曲〉"汉宫侍女暗垂泪"解》(《名作欣赏》2014 年第 20 期)、莫砺锋《咏史诗中议论的深化——读王安石〈明妃曲〉》(《文史知识》2019 年第 3 期)等。

除了王安石的《明妃曲》外,进入二十世纪八十年代以来,一些学人与鉴赏者也开始注意到苏轼、李清照等作家的咏史作品,并进行赏析、品鉴。如陈庆元《苏轼〈荔枝叹〉的一条注释》(《福建论坛》1984 年第 1 期)、孙连琦《讽政哀民,溢于表里——苏轼〈荔枝叹〉赏析》(《语文教学与研究》1984 年第 2 期)、顾之京《论苏轼政治抒怀诗〈荔枝叹〉的创作成就》(《河北大学学报》1985 年第 3 期)、张廷木《如五谷必可疗饥,药石必可伐病——浅析苏轼的政治讽喻诗〈荔枝叹〉》(《宁夏大学学报》1985 年第 4 期)、邬乾湖《鉴古论今直斥时弊——苏轼〈荔枝叹〉浅析》(《语文学习》1985 年第 9 期)、田山《〈乌江亭〉诗引起的是与非》(《名作欣赏》1983 年第 1 期)、乔象钟《读李清照的两首咏史诗》(《光明日报》1984 年 5 月 8

日）、唐达成《历史的视角——从李清照的一首五言绝句说起》（《书屋》1998年第4期）、李继义《谈谈李清照〈乌江〉的平仄和拗救》（《文学教育》2013年第8期），等等。这些文章都体现出咏史诗品鉴、赏析范围的拓展。

第二，作家作品研究论文。自二十世纪八十年代以来，学界在强化宋前咏史诗研究的同时，也开始审视宋代咏史作家、作品。但与鉴赏类文章非常类似，学界多集中于对王安石的研究，代表性论文有杨有山《试论王安石的咏史怀古诗》（《信阳师范学院学报》1986年第2期），李有明《略谈王安石的咏史诗》（《广西师范大学学报》1989年第1期），冉启斌《王安石咏史诗探微——从观念的冲突看变法的失败》（《四川大学学报》1999年增刊），王姝《论王安石的咏史诗》（《理论界》2004年第6期），李唐《论王安石议政的咏史怀古诗》（《学术交流》2005年第7期），刘成国、李梅《论王安石咏史诗的政治内涵和艺术特色》（《浙江工业大学学报》2009年第2期），蔡晓莉《论王安石咏史诗对李商隐的接受与新变》（《达县师范高等专科学校学报》2006年第1期），罗家坤《王安石的咏史怀古诗》（《晋阳学刊》2005年第4期），张谦《刘禹锡与王安石咏史诗之比较》（《齐齐哈尔师范高等专科学校学报》2017年第5期），王琳深《浅析王安石〈明妃曲〉与杜甫〈咏怀古迹〉其三——王昭君形象再考究》（《长江丛刊》2018年第19期），李闫如玉《王安石咏史诗中历史人物的光彩》（《学习时报》2019年6月21日）等等。

上述论文多侧重于研究王安石咏史诗的主要内容、艺术特征及其对咏史诗创作的突破之处，也有的侧重于论述王安石对前人咏史诗的接受与创新。如，杨有山之文是较早对王安石咏史诗进行全面论述的。该文指出，王安石的咏史诗大部分是反映阶级矛盾的诗篇，表现了诗人对人民疾苦的同情、民本思想和对国家安危的忧虑；还有的作品表现了抗敌御侮与变法救世的思想。其咏史诗始终贯穿着强烈的现实主义精神，以古鉴今，借古讽今，反映出北宋社会的许多方面。就其艺术特点而言，王安石的咏史诗采用了现实主义创作方法，着眼现实，立意高远，感情深沉，风格沉郁，熔形象描写和议论抒情于一炉，达到了内容与形式的统一。又如李唐之文对王安石的议政咏史诗进行发论，指出王安石的咏史诗意理精深，表现出政治家的真知灼见。唐人咏史诗多以"抒发"为歌咏流程，以叙事、抒情为主，强调情韵，而王安石用以议政的咏史诗，则以思理议论为主，强调见解。其主要手法：一是顺向式的"嫁接"，即诗中的议论沿着史料固有的评价系统，抓住适当契机，把固有评价系统之外的思想嫁接上去，以新出精，以超越出深；一是逆向式的"翻案"，即指诗歌对同一史料的议论，完全与既有的评价系统相反，有时就是对既有评价系统的某一点展开"驳论"，在"翻案"中见深刻，使议论通向现实政治。

除王安石外，自进入二十一世纪以来，学界对咏史作家的关注范围逐渐拓展。李清照、苏轼、李觏、邵雍、李纲、刘克庄等作家作品已走进了学界视野，引起了学界的兴趣。代表性的论文主要有李永红《从陆游的咏史诗看其爱国主义思想》(《邯郸职业技术学院学报》2002年第3期)，王春庭《论李觏的咏史诗》(《江西社会科学》2003年第11期)，王述尧《后村咏史诗略论》(《河北大学学报》2004年第2期)，王德保、杨晓斌《以史为鉴与道德评判——论司马光的咏史诗》(《南昌大学学报》2004年第5期)，程刚《"以易释史"——邵雍咏史诗的一大特征》(《周易研究》2007年第1期)，王飞燕《李清照咏史诗的史学意义》(《安徽文学》2009年第8期)，张红花、张小丽《论刘克庄的咏史组诗》(《广西社会科学》2010年第2期)，王守芝《论司马光的咏史诗》(《河南理工大学学报》2010年第2期)，侯体健《试论刘克庄的史学素养与其诗文中的咏史用典》(《新国学》第九卷，巴蜀书社2012年6月版)等等。其中，有的论文写得很有新意，如程刚之文能够从邵雍的易学思想角度分析其咏史诗，指出邵雍的咏史诗能够"运用《周易》的智慧去观察、解释历史，把历史兴亡的经验教训同《周易》的思想联系起来，具有'以易释史'的特点"。

第三，相关专著与学位论文。目前对宋代咏史诗进行研究的专著还比较少见，仅有张小丽《宋代咏史诗研究》(光明日报出版社2009年版)、张劲松《宋代咏史怀古诗词传释研究：话语还原与传播细流考察》(贵州大学出版社2015年版)。前著初步梳理了宋代咏史诗的发展脉络与相关作家作品，探讨了宋代咏史诗的艺术问题，同时涉及了宋代政治思想文化与宋代咏史诗的关系,另外对宋代相关咏史组诗也进行了初步论述。后著以研究宋代咏史怀古诗词的传释活动为核心,充分借鉴现代阐释学、传播学、接受美学等理论,重点研究宋代咏史怀古诗词作品创作、传播、阅读、理解、解释等一系列的传释活动,这种研究方式是很有开创性的。另外,赵望秦、张焕玲的《古代咏史诗通论》(中国社会科学出版社2010年版)是一部梳理咏史诗发展概况的专著,其中第五章"宋辽金——深化新变期"把两宋咏史诗的发展分为初宋、盛宋、中宋、晚宋四大时段,以时间为线索,对相关作家进行了简单概述。

值得注意的是,自二十世纪九十年代以来,不少硕士、博士的学位论文也开始以宋代咏史诗为选题对象,对其进行研究。其中,比较早的是中国台湾地区的陈吉山《北宋咏史诗探论》(台湾成功大学硕士论文,1992年)、季明华《南宋咏史诗研究》(台湾成功大学硕士论文,1992年)。其后,中国大陆地区也出现了一些硕士、博士论文,主要有蒋海英硕士论文《南宋咏史诗初探》(浙江师范大学,2006年)、吴德岗博士论文《宋代咏史诗研究》(南京师范大学,2008年)、张焕玲硕士论文《宋代咏史组诗考论》(陕西师范大学,2008年)、孔令许硕士论文《南宋咏史组诗研究》(南京师范大学,2009年)、朱亚兰硕士论文《王安石咏史诗与北宋中期政治》(江西师范大学,2010年)、王文芳《王安石咏史怀古诗研究》(华中科技大学,2015年)、张倍倍《陈普〈咏史〉诗研究》(鲁东大学,2020年)等。这些论文以硕士论文为主体,有的侧重概述两宋咏史诗发展状况,分析两宋咏史诗发展的政治文化背景、题材内涵、写作技巧等;有的侧重于考察咏史组诗,内容多涉及咏史组诗的诗学渊源、题材特点、代表作家、作品;有的侧重王安石、陈普等咏史作家的研究等等。其中,吴德岗的博士论文《宋代咏史诗研究》尤其值得注意。该文在简要论述宋代咏史诗创作的文化背景、繁荣与发展历程的基础上,重点论述了两宋咏史诗发展史上所出现的重要问题与现象,主要涉及宋初咏史诗作家对唐人的学习和模拟,从王安石《明妃曲》诗事唱和活动看咏史诗的新变,三苏与苏门诗人咏史诗的文化品位,以南宋为中心的宋代咏史组诗,咏史诗与文艺世俗化的潮流——从另一个角度看郑思肖的《一百二十图诗集》,宋代的咏曹娥与严光诗等。

另外,1949年以来,学界出版了几种咏史诗选本,主要有:羊春秋、何严选注的《历代论史绝句选》(湖南人民出版社1985年版),降大任、张仁健选注的《咏史诗注析》(山西人民出版社1985年版),陈建根编选的《古诗类选·咏史诗》(人民文学出版社1989年版),万萍、叶维恭主编的《中国历代咏史诗辞典》(江西教育出版社1998年版),杜立选注的《历朝咏史怀古诗》(华夏出版社2000年版),降大任编著的《万家史韵》(中国社会出版社2004年版),周啸天等编著的《悠悠百世后——咏史·怀古》(凤凰出版社2009年版)等。这类选本大多也选录了王安石、苏轼、李清照等作品,有的还有简要的注释;同时,在前言中,一般对咏史诗的发展脉络有简述,其中不可避免地涉及对宋代咏史诗的介绍。这对我们了解宋代咏史诗也有一定的帮助。

三、目前宋代咏史诗研究的不足之处

通过上述梳理可以看出,宋代咏史诗研究逐渐引起了学界的关注,并取得了不小的成绩。但我们在看到成绩的同时,也要审视不足:

(一)鉴赏、注解性文章过多,并集中于王安石《明妃曲》等经典作品的赏析上。鉴赏、注解类文章对于普通读者的影响是比较大的,但要真正地把它写好,是很难的。写作者若无深厚的功底,很容易流入人云亦云的鉴赏、注解当中。目前对王安石《明妃曲》的鉴赏、注解即是如此。这些赏析文章虽然文笔比较优美流畅,但大多缺乏新意,有千人一面之感。当然,不排除个别文章是写得不错的,如许隽超《〈明妃曲〉"泪湿春风鬓脚垂"试解》一文,针对前辈学者对"泪湿春风鬓脚垂"的阐释,提出了自己新的认识,认为如果以"春风"为切入点作解,"春风"并不能等同于"春风面"。"泪湿春风"写昭君流泪之多,展示了诗人很奇妙的艺术构思,写出了其伤心至极,形象地展示了昭君对故国和亲人的深沉眷恋。这种解释对于准确地把握王安石《明妃曲》的诗旨是有很大作用的。但是,这样的文章比较少见。

(二)作家个案研究失衡。目前学界过度地集中于北宋咏史名家王

安石身上,这导致了作家个案研究严重失衡。虽然个别学者开始关注苏轼、司马光、李清照、李觏、邵雍等诗人,但未能从总体上改变这种研究状况。宋代咏史名家辈出,除了上述几位外,据笔者统计,宋祁、欧阳修、张方平、梅尧臣、曾巩、刘敞、苏辙、刘攽、黄裳、贺铸、张耒、郭祥正、黄庭坚、周紫芝、李纲、王十朋、范成大、陆游、杨万里、项安世、陈造、薛季宣、曾极、岳珂、刘克庄、白玉蟾、方回、徐钧、郑思肖、陈普、汪元量等人,其咏史诗创作都比较丰富,多在50首以上,都表现出值得注意的特点,是很值得研究的。如白玉蟾是著名道士,其作品体现出鲜明的道教色彩与特征,对于丰富咏史诗的创作风貌有重要意义。然而,学界对这些作家还缺乏关注与重视。这应当是宋代咏史作家研究的缺憾。

（三）综合性研究匮乏。我们知道,文学作品都是在一种文化制度、环境之下得以创作、产生的,有什么样的文化制度、环境,才有可能产生什么样的文学作品。如先秦时期,《诗经》中的周民族史诗带有很强的咏史因素,体现出鲜明的先祖崇拜意识与祭祖求福的神学色彩,诗人的主体情感与思想则比较匮乏。之所以如此,这实际上和当时的神祖一元、祭祀为重的宗族文化制度有密切关系。又如,南朝时期,咏史诗创作多以乐府为主要体裁形式,呈现出鲜明的女性化、娱乐化倾向。这和当时门阀世族制度之下士子的主体文化特征与其娱乐文化需求存在着密切关联。可以说,古代咏史诗的发展演变,在很大程度上暗含着文化制度、环境、需求的变化。正是由于有了这种文化制度、环境、需求,咏史诗才刻画出自身的发展轨迹,形成了其时代特色、艺术特征,进而决定了自身的诗史价值与意义。就宋代而言,此时期形成了极具特色的文化范型,即所谓的宋型文化。在这种文化范型之下,与唐代相比,宋代极为重视历史文化,强调对历史的深入认知与审视。同时,士子的主体品格发生了重大变化,重史博学、崇尚识见已成为其自觉的文化意识。这既导致了宋代咏史诗创作极为极盛,更导致了其发展向度、文化意蕴、艺术特征有别于宋前时期。宋代咏史诗也因之在此类诗歌发展史上具有特别重要的地位与贡献。然而,到目前为止,学界在这一方面还缺乏深入综合的研究。

（四）专题性研究还没有引起重视。一般而言,目前学界对某类诗歌题材的研究多以时间为线索,然后选择重点作家进行介绍、研究,从而形成一部发展史。这种研究与撰写方式有助于我们把握某类诗歌大体的演进发展情况,了解作家的创作状况与其作品的诗史价值。但是,这种方式也存在着很大的弊端,很容易遮蔽我们对相关诗史现象、问题的认识。实际上,作为一种文化范式,"宋型文化"是一个综合性的文化概念,是由不同的文化层面、范畴组成的。民族政策、军事文化、政治制度、教育体制、哲学思想、历史意识、社会风气等均是其中的重要层面,都会对宋代文学特别是咏史诗产生影响。这些都是属于专题性研究的内容。

笔者认为,我们只有把这些专题作为研究的重点内容,才能充分了解咏史诗在宋代的发展状况、演变趋势,把握其富有开拓性的题材内涵、新异特质得以形成的根本原因。比如关于宋代的军事文化与咏史诗的关系这一专题,我们认为宋代军事国防文化策略的根本特征是内重于外、外事内制。它使宋朝时时面临着少数民族政权的骚扰、威胁,产生了严重的民族危机。面对这种危机,具有强烈参政意识与国家情怀的宋代士子文人,必然会有深刻痛楚的政治感受与民族情怀需要抒发与表达。在此情况下,士子文人通过对前代与当代史实的描写与评论,来表达这份感受与情怀,也就成为一种必然倾向。可以说,宋代咏史诗能够充分繁盛起来,并体现出民族主义与爱国精神等新的时代特征,和宋型国防文化存在着密切的关系。

又如,关于宋代的思想文化政策与咏史诗的关系是一个很值得关注的话题。从表面上看,晚唐五代极为混乱的政治局面的产生,主要源于悍将强藩以武力自恃,但其根本原因则在于社会道德、伦理秩序的失坠与破坏。为此,宋代统治者在通过一系列的政治、经济、军事等措施保障君主专制的同时,也充分认识到了"文化""教化"的重要性,注重对人们的思想道德世界进行澄清与回拨,使人们自觉遵从伦理道德秩序,进而进一步强化国家与政权的合法性、合理性,实现社会的稳定与国家的安宁。这才是宋代右文国策的核心与重点之所在。这一国策对宋代咏史诗的发展产生了重要影响,既导致了宋代咏史诗在人物形象选择、塑造方面的新变化,也导致了其以道德伦理价值作为人物评判标准的倾向与特点。

又如,关于宋代科举制度与咏史诗的关系。目前,学界对宋代科举制度的研究已比较深入,代表性的著作有何忠礼《科举与宋代社会》(商务印书馆2006年版)、《南宋科举制度史》(人民出版社2009年版),祝尚书《宋代科学与文学考论》(大象出版社2006年版),林岩《北宋科举考试与文学》(上海古籍出版社2006年版),陈秀宏《唐宋科举制度研究》(北京师范大学出版社2012年版)等。这些专著主要侧重于宋代科举制度相关科目、程序等考述,有的兼及科举与文学之间的关系。但在科举制度对文学的影响研究方面,还有比较大的开拓空间,需要进一步研究。仅就宋代科举而言,考试以历史性知识为重要内容,有的考试则直接以咏史或相关历史人物、史实为诗题。毫无疑问,科举考试与咏史诗之间存在着很密切的关系,这就决定了我们对这种关系进行细致深入的研究是很有必要的。

又如,宋型文化是以对历史资源的总结、借鉴作为基本文化底色的,对历史极为重视。为此,宋代统治者积极提倡臣僚士子广读史书,大力编撰史书典籍;同时,也通过科举制度、馆阁制度来强制性地要求臣僚士子必须具备历史学养与知识。可以说,与唐代相比,宋代士子普遍具有比较全面的历史知识,这就为他们大量创作咏史诗提供了广阔的知识背景与丰富的题材内容。当然,一切历史均是当代史,宋代士人文人对历史的认知是必然是以当时的时代思想与史学发展作为指导的。那么,当时的思想与史学如何影响了宋代士子的咏史诗创作?这确实是一个很有魅力且值得研究的问题。

再如,宋代是中国绘画史的辉煌时期,其中,历史题材绘画取得了很突出的成绩,画家或诗人们经常围绕这类画作题咏作诗,这就导致了题画咏史诗的大量出现,如苏轼《题李伯时渊明东篱图》、李之仪《李太白画像赞》《题伯时画严子陵钓滩》、周紫芝《明皇羯鼓图》、杨万里《题无讼堂屏上袁安卧雪图》等。那么,当时宋代绘画的美学风尚、审美情趣等对题画咏史诗的影响是什么?由于宋代历史题材绘画作品大部分已经佚失,这类咏史诗是否有助于我们把握当时的绘画艺术状况、思想与成就?这些都是值得思考的问题。

四、本著拟探讨的主要内容与研究思路、方法

就中国古代诗歌的两种范式而言,唐诗与宋诗的区别除了体现在题材、风格等方面外,更体现在前者是文学之诗,后者则是文化之诗。造成这种区别的根本原因在于,宋型文化的渗透使宋代咏史诗走向了宏阔的历史文化境域,融含思想、学术、历史、哲学等诸多文化层面,具有强烈的淑世、理性精神,呈现出深厚博大的文化气象。因此,与前代相比,宋代咏史诗不仅是文学之诗,更是文化之诗,在文学文本的外在表征下,体现了宋诗所具有的"文化"品质。目前,学界在咏史诗研究方面还没有注意到宋型文化对咏史诗的影响问题,没有把宋代咏史诗放置于宋型文化之下进行审视与探讨,研究视域尚显狭隘,这就导致了宋代咏史诗研究深度、广度存在不足。

基于这种考虑,在宋型文化逐渐为学人推重的情况下,笔者拟以"宋型文化视域下的宋代咏史诗研究"为题,对宋代咏史诗进行研究。但由于时间特别是能力所限,笔者暂时不可能对上述问题进行全方位的探讨。我们要真正圆满地完成上述问题意识之下的宋代咏史诗研究,没有充分的时间保障,是不可能的。笔者认为这是一个实事求是的态度。

笔者本着这种认识,拟集中精力,把关注的问题放在以下方面:

第一,唐宋文化的转型与宋型文化的本质特征。我们要了解唐宋文学,特别是唐宋咏史诗的差异,必须对古代文化在唐宋时期的转型与宋型文化的本质特征有深入了解。相对于唐型文化,宋型文化会通融合的文化本性使诸文化层面实现了前所未有的交互渗透,置身于这种文化域境中的古代诗歌必然会深受影响。特别是就咏史诗而言,因其具有关联文学、历史的独特质性,必然会更多地承载宋型文化的浸润。在此情况下,我们必须对唐宋文化转型及宋型文化的本质特征有总体的了解与把握。

第二,宋型国防文化策略与宋代咏史诗。虽然两宋统治者所制定的境内防御军事文化策略仅仅是宋型文化的一个方面,并且与其他文化策略特别是右文文化策略层面相比,是处于次要地位的,但它所产生的影响却是很大的。由于统治者坚持消极抵御、妥协退让的边防政策,这必然使

宋朝在民族斗争过程中处于被动挨打的境地,很容易导致国土沦丧,乃至国家覆亡。为此,宋代士子通过创作咏史诗,批判这种国防文化政策所产生的种种问题,讽刺统治集团的军事、政治行为,强烈呼吁统治者采取各种措施加强边防,以解决宋王朝在对外方面的困境;呼唤民族英雄,描写民族英雄的英勇御敌之举与忠义精神,表达民族主义情怀与爱国主义精神。

第三,宋代右文国策与咏史诗。右文抑武是宋型文化的基本特征,主要奠基于太宗时期。它导致了宋代社会在整体上呈现出一种恢宏沉实的崇文气象,从而在文化上与前代形成了鲜明区别。"右文"是以对文事的充分推举与崇尚作为基本特征的。为显示文治气象,统治者多尚文崇学,注重诗文创作,并多让馆阁文臣侍从豫游,相互唱和。其中,宋初的咏史唱和之风相当值得注意,体现了宋初对"文"事的理解,具有鲜明的时代特色。适应文治需要,宋代统治者也很重视书法与绘画。当时的士子文人受统治者这种文化意识影响,很关注书法、绘画等艺术史及其相关的活动,并诉诸吟咏。这既是宋代咏史诗繁盛的一大因素,也决定了其题材、内涵的拓展。

在宋代的右文国策中,以儒立国、推崇儒学是最为基本的文化倾向。为此,统治者采取了一系列的崇儒措施,以弘扬儒家伦理道德。宋代的史学也紧随这种思想潮流,实现了其指导思想的儒家化。在这种思想文化环境下,宋代咏史诗在审视历史人物,表达对历史的思考时,也表现出新的发展倾向与特点。

第四,宋代的科举制度与咏史诗。与唐代相比较,宋代为了彻底地贯彻右文崇儒的基本国策,积极推行、完善以"以文取人"为根本特征的科举制度。由于科举是当时主导性的仕进途径,宋代普通士子除了参加科举,基本上没有其他仕进之途。在此情况下,崇尚知识,致力读书,必然成为时人的自觉选择,宋代社会形态也因之发生了明显变化,变成了比较典型的知识型社会。这种良好的文化环境有助于促进咏史诗创作的繁盛。特别是,科举考试内容的扩充、规定对宋代文学特别是咏史诗产生了很大影响。

第五,宋代士风与咏史诗。士风是古代士林中比较流行的文化风气,非常宽泛,涉及学术、政治、文化、思想等诸多方面。与前代相比,随着宋型文化的深入开展,宋代形成了值得注意的士风,比如读书之风、博学之风、崇尚识见议论之风等。作为一种思想崇尚和文化态度,它们深刻影响了士子的现实行为与对历史的价值判断。而咏史诗作为一种深刻体现历史审视态度,反映主体价值判断的诗歌类型,必然与士风存在着密切关联,深受士风影响。基于这种判断,我们研究宋代士风与咏史诗的关系是可行的。

第六,宋代《春秋》学与咏史诗。在经学方面,宋型文化的构建是以传统经学典籍的研究与解读为前提的。在经学典籍中,《春秋》处于大经的位置,一直是宋代学者士人研究、关注的重点。宋代经学研究所体现出的以经世的学术致用倾向及其思辩性、疑古性特点,在"《春秋》学"上得到了充分体现。同时,就当时的经史关系而言,经为本,史为用,以《春秋》为法是当时主导性史学思潮。那么以《春秋》学为代表的经学研究究竟对咏史诗产生了怎样的影响,促使咏史诗产生了何种新变,这些问题是相当值得注意的。

第七,宋代理学史学观与咏史诗。理学是构筑宋型文化思想的基石,它重治乱,尚道统,标天理,重心性,有很成熟的历史观。在理学成为一种社会主导思潮的情况下,宋代咏史诗人择史入诗观念发生了变化,咏评奇节义士、高隐大德的诗风盛行;以史治心、以史求理成为新的咏史原则,士子多从内在性的心性道德角度审视、赞评历史;宋代咏史诗的品格得到很大提升,一些诗作带有鲜明的诗性历史哲学的色彩。

第八,宋代史学精神与咏史诗。宋代史学尤其发达,不再局限于求真原则下的纪史叙事,而是论兴衰,重义理,辨正统,尚资治。受当时史学精神影响,宋代咏史诗在思想内容上能透过历史表象直寻历史发展规律,标崇价值判断,具有强烈的理性精神、经世精神;在诗歌形态上,发生了从"诗叙"(叙述历史)到"诗论"(论述历史)的转变,展现出从情感之诗到史论之诗的发展趋势。

在研究思路与方法上,笔者拟本着文史哲兼融的学术原则,以咏史诗为核心点，以宋型文化为覆盖面，在综合把握唐宋文化转型与宋型文化总体趋势、特征的基础上，从多元社会文化视域出发，分层面探讨，对宋代咏史诗进行综合性、专题性的研究；重点揭示宋代军事国防总体策略、右文国策、科举制度、史学、理学、以《春秋》为代表的经学等多元文化层面与咏史诗的关系。通过这种研究，尽量避免当前按照时间顺序逐次概括咏史发展状况与名家名作介绍的一般模式，以求拓展、深化宋代咏史诗研究。至于能否达到这种目标，还需要学界前辈、时贤多加指正，更需要本人在以后的时间进一步思考。

第一章 宋前咏史诗的发展演变

先秦时期,一些诗篇就带有比较鲜明的咏史性质与因素。至汉代时期,咏史诗正式形成。魏晋南北朝时期,以左思、陶渊明为代表的作家在咏史诗创作方面取得了比较大的成绩。南北朝(含隋)时期,咏史诗得到了进一步发展。唐代时期,咏史诗大量涌现,名家众多,创作成就突出。

第一节 先秦诗篇的咏史因素、性质

咏史诗作为一种诗歌题材类型,同山水、田园、边塞等诗一样,有其萌芽、形成、成熟、繁盛、流变的历史演进过程。它的萌芽阶段,可以上溯到先秦时期,主要表现在《诗经》与屈原的作品等中。这些作品虽然不能称为咏史诗,但是它们具有或弱或强的咏史因素、性质,对咏史诗的发展产生了较大影响。

《诗经》中带有咏史因素的作品有《大雅》中的《文王》《大明》《绵》《思齐》《皇矣》《下武》《文王有声》《生民》《假乐》《公刘》《荡》,《周颂》中的《清庙》《维天之命》《思文》《雍》,《商颂》中的《那》《玄鸟》《长发》《殷武》,《王风》中的《黍离》等。这些带有咏史因素的诗作呈现出以下类型:

第一,叙述本部族历史的民族史诗,主要包括《商颂》中的《玄鸟》《长发》《殷武》,《大雅》中的《生民》《公刘》《绵》《皇矣》《大明》,《小雅》中的《六月》《采芑》等。《商颂》中的三篇诗作作为一组祭歌,着重追叙了先公先王的事迹,颂扬了英雄祖先以武力征服、统治天下的业绩,具有史诗因素,可看作商民族史诗。《大雅》中的《生民》《公刘》等五篇史诗是用来歌颂祖先的祭歌,也可称为祭祖诗,歌颂了后稷、公刘、王季、太王、文王、武王的光辉功业,追述了周民族自母系氏族公社后期至灭商建国这段历史。这些作品多以在民间有着广泛群众基础的英雄祖先传说为素材,歌咏历史的特点是较鲜明的。特别是,它们多以叙述为主,对后世叙事性咏史诗产生了一定影响。这也是民族史诗的一大价值。如,颜延之的咏史诗《秋胡行》便是借鉴民族史诗的叙写手法。对此,前人多有论述。清李重华《贞一斋诗说》云:"诗有数章联合一篇者,如陈思《赠白马王》、颜延之《秋胡》诗等类是已。此皆《大》《小雅》体裁,一气注成,不宜割裂。"①沈德潜《说诗晬语》云:"《文王》七章,语意相承而下,陈思《赠白马王》诗、颜延之《秋胡行》,祖其遗法。"②由此可见商周民族史诗对后世长篇叙事性咏史诗的影响。

第二,讽谕规谏的诗作。《诗经》中以讽谕规谏为主旨的具有咏史性质的诗较少,主要代表作有《大雅·荡》《小雅·正月》等。这些作品为更得体巧妙地讽喻现实,批判统治者,采取了陈古讽今、以古鉴今的形式。如《荡》篇,《诗序》云:"《荡》,召穆公伤周室大坏也。厉王无道,天下荡荡,无纲纪文章,故作是诗也。"③讽谕怨刺的主旨倾向是很鲜明的。在表现形式上,该诗"托于文王所以嗟叹殷纣"④。诗中的"辟"可理解为周厉王,也可理解为殷王。所描述的"疾威上帝,其命多辟。天生烝民,其命匪谌"的政治境况,既可视为现实政治境况,也可视为殷商政治境况。史与今暗合为一,具有两喻性。第二章以下则用文王指责殷商暴虐失德的史实,以警暴君。最后一章言殷鉴在夏,"然周鉴之在殷,亦可知矣"⑤。这样既加强了说服力,又避免了直斥君王,符合中国古代"温柔敦厚""变风发乎情,止乎礼仪"的典正中和的传统诗教思想。《郑笺》云:"厉王弭谤,穆公朝廷之臣,不敢斥言王之恶,故上陈文王咨嗟殷纣以切刺之。"⑥这种

---

① 王夫之等撰《清诗话》,上海古籍出版社 1999 年版,第 928 页。
② 沈德潜《说诗晬语》,人民文学出版社 1979 年版,第 194 页。
③ 孔颖达疏《毛诗正义》,北京大学出版社 1999 年版,第 1154 页。以下版本均同。
④ 朱熹集撰,赵长征点校《诗集传》,中华书局 2017 年版,第 309 页。
⑤ 朱熹集撰,赵长征点校《诗集传》,第 311 页。
⑥ 孔颖达疏《毛诗正义》,第 1156 页。

以古讽今、以史鉴今的特征,是咏史诗的主要诗体特征,对后世产生了很大影响。

第三,具有怀古性质的诗作,代表作为《王风·黍离》。此诗为周大夫因地吊念宗周之作,具有明显的怀古思绪。《诗序》云:"《黍离》,闵宗周也。周大夫行役至于宗周,过故宗庙宫室,尽为禾黍。闵周室之颠覆,彷徨不忍去,而作是诗也。"①在此诗中,作者把古与今巧妙融合,借自然景象引发黍离之思,含有较丰富的历史内蕴,似有唐代怀古咏史兴象。王鏊《震泽长语》卷下云:"余读《诗》至《绿衣》《燕燕》《硕人》《黍离》等篇,有言外无穷之感。后世惟唐人诗尚或有此意。"②虽评价过高,但说此诗有一定的唐诗兴象是不为过的。

上述这些诗篇,或歌咏祖先,或讽谕规谏现实,或怀念故国,均表现出一定的咏史因素。其中,占创作主体地位的是民族史诗类作品,它们带有民间集体创作性质、祭祖求福的神学色彩,主体性情感不够强烈。这种特征决定了它们不是严格意义上的咏史诗,只能说它们具有一定的咏史因素。

继《诗经》之后,屈原的《离骚》《天问》也包含着深沉的咏史成分。如《离骚》云:"启《九辩》与《九歌》兮,夏康娱以自纵。不顾难以图后兮,五子用失乎家巷。羿淫游以佚畋兮,又好射夫封狐。固乱流其鲜终兮,浞又贪夫厥家……汤禹严而求合兮,挚咎繇而能调。苟中情其好修兮,又何必用夫行媒。说操筑于傅岩兮,武丁用而不疑。吕望之鼓刀兮,遭周文而得举。宁戚之讴歌兮,齐桓闻以该辅。"屈原"正道直行,竭忠尽智以事其君",然"信而见疑,忠而被谤"③。现实的种种遭际与打击,使他怨愤而作《离骚》。在强烈的怀古心态的驱使下,他借古人、古事进行历史反思。"故上述唐、虞、三后之制,下序桀、纣、浇之败,冀君觉悟,反于正道而还己也。"④不仅

---

① 孔颖达疏《毛诗正义》,第252页。
② 影印文渊阁《四库全书》第867册,上海古籍出版社1987年影印,第216页。
③ 司马迁《史记》第8册卷八四《屈原贾生列传》,中华书局1959年版,第2482页。以下所引《史记》版本同。
④ 王逸《离骚经章句序》,见洪兴祖注《楚辞补注》,中华书局1983年版,第2页。

表达出希望楚王以史为诫的"垂鉴之意"①,也展现了自己的美政理想和对历史成败的反思。这种由历史反思而生的巨大动力"不仅增强了他原有的信仰和信念,同时更激发起他继续奋斗的勇气和宁死不悔的壮烈胸怀"②。在《离骚》中,主体性的思想和情感已深深浸透于对历史的陈述之中,这是《离骚》的咏史性质超越《诗经》之处。

《天问》杂糅自然、神话、传说、历史等。其中,从"女娲有体,孰制匠之"到"易之以百两,卒无禄",为"察古人之全"的历史内容,所占比重较大。该部分对从女娲造人到尧、舜、禹、夏、商、周、春秋时期的兴衰历史,进行了深刻思索、发问,并通过历史反思,流露出对楚国前途强烈的忧患意识,表达了被放逐时的愤懑情感。特别是,屈原对历史的反思不盲从时论,而是大胆怀疑,重新审视历史。如:"天命反侧,何罚何佑?齐桓九会,卒然身杀。彼王纣之躬,孰使乱惑?何恶辅弼,谗谄是服?"这种态度对后世咏史诗人正确地反思、评价历史是有影响的。

与《诗经》的咏史因素相比,屈原的《离骚》《天问》等侧重于借历史表达诗人主体性情感、历史哲理思索,咏史性质体现得更为充分。但是,在这些作品中,"史"不占主体地位,并不是作者关注的唯一内容和焦点,因此不能看作咏史诗。

第二节　两汉时期的咏史诗

到了汉代,咏史诗开始正式形成,已有一定数量的创作,主要有东方朔《嗟伯夷》残诗,班固《咏史》诗,"长安何纷纷,诏葬霍将军"残诗,"延陵轻宝剑"残诗,应季先《美严思王》,辛延年的《羽林郎》,古辞《折杨柳行》("默默施行违"),民歌《梁甫吟》等。另外,化名唐尧的《神人畅》、虞舜《思亲操》《南风歌》二首、夏禹《襄陵操》、箕子《箕子操》、周文王《拘幽操》《文王操》、武王《克商操》、宋微子《伤殷操》、周公旦《越裳操》、成王

---

① 汪瑗《楚辞集解》,北京古籍出版社1994年版,第63页。
② 褚斌杰、谭家健主编《先秦文学史》,人民文学出版社1998年版,第450页。

《神凤操》、尹伯奇《履霜操》、齐犊牧子《雉朝飞操》、孔子《猗兰操》《将归操》、鲁处女《处女吟》、商陵牧子《别鹤操》等十八首诗,实际上都是两汉琴家之作。

两汉最早的咏史诗为西汉武帝时东方朔的《嗟伯夷》,见存于《北堂书钞》卷一百五十八、《唐类函》卷十四,残缺不全,仅有残句"穷隐处兮窟穴自藏,与其随佞而得志兮,不若从孤竹于首阳"。从残句看,它应为骚体诗,承袭了屈原借历史人物以抒情达志的传统。从诗题及残句内容看,此作是咏赞伯夷的,表现出诗人希企隐居的胸怀。《汉书·东方朔传》载:"朔尝至太中大夫,后常为郎,与枚皋、郭舍人俱在左右,诙啁而已。久之,朔上书陈农战强国之计,因自讼独不得大官,欲求试用……终不见用。"[①]可见,作者所抒发的有志于隐的情怀是有深刻原因的。在"终不见用"的现实情况下,他产生希企隐逸的思想也是必然的。这样看来,此诗所表现的主旨应当说是较深刻和真实的。从诗体上看,它是咏史诗发展史上第一首骚体作品,对丰富咏史诗的诗体类型是有贡献的。但由于该诗残缺不全,我们也就无法详细分析、评价。

咏史诗发展至东汉时期,终于产生了以"咏史"命题的诗作,即班固的《咏史》诗。此诗在咏史诗发展史上具有重要意义和地位,反映了咏史诗在完整意义上的最终形成,标志着咏史诗与山水、田园、边塞等诗歌类型相比,作为一种类型式诗歌以最早的文学姿态出现在古代诗歌史上。如果再联系班固还作有其他两首咏史诗的情况,可知他是一位自觉创作咏史诗的作家。该诗是在一种自觉的咏史创作意识的支配下产生的。在内容上,《咏史》咏赞了汉文帝时孝女缇萦为赎免父亲刑罚,请求没身为奴的故事:"三王德弥薄,惟后用肉刑。太苍令有罪。就递长安城。自恨身无子,困急独茕茕。小女痛父言,死者不可生。上书诣阙下,思古歌鸡鸣。忧心摧折裂,晨风扬激声。圣汉孝文帝,恻然感至情。百男何愦愦,不如一缇萦。"缇萦救父的本事见于《史记》卷一○五《扁鹊仓公列传》、刘向《列女传》等。此诗即按照传记所载进行韵体叙述,但班氏不是为咏史

---

① 班固《汉书》第9册卷六五《东方朔传》,中华书局1962年版,第2863—2864页。以下所引《汉书》版本均同。

而咏史,而是寓含现实感慨的。据《后汉书》本传:"固不教学诸子,诸子多不遵法度,吏人苦之。初,洛阳令种兢尝行,固奴干其车骑,吏椎呼之,奴醉骂,兢大怒,畏宪不敢发,心衔之。及窦氏宾客皆逮考,竞因此捕系固,遂死狱中。时年六十一。"①可见班子不肖。他被困狱中而死,实际上和其子不肖妄为、不遵法度有关。同时,班固在诗歌理论上主张"哀乐之心感,而歌咏之声发"②,认为诗歌可用来表达因现实遭际而生的哀乐情思。并且,班氏还承续了古文派《毛诗序》和《礼记·乐记》的理论,主张诗应"温柔敦厚""怨而不怒"。这样,班氏在狱中借咏史而感慨其子顽劣,不能救己之难,也就成为可能:创作《咏史》可以表达自己的感慨,而采用咏史的方式更符合上述诗学主张,使慨叹避免过于直露。这样分析看来,此诗应当缘于其子不能救己而发,所以诗中有"百男何愦愦,不如一缇萦"的"感叹之词"③。班固卒于永元四年(92),此诗可能创作于此前不久。

汉代的这些作品最早展现了咏史诗以史为鉴、讽时刺世、抒情言志的功能。如,《折杨柳行》为古辞,分四解,通过列举"末喜杀龙逄,桀放于鸣条。祖伊言不用,纣头悬白旄。指鹿用为马,胡亥以丧躯"等史实,说明人君昏庸所产生的恶劣后果,其目的是讽刺现实,对东汉的黑暗政治进行了严厉批判。辛延年《羽林郎》则重在反映汉代权豪贵族霸占民间妇女的问题。琴曲歌辞以抒发情志为主,像《箕子操》表达了作者爱国愤时的忧思;《将归操》写孔子闻窦鸣犊、舜华死后,临河而叹,反映了诗人对汉末世道衰微的慨叹。对于咏史诗的发展,一般认为,曹魏时期的咏史诗如曹植《三良诗》、王粲《咏史诗》等,走向了言志抒情的道路,而西晋时期左思的《咏史》八首更是"借史事以咏己之怀抱"④,批判门阀社会和统治阶层。这种观点是很正确的,但是缺乏咏史功能的渊源之探。事实上,每一种诗

---

① 范晔《后汉书》第5册卷四〇(下)《班彪列传》,中华书局1965年版,第1385—1386页。以下所引《后汉书》版本均同。
② 《汉书》第6册卷三〇《艺文志》,第1708页。
③ 曹旭集注《诗品集注》,上海古籍出版社1994年版,第357页。
④ 张玉毂《古诗赏析》,上海古籍出版社2000年版,第250页。以下所引《古诗赏析》版本均同。

歌类型的功能都是有一定的历史渊源的,而在汉代咏史诗里,我们找到了这一渊源。

　　此时期作品在文体上的主要贡献,在于最早采用或确立了史传、代言、论述三种咏史体式。所谓史传体,是指从总体上看对历史人物、事件的咏赞,采用一种传记体式的叙述、评论方式,往往呈现为一人一咏。辛延年的《羽林郎》最早采用了这种体式,详细叙述了胡姬严厉拒绝冯子都调戏的事情。其后班固《咏史》、魏左延年《秦女休行》、晋陶渊明《咏荆轲》等都承续了此种体式。代言体是以所咏古人的口吻来言志抒情的一种咏史体式,是由琴曲诸辞确立的。如尹伯奇《履霜操》:"履朝霜兮采晨寒,考不明其心兮听谗言。孤恩别离兮摧肺肝,何辜皇天兮遭斯愆,痛殁不同兮恩有偏,谁说顾兮知我冤。"直接以尹伯奇的口吻抒写蒙冤的痛苦。其后,晋石崇《王明君》、唐韩愈《琴操》十首等继承了这种方式。论述体是采用一种论与述相结合进行咏史的体式,基本上以吟咏多个历史人物为主,借以表达感悟、思索。它是由《折杨柳行》开创的。此诗首先采取议论方式,提出了"默默施行违,厥罚随事来"的中心论点,然后以"末喜杀龙逢,桀放于鸣条。祖伊言不用,纣头悬白旄。指鹿用为马,胡亥以丧躯"等史实进行论述。这实际上就是"先述己意,而以史事证之"①,对左思、陶渊明等人的咏史诗产生了较大影响。这首诗还有一个值得注意的地方是,在诗中吟咏了多个历史人物,是最早采用一诗多咏模式的作品。

第三节　魏晋时期的咏史诗

　　到了曹魏时期,咏史诗得到了很大的发展。一些著名作家都有咏史诗创作,如曹操《短歌行》("周西伯昌")、《善哉行》("古公亶父")、《度关山》,王粲《咏史》,阮瑀《咏史》二首,曹丕《煌煌京洛行》《秋胡行》("尧任舜禹"),左延年《秦女休行》,杜挚《赠毌丘俭》,曹植《丹霞蔽日行》《豫章行》其一、《怨歌行》《灵芝篇》《精微篇》《三良诗》,嵇康《六言诗》之

---

① 张玉毂《古诗赏析》,第251页。

"惟上古尧舜""唐虞世道治"等六诗,阮籍《咏怀诗》"湛湛长江水""昔闻东陵瓜""驾言发魏都"三诗等。

此时期的咏史创作取得了较大成就,主要表现在:

第一,题材范围较广阔,主题内含丰富。魏代咏史作家所选取的历史人物范围较广,包括王侯将相、庶民百姓、贤臣孝女等。在主题内涵方面,有的作品进一步发展了班固借史讽劝的写作方式,如曹植《精微篇》。有的借史表达诗人的胸怀抱负或归隐肥遁的精神追求,如王粲、嵇康的咏史诗。有的则借史反映了民间复仇之风,如左延年《秦女休行》。这些主题内涵都对后世咏史诗产生了很大影响。

第二,就作家的心理根源来说呈现为三种类型:其一,运用历史来解决一般的现实生活、政治问题,如曹操《短歌行》《善哉行》等。其二,借咏史表达诗人的胸怀与精神,如王粲《三良诗》、曹植《怨歌行》等。其三,以史鉴今、讽今,喻谏现实政治,如曹植《丹霞碧日行》、阮籍"驾言发魏都"诗等。需要指出的是,笔者之所以没有把其一和其三归类在一起,其原因在于前者着眼点在于一般的具体现实生活、政治问题,并致力于这一问题的解决,后者的着眼点则在于大的社会政治现实、氛围,而不是某一具体现实事件。这三种类型基本上奠定了后世咏史诗的心理根源模式。

第三,咏史手法较为丰富巧妙。魏代咏史作家能够较成熟地运用转折、对比、跳跃、渲染等艺术手法。如曹植《怨歌行》"为君既不易,为臣良独难"句,运用的便是转折法。陈祚明云:"本言为臣,反从为君发端,便作一折,辞并古。托感甚明。"[1]这种方法更好地突出了诗人所遭受的心灵苦痛。又如王粲《咏史》,先言穆公之过,然笔锋逆转,把挖掘点转向三良的忠义,也用了转折手法。再如阮籍的"昔闻东陵瓜"诗,采用诗意跳跃手法,造成了深沉含蓄、隐晦难解的风格,给人一种诗旨多解性美感。曹植的《三良》诗用黄鸟悲鸣的景象,烘托、渲染三良对生命的留恋,表达生命意识主题。这些艺术手法的巧妙运用,大大丰富了咏史诗的创作技巧,提高了咏史艺术水平。

---

[1] 陈祚明《采菽堂古诗选》卷六,见河北师范学院中文系古典文学教研组编《三曹研究资料汇编》,中华书局1980年版,第196页。

第四，在咏史体式、模式、风格、语言句式等方面。相关作品在咏史体式方面，既有对史传体的继承，也有对史赞体的开拓；在咏赞历史人物模式方面，既有一诗一咏，也有一诗多咏。作品风格较为多样，或浑厚质朴，如曹操《善哉行》《短歌行》等；或苍凉隽永，如曹植《三良》、王粲《咏史》等；或含蓄蕴藉，如阮籍的《咏怀》之"昔闻东陵瓜"和"驾言发魏都"等。另外，诗歌语体类型较为丰富，有四言、五言、六言等不同体式。

通过以上几个方面的分析，我们把曹魏时期视作咏史诗的发展阶段是较合适的。

在借鉴前代创作经验的基础上，咏史诗发展至两晋时期进入了成熟期。咏史作家较多，咏史诗数量较前代又有较大的增长，主要有傅玄四言《秋胡行》、五言《秋胡行》《秦女休行》，石崇《楚妃叹》《王明君辞》，陆机《班婕妤》，左思《咏史》八首，张载《七哀》（"北芒何垒垒"），张协《咏史》，卢谌《览古》，袁宏《咏史》二首，曹毗《黄帝赞诗》，陶渊明《咏荆轲》《咏三良》《咏二疏》《咏贫士》七首、《读史述九章》九首等。更重要的是，作品质量较前代有了很大提高，特别是以左思、陶渊明等为代表的作家，把咏史诗的发展推入成熟阶段。

此时期，有的咏史诗内蕴深沉，具有很深刻的历史与人生体悟。如张载的《七哀》诗："北芒何垒垒，高陵有四五。借问谁家坟，皆云汉世主。恭文遥相望，原陵郁膴膴。园寝化为墟，周墉无遗堵。蒙茏荆棘生，蹊径登童竖。狐兔窟其中，芜秽不复扫。颓陇并垦发，萌隶营农圃。昔为万乘君，今为丘中土。感彼雍门言，凄怆哀今古。"此诗有感于汉朝皇帝诸陵的荒废颓败而发慨，表达出强烈的历史感伤与人生慨叹。这种"历史—人生"哲理体悟是前代所未曾出现的，具有开拓性，对后世诗歌如高适《古大梁行》、韩愈《题楚昭王庙》等产生了很大影响。

在咏史题材与功能上，此时期以历史女性为描写内容的诗歌也值得注意，如石崇《王明君》、陆机《班婕妤》等。据郭茂倩引《唐书·乐志》曰："《明君》，汉曲也。元帝时，匈奴单于入朝，诏以王嫱配之，即昭君也。及将去，入辞，光彩射人，悚动左右，天子悔焉。汉人怜其远嫁，为作此歌。

晋石崇妓绿珠善舞,以此曲教之,而自制新歌。"①由此可知,此诗的创作目的就是为了配曲而进行歌舞娱乐,与汉魏乐府咏史诗的音乐性质不同。陆机《班婕妤》也是如此。这两首作品虽然在思想内涵方面没有特别值得注意的地方,但从咏史功能的开拓上讲,较早地确立了以昭君、班婕妤等历史女性为题的文人新歌,并用于娱乐,对后世特别是南朝乐府咏史诗有导夫先路的作用。这一点是值得注意的。

在诸位作家中,左思的《咏史》八首尤为值得注意。它创作于永康元年(300)至太安二年(303)某一集中或较短时期内,是诗人对自己人生作深刻总结的作品②。其思想主题既有外向性的批判,又有内向性的自我表白展示。在外向性的批判方面,他首先把批判的矛头指向了门阀士族制度。如《咏史》其二:"郁郁涧底松,离离山上苗。以彼径寸茎,荫此百尺条。世胄蹑高位,英俊沉下僚。地势使之然,由来非一朝。金张藉旧业,七叶珥汉貂。冯公岂不伟,白首不见招。"这首诗以古喻今来批判门阀制度,凝聚着对这一制度的极大愤慨,饱含了诗人丰富深刻的现实感受。同时,左思对那些"朝集金张馆,暮宿许史庐"的趋炎附势之徒和"济济京城内,赫赫王侯居"中的权贵也给予了猛烈批判。在内向性的自我展示、表白方面,"著论准《过秦》,作赋拟《子虚》""铅刀贵一割,梦想骋良图。左眄澄江湘,右盼定羌胡"(《咏史》其一)等诗句充分展示了诗人的胸怀抱负和横溢才华;"功成耻受赏,高节卓不群。临组不肯绁,对珪宁肯分"(《咏史》其三)等诗句则充分宣表了诗人的功业价值观念;"贵者虽自贵,视之若埃尘。贱者虽自贱,重之若千钧"(《咏史》其六)等诗句则充分抒发了诗人的沸腾情感;"被褐出阊阖,高步追许由。振衣千仞岗,濯足万里流"(《咏史》其六),"饮河期满腹,贵足不愿余。巢林栖一枝,可为达士模"(《咏史》其八)则重在表达个人的归隐情怀。需要指出的是,外向性批判与内向性表白融合为一,不宜分离而论。诗人对社会门阀制度与权贵豪门的批判,促进、加强了主体人格精神的张扬与情感的抒发,而内向性的主体自我认定,则强化了对社会制度、现实境况的

---

① 郭茂倩编《乐府诗集》,中华书局1979年版,第425页。
② 参见拙作《左思〈咏史诗〉创作时间新论》,《四川师范大学学报》2004年第2期。

批判力度。

　　左思的《咏史》八首具有鲜明的艺术特征。第一,左思成熟地运用了古与今、史与"我"交叉错综的咏史模式。在《咏史》八首中,历史与现实时空交错配置,古与今、"我"与史跳跃转换。"著论准《过秦》,作赋拟《子虚》"(其一)、"吾希段干木,偃息藩魏君。吾慕鲁仲连,谈笑却秦军"(其三)等诗句表现出古与今、"我"与史融合的特征。"当世贵不羁,遭难能解纷。功成耻受赏,高节卓不群"(其三)等诗句则又完全跳入古事。"被褐出阊阖,高步追许由。振衣千仞岗,濯足万里流"(其五)则又表现出由今至古今融合,再跳出古而入今的叙述脉络。这种古今交融,"我"与史交错的方式,导致了历史与现实时空的变换、错综。在汉魏晋时期,这一特征独标一格,为其他作家所不及。第二,确立了"咏古人而己之性情俱见"[①]的名咏史而实咏怀的风格特征。它打破了前代咏史诗对古人古事的吟咏与诗人情志在诗歌表层疏离的局面,从而把"历史"与"情志"在诗歌文本层面巧妙结合,使咏史诗摆脱了发展阶段的不成熟,能更好地吟咏性情、抒情言志。第三,不重历史事迹,而强调境遇。左思很少侧重于古人事迹的描述,而是重在展现古人的生命整体境遇。如《咏史》其四描写权贵的豪华生活与扬雄穷困著述的境遇,其七写主父偃、朱买臣等四人贫穷困顿的境遇。《咏史》之所以不重古人事迹而强调境遇,其原因在于左思寻求的是历史人物自身生命境遇所蕴含的喻征意义。这种意义是抒情言志的更好媒介、载体。这种艺术特征表面上看是模糊了故事性,实则突出了历史类别与普遍性,使诗人的情怀表达得更深刻,内蕴更丰富。第四,慷慨任气,注重主体情感宣泄,独具"风力"。《咏史》所抒发的感情既有早期的积极高昂的入世之怀,也有中年愤慨怨怒之感,更有晚年的消极放达之叹。虽然情感内涵不同,但慷慨有力,任气喷薄,是《咏史》八首总体的情感抒发特色。这种抒发具有很强的情感冲击力、感染力,导致了独具一格的"左思风力"的形成,这在咏史诗史甚或古代文学史上都是罕见的。第五,咏史方式的丰富性。"太冲《咏史》,初非呆衍史事,特借史事

---

① 沈德潜编《古诗源》,中华书局1963年版,第166页。以下所引《古诗源》版本均同。

以咏己之怀抱也。或先述己意,而以史事证之。或先述史事,而以己意断之。或止述己意,而史事暗含。或止述史事,而己意默寓。各还悬解,乃能脉络贯通。"①如此丰富的咏史方式使此组诗在整体上具有一种多变摇曳的美感,并对后世产生了很大影响。正是凭借着这些特征与成就,左思的《咏史》成为咏史诗成熟的标志。

作为一个伟大的诗人,陶渊明不仅在田园诗上取得了辉煌的成就,同时对咏史诗的发展也作出了较大贡献。他主要作品有《咏荆轲》《咏二疏》《咏三良》《咏贫士》七首、《读史述九章》九首等 25 首,是汉魏六朝时期咏史诗创作数量最多的作家。

在主题上,他的作品多表达易代之际慷慨幽愤的忠愤情怀。如《咏荆轲》先以叙事的手法叙易水之别和荆轲入秦的过程,后以简单有力的议论、抒情颂扬其不畏强暴的侠义行为,流露出对他的仰慕之情,表达对刘裕禅代晋室的不满。有的作品则重在显示、表达对归隐之路的自我体认和安贫乐道、固穷守志的精神理念。如《咏二疏》讴歌二疏功成身退、有金不私的贤达事迹,借此暗寓自身。《咏贫士》七首则开创了古代诗歌中的固穷安贫主题,通过对荣启期、原宪、黔娄、袁安、阮公等贤达之士的吟咏,寻求固穷安贫的精神理念力量,从而对归隐价值进行重新体认。也有的作品则以哲理体悟作为主题,如《饮酒》其十一("颜生称为仁")、其十八("子云性嗜酒")等诗,通过对"名""形"观念的否定,表达对委运任化的生命哲学的思考。

陶渊明的咏史诗具有很高的艺术成就。首先,在美学价值方面,他与左思的作品形成了鲜明的区别。左作具有强烈的情感特色,而陶氏除抒写"忠愤"之思的作品有较强的情感外,大多数咏史诗如《咏贫士》、《饮酒》其二、《拟古》其五等所尽力展示的是一种隐居不仕、固穷守志的道德精神理念,以及这种理念所产生的力量,而其复杂的生命情感的抒写则处于一种被消解的状态。可以说,陶氏咏史诗的美学价值则重在精神理念的展示、标举。其次,咏史模式呈现出"专咏一人,专咏一事"的特征。这

---

① 张玉穀《古诗赏析》,第 251 页。

种模式使他能集中笔墨充分展现古贤形象,深入挖掘、揭示历史人物身上所蕴含的精神力量和文化人格,人物展现更富有人格精神和魅力。同时,他充分借鉴左思的创作特征,充分运用"先述己意,而以史事证之","先述史事,而以己意断之","止述史事,而己意默寓"等咏史方式,进行创作。《咏二疏》《咏荆轲》《咏贫士》(其三)等就分别体现了这三种方式。多种咏史方式的综合运用,使其咏史诗呈现出章法丰富多变的特点。再次,在咏史风格和语言体式上,除《咏荆轲》具有"金刚怒目"即气势凌厉、沉雄豪壮风格外,其他咏史诗则基本上质朴古淡,和其田园诗保持着相近的风格。如其《读史述九章》,措辞省净,质朴冲和,绝无"金刚怒目"之气。陶氏质朴古淡的咏史风格,是继左思雄豪悲壮风格之后的又一开创,在咏史诗发展史上占有重要地位。在语言体式上,陶渊明的咏史诗既有五言体,也有四言体。在崇尚五言创作的氛围下,他的咏史四言体很值得注意。据笔者统计,汉魏六朝的四言体咏史诗,共计 18 首,而陶渊明就有 9 首。可见,他对丰富咏史语言体式是有贡献的。如《读史述九章》作为四言有韵诗,既写出了历史人物的神情风貌、道德忠义等人格精神特征,也写出了自己的心态与感慨。对此,清吴菘《论陶》云:"《读史述九章》言君臣朋友之间,出处用舍之道,无限低徊感激,悉以自理,非漫然咏史者。"[①]这样看来,此组诗内蕴丰富,典雅古质,文约意广,可谓四言体咏史诗中的优秀作品。况且,陶氏以后,四言咏史诗相当少,《读史述九章》的价值也就显得更为突出。最后,《咏贫士》七首与《读史述九章》等是以组诗形态的进行创作的,充分体现了作者的组诗创作意识。在组诗创作上,左思是发轫者,而陶氏紧承其后,虽在咏史组诗创作上无首创之功,但对此诗体的巩固、发展却不容忽视。

可见,陶渊明的咏史诗不仅数量超过前代的任何作家,一举打破了咏史创作的消沉局面,艺术水平很高,取得了很大的成就。他和左思一起把两晋时期的咏史诗推向了成熟阶段。

---

① 北京大学、北京师范大学中文系古典文学教研组编《陶渊明资料汇编》(下册),中华书局 1962 年版,第 370 页。以下所引《陶渊明资料汇编》版本均同。

第四节　南北朝时期的咏史诗

到了南北朝(含隋)时期,咏史诗创作呈现出进一步发展的态势。据笔者统计,此时期咏史作家共计 75 人,诗 129 首。其中,南朝 59 人,诗 101 首;北朝 6 人,诗 16 首;隋朝 10 人,诗 12 首。无论是作家人数,还是诗歌数量,都比魏晋时期有明显的增长。其次,命题方式丰富多样。除了传统的以"咏史"、古人名为题外,以古人行事、诗人行经某地为题的诗作也比较多。如虞羲《咏霍将军北伐》、李孝胜《咏安仁得果》、谈士云《咏安仁得果》等,是以古人行事为诗题。郑鲜之《行经张子房庙》、范泰《经汉高庙》、张正见《行经季子庙》、卢思道《游梁城诗》等,则是以诗人行经某地为诗题。这说明诗人的咏史自觉意识,尤其是因地怀古意识,还是较强的。而李百药《郢城怀古》则直接以"怀古"命题,说明诗人"怀古"的创作观念已经非常明确。另外,在思想认识上,此时期对咏史诗相当重视。这在《文选》中体现得相当充分。《文选》第一次自觉地按题材类型等分类原则,把诗歌分为"补亡""述德"等 23 类,列"咏史"为重要一类,从而确立了咏史诗在诗歌中的重要地位。应当说,这是《文选》对咏史诗发展的一大贡献。

与南朝创作概况相比,北朝咏史作家、作品较少。这和北朝文学特别是诗歌创作不发达的状况有关。因此,相对而言,南朝咏史诗更值得注意。它表现出新的创作趋势与特征:

首先,因地怀古、吊古的作品增多。这类作品主要有宋谢瞻《经张子房庙》、郑鲜之《行经张子房庙》、范泰《经汉高庙》、梁何逊《行经孙氏陵》、吴均《登二妃庙》、萧纲《祠伍员庙》、庾肩吾《乱后经夏禹庙》、陈阴铿《行经古墓》、张正见《行经季子庙》、陈昭《聘齐经孟尝君墓》等。这些怀古诗注重描绘贯穿古今时空的古迹场景,确立了在古迹场景的描绘中追寻历史的怀古模式。如阴铿《行经古墓》、张正见《行经季子庙》、陈昭《聘齐经孟尝君墓》诗,达到了王夫之所谓"吊古诗必如此,乃有我位;乃有当时现量情景"[①]的

---

① 王夫之《明诗评选》,文化艺术出版社 1997 年版,第 145 页。

要求。另外,这些作品还初步确立了咏史诗中常见的历史否定结构。所谓否定结构是指诗作通过宇宙、自然的永恒与古迹沧桑、胜事无痕的并置、对比,从而产生强烈历史幻灭感的结构设置。如上述萧纲、何逊、阴铿、张正见、陈昭之作多将自然生命、物景(象)与历史陈迹并置对比,以自然生命、物景(象)的永恒对比古人瞬逝与古事无迹,抒发着古人胜事不再、往事湮灭的哲理兴喟,透露出浓重的苍凉感伤色彩。

其次,"赋得"题咏史诗的出现与创作。所谓"赋得",是文人在文会赋诗过程中得到某题目。南朝时期,文人们崇尚诗文,相互唱和,这为"赋得"类诗歌的产生奠定了基础。目前所能见到的"赋得"题咏史诗主要有梁庾肩吾《赋得嵇叔夜》、陈周弘直《赋得荆轲》、张正见《赋得韩信》《赋得落落穷巷士》、祖孙登《赋得司马相如》、刘删《赋得苏武》、阳缙《赋得荆轲》、徐湛《赋得班去赵姬升》等。这些咏史诗大多不是有感而发,和诗人自身没有多大的联系,只是为咏史而咏史,纯粹是一种戏作,已失去了借史咏怀的传统精神,但它毕竟是咏史诗的一种新形态,体现了咏史诗的笔墨游戏功能。这应当说是对咏史诗功能意义的拓展。

再次,乐府咏史创作题材的女性化与趋同化。此时期有39人创作乐府咏史诗,共计51首,吟咏女性的为42首,其中咏昭君的有13首,如萧纲《明君词》、沈约《明君词》、施荣泰《王昭君》、陈后主《昭君怨》、张正见《明君词》等;咏班婕妤的有7首,如萧绎《班婕妤》、阴铿《班婕妤》、刘孝绰《班婕妤怨》、孔翁归《班婕妤》、何思澄《班婕妤》等。这些作品注重描绘历史女性的体态、容貌、服饰及居处环境,叹惜她们的悲剧命运,展现其凄凉心境。此类作品虽然思想价值不大,但充分体现了咏史诗歌舞娱乐的功能,反映了咏史诗功能意义的拓展。

南朝不仅表现出新的特征,而且对咏史诗艺术形式的发展也作出了较大的贡献,注重对偶、平仄等,以八句、四句等作为主要句式,为其后唐宋律、绝咏史诗艺术形式的完善奠定了基础。

在南朝作家中,刘宋颜延之值得注意。他的咏史诗代表作是《五君咏》五首,通过赞咏阮籍、嵇康、刘伶、阮咸、向秀五君,对他自己的具体人格品性、遭际郁愤进行了全面暗喻性的展示。王世贞《艺苑卮言》云:"延年《五君》忽自秀于它作,如'沉醉似埋照,寓辞类托讽。鸾翮有时铩,龙性谁能驯',以比己之肮脏也;'韬精日沉饮,谁知非荒宴',以解己之任诞也;'屡荐不入官,一麾乃出守',以感己之濡滞也。"①就是立足于这方面而言的。同时,颜氏承续前代左思借史咏怀的传统,但在历史人物的把握上却与之大相径庭,重在把握人物风神。刘熙载云:"延年诗长于廊庙之体,然如《五君咏》,抑何善言林下风也。"②就指出了这一艺术特点。在诗体形式上,此组诗各首均用五言八句体,中间两联排偶相对,起承转合自然巧妙,音韵也较和谐,"铸局炼句,已开五律之源"③,反映了咏史创作由古体向新体转换的信息。

北朝、隋代咏史诗虽然在数量不占优势,但是质量却是比较高的,带有北方文化影响下的自身特征。

有的作品史表达自己不得志的情感和乱世之中建功立业的雄心壮志。如,北魏常景《赞四君》四首,是目前所能见到的北朝较早的咏史组诗。该组诗通过对蜀地司马相如、王褒、严君平、扬子云的咏赞,抒发了有才不得重用的苦闷心绪和自己应通达时命、保持高洁品性的情操,风格刚健质实,"气体大方"④。再如李密的《五言诗》,直抒郁陶情怀,苍凉怀古,咏赞萧何、樊哙,借以抒发乱世之中建功立业的雄伟抱负。全诗质实有力,慷慨刚健,富有风骨,具有典型的北方文学气质,是隋代不可多得的咏史作品。

有的作品写诗人不能救国的哀叹,感慨故国的覆亡,抒发浓重的乡关故国之思。庾信的《拟咏怀》"赭衣居傅岩""六国始咆哮""楚材称晋用"三诗就鲜明体现了这种思想情怀,淋漓尽致而又委婉迂曲地表达了诗人的复杂心绪,文辞丽逸刚健,沉切悲慨,借史或虚拟历史而咏怀,"史""我"通融,将阮籍与左思的风格有机结合起来,成为咏史佳作。

还有的作品写怀古之思,主要有庾信《经陈思王墓下作》《至老子庙

---

① 丁福保辑《历代诗话续编》(中册),中华书局1983年版,第995页。
② 刘熙载撰,袁津琥校注《艺概注稿》(上册),中华书局2009年版,第265页。
③ 张玉毂《古诗赏析》,第353页。
④ 沈德潜编《古诗源》,第338页。

应诏》《西门豹庙》,无名法师《过徐君墓》,卢思道《游梁城诗》《春夕经行留侯墓》,孙万寿《和周记室游旧京诗》《行经汉高陵诗》(残诗两句),刘斌《和谒孔子庙》,段君彦《过故邺》等十首。这些作品中,有的表现出否定结构特征,如庾信《经陈思王墓下作》、孙万寿《和周记室游旧京诗》等。但是,有的诗歌则一反此种模式,表现出对历史的肯定,如庾信《西门豹庙》《春夕经行留侯墓》,刘斌《和谒孔子庙》等诗。像庾信《西门豹庙》并没有对已经远逝的古人发出历史无情、胜事不再的感伤,而是深情赞扬西门豹的伟绩。现景描写也没有表现出历史沧桑之感,而是具有清丽可爱的色彩。再如卢思道《春夕经行留侯墓》,虽"在苍秀清迥的景色中寻味一种萧疏凄迷的情调"[①],但由"狙秦怀猛气,师汉挺柔容。盛烈芳千祀,深泉闭九重"诗句可知,其主要情感取向是表达对汉代张良的颂扬钦赏。这些诗歌基本上抹去了对历史衰变的感伤,而代之以对古人胜事的赞颂和钦敬,表现为一种肯定性结构模式,这是对咏史怀古模式的一种开拓。

在怀古创作中,隋唐之际的李百药最值得重视。在咏史诗方面,最能代表其创作成就的当推《郢城怀古》《秋晚登古城》二诗,前者是咏史诗史上第一篇直接以"怀古"命题的作品,具有篇名首创之功。在题材内容上,这两首诗以古都、古城为历史关照物,表现出浓郁的历史关怀、人世叹悟情绪,初步表现出了颇具警世意味的历史"盛衰"主旨。

第五节　唐代时期的咏史诗

到了唐代,咏史诗进入了创作的繁荣期,异象纷呈,展现了新的时代气象与风貌,在古代文学史上写下了光辉的一页。先唐时期,与山水、田园、宫体等诗歌类型相比,咏史诗因创作数量较少,不受人们重视。然而,到了唐代,咏史诗一改它在先唐诗歌创作中的从属地位,与山水、田园、边塞等诗平分秋色,成为一种相当值得注意的诗歌题材类型。

唐代咏史创作的繁盛,首先表现在作家人数多、作品创作量丰富。据

---

① 葛晓音《八代诗史》,陕西人民出版社 1989 年版,第 313 页。

清彭定求等编《全唐诗》、今人陈尚君先生辑校《全唐诗补编》等典籍统计，有唐一代，咏史作家约有500多人，而咏史诗约有3 000首。而前此的所有有主名作家共计才106人，作品240多首。由数字的对比可见，此时期的作家约为以前的五倍，而作品约为前此的十三倍之多。虽然，我们对作家、作品的把握、统计肯定有不妥当的地方。但是由这些数字，我们可以看出此时期咏史创作的繁盛状况。

此时期咏史诗的繁盛，最突出的标志就是作家阵容强大，各个社会阶层、群体的作者均有。相关作家既有封建最高统治者，如李世民《咏司马彪续汉志》、李隆基《经河上公庙》《过王濬墓》等；也有社会地位微贱的女性创作，如姚月华《楚妃怨》、梁琼《昭君怨》《铜雀台》、刘云《婕妤怨》、张琰《铜雀台》、刘媛《长门怨》等。既有一般的文士，如李白、杜甫、杜牧、李商隐、温庭筠；也有达官宰辅，如均曾官居宰相的张九龄《咏史》《商洛山行怀古》、武元衡《登阌间古城》、李德裕《清冷池怀古》《东郡怀古》二首等诗。既有道家隐逸之士，如王绩《读真隐传见披裘公及汉滨老父因题四韵》、吴筠《览古》十四首、《高士咏》五十首；也有佛释氏之徒，如灵澈《远公墓》《宿延平怀古》、清江《湘川怀古》、皎然《览史》《咏史》、贯休《严陵钓台》《吊杜工部坟》等。由上述所列作家可以看出，唐代咏史作家的阵容是非常强大的，创作主体范围涉及社会各主要阶层、群体。

唐代咏史诗的繁盛，还体现在题材广泛、创作主题全面深刻上。就咏史诗所咏写的历史范围而言，从上古史到唐代当代史，无不是诗人关注的领域。如周昙有《唐尧》《虞舜》等诗，咏上古史事。张祜《读狄梁公传》、许浑《途经李翰林墓》，分别咏叹本朝狄仁杰、李白二人，所咏历史属于当代史。就歌咏、描写的对象而言，举凡君王将相、豪侠隐逸、才子美媛、名儒高僧等，无不可以摄诸笔端，感咏而书。这种取材特点，导致了此时期咏史创作题材的广泛性。值得注意的是，唐代咏史诗虽然取材广泛，但多数作品并没有沉浸于对历史的泛泛而咏之中，而是别有幽趣雅意、深情寄托，主题全面深刻，且展现的主题多有开拓性，如中唐咏史诗对盛唐文化，特别是乐舞文化的深沉反思，晚唐咏史诗对大唐王朝国运日渐衰微的感伤与无奈等。

唐代咏史诗的繁盛,还表现在咏史诗的艺术成就方面。这首先表现在诗体形式的丰富性上。唐代以前,由于诗人对诗歌艺术形式特别是音韵、对偶等的探讨、认识不是很深刻,咏史诗体形式尚不完备。到了唐代,随着当时对艺术形式问题探讨的深入、完善,咏史诗体形式得到了充分发展。此时期的诗体主要有五古、五绝、五律、五言排律、七古、七绝、七律、七言排律等。除此之外,还有杂言、四言、八言古体等体式。这种丰富的诗体形式,使唐代咏史诗的风貌、特色得到了充分展现。其次,表现在咏史怀古模式的继承、开创以及咏史品格的拓展方面。唐代的咏史诗有的继承了先唐时期的史传、史赞、情理等体,但也有的作品开拓出了史论、翻案等咏史体式。在咏史品格方面,继承拓展了先唐的悲剧性,同时巩固、开创了咏史的现实性、反思性、启蒙性等。再次,咏史诗风格多样、面目各异,咏史名家辈出。先唐时期,以咏史而名家者仅左思、陶渊明、颜延之等少数几人,且创作量不大。到了唐代,一些作家以其独具特色的创作,使咏史诗在整体上呈现出绚丽多姿的风貌,在咏史诗史上写下了光辉的一页。陈子昂、吴筠、李白、杜甫、元稹、白居易、李贺、张祜、杜牧、李商隐、温庭筠、陆龟蒙、胡曾、罗隐、许浑、周昙、孙元晏等作家个性独特,风格鲜明。如,李白的咏史作品奔放多变,愤郁雄豪;白居易的则深入浅出,讽谕鲜明;杜牧的则洒脱俊爽、立论独到;李商隐的则含蓄隐微,婉曲深邈,一唱三叹;温庭筠的则绮艳缛丽;罗隐的则峻拔雄健、自然平达;胡曾、周昙二人之作则通俗易懂,直陈史实,评论中庸,从而为后世历史小说所征引。这些作家的不同风貌,共同展现了唐代咏史诗的多元创作格局,体现了摇曳多姿、气象多变的咏史繁盛局面。

自高祖武德元年(618)至玄宗先天元年(712),为初唐时期,咏史作家约有46人,诗140首左右,创作量相对较少。此时期的作家主要有三大类别,即前期的贞观君臣:唐太宗李世民、王珪、魏徵、陆敬、郑世翼、欧阳询等;后期的宫廷文人:张文琮、上官仪、宋之问、沈佺期、崔湜、李峤、杜审言、韦嗣立、赵彦昭等人;下层文人:王绩、刘希夷、陈子昂、卢照邻、王勃、骆宾王等人。由于宫廷诗人是创作的主导,同时,作为文学侍从之臣,他们聚集于君主周围,生活于宫廷苑囿之中。因此,此时期的创作多以应制、应诏为主,呈现出明显的御用性、游豫化和应制体特征,看不出作者的真实性情。这种状况很不适合现实性很强的咏史诗的创作。纵使文人有所创作,相关作品也多是其应制敷衍、游豫玩乐下的产物,如韦嗣立《上巳日祓禊渭滨应制》、赵彦昭《奉和幸长安故城未央宫应制》等均属这类作品。在这种情况下,初唐创作量相对较少也就可以理解了。

初唐前期咏史创作以贞观君臣政治集团为核心,颂美规箴,如王珪《咏汉高祖》、魏徵《赋西汉》等。后期的宫廷文人所创作的咏史诗主要集中于奉和应制,以女性题材为主,大部分作品艺术价值不大,如上官仪《假作赋得鲁司寇诗》,宋之问、刘宪、赵彦昭、李乂、李峤的《奉和幸长安故城未央宫应制》,张文琮《昭君怨》,上官仪《王昭君》,崔湜《婕妤怨》,杜审言《赋得妾薄命》,董思恭《昭君怨》等。此时期,值得注意的作家是下层文人,他们恢复了魏晋言志抒情的传统,借史言志抒怀。其中,有的作品还初步表现了初唐时期那种豪迈向上、意气风发的时代精神和气息,如卢照邻、杨炯的乐府同题之作《刘生》;有的作品侧重表达历史兴亡盛衰主题,表现了强烈的历史关怀之情,如骆宾王《过故宋》、刘希夷《谒诸葛祠》等。

此时期,陈子昂的咏史诗创作成就较大。其咏史主题内涵比较全面深刻,主要集中于:揭露、批判当时边塞、酷刑、图谶、任贤等时政弊端,具有较强的现实针对性,如《感遇》其三、其四、其九等;揭露当时的污浊世风和统治者的荒淫腐朽,如《感遇》其十六、《感遇》其二十七、其二十八等;抒发建功立业的雄心壮志和自己的高贵情操,如《白帝城怀古》《岘山怀古》《登泽州城北楼宴》等;表达壮志不酬的愤激情怀,并在这种情怀之下思索君臣际遇、关系之道,如《蓟丘览古赠卢居士藏用》七首、《登幽州台歌》等;表达历史天运哲学观,以天运观对历史发展进行解答,如《感遇》其十四、其十七等。就艺术性而言,其作品表现了恢复魏晋风骨,同时开拓唐音的初步统一;还呈现出悲慨的情感与深入的理性相统一的特征;使怀古走向与咏史体式的融合,进而打破怀古固定模式。

盛唐时期,一些作家以其独特的内涵、气韵,充分开拓出咏史诗的新局面,展现了盛唐气象,显示了咏史创作的初步繁荣。此时期的作家约有

60多人,主要有唐明皇李隆基、张九龄、张说、孙逖、崔国辅、王维、崔颢、李颀、储光羲、常建、陶翰、李华、崔曙、王翰、孟浩然、李白、张渭、岑参、李嘉佑、高适、杜甫、张继、皇甫冉、刘方平等,诗作约有六百多首,作家与作品数量都比初唐时期有了很大的增长。

此时期的咏史诗在封建社会少有的盛唐精神的影响下,充分表达了对国家盛世局面和君主丰功伟绩的激情颂扬,浓墨重彩地抒发建功立业的人生理想、豪情壮志,以及对君遇臣合的无比向往,如高适《古歌行》、张说《邺都引》、储光羲《登戏马台》、王维《夷门歌》、李颀《绝缨歌》等;同时,带着一种"出处同归"的盛唐精神,展现了诗人们志在闲逸隐居的高洁情怀,如王丘《咏史》、孟浩然《登鹿门山怀古》等。虽然此时期的咏史诗人也会发出有志不遇之音,但这仅是英雄暂时失路的淡淡惆怅,没有消沉颓靡的色彩,失路之下仍带有劲健奋发的人生意气和时代精神。他们也会对社会问题给予揭露与批评,以沉静的理性态度探讨历史治乱成败,如张良璞《览史》、元结《二风诗》等,但其目的却是怀着"遭逢圣明主,敢进兴亡言"(李白《书情赠蔡舍人雄》)的济世热忱,资治于繁荣盛世,仍然表现出强烈的入世精神。概而论之,此时期的咏史诗充分反映了盛唐精神气象影响下的文人心态,展现了一个时代与文学的互动关系,我们通过这些诗作可以看到那个时代昂扬向上的时代风貌和文人的精神、思想世界。

此时期,咏史成就较大的作家主要有李白、杜甫、吴筠等。李白的咏史诗内容丰富,有的作品展现辅佐君王、安邦定国的强烈渴望以及功成身退思想,如《经下邳圯桥怀张子房》《行路难》其三等;有的表达遁世游仙思想,如《登敬亭山南望怀古赠窦主簿》《古风》其三一等;有的对魏晋人物风流进行了深情咏唱,如《襄阳歌》《夜泊牛渚怀古》《东山吟》等;有的开拓与确立金陵题材,如《金陵城西楼月下吟》《金陵白杨十字巷》《月夜金陵怀古》《金陵新亭》等。就艺术成就而言,李白的咏史诗值得注意的地方在于:其一,在乐府歌行方面,摆脱了乐府歌行创作内容单调的孱弱格局,实现了乐府咏史向汉魏讽时言志传统的回归、复古与革新的统一,如《梁甫吟》《乌栖曲》等。其二,从抒情言志的需要出发,聚焦于最能体现人物精神、气质、风度的细节,以一种浪漫之思把这一细节进行夸张、放大,从而在古人风貌的展现、塑造取得了成功,如《襄阳歌》《梁甫吟》等。其三,咏史创作体现为一种古今相接的块状模式。在李白的咏史诗中,历史与现实分别以一种块状模式的方式存在;古与今在时间的一线性上相互连接,巧妙地融合交织,共同为表达思想情感服务,如《行路难》其二、《古风》其十一等。这种古今相接的咏史体式比纯粹的史传、史述体作品有更广阔的多元情感抒发空间。

杜甫的咏史诗内涵很丰富,特别在历史人物的选择与接受方面尤其值得注意。其《武侯庙》《八阵图》《谒先主庙》《诸葛庙》《古柏行》《咏怀古迹》(其四、其五)等作品等对一代贤相诸葛亮及其与刘备的一体君臣关系进行了深情咏赞,确定了咏史诗历史人物接受主题——诸葛亮主题,深刻影响了后世知识分子对诸葛亮的评价与认识,在诸葛亮接受史上写下了光辉的一页。同时,杜甫的《咏怀古迹》(其一、其二)、《戏为六绝句》(其一、其二、其三)等作还从文学史、文学成就的角度,对庾信、宋玉、初唐四杰等人进行吟咏,评价其文学成就。这些作品首次把文学家作为咏赞对象,使咏史对象由以前事功性、政治性等人物转换为文学性人物。这标志着文学家将作为一类特别的群体,走进咏史诗人的视野。就艺术性而言,首先,杜甫的咏史诗能把怀古之思与抒写胸臆高度契合,多元情感错综交织,水乳交融。如《谒先主庙》:"能以吊古之情,写用世之志,足令千年上下,英雄堕泪,烈士拊膺,不独记叙庙貌处,见其古色斑斓,哀音凄怆也。"[1]其次,叙述、写景、史述、史论、抒情等方法的有机结合,使其怀古方式丰富多变。《越王楼歌》采取了"写景+吊古抒情"的方式;《蜀相》一诗"亦咏怀古迹。起句叙述点题,三、四写景。后半议论缔情"[2],把叙述、写景、史论与抒情完美地结合到一起;《咏怀古迹》其一,前六句写作者的现实情怀、慨叹,后两句则着笔于庾信,体现为"现实感怀+历史叙述"的方式。再次,在章法上,作品变化多端,不拘一格。如《古柏行》,全诗赋比兴错综叠用,写实夸张,明比暗喻,起承绾合,巧妙自然,达到了很好的

---

[1] 杜甫著,仇兆鳌注《杜诗详注》第3册,中华书局1979年版,第1356页。
[2] 方东树《昭昧詹言》,人民文学出版社1961年版,第408页。

艺术效果,是杜甫咏史长篇佳作。再如《八阵图》为简短的五绝,前两句以议论开篇,抒发仰慕之情,第三句借"江流石不转"的景色描写而转意,引出"遗恨"之慨。前后笔调婉转有致,相反相衬。可见,在章法上,无论长篇,还是短韵,都富有变化,动宕多姿。

在盛唐咏史诗坛上,道士吴筠的作品值得注意。他的咏史诗主要有《高士咏》五十首、《览古》十四首、《建业怀古》《缑山庙》等,共66首,占所有诗歌的一半多。在《高士咏》中,作者主要致力于对前代高士的塑造与颂扬。由于自身的道家身份特征,吴筠首先把歌咏对象指向了令人无比敬重、虔诚膜拜的道教内部人物,如《混元皇帝》《南华真人》《冲虚真人》《洞灵真人》《通玄真人》等诗。这些作品分别咏赞老子、庄子、列子、庚桑子、文子等宗教史人物,表现出很强的题材开拓性。《览古》十四首从思考个体生命的角度出发,纵览历史,谆谆告诫人们应当全身远害,反映了其道教社会发展观与哲学观。总体上讲,在咏史诗发展史上,吴筠是第一个道教咏史诗人,而其"啬神挫锐"的浓厚道家色彩,更使作品呈现出独特的艺术特质,为咏史风貌的拓展作出了很大的贡献。

唐代咏史诗的繁盛在中晚唐时期体现得最充分。从创作数量上讲,约有2 000首,占全唐咏史诗的三分之二强。咏史作家约400余人,约占全唐咏史作者总数的五分之四。更为重要的是,一些作者把其主要精力放在咏史创作上,咏史专集大量出现。如,《通志略·艺文略》第八《别集五》分别载:"江(按:应作"汪")遵《咏史诗》,一卷。""周昙《咏史》诗,八卷。""胡曾《咏史》,三卷。"①这些作品在《全唐诗》中都得到了较好的保存。其他如《崇文总目》卷五著录褚载《咏史》三卷;《宋史》卷二百八《艺文志》第七著录阎承琬《咏史》三卷、《六朝咏史》六卷;又录童汝为《咏史》一卷等。这些作品虽已不存,但均结次成集,说明了当时一批诗人致力于咏史创作的盛况。

此时期的创作主体既有为古今所称道的咏史大家,如刘禹锡、杜牧、李商隐等人;也有可占一席之地的皮日休、罗隐、温庭筠等著名诗人,强大

---

① 郑樵撰,王树民点校《通志二十略》,第1777页。

的创作阵容可谓前所未有,他们以其风格特异的诗作拓垦出一片繁盛灿烂的咏史园地。咏史题材非常广泛,上至遥远的上古时代,下至飘逝而去的本朝盛世;从古代英雄贤哲的发迹之地,到本朝文人才子的困顿之所,诗人们无不纳入笔端,感荡成篇。在功能指向方面,中晚唐的咏史诗表现出新的发展态势。一些作品致力于儿童启蒙,具有社会教育作用。如佚名的鸿篇巨制诗《古贤集》、李瀚的《蒙求》、赵蕤的《读史编年诗》、敦煌歌辞《十二时·咏史》等都具有鲜明的蒙学教育功能。特别是胡曾的咏史诗,因文辞浅易、议论平常,更容易服务于当时的社会童蒙教育,其蒙学功能更为强大,在明代仍盛行于村学塾蒙之间,被当作童蒙教材。另外,因创作特点与优秀作家的咏史诗有别,晚唐咏史组诗还与讲史话本、历史小说等通俗文学产生了很大的联系。

  由于时代因素的影响,与盛唐相比,中晚唐咏史诗少了对历史人物丰功伟绩的热烈颂扬与讴歌,也很少见到作者功业理想的抒发,更多的是深刻警醒的规讽与批判,其规讽与批判对象主要指向给社会、政治带来严重影响的奸臣、藩镇,特别是作为最高统治者的君主,这就使此时期的创作带有强烈的现实主义批判精神。如,罗隐的《宿纪南驿》:"策蹇南游忆楚朝,阴风淅淅树萧萧。不知无忌奸邪骨,又作何山野葛苗?"旨在批判小人奸臣当道,谗害贤良,祸国殃民。曹邺《秦后作》[①]对秦朝分崩离析后军阀的割据与混战予以抨击,认为军阀割据与混战使黎民百姓无辜受难,导致了"父母骨成薪,虫蛇自相食"的人间惨剧;同时,也造成了社会秩序混乱、民族灾难严重的恶劣后果,"鼎乱阴阳疑,战尽鬼神力""鼙鼓裂二景,妖星动中国""徒流杀人血,神器终不贰"等诗句就充分反映了这种后果,为统治者一味姑息藩镇敲响了警钟。李绅的《姑苏台杂句》,是诗人途经姑苏时,有感于"越王黄献吴王黄金楼楣,吴王因造姑苏台,因献楣,遂以黄金尽饰楼,以破其国"(《姑苏台杂句序》)[②]之事,怀古而作。诗作以流丽跌宕的笔势,浓墨重彩,写吴王荒淫无道,沉溺女色,享乐腐化:"西施醉

---

  ① 中华书局编辑部点校《全唐诗》(增订本)第9册卷五九三,中华书局1999年版,第6932页。以下所引《全唐诗》(增订本)版本均同。
  ② 《全唐诗》(增订本)第8册卷四八二,第5519页。

舞花艳倾,妒月娇娥恣妖惑。姑苏百尺晓铺开,楼楣尽化黄金台。"最终的结果是:"歌清管咽欢未极,越师戈甲浮江来。""伍胥抉目看吴灭,范蠡全身霸西越。"这实际上是讽规统治者要以史为鉴。

  但中晚唐咏史诗并没有局限于对现实的简单批判中,而是蕴涵着更为复杂深刻的历史反思,带有理性主义精神。在初盛唐时期,文人多以文采见长,在思想知识与识见方面则颇为平庸。到了中晚唐时期,文人的人格范式、气质发生了重大转变,他们学识渊博,思想深刻,是典型的学者型知识分子,具有很强的理性思辨能力。因此,对于历史,一些诗人多不再以韵体的方式进行叙述、慨叹,很少以古人自拟、自比,抒发个人情怀,而是从前代翻覆迭变的表面现象中,总结、挖掘、透视人生成败与历史兴亡的真正原因;或者摆脱人云亦云的历史陈说,烛微探幽,对历史事实作一种假设性思考,予以翻案,另发新见。这样史论体、翻案体咏史诗应运而生。朱庆馀的《长城》:"秦帝防胡虏,关心倍可嗟。一人如有德,四海尽为家。"[1]指出为君者应当以德治理天下,这样就会四海为家,天下太平,边关防御问题也就会从根本上得到解决。邵谒《论政》[2]则直接提出了"内政由股肱,外政由诸侯。股肱政若行,诸侯政自修"的政治观点,并以"朱云若不直,汉帝终自由"等史实证明,充分反映出作者对于政治得失的理性思索。皮日休《汴河怀古》:"尽道隋亡为此河,至今千里赖通波。若无水殿龙舟事,共禹论功不较多。"罗隐《西施》:"家国兴亡自有时,吴人何苦怨西施。西施若解倾吴国,越国亡来又是谁?"皮诗旨在公允评价隋炀帝,罗诗则针对传统的女色亡国论而发。二诗均从不同角度、视角进行思考,旨在翻案,显现出独到的史识,使咏史诗开始放射出较强的理性光芒。

  由于时代混乱黑暗、萎靡不振,整个社会笼罩、流贯着消极颓败的氛围与无可奈何的慨伤。在这种时代环境下,此时期的咏史诗自然而然地弥漫着浓烈凄凉的伤悼之情。如许浑《金陵怀古》:"玉树歌残王气终,景阳兵合戍楼空。松楸远近千官冢,禾黍高低六代宫。石燕拂云晴亦雨,江

---

[1] 《全唐诗》(增订本)第 8 册卷五一五,第 5932 页。
[2] 《全唐诗》(增订本)第 9 册卷六〇五,第 7050 页。

豚吹浪夜还风。英雄一去豪华尽,唯有青山似洛中。"李群玉《秣陵怀古》:"野花黄叶旧吴宫,六代豪华烛散风。龙虎势衰佳气歇,凤凰名在故台空。市朝迁变秋芜绿,坟冢高低落照红。霸业鼎图人去尽,独来惆怅水云中。"二诗均透露出强烈的伤悼之情,反映了中晚唐士子文人对江河日下的政治现实所持有的消极绝望的心态。同时,受佛教世界认识观的影响,中晚唐咏史诗人在思想情感取向上,表现出很强烈的历史虚无主义意识。如韦庄的《上元县》:"南朝三十六英雄,角逐兴亡尽此中。有国有家皆是梦,为龙为虎亦成空。残花旧宅悲江令,落日青山吊谢公。止竟霸图何物在,石麟无主卧秋风。"就鲜明地透露出这种情绪与意识。

刘禹锡是此时期咏史成就较突出的作家。他有《马嵬行》《汉寿城春望》《台城怀古》《西塞山怀古》《华清词》《后梁宣明二帝碑堂下作》《观八阵图》《君山怀古》《咏史》二首、《咏古二首有所寄》《金陵五题》《金陵怀古》《经伏波神祠》《经檀道济故垒》《荆门道怀古》《馆娃宫》《姑苏台》《蜀先主庙》等五十多首咏史诗。在主题上,除了讽刺时世、抒愤明志外,他的作品注重探寻历史发展规律,反思王朝兴废盛衰的根本原因,反映出较进步的历史观。如在《金陵怀古》一诗中,他反思了金陵王朝的迭变兴废,深刻指出了历史兴亡的根本原因:"兴废由人事,山川空地形。"简洁明了,一语中的地总结出历史的发展演变是由人事决定的,史识精湛深邃。同时,其咏史诗深入揭示、剖析封建社会君臣关系,对最高统治者的本质予以披露,警醒独到,一针见血。《韩信庙》指出造成韩信人生悲剧的真正原因:才能过于突出,功高震主,不为君主所容。这种认识可谓一针见血,道出了最高统治者的本性。《经檀道济故垒》含蓄委婉地斥责统治者滥杀贤臣良将,揭示出造成历史悲剧的原因。另外,有些作品特别是怀古诗,侧重于对历史兴亡的叹惋感伤,较早地开启了中晚唐咏史伤悼之风,如《金陵五题》等诗。

在艺术方面,刘禹锡的咏史诗也很有特点。他一方面以批评的眼光去总括、审视历史,较早地确立了"史论"体咏史诗,其《古调》二首、《金陵五题·台城》《韩信庙》《咏史》二首、《蜀先主庙》等都是史论体代表作。如《台城》:"台城六代竞豪华,结绮临春事最奢。万户千门成野草,只缘一曲《后庭花》。"认为统治者的奢侈浮靡是六朝灭亡的根本原因,"只缘"这一表现因果关系的词语,充分体现出作者对历史的反思与评论。另一方面,他注重意境的创造,善于移情入景。他为了在咏史诗中形成独特的意境,特别善于选择带有浓厚历史底蕴,同时又富有衰飒气息的景象、物象,把它们有机地并列、组合,形成一组咏古、怀古意象群,让它们自足地生成萧瑟伤感、凄清悲凉的氛围、意境。如在《荆门道怀古》一诗中,南国山川、宋台梁馆、古树、空城、宫井、宝衣等物象,都具有很强的历史意蕴,可称为历史意象群。它们的存在既见证着历史,又联结着当前。在特定的语境中,这些意象具有带着读者出入古今时空的穿透力。而马嘶、行人、秀麦、泽雉、落叶等又构成了自然意象群,发挥着烘托、映衬历史变迁的重要作用。两大意象群的有机结合、置列,使此诗充分展现出具有强烈历史浓度感、现实凄凉感的意境,包含着作者低沉的伤悼情感,昭示着深刻的兴亡哲理,即任何朝代、富贵、权力等都难保永恒,终将盛极必衰。有的作品还能在优美的意境之中升华思想,境中生论。如《汉寿城春望》在通过"野草""古墓""刍狗""石麟"等意象,生成出衰败荒凉的诗境后,便走向对历史兴废的反思。"不知何日东瀛变,此地还成要路津!"诗人认为,随着历史的发展,此地还可能重新成为交通要道。如此警策的议论与立意,就是在前面意象、意境创造的基础上形成的,让人丝毫不觉得生硬。

杜牧是此时期的咏史大家,创作很丰富,主要有《过骊山作》《题宣州开元寺》《华清宫三十韵》《过勤政楼》《题魏文贞》《过华清宫绝句》三首、《登乐游原》《春申君》《西江怀古》《江南怀古》《台城曲》二首、《赤壁》《云梦泽》《泊秦淮》《题桃花夫人庙》《题乌江亭》《题商山四皓庙一绝》《华清宫》《金谷怀古》《吴宫词》二首等四十多首作品。作品思想内蕴丰富,有的无情揭露和嘲讽历史上的荒淫残暴之君。如《台城曲》二首其一:"整整复斜斜,隋旗簇晚沙。门外韩擒虎,楼头张丽华。谁怜容足地,却羡井中蛙。"该诗把城破在即与歌舞淫乐两幅截然不同的画面,剪辑在一起,充分道出了陈后主的昏聩麻木与不可救药。尾句"谁怜容足地,却羡井中蛙"则凸显了陈后主国破家亡后可悲而又可笑的境地。再如《汴河怀古》:"锦缆龙舟隋炀帝,平台复道汉梁王。游人闲起前朝念,折柳孤吟断杀肠。"该诗旨在批判隋炀帝的荒淫奢侈。这些作品实际上是对晚唐君主的讽刺与警醒,是诗人忧国忧时意识的流露。有的作品还抒写了对大唐明君与盛世的缅怀与眷恋,暗蕴着诗人有报国之志而不遇良时、明君的无奈与伤感。如《将赴吴兴登乐游原一绝》:"清时有味是无能,闲爱孤云静爱僧。欲把一麾江海去,乐游原上望昭陵。""望昭陵者,不得志于时而思明君之世,盖怨也。首言'清时',反辞也。"① 再如《过勤政楼》:"千秋佳节名空在,承露丝囊世已无。唯有紫苔偏称意,年年因雨上金铺。"该诗缅怀开元盛世局面,蕴含着对现实的无奈感慨。有的作品重在反思历史,表达识见,如《赤壁》:"折戟沉沙铁未销,自将磨洗认前朝。东风不与周郎便,铜雀春深锁二乔。"对于赤壁之战,一般人多把周胜曹败的既定结局,归因于周瑜的足智多谋、英武神略。而杜牧则认为,在战争中起主导作用的是东风,如果没有东风相助这一偶然因素,周瑜必然会被曹操打败。杜牧通过这首诗指出,一个偶然性因素往往可以决定历史走向。尽管杜牧所论,也是从影响历史发展的一个因素进行分析,但他至少打破了历史英雄论,从而引发了人们对历史的重新思考。再如《题乌江亭》:"胜败兵家事不期,包羞忍耻是男儿。江东子弟多才俊,卷土重来未可知。"对于项羽,一般诗人多赞叹他的英雄气概,或同情他兵败自杀,或总结其失败教训,持论都是从既定的历史结局出发。而杜牧则不然,他认为项羽如果能忍辱负重,卧薪尝胆,重邀才俊之士,东山再起不是没有可能的。这种认识强调了主观能动性在历史发展中的重要作用,可谓"死中求活,非浅识所能道"②。

　　杜牧的咏史诗取得了突出的就艺术成就。首先,一些重在表达识见的作品,达到了理性与情韵的有机结合,可谓理中有趣,情论兼备。如赵翼评《题桃花夫人庙》一诗云:"以绿珠之死,形息夫人之不死,高下自见,而词语蕴藉,不显露讥讪,尤得风人之旨耳。"③ 再如《赤壁》一诗,由一支

---

① 高士奇《三体唐诗》,见霍松林主编《万首唐人绝句校注集评》(下),山西人民出版社1991年版,第722页。以下所引《三体唐诗》版本均同。
② 谢枋得《唐诗绝句补注》,见霍松林主编《万首唐人绝句校注集评》(下),第741页。
③ 赵翼《瓯北诗话》,见郭绍虞编选《清诗话续编》(上),上海古籍出版社1983年版,第1326页。以下所引《瓯北诗话》版本均同。

小小的"折戟"发端,引发出思古幽情,进而联想到决定三国鼎峙局面的赤壁之战。但作者没有直接对这一重要历史事件进行直白的评论,而是通过形象化艺术手法,进行翻案。"东风""周郎""铜雀台""春深""二乔"等意象,形成了一幅形象的画面。特别是"锁二乔"这一动宾短语,通过"二乔"这两个娇楚可怜的美女的处境,来反衬战争结局,更使全诗蕴藉含蓄,颇富韵味,诗意盎然。其次,注重历史意蕴点的选择。杜牧的咏史诗以七绝为主,为了达到"言微旨远,语浅情深"①的艺术效果,他特别注重历史意蕴点的选取,来自足地生成对历史的体认、感受与批判,如《泊秦淮》一诗,前三句只是对现实生活的平叙,只是到了第四句,才出现了一个富有历史意蕴的意象——"《后庭花》"。由于它已经衍化成象征国家、王朝衰亡的历史符号,关联着过去与现实。本诗通过这个意象可以让人找到陈代灭亡的根源,并含蓄婉转地讽喻了晚唐统治。可以说,这个意象的设置使整首诗自足地生成了丰厚沉重的内涵,韵味无穷。再次,多样化的艺术风格。有的作品俊爽豪宕、雄姿英发,如《西江怀古》:"上吞巴汉控潇湘,怒似连山净境光。魏帝缝囊真戏剧,苻坚投棰更荒唐。千秋钓艇歌明月,万里沙鸥弄夕阳。范蠡清尘何寂寞,好风唯属往来商。"风流英华,挺拔豪宕,的确流露出俊爽之气。有的作品笔锋犀利,气势夺人,批判力度同代少有,如《过骊山作》:"削平天下实辛勤,却为道旁穷百姓。黔首不愚尔益愚,千里函关囚独夫。"有的诗境明丽而迷蒙,诗风清新而灵逸,如《江南春绝句》:"千里莺啼绿映红,水村山郭酒旗风。南朝四百八十寺,多少楼台烟雨中!"有的委婉含蓄,寓意深远,如《泊秦淮》:"烟笼寒水月笼沙,夜泊秦淮近酒家。商女不知亡国恨,隔江犹唱《后庭花》。"还有的沉郁萧瑟、顿挫唱叹,如《登乐游原》《华清宫三十韵》等。在晚唐作家中,如此丰富的咏史风格是不多见的。

李商隐也是中晚唐咏史代表作家,创作丰富,约有近 80 首作品,主要有《富平少侯》《陈后宫》("玄武开新苑")、《陈后宫》("茂苑城如画")、《无愁果有愁北齐歌》《随师东》《马嵬》二首、《思贤顿》《自贶》《咏史》

---

① 沈德潜《历代诗别裁集·唐诗别裁集凡例》,浙江古籍出版社 1998 年版,第 60 页。

("历览前贤国与家")、《汉宫词》《北齐》二首、《茂陵》《汉宫》《四皓庙》("羽翼殊勋弃若遗")、《梦泽》《宋玉》《楚宫》("复壁交青锁")、《筹笔驿》《南朝》("地险悠悠天险长")、《齐宫词》《景阳井》《咏史》("北湖南埭水漫漫")、《览古》《吴宫》《隋宫》("紫泉宫殿锁烟霞")、《井泥四十韵》等。

同其他诗人一样,面对中晚唐腐败不堪的政局,李商隐的咏史诗把批判的矛头,指向了晚唐最高统治者,揭露、讽刺了他们昏庸荒淫、无道无能等腐朽本质。如《华清宫》与《瑶池》二诗,均致力于揭露君主的腐朽本质。前者以褒姒与贵妃作比:"未免被他褒女笑,只教天子暂蒙尘。"后者从王母的角度着笔,反问质疑:"八骏日行三万里,穆王何事不重来?"二诗对君主的好色、求仙之举不再进行温柔敦厚的劝诫讽喻,而是代之以辛辣尖刻的讽刺与揶揄挖苦,这种讽刺批判的力度是同时代其他作品所不可比拟的。

由于咏史诗以历史人物、事件为题材,而历史一经发生,便不可更改。诗人不能对历史进行随意的虚构、增设,否则其咏史诗便失去了自身的题材特征。因此,在前代诗人那里,古人、古事都体现着历史的本来面目。李商隐在创作咏史诗时,则改变了这种情况。他不再简单地"櫽栝本传",简述史实,而是根据内容表达的需要,对历史进行了提炼、加工、组合、剪辑,使古人、古事由以往的历史真实转换为艺术真实,进入了艺术化的诗歌境界。这主要表现在以下几个方面:

第一,在遵循历史发展的规律的基础上,以假设之辞推测、设想历史或虚构历史场景。如《隋宫》一诗以"玉玺不缘归日角,锦帆应是到天涯""地下若逢陈后主,岂宜重问《后庭花》"等推测之辞,对历史进行设想,创造出虚拟性事实。由于这种推测是在完全符合历史人物思想性格与行为逻辑的基础之上的,所以我们丝毫不觉得有悖于历史真实,反而有助于进一步深化我们对隋炀帝奢侈荒淫状况的认识,起到了"更能状其无涯之欲"[1]的作用。

---

[1] 贺裳《载酒园诗话又编》,见郭绍虞编选《清诗话续编》(上),第373页。

第二,注重呈现历史人物的内心世界与心理活动。在前代的咏史诗中,诗人对历史人物的咏赞多集中于外在行为、事迹的描述上,很少触及他们内心的情感世界。而李商隐则不为传统所拘泥,特别善于在历史事实的基础上,设身处地地去摹写古人的心理活动,使历史人物由以前僵硬无情的死性状态转变为情感丰富、真实可感的活性状态,从而能更好地达到批判讽刺、抒情言怀的目的。如《瑶池》一诗完全从西王母的角度着笔,来讽刺周穆王求仙的荒唐行为。结尾二句"八骏日行三万里,穆王何事不重来",把笔触深入西王母的内心世界,写出了她殷切期盼穆王归来的心理活动,将"无理之理,更进一尘"[①],达到了不言求仙之妄而其妄自现的目的,取得了"尽而不尽"[②]的艺术效果。

第三,剪辑不同时段的史实,使之组合成具有强烈对比效果的历史场景。李商隐特别善于按照主题表达或情感逻辑的需要,选取历史中的某些片段,将这些片段加以编辑、剪切、连接、组合,组成一组略去时间、距离从而可以瞬间迭变的历史画面与镜头,产生良好的艺术效果。如《马嵬》二首其二:"空闻虎旅传宵柝,无复鸡人报晓筹。此日六军同驻马,当时七夕笑牵牛。"这四句涉及四个历史时刻、画面:玄宗仓皇出逃时的军旅宵柝与以前承平时期宫中鸡人报晓;天宝十五年(756)马嵬坡六军驻马与天宝十载(751)李隆基、杨贵妃七夕盟誓。该诗将四个历史时刻剪辑、置列在一起,画面来回错综,在强烈的对比、映衬中,取得了良好的悲剧效果。

第四,虚构符合历史事实的情景、场景。如其《龙池》:"龙池赐酒敞云屏,羯鼓声高众乐停。夜半宴归宫漏永,薛王沉醉寿王醒。"龙池,在兴庆宫内,唐玄宗在此举行宴乐是有可能的。但至于其具体场景如何,因属于宫禁之事,史料记载缺乏,已不得而知。而李商隐在此诗中则大力渲染、虚构龙池宴乐的场景,借此揭露出玄宗霸占儿媳的秽行。这种手法的运用使此诗委婉隐约,含蓄蕴藉。

---

① 贺裳《载酒园诗话》,见郭绍虞编选《清诗话续编》(上),第209页。
② 《玉谿生诗说》卷上,见刘学锴、余恕诚、黄世中编《李商隐资料汇编》(下册),中华书局2001年版,第613页。

第五,以某一史实为主,同时移植其他史实、典故,以便更完美深刻地表达诗旨。如《旧将军》咏赞李广,但前两句却以东汉永平中朝廷议论前世功臣事,进行发端;《陈后宫》为集中凸显南朝陈后主的荒淫无耻,便把北齐"无愁天子"高纬之事移植到他的身上。李商隐通过这种移植其他史实、典故的手法,成功地解决了所咏史实的典型性不够充分的问题,使咏史立意更加深刻警醒。

　　通过上述手段,李商隐很好地处理了历史真实与艺术真实的关系,历史开始以艺术化的幻影与拟设进入到咏史诗人的创作当中。

第二章 唐宋文化的转型与宋型文化的本质特征

在中国古代文化史上,唐宋两代并称,两代在文化性质上存在显著差异,各具范型意义。其中,唐型文化具有一种兼容并蓄、混融舒张的文化精神,善于吸纳少数民族文化,体现出鲜明的包容性、开放性。与之相比,宋型文化则是宋代基于自身的社会、政治、思想等方面的诉求而形成,它以尽量剥除少数民族文化因素影响,继承、净化、创新传统文化为根本任务。这就导致了宋型文化具有鲜明的自成自足、内敛精致的特征,在本质上属于一种民族本位文化。

第一节 混融开放的唐型文化

1871年,英国文化人类学家爱德华·泰勒(1832—1917)在《原始文化》一书中曾对文化下过这样的定义:"文化,或文明,就其广泛的民族学意义来说,是包括全部的知识、信仰、艺术、道德、法律、风俗以及作为社会成员的人所掌握的和接受的任何其他的才能和习惯的复合体。"[1]这个定义除了指出文化的内涵外,其值得注意的地方更在于道出了文化与民族的关系,即文化首先是某一民族的文化,即"一个民族在历史上所创造的并且渗透在一切行为系统的观念体系和价值体系"[2]。而在这种观念体系与价值体系中,有一个最为根本的观念与认识问题,即民族问题。这是

---

[1] [英]爱德华·泰勒著,连树声译《原始文化》,上海文艺出版社1992年版,第1页。
[2] 曹锡仁著《中西文化比较导论——关于中国文化选择的再检讨》,中国青年出版社1992年版,第9页。

任何民族文化最为基础的问题。

唐代建立了一统政权后,立即面临了一个关涉国家根本利益与长治久安的根本问题,即民族问题。贞观十八年(644),唐太宗针对臣僚担心突厥乘征讨高句丽之机威胁长安的问题,说了一段很著名的话:"夷狄亦人耳,其情与中夏不殊。人主患德泽不加,不必猜忌异类。盖德泽洽,则四夷可使如一家;猜忌多,则骨肉不免为仇敌。"①贞观二十年(646)十二月,唐太宗对来朝的铁勒、回纥使臣说:"汝来归我,领得安存,犹如鼠之得窟,鱼之得水,不知夫我窟及水能容汝否?纵令不能容受,我必为汝大作窟,深作水,以容受汝等。"又云:"苍蝇之飞,不过一二尺,及附骥尾,日行千里。何以致然?为所托处远!我今为天下主,无问中国及四夷,皆养活之。不安者,我必令安;不乐者,我必令乐。还如骥之受蝇,随其远近,不劳蝇身,自然远去"②贞观二十一年(647)五月,唐太宗在谈到"自古帝王虽平定中夏,不能服戎、狄"问题时说:"自古皆贵中华,贱夷、狄,朕独爱之如一,故其种落皆依朕如父母。"③由唐太宗对民族问题的多次表态可以看出,唐代建国伊始就确立华夷一家、诸民族和谐共存的政策。当然,这一政策是以唐政权的安全与稳定为前提的。一旦少数民族危及国家安全,唐代统治者也会采取积极的军事行为,打压少数民族政权。

唐代统治者之所以采取多民族和谐共存的政策,这和西晋以降民族大融合的历史问题有密切关系。西晋末年,五胡乱华,周边少数民族大量地涌入中原,竟使"帝里神州,遂混之于荒裔;鸿名宝位,咸假之于杂种"④。古代社会遂进入了历史上空前激烈的民族结构和民族关系大变动的时期,北方政权在很大程度上都带有很强烈的少数民族文化色彩。这样的文化与政治现实,使先秦两汉以来以居住空间为主要划分标准的华夷文化观念遭到了前所未有的冲击。隋唐一统后,统治者面对这样的

---

① 司马光编著,胡三省音注《资治通鉴》第 13 册卷一九七,中华书局 1956 年版,第 6215—6216 页。以下所引《资治通鉴》版本均同。
② 王钦若等编纂,周勋初等校订《册府元龟》第 2 册卷一七〇《帝王部·来远》,凤凰出版社 2006 年版,第 1891—1892 页。
③ 《资治通鉴》第 13 册卷一九八,第 6247 页。
④ 房玄龄等撰《晋书》第 10 册卷一二五,中华书局 1974 年版,第 3134 页。以下所引《晋书》版本均同。

文化与政治现实问题,充分认识到处理少数民族问题的重要性。为此,他们必须改变先秦以来的民族文化观念,在立足现实的基础上,作出重大的文化政策调整,充分认可少数民族,上述唐太宗的民族问题主张就是这种调整的集中反映。

由于唐代统治者采取了华夷一家、胡汉混容的民族政策,所以唐代社会基本不存在民族隔阂问题。各民族之间相互交融,族属之间可以相互通婚,血统也日渐混杂。对此,陈寅恪云:"凡汉化之人即目为汉人,胡化之人即目为胡人,其血统如何,在所不论。"[1]就最高统治者而言,他们的躯体内也流淌着胡族血液,可以说是地地道道的混血皇帝。如,唐高祖之母为独孤氏,唐太宗之母为窦氏即纥豆陵氏,高宗之母为长孙氏,玄宗之母为鲜卑窦氏,宣宗之母为尔朱氏等。除最高统治者外,一些文武大臣的出身也多和汉胡联姻紧密相关。如柏良器的妻子康氏是康国人,生子柏耆;裴行俭的妻子为鲜卑人库狄氏,生光庭,光庭后任玄宗朝宰相;张说的妻子为鲜卑元氏,生子均;李孝斌的妻子为鲜卑窦氏,生子李思训,官至左武卫大将军、左羽林大将。鲜卑人于休烈娶妻韦氏,生益、肃;吐蕃人论惟贞娶王氏,育子三人;西域人史孝章娶妻王氏,生一子一女;著名诗人元稹实为北魏鲜卑族拓跋部后裔,先后娶妻韦氏、裴氏,生三女一子。这些情况都充分说明,由于秉持民族通融一家的政策,唐代时期的血缘关系颇为驳杂,你中有我,我中有你,民族结构也随之发生变化。

为了维护边疆稳定,统治者经常把大量边区胡族迁徙内地。贞观年间,在对待突厥内附问题上,朝廷经过激烈讨论,接受温彦博的建议,"封阿史那苏尼失为怀德郡王,阿史那思摩为怀化郡王,处其部落于河南朔方之地,入居长安者近万家"[2]。高宗总章二年(669),"高丽之民多离叛者,敕徙高丽户三万八千二百于江、淮之南,及山南、京西诸州空旷之地,留其贫弱者,使守安东"[3]。玄宗开元九年(721),"诏移河曲六州残胡五万余

---

[1] 陈寅恪《唐代政治史述论稿·统治阶级之氏族及其升降》,见《隋唐制度渊源略论稿·唐代政治史述论稿》,生活·读书·新知三联书店2001年版,第200页。
[2] 王溥《唐会要》卷七三,上海古籍出版社2006年版,第1557页。以下所引《唐会要》版本均同。
[3] 《资治通鉴》第14册卷二○一,第6359页。

口于许、汝、唐、邓、仙、豫等州,始空河南朔方千里之地"①。武宗会昌年间,"回鹘宰相嗢没斯特勒将其家属及麾下数千人来降,上嘉之,降书抚纳。仍赐姓李氏,封怀化郡王,改名思忠,赐甲第于永乐坊,并家属遣所在给传赴阙,其军士分于诸镇收管,用壮骑兵"②。通过这种规模性迁徙,一批批胡人遂进入中原,通过通婚联姻方式,逐渐融入汉民族,渐次成为汉民族中的成员。

在任职方面,唐代统治者大多比较通融,不分胡汉,并且在朝廷当中胡族所占比重较大。赵翼《陔余丛考》卷一七"唐初多用蕃将"条云:"史大奈,本西突厥特勒。冯盎,本高州土酋。阿史那社尔,本突厥处罗可汗之子。阿史那忠,本苏尼失之子。契苾何力,本铁勒莫贺可汗之孙。黑齿常之,本百济西部人。泉男生,本高丽盖苏文之子。李多祚,亦靺鞨酋长之后。论弓仁,本土蕃族。尉迟胜,本于阗国王。尚可孤,本鲜卑别种。他如李光弼、浑瑊、裴玢等,亦皆外蕃久居中国者。"③《唐会要》卷七三载:"(贞观)五年,阿使那阿咄苾败走后,其酋及首领至者,皆拜将军,布列朝廷,五品已上有百余人,始与朝士相半。"④由于胡人大多体魄强健,擅长武功,因此多被任为武职。但实际上,文职之中也有不少胡人。孙光宪《北梦琐言》卷五"中书蕃人事"条载:"李肇《国史补》云:'贞元末,有郎官四人,自行军司马赐紫而登粉署,省中谑之为四君子也。'唐自大中至咸通,白中令入拜相,次毕相諴、曹相确、罗相劭,权使相也,继升岩廊,崔相慎猷曰:'可以归矣,近日中书尽是蕃人。'盖以毕、白、曹、罗为蕃姓也。"⑤钱穆指出:"据《宰相世系表》九十八族三百六十九人中,其为异族者有十一姓二十三人。时人遂有'华、戎阀阅'之语。"⑥可见,胡人虽然擅长武力,但具有文化知识的,也可以担任文职。特别是,宰相是极为重要的执

---

① 刘昫等撰《旧唐书》第 1 册卷八《玄宗本纪》(上),中华书局 1975 年版,第 184 页。以下所引《旧唐书》版本均同。
② 王溥《唐会要》卷九八"回纥"条,第 2074—2075 页。
③ 赵翼《陔余丛考》,中华书局 1963 年版,第 327 页。
④ 王溥《唐会要》卷七三"安北都护府",第 1554 页。
⑤ 上海古籍出版社编《唐五代笔记小说大观》,上海古籍出版社 2000 年版,第 1838—1839 页。以下所引《唐五代笔记小说大观》版本均同。
⑥ 钱穆《国史大纲》,商务印书馆 1991 年版,第 448 页。

政、参政者，统治者以此职署任胡人，说明他们秉持政治平等意识，对外族之人并无偏见与歧视。

可以说，恰是在这种民族交融互混、少有偏见的政治文化环境中，唐代各民族才没有太多的隔阂与仇恨。特别是，胡汉之间的通婚联姻逐渐改造了汉民族的族性与血统，从而产生一个新的民族共同体——唐人。同时，由于胡人的融入，中原地区的日常生活、风俗趣味，乃至文化制度，都发生了很大变化，致使以儒家文化为核心的传统文化体系发生了一定的异质性变化。就一般礼节而言，如段成式《酉阳杂俎》卷一《礼异》载："近代婚礼……妇上车，壻骑而环车三匝。"①这种环车三匝的婚俗实出于鲜卑旧俗。据相关史料，鲜卑拓跋部有骑马绕物三匝的旧俗。《汉书·匈奴传》载："秋，马肥，（匈奴）大会蹛林。"颜师古注云："蹛者，绕林木而祭也。鲜卑之俗，自古相传，秋天之祭，无林木者尚竖柳枝，众骑驰绕三周乃止。此其遗法。"②《南齐书·魏虏传》载："宏（孝文帝元宏）与伪公卿从二十余骑戎服绕坛，宏一周，公卿七匝，谓之蹋坛。明日，复戎服登坛祀天，宏又绕三匝，公卿七匝，谓之绕天。"③由此可以看出，在唐代婚礼中，夫婿骑马绕物三匝的习俗，实际上是源于鲜卑旧俗。就社会风气而言，崔令钦《教坊记》载："坊中诸女，以气类相似，约为香火兄弟，每多至十四五人，少不下八九辈。有儿郎聘之者，辄被以妇人称呼：即所聘者兄，见呼为新妇；弟，见呼为嫂也……儿郎既聘一女，其香火兄弟多相奔云：'学突厥法。'又云：'我兄弟相怜爱，欲得尝其妇也。'主者知，亦不妒。他香火即不通。"④妇女之间相互结为香火兄弟，并称丈夫为妇女，这种行为与称呼严重违背了中原传统礼法。特别是，对于某女所嫁的郎君，其他香火兄弟学习突厥风俗，欲与其"妇"相欢合，共享其"妇"，这种思想与做法鲜明地体现了胡族一妻多夫制风俗，可谓与传统礼法格格不入。

---

① 段成式《酉阳杂俎》，齐鲁书社2007年版，第5页。
② 《汉书》第11册卷九四（上）《匈奴传》，第3752页。
③ 萧子显《南齐书》卷五七《魏虏传》，中华书局1972年版，第991页。以下所引《南齐书》版本均同。
④ 上海古籍出版社编《唐五代笔记小说大观》，第125页。

就国家政权而言,武则天取代李唐王朝,建立武周,以女性身份当上了皇帝,这在中国古代社会是极为罕见的。中国传统文化是立足天尊地卑的宇宙哲学建立起来的一种等级秩序文化,这充分体现在所谓的君臣之礼、父子之礼、男女之礼、夫妇之礼等方面。而武则天登上至尊之位,"不仅传统的'妇女不得预外政'已经失效,就连'天尊地卑,乾坤定矣,卑高以陈,贵贱位矣'的宇宙论依据,似乎也受到了严峻的挑战"①。武则天之所以没有太多的政治非议与阻力,成为中国历史上唯一的女皇帝,同样和胡族文化的影响有密切关系。就社会文化而言,胡人有推尊、认可女性的传统,认为女性若有能力,也可以参与或掌控政权。《旧唐书·东女国传》载:"东女国,西羌之别种,以西海中复有女国,故称东女焉。俗以女为王……女王号为'宾就'。有女官,曰'高霸',平议国事。在外官僚,并男夫之。其王侍女数百人,五日一听政。女王若死,国中多敛金钱,动至数万,更于王族求令女二人而立之。大者为王,其次为小王。若大王死,即小王嗣立,或姑死而妇继,无有篡夺。"②可见,东女国是以女王执政为根本政治特征,国家大事基本上为女性垄断,同时女王的继承实行家族垄断,男性无权干涉。又据《旧唐书·太宗本纪》,贞观二十二年(648),"是岁,新罗女王金善德死,遣册立其妹真德为新罗王"。这说明新罗也有立女性为王的传统。《资治通鉴》卷二一五载:"上与贵妃共坐,禄山先拜贵妃。上问何故,对曰:'胡人先母而后父。'上悦。"③这则史料在说明胡人具有"先母而后父"的社会文化习俗的同时,也说明了统治者对异族文化持一种认可接受态度,没有鲜明的民族文化对立意识。

总之,就唐型文化的特点而言,唐代统治者在处理民族关系时,摆脱了贵华贱夷的传统观念,采取了相当开放包容的政策,"爱之如一",体现出鲜明的民族平等精神。这种民族文化政策与观念既使各民族之间兼容并蓄,有机混融,同时也使少数民族文化充分流播华夏大地。关于这种文

---

① 葛兆光《中国思想史:七世纪至十九世纪中国的知识、思想与信仰》(第二卷),复旦大学出版社 2010 年版,第 9 页。
② 《旧唐书》第 16 册卷一九七《东女国传》,第 5277 页。
③ 《资治通鉴》第 15 册卷二一五《唐纪》,第 6877 页。

化发展倾向与特征，向达通过详细全面的论证指出："开元、天宝之际，天下升平，而玄宗以声色犬马为羁縻诸王之策，重以蕃将大盛，异族入居长安者多，于是长安胡化盛极一时，此种胡化大率为西域风之好尚：服饰、饮食、宫室、乐舞、绘画，竞事纷泊；其极社会各方面，隐约皆有所化，好之者盖不仅帝王及一二贵戚达官已也。"①就当时的思想文化综合形态而言，虽然以儒家文化为代表的传统思想文化可以凭借政权权力的保障与利益诱导，维持着其尊贵的文化地位，但与少数民族文化相比，它极为教条与陈旧，缺乏生动活泼的质性。这就决定了当时社会对传统思想文化逐渐丧失了兴趣，而"过去并不占主流的异族生活方式与观念形态，也逐渐成为那个时代最新鲜、最风行的时尚"②。这自然也导致了唐在政治、文化、生活等各方面都带有鲜明的胡族气质与特点。对此，鲁迅曾有很经典的概括，他在《致曹聚仁》信中说："古人告诉我们唐如何盛，明如何佳，其实唐室大有胡气，明则无赖儿郎。"③客观地说，唐型文化以兼容并蓄、混融舒张作为根本特征与精神，这种文化是以唐朝国力的空前强大，能够充分决定当时的天下秩序作为根本前提的。一旦国力不再强盛，大唐王朝将面临一个相当严峻的文化危机，即异质文化的融入将会对传统文化产生严重的威胁与颠覆，华夏之地将不再是"华夏文化"所主导的地域。这种潜在的文化危机自然决定了社会文化转型的必然性。

第二节　从唐型文化到宋型文化的转型

安史之乱是唐代极为重要的历史事件，自玄宗天宝十四载（755）爆发，至代宗宝应元年（762）结束，前后达八年之久。这次战乱集中凸显了唐代统治者任用蕃人、胡汉混容民族政策的危害。《旧唐书·李林甫传》载："国家武德、贞观已来，蕃将如阿史那社尔、契苾何力，忠孝有才略，亦不专委大将之任，多以重臣领使以制之。开元中，张嘉贞、王晙、张说、萧

---

① 向达《唐代长安与西域文明》，河北教育出版社2001年版，第42页。
② 葛兆光《中国思想史：七世纪至十九世纪中国的知识、思想与信仰》（第二卷），第13页。
③ 鲁迅《鲁迅全集》（第十二卷），人民文学出版社2005年版，第404页。

嵩、杜暹皆以节度使入知政事,林甫固位,志欲杜出将入相之源,尝奏曰:'文士为将,怯当矢石,不如用寒族、蕃人,蕃人善战有勇,寒族即无党援。'帝以为然,乃用思顺代林甫领使。自是高仙芝、哥舒翰皆专任大将,林甫利其不识文字,无入相由,然而(安)禄山竟为乱阶,由专得大将之任故也。"①虽然安史之乱爆发涉及诸多原因,但毫无疑问,任用蕃将的民族文化政策是其中最重要的因素。这次叛乱对唐代政治、经济、军事等都产生了相当大的破坏作用,是唐代由盛入衰的标志。

面对这种巨变,统治者本应有深入的理性总结与重大的民族政策调整,但事实上并非如此。统治者仅仅注意了夷夏之防问题,加强了对胡族将领的猜忌与防范②,但并没有从政治、军事层面进行深入思考,民族混容、任用胡人政策没有实质性改变。《旧唐书·李怀光传》载:"李怀光,渤海靺鞨人也。本姓茹,其先徙于幽州,父常为朔方列将,以战功赐姓氏,更名嘉庆。怀光少从军,以武艺壮勇称,朔方节度使郭子仪礼之益厚。上元中,累迁试太仆、太常卿,主右衙兵将,积功劳至开府仪同三司,为朔方军都虞候。永泰初,实封三百户。大历六年,兼御史中丞,间一年,兼御史大夫,加为军都虞候。性清勤严猛,而敢诛杀,虽亲戚犯法,皆不挠避……十二年,以母忧罢职。明年,起复本官,仍兼邠、宁、庆三州都将。"③作为中唐时期的著名将领,李怀光受到重用主要在安史之乱之后。其后,德宗因听信卢杞等人挑唆,致使其反叛。他被诛后,朝廷"又思怀光旧勋,哀其绝后,乃命承绪继之"④。又如,浑瑊本是铁勒九姓部落之人,为中唐著名将领重臣,"位极将相,无忘谦抑,物论方之金日䃅,故深为德宗委信,猜间不能入"⑤。其子浑镐、鐬亦为达官。又如,裴玢本为疏勒人,曾两任节度观察使。再如,关于沙陀族的处理与倚重问题,沙陀本是唐代突厥别部,因散居于今新疆准噶尔盆地东南、天山山脉东部巴里坤一带,有大碛,名

---

① 《旧唐书》第 10 册卷一百六《李林甫传》,第 3239—3240 页。
② 关于此点,可参见傅乐成《汉唐史论集·唐代夷夏观念之演变》一文,台北市联经出版事业公司 1977 年版。
③ 《旧唐书》第 11 册卷一二一《李怀光传》,第 3491 页。
④ 《旧唐书》第 11 册卷一二一《李怀光传》,第 3495 页。
⑤ 《旧唐书》第 11 册卷一三四《浑瑊传》,第 3710 页。

沙陀,因此又作沙陀突厥。该部先依附吐蕃,元和三年(808),首领朱邪尽忠和长子朱邪执宜率部众三万投归唐朝。因沙陀善于作战,颇受统治者倚重,唐宪宗对强藩成德王承宗、淮西吴元济用兵,武宗对泽潞刘稹用兵,宣宗对抗吐蕃、党项、回鹘等外族,皆得沙陀之助。唐懿宗时,执宜子赤心率骑兵助唐镇压庞勋起义,被授予大同军节度使,赐姓李。这些史实都充分说明,安史之乱后,唐代的民族文化政策一仍其旧,继续重用外族之人。之所以产生这种状况,这既和华夷一家的文化观念、政治政策早已深入人心,很难在短时间内改变这一因素相关,也与统治者未能及时深刻反省与思考这种政策的利弊存在密切关系。

　　藩镇制度是大唐王朝相当值得注意的政治制度。藩镇原是唐朝为了应对边境游牧民族的军事挑战与威胁而设置的,带有鲜明的军事性,后来其权力越来越大,逐渐演变成了一个行政实体。安史之乱的爆发就与安禄山作为平卢、范阳和河东三镇节度使所掌握的权力有关。唐王朝之所以能够最终平定安史之乱,除了军事战争手段外,招降也是其中的关键措施。唐王朝为了迅速平息叛乱,瓦解叛军,对安、史部将多以保留原有势力范围、军队等为条件进行招降,并授以节度使方镇职务。当然,为了防止这些安、史旧部势力再次为乱,唐王朝在内地也开始设置相当多的藩镇,以维持平衡,防患于未然,这就导致了唐代中晚期形成了"内外皆重"的政治军事态势。藩镇制度是唐王朝为了更好地维护自身军事、政治、经济利益而设置的,大小方镇之间可以互为牵制,安史之乱结束后,唐王朝仍能延续近一百五十年的国运,这和藩镇制度所发挥的牵制作用是有密切关系的。

　　当然,由于藩镇握有军事、经济、人事等权力,在客观上是具备割据一方的条件与基础。赵翼《廿二史札记》卷二十"唐节度使之祸"条云:"安禄山以节度使起兵,几覆天下。及安、史既平,武夫战将以功起行阵,为侯王者,皆除节度使。大者连州十数,小者犹兼三四,所属文武官,悉自置署,未尝请命于朝,力大势盛,遂成尾大不掉之势。或父死子握其兵而不肯代,或取舍由于士卒,往往自择将吏,号为留后,以邀命于朝。天子力不能制,则含羞忍耻。因而抚之。姑息愈甚,方镇愈骄……迨至末年,天下尽分裂于方镇,而朱全忠遂以梁兵移唐祚矣。"①赵氏之论稍显片面,不是所有的藩镇以割据为务,像浙东、浙西等是朝廷长期的财源之镇,鲜见割据;同时,在不同历史时期,各藩镇与朝廷的关系也有一个发展变化的过程。但必须承认,曾经非常强大繁盛的唐代之所以灭亡,政权纷迭如浮云的五代十国局面之所以形成,都和藩镇割据有着密切关系。其中,胡族或受胡化影响较深的将领是相当重要的割据力量,这在河北藩镇方面体现得相当充分。陈寅恪指出:"唐代中国疆土之内,自安史乱后,除拥护李氏皇室之区域,即以东南财富及汉化文化维持长安为中心之集团外,尚别有一河北藩镇独立之团体,其政治、军事、财政等与长安中央政府实际上固无隶属之关系,其民间社会亦未深受汉族文化之影响。""唐代安史之乱后之世局,凡河朔及其他藩镇与中央政府之问题,其核心实属种族文化之关系也。"②这说明河北割据不仅是藩镇凭借手中的大权而实行的军事割据,更是基于不同民族文化风俗的文化割据。这种文化割据与唐代统治者所采取的多元混溶的民族文化政策息息相关。对于这个问题,从军阀混战中脱颖而出的宋初统治者赵匡胤、赵光义等应当有深入的认识。因此,在宋朝政权初步建立后,摆在统治者面前相当急迫的任务就是民族关系与国家一统的处理。两者是相辅相成的关系,完成了国家一统,自然也就解决了中晚唐以来胡族政权的割据问题,也能够为改变其文化风俗奠定基础。

宋初时期,胡族建立的政权或割据之地主要有北汉、辽、定难节度区(即后来的西夏)等。其中,北汉为刘崇所建,都晋阳(今山西太原南),称太原府。盛时疆域十二州(一作十州),约为今山西省中部和北部,属于传统华夏文明区域。刘崇先世为沙陀部人,因地瘠民贫,国力微弱,他结辽为援,奉辽帝为叔皇帝。北汉曾联合辽兵,两度进攻后周,对周、宋的军事威胁最为直接。建隆元年(960),刚刚登上皇位的赵匡胤,就有意于解决北汉问题。据李焘《续资治通鉴长编》卷一:"时上将有事于北汉,因密

---

① 王树民《廿二史札记校证》,中华书局1984年版,第430页。
② 陈寅恪《唐代政治史述论稿》,生活·读书·新知三联书店2001年版,第209—210、212页。

访策略,(张)永德曰:'太原兵少而悍,加以契丹为援,未可仓卒取也。臣愚以为每岁多设游兵,扰其田事,仍发间使谍契丹,先绝其援,然后可图。'上曰:'善。'"①开宝元年(968)冬,赵匡胤造访赵普。"上曰:'吾睡不能著,一榻之外,皆他人家也,故来见卿。'普曰:'陛下小天下耶?南征北伐,今其时也,愿闻成算所向。'上曰:'吾欲收太原。'普嘿然良久,曰:'非臣所知也。'上问其故,普曰:'太原当西北二边,使一举而下,则边患我独当之,何不姑留以俟削平诸国。彼弹丸黑子之地,将何所逃。'上笑曰:'吾意正尔,姑试卿耳。'于是用师荆、湖,继取西川。"②可见,宋朝建立后,太祖为了更好地解决胡族政权割据问题,进行了认真的衡量与研判,本着先易后难的原则,最终确立了"先南后北"的总体战略与部署,这种战略与部署的重点、难点在于胡族政权。本着这种策略,乾德三年(965),北宋攻灭后蜀;开宝四年(971),平定南汉;开宝九年(976),平定江南,南方诸割据政权在太祖时代总体上被平定。其后,太宗开始对重点解决北方割据政权问题。太平兴国四年(979),太宗率军亲征北汉,宋军先击溃辽援军,而后猛攻太原,北汉主刘继元被迫出降,北汉灭亡。这意味着北宋在传统政治、文化认同的"国家"范围内或者说在中华文明主要区域,基本上解决了自中晚唐以来胡族割据的问题。

事实上,统治者能够通过战争手段开疆拓土,把胡族政权、势力打压下去,乃至消灭,建立能够臣服于自己或直接为汉族统属、管理的行政模式是其最为醉心的。宋太宗为了建立超越太祖的军事武功,在消灭北汉政权后,随即以一种积极进攻的精神谋取伐辽,以收复燕云十六州,但最终以高粱河一战的惨败而告终。雍熙三年(986),太宗出动兵力三十万左右,再次发动对辽的战役。对于此次战役,太宗满怀信心,欲图"直抵幽州,共力驱攘,俾契丹之党远遁沙漠,然后控扼险固,恢复旧疆,此朕之志也"③。实际上,这种想法是一种传统的国家政治、军事思路与路线,汉唐

---

① 李焘《续资治通鉴长编》第1册卷一,中华书局1992年版,第21页。以下所引《续资治通鉴长编》版本均同。
② 《续资治通鉴长编》第1册卷九,第205页。
③ 《续资治通鉴长编》第2册卷二七,第617页。

时代就充分体现了这一点,所谓"恢复旧疆"实际上就是恢复以汉唐为代表的统一王朝疆域。

虽然雍熙北伐同样以宋军的彻底失败而告终,但却具有极其重要的政治、文化意义。它引起了有识之士的充分思考,对于宋代统治者走向宋型文化的构建起到了触发作用。在战争失败之后,赵普立即上疏,在为太宗战败寻求托词、解围的同时,也提出了相当重要的政治主张。他说:"伏念陛下自剪平太原,怀来闽、浙,混一诸夏,大振英声,十年之间,遂臻广济。远人不服,自古圣王置之度外,何足介意。""望陛下精调御膳,保养圣躬,挈彼疲氓,转之富庶。将见边烽不警,外户不扃,率土归仁,殊方异俗,相率向化,契丹独将焉往?"[1]端拱二年(989),知制诰田锡上疏,针对雍熙北伐战事,发表政见:"以臣所见,小小公事,不劳陛下一一用心。若以社稷之大计,为子孙之远图,则在乎举大略,求将相,务帝王之大体也。设如人欲理身,先理心,心无邪则身自正;欲理外,先理内,内既理则外自安。"[2]在军事没有绝对优势的情况下,统治者对于外夷远人不能臣服问题,不应当过分萦怀,而应当放弃对这一问题的思考,改变、制定基本国策即所谓的"帝王之大体",重点发展自身,解决"内在"问题,通过内强以招徕远夷,达到"欲理外,先理内,内既理则外自安"的政治目的。在少数民族政权势力相当强大的情况下,雍熙北伐战败标志着传统的开疆拓土、臣服远夷的军事、政治策略已行不通,统治者必须及时调整方向,不以外族为事,应当立足本朝自身现实,发展汉民族事业,实现汉族民族自信与国家认同。

第三节　宋型文化的性质:民族本位文化

可以说,宋型文化的展开与特点的形成都是以上述第二节所论作为背景与基点的。事实上,最高统治者也认可赵普、田锡等人的政治主张。

---

[1] 元脱脱等《宋史》第 25 册卷二五六《赵普传》,中华书局 1985 年版,第 8934、8935 页。以下所引《宋史》版本均同。

[2] 《续资治通鉴长编》第 2 册卷三〇,第 677—678 页。

淳化二年(991)，"丁亥，并州言戎人七十三户四百余口内附。上因谓近臣曰：'国家若无外忧，必有内患。外忧不过边事，皆可预防。惟奸邪无状，若为内患，深可惧也。帝主用心常须谨此。'"① 又，淳化四年(993)十一月，"上谓侍臣曰：'朕自即位以来，用师讨伐，盖救民于涂炭，若好张皇夸耀，穷极威武，则天下之民几乎磨灭矣！'宰相吕蒙正对曰：'前代征辽，人不堪命。隋炀帝全军陷没，唐太宗躬率群臣运土填堑，身先士卒，终无所济。'上曰：'炀帝昏暗，诚不足语。唐太宗犹如此，何失策之甚也。且治国在乎修德尔，四夷当置之度外。朕往岁既克并、汾，观兵蓟北，方年少气锐，至桑干河，绝流而过，不由桥梁。往则奋锐居先，还乃勒兵殿后。静而思之，亦可为戒。'蒙正曰：'兵者伤人匮财，不可屡动。汉武帝及唐太宗俱英主，然用兵皆不免于悔，为后世非笑。陛下及其未有悔也，而早辩之，较二王岂不远哉。'上曰：'朕每议兴兵，皆不得已，古所谓王师如时雨，盖其义也。今亭障无事，但常修德以怀远，此则清静致治之道也。'蒙正曰：'古者以简易治国者，享祚长久。陛下崇尚清静，实宗社无疆之休也。'"② 可以看出，以太宗为代表的宋初统治者认为盲目的对外用兵并不可取，说明其对开疆拓土之事已经有了一个深入理性的判断与认识。他们认为真正对国家政权的生死存亡产生重要影响的，不是外部少数民族政权，而是内部的奸邪之人，因此统治者应把关注的重心应放在政权内部的稳定方面，着力解决内政问题。这些都充分说明，到了太宗时期，统治者的思想意识发生了重大转变，即由前此的积极拓展扩张的外向意识转变为立足本朝、侧重内政的内向意识。这种意识转变和赵普、田锡等人的影响密不可分。至此，唐宋二朝文化发展策略的差异开始逐渐凸显，即宋代逐渐放弃了唐代秉持的华夷多元混容的文化意识形态，而逐渐转向立足汉民族自身或者说汉化中国的民族本位文化意识形态。可以说，汉民族本位文化意识形态是宋型文化最根本的性质。

所谓民族本位文化是指某一国家以某一民族的文化为根本，并极力体现、发挥、挖掘它在政治、哲学、伦理道德、风俗、礼仪等社会文化诸层面

---

① 《续资治通鉴长编》第 2 册卷三二，第 719 页。
② 《续资治通鉴长编》第 2 册卷三四，第 758—759 页。

的价值与作用。就古代社会而言,一个国家要走向民族本位文化,有一个最基本同时也是最重要的前提,即这个社会与国家必须以某一民族为主体甚至是单一民族,否则很难谈得上民族本位文化。就晚唐五代时期而言,虽然有大量的胡人进入华夏内地,但传统汉文化具有极其强大的同化能力,致使胡人不断地吸收和借鉴汉族文化,并以夏自居,出现了很鲜明的汉化倾向。他们所建立的政权,已是汉化政权。如沙陀部族李克用通过与汉族新旧贵族联姻,提高了家族的汉化水平,表现出忠义思想。宋代史臣评价克用云:"武皇肇迹阴山,赴难唐室,逐豺狼于魏阙,殄氛祲于秦川。"[1]"是时,提兵托勤王者五族,然卒亡朱氏为唐涤耻者,沙陀也。"[2]其子李存勖在灭梁之后,基本统一北方,为获得中原汉族地主支持,更是以复唐相号召,推行汉化,建立了后唐王朝。他本人也精通音律,雅好词赋,文采昭然,具有汉族式的文学情怀与素养。废帝在石敬瑭即将反叛之时,拒绝臣下与契丹和亲的提议,认为"以天子之尊,屈身奉夷狄,不亦辱乎"[3],表现出鲜明的汉化思想与民族气节。其后,沙陀人石敬瑭、刘知远分别建立了后晋、后汉政权,但他们同样也是以中国自居。据《旧五代史·晋书》:"少帝(指石重贵)既嗣位……朝廷遣使告哀契丹,无表致书,去臣称孙,契丹怒,遣使来让,(景)延广乃奏令契丹回图使乔荣,告戒王曰:'先帝则北朝所立,今上则中国自策,为邻为孙则可,无臣之理。'且言:'晋朝有十万口横磨剑,翁若要战则早来,他日不禁孙子,则取笑天下,当成后悔矣。'由是与契丹立敌,干戈日寻。"[4]正是在胡族汉化的文化现实下,宋代在实现了以传统华夏地区为主的统一后,其境内基本上以汉族为主体,汉文化基本成为当时社会的主导文化背景。而境外的吐蕃诸部、西夏、契丹(辽)则居于自古以来的化外之地,胡汉华夷之间泾渭分明。就其文化版图而言,这些少数民族所统治的区域一直难以纳入中国传统

---

[1] 薛居正等《旧五代史》第 2 册卷二六《武皇纪》"史臣"赞辞,中华书局 1976 年版,第 363 页。以下所引《旧五代史》版本均同。

[2] 欧阳修、宋祁等《新唐书》第 20 册卷二一八《沙陀》,中华书局 1975 年版,第 6166 页。以下所引《新唐书》版本均同。

[3] 《资治通鉴》第 19 册卷二八〇,第 9140 页。

[4] 《旧五代史》第 4 册卷八八,第 1144 页。

文化的视域之中。

就中国传统文化而言,区分华夷文化圈是其中一项相当重要的内容。其要义是"王者必居天下之中,礼也"①。奉行周礼的中原诸侯国以其在四夷之中,故自称中国、中华、华夏,而关于华夷界定的重要标准则是距离"天下之中"的远近。《尚书·禹贡》把天下划分为由中心向外展开的五种区域——甸服、侯服、绥服、要服、荒服。其后,又有九服之辨:"乃辨九服之邦国,方千里曰王畿,其外方五百里曰侯服,又其外方五百里曰甸服,又其外方五百里曰男服,又其外方五百里曰采服,又其外方五百里曰卫服,又其外方五百里曰蛮服,又其外方五百里曰夷服,又其外方五百里曰镇服,又其外方五百里曰藩服。"②对于少数民族居住的远荒之地,传统文化认为不应当过于重视。《春秋公羊传》提出:"春秋内其国而外诸夏,内诸夏而外夷狄。王者欲一乎天下,曷为以外内之辞言之?言自近者始也。"那么,何为"自近者始"呢?何休注云:"明当先正京师,乃正诸夏。诸夏正,乃正夷狄,以渐治之。"③也就是说统治者在政治作为方面必须有主次之分,应当把重点放在华夏相关问题的处理上,而不是夷狄。同时,针对"(隐公)二年春,共会戎于潜"之事,何休注云:"凡书会者,恶其虚内务,恃外好也……王者不治夷狄,录戎者,来者勿拒,去者勿追。"④这样的传统文化认识为宋代统治者的开展民族本位文化即宋型文化建设奠定了理论基础。苏轼有一篇文章叫作《王者不治夷狄论》,是其秘阁六论之一。该文指出:"夷狄不可以中国之治治也。譬若禽兽然,求其大治,必至于大乱。先王知其然,是故以不治治之。治之以不治者,乃所以深治之也……由是观之,春秋之疾戎狄者,非疾纯戎狄者,疾夫以中国而流入于戎狄者也。"⑤文章题目是嘉祐六年(1061)苏轼参加制科第二道程序——秘阁考试的题目。朝廷能够以何休所提出的观点作为题目,可见统治者

---

① 王先谦《荀子集解》,中华书局1989年版,第485页。
② 《十三经注疏》委员会整理《周礼注疏》,北京大学出版社1999年版,第877页。
③ 何休《春秋公羊传》,中华书局编辑部编《汉魏古注十三经》(下册),中华书局1998年版,第131页。
④ 何休《春秋公羊传》,中华书局编辑部编《汉魏古注十三经》(下册),第9页。
⑤ 孔凡礼点校《苏轼文集》第1册,中华书局1986年版,第43—44页。以下所引《苏轼文集》版本均同。

对政治、文化建设的方向是极为重视与明确的,即重内略外。苏文的分析应当是在深刻把握宋代统治者政治文化倾向的基础上进行的深入阐释,体现出鲜明的民族本位主义意识,也反映出苏轼敏锐把握国家政治文化策略的能力。借此也可以看出,苏轼能够秘阁考试中胜出,不仅仅是因为能够交代题面的出处①。

　　民族本位文化是一种比较纯粹的文化。自先秦两汉时期开始,以儒学为核心的中国传统文化逐渐开始形成。这一宏大文化体系虽然有不同的学说思想,但就其形态而言,它是以华夏之人即后世的汉民族作为主体构建者的。特别是在秦汉大一统时代,社会文化本质上属于汉族文化。而自魏晋以后,随着匈奴、鲜卑、羯、羌、氐等少数民族入侵,汉族文化受到了相当大的冲击,胡风盛行。虽然少数民族统治者在入主中原后,有的也接受汉化,但无论就政权性质,还是就社会风气、民族构成等而言,社会文化在总体上是比较驳杂的,胡族文化的气息都比较鲜明。唐代统治者之所以实行兼容开放的民族策略,都是以此为基础的。宋代统治者要建立民族本位文化,首先的前提是必须尽量剥除数百年来的少数民族文化因素,或者对少数民族文化因素按照自己的民族文化思维进行改造。在此基础上,统治者必须立足传统文化,弘扬传统文化。唐代之亡,表面上看是亡于藩镇与外族之祸,实际上更为深层的原因则来源于社会对注重道德伦理、礼制秩序的儒家文化的破坏。《续资治通鉴长编》卷二十四载:"(王)承恭又言:'《仪制令》有云:"贱避贵,少避长,轻避重,去避来。"望令两京、诸道,各于要害处设木刻其字,违者论如律,庶可兴礼让而厚风俗。'甲申,诏行其言。"②所载充分反映出宋初统治者希望通过借助国家力量、法令,在日常生活中极力强化传统的儒家道德礼制观念,欲图解决自晚唐五代以来因礼教沦落所引起的社会风俗浅薄问题。同时,统治者又要立足本朝历史遗留与现实政治、文化等问题,发展、创新传统文化,使

---

① 朱刚先生在《唐宋"古文运动"与士大夫文学》中提出:"(秘阁六论)题目都是从古代典籍甚至注疏中挑出一句乃至半句,要求按题面写成论文,并且在文中交代题面的出处,实际上论文写得如何并不重要,能否记得出处,才是成败的关键。"(复旦大学出版社2013年版,第253页)

② 《续资治通鉴长编》第1册卷二四,第538页。

传统文化能够适应时代、现实需求,只有如此,传统文化才能够充分发挥出服务现实的社会功能。宋人项安世曾云:"盖天下之事,虽贵于守法而亦不可以一付于法。"①陈亮在《诠选资格》一文中说:"方庆历、嘉祐,世之名士常患法之不变。"②所谓的守法也就是恪守传统,而所谓变法也就是对传统进行革新,宋代各项政治、文化运动的变革与发展,背后所蕴含的实际上都是守法与变法意识的争鸣,在这种变与不变的过程中,实现宋型文化的重建与塑造。南宋永嘉学派的陈傅良在《温州淹补学田记》云:"宋兴,士大夫之学亡虑三变。起建隆至天圣、明道间,一洗五季之陋,知向乡矣,而守故蹈常之习未化。范子始与其徒抗之以名节,天下靡然从之,人人耻无以自见也。欧阳子出,而议论、文章粹然尔雅,轶乎魏晋之上。久而周子出,又落其华,一本于六艺,学者经术遂庶几于三代,何其盛哉!"③由这段话即可看出宋人之学与传统文化的关系。从这个角度进行分析,宋型文化就其内在质性、品格而言,它是一种适应时代诉求与发展需要的传统文化,传统与创新相辅相成。

---

① 马端临《文献通考》卷三二《选举五》,浙江古籍出版社 2000 年版,第 301 页。以下所引《文献通考》版本均同。
② 陈亮《龙川集》卷一一《铨选资格》,影印文渊阁《四库全书》第 1171 册,第 596 页。
③ 陈傅良《止斋集》卷三九《温州淹补学田记》,影印文渊阁《四库全书》第 1150 册,第 809 页。

第三章　宋型国防文化策略与咏史诗

宋代统治者构建民族本位文化即宋型文化的行为，预示着对自魏晋以来特别是唐代政治文化策略重大转变。毫无疑问，这一极为重要的转变要真正完成，必须以一系列的政治文化政策为基础。其中，内重于外、外事内制的国防文化策略是宋型文化中的重要方面，并对宋代咏史诗的产生、繁荣产生了比较大的影响，决定了宋代咏史诗民族主义与爱国主义性质。

第一节　宋型国防文化策略与防御体系

两宋时期，民族矛盾与斗争非常尖锐。契丹、党项、女真、蒙古诸族都先后对北宋、南宋发动战争。其中，女真、蒙古分别导致了两宋的灭亡。这么严峻的斗争局面必然会涉及国家边防策略问题。

太祖雄心壮志，欲图统一汉唐以来以汉治为主的地理疆域。他在统一过程中，为避免南北两线作战，遂确定了"先南后北"的战略部署。在南征时，虽然对契丹所建立的辽朝暂时采取守势，但仍然高度重视北部疆域的国防问题，重用李汉超、郭超、李继勋等著名将领，全面授予其用兵之权，并多次打败辽军的进攻。太宗即位之后，继承太祖遗志，也为了在武功方面超越乃兄，随即发动了两次针对辽朝的北伐战争。这种部署与事实说明，宋初时期，统治者采取了积极有为、以攻为主的国防策略。但北伐战争的失败使太宗看到了外族政权的强大实力，导致了太宗在军事与国防意识方面发生了重大变化，使北宋走向了全面防御。在对外关系上，进攻与防御作为维护国家利益的两种方式,不存在孰好孰坏的问题,不自量力的一味进攻同样会导致严重的国家安全与民族忧患问题。如大业八年(612),隋炀帝率领军队三十万人攻打高句丽,结果隋军在辽东城和平壤城伤亡惨重,大败而归。次年,隋朝再度发兵围攻辽东城,国内杨玄感随即叛变。大业十年(614),隋炀帝第三次发兵进攻高句丽。就战争结果而言,虽然高句丽王高元不敌,投降隋朝,但也仅是一种形式上的臣服;而隋朝则为此耗尽国力,民不聊生,烽火遍地,其后不久,隋朝因之灭亡。就北伐时的实力而言,辽军以骑兵为主,数量众多,善战强大,具有很强的机动性,而宋军则以步兵为主,缺乏骑兵,行动相对迟缓。在这种情况下,实行防御性的国防策略也是一种务实之举。

为了能够实现全面防御,从太宗后期开始,宋朝开始构筑对辽军事防线,有鉴于"河北者国家根本之地,存亡系焉"①,在河北一线屯守重兵。对此,富弼曾云:"河北自石晋失燕蓟之险,无所固守,是以蓄兵愈多,积粟愈厚,国朝踵之颇久。"②皇祐元年(1049),户部副使包拯在《答诏问御边之策》中也说过:"臣又闻河北屯兵,无虑三十余万。"③可见,河北屯兵的数量是极其庞大惊人的。这些屯兵分别屯聚、布防于河北军事重镇,"十九城都用兵三十万,定五万,瀛、沧各三万,镇二万,雄、霸、冀、保、广信、安肃各一万,祁、莫、顺安、信安、保宁、北平各五千,北京五万,为诸路救援。余二万分顿诸道,巡检游击兵"④。除了正规军队外,宋代还有乡兵,作为正规军的补充。"乡兵者,选自户籍,或土民应募,在所团结训练,以为防守之兵也。"这些乡兵分为不同番号与类型,"当是时,河北、河东有神锐、忠勇、强壮,河北有忠顺、强人,陕西有保毅、寨户、强人、强人弓手,河东、陕西有弓箭手,河北东、陕西有义勇,麟州有义兵,川陕有土丁、壮丁"。其数量也非常惊人,"康定初,诏河北、河东添籍强壮,河北凡二十九万三千,河东十四万四千,皆以时训练","庆历二年,籍河北强壮,得二十九万五

---

① 《续资治通鉴长编》第 7 册卷一六六,第 3992 页。
② 富弼《上仁宗河北守御十三策》,赵汝愚《宋名臣奏议》卷一三五,影印文渊阁《四库全书》第 431 册,第 701 页。
③ 《续资治通鉴长编》第 7 册卷一六六,第 3993 页。
④ 《续资治通鉴长编》第 6 册卷一五〇,第 3641 页。

千,拣十之七为义勇,且籍民丁以补其不足"①。

除了通过兵力防守外,宋代统治者还通过开挖河塘、种植稻木等,以阻滞少数民族骑兵。《宋史·何承矩传》载:"时契丹挠边,承矩上疏曰:'臣幼侍先臣关南征行,熟知北边道路、川源之势。若于顺安砦西开易河蒲口,导水东注于海,东西三百余里,南北五七十里,资其陂泽,筑堤贮水为屯田,可以遏敌骑之奔轶。俟期岁间,关南诸泊悉壅阗,即播为稻田。其缘边州军临塘水者,止留城守军士,不烦发兵广戍。收地利以实边,设险固以防塞,春夏课农,秋冬习武,休息民力,以助国经。如此数年,将见彼弱我强,彼劳我逸,此御边之要策也。其顺安军以西,抵西山百里许,无水田处,亦望选兵戍之,简其精锐,去其冗缪。夫兵不患寡,患骄慢而不精;将不患怯,患偏见而无谋。若兵精将贤,则四境可以高枕而无忧。'太宗嘉纳之……乃以承矩为制置河北缘边屯田使,俾董其役。"②纵使在澶渊之盟签订、宋辽关系相对缓和后,防辽塘泊工程仍在继续。《梦溪笔谈》载:"至熙宁中,又开徐村、柳庄等泺,皆以徐、鲍、沙、唐等河,叫猴、鸡距、五眼等泉为之原,东合滹沱、漳、淇、易、白等水并大河,于是自保州西北沈远泺,东尽沧州泥枯海口,几八百里悉为潴潦,阔者有及六十里者,至今倚为藩篱。"③除此之外,宋代统治者还在霸、沧、保、雄等沿边诸州设置榆寨,构造绿色长城。据王明清《挥麈录·挥麈后录》载:"太祖尝令于瓦桥一带南北分界之所,专植榆柳,中通一径,仅能容一骑,后至真宗朝,以为使人每岁往来之路。岁月浸久,日益繁茂,合抱之木交络翳塞。宣和中,童贯为宣抚,统兵取燕、云,悉命剪剗之。迨敌马南骛,遂为坦途。使如前日有所蔽障,则未必能卷甲长驱如此,亦祖宗规抚宏远之一也。"④据《续资治通鉴长编》,仁宗皇祐元年(1049)十月戊寅,"河北缘边安抚司请自保州以西无塘水处,广植林木,异时以限敌马,从之"⑤。《宋史·食货

---

① 《宋史》第 14 册卷一九〇《兵志四》,第 4705—4706 页。
② 《宋史》第 27 册卷二七三《何承矩传》,第 9328 页。
③ 沈括著,侯真平校点《梦溪笔谈》卷一三《权智》,岳麓书社 1998 年版,第 113 页。
④ 王明清《挥麈录》,上海古籍出版社编《宋元笔记小说大观》第 4 册,上海古籍出版社 2001 年版,第 3615 页。以下所引《宋元笔记小说大观》版本均同。
⑤ 李焘《续资治通鉴长编》第 7 册卷一六七,第 4019 页。

志》载,神宗熙宁二年(1069),安肃军(治今河北省定州市)、广信军(治今河北省徐水县西北遂城)、顺安军(治今河北省高阳县东旧城)和保州,"令民即其地植桑榆或所宜木,因可隔阂戎马"①。

南宋建立后,面临着更加严峻的民族危机,北方的金、元政权时时发动军事进攻,为此统治者不得不强化军事力量,构筑军事防线。在军队数量方面,南宋基本维持在二十七至三十万左右。据《宋史·兵志》,建炎初年,高宗曾谕宰臣曰:"方今战士无虑三十万,若皆被坚执锐,加以弧矢之利,虽强敌,无足畏也。"②开禧元年(1205),参知政事蒋芾言及乾道以前兵力情况:"绍兴十二年二十一万四千五百余人,二十三年二十五万四千五百四十人,三十年三十一万八千一百三十八人,乾道三年三十二万三千三百一人。"③北宋时期,内地军力配置所占比重较大,而南宋时期的军队主要以屯守方式驻扎在边线重镇上,"乾道之末,各州有都统司领兵:建康五万,池州一万二千,镇江四万七千,楚州武锋军一万一千,鄂州四万九千,荆南二万,兴元一万七千,金州一万一千"④。这种布置情况一直延续到南宋末年。对此,宝庆二年(1226),知武冈军吴愈曾指出:"禁卫兵所以重根本、威外夷,太祖聚天下精兵在京者十余万,州郡亦十余万。嘉定十五年,三卫马步诸军凡七万余,阙旧额三万,若以川蜀、荆襄、两淮屯戍较之,奚啻数倍于禁卫?宜遵旧制,择州郡禁兵补禁卫阙,州郡阙额帅守招填。"咸淳十年(1274),汪立信上书贾似道,指出:"内地何用多兵,宜悉抽以过江,可得六十万矣。"⑤这些史料都充分说明,南宋兵力主要用在了边防上。

为维持半壁江山,南宋统治者从绍兴年间至端平元年(1234)近百年的时间里,沿着淮河、大散关一线精心构筑军事防线。端平以后,面对蒙古族的进攻,统治者沿四川、荆襄、两淮一线苦苦经营。在对金、对元的战争过程中,统治者高度重视两淮、京湖、川蜀等主战要地,为之颇费苦心。

---

① 《宋史》第13册卷一七三《食货志》,第4167页。
② 《宋史》第14册卷一九七《兵志》,第4922页。
③ 《宋史》第14册卷一九三《兵志》,第4821页。
④ 《宋史》第14册卷一八七《兵志》,第4583页。
⑤ 《宋史》第14册卷一九三《兵志》,第4821—4822页。

其中，两淮边地是最重要的战场，它拱卫首都临安，是维系南宋政权生死存亡的军事之地，因此"精兵良将，尽在两淮"①。在两淮战场上，南宋统治者对襄阳、樊城尤为重视，二地是南宋北防战线的门户，直接决定着政权的安危。李心传《建炎以来系年要录》载："（绍兴六年）王彦为保康军承宣使，知襄阳府，充京西南路安抚使。朝议以襄阳重地，故命彦以所部镇之。"②绍兴三十一年，完颜亮率领金军进行了势如破竹的攻击，吴拱上书执政者云："荆南为吴蜀之门户，襄阳为荆州之藩篱，屏翰上流，号为重地。若弃之不守，是自撤其藩篱也。况襄阳依山阻江，沃壤千里，设若侵犯，据山以为巢穴，如人扼其咽喉，守其门户，则荆州果得高枕而眠乎？"③嘉熙三年（1239），京湖制置使孟珙在奏书中亦强调："襄、樊为朝廷根本，今百战而得之，当加经理，如护元气，非甲兵十万，不足分守。与其抽兵于敌来之后，孰若保此全胜？上兵伐谋，此不争之争也。"④应当说，南宋政权偏居一隅，能够维持一百五十年左右，这和统治者对襄樊等两淮战场重镇的长期经营有极为密切的关系。对于作为西南一线的川蜀之地，统治者也极为重视，一直被视为国家安全的主要屏障。建炎三年，"朝廷以张浚宣抚川、陕，议未决。（汪）若海曰：'天下者，常山蛇势也，秦、蜀为首，东南为尾，中原为脊。今以东南为首，安能起天下之脊哉？将图恢复，必在川、陕'"⑤。绍兴七年（1137），著作郎张嵲就指出："川蜀系国利害，非腹心之臣不可，今早得一贤宣抚使为要。"⑥洪咨夔在《召试馆职策》中指出："天下大势，首蜀尾淮，而腰膂荆襄，自昔所甚重也。"⑦这些史料都充分说明南宋对川蜀战略地位的重视。

特别值得注意的是，南宋统治者充分利用江南水乡特点，大力发展自

---

① 李曾伯《可斋杂稿·续稿》卷五《缴印经略来札手奏》，影印文渊阁《四库全书》第1179册，第639页。
② 李心传《建炎以来系年要录》第2册卷九八，上海古籍出版社1992年版，第369页。以下所引《建炎以来系年要录》版本均同。
③ 《建炎以来系年要录》第3册卷一九二，第747页。
④ 《宋史》第35册卷四一二《孟珙传》，第12376页。
⑤ 《宋史》第35册卷四〇四《汪若海传》，第12218页。
⑥ 《宋史》第37册卷四四五《张嵲传》，第13139页。
⑦ 洪咨夔《平斋集》卷九《召试馆职策》，影印文渊阁《四库全书》第1175册，第181页。

己的优势兵种——水军,沿着江淮等水流一线,构建了比较完善的水军防御系统。《宋史·兵志》云:"至于水军之制,则有加于前者,南渡以后,江、淮皆为边境故也。建炎初,李纲请于沿江、淮、河帅府置水兵二军,要郡别置水兵一军,次要郡别置中军,招善舟楫者充,立军号曰凌波、楼船军。其战舰则有海鳅、水哨马、双车、得胜、十棹、大飞、旗捷、防沙、平底、水飞马之名。隆兴以后至于宝祐、景定间,江、淮沿流堡隘相望,守御益繁。"①这种水军防御体系在抵御金元进攻方面发挥了积极作用。如,在南宋初年,抗金名将韩世忠大败金兵,并在黄天荡困住金兀术,依靠的主要是自己的水军。理宗端平之后,抗元名将孟珙之所以能够取得保卫江陵、黄州,收复襄阳等战役的胜利,凭借的还是水军优势。

总之,无论是北宋,还是南宋,都针对当时的民族斗争形势制定了相关的防御体系。这一体系为维持宋政权的长期存在发挥了很大作用。元脱脱等所撰《宋史》在评价南宋军事情况、斗争时,就认为:"沿边诸垒,尚能戮力效忠,相与维持至百五十年而后亡。虽其祖宗深仁厚泽有以固结人心,而制兵之有道,综理之周密,于此亦可见矣。"②因此,就宋代统治者的军事部署与防御思路而言,它是有积极作用的。从这个角度而言,宋代统治者并不曾"虚外"。

第二节　宋型国防文化策略与防御体系的弊端

宋代在与辽、金、元等外族政权的斗争中,多以失败而告终,并最终被外族灭亡,这由此也导致了宋朝积贫积弱的传统认识。之所以产生这样的结果,这和统治者的防御国策有密不可分的关系。南宋吕祖谦在《历代制度详说》卷十中有一段很著名的话:"入敌境为国守,取敌地为国圉者,古人之所以置屯也。斥地与敌,守内虚外,以常为变,以易为难,今世之不得守,兵也……夫警备于平居无事之时,屯守于阃奥至安之地,未尝有一

---

① 《宋史》第 14 册卷一八七《兵志》,第 4583 页。
② 《宋史》第 14 册卷一八七《兵志》,第 4570 页。

日之战,而上下交以为至难,此所谓斥地与敌,守内虚外,以常为变,以易为难者耶?虽孙氏、东晋、南北之常势固不暇讲,况敢望其如汉、唐之守边屯兵乎!"①在此,吕祖谦提出了宋朝"守内虚外"之说。一般研究者多望文生义,认为宋代统治者重视内部事务,不重视外事。实际上,按诸本文之意,其所谓"外"是指境外。统治者必须在境外建立军事屯兵基地,这种军事举措既能拓展疆域,也能巩固、捍卫境内。其所谓"内",指境内。就宋代以前的军事策略、方针而言,以汉唐为代表的王朝所实行的都是一种积极扩张进取的路线。而宋代的军事防御体系都是在境内构筑的,表现出鲜明的境内御敌的特点。这是宋型文化在军事方面的主要特征。因此,立足于传统军事策略与精神,吕祖谦所批评的是宋代统治者境内防御策略的弊端,其所谓"守内虚外"实际上全部是就对外军事而言的。

这种境内御敌的战略本身就是一种防守被动型的战略,很容易导致被动挨打。特别是,就政治意图而言,自太宗以后,统治者认为影响国家与政权稳定的因素主要是国内矛盾,就其孰轻孰重而言,统治者认为国内矛盾要比对外矛盾更值得重视,这是一种典型的内重外轻的政治心理意识。在这种政治意识下,统治者以内制外,外事内制,即对待战争的态度、对边疆将领的任用、军权的控制、具体的军事部署等,都体现出内部稳定、控制压倒一切,军事上的一切行为都以统治者的严格政治内控作为前提。

就对战争的态度而言,宋代统治者大多力求避争,不愿意与外族发生战争,乃至于在民族危急关头,主和反战、妥协退让成为朝廷的一种主流认识。景德二年(1005),真宗幸临国子监,对儒术大盛局面表示赞赏,认为:"国家虽尚儒术,然非四方无事,何以及此。"②实际上,景德元年(1004),辽军大举侵宋。在战争占据一定优势的条件下,宋廷主动与辽签订澶渊之盟,以每年送给辽岁币、绢等而结束战事。真宗所言充分反映了其厌战或不好战心理。对此,南宋初期的曹彦约云:"真宗皇帝四方无事之语,发于景德二年。是时,澶渊之盟契丹才一年耳,而圣训已及此,则

---

① 吕祖谦《历代制度详说》卷十,黄灵庚、吴战垒主编《吕祖谦全集》第9册,浙江古籍出版社2008年版,第126—127页。以下所引《历代制度详说》版本均同。
② 《续资治通鉴长编》第3册卷六〇,第1333页。

知兵革不用,乃圣人本心,自是绝口不谈兵矣。"①可谓深察了真宗的本心。大中祥符三年(1010),环州将领高继忠反映西夏赵德明"虽称藩,然颇不遵誓约"的问题。对此问题,真宗与宰相王旦进行了交谈。"上谓宰相曰:'方今四海无虞,而言事者谓和戎之利,不若克定之武也。'王旦曰:'止戈为武。佳兵者,不祥之器。祖宗平一宇内,每谓兴师动众,皆非获已。先帝时,颇已厌兵。今柔服异域,守在四夷,帝王之盛德也。且武夫悍卒,小有成功,过求爵赏,威望既盛,即须姑息,往往不能自保,凶于国而害于家,此不可不察也。'上深然之。"②两者的对话充分反映出统治者息宁边事、反对战争的政治意识。庆历二年(1042),在宋夏战争相持不下之时,辽国"屯兵境上,遣其臣萧英、刘六符来求关南地"③。对于此事,宋廷仍然力求和谈,以每年向辽增加白银、绢了事。元丰时期,血气方刚的神宗欲图改革,在边事方面欲图以汉唐为法,主张对西夏采取攻势,但遭到了富弼、文彦博、张方平等人的反对,他们认为"陛下临御未久,当布德行惠,愿二十年口不言兵"④。可见,反战主和已成为一种根深蒂固的社会主流意识,即所谓"士大夫多以讳不言兵为贤,盖矫前日好兴边事之弊"⑤。南宋时期,虽然抗金、抗元的呼声不断,但主和派却长期主政,不以收复为事,仅仅满足于维护江南偏安的局面。绍兴二十五年(1155),宋高宗曾对魏良臣、沈该、汤思退等大臣曰:"两国和议,秦桧中间主之甚坚,卿等皆预有力。今日尤宜协心一意,休兵息民,确守无变,以为宗社无穷之庆。"⑥真德秀在《直前奏事劄子》云:"以忍耻和戎为福,以息兵忘战为常。积安边之金缯,饰行人之玉帛。金邦尚存,则用之于金邦;强敌更生,则施之于强敌,此苟安之计也。"⑦这些材料都充分说明了南宋统治者依然秉承北宋的厌战求和策略。

---

① 曹彦约《经幄管见》卷一,影印文渊阁《四库全书》第 686 册,第 36 页。
② 《续资治通鉴长编》第 3 册卷五九,第 1672 页。
③ 《宋史》第 29 册卷三一三《富弼传》,第 10250 页。
④ 《宋史》第 29 册卷三一三《富弼传》,第 10255 页。
⑤ 叶梦得《避暑录话》卷下,影印文渊阁《四库全书》第 863 册,第 706 页。
⑥ 《建炎以来系年要录》第 3 册卷一七〇,第 391 页。
⑦ 真德秀《西山文集》卷三,影印文渊阁《四库全书》第 1174 册,第 49—50 页。

就宋前文化而言，文武并重是当时比较主要的传统。先秦时期的六艺之教，除了礼乐文事外，也包括"射""御"等军事性内容。当时的贤士往往"居则以是习礼乐，出则以是从战伐"①。特别是战国时期，军功阶层地位尤其显著。自秦朝一统后，各王朝多积极进取，拓展疆域，极为重视武备建设与武将选拔，为此产生了一大批的军事家、将帅，如汉代的卫青、霍去病，魏晋南北朝时期的诸葛亮、周瑜、司马懿、陶侃，唐代时期的李靖、薛仁贵、郭子仪等。然而到了宋代，尤其是自太宗之后，统治者为了维护王权的长久存在与利益，有鉴于武将所造成的藩镇割据局面，对武将群体严加防范，选录标准也发生了很大变化。太平兴国九年（984），宋太宗在转改诸军将校的活动中，曾对宰臣说："朕迁转军员，先取其循谨能御下者，武勇次之。若不自谨饬，则其下不畏惮，虽有一夫之勇，亦何所用。"②所谓"循谨"是指因循谨慎，唯上命是从。由这番话就可看出统治者选拔将领的标准重在能服服帖帖地为其所用，而真正的敢决武勇者则不受重视。这样的选拔标准必然会导致宋代武将军事素质的整体下降。大批将领多庸碌无能，胆小怕事。如，咸平二年，辽军入侵，傅潜为镇、定、高阳关三路行营都部署。"潜畏懦无方略，闭门自守，将校请战者，则丑言骂之。""朝廷屡间道遣使，督其出师，会诸路兵合击，范廷召、桑赞、秦翰亦屡促之，皆不听。廷召等怒，因诟潜曰：'公恇怯乃不如一妪尔。'潜不能答。"③康定元年（1040），西夏侵宋，陕西安抚使韩琦上疏反映战备情况："庆州久阙部署，高继隆、张崇俊虽有心力，不经行陈，未可全然倚任。驻泊都监之内，亦无得力之人。"一些将领，如"魏昭昞、王克基未尝出离京阙，便使领众御戎，昨来暂至延州，皆已破胆"④。这样的人物担任军事要职，负责战争工作，可想而知，其领导的部队自然军风败坏，逃跑主义盛行，战争的最终结果自然多是以失败而告终。汪应辰曾上书高宗，指陈军政不修问题时说："自讲和以来，将士骄惰，兵不阅习，敌未至则望风逃遁，

---

① 王安石《临川文集》卷三九《上仁宗皇帝言事书》，影印文渊阁《四库全书》第 1105 册，第 287 页。
② 《宋史》第 14 册卷一九六《兵志》，第 4878 页。
③ 《宋史》第 27 册卷二七九《傅潜传》，第 9473—9474 页。
④ 《续资治通鉴长编》第 5 册卷一二六，第 2995、2996 页。

敌既退则谩列战功,不惟佚罚,且或受赏。"①所言充分反映了南宋自与金讲和之后战备松弛、军纪不整的状况。南宋阳枋《字溪集》卷一载:"蜀自白巾一变之后,人人倡为'百战不如一溃'之说。边尘稍惊,望风奔散,掠子女,掳财帛,被锦绣,而饫膏粱,事艺曾不之讲。其间至有持弓挟矢数十,发而无一中垛帖者,以此御敌,何异驱群羊而当猛虎哉。"②所载反映了蜀地军风情况,趣味性的言辞背后透露出对南宋军事问题的深刻批判。

宋代统治者为了加强对武将群体与军权的控制,逐渐确立了以文驭武的方针,并把它作为祖宗家法的主要内容。据陈峰统计,北宋枢密院正职(包括枢密使、知枢密院事、领枢密院事、判枢密院事等)共72人,其中文职出身者54人,武职出身者仅18人。枢密院副职(包括枢密副使、同知枢密院事、签书枢密院事等)共129人,其中文职出身者108人,武职出身者21人。就总体情况而言,"宋初枢密院武职出身长贰尚有较高的地位和一定的权力,到宋真宗以后,其地位和权威便日益降低。特别是在宋仁宗时期,武将出身的西府长贰或为庸碌之辈,受到轻视;或小有军功,便遭受猜忌、打击,遂几近为摆设之物。到嘉祐以后,枢密院实际上成为文臣的一统天下,武将则几乎被清除殆尽"③。文人大多不懂军务与战场事宜,缺乏处理重大军事事务与突发战争的能力,所能做的工作便是"主文书、守诏令,每有宣命,则翻录行下;如诸处申禀,则令侯朝旨"④。在此情况下,统治者让他们主管军务工作,自然容易产生严重的后果。如太宗、真宗时期的张宏本为进士出身,曾预修《太平御览》,后任职枢密副使。《宋史》论曰:"张宏为枢副,当用兵之际,循默备位。"⑤仁宗时,王鬷曾知枢密院事。在此之前,曹玮曾提醒他以后受重用之时,要留意边防,以防西夏,但他却"莫究所谓",没有任何军事敏感性。其后西夏元昊用兵西北边境,慌然无措。"帝数问边计,不能对。及刘平、石元孙等败,议刺乡

---

① 《宋史》第34册卷三八七《汪应辰传》,第11878页。
② 阳枋《字溪集》卷一《上宣谕余樵隐书》,影印文渊阁《四库全书》第1183册,第261页。
③ 陈峰《从枢密院长贰出身变化看北宋"以文驭武"方针的影响》,《宋代军政研究》,中国社会科学出版社2010年版,第60—61页。
④ 《宋史》第30册卷三二四《张亢传》,第10487页。
⑤ 《宋史》第26册卷二六七,第9218页。

兵,久不决。帝不悦,宰臣张士逊言:'军旅之事,枢密院当任其咎。'"①孙傅是纯粹文臣,曾登进士第,中词学兼茂科。靖康元年,同知枢密院事。他面对金人对都城的围攻,没有任何御敌之策,竟然根据丘浚《感事诗》"郭京杨适刘无忌"之语,寻求一些装神弄鬼的人去御敌,最终闹出了开门迎敌的闹剧②,其荒唐可笑程度已让人难以想象。

就具体的军事部署而言,宋代防御军事体系是一种全线防御。在漫长的边防线上,宋军主要采取分兵屯守、作战的方式。对此,端拱二年(989),户部郎中张洎指出:"今河朔郡县,列壁相望,朝廷不以城邑小大,咸浚湟筑垒,分师而守焉。"③表面上看,这种处处设防,分兵屯守的方式似乎无懈可击,任何地方均可御敌,但实际上存在着很大的弊端,很容易造成兵分势弱的局面。一旦敌军集中优势兵力,重点攻击某一屯点,宋朝边线遭到突破也是必然的。对此,张洎云:"及乎贼众南驰,长驱深入,咸婴城自固,莫敢出战。是汉家郡县,据坚壁,囚天兵,待敌寇之至也。所以犬羊丑类,莞然自得,出入燕赵,若践无人之境。及其因利乘便,攻取城壁,国家常以一邑之众,当戎人一国之师。既众寡不侔,亦败亡相继,其故无他,盖分兵之过也。"④面对西夏侵边,张亢曾上疏指出:"泾原一路,自总管、钤辖、都监、巡检及城寨所部六十余所,兵多者数千人,少者才千人,兵势既分,不足以当大敌。若敌以万人为二十队,多张声势以缀我军,后以三五万人大入奔突,则何以支?"⑤张洎、张亢所言都充分指出了分兵屯守、作战方式的弊端。

同时,宋代统治者为了防止将领势力过大,只允许其对自己的屯守之地负责,不相统制,不允许主要将领根据边地军情临时调度,协调安排;各将领相互嫉妒,不能够互援互助。端拱二年,王禹偁上奏议分析备边御戎之策,认为:"兵势患在不和,将臣患在无权。……如国家有兵三十万,则每军十万人,使相互救援,责以成功。立功者行赏,无功者明诛。北戎不

---

① 《续资治通鉴长编》第 5 册卷一二六,第 2987 页。
② 《宋史》第 32 册卷三五三,第 11137 页。
③ 《续资治通鉴长编》第 2 册卷三〇,第 667 页。
④ 《续资治通鉴长编》第 2 册卷三〇,第 667 页。
⑤ 《宋史》第 30 册卷三二四,第 10483 页。

能南下矣。"①张亢指出："昨延州之败,盖由诸将自守,不相应援。"②二人已充分认识到宋代边防将领不相互协调助援的问题,但这些问题与建议没有引起统治者的重视,将领互不为助成为宋代边线战争相当突出的现象,统治者对不救援的将领也很少惩处。如,咸平六年(1003),"契丹数万骑南侵,至望都,(王)继忠与大将王超及桑赞等领兵援之。继忠至康村,与契丹战,自日昳至乙夜,敌势小却。迟明复战,继忠阵东偏,为敌所乘,断饷道,超、赞皆畏缩退师,竟不赴援。"③望都战役的失败,和王超、桑赞等不能救援有着密切的关系。但王超并没有受到惩处,继续担任镇、定、高阳关三路都部署。建炎四年(1130),作战极为勇敢的悍将赵立在楚州遭遇金重兵围攻,向朝廷告急。当时张俊、刘光世等名将,多少有嫉贤妒能的心理,均不曾救援。"签书枢密院事赵鼎欲遣张俊救之,俊不肯行。""以书趣(刘)光世会兵者五,光世讫不行。金知外救绝,围益急。"④只有军力比较弱小的岳飞、李彦先等赴援,但均被金兵阻击。最后,极为忠勇的赵立与赴援的李彦先战死,楚州沦陷。若张俊、刘光世等施之援手,战争的结果绝不至此。

两宋统治者所制定的境内防御军事文化策略仅仅是宋型文化的一个方面,并且与其他文化策略,特别是崇文文化策略层面相比,是处于次要地位的。对此,宋人尹洙曾云："状元登第,虽将兵数十万,恢复幽蓟,逐强敌于穷漠,凯歌劳还,献捷太庙,其荣亦不可及也。"⑤这句话充分反映出宋代军事文化策略在当时的地位。

第三节　宋型国防文化策略与咏史诗创作

内重于外、外事内制的国防文化策略对宋代社会产生了重大影响,它使宋朝时时面临着少数民族政权的骚扰、威胁,是导致两宋灭亡的重要因

---

① 《续资治通鉴长编》第 2 册卷三〇,第 672 页
② 《宋史》第 30 册卷三二四,第 10484 页。
③ 《宋史》第 27 册卷二七九,第 9471—9472 页。
④ 《宋史》第 38 册卷四四八《忠义传》,第 13215 页。
⑤ 田况《儒林公议》,影印文渊阁《四库全书》第 1036 册,第 278 页。

素。面对这种因军事文化策略而引起的严重民族危机,具有强烈参政意识与家国情怀的士子文人,必然会有深刻痛楚的政治感受与民族情怀需要抒发与表达。在此情况下,士子文人通过对前代与当代史实的描写与评论,来表达这份感受与情怀,自然成为一种鲜明的文学现象。可以说,宋代咏史诗能够充分繁盛起来,并体现出民族主义与爱国精神等新的时代特征,和宋型国防文化存在着密切的关系。

南宋罗大经有《韩范用兵》一诗:"奋髯要斩高邮守,攘臂甘驱好水军。到得绕床停箸日,始知心服范希文。"对于此诗的写作背景,其《鹤林玉露》乙编卷二载:"郭仲晦云,用兵以持重为贵。盖知彼知己,先为不可胜以待敌之可胜,此百战百胜之术也。昔韩、范二公在五路,韩公力于战,范公则不然,曰:'吾唯知练兵、选将、积谷、丰财而已。'余观《东轩笔录》载:韩公欲五路进兵以袭平夏,范公不可。韩公遣尹师鲁至庆州,约进兵,范公曰:'我师新败,士卒气沮,但当谨守,以观其变,岂可轻兵深入!'师鲁叹曰:'公于此乃不及韩公。韩公尝云:大凡用兵,当先置胜负于度外。公何区区过慎如此?'范公曰:'大军一动,万命所悬,乃可置于度外乎?'师鲁不能强而还。韩公遂举兵,次好水川。元昊设伏,我师陷没,大将任福死之。韩公遽还,至半途,亡者之父兄妻子数千人,号于马首,持故衣纸钱,招魂而哭曰:'汝昔从招讨出征,今招讨归,而汝死矣;汝之魂识,亦能从招讨以归乎!'哀恸之声震天地。韩公掩泣,驻马不能进。范公闻之,叹曰:'当是时,难置胜负于度外也。'国朝人物,当以范文正为第一,富、韩皆不及。富公欲诛晁仲约,其见亦不逮范公。余尝有诗云:'奋髯要斩高邮守,攘臂甘驱好水军。到得绕床停箸日,始知心服范希文。'"[1]这则史料所蕴含的信息非常丰富,既反映了南宋时期对北宋防御性军事文化策略的认可,也反映了宋代咏史诗的创作与宋朝军事文化策略的关系。

又如,元代韦居安所著《梅磵诗话》卷上载:"曾裘父作《秦女行》并序云:'靖康间,有女子为金人所掠,自称秦学士女,在道中题诗云:"眼前虽有还乡路,马上曾无放我情。"读之者凄然。余少时尝欲纪其事,因循数十

---

[1] 《宋元笔记小说大观》第 5 册,第 5257 页。

年,不克为之。壬辰岁九月,因读蔡琰《胡笳十八拍》,慨然有感于心,乃为之追赋其事,号《秦女行》。云:"妾家家世居淮海,郎罢声名传海内。自从贬死古藤州,门户凋零三十载。可怜生长深闺里,耳濡目染知文字。亦尝强学谢娘诗,未敢女子称博士。年长以来逢世乱,黄头鲜卑来入汉。妾身亦复堕兵间,往事不堪回首看。飘然一身逐胡儿,被驱不异犬与鸡。奔驰万里向沙漠,天长地久无还期。北风萧萧易水寒,雪花席地经燕山。千杯虏酒安能醉,一曲琵琶不忍弹。吞声饮恨从谁诉?偶然信口题诗句。眼前有路可还乡,马上无人容我去。诗成吟罢只茫然,岂意汉地能流传。当时情绪亦可想,至今闻者犹悲酸。忆昔中郎有女子,亦陷房中垂一纪。暮年不料逢阿瞒,厚币赎之归故里。惜哉此女不得如,终竟老死留穹庐。空余诗话传凄恻,不减《胡笳十八拍》。"《秦女》一行,意甚凄楚,曾诗一篇,辞甚感怆,皆可传也。'"[①]曾季狸,字裘父,号艇斋,临川(今属江西)人,一作南丰(今属江西)人。曾巩弟宰之曾孙。尝举进士不第,终身不仕。师事韩驹、吕本中、徐俯,又与朱熹、张栻书问往复,孝宗乾道、淳熙间颇有声名。有《艇斋杂著》一卷,已佚。今存《艇斋诗话》一卷。其《秦女行》写于孝宗乾道八年(1172),充分描写了北宋靖康之难时期一位普通女子的悲惨遭遇,控诉了金人发动的侵宋战争所造成的民族灾难。

《梅磵诗话》卷中又载:"绍兴辛巳之冬,金主亮倾国入寇,如林之族,充塞淮甸。尉子桥之战,大将王权先遁,统领姚兴独以所部四百骑当虏六十万,自辰至午,凡十战,毙数百人。虏相谓曰:'使更数人如此,吾曹何可当?'权不遣一卒援,部将戴皋亦玩视不救,兴竟没于阵。朝廷悯其忠,厚加恤典,谥以忠毅,立庙淮甸,迄今血食橘园。林宋伟力叟题四绝于庙,其一云:'赤心许国自平时,见敌捐躯更不疑。权忌皋庸皆遁走,同时死难只青狮。'注云:'青狮乃姚马名,每亲饲之,若通其语言。时取斗酒,投大盆中,与马同饮,曰:"吾与汝同力报国。"竟与马同死。'其二云:'农父犁田出宝刀,铜花浸血冷侵毛。神锋凛凛冲星斗,未许丰城剑气高。'注云:'耕者得姚所用大刀,重六十斤。'其三云:'岁岁蒸尝九月期,西风笳鼓万

---

① 韦居安《梅磵诗话》卷上,丁福保辑《历代诗话续编》(中册),第 546—547 页。

人悲。山边走马神旗闭,遥望君侯复下来。'注云:'军民每当重九侯生日,集祠下祭酹,往往见飞骑来绕山,谓太尉来降。'其四云:'两日经行旧战场,却来祠下谒堂堂。偷生诸将今何在?万古英灵独耿光。'林诗载于黄柔升所编《六义》。余嘉其忠节,表而出之。"①林宋伟,字力叟,自称橘园居士,永福(今福建永泰)人,宁宗嘉定十六年(1223)进士。累佐浙幕,在防御金人方面有功,后擢为湖北路转运判官,迁吉州通判,提点广南东路刑狱。其所写《题忠毅姚公庙》四绝是有感于南宋初年抗金将领姚兴之事而发。

通过上述史料可以看出,宋代咏史诗的产生、繁盛和当时的军事文化政策及这种政策之下民族战争、民族苦难存在着密切关系。

内重于外、外事内制的国防文化策略不仅促进了宋代咏史诗的创作与繁盛,同时也影响着宋代文人士子对待历史人物、事件的认知态度。在长期的文化推行中,这种策略早已深深根植在宋人的文化心灵中,"内重外轻"已成为其审视、评价历史的潜在立场与思维模式。一旦诗人在涉及历史题材时,便会自觉地以这种立场与思维为基础,表达个人对历史的认知与识见。如文同《张骞冢祠》:"中梁山麓汉水滨,路侧有墓高嶙峋。丛祠蓊蔚蔽野雾,榜曰博望侯之神。当年宝币走绝域,此日鸡豚邀小民。君不见武帝甘心事远略,靡坏财力由斯人。"②文同,字与可,号笑笑居士、笑笑先生,人称石室先生。梓州梓潼郡永泰县(今属四川绵阳市盐亭县)人,著名画家、诗人。仁宗皇祐元年(1049)进士,迁太常博士、集贤校理,历官邛州、大邑、陵州、洋州(今陕西洋县)、湖州(今浙江吴兴)等知州或知县。他以学名世,擅诗文书画,深为文彦博、司马光等人赞许,尤受其从表弟苏轼敬重。此诗即写于出知洋州期间。诗人因地怀古,表达对汉代博望侯张骞通使西域之事的评价与认知。张骞是汉武帝时期的著名人

---

① 韦居安《梅磵诗话》卷中,丁福保辑《历代诗话续编》(中册),第554—555页。
② 北京大学古文献研究所编《全宋诗》第8册,北京大学出版社1998年版,第5395—5396页。又,自1991年以来,《全宋诗》由北京大学出版社陆续出版,其中第1—5册出版于1991年,第6—10册出版于1992年,第11—15册出版于1993年,第16—25册出版于1995年,第26—27册出版于1996年,第28—72册出版于1998年。笔者所据《全宋诗》的出版情况如上,拙著以下所引诸册均不再单独标注出版年份。

物。建元三年(前138),为了实现武帝联合大月氏共击匈奴的战略构想,张骞奉命出使西域诸国。其后,武帝接受其联合乌孙的建议,并于元狩四年(前119)派其出使乌孙诸国。乌孙后来终于与汉通婚,共击匈奴。可以说,张骞加强了汉朝与西域诸国的联系,开辟丝绸之路,对完成武帝时期的对外战略起到了很重要的作用。这么重要的人物是值得吟咏与歌颂的。同时,一般而言,因地怀古类的咏史诗多感慨前人英风俊采,颂赞其丰功伟绩。而此诗则一改这种传统的写作方式,对张骞持否定态度,认为武帝醉心于对外扩张,靡坏国家财力,是源于张骞的启发与劝诱。

苏轼有咏史组诗《读开元天宝遗事》三首,其一云:"姚宋亡来事事兴,一官铢重万人轻。朔方老将风流在,不取西蕃石堡城。"①此诗所云"朔方老将"是指唐玄宗时期的名将王忠嗣。《旧唐书》本传载:"忠嗣少以勇敢自负,及居节将,以持重安边为务。尝谓人云:'国家升平之时,为将者在抚其众而已。吾不欲疲中国之力,以徼功名耳。'但训练士马,缺则补之。""玄宗方事石堡城,诏问以攻取之略,忠嗣奏云:'石堡险固,吐蕃举国而守之。若顿兵坚城之下,必死者数万,然后事可图也。臣恐所得不如所失,请休兵秣马,观衅而取之,计之上者。'玄宗因不快。""其后哥舒翰大举兵伐石堡城,拔之,死者大半,竟如忠嗣之言。"②苏诗即以王忠嗣之事为题材,褒扬了其内敛持重,不妄兴边事,不为个人名利而置万人性命于不顾的可贵品质。

苏辙有咏史组诗《读史》六首,其五云:"安石善谈笑,挥麈却苻秦。妄起并吞意,终残吴越人。"③这首诗以东晋中期的名相谢安为评论对象。谢安面对前秦百万大军对东晋的进攻,坐镇统筹,取得了淝水之战的巨大胜利。随后,他为"混一文轨",实现南北一统,"上疏求自北征"④,并取得了重要成就。在淝水之战前,前秦、东晋政权以"淮河—汉水—长江"一

---

① 冯应榴辑注,黄任轲、牛怀春校点《苏轼诗集合注》第1册,上海古籍出版社2001年版,第128—129页。以下所引《苏轼诗集合注》版本均同。
② 《旧唐书》第10册卷一百○三《王忠嗣传》,第3199—3201页。
③ 陈宏天、高秀芳点校《苏辙集》第3册,中华书局1990年版,第885页。以下所引《苏辙集》版本均同。
④ 《晋书》卷七九《谢安传》第7册,第2075页。

线为界。其后,对东晋而言,这种局面因淝水之战的胜利与谢安的经营征伐而得以改变,秦、晋以黄河为界,整个黄河以南地区重新归入了晋朝的版图。应当说,谢安北伐对东晋具有重要的政治、军事意义。但苏辙却持论相反,认为谢安妄生吞并之意,其征伐之举祸国殃民,有害于东晋政权,给东晋人民带了巨大伤害。除此首诗外,苏辙又有《奉使契丹》二十八首,其中《燕山》一诗云:"燕山如长蛇,千里限夷汉。首衔西山麓,尾挂东海岸。中开哆箕毕,末路牵一线。却顾沙漠平,南来独飞雁。居民异风气,自古习耕战。上论召公奭,礼乐比姬旦。次称望诸君,术略亚狐管。子丹号无策,亦数游侠冠。割弃何人斯?腥臊久不浣。哀哉汉唐余,左衽今已半。玉帛非足云,子女罹蹈践。区区用戎索,久尔縻郡县。从来帝王师,要在侮亡乱。攻坚甚攻玉,乘瑕易冰泮。中原但常治,敌势要自变。会当挽天河,洗此生齿万。"①元祐四年(1089),翰林学士苏辙被朝廷任命为贺辽国生辰使,出使辽国。在出使期间,他创作了不少诗歌。这首诗歌为诗人途经燕山而作,从历史角度感慨具有礼乐文化传统的燕云之地为少数民族风气所异化,认为要解决辽国统辖的这个地方给宋朝所带来的困扰,统治者只需要治理好中原之地,静待辽国形势的自我变化,寻找时机。

在统治者内重于外、外事内制的总体文化策略之下,宋型军事文化精神已由汉唐时期的积极进取,昂扬奋发,变为消极内守,不重边事。苏轼《王者不治夷狄论》云:"夫以戎狄之不可以化诲怀服也,彼其不悍然执兵,以与我从事于边鄙,则已幸矣。又况乎知有所谓会者,而欲行之,是岂不足以深嘉其意乎?不然,将深责其礼,彼将有所不堪,而发其愤怒,则其祸大矣。"②这样的观点充分反映出宋型军事文化策略在文人士子中产生了重大影响,他们自然也会以之作为评判历史的主要标准与依据,这在上述咏史诗中得到了鲜明体现。这些诗歌虽然所表达的具体认识各有不同,但都充分反映出内重于外、反对对外进行战争与扩张的文化立场。

当然也有一些有识之士通过创作咏史诗,对宋型军事文化策略有异

---

① 陈宏天、高秀芳点校《苏辙集》第 1 册,第 319—320 页。
② 孔凡礼点校《苏轼文集》第 1 册,第 44 页。

于汉唐的特点与方式进行了深刻反思与批判。如彭汝砺《过右北平》:
"太平天子不言兵,拥节来经右北平。论将无人思李广,笑谈樽俎倚儒生。"①彭汝砺(1042——1095),字器资,饶州鄱阳(今江西波阳)人,英宗治平二年(1065)进士。神宗熙宁初,召为监察御史里行;元丰初,出为江西转运判官,徙提点京西刑狱。哲宗元祐二年(1087)后,先后任起居舍人、中书舍人,知徐州,权兵、刑二部侍郎,进吏部尚书。绍圣二年(1095),召为枢密都承旨,未赴任而卒。著有《易义》《诗义》及诗文五十卷,已佚。《宋史》卷三四六有传。据南宋杜大珪编《名臣碑传琬琰集》中卷三一所载曾肇《彭待制汝砺墓志铭》:"再徙礼部,赐告其家。使契丹,还徙吏部。"②可知,在元祐后期,彭汝砺曾出使契丹。《过右北平》应当创作于出使期间。该诗指出了宋朝不重边防之事,不重视选拔像汉代李广那样有军事能力的将领来御边,只知道倚重文士,展示其儒雅风流,婉转地讽刺了宋朝在边防方面不重兵事的总体情况与崇文抑武的文化特点。许及之《白沟河》云:"艺祖怀柔不耀兵,白沟如带作长城。太平自是难忘战,休恨中间太太平。"③许及之(?—1209),字深甫,温州永嘉(今浙江温州)人。孝宗隆兴元年(1163)进士,后迁宗正簿。光宗时,曾除淮南东路运判兼提刑、大理少卿等职。宁宗即位,除吏部尚书兼给事中。嘉泰二年(1202),拜参知政事,进知枢密院事兼参政。嘉定二年卒。有文集三十卷及《涉斋课稾》九卷,已佚。《宋史》卷三九四有传。此诗所云"白沟河"曾为宋辽两国界河,是宋代抵御辽军进攻的水系防线;"艺祖"是指宋太祖赵匡胤。该诗正话反说,指出了宋朝坚持怀柔夷狄的政策,在边防上消极抵御,过于看重河渠塘沽等在军事上的作用,不重武备,自然容易招致失败。

　　由于统治者坚持消极抵御、妥协退让的边防政策,这必然导致宋朝在民族斗争过程中处于被动地位挨打的境地,很容易导致国土沦丧,乃至国家覆亡。为此,批判这种国防文化政策所产生的种种问题,讽刺统治集团的军事、政治行为,强烈呼吁统治者采取各种措施加强边防,以解决宋王

---

① 《全宋诗》第 16 册,第 10615 页。
② 影印文渊阁《四库全书》第 450 册,第 445 页。
③ 《全宋诗》第 46 册,第 28442 页。

朝在对外方面的困境,成为宋代咏史诗的极其鲜明的主题与内容。

其中,有的作品重在批判统治者只知道贪图享乐,奢侈淫逸,无所作为,不重边事。如黄裳《昭君行》:"良家有子惠而秀,昔在汉宫谁更有。入宫见妒名不传,咫尺君王望恩久。奈何赋分薄如人,却属画工为好丑。千金买笑那敢当,无赂应嗟落人后。俄闻召见喜且惊,自以闲雅文轻盈。将谓君王必回顾,行且遂承恩与荣。权兼天下失所制,女子未免匈奴行。此身既系国休戚,君王虽悔难复更。雪怨云愁竟何语,自小谁知北征苦。既知中华栖上清,乃托胡人为死生。平居怅望一成梦,用傺遐荒寻去程。胸前但殒默默泪,门外已抗悠悠旌。辕马悲鸣日云远,行经几处单于城。平沙莽莽春不青,顽阴漫漫天不明。随无鸳鸯欢悦情,送有琵琶哀怨声。大抵言意非吾类,眷眷向前愁益并。宁落家乡作孀妇,焉用阏氏尊予名。人惟适性乃有乐,未必膏粱胜藜藿。当时将相若为策,岂意安边用颜色。君虽不幸功可称,莫道佳人只倾国。思归曲在人已非,青冢空悲塞南客。"①黄裳(1043—1129),字冕仲,号演山,延平(今福建南平人),神宗元丰五年(1082)进士。哲宗元祐时期,曾为校书郎、集贤校理,后知颍昌府。绍圣二年(1095)为太常少卿,权尚书礼部侍郎。徽宗崇宁初知青州,政和四年(1114)知福州。高宗建炎二年(1128)致仕。著有《演山先生文集》六十卷。该诗以汉代王昭君和亲之事为题材内容。虽然按诸史实,宋代与少数民族政权之间没有和亲之事。但就传统文化而言,和亲多被视为统治者无能、国力衰微的一种象征与暗示。因此,作者实际上借王昭君之事来批判统治者。作者通过描写昭君"入宫见妒名不传,咫尺君王望恩久""千金买笑那敢当,无赂应嗟落人后"的不幸遭遇,揭露了朝廷的黑暗腐败;其后,作者又通过"权兼天下失所制,女子未免匈奴行。此身既系国休戚,君王虽悔难复更"等诗句,把王昭君的匈奴之行与国家的休戚关联起来,讽刺统治者软弱无能。最后,作者在诗歌结尾直接批判统治者无心边事,不积极谋求御敌抗戎之策:"当时将相若为策,岂意安边用颜色。君虽不幸功可称,莫道佳人只倾国。"这种批判应当是作者针对宋代

---

① 《全宋诗》第16册,第11042页。

的国防文化政策有感而发的。

有的作品则重在分析产生民族灾难的原因,如姜特立《读范文正公上执政书,靖康之祸正以人不知兵》:"经籍尽焚秦室乱,孙吴有禁本朝危。圣贤文字初何罪,群小盈庭事可悲。"①姜特立(1125—?),字邦杰,号南山老人,丽水(今属浙江)人,以父荫,补承信郎。孝宗淳熙十一年(1184),召试中书,除阁门舍人。光宗时,除知阁门事、浙东马步军都总管。擅长作诗,与陆游、杨万里、范成大等多有唱和,著有《梅山集》。据此诗之下《东坡除夜三十九遂引乐天行年三十九岁暮日斜之句赋诗,余亦于生朝有感》诗,中有"吾今七十六"之句,可推知此诗大约作于庆元六年(1200)。此诗旨在总结靖康之祸产生的根本原因,认为古代兵书是传统文化的重要组成部分,而宋朝出于崇文抑武的策略,对兵书多有禁忌。据《宋朝事实》卷三《圣学》:"上览兵法《阴符经》,叹曰:'此诡诈奇巧,不足以训善,奸雄之志也。'至论《道德经》则曰:'朕每读至"兵者,不祥之器,圣人不得已而用之",未尝不三复以为规戒……'"②由此可见,抑制武学问题在北宋初期就已表现出来,这自然导致宋人不熟悉兵法、战阵之事,并酿成民族耻辱,姜诗就蕴含着对宋初以来抑制武学问题的反思。

有的作品重在批判统治者忌防、残杀将领,讽刺其自毁长城的行为。如王安石《读汉功臣表》:"汉家分土建忠良,铁券丹书信誓长。本待山河如带砺,何缘菹醢赐侯王。"③汉初时期,高祖刘邦为巩固汉朝统治,曾与张良、樊哙等功臣集团订下白马之盟。但实际上,刘邦在建立大汉王朝后,以各种借口诛杀了不少对其产生威胁的异姓功臣。作者以此发端,批评汉初统治者诛杀军功王侯的行为,这种批判应是针对宋朝统治者抑制武将的政治意识、行为有感而发的。又如,陈杰《中兴事迹》:"瑶编每读愤填膺,始末权奸托罢兵。初渡已诛双烈士,小吏更坏一长城。啮毡大老投荒死,借剑孤忠窜岛生。长与东南羞汗简,更堪西北望神京。"④陈杰,

---

① 《全宋诗》第 38 册,第 24151 页。
② 李攸《宋朝事实》卷三,影印文渊阁《四库全书》第 608 册,第 30 页。
③ 李壁笺注,高克勤点校《王荆文公诗笺注》,上海古籍出版社 2010 年版,第 1322 页。以下所引《王荆文公诗笺注》版本均同。
④ 《全宋诗》第 65 册,第 41158 页。

字泰父,洪州丰城(今属江西)人。理宗淳祐十年(1250)进士,授赣州簿,知江陵县,江南西路提点刑狱兼制置司参谋。宋亡,隐于东湖。著有《自堂存稿》十三卷。《中兴事迹》一诗为其代表作,是作者阅读南宋初期相关历史记载后有感而作。该诗严厉批判了南宋初年统治者为了议和而诛杀抗金将领的行为,措辞严厉,感情沉着慷慨,流荡着一股郁愤不平之气。

在消极防御、内重于外的战略思想下,宋王朝始终面临着严峻的民族危机。因此,宋代咏史诗在强烈批判统治者的政治、军事行为的同时,积极呼唤民族英雄,描写民族英雄的英勇御敌之举与忠义精神。在此情况下,表达民族主义情怀与爱国主义精神,成为宋代咏史诗突出的题材内容与主旨倾向。如黄庶《樊侯庙》:"阴森樊侯庙,古木澧水傍。兹民畏如生,奔走豕与羊。家家奉侯讳,若在父母堂。我来憩行役,再拜奠公觞。缅思英豪姿,名与此水长。风偃众树枝,拟若怒鬣张。阴官有兵师,想在贲育行。今兹戎虏骄,内为府库疮。安得七尺躯,长戟再激昂。横行匈奴中,庶以康肺肠。"[1]黄庶(1019—1085),字亚夫,晚号青社。洪州分宁(今江西修水)人,黄庭坚之父。仁宗庆历二年(1042)年进士。初幕长安,庆历末徙凤翔,旋随宋祁幕许州,后随晏殊重幕长安。皇祐三年(1051),又重幕许州,受知于文彦博。五年,随文彦博徙青州通判。至和中,摄知康州。嘉祐三年,卒于任所,著有《伐檀集》。这首诗所说的樊侯庙,是指樊哙庙,在舞阳(今河南舞阳北)境内。樊哙是汉初名将,英武神勇。"孝惠时,(季布)为中郎将。单于尝为书嫚吕后,不逊,吕后大怒,召诸将议之。上将军樊哙曰:'臣愿得十万众,横行匈奴中。'"[2]该诗即吟咏此事,通过歌咏与缅怀樊哙,表达自己的现实情怀。面对日益骄横、索求无厌的契丹,作者渴望能够有像樊哙一样的名将英勇御敌,横扫其境内,以捍卫民族与国家利益。又如,汪莘《中原行怀古》:"汉家中原一百州,故老南望空悠悠。问君北贼何足道,坐守画地如穷愁。不共戴天是此仇,生不杀贼死不休。诸公但能安身计,更无一点英雄气。遂令多士皆沉醉,绝口不复言时事。恭惟主上天勇智,瞰日平生复仇志。秋色平场千万骑,望里亭亭

---

[1] 《全宋诗》第 8 册,第 5495—5496 页。
[2] 《史记》卷一〇〇《季布栾布列传》第 8 册,第 2730 页。

黄屋至。六军拜手呼万岁,报恩便欲无生意。西风萧瑟天无云,引领蟠冢愁黄曛。白衣不得见天子,道人何得愁朱门,可怜泾渭胸中分。愿起沔阳死诸葛,作我大宋飞将军。"①汪莘,字叔耕,休宁(今属安徽)人。不事科举。宁宗嘉定年间,曾应诏上书而不报。著有《方壶集》,擅长歌行创作。该诗即其代表作之一。开禧前后,因为不满金朝蛮横要求,宁宗对金逐渐强硬,并重用韩侂胄,发动了开禧北伐。此诗应当创作于开禧元年(1205)前,前半部分愤懑地批判宁宗以前的统治者只为自身利益着想,将士也沉湎于享乐,不以时事为重的,贯穿着强烈的汉、金势不两立的民族主义情怀与爱国精神。后半部分对天子用兵复仇之举进行了充分肯定,热情呼唤民族英雄的出现。再如曹勋《胡无人行》二首其二:"胡无人,胡无人,嫖姚十八为将军。酒酣耳热气益振,胡儿百万空成群。兵车辚辚动雷毂,汉军霆击崩屯云。登封居胥转瀚海,波澄万里无纤尘。胡无人,胡无人,六骡夜遁徒苦辛。当时足雪平城耻,犹恨逋诛尚有人。"②曹勋(1098?—1174),字公显(又作功显),阳翟(今河南禹州)人,以恩补承信郎。靖康之变后,从徽宗北迁,后密诣康王。南宋建立后,曾多次使金,对金兵入侵造成的民族灾难有切身体验。这首诗热情颂歌西汉骠骑将军霍去病打击匈奴的光辉事迹,表现出强烈的呼唤民族英雄的情绪,蕴含着报仇雪恨、洗刷民族耻辱的复仇意识与爱国情怀。

  同时,严重的民族危机与国土沦丧,使宋代士子文人产生了很强烈深沉的民族忧患意识与无法收复失地的感伤情怀。这也是宋代咏史诗很鲜明的内涵倾向。如李易《竹西怀古》:"淮南昔繁丽,富庶天下称。管弦十万户,夜夜闻喧腾。不徒竹西寺,歌吹相豪矜。一朝烽火急,廛市为沟塍。风月无欢场,睥睨皆射堋。荒荒野月白,照地如寒冰。自从画江守,岁岁输金缯。萧条闾井间,水旱又频仍。我来经故里,日暮此一登。隋唐倏已往,遗迹几废兴。江山极苍莽,望之涕沾膺。"③李易(?—1142),字顺之,江都(今江苏扬州)人。建炎二年(1128)年进士,曾任太常博士、中书舍

---

① 《全宋诗》第 55 册,第 34688 页。
② 《全宋诗》第 33 册,第 21052 页。
③ 《全宋诗》第 27 册,第 17445 页。

人,知扬州,官至敷文阁待制。他身经靖康之难,对家国巨变有深刻的体验与感受。该诗首先回忆往昔淮南的繁华,然后描写此地无限萧条、水旱频仍的现状,通过鲜明的今昔对比,展现了金兵入侵对淮南地区的破坏。然后,诗歌又怀想往古,感慨废兴,流露出浓重的民族忧患意识与历史盛衰之叹。又如,李涛《登高丘而望远海》:"登高丘,望远海,万里长城今何在。坐使神州竟陆沉,夷甫诸人合菹醢。望远海,登高丘。知我者谓我心忧,不知我者谓我何求。归枕蓬莱漱弱水,大观宇宙真蜉蝣。"①李涛,字养源,临川(今江西抚州)人,主要生活于宁宗时期。该诗题原为乐府旧题,唐李白就作有同题之诗,讽刺统治者求仙长生的荒唐可笑。一般而言,同题乐府诗容易在主题上前后相承,而李涛之诗则避免了这种创作倾向,其主题具有鲜明的开创性,重在批判统治者只知道清谈阔论,不心系民族、国家之事,导致神州陆沉、国土沦丧。"知我者谓我心忧,不知我者谓我何求",直接袭用《诗经·黍离》,展现出作者极其强烈的民族兴废、忧患意识与沉重无奈的感伤情怀。

就咏史诗的发展而言,汉魏六朝隋唐时期的咏史诗多以个人情感的抒发、感怀为主。虽然,个别作品涉及国家兴亡存废的思考,如刘禹锡《金陵怀古》:"潮满冶城渚,日斜征虏亭。蔡洲新草绿,幕府旧烟青。兴废由人事,山川空地形。《后庭花》一曲,幽怨不堪听。"诗人反思金陵王朝的迭变兴废,深刻地指出了历史兴亡的根本原因在于"人事",史识精湛深邃,但这种史识仅是个人的一种见解,不具备民族主义、国家主义性质。民族主义、国家主义是某一民族或国家在长期的历史发展过程中,随着民族、国家意识的日益强化而逐渐形成的。其中,宋代统治者面对少数民族咄咄逼人的进攻而采取的重内轻外、消极防御的国防军事文化是导致当时民族与国家意识高涨的主要因素。具有这种意识的宋代文人士子在创作时自然能够拓展咏史诗题材范围,使咏史诗具有比较鲜明的民族主义性质与爱国精神。这是宋代对咏史诗发展的重要贡献。

① 《全宋诗》第60册,第37905页。

第四章 宋代右文国策与咏史诗

第一节 宋代右文国策的形成与奠基

自安史之乱之后,藩镇割据,有实力的武夫悍将各自为政,这就导致了大唐王朝在国家一统形态上逐渐陷入了名存实亡之中。随后的五代十国,可谓是中晚唐藩镇割据的自然延续。数十年间,王朝更迭频仍,社会动荡不定。军阀们只要具备了强大的军事实力与武装力量,均可建立自己的统治。《旧五代史·安重荣传》载:"重荣起于军伍,暴获富贵,复睹累朝自节镇遽升大位,每谓人曰:'天子,兵强马壮者当为之,宁有种耶!'"①这种极端大胆的言辞就充分反映出当时以武力为尚的风气。后周显德七年(960)正月,赵匡胤发动了陈桥驿兵变。他之所以能够成功,也是以其背后所掌握的强大军事力量作为支撑的。当时,他担任殿前都点检、归德军节度使,已掌握了禁军中最精锐的部队——殿前军。同时,其集团中的重要将领均担任军事要职,如石守信任负责守卫汴京的殿前都指挥使,王审琦任殿前都虞侯,李继勋任侍卫亲军步军都指挥使等。正是以这种雄厚的军事实力为基础,在周世宗去世之后,该军事集团利用当时太后年轻,恭帝幼弱,即所谓"主少国疑"②的有利时机,兵变成功。"癸卯,发师,宿陈桥,将士阴相与谋曰:'主上幼弱,未能亲政。今我辈出死力为国家破贼,谁则知之?不若先立点检为天子,然后北征,未晚也。'……太祖固拒之,众不听,扶太祖上马,拥逼南行。……不终日而

---

① 《旧五代史》第4册卷九八《安重荣传》,第1302页。
② 《续资治通鉴长编》第1册卷一,第1页。

帝业成焉。"①这种政变也充分反映了当时"兵骄则逐帅,帅强则叛上"②,"天子,兵强马壮者当为之"③的军阀作风。

赵匡胤能够依靠军事力量逼周恭帝退位,自己当上皇帝。按照这种实力至上的逻辑,其他有军事能力与力量的将领自然也可以把赵宋王朝推翻,登上皇帝的宝座。在此情况下,消除晚唐五代以来的武人力量之害,成为赵匡胤着重考虑的问题。据《续资治通鉴长编》卷二,建隆二年(961),太祖召见赵普,君臣之间有一段旨在加强皇权统治的对话。"一日,(太祖)召赵普问曰:'天下自唐季以来,数十年间,帝王凡易八姓,战斗不息,生民涂地,其故何也?吾欲息天下之兵,为国家长久计,其道何如?'普曰:'陛下之言及此,天地人神之福也。此非他故,方镇太重,君弱臣强而已。今所以治之,亦无他奇巧,惟稍夺其权,制其钱谷,收其精兵,则天下自安矣。'语未毕,上曰:'卿勿复言,吾已喻矣。'"④这说明建国伊始,统治者已充分认识到长久以来的武夫悍将问题。为此,宋太祖开始想方设法地削夺武将兵权,"杯酒释兵权"的故事也就因之产生。在筵席酒酣之际,太祖向石守信、王审琦等各典禁衞的重将说出了内心的隐忧:"我非尔曹之力,不得至此,念尔曹之德,无有穷尽。然天子亦大艰难,殊不若为节度使之乐,吾终夕未尝敢安枕而卧也。""汝曹虽无异心,其如麾下之人欲富贵者,一旦以黄袍加汝之身,汝虽欲不为,其可得乎?"在经过充分晓谕之后,太祖明白道出了收揽诸将兵权的用意,并为其开示人生:"人生如白驹之过隙,所为好富贵者,不过欲多积金钱,厚自娱乐,使子孙无贫乏耳。尔曹何不释去兵权,出守大藩,择便好田宅市之,为子孙立永远不可动之业,多置歌儿舞女,日饮酒相欢以终其天年。我且与尔曹约为婚姻,君臣之间,两无猜疑,上下相安,不亦善乎。"⑤这则故事是否完全可靠,有待于进一步厘清,但它充分反映了太祖着力解决大将权重以巩固其皇权

---

① 司马光《涑水记闻》卷一,中华书局 1989 年版,第 1 页。以下所引《涑水记闻》版本均同。
② 《新唐书》第 5 册卷五〇《兵志》,第 1329 页。
③ 《旧五代史》第 4 册卷九八《安重荣传》,第 1302 页。
④ 《续资治通鉴长编》第 1 册卷二,第 49 页。
⑤ 《续资治通鉴长编》第 1 册卷二,第 49—50 页。

统治的用意。当然,作为朝廷要务,罢黜诸重将兵权是逐步完成的,不可能一蹴而就。特别是为实现南北一统,收复燕云十六州,解决辽对边境的威胁,太祖一朝不可能对武将群体过于打压,还需要积极发挥武将的军事作用。

宋初时期,太祖在削弱重将军权,提拔资历较浅的将领,以便铲除军阀拥兵自重问题的同时,也逐渐发现了文臣、士大夫在稳定统治方面的重要作用。据《续资治通鉴长编》卷一三,太祖曾对赵普说:"五代方镇残虐,民受其祸,朕令选儒臣干事者百余,分治大藩,纵皆贪浊,亦未及武臣一人也。"①"乾德"是太祖第二个年号,与前蜀后主王衍年号相同,但太祖不知。"上初命宰相撰前世所无年号,以改今元。既平蜀,蜀宫人有入掖廷者,上因阅其奁具,得旧鉴,鉴背有'乾德四年铸',上大惊,出鉴以示宰相曰:'安得已有四年所铸乎?'皆不能答。乃召学士陶谷、窦仪问之,仪曰:'此必蜀物,昔伪蜀王衍有此号,当是其岁所铸也。'上乃悟,因叹曰:'宰相须用读书人。'由是益重儒臣矣。"②由这些材料可见,太祖已逐渐认识到文臣儒士的重要作用。同时,宋太祖还喜欢读书,表现出崇尚文化、知识的姿态。"上性严重寡言。独喜观书,虽在军中,手不释卷。闻人间有奇书,不吝千金购之。"③"太祖少亲戎事,性好艺文,即位未几,召山人郭无为于崇政殿讲书。至今讲官所领阶衔,犹曰'崇政殿说书'云。"④同时,他也积极奉劝宰相、武臣等人要读书。《涑水记闻》卷一载:"太祖闻国子监集诸生讲书,喜,遣使赐之酒果,曰:'今之武臣,亦当使其读经书,欲其知为治之道也。'"⑤《续资治通鉴长编》卷七载:"赵普初以吏道闻,寡学术,上每劝以读书,普遂手不释卷。"⑥另外,太祖还注重从民间中搜求图书经籍,强化朝廷的图书资料建设。《续资治通鉴长编》卷七载:"是月,诏求亡书。凡吏民有以书籍来献者,令史馆视其篇目,馆中所无则收

---

① 《续资治通鉴长编》第 1 册卷十三,第 293 页。
② 《续资治通鉴长编》第 1 册卷七,第 171 页。
③ 《续资治通鉴长编》第 1 册卷七,第 171 页。
④ 江少虞《宋朝事实类苑》卷一,上海古籍出版社 1980 年版,第 3 页。以下所引《宋朝事实类苑》版本均同。
⑤ 司马光《涑水记闻》卷一,第 15 页。
⑥ 《续资治通鉴长编》第 1 册卷七,第 171 页。

之。献书人送学士院试问吏理,堪任职官,具以名闻。是岁,《三礼》涉弼、三传彭干、学究朱载皆应诏献书,总千二百二十八卷,命分置书府。赐弼等科名。"①由这些史实可见,太祖积极号召臣下读书,并比较重视文化建设,右文国策在其统治时期已初露端倪。

与太祖相比,太宗赵光义并非行伍出身,缺乏驰骋疆场的实战经验,谈不上具有高超的军事统帅与指挥才能。他虽然也有继承其兄遗愿,拓展疆域,收复燕云十六州的雄心壮志,但在经历了太平兴国四年(979)、雍熙三年(986)两次北伐失败之后,逐渐失去了用兵雄心。在以开疆拓土为主要目标的军功事业无法实现的情况下,他转换了传统功业思维,把精力集中于国家内政的巩固与强化上。他曾对近臣说:"朕每读《老子》至'佳兵者,不祥之器,圣人不得已而用之',未尝不三复以为规戒。王者虽以武功克定,终须用文德致治。朕每退朝,不废观书,意欲酌前代成败而行之,以尽损益也。"②周必大在序《文苑英华》时,也说:"臣伏睹太宗皇帝,丁时太平,以文化成天下。"③这充分说明到了宋太宗时代,统治者在政治策略上已转向国家内政,并总体确立了以文治国的国策。

统治者要实现"以文化成天下"的政治目的,必须提高文官的政治地位,赋予其权力,实行文官政治。为此,统治者在继续抑制武将群体的同时,对文官给予了更多的提升与重用。以太宗为代表的统治者不仅让文官掌握中央与地方的行政权力,同时积极坚持以文驭武的原则,让文臣在中央军事机要机构枢密院中任职,让其负责、参与军事决策,而武将则沦为辅助文臣的副职或部将。当时,先后有石熙载、张宏、赵昌言、张齐贤、王沔、温仲舒、寇准、向敏中、钱若水等人分别担任枢密使、副使、同知枢密院事等职④。

统治者要让文官政治长久地推行下去,必须保证有源源不断的文人士子加入皇权统治序列之中。为此,太宗极为重视科举,完善科举制度,

---

① 《续资治通鉴长编》第1册卷七,第178页。
② 《续资治通鉴长编》第1册卷二三,第528页。
③ 李昉等编《文苑英华》,中华书局1966年版,第8页。
④ 陈峰《从枢密院长贰出身变化看北宋"以文驭武"方针的影响》,见其《宋代军政研究》,中国社会科学出版社2010年版。

增加殿试环节,大大扩充选拔、录取名额。在其即位的第二年即太平兴国二年(977),为了弥补官员缺额,即所谓"广振淹滞,以资其阙"①,太宗亲自主持殿试,广录英俊。"御殿覆试,内出赋题,赋韵平侧相间,依次而用。命李昉、扈蒙第其优劣为三等,得吕蒙正以下一百九人。越二日,覆试诸科,得二百人,并赐及第。又阅贡籍,得十举以上至十五举进士、诸科一百八十余人,并赐出身;九经七人不中格,亦怜其老,特赐同《三传》出身,凡五百余人。"②录取人数远远超过了前代任何时期。其后,太平兴国五年(980)、八年(983)、雍熙二年(985)、端拱元年(988)等,太宗都定期举行科举考试,选录了大量的人才。对于这些人才,太宗极为重视。他曾对李昉等近臣说:"天下州县阙官,朕亲选多士,忘其饥渴,召见临问,以观其才,岂望拔十得五,但十得三四,亦岩穴无遗逸,朝廷多君子矣。朕每见布衣、搢绅间,有端雅为众所推举者,朕代其父母喜;或召拜近臣,必择良日,欲其保终吉也。朕于士大夫,无所负矣。"③为了能够达到"兴文教,抑武事"的目的,当然也是为了培养自己的政治亲信,太宗对这些进士们"宠章殊异,历代所未有也"④。一些卓颖秀异之士升迁速度极快,如太平兴国二年的榜首吕蒙正仅六年就擢任参知政事,又五年拜相,该榜中的张齐贤、李至、温仲舒、王沔、陈恕、张宏等也先后出任过宰执。柳开《与郑景宗书》云:"今上即位,廷试事亦如太祖。然其优赐殊恩与太祖绝大。盖上多文好学,知变而谋久者也。到于今上,凡八赐天下士,获仅五千人。上自中处门下为宰相,下至县邑为簿尉,其间台省、郡府、公卿、大夫,悉见奇能异行,各竞为文武中俊臣,皆上之所取贡举人也。是与唐取士为用,此变而大者也。"⑤可以说,至太宗时代,以科举出身的士子文人获得了很高的政治地位,成了统治集团中的骨干力量,这就决定了文官政治成为太宗之后基本的政治模式与形态。

---

① 《续资治通鉴长编》第1册卷一八,第393页。
② 《宋史》第11册卷一五五《选举志》,中华书局1985年版,第3607页。
③ 钱若水修,范学辉校注《宋太宗皇帝实录校注》,中华书局2012年版,第14页。以下所引此书版本均同。
④ 《续资治通鉴长编》第1册卷一八,中华书局1992年版,第394页。
⑤ 柳开《河东集》卷八《与郑景宗书》,影印文渊阁《四库全书》第1085册,第301页。

治理国家是需要政治智慧与策略的。一般而言,丰富的政治智慧、策略主要来源于两个方面:一是现实政治实践;二是书面知识系统。对于通过科举步入仕途的白衣之士而言,他们在出仕之前一般缺乏政治实践与从政能力。因此,在文官政治成为太宗之后主要的政治形态与模式后,统治者在如何需求政治智慧与策略问题上,自然极为强调读书的重要性,希望从古代传统的经史文化资源中寻求治道、经验。此即太宗所云:"夫教化之本,治乱之源,若非书籍,何以取法?"①为此,太宗通过自己的身体力行号召士大夫读书。范祖禹《帝学》卷三载:"太平兴国八年,(太宗)以听政之暇,日阅经史,求人以备顾问。始用著作佐郎吕文仲为侍读,每出经史,即召文仲读之。帝语宰相曰:'史馆所修《太平总类》,自今日进三卷,朕当亲览。'宋琪曰:'陛下好古不倦,观书为乐。然日阅三卷,恐至罢倦。'帝曰:'朕性喜读书,开卷有益,每见前代兴废,以为鉴戒,虽未能尽记,其未闻未见之事固已多矣。此书千卷,朕欲一年读遍,因思好学之士,读万卷书亦不为难。'"②江少虞《宋朝事实类苑》卷二"祖宗圣训"载:太宗在"录京城系囚"时,对侍从之臣说:"法律之书,甚资致理,人臣若不知法,举动是过,苟能读之,益人智识。"③又载:"太宗尝谓侍臣曰:'朕万机之暇,不废观书,见前代帝王行事多矣,苟自不能有所剸裁,全倚于人,则未知措身之所。'因言宋文帝恭俭,而元凶悖逆,及隋杨素邪佞,唐许敬宗谄谀之事,侍臣耸听。苏易简曰:'披览旧史,安危治乱,尽在圣怀,斯社稷无穷之福也。'"④这些史料都充分说明,太宗极为重视读书,并通过自己的身体力行向臣子昭示读书与治国的关系,这有助于培养士大夫读书资政的文化意识,使宋代形成一种崇尚文化知识的氛围与风尚。在文化特征上,与唐代相比,宋代推崇文化知识的意识要更为强烈,这种意识的形成和宋初统治者的提倡有着密不可分的关系。

为了凸显崇文之意,太宗对文化机构建设极为重视,这突出表现在三

---

① 钱若水修,范学辉校注《宋太宗皇帝实录校注》,第103页。
② 范祖禹撰,陈晔校释《帝学》卷三,华东师范大学出版社2015年版,第74—75页。
③ 江少虞《宋朝事实类苑》卷二,第13页。
④ 江少虞《宋朝事实类苑》卷二,第19—20页。

馆与秘阁的建设上。三馆即昭文馆、史馆与集贤院,合称崇文院。其中,前者即唐时弘文馆,建隆元年(960)二月,"避讳字,诏易名昭文馆"①。宋初三馆在汴京左长庆门东北,条件极为简陋破败,"湫隘卑陋,仅庇风雨,周庐彻道,出于其旁,卫士驺卒,朝夕喧杂,每授诏撰述,皆移它所"②。这种状况与朝廷的兴文气象是很不相符的。"太平兴国二年,太宗幸三馆,顾左右曰:'是岂足以蓄天下图书,待天下之贤俊邪?'即日,诏有司度左升龙门东北车府地为三馆,命内侍督工徒,晨夜兼作。其栋宇之制,皆帝所亲授。自举役,车驾凡再临幸。三年二月丙辰朔成,有司奏功毕,乃下诏曰:'国家聿新崇构,大集群书,宜锡嘉名,以光策府,其三馆新修书院,宜为崇文院。'""院既成,尽迁西馆之书,分为两廊贮焉。以东廊为昭文书库,南廊为集贤书库,西廊分经史子集四部为史馆。书库凡六库,书籍正副本仅八万卷。"③太宗亲自参与三馆的择址、规划、赐名等建设工作,可见其对文化建设的重视。随着文化事业的发展,三馆已不能完全满足保存古籍的需要,于是朝廷便有了秘阁之建。《麟台故事》卷一"沿革"载:"端拱元年五月辛酉,诏置秘阁于崇文院中堂。""上崇尚儒术,屡下明诏,访求群书,四方文籍,往往而出,未数年间,已充牣于书府矣。至是,乃于史馆建秘阁,仍选三馆书万余卷以实其中。"④"淳化三年五月,诏增修秘阁。先是,度崇文院之中堂为秘阁之址,而层宇未立,书籍止置偏厅庑内。至是,始修之,八月阁成。"⑤

  三馆与秘阁合称馆阁,承担了藏书、校书、编书等文化职能,充分凸显了当时的礼乐文章之盛,弘扬了崇文气象。范祖禹在《回乔学士谢启》一文中云:"窃以人文化成,莫先于典籍,古训是式,实赖于贤才。恭惟祖宗以来,尤重馆阁之设,详延天下方闻之士,讨论上世帝王之书,所以昭云汉

---

① 江少虞《宋朝事实类苑》卷二九,第368页。
② 孙逢吉《职官分纪》卷十五,影印文渊阁《四库全书》第923册,第366页。
③ 徐松辑《宋会要辑稿》第3册职官十八之五〇,中华书局1957年版,第2779页。以下所引此书版本均同。
④ 程俱撰,张富祥校证《麟台故事校证》,中华书局2000年版,第18—19页。以下所引此书版本均同。
⑤ 程俱撰,张富祥校证《麟台故事校证》,第25页。

之文章,盛乾坤之德业。"①同时,作为清华风雅之地,馆阁还具有储才、育才的功能,公卿达人、廊庙国栋、帷幄侍从等多由此而出。梁焘《论吕大防乞以旱罢》云:"太宗皇帝深达此意,始置崇文院,建秘阁,集四库书,选天下名能文学之士,以为校雠官,给以见俸,食于太官,优其资秩。自选人京官入者,始除馆阁校勘,或崇文院校书,及升朝籍,乃为秘阁集贤校理,或优之则为直馆、直院、直阁……由此而为公卿执政,以跻台辅。远器大节,方重深厚,事业磊落,载在史册者,前后相望。外至于守士奉使,蔼然皆有风绩可观,间有不才阘茸者,叨预于其间,则指目鄙笑,不容于清议。故累朝得人,方古为盛。此实太宗皇帝忧深虑远、养育之功也。"②范仲淹《答手诏条陈十事》云:"国家开文馆延天下英才,使之直秘庭,览群书,以待顾问,以养器业,为大用之备。"③曾巩《本朝政要策·文馆》云:"三馆之设,……悉择当世聪明魁垒之材,处之其中,食于大官,谓之学士。其义非独使之寻文字、窥笔墨也,盖将以观天下之材,而备大臣之选。此天子所以发德音、留圣意也。"④由此可见,馆阁之职之所以颇受士子文人看重,主要因为在于该职是其仕途晋升与政治发展的重要凭资,他们一旦预入此途,便有可能拥有了美好的政治前程。通过这种馆阁体制,统治者很好地把士子文人的"文学"事业与政治发展紧密联系起来,士子文人不得不在文事素养与能力上下功夫,这必然有助于促成、繁荣社会崇文气象。

国家右文策略要得以充分执行与贯彻,必须以"文"的繁盛作为基础与前提。宋初时期,太祖为改变当时文事极弱的状况,已初步开展了图书文章的搜集工作。他在平定各割据政权的过程中,注重搜罗其图书经籍,也注意从民间求书。《文献通考·经籍一》载:"宋建隆初,三馆有书万二千余卷。乾德元年,平荆南,尽收其图书,以实三馆。三年平蜀,遣右拾遗

---

① 范祖禹《范太史集》卷三四《回乔学士谢启》,影印文渊阁《四库全书》第 1100 册,第 374 页。
② 梁焘《论吕大防乞以旱罢》,见吕祖谦编《宋文鉴》卷六〇,影印文渊阁《四库全书》第 1350 册,第 640—641 页。
③ 范能浚编集,薛正兴校点《范仲淹全集》,凤凰出版社 2004 年版,第 477 页。以下所引此书版本均同。
④ 陈杏珍、晁继周点校《曾巩集》,中华书局 1984 年版,第 675 页。以下所引此书版本均同。

孙逢吉往收其图籍,凡得书万三千卷。四年,下诏购募亡书,三礼涉弼、三传彭干、学究朱载等皆诣阙献书,合千二百二十八卷,诏分置书府,弼等并赐以科名。闰八月,诏史馆凡吏民有以书籍来献,当视其篇目馆中所无者收之,献书人送学士院试问吏理,堪任职官者,具以名闻。开宝八年冬,平江南,明年春,遣太子洗马吕龟祥就金陵籍其图书,得二万余卷,悉送史馆。自是群书渐备。两浙钱俶归朝,又收其书籍。"①其后,太宗对图书购求、搜集工作更加重视,他认为图书典籍对治理国家、展示当朝文化气象具有非同寻常的意义,以前的图书搜求远远不能满足这种政治文化需求。太平兴国九年(984)正月,他专门下诏说:"国家宣明宪度,恢张政治,敦崇儒术,启迪化源,国典朝章,咸从振举,遗编坠简,当务询求,眷言经济,无以加此。宜令三馆以《开元四部书目》阅馆中所阙者,具列其名,于待漏院出榜告示中外,若臣寮之家有三馆阙者,许诣官进纳。及三百卷以上者,其进书人送学士院引验人材书札,试问公理,如堪任职官者与一子出身,亲儒墨者即与量才安排;如不及三百卷者,据卷帙多少优给金帛;如不愿纳官者,借本缮写毕,却以付之。"可见,为了求书,太宗制定了比较可行的方案。这种方案取得了良好的效果,"自是四方书籍往往出焉"②。这种图书访求工作一直贯穿于太宗一朝晚期。至道元年(995)六月,太宗"命内品、监秘阁三馆书籍裴愈使江南、两浙诸州,寻访图书。如愿进纳入官,优给价直;如不愿进纳者,就所在差能书吏借本抄写,即时给还。仍赍御书石本所在分赐之。愈还,凡得古书六十余卷,名画四十五轴,古琴九,王羲之、贝灵该、怀素等墨迹共八本,藏于秘阁。先是,遣使于诸道,访募古书、奇画及先贤墨迹,小则偿以金帛,大则授之以官,数年之间,献图书于阙下者不可胜计,诸道又募得者数倍。复诏史馆尽取天文、占候、谶纬、方术等书五千一十二卷,并内出古画、墨迹百一十四轴,悉令藏于秘阁。图书之盛,近代无比"③。经过太宗的努力,到了至道时期,宋朝的图书经籍已达到了前代无法企及的彬彬大盛的局面。

---

① 《文献通考》卷一七四《经籍一》,第1508页。
② 程俱撰,张富祥校证《麟台故事校证》,第254页。
③ 程俱撰,张富祥校证《麟台故事校证》,第257—258页。

太宗还大兴图书编修、校勘活动,涉及类书、史书、经书、医书、艺术等诸多方面。太平兴国二年(977)三月,因"前代类书,门目纷杂,失其伦次",阅读颇有不便,太宗于是诏翰林学士李昉、扈蒙、知制诰李穆、太子詹事汤悦、太子率更令徐铉等十四人等"同以群书类集之,分门编为千卷"①。至八年(983)二月,书成,初名《太平总类》。十二月,诏曰:"史馆新纂《太平总类》一千卷,包括群书,指掌千古,颇资乙夜之览,何止名山之藏。用锡嘉称,以传来裔。可改名《太平御览》。"②该书分五十五部,征引浩博,是现存类书中保存五代以前资料最多的典籍,具有很大的文献价值。同时,太平兴国二年三月,太宗又诏李昉等人编纂《太平广记》,至次年八月结束。该书同样为大型类书,共五百卷,分类编写,按主题分九十二大类,其下又分一百五十多小类,专门收集自汉代至宋初的野史小说。"所采书三百四十五种。古来轶闻琐事,僻笈遗文咸在焉。卷帙轻者,往往全部收入,盖小说之家渊海也。""其书虽多谈神怪,而采摭繁富,名物典故,错出其间。词章家恒所采用,考证家亦多所取资。又唐以前书,世所不传者,断简残编,尚间存其什一,尤足贵也。"③在《太平御览》即将完成之际,太平兴国七年(982)九月,太宗有感于前代"诸家文集,其数实繁,虽各擅所长,亦榛芜相间",又抽调李昉、宋白、徐铉等将近半数人力,加上杨徽之等共二十多人,对前代文集"精加铨择,以类编次为一千卷"④,至雍熙三年(986)十二月修成,书名《文苑英华》。它是一部继《文选》之后的文学总集,上起南朝萧梁,下讫晚唐五代,选录作家两千余人,作品近两万篇,按文体分赋、诗、歌行、杂文、中书制诰、翰林制诰等三十八类,"实为著作之渊海"⑤,对于保存宋前,特别是唐代诸家文集、作品发挥了巨大作用。

　　经书是中国古代文化典籍的核心部分,太宗对其尤其注重,集中一批

---

① 《太平御览引》第1册,李昉等《太平御览》,上海古籍出版社2008年版,第3页。
② 钱若水修,范学辉校注《宋太宗皇帝实录校注》,第83页。
③ 纪昀等撰,四库全书研究所整理《钦定四库全书总目》(整理本),中华书局1997年版,第1882页。以下所引此书版本均同。
④ 晁公武撰,孙猛校证《郡斋读书志校证》,上海古籍出版社1990年版,第1214页。以下所引此书版本均同。
⑤ 纪昀等著《钦定四库全书总目》(整理本),第2608页。

经学之士,开展了大规模的经书校勘活动。对此,王应麟《玉海》卷四三有很详细的记载:"端拱元年三月,司业孔维等奉敕校勘孔颖达《五经正义》百八十卷,诏国子监镂板行之。《易》则维等四人校勘,李说等六人详勘,又再校。十月,板成以献。《书》亦如之,二年十月以献。《春秋》则维等二人校,王炳等三人详校,邵世隆再校,淳化元年十月板成。《诗》则李觉等五人再校,毕道升等五人详勘,孔维等五人校勘,淳化三年壬辰四月以献。《礼记》则胡迪等五人校勘,纪自成等七人再校,李至等详定,淳化五年五月以献。是年,判监李至言义疏释文尚有讹舛,宜更加刊定。杜镐、孙奭、崔颐正苦学强记,请命之覆校。至道二年,至请命礼部侍郎李沆,校理杜镐、吴淑,直讲崔偓佺、孙奭、崔颐正校定。"①除了《五经正义》外,对于其他经书,也进行了校勘。《宋史·李至传》载:"至上言:'《五经》书疏已板行,惟二《传》、二《礼》《孝经》《论语》《尔雅》七经疏未备,岂副仁君垂训之意。今直讲崔颐正、孙奭、崔偓佺皆励精强学,博通经义,望令重加雠校,以备刊刻。'从之。后又引吴淑、舒雅、杜镐检正讹谬,至与李沆总领而裁处之。"②另外,对于史书,太宗也诏令校勘。"淳化五年七月,诏选官分校《史记》、前、后《汉书》,崇文院检讨兼秘阁校理杜镐,秘阁校理舒雅、吴淑,直秘阁潘慎修校《史记》,朱昂再校;直昭文馆陈充、史馆检讨院(笔者按:疑为"阮")思道、直昭文馆尹少连、直史馆赵况、直集贤院赵安仁、直史馆孙(疑缺字)校前、后《汉书》。既毕,遣内侍裴愈赍本就杭州镂板。"③

对于好学博通、富有文采或勤于著述的文人士子,太宗多予以优礼褒奖、崇遇署职。太平兴国五年(980)八月,"以乡贡进士孟瑜为光州固始县主簿。瑜,长沙人,尝著《野史》三十卷。石熙载在湖南,时瑜尝出入门下,颇见厚。至是来献其所著书,熙载以言而有是命"④。雍熙三年(986),"著作佐郎乐史献所著书《贡举事》二十卷、《登科记》三十二卷、

---

① 王应麟辑《玉海》第 2 册卷四三,广陵书社 2007 年版,第 813 页。以下所引此书版本均同。
② 《宋史》第 27 册卷二六六,第 9177 页。
③ 《宋会要辑稿》第 3 册崇儒四之一,第 2230 页。
④ 《宋会要辑稿》第 3 册崇儒五之一九,第 2256 页。

《题解》二十卷、《唐登科文选》五十卷、《唐孝悌录》十五卷、《(唐孝悌录)续》五卷、《续卓异》三卷。太宗嘉定,以史为著作郎直史馆"①。淳化二年(991),"上闻殿中丞郭延泽、右赞善大夫董元亨皆好学,博通典籍,诏宰相召问经史大义,条对称旨。冬十月丁卯,并命为史馆检讨"②。同年,翰林学士承旨苏易简向朝廷进献《续翰林志》二卷,"上嘉之,赐诗二章,纸尾批云:'诗意美卿居清华之地也。'易简愿以所赐诗刻石,昭示无穷。上复为真、草、行三体书书其诗,命待诏吴文赏刻之,因遍赐近臣。又飞白书'玉堂之署'四大字,令中书召易简付之,榜于厅额,上曰:'此永为翰林中美事。'易简曰:'自有翰林,未有如今日之荣也。'"③淳化三年(992),太常寺奉礼郎杨亿被赐进士及第。对此,《宋会要辑稿》小注云:"亿时年十二,读书秘阁,因拟《文选·两京赋》,作《东》《西京赋》二道以进,太宗览而嘉之,诏学士院试《舒州进甘露颂》,即时而就,帝益赏其俊才,故有是命。"④这些史实可见,太宗优崇、署任的重要条件与标准是士子在"文事"方面的作为与成就,这种优崇、署任士子的行为充分反映了朝廷的"右文"意识。

总之,在以外拓扩张为基本精神的传统事功无法实现的情况下,太宗开启了以维护政权长久存在与稳定为根本目的的内治路线。为了充分贯彻、实现这一基本路线,太宗改变了唐代文武均衡发展,特别是五代以来武力是尚的文化状态,确立了崇文抑武、振兴斯文的文治方略,显示出强烈的改革精神与奋发有为的用世之心。为此,宋代确立了文官政治,重用文人士大夫,大力发展科举制度,扩建三馆,购求书籍,编订大型类书,校勘经史。在这些政治、文化举措之下,文治国策在太宗一朝得以奠定并顺利推行。右文已成为宋朝的基本政治、文化特征,社会因之呈现出恢宏沉实的崇文气象,与前代形成了鲜明的文化区别。南宋时,陈亮在《上孝宗皇帝第三书》中说:"艺祖皇帝经画天下之大略,盖将上承周、汉之治。太

---

① 《宋会要辑稿》第3册崇儒五之一九,第2256页。
② 《续资治通鉴长编》第2册卷三二,第723页。
③ 《续资治通鉴长编》第2册卷三二,第724页。
④ 《宋会要辑稿》第5册选举九之一,第4397页。

宗皇帝一切律之于规矩准绳之内,以立百五六十年太平之基。"①所谓的"规矩准绳"是指文治国策下的具体策略与措施。由这段话即可看出宋型文化的真正奠基始于太宗一朝。这些具体的策略与措施多被视为"祖宗典故""祖宗法度",成为后继者务必遵从的治国圭臬。

　　真宗以后,宋朝步入了守成时代,政治上多以因循祖宗家法为主。至道三年(997),太宗去世之后,真宗在其即位制书中说:"先朝庶政,尽有成规,务在遵行,不敢失坠。"②庆历三年(1043)九月,枢密副使富弼在《上仁宗乞编类三朝故典》中指出:"臣历观自古帝王理天下,未有不以法制为首务。法制立,然后万事有经,而治道可必。宋有天下九十余年,太祖始革五代之弊,创立法度。太宗克绍前烈,纪纲益明,真宗承两朝太平之基,谨守成宪。"③深刻道出了太祖、太宗、真宗三朝在政治文化方面的特点。可以说,真宗之后诸朝,统治者虽然对右文国策之下的文官政治、科举制度、馆阁制度等多有完善和发展,但其总体特征、精神没有太大的变化,固守祖宗家法、成法已成为统治者基本的执政理念与信仰。南宋时期,面对严峻的政治形势与民族危机,一些较清醒的士大夫诸如陈亮、叶适等人对内重外轻的形势颇有不安,对祖宗家法有深刻的反思与批判,但并不是主流。面对金人咄咄逼人的进攻,绍兴四年(1134)五月,高宗对宰执大臣云:"禁中百事皆遵守典故,不惟祖宗家法不敢轻议改更,亦厌纷纷多事也。"④九月,吏部侍郎兼直学士院孙近对高宗说:"祖宗之法,无私如天地,难犯如江河,皎如日月之明,著在令甲,垂裕万世。虽元丰之后,建三省,分六曹,更新庶事,而铨选、科举、刑罚、廪禄之制,亦多循袭祖宗之旧。比年以来,风俗习为侥幸,有求者志于苟得,有罪者期于幸免,而为人变法者多矣。伏望圣慈执祖宗之制,坚如金石;行祖宗之令,信如四时。凡启侥幸之门,而轻议变祖宗之法者,一切裁抑,以示天下之公。"⑤乾道

---

① 陈亮《龙川集》卷一,影印文渊阁《四库全书》第1171册,第508页。
② 《续资治通鉴长编》第2册卷四一,第863页。
③ 《续资治通鉴长编》第6册卷一四三,第3455页。
④ 汪圣铎点校《宋史全文》第5册卷一九上,中华书局2016年版,第1351页。以下所引此书版本均同。
⑤ 《建炎以来系年要录》第2册卷八〇,第113页。

七年(1171)二月,左司员外郎兼侍讲张栻谈到"本朝治体以忠厚仁信为本,因及熙丰元符用事大臣"之事时,孝宗云:"祖宗法度乃是家法,熙、丰之后不合改变耳。"①可见,纵使是希望有所作为,有志于恢复天下的孝宗也不得不以祖宗之法作为执政的基本原则。可以说,宋代一直流行着"自汉唐以来,家法之美无如我宋"②"圣朝家法,宏远深长,质诸三代而无愧"③的文化观念。这种观念固然有僵化凝滞的缺陷,但也保证了宋型文化的特质不易蚀变,使宋朝右文国策能够得到长期贯彻与执行。

第二节 宋初右文国策下的唱和之风与咏史诗

右文国策是以对文事的充分推举与崇尚作为基本特征的。为显示文治气象,统治者多尚学崇文,注重诗文创作,并多让馆阁文臣侍从豫游,相互唱和。"淳化五年,春正月甲寅朔,上(太宗)制《元旦》《除夕诗》各二章,赐近臣,俾之属和。翰林学士张洎,上表解释诗意,凡数千言。上甚悦,命宰相召至中书奖谕。"④"(咸平二年八月)戊午,上(真宗)作《社日》五言诗赐近臣属和,宰执求免次韵,上曰:'君唱臣和,亦旧制也,无烦多让。'"⑤"(嘉祐六年三月)戊申,幸后苑赏花钓鱼,遂宴太清楼。出御制诗一章,命从臣属和以进。"⑥这些史料都充分反映了当时唱和之风。其中,围绕经史文献典籍进行吟咏唱和是当时比较重要的文化活动。如据《续资治通鉴长编》卷八二,真宗大中祥符七年(1014):"庚辰,上作《悯农歌》,又作《读十一经》诗,赐近臣和。上每著歌诗,间命宰辅、宗室、两制、三馆、秘阁官属继和,而资政殿、龙图阁学士所和尤多。至是遍咏经史,三

---

① 汪圣铎点校《宋史全文》第7册卷二五下,第2110页。
② 张栻《经筵讲义》,邓洪波校点《张栻集》,岳麓书社2010年版,第552页。以下所引《张栻集》版本均同。
③ 《宋会要辑稿》第1册帝系七之二三,第158页。
④ 《续资治通鉴长编》第2册卷三五,第765页。
⑤ 《续资治通鉴长编》第2册卷四五,第959页。
⑥ 《续资治通鉴长编》第8册卷一九三,第4664页。

司、谏官、御史或预赓载。若大礼庆成及酺会,则百僚并赋。"①宋陈岩肖《庚溪诗话》卷上载:"真宗皇帝听断之暇,唯务观书。每观一书毕,即有篇咏,命近臣赓和,故有御制《观尚书》诗、《春秋》《周礼》《礼记》《孝经》诗各三章,御制《读宋书》《陈书》各一章,《读后魏书》三章,《读北齐书》二章,《读后周书》《隋书》《唐书》各三章,读《五代梁史》《后唐史》《晋史》《汉史》《周史》各二章,可谓好文之主也。"②由此可见,为展示本朝的右文策略,宋真宗多以经史为阅读对象,由此而创作了很丰富的咏史诗,并且多让群臣赓和。很遗憾的是,真宗的这些咏史之作因佚失而不得见,但一些文臣的赓和之作亦能够让我们感受到当时稽古右文的盛况。

夏竦(985—1051),字子乔,江州德安(今属江西)人。初以父荫为润州丹阳县主簿,后举贤良方正,通判台州,后召集贤院,编修国史,迁右正言。仁宗初迁知知诰,为枢密副使、参知政事。庆历七年为宰相,旋改枢密使,先后封英国公、郑国公。《宋史》本传载:"竦资性明敏,好学,自经史、百家、阴阳、律历,外至佛老之书,无不通晓。为文章,典雅藻丽。""竦以文学起家,有名一时,朝廷大典策屡以属之。多识古文,学奇字,至夜以指画肤。"③可知他具有相当高的文化素养,擅长文学创作。由于长期在朝廷任职,所事君主好文不倦,在他的诗歌创作中,奉和御制是其诗作的重要组成部分。其中,吟咏经史的咏史诗很值得注意,主要有《奉和御制看〈毛诗〉诗三章二章十二句一章八句》《奉和御制读〈史记〉》三首、《奉和御制读〈前汉书〉》三首、《奉和御制读〈后汉书〉诗》三首、《奉和御制读〈三国志〉诗》三首、《奉和御制读〈晋书〉》三首、《奉和御制读〈宋书〉》二首、《奉和御制读〈陈书〉》二首、《奉和御制读〈后魏书〉》三首、《奉和御制读〈北齐书〉》二首、《奉和御制读〈后周书〉》三首、《奉和御制读〈隋书〉》三首、《奉和御制读〈唐书〉》三首、《奉和御制读〈五代梁史〉》二首、《奉和御制读〈五代后唐史〉》二首、《奉和御制读〈五代晋史〉》二首、《奉和御制读〈五代汉史〉》二首、《奉和御制读〈五代周史〉》二首等,共44首,数量是

---

① 《续资治通鉴长编》第4册卷八二,第1884页。
② 见丁福保辑《历代诗话续编》(上册),第162—163页。
③ 《宋史》第27册卷二八三《夏竦传》,第9571、9576页。

不少的。

以上作品大多以概括某一朝代的政治、文化史实为主,蕴含着很强烈的歌功颂德的意识,颂圣赞君、倡化敷文的色彩比较浓厚,文辞典雅雍容。特别是,为了展示自己的才学,诗人多用小注对诗句内容进行注释、说明,这些诗在体例上因之呈现出鲜明的诗、注相配的特点。如《奉和御制读〈史记〉》三首其一:"陶唐明历象,茂气与天通。举正分星度,归余定岁功。孟陬名不殄,南正道弥隆。自此垂三代,循环协大中。"首句注云:"尧钦若昊天,历象日月星辰。"第二句注云:"尧明时正度,茂气所生,民无夭疫。"第三句注云:"以四方中星定分至。"第四句注云:"以闰月正四时。"五、六句注云:"颛顼命南正重司天,三苗乱德,孟陬殄灭。尧复重黎之后,使典之。"尾二句注云:"三王之正如循环,穷则反本。"①《奉和御制读〈唐书〉》三首其一:"天祚文皇德,元成雅道施。纳忠裨阙政,偃革致昌期。宴喜刀方解,人亡鉴遽隳。数行遗奏在,犹可动神祇。"注云:"魏徵字元成。太宗尝曰:'徵劝朕偃革兴文,天下大宁。'又宴日谓侍臣曰:'征献纳忠谠,古之名臣,何以加也。'解佩刀赐之。徵亡,太宗曰:'朕以三鉴防己,今亡一鉴矣。'遣人就宅,得遗表一纸,数行可辨,云:'任善人则国安,任恶人则国危。公卿之间,时有爱憎,所宜详慎。'太宗曰:'侍臣可书之于笏。'史臣曰:徐邈、山涛、谢朏,比文贞雅道,不有遗行乎?"②这些诗颂扬圣君明主的为治之功,歌颂贤德之臣纳忠进谏之举,带有鲜明的以史颂今的性质,诗歌自注则充分反映了诗人对史书的深入阅读,展示了其博学多识,有助于当时更加全面深入地把握其诗辞之意。

除了君臣之间的唱和赋咏,文臣之间也多以文事相娱,同题共赋。这尤其体现在西昆体作家身上。景德二年(1005),为了充分贯彻朝廷的右文国策,翰林学士杨亿等奉命编纂大型类书《历代君臣事迹》。该类书经八年乃成,诏题改为《册府元龟》。当时参加编书的馆阁文士计18人,在编纂期间,他们以文事为娱,相互唱和。杨亿《西昆酬唱集序》云:"因以

---

① 《全宋诗》第3册,第1771页。
② 《全宋诗》第3册,第1778页。

历览遗编,研味前作,挹其芳润,发于希慕,更迭昌和,互相切劘。"①可见,围绕"遗编""前作"等历史文献、著述中的相关内容进行创作、唱和,是馆阁文士比较重要的文事活动。如关于《明皇》一题,有杨亿、钱惟演、刘筠等3人;《南朝》一题,就有杨、钱、刘、李宗谔等4人;《汉武》一题有杨、刘、钱、李、刁衎、任随、刘隲等7人。这些作品当是馆阁文士在编撰《册府元龟》时,面对同一历史题材、资料,赋咏为诗,竞显诗书才气的产物,充分反映了当时的咏史唱和之风。如《明皇》一题,杨作云:"玉牒开观检未封,斗鸡三百远相从。紫云度曲传浮世,白石标年凿半峰。河朔畔臣惊舞马,渭桥遗老识真龙。蓬山钿合愁通信,回首风涛一万重。"②除尾句外,前七句都包含玄宗典故。如关于首句所涉及的典故,据《旧唐书·礼仪志》,开元十三年(725),朝廷举行献祀泰山活动。"玄宗因问:'玉牒之文,前代帝王,何故秘之?'(贺)知章对曰:'玉牒本是通于神明之意。前代帝王,所求各异,或祷年算,或思神仙,其事微密,是故莫知之。'玄宗曰:'朕今此行,皆为苍生祈福,更无秘请。宜将玉牒出示百僚,使知朕意。'"③次句所用典故,据陈鸿《东城老父传》:"玄宗在藩邸时,乐民间清明节斗鸡戏。及即位,治鸡坊于两宫间,索长安雄鸡,金毫铁距,高冠昂尾千数,养于鸡坊。选六军小儿五百人,使驯扰教饲。上之好之,民风尤甚……帝出游,见(贾)昌弄木鸡于云龙门道旁,召入为鸡坊小儿,衣食右龙武军……开元十三年,笼鸡三百从封东岳。"④钱作云:"山上汤泉架玉梁,云中复道拂瑶光。丝囊暗结三危露,翠幰时遗百和香。枉是金鸡近便坐,更抛珠被掩方床。匆匆一曲凉州罢,万里桥边见夕阳。"⑤除第二句外,其他七句均是一句一典。如颔联所用"丝囊"典故,《唐会要》载:"开元十七年八月五日,左丞相源乾曜、右丞相张说等上表,请以是日为千秋

---

① 杨亿等著,王仲荦注《西昆酬唱集注》,上海书店出版社2001年版,第2页。以下所引此书版本均同。
② 杨亿等著,王仲荦注《西昆酬唱集注》,第101—103页。
③ 《旧唐书》第3册卷二三《礼仪志》,第898页。
④ 李昉等编《太平广记》第10册卷四八五,中华书局1961年版,第3992页。以下所引此书版本均同。
⑤ 杨亿等著,王仲荦注《西昆酬唱集注》,第104—105页。

节,著之甲令,布于天下,咸令休假。群臣当以是日进万寿酒,王公戚里进金镜绶带,士庶以丝结承露囊,更相遗问,村社作寿酒宴乐,名赛白帝、报田神。制曰:'可。'"①"翠幰遗香"典故,在暗用梁代吴均《行路难》诗句"博山炉中百合香,郁金苏合及都梁"的基础上,更直接综合了《杨太真外传》中的记载:"国忠赐第在宫东门之南,虢国相对。韩国、秦国,甍栋相接。天子幸其第,必过五家,赏赐燕乐。扈从之时,每家为一队,队著一色衣。五家合队相映,如百花之焕发。遗钿、坠舄,瑟瑟,珠翠,灿于路歧,可掬。曾有人俯身一窥其车,香气数日不绝。"②这些典故均以玄宗相关史实为主,但杨、钱二人在用典上绝少重复,这是不容易的。

事实上,无论是夏竦的以注配诗,还是杨、钱等西昆诗人在史实运用方面的力避重复,都和宋初的右文政策及当时对这一政策的初步理解有密切相关。当时的"文治"主要体现为对前代历史文化资源的编纂与整合,这种文化活动在统治者看来是前代所无的盛世之举,占有的文献、知识资源越多越能够凸显文治气象。在这种"右文"导向下,夏、杨、钱等人的咏史诗主要集中于展示其广泛的历史知识,反映了其以博学相尚的文化意识,而缺乏深刻警醒的独特识见。实际上,宋初时人对"右文"的理解还是比较肤浅的,文献、知识资源的获取固然重要,但如何充分正确地把握、认知前代文献知识资源,进而构建自身的文化系统问题则更为要紧。士人只有充分认识到这一点,并以自身的主体识见与裁断,构建、提升这种时代文化,宋代的"右文"气象才能够真正得以实现。仁宗之后,宋人逐渐认识到了这一点,文献资源的编纂与整合运动也因之逐渐消歇,士人们转向了对传统文化知识的思考与重构,宋代"右文"气象才逐步具有了实质性的时代特色与内涵,咏史诗也因之注重对历史的主体识见与评判。

第三节　右文国策下的崇儒之风与咏史诗

宋代统治者"鉴五代藩镇之弊,遂尽夺藩镇之权,兵也收了,财也收

---

① 王溥《唐会要》卷二九,第 631 页。
② 鲁迅《唐宋传奇集》,《鲁迅全集》第十卷,人民文学出版社 1973 年版,第 423 页。

了,赏罚刑政一切收了"①,"一兵之籍,一财之源,一地之守,皆人主自为之也,欲专大利而无受其大害"②,在军事、政治、经济等方面逐渐强化中央与君主权力,政出于一,权归于上。但这些措施仅是宋初在政治、经济、军事文化制度上的变革,是一种硬性的制度要求,统治者要真正实现政权的稳定,维护赵宋王朝的根本利益,必须使人们在思想上认同、恪守相关伦理道德要求。毕竟,晚唐五代时期之所以出现军阀割据混战的社会局面,主要源于传统道德伦理与礼法秩序的破坏。当时,政权更迭,风俗毁堕,"臣弑其君,子弑其父,而搢绅之士安其禄而立其朝,充然无复廉耻之色皆是也"③。纵使是一些儒者"以仁义忠信为学,享人之禄,任人之国者,不顾其存亡,皆恬然以苟生为得,非徒不知愧,而反以其得为荣"④。因此,在通过政治、经济、军事等一系列措施保障君主专制的同时,宋代统治者必须以温情脉脉的"文化""教化"方式对人们的思想道德世界进行澄清与回拨,使人们接受既定的伦理道德秩序,认可国家与政权的合法性、合理性,只有如此,才能真正实现社会的稳定与国家的安宁。这才是朝廷实施右文政策的真谛所在。宋太宗曾对宰相赵普说:"国之兴衰,视其威柄可知矣。五代承唐季丧乱之后,权在方镇,征伐不由朝廷,怙势内侮。故王室微弱,享国不久。太祖光宅天下,深救斯弊。暨朕纂位,亦徐图其事,思与卿等谨守法制,务振纲纪,以致太平。"⑤这里所谓"法制""纲纪"主要是一种社会统治规则与伦理秩序,太宗所言充分道出了当时国家的政治文化诉求。宋代的推崇儒学运动便是在这种时代诉求下进行开展的。

　　由于在中国古代诸家思想中,儒家最为强调政治统治与社会伦理秩序,因此历代统治者多会以儒家思想作为立国之本。特别是晚唐五代以

---

① 黎靖德编,王星贤点校《朱子语类》第 8 册卷一二八,上海古籍出版社 1986 年版,第 3070 页。以下所引此书版本均同。
② 《水心别集》卷十《始议》,见刘公纯、王孝鱼、李哲夫点校《叶适集》,中华书局 1961 年版,第 759 页。以下所引《叶适集》版本均同。
③ 欧阳修《新五代史》第 2 册卷三四《一行传》,中华书局 1974 年版,第 369 页。以下所引《新五代史》版本均同。
④ 《新五代史》第 2 册卷三三《死事传》,第 355 页。
⑤ 《续资治通鉴长编》第 2 册卷二九,第 662 页。

来,社会价值混乱,亟需拨乱反正,宋代统治者自然更为看重儒家思想。为此,宋代开始逐步确立儒学的正统地位,大力雕塑孔子、孟子等儒家圣人先贤形象。据《续资治通鉴长编》卷三:"周世宗之二年,始营国子监,置学舍。上既受禅,即诏有司增葺祠宇,雕绘先圣、先贤、先儒之像。上自赞孔、颜,命宰臣、两制以下分撰余赞,车驾一再临幸焉。于是,左谏议大夫河南崔颂判监事,始聚生徒讲书,上闻而嘉之。乙未,遣中使遍赐以酒果。寻又诏用一品礼,立十六戟于文宣王庙门。"①可知,建隆三年(962),太祖受禅不久,便诏令对国子监进行扩充修缮,雕绘其中的先圣前贤之像,并亲自撰文,随后诏用一品之礼,增其仪卫。这说明了建国伊始,统治者便迫不及待地向全国传达了推崇儒学及其创始人的文化意识。端拱元年(988)八月庚辰,宋太宗"车驾幸国子监,谒文宣王,礼毕,升辇,将出西门,顾见讲坐,左右白博士李觉方聚徒讲书"②。其后,宋真宗继承太祖、太宗之政,对孔子及儒学的推尊达到了一个新高度。景德四年(1007)五月戊午,"诏兖州增二十户守孔子坟"③;八月庚戌,"赐孔子四十六世孙圣佑同学究出身"④;九月甲子,又"诏诸州县文宣王庙自今并官给钱完葺"⑤。大中祥符元年(1008),他效法秦皇汉武封禅故事,率文武百官到泰山封禅,亲赴曲阜,拜祭孔子庙、孔子墓。"庙内外设黄麾仗,孔氏家属陪列。有司定仪止肃揖,上特再拜。又幸叔梁纥堂。命刑部尚书温仲舒等分奠七十二子、先儒暨叔梁纥、颜氏,上制赞刻石庙中。复幸孔林,以树木拥道,降舆乘马,至文宣王墓奠拜,诏加谥曰玄圣文宣王,祝文进署,仍修葺祠宇,给近便十户奉茔庙。又诏留亲奠祭器。翌日,又遣吏部尚书张齐贤等以太牢致祭,赐其家钱三十万、帛三百匹。以四十六世孙、同学究出身圣佑为奉礼郎,近属授官及赐出身者六人。又追封叔梁纥为鲁国公、颜氏为鲁国太夫人、伯鱼母并官氏为郓国太夫人。"⑥二年,五月乙卯朔,

---

① 《续资治通鉴长编》第1册卷三,第68页。
② 《续资治通鉴长编》第2册卷二九,第656页。
③ 《续资治通鉴长编》第3册卷六五,第1457页。
④ 《续资治通鉴长编》第3册卷六六,第1482页。
⑤ 《续资治通鉴长编》第3册卷六六,第1487页。
⑥ 《续资治通鉴长编》第3册卷七〇,第1574页。

又下诏:"追封孔子弟子兖公颜回为国公,费侯闵损等九人为郡公,成伯曾参等六十二人为列侯,宰相群官分撰赞。"①真宗从优礼孔子嫡裔子孙,到奠祭、褒封孔子,再到追封孔子父母、弟子,其优渥之盛隆、规制之广大,可谓前无古人。大中祥符五年(1012)十月辛酉,真宗又亲撰《崇儒术论》,认为"儒术污隆,其应实大,国家崇替,何莫由斯"②,从根本上确立了以儒立国的国策。同时,真宗还命国子监祭酒邢昺等撰《论语正义》《尔雅疏》《孝经正义》《孟子正义》与唐人《九经正义》,合为《十三经正义》,《十三经正义》因之颁行,成为当时法定教材。

虽然在推尊儒学与孔门圣哲形象方面,真宗之后的统治者各有不同的政策与举措,但以儒为本的基本国策则始终没有变化。这种文化状况既体现于统治者的诏令布告等公文中,也在咏史诗创作上有充分体现。宋高宗赵构的《文宣王及其弟子赞》便是其中的代表作。在南北实现了基本议和后,绍兴十三年(1143)七月,"国学大成殿告成,奉安庙像"。十四年二月,"国子司业高闶请幸学,上从之。诏略曰:'偃革息民,恢儒建学。声明丕阐,轮奂一新。请既方坚,理宜从欲。将款谒于先圣,仍备举于旧章。'"③在金宋议和、政权初步稳定之后,高宗迅速竖起崇儒大旗,大力弘扬儒道。《全宋诗》卷一九八二载高宗赵构《文宣王及其弟子赞》共七十三首,其序云:"朕自睦邻息兵,首开学校,教养多士,以遂忠良。继幸太学,延见诸生,济济在庭,意甚嘉之,因作《文宣王赞》。机政余闲,历取颜回而下七十二人,亦为制赞。用广列圣崇儒右文之声,复知师弟子间缨弁森森,覃精绎思之训。其于治道,心庶几焉。"由此序可以看出,"崇儒右文"是宋代统治者的祖宗家法。作为南宋的最高统治者,宋高宗基于当时混乱的时代背景,对儒学有助于稳定社会统治的作用有极为深刻的认识,并采取了建设学校、巡幸太学、亲撰赞文等诸多措施,以"广列圣崇儒右文之声",绍绪祖宗家法。在体例上,赞文诗注相配,其诗主要按照所咏人物在儒学中的地位为序进行咏赞,其注主要是对圣人及弟子进行简要

---

① 《续资治通鉴长编》第3册卷七一,第1605页。
② 《续资治通鉴长编》第3册卷七九,第1798页。
③ 《宋史》第8册卷一一四《礼志》,第2709页。

介绍。首篇咏孔子:"大哉圣宣,斯文在兹。帝王之式,古今之师。志则春秋,道由忠恕。贤于尧舜,日月其誉。维时载雍,戢此武功。肃昭盛仪,海寓聿崇。"其注云:"孔丘,字仲尼,鲁人,开元廿七年制追谥为文宣王。"该诗充分赞扬了孔子的道德情怀,高度评价了其在政治、文化上的巨大作用,而诗注则简要介绍孔子,并注解其有"圣宣"之称的历史渊源。次篇咏颜回:"德行首科,显冠学徒。不迁不贰,乐道以居。食埃甚忠,在陋自如。宜称贤哉,岂止不愚。"注云:"颜回,字子渊,鲁人,赠兖公。"重在咏赞颜回立身于德、安贫乐道的可贵品质。第三篇咏闵损:"天经地义,孝哉闵骞。父母昆弟,莫间莫言。污君不仕,志气轩轩。复我汶上,出处休焉。"其注云:"闵损,字子骞,鲁人,赠费侯。"重在咏赞其以孝为先、坚持操守的品德。第四篇咏冉雍:"懿德贤行,有一则尊。子也履之,成性存存。骍角有用,犁牛莫论。刑政之言,惠施元元。"其注云:"冉雍,字仲弓,鲁人,赠薛侯。"[1]重在颂赞冉雍注重德行、刑政惠民。可以看出,这些作品均采取雍容典雅的四言体式,在对孔子、颜回、闵损、冉雍等七十三人咏赞中,蕴含着强烈的儒学道德伦理色彩,其规范世道人心的用意是深蕴其中的。

  从诗史发展的角度而言,对历史人物进行咏赞、追悼或评价是古代咏史诗的主要内容,但由于前代诗人创作咏史诗的主要目的是为了借史言志,或表达怀才不遇之感,或批判人君世道,因此其人物选择多集中于在历史当中能够建立一定功业的人物,或富有才情的文人志士,以及昏庸无能的统治者。如左思《咏史诗》八首其三:"吾希段干木,偃息藩魏君。吾慕鲁仲连,谈笑却秦军。当世贵不羁,遭难能解纷。功成耻受赏,高节卓不群。临组不肯绁,对圭宁肯分。连玺耀前庭,比之犹浮云。"该诗表达了自己希望能够像段干木、鲁仲连那样遭难解纷,建立当世奇功的美好志向。李白《读诸葛武侯传书怀赠长安崔少府叔封昆季》云:"汉道昔云季,群雄方战争。霸图各未立,割据资豪英。赤伏起颓运,卧龙得孔明。当其南阳时,陇亩躬自耕。鱼水三顾合,风云四海生。"该诗歌颂诸葛亮乘时而

---

[1] 《全宋诗》第35册,第22221页。

出,与刘备鱼水相得,遂能建不朽功业,充分表达了自己以其自比的心志。由这两首诗可见,前代文人虽然不同程度地受儒家思想影响,但由于其咏史目的重在借史言志抒怀、批判世道等,因此那些立德立言的儒学之士很少走进他们的咏史视野。到了宋代,这种情况逐渐发生了变化。基于当时的崇儒右文国策,儒学人物开始受到咏史诗人的充分关注。宋高宗的《文宣王及其弟子赞》就充分反映了这种国家文化政策与咏史诗的关注群体之间的关系。特别是它以大型组诗形态,致力于孔子、颜回等七十三位儒学之士的雕塑与颂扬,这在古代咏史诗发展史上还是第一次。

如果说高宗作为皇帝,政治地位特殊,其《文宣王及其弟子赞》更多地体现了皇权统治者的政治意图的话,那么宋代士子所创作的大量颂赞儒学之士的咏史诗,则更能反映当时的崇儒政策与咏史诗创作之间的关系。其中,比较具有代表性的作品有:邵雍《仲尼吟》《瞻礼孔子吟》《首尾吟》之"尧夫非是爱吟诗,诗是尧夫赞仲尼",曾巩《颜扬》《读孟子》《圣贤》,王安石《孔子》《扬雄》二首、《孟子》《扬子》二首、《扬子》,刘挚《马融绛帐台》,王令《读孟子》,苏轼《颜乐亭》,苏辙《寄题孔氏颜乐亭》,彭汝砺《读孟子》,黄庭坚《颜阖》,慕容彦逢《读扬子》,许景衡《孔颜画像》,喻汝砺《子云墨池》,吕本中《扬雄》,陈渊《看〈论语〉》四首,张九成《论语绝句》一百首,曹勋《孔子泣颜回》《孔子泣麟歌》,范浚《读〈杨子云传〉》《读〈孔北海传〉》,李石《礼殿圣贤图》,薛季宣《孔子》《丘陵歌》(笔者按:咏孔子)、《梁山歌》(笔者按:咏曾子)、《归耕操》(笔者按:咏曾子)、《汾亭操》(笔者按:咏隋末文中子),辛弃疾《读〈语〉〈孟〉》二首,金朋说《闵子骞》,刘克庄《孔子问》《昌黎子》,林同《周公》《孔子》《颜子》《孟子》《柳下惠》《子思》《闵子》《有子》《曾子》《子路》《子游》《子夏》《子贡》等,舒岳祥《鲁二儒》,林天瑞《谒朱夫子祠》,徐钧《卜子夏》《孟轲》《荀卿》《董仲舒》《扬雄》,陈普《朱文公》《程朱之学》二首、《文公书橱》《感兴》(笔者按:咏朱熹)、《孟子》二十四首、《孔子》《子思》《伏生》二首、《夏侯胜》《扬雄》二首,等等。这些作品均以儒学人物作为吟咏对象,如曾巩《读孟子》:"千载士推无比拟,一编吾喜窃窥观。苟非此道知音少,安有兹人得志难。机巧满朝论势利,疮痍连室叹饥寒。先生自是齐梁客,谁作商岩渭水看。"①孟子虽然有志于推行仁政儒道，但是战国时代的统治者追逐势力，根本不体恤百姓的艰难困苦，这就导致了孟子不被统治者重用的现实。该诗通过这种议论，表达了对孟子不得其志、不行其时的感喟。林同《颜子》："返必展墓入，去当哭墓行。谁知颜氏子，事死乃如生。"自注云："谓子路曰：去国，则哭于墓而后行。返其国，不哭，展墓而入。"②所谓"展墓"即省视坟墓，这首诗赞扬颜回对孝义有深入理解，反映了其事死如生的可贵精神。

　　值得注意的是，宋代咏史诗人在以儒学人物为题时，充分表现出对儒学义理的理解与新见。在此，仅以张九成《论语绝句》为例进行说明。张九成（1092—1159），字子韶，自号无垢居士，又号横浦居士。高宗绍兴二年（1132）进士第一，先后任镇东军签判、著作佐郎、著作郎。绍兴八年（1138），权礼部侍郎兼侍讲，兼权刑部侍郎。因忤秦桧，未几落职。秦桧死后，二十六年（1156），起知温州。二十九年（1159）卒，谥文忠。著有《横浦先生文集》二十卷、《尚书说》《论语说》《孟子说》等，大多已散佚。《论语绝句》是其诗集中的代表作，见《全宋诗》卷一七九六，计一百首。该组诗在形式方面颇为独特，先以自注形式引用《论语》之语，然后通过诗歌展现孔子及其弟子形象，表达自己对儒学义理的认识与体会。如其一注云："子贡曰：夫子之文章可得而闻也。夫子之言性与天道不可得而闻也。"诗云："既是文章可得闻，不应此外尚云云。如何夫子言天道，肯把文章两处分。"该诗重在思考"文章""天道"之间的关系，对子贡之言是否允当，表现出怀疑与反思。其二注云："立则见其参于前也，在舆则见其倚于衡也，夫然后行。子张书诸绅。"诗云："算来只是弄精神，识破于时始悟真。表里分明都见了，区区何必更书绅。"③子张曾向孔子"问行"，即如何才能使自己到处都能行得通。孔子告诉他，站着时，就仿佛看到"忠信笃敬"这几个字显现在面前；坐车时，就好像看到这几个字刻在车辕前的横木上，这样才能行得通。子张于是把这些话写在腰间的大带上。张

---

① 《全宋诗》第 8 册，第 5607 页。
② 《全宋诗》第 65 册，第 40605 页。
③ 《全宋诗》第 31 册，第 20015 页。

九成便对"子张书诸绅"之事发表了自己的看法,认为一个人只要内心澄澈,深刻体会了孔子的真意,没有必要在外在形式上下工夫。由其一、其二两首诗可以看出,以张九成为代表的宋代士人敢于直接审视经书原文,表达自己的理解与新见,这也说明宋代对儒学的推崇与弘扬并非亦步亦趋于传统儒学,而是强调立足于时代文化需求,对传统儒学之义进行深入反思与重新阐释。

宋代统治者尊崇儒学,以儒为本,蕴含着强烈的经世用意。这种用意表现为以儒学作为国家思想意识形态,以之审视历史与现实,进而发挥其有助世教、规范人心的功能。该用意反映在历史认知领域,就是要求以儒家思想来评价历史人物与事件,这就涉及历史认知的指导思想与立场问题。作为官方史学著述的典型代表,司马光的《资治通鉴》在开篇即大谈儒家的礼义问题:"臣闻天子之职莫大于礼,礼莫大于分,分莫大于名。何谓礼?纪纲是也。何谓分?君臣是也。何谓名?公、侯、卿、大夫是也。夫以四海之广,兆民之众,受制于一人,虽有绝伦之力,高世之智,莫敢不奔走而服役者,岂非以礼为之纪纲哉!""夫礼,辨贵贱,序亲疏,裁群物,制庶事,非名不著,非器不形;名以命之,器以别之,然后上下粲然有伦,此礼之大经也。"[①]范祖禹著有《唐鉴》,重在总结有唐一代国家治理与君主为政的兴衰得失。他在《进〈唐鉴〉表》中说,该书的写作是"稽其成败之迹,折以义理"[②]。朱熹认为对于历史,应当以经书之义作为思想指导,观察历史应当以儒家伦理道德为标准,辨明是非成败、邪正曲直。他说:"昨日有人问看史之法,熹告以当且治经,求圣贤修己治人之要。"[③]"读史当观大伦理。"[④]"如论古今人物以别其是非邪正,则是理存于古今人物。"[⑤]可见,就当时的思想界而言,所谓历史应当是以儒家伦理道德体系为立场与视角进行解读的历史。

---

① 《资治通鉴》第1册卷一《周纪》,第2、4页。
② 范祖禹《范太史集》卷一三《进〈唐鉴〉表》,影印文渊阁《四库全书》第1100册,第198页。
③ 朱熹《晦庵集》卷四四《答梁文叔》,影印文渊阁《四库全书》第1144册,第295页。
④ 黎靖德编,王星贤点校《朱子语类》第1册卷一一,第196页。
⑤ 黎靖德编,王星贤点校《朱子语类》第2册卷一八,第391页。

就审视历史的思想立场问题而言,宋代以前还没有深刻明确的理论认识,士人的历史认知与儒家思想之间尚未有机地融合起来。史学主要以秉持春秋笔法,对历史做客观追录作为基本原则。这种史学意识导致唐代以前史叙体咏史诗的发达,如陶渊明《咏荆轲》、卢照邻《咏史诗》四首等都侧重于陈述历史人物事迹。当然,宋代以前的一些士人也会对历史作深刻的检讨与反思,但因当时的史学缺乏明确的指导思想,这导致了他们在认知、评价历史时呈现出明显的多元化思想倾向。如刘禹锡《韩信庙》:"将略兵机命世雄,苍黄汉室叹良弓。遂令后代登坛者,每一寻思怕立功。"该诗认为以韩信为代表的名将之所以被害,根本原因在于功高震主,不为君主所容,这种思想识见非常深刻,一针见血地道出了最高统治者的本性。但若以儒家思想来审视的话,这种思想是比较异端的,反映了历史认知思想的多元化。又如杜牧的咏史名作《题乌江亭》:"胜败兵家事不期,包羞忍耻是男儿。江东子弟多才俊,卷土重来未可知。"传统观点认为项羽比较残暴,不得民心,其失败是必然的。该诗对这种观点进行翻案,强调了主观能动性在历史发展中的重要作用,认为项羽只要卧薪尝胆,重整旗鼓,也有可能再有大的作为。对于这种认识,宋人极为不满,胡仔就批驳杜牧的观点,认为他是"好异而畔于理"[1];蔡正孙也认为"牧之之诗,好异于人,其间有不顾理处"[2]。胡、蔡等人认为杜牧的议论具有"好异"的特征,有违于基本的儒家道德义理。这种评价既反证了唐人的历史认知缺乏明确的思想指导,故而异端纷呈,也反映了宋人在这一方面日趋儒家化。

在此情况下,宋代士子学人通过创作咏史诗,以审视历史,表达对社会治乱兴废的思考时,自然多以儒家思想作为评判标准与立场,时刻贯彻着以儒经世的文化精神。李觏是北宋中期很重要的思想家、哲学家,也是比较著名的诗人。作为一时儒宗,他认为汉、唐诸儒旧说,已不能适应当时社会的思想文化需求,因而围绕儒经大胆地抒发己见,阐释经义,积极提倡以儒经世。在历史观上,他主张以儒家之道审视历史。其《读史》诗

---

[1] 胡仔《苕溪渔隐丛话》(后集),人民文学出版社1962年版,第108页。
[2] 蔡正孙撰,常振国、绛云点校《诗林广记》,中华书局1982年版,第114页。

云:"子长汉良史,笔锋颇雄刚。惜哉闻道寡,气志苦不常。心如虫丝轻,随风东西扬。一事若可喜,不顾道所长。公言绌原宪,侠贼乃为良。仁义谓足羞,货殖比君王。黄老生六经,斯言固猖狂。吁嗟夫子没,两观无刑章。予怀班孟坚,驳议何洋洋。传与后世人,慎思其否臧。"[1]这首咏史诗认为司马迁所撰史书虽有雄豪刚健之风,但由于他缺乏良好的儒学素养,没有以儒家之道来审视历史,这导致了其历史认知与评判存在是非不分、褒贬失当的问题。由该诗可见,李觏的历史观是典型的以儒家思想为指导的历史观。立足这种观念,其咏史诗基本上是以儒家思想为准绳来评价古人,如《感义》《屈原》二诗云:"懊恼常人只好儒,古来忠义出屠沽。试将朱亥相伦拟,几个衣冠是丈夫。""秋来张翰偶思鲈,满箸鲜红食有余。何事灵均不知退,却将闲肉付江鱼。"[2]前首诗咏赞战国时期的勇士朱亥。朱亥虽是一介屠夫,但他帮助信陵君从晋鄙手里夺取兵权;同时,出使秦国,拒绝了秦王高官厚禄的诱惑,因自知无法归魏,便毅然扼喉而死。该诗认为朱亥虽出身低贱,但却是忠义的典型,没有几个衣冠之士能够比得上他。后首诗评价屈原,认为屈原在不被君主重用的情况下应当隐身而退,不应沉江自杀。这种认识实际上源于传统儒家对仕隐问题的思考。孔子就曾说过:"用之则行,舍之则藏。"(《论语·述而》)"天下有道则见,无道则隐。"(《泰伯》)"邦有道则任,邦无道则可卷而怀之。"(《卫灵公》)孟子也说:"穷则独善其身,达则兼善天下。"(《孟子·尽心上》)这种传统的仕隐观念为李觏评价屈原提供了思想支撑与基础。

又如,范浚《读〈孔北海传〉》:"叹息东京乱,忠推北海豪。未容禾女鬼,辄代卯金刀。义概秋霜劲,英名白日高。犹应凛生气,遣恨失吞曹。"[3]该诗重在从忠义的角度评价东汉末年的孔融,对其忠于汉室的高尚政治人格给予了充分肯定。再如,陈普《王祥》二首其一云:"君王宫里望安舒,何啻慈亲念鲤鱼。体认卧冰真意思,忍看成济犯銮舆。"自注云:"王祥,孝子也。为魏司隶,又为太尉,居三公之位,而于司马昭之废弑,若

---

[1] 《全宋诗》第7册,第4303页。
[2] 《全宋诗》第7册,第4338页。
[3] 《全宋诗》第34册,第21506页。

不见不闻者。使闵曾二子,当祥之时,岂肯居祥之位,不幸居祥之位,岂忍邵陵、高贵之废弑,恬然晏然,无所去就哉。废弑篡夺,无所不安,魏太尉、晋太保,无所不可,与冯道如一人也。盖质美而不知学行,于家庭有余,以处大事、立大节则不能断矣。此孟公绰所以止于赵魏老,而古人用人刚柔文武之各有其所也。"①王祥是魏晋著名人物,以"卧冰求鲤"的孝事著称,为中国古代二十四孝之一,历代对其多有褒扬。东晋孙盛《晋阳秋》云:"祥少有美德行。"②唐房玄龄等撰《晋史》评价他:"孝为德本,王祥所以当仁。"③然而,由这首诗及其注解可以看出,陈普对王祥则有更深入的反思,认为他在"处大事""立大节"方面,颇有亏缺,没有忠心,对废弑篡夺无动于衷,与五代时期的冯道没有什么不同。通过上述李觏、范浚与陈普之作可见,宋代咏史诗在评价古人、认知历史时,以儒家伦理道德作为基本思想原则的倾向是非常鲜明的。

　　表面上看,晚唐五代混乱政治局面的产生,源于悍将强藩以武力自恃,但其根本原因则在于道德伦理价值的失坠与破坏。"五代,干戈贼乱之世也,礼乐崩坏,三纲五常之道绝,而先王之制度文章扫地而尽于是矣。"④"五代之乱,君不君,臣不臣,父不父,子不子,至于兄弟、夫妇人伦之际,无不大坏,而天理几乎其灭矣。"⑤时代的混乱与伦理秩序的败坏息息相关,欧阳修所言道出了宋代时人对这种关系的认识。因此,重整社会道德秩序,使人们在日常生活中恪守、遵循儒家礼制规范,自然成为宋代统治者的要务。据《续资治通鉴长编》卷二四,太平兴国八年(983),大理寺丞孔承恭提出:"《仪制令》有云:'贱避贵,少避长,轻避重,去避来。'望令两京、诸道,各于要害处设木刻其字,违者论如律,庶可兴礼让而厚风俗。"这个建议获得朝廷的批准,王称《东都事略》载诏文云:"《传》云:

---

① 《全宋诗》第 69 册,第 43833 页。
② 《世说新语·德行》,刘义庆著,刘孝标注,余嘉锡笺疏《世说新语笺疏》,上海古籍出版社 1993 年版,第 22 页。以下所引此书版本均同。
③ 房玄龄等撰《晋史》第 4 册卷三三"史臣"赞辞,中华书局 1974 年版,第 1009 页。以下所引此书版本均同。
④ 《新五代史》第 1 册卷一七,第 188 页。
⑤ 《新五代史》第 2 册卷三四,第 370 页。

'能以礼让为国乎,何有?'宜令开封府及诸州于冲要榜刻《仪制令》,论如律。"①由此则史料可知,宋初时期,道德伦理秩序极为失坠,统治者为此不得不把基本的伦理准则刻于各地衢路要害处,并诉诸国家法律,强制性地予以贯彻。

　　除了这种硬性的法律规定外,宋代统治者还大力推行褒扬与旌表孝义忠节的文化政策,积极树立道德伦理楷模与典型,以便激风励俗,教化社会。开国之初,赵匡胤便下诏嘉奖为后周捐躯的韩通,追赠中书令,彰表其"临难不苟,人臣所以全节"②的忠君行为。杜范《郭孝子祠记》载:"宋兴三十载,削平僭乱,四方无虞,若稽旧典,修崇教化,命有司曰:'应诸道州县有义夫、节妇、孝子、顺孙,其令转运使采访以闻。'"③英宗治平三年(1066)诏云:"应天下义夫、节妇、孝子、顺孙,事状灼然,为众所推者,委逐处长吏按验闻奏,当与旌表门闾。"④《宋史》卷四五六《孝义传序》云:"太祖、太宗以来,子有复父仇而杀人者,壮而释之;刲股割肝,咸见褒赏;至于数世同居,辄复其家。一百余年,孝义所感,醴泉、甘露、芝草、异木之瑞,史不绝书,宋之教化有足观者矣。"⑤由这些史料可见,宋代统治者为了解决道德危机与伦理失坠问题,积极贯彻儒家教化政策,极为重视社会楷模所具有的表率与引导作用。《宋史》《宋会要辑稿》等典籍文献所记载的相关史实,很典型地体现了统治者的这种意识与导向。如,"郭琮,台州黄岩人。幼丧父,事母极恭顺。娶妻有子,移居母室。凡母之所欲,必亲奉之。居常不过中食,绝饮酒茹荤者三十年,以祈母寿。母年百岁,耳目不衰,饮食不减,乡里异之。至道三年,诏书存恤孝悌,乡老陈赞率同里四十人状琮事于转运使以闻,有诏旌表门闾,除其徭役"⑥。"徐州丰人李祚,亲丧,庐墓侧凡二十七年,家人百计勉谕,不听。益州双流人周善敏,丧父,庐于墓侧。母病,又割股肉以啖之,遂愈。大中祥符九年,

---

① 《续资治通鉴长编》第 1 册卷二四,第 538 页。
② 《宋史》第 40 册卷四八四《韩通传》,第 13970 页。
③ 杜范《清献集》卷一六《郭孝子祠记》,影印文渊阁《四库全书》第 1175 册,第 737 页。
④ 《宋会要辑稿》第 2 册礼六一之三,第 1688 页。
⑤ 《宋史》第 38 册卷四五六《孝义传序》,第 13386 页。
⑥ 《宋史》第 38 册卷四五六《孝义传》,第 13394 页。

特诏旌表祚,赐善敏粟帛存慰之。"①宣和七年(1125)五月,"南平军奏,据隆化县化咸乡民户言,税户罗纪妻李氏在姑王氏坟侧,结茆诵经,日负土积坟者三,昼夜号泣,孝道彰闻,远近钦歎,乞赐旌赏,以崇风化。诏令本军量赐粟帛,仍常切存恤。"②潼川府中江县进士杨楡嫡母贾氏,夫死不嫁,事舅姑以孝闻,"舅姑皆年九十余,无疾而终",淳熙六年(1179)十二月,诏旌表门闾③。宋代统治者通过对这些孝义之士或贤女烈妇的旌表、褒扬,能够把崇儒的思想文化策略充分贯彻、渗透到民间社会中,发挥儒学的经世之用。

与此同时,宋代统治者也非常注重褒扬历史上德行显著、堪为世范的普通人物。这类人物虽然没有什么奇功伟业,但在日常生活中,他们恪守纲常伦理,具有很好的历史垂范价值。这在孝女曹娥身上体现得相当充分。曹娥(130—143),会稽上虞(今浙江绍兴)人。汉安二年(143),其父曹盱在舜江中迎潮神,溺水而亡,不见其尸。"娥年十四,乃沿江号哭,昼夜不绝声,旬有七日,遂投江而死。"④元嘉元年(151),县长度尚有感于曹娥的孝行,"改葬娥于江南道旁,为立碑焉"⑤。其后,曹娥虽受到一些关注,如东汉中后期,邯郸淳曾作碑文;东晋升平二年(358)王羲之以小楷书孝女曹娥碑文于庙,并由新安吴茂先镌刻成碑,但并没有受到当时政府的充分关注。到了宋代时期,统治者发现了孝女曹娥作为一位普通女性所蕴含的道德伦理意义,对其屡加褒奖,曹娥形象也因之被充分放大、升华。元祐八年(1093),宋哲宗敕建高大辉煌的曹娥正殿,侍郎蔡卞重书曹娥碑;大观四年(1110),敕封灵孝夫人,权中书舍人宇文粹中撰告词;政和五年(1115)加封灵孝昭顺夫人;淳祐六年(1246)敕封纯懿夫人,又封其父为和应侯,其母为庆善夫人。可以说,在宋型文化之下,曹娥已变成了一种道德伦理符号与典型,为宋人所宣扬、崇拜。

在官方的倡导与影响下,当时的咏史诗坛也掀起了一股颂扬、评论曹

---

① 《宋史》第 38 册卷四五六《孝义传》,第 13399 页。
② 《宋会要辑稿》第 2 册礼六一之九,第 1691 页。
③ 汪圣铎点校《宋史全文》第 7 册卷二六下,第 2238 页。
④⑤ 《后汉书》第 10 册卷八四《列女传》,第 2794 页。

娥的浪潮,作品非常丰富,如潘阆《曹娥庙》,姚铉《曹娥庙碑》,赵抃《次韵前人题曹娥庙》二首,萧辟《留题曹娥庙》,释觉先《过曹娥庙》,王十朋《曹娥庙》,释宝昙《曹娥庙》《过曹娥江》,李洪《谒曹娥祠》,陈造《曹娥庙》,许及之《题曹娥庙》《谒曹娥祠》,王阮《曹娥庙》,苏洞《曹娥》,杜范《曹娥》,翁元龙《题曹娥庙》,戴昺《题曹娥庙》,余晦《曹娥江》,葛绍体《过曹娥江》,潘牥《曹娥庙》,翁逢龙《曹娥庙》《曹娥墓》,胡仲弓《曹娥庙》,赵崇琏《题曹娥庙》,陈允平《曹娥庙》,释云岫《曹娥江泊舟》二首,黄庚《过曹娥庙》,袁燮龙《题曹娥庙》,邵梅溪《曹娥江》,释及甫《谒曹娥庙》,石林《曹娥江》等。在这些作品中,诗人们大多因地怀古,感慨、评述曹娥之事,如王十朋《曹娥庙》:"恸哭无寻处,投江竟得尸。风高烈女传,名重外孙碑。荒草没孤冢,洪涛春古祠。怀沙为谁死,翻愧是男儿。"①在质实古劲的笔调中,歌颂曹娥因孝行风烈而彪炳后世,纵使是男儿也为之愧色。杜范《曹娥》:"举世贪生不足评,舍生取义亦难明。娥知有父不知死,当日何心较重轻。"②当时,理学颇为盛行,探讨生死大义是其中的主要议题,以死证义成为理学之士颇为认可的看法。特别是,在现实生活中,一般人在真正面临生死问题时,都会颇为踌躇,要做到以死证义,更是需要作激烈的思想斗争。该诗认为作为一名普通女子,曹娥的伟大之处在于,其毅然投江寻父之举源于其至诚孝心的自发驱动,在当时的情景下,她在思想深处绝无生死的轻重掂量与权衡。可见,这首诗对曹娥之孝有了更加深入的认识,同时对当时的理学所探讨的生死大义问题也表达了自己的思考,议论深刻,识见新颖。

就咏史诗创作而言,它涉及一个根本问题,即历史人物的关注范围问题。在宋代以前,咏史诗人大多比较关注比较著名的政治、军事或文化人物。而在宋代统治者推崇儒道与旌表孝义忠节的文化政策影响下,咏史诗人把目光转向了以凡庶行事为核心的社会史,搜寻在日常生活中以身行义、坚守伦理纲常的普通历史人物,极力挖掘他们身上所体现的道德价值与意义。这类作品非常丰富,如杜醇《过董孝君祠》,王令《倚楹操》《露

---

① 《全宋诗》第 36 册,第 22612 页。
② 《全宋诗》第 56 册,第 35303 页。

筋贞女庙》,邹浩《纯孝墓》《绿珠井》,汪革《贤女浦》,廖刚《题贤女铺》,周紫芝《石妇行》,张澂《孝义寺》,杨邦乂《金濑吊贞女歌》,秦梓《贞义女咏》,刘岑《贞女祠》,王洋《赵康州徐节孝祠》,吴说《题义节夫人传》,王端朝《金濑吊贞女》,陈造《望夫山》,薛季宣《读列女传》,赵公豫《漂母祠》,罗愿《题贤女铺》,钟明《书义倡传后》,曾丰《贞女篇》,金朋说《漂母堂》,叶澄《过黄杨奥孝子董公墓》,王休《过董叔达故居》,应鹔《董孝子墓》,周文璞《濑上贞女祠》,赵奎《贞义女咏》,刘克庄《处士妻》十首、《广列女》四首,卫宗武《秋胡》,谢翱《董孝子墓》,王朝佐《贞义女》,翁森《吴烈女》,丁易东《田母拒金图》,邓林《绿珠词》,郭彦章《题庐陵义士传》《题新淦刘贞女传》,陈文圭《赋萧仲坚所书汴梁节妇事》,徐瑞《饶娥祠》,宋无《贞义女庙》,蒋时中《贞义女祠》等。

  虽然在儒家积极入世思想的影响下,古代社会成员大多把积极入仕、建功立业作为人生目标,以便成名于世,发挥其社会价值。然而就古代金字塔式的整体结构而言,绝大部分底层人物是没有机会实现这种理想与目标的;同时,古代社会多以政治、军事等事功价值来衡量人物,书写历史。这些因素导致了众多底层人物很少获得实现其社会价值的机会,很难引起社会与历史的关注。而在宋代标崇道德伦理秩序的宋型文化下,很多普通人物成为咏史诗人关注的重点,上述作品就充分反映了这一点。如,关于东汉中期孝子董黯,文渊阁《四库全书》本《浙江通志》卷一八四"人物·孝友"之"宁波府"条下对其事迹有较详细的记载。董黯字叔达,一字孝治,句章县石台乡人(今浙江省余姚市大隐镇),家境贫寒,但事母至孝。母亲生病,思饮故里之水,他便不畏路途遥远,筑室溪滨以取水。邻居王寄富而不孝。董母与王母曾各言其子,引起了王寄的忌恨。王寄便趁董黯外出之机苦辱董母,致使其不久去世。董黯郁愤至极,但考虑到王母年事颇高,便枕戈不发,待王母去世后,董黯乃斩王寄之首,报仇祭奠母亲在天之灵,然后自囚以告官府。汉和帝闻其孝心,宽宥其擅杀之罪。董黯之事在宋代之前晦暗不显,很少引起文人士子的关注,据笔者所知,仅有贺知章《董孝子黯复仇》一诗:"十年心事苦,惟为复恩仇。两意既已尽,碧山吾白头。"宋代杨简《嘉泰昭阳大渊献筑室董孝君祠之西,下有湖焉。某曰溪以董君孝慈而得名,县又以是名,则是湖宜亦以慈名,作诗曰》云:"惜也天然一段奇,如何万古罕人知。只今烟水平轩槛,触目无非是孝慈。"①所言"如何万古罕人知"实是就董君之事没有引起后世的充分关注有感而发。正是在这种意识之下,宋代杜醇《过董孝君祠》,叶澄《过黄杨奥孝子董公墓》,王休《过董叔达故居》,应镕、谢翱同题之作《董孝子墓》等均以其为咏赞对象。如应镕之作云:"渺渺灵绪土,厥奥名黄杨。有汉董征君,体魄厝其乡。人以孝而重,地以孝而扬。马鬣松楸里,悠悠思且长。"②谢翱之作:"修修古孝子,家移来水旁。母病食此水,母死丧其乡。杀人自白吏,就家起为郎。至今庙下草,犹带食水香。"③二诗都对董黯进行了热情颂扬,歌颂其孝行义举。

相对而言,在古代男尊女卑的性别文化下,男性要比女性更容易获得传统价值体系的认可。而由上面的诗题可以看出,这种状况也发生了很大的变化,普通女性也成为宋代咏史诗咏写的重要群体、对象。如关于史姓贞义女,赵晔《吴越春秋·王僚使公子光传》载:"(伍子胥)疾于中道,乞食溧阳。适会女子击绵于濑水之上,筥中有饭。子胥遇之,谓曰:'夫人,可得一餐乎?'女子曰:'妾独与母居,三十不嫁,饭不可得。'子胥曰:'夫人,赈穷途少饭,亦何嫌哉?'女子知非恒人,遂许之。发其箪筥,饭其盎浆,长跪而与之。子胥再餐而止。女子曰:'君有远逝之行,何不饱而餐之?'子胥已餐而去,又谓女子曰:'掩夫人之壶浆,无令其露。'女子叹曰:'嗟乎!妾独与母居三十年,自守贞明,不愿从适,何宜馈饭而与丈夫?越亏礼仪,妾不忍也。子行矣。'子胥行(五步),反顾女子,已自投于濑水矣。于乎!贞明执操,其丈夫女哉!"④对于贞义女之事,李白曾作有《溧阳濑水贞女碑铭》一文进行热情讴歌。但就总体接受状况而言,从秦汉至隋唐时期,该女并未引起社会的充分关注。而宋代则不然,杨邦乂《金濑吊贞女歌》、秦梓《贞义女咏》、刘岑《贞女祠》、王端朝《金濑吊贞女》、周

---

① 《全宋诗》第 48 册,第 30081 页。
② 《全宋诗》第 59 册,第 37367 页。
③ 《全宋诗》第 70 册,第 44328 页。
④ 赵晔撰,周生春辑校汇考《吴越春秋辑校汇考》,中华书局 2019 年版,第 18 页。

文璞《濑上贞女祠》、赵奎《贞义女咏》、王朝佐《贞义女》等都对其人其事进行咏写与颂扬。如王端朝之作云:"嗟彼战国秋,风俗日以漓。卓哉史氏女,粲粲兰蕙姿。守贞奉慈母,克尽乌鸟私。业贫不辞苦,击漂临清漪。适尔遇丈夫,失路良可悲。恻然为发箪,振彼穷途饥。振穷乃所愿,越礼非所宜。灭口葬鱼腹,此心天地知。丈夫既得志,雪耻鞭平尸。念此一日恩,仗节远来兹。百金报无地,立马空嗟咨。俛仰易陈迹,屈指万古期。谁招地下魂,惟遗道旁碑。雄辞吐激烈,粲若星贝垂。吾生后谪仙,况乃驽钝资。捧心学西子,取笑将奚为。留题表贞义,庶几薄俗移。"①王朝佐之作云:"濑水何泱泱,携筐向水旁。低头事漂洗,不惜湿罗裳。晨出未暮归,老母在高堂。三十不愿适,焉知绣鸳鸯。道逢困丈夫,行乞良可伤。一饭妇女仁,况有残壶浆。终焉感礼义,出词何慨慷。贞洁恐无知,清流见肝肠。悲哉伍子胥,百金何足偿。惟有鸱夷心,可与增辉光。"②两首诗歌作品均从儒家伦理道德角度对该女子进行高度评价,特别是"留题表贞义,庶几薄俗移"更是道出了宋代崇尚这些普通女子的根本原因。

如果说,贞义女因《吴越春秋》的记载,其事迹尚且容易为后人所知。历史当中还有一些连姓氏、行事都难以知晓的平凡女性,她们也走进了咏史诗人的视野。如汪革《贤女浦》、廖刚《题贤女铺》、罗愿《题贤女铺》等作品,所咏女性应当是同一形象。所咏女子的大体情况因史料缺乏难以知晓,所幸廖作前有序言:"南安军之境,旧有贞女铺。相传云:有一女子受聘,未嫁而夫卒,其家更许其兄弟。女以义不可,辞不获从,遂投水而死。铺在镡上,因以得名,后避讳改今名。谢孝廉名师知南康县,追记其事。尉曾定民诗,次其韵和之。往虔州之大观也。"③对于我们了解这位女性的事迹有很大的帮助作用,但其姓氏、所处具体年代等问题还是无从详知。其诗云:"世上男儿半可羞,贞姿谁欲遣随流。百年负愧生何益,一诺难酬死即休。明月碧溪长共洁,孤云落日自含愁。悬知万古悲行客,不

---

① 《全宋诗》第 38 册,第 23855 页。
② 《全宋诗》第 64 册,第 40424 页。
③ 《全宋诗》第 23 册,第 15399 页。

待亭皋木叶秋。"①罗愿之作云:"许嫁女始字,昔人良所钦。此身有所属,安得强委禽。嗟哉乃翁愚,弃盟欲重寻。死生复还合,世谓遂初心。谁知彼寒女,义烈动芳襟。顷来已一惭,厚愧方在今。正性不负物,临流殒千金。我来吊丛祠,目眩寒潭深。凄凉一川上,行客闻知音。"②二诗均对这位无名氏女性进行了讴歌,突出了其不因未婚夫死去而另适他人的贞节观念。

除此以外,宋代诗人甚至对一些低位很低贱的倡女进行了咏赞。如钟明《书义倡传后》云:"洞庭之南潇湘浦,佳人娟娟隔秋渚。门前冠盖但如云,玉貌当年谁为主。风流学士淮海英,解作多情断肠句。流传往往过湖岭,未见谁知心已赴。举首却在天一方,直北中原数千里。自怜容华能几时,相见河清不可俟。北来迁客古藤州,度湘独吊长沙傅。天涯流落行路难,暂解征鞍聊一顾。横波不作常人看,邂逅乃慰平生慕。兰堂置酒罗馐珍,明烛烧膏为延伫。清歌宛转绕梁尘,博山空濛散烟雾。雕床斗帐芙蓉褥,上有鸳鸯合欢被。红颜深夜承燕娱,玉笋清晨奉巾屦。匆匆不尽新知乐,惟有此身为君许。但说恩情有重来,何期一别岁将暮。午枕孤眠魂梦惊,梦君来别如平生。与君已别复何别,此别无乃非吉征。万里海风掀雪浪,魂招不归竟长往。效死君前君不知,向来宿约无期爽。君不见二妃追舜号苍梧,恨染湘竹终不枯。无情湘水自东注,至今斑笋盈江隅。屈原九歌岂不好,煎胶续弦千古无。我今试作《义倡传》,尚使风期后来见。"③该诗所咏之事为长沙倡女与秦观的情事。倡女钦慕秦观才华,尤其喜欢其词。其后,秦观因党争之祸遭受贬责,途经其处。秦观有感于倡女对自己属意已久,遂有情合之好。一别数年之后,秦观死于藤地。倡女衰服前往,一恸而绝。此事详见洪迈《夷坚志》补卷第二。关于此诗的写作目的,钟明有赞文一篇:"倡慕少游之才,而卒践其言,以身事之,而归死焉。不以存亡间,可谓义倡矣!世之言倡者,徒曰下流,不足道,呜呼!今夫士之洁其身以许人,能不负其死,而不愧于倡者,几人哉!倡虽处贱,而节义

---

① 《全宋诗》第 23 册,第 15399 页。
② 《全宋诗》第 46 册,第 28967 页。
③ 《全宋诗》第 48 册,第 29878 页。

若此。然其处朝廷,处乡里,处亲职僚友之际,而士君子其称者,乃有愧焉!则倡之义,岂可薄邪?诗曰:'采葑采菲,无以下体。'余闻李使君结言:'其先大父往持节湖湘间,至长沙,闻倡之事,而叹异之,惜其姓氏之不传云。'"①钟明认为该倡女虽然地位低贱,但却有奇节义行。她对道德伦理的践履,纵使是一般士子也难以企及,非常值得肯定。仁义道德无处不在,社会底层人物只要能够在日常生活中秉守、践行它,也能具有很大的社会价值。正是在这种社会主体价值观念的基础上,钟明创作了这首以倡女为题材的咏史诗。

　　在对普通人物的关注中,林同有《孝诗》一卷。作为咏史组诗的代表,《孝诗》涉及了大量普通人物。如在"贤者之孝"中,《董召南》一诗云:"躬稼复樵渔,养亲还读书。不闻官赐帛,惟见吏催租。"其注云:"读书躬耕,以养父母。韩愈《董生行》云:爵禄不及门,惟有吏来征租钱。"②唐贞元年间,董召南连举进士不第,以行义著闻于寿州乡里,侍奉双亲至孝,备极甘苦。其孝慈所及,动感物类,以至于鸡犬相哺。然而其生平事迹,不见于正史,仅赖韩愈《嗟哉董生行》《送董生游河北序》得知其大略。该诗借董生之事批判唐代不重孝事。《李兴》诗云:"刲股如为孝,还应载圣经。莫明柳子意,因甚取残形。"其注云:"有至行,柳子厚为作《孝门铭》,曰:引刃自向,残肌败形。羞膳奉进,忧劳孝诚。"③李兴是唐时寿州安丰县的一名普通百姓,其事迹因柳宗元的铭文而为人所知。该诗借李兴之事表达对"孝"的理解,认为自残其身的行为是不可取的,不符合传统孝义之道。在林同的《孝诗》中,"妇女之孝"类共20首,主要有《缇萦》《陈孝妇》《东海孝妇》《宛陵女子》《木兰》《李孝女》《唐氏妇》等诗,所载多为普通女性,如《宛陵女子》云:"异哉一女子,独抱母啼号。非但脱虎口,还能落兽毛。"其注云:"母夜为猛兽所取,女攀母持兽行数十里,兽毛尽落,置其母去。"④由上述作品可知,在崇儒文化环境下,宋人对历史人物的价

---

① 洪迈《夷坚志补》,见上海师范大学古籍整理研究所编《全宋笔记》第9编第7册,大象出版社2018年版,第24页。
② 《全宋诗》第65册,第40632页。
③ 《全宋诗》第65册,第40632页。
④ 《全宋诗》第65册,第40636—40637页。

值认知观念发生了比较大的转变,关注普通人物群体,揭示或反思其行为的道德伦理价值已成为当时咏史诗创作的主要倾向。

第四节　宋代书法、绘画与咏史诗

众所周知,宋代统治者大多具有很高的艺术素养与水平。宋太宗在书法方面造诣颇深,通晓草、隶、行、篆、八分,尤"善飞白,其字大者方数尺,善书者皆伏其妙"①。他经常把自己的书法作品赏赐给臣下,也把一些前代的名人墨迹珍藏于秘阁当中,宣扬"文"化,著名的《淳化阁帖》就是这种文化行为的典型体现。北宋末期,徽宗更是浸淫于书画艺术之中,其书法"笔势劲逸,初学薛稷,变其法度,自号瘦金书,要是意度天成,非可以陈迹求也"②;其绘画特别是花鸟画重视写生,注重细节,以精工逼真著称。可以说,宋代君主的艺术素养之高在中国古代统治者中是很罕见的。之所以如此,其根本原因在于统治者把艺术作为了体现文治气象的重要手段与内容,而不再把其视为破坏"大道"的奇技淫巧。正是在这种文化意识之下,除了经史等文献典籍外,能够反映文人艺术情趣的书法、绘画等自然成为宋型文化的重要层面,丰富了宋型文化的历史人文内涵。文化意识的拓展必然导致历史意识的拓展。就历史的内容、形态而言,它是极其丰富的,除了政治史、军事史外,书法、绘画、音乐等文化史也是其中的重要组成部分。宋前时期,社会崇尚事功,士人对历史的关注主要集中于军事、政治等方面。到了宋代时期,士子的历史视域得到了很大拓展,与书法、绘画等有关的文化艺术活动成为士子极为关注的内容,并被其诉诸吟咏。这既是宋代咏史诗繁盛的一大因素,也决定了宋代咏史诗在题材、内涵方面的拓展。

在书法方面,梅尧臣《赋石昌言家五题·怀素草书》《依韵吴冲卿秘阁观逸少墨迹》、苏轼《题王逸少帖》、黄庭坚《江氏家藏仁宗皇帝墨迹赞》、米芾《题永徽中所模兰亭叙》《题越人王修竹所藏雪宝禅师真迹》、赵

---

① 江少虞《宋朝事实类苑》卷二,第 22 页。
② 陶宗仪《书史会要》,上海书店出版社 1984 年版,第 216 页。

令畤《跋太白醉草》、秦桧客《题范文正公书伯夷颂后》、杨万里《跋范文正与尹师鲁帖》《跋韩魏公与尹师鲁帖》《又跋简斋与夫人帖》《兰亭帖》、楼钥《跋余子寿所藏山谷书范孟博传》、李大异《跋游本兰亭序》、释善珍《题东坡墨迹》、许月卿《东坡墨迹》、柴守中《跋山谷书范滂传帖》、王蓉《题兰亭帖》、郑思肖《观颜鲁公帖》等都是以书法史实为题材的,既涉及宋前,也涉及宋代书事活动。如梅尧臣《赋石昌言家五题·怀素草书》云:"往在河南佐王宰,王收书画盈数车。我于是时多所阅,如今过目无遯差。石君屏上怀素笔,盘屈瘦梗相交加。苍虬入云不收尾,卷起海水秋鱼虾。毫干绢竭力未尽,山鬼突须垂髣髴。牵缠回环断不断,秋风枯蔓连蒂瓜。纵横得意自奔放,体法岂计直与斜。客有临书在屏侧,豪强夺骑白鼻䯄。超尘绝迹莫见影,竟爱此家忘彼家。赏新匿旧世情好,射杀逢蒙亦可嗟。"①怀素是盛唐时期著名书法家,尤其擅长草书,有"草圣"之称。该诗以形象化的言辞分析怀素草书的艺术特征,反映了作者本人的草书观念。苏轼《题王逸少帖》云:"颠张醉素两秃翁,追逐世好称书工。何曾梦见王与钟,妄自粉饰欺盲聋。有如市娼抹青红,妖歌嫚舞眩儿童。谢家夫人澹丰容,萧然自有林下风。天门荡荡惊跳龙,出林飞鸟一扫空。为君草书续其终,待我他日不匆匆。"②该诗在批评张颠、怀素二位草书家媚俗倾向的基础上,对东晋时期著名才女谢道韫萧散自然的书风进行了高度评价。在古代咏史诗史上,对女性书法家进行吟咏还是很少见的。柴守中《跋山谷书范滂传帖》云:"小春昼日如春晚,饮罢披图清兴远。夜光照屋四座惊,金薤银钩真墨本。当年太史谪宜州,肠断梅花栖戍楼。拾遗不逢东道主,翰林长作夜郎囚。蛮烟瘴雨森鈇钺,更值韩卢搜兔窟。老色上面欢去心,惟有忠肝悬日月。郡丞嗜好殊世人,投笺乞字传儿孙。平生孟博是知己,笔下写出精神骞。兴亡万古同一辙,党论到头不堪说。刊章下郡汉道微,清流入河唐祚绝。先朝白昼狐亦鸣,正气消尽邪气生。殿门断碑仆未起,中原戎马来纵横。生蛟入手不敢玩,往事凄凉重三叹。兰亭瘗鹤徒尔为,

---

① 《全宋诗》第 5 册,第 3033—3034 页。
② 冯应榴辑注,黄任轲、牛怀春校点《苏轼诗集合注》第 3 册,第 1271—1272 页。

好刻此书裨庙算。"①柴中守,号蒙堂,余干(今江西余干西北)人,中行之弟,主要生活于南宋光宗、宁宗时期。其诗以北宋书法名家黄庭坚的《范滂传帖》为吟咏对象。该帖是黄氏的书法名帖,至今为书法家所钟爱、临摹。据岳珂《桯史》卷一三,崇宁年间,黄氏因党锢之祸谪居宜州(今广西宜山县),郡守余若著"挟纸求书"。凭借记忆,黄氏"默诵大书"②,书成一代名帖。该诗重点叙述了帖事因由,展示了黄氏以汉代忠义铮直之臣范滂以自比的情怀,对党锢之祸的危害也进行了深刻批判。

在对历代书法家、书事的吟咏中,南宋时期的岳珂相当值得注意。岳珂,字肃之,号亦斋,晚号倦翁,抗金名将、民族英雄岳飞之孙,历官户部侍郎、淮东总领等。长于经学,工于词章,著述丰富,有《刊正九经三传沿革例》《桯史》《金陀粹编》《玉楮集》等。又肆力于典籍和古物的收藏,尤其对翰墨之作颇为用心,收藏了大量的历代书法家墨迹,并著有《宝真斋法书赞》二十八卷,见录于文渊阁《四库全书》"子部·艺术类"。该书"以其家所藏墨迹,自晋、唐迄于南宋,各系以跋而为之赞"③。所作"赞"辞实为诗歌,除《唐太宗枇杷子帖赞》外,《全宋诗》第56册《岳珂诗集》部分全部予以收录,见于卷二九七四至二九八三。就其编排顺序而言,"今就其仅存者排比推求,大抵以类分编,首以历代帝王,次晋真迹,次唐摹,次唐五代至宋真迹,而唐摹又自分二王及杂迹,五代又先以吴越三王,宋则终以'鄂国传家'"④。

就其内容而言,有的作品重在从书法发展史的角度对书家翰墨进行描绘、评价,如《智永千文真草帖赞》:"兴嗣次韵成一家,作者更书遍河沙。几年真草分正葩,变现要作千体夸。谁知笔橡出袈裟,如摧犀角抽龙牙。墨池摹仿纷天华,尚想字母真摩耶。"⑤智永,南朝陈、隋间僧人,名法极,王羲之七世孙,号永禅师,山阴人。智永善书,勤于练笔。常居永欣寺

---

① 《全宋诗》第53册,第32832页。
② 岳珂《桯史》,中华书局1981年版,第146页。以下所引此书版本均同。
③ 纪昀等《钦定四库全书总目》(整理本),第1492页。
④ 纪昀等《钦定四库全书总目》(整理本),第1492页。
⑤ 岳珂《宝真斋法书赞》卷八,影印文渊阁《四库全书》第813册,第653页。又见《全宋诗》第56册,第35423—35424页。

阁,临池学书,潜心研习三十年,颇得王氏家法。其《真草千字文》一直流传至今。此诗即咏赞智永,颂扬其勤学苦练,终于在真、草二体方面取得很大成就,受人赞誉。《孙过庭摹洛神赋赞》:"大令好书洛神赋,后人犹袭邯郸步。夫君草圣洞千古,笔下纵横敏风雨。凌波杳杳去无所,半幅尚能追媚妩。几年唐印阅振武,谁其别之视书谱。"①首先肯定了王献之的书法名作《洛神赋》,认为后人难以摹写成功,犹如邯郸学步。但初唐书法家孙过庭的摹写则纵横落笔,颇有其神,犹能得其媚妩动人的书法美学精神。

也有的作品重在描写书法作品得以创作的历史文化环境,凸显书法的人文内涵,如《仁宗皇帝二诗御汉体书真赞》:"鸿荒有开,眆颉鸟迹。字学之兴,亦既象物。汉有议郎,曰臣蔡邕。帛书发奇,出淳古踪,千龄寥寥,嗣响逾邈。贞观御床,淳化秘阁。云汉之章,施于仁皇。厥惟天葩,源宋跨唐。万几燕闲,成是肆笔。弛张异用,游戏如一。士俗之成,玄默自躬。见于首篇,尚絅之风。安不忘危,尤示注意。笔墨之余,又形拊髀。庆历之治,太平极功。帝心所存,天地与同。春朝鸣珂,秋塞沉柝。一视之仁,昭此圣学。海岳八极,羲娥九霄。媲于宝藏,万世见尧。"《英宗皇帝宁字御汉体书赞》:"惟汉体书,笔法之变。于帝王中,亦有羲献。有煜昭陵,蒸云激电。品冠一神,中寓万善。于惟治平,问安视膳。葩奇自然,得于目见。傅英染华,躬侍笔砚。既习既观,弗咤弗眩。心法斯授,体势亦擅。故于游戏,如墨裙练。惟帝之圣,统接尧禅。追怀羹墙,谋谨诒燕。武存止戈,威寓不战。五饵匈奴,三登海县。耆髦茹粹,支夏解辫。宁人之功,是履是践。帝心敢知,畔援歆羡。妙则已具,奎文式绚。揭于座隅,以示警勤。仁皇之仁,惟圣时宪。猗与此宁,尸居龙见。苞桑其存,伐柯不远。事陋规随,戒存药眩。有籖维瑶,有轴维钿。系此赞诗,于帖之殿。"②前一篇前半部分先从书法发展史的角度描述了仁宗之作体现出的

---

① 岳珂《宝真斋法书赞》卷七,影印文渊阁《四库全书》第813册,第649页。又见《全宋诗》第56册,第35423页。
② 岳珂《宝真斋法书赞》卷一,影印文渊阁《四库全书》第813册,第572—573页。又见《全宋诗》第56册,第35410—35411页。

"游戏"态度,反映了主体"燕闲"情态对于书法艺术的意义,然后后半部分侧重描绘仁宗安不忘危的为政意识与天下大治的政治情况,以突显其书作得以产生的总体政治背景与人文底蕴。后一篇首先高度赞扬了英宗书法作品"品冠一神,中寓万善",同样反映了宋代视书法为"游戏"的艺术观念,其后重点反映英宗御书"宁"字的文化内涵与意义。

有的作品重在评价书法家的人格、情操,尤其注重从道德角度进行品评。在民族主义笼罩的时代文化环境下,崇尚道德品节,颂扬爱国主义与民族主义成为宋代的思想潮流。这种潮流在书法评论领域也有比较充分的体现,士人尤为重视重书为心画、人品如书品等问题的探讨,善于从伦理道德、气节品格角度评人论书。如岳珂《陈子昂无端帖赞》云:"麟台正字垂拱臣,手持鸿笔扶金轮。喔咿自拟教牝晨,尚欲圭璧全其身。笔精墨妙虽有神,千载乃作无端人。以人废言古所闻,尚可展卷书吾绅。"①陈子昂是初盛唐之交的著名诗人,由"笔精墨妙虽有神"可知,其书法也颇为精妙。但因其生活于武周时期,对武周政权持认可态度。岳珂基于正统观念,认为陈子昂在人品上是一个无端之人。当然,作者并没有完全以人废书,"尚可展卷书吾绅",但其骨子里的书为心画、人品如书品的观念,依然使作者不能客观审视陈子昂的书法艺术。又如,《司马文正公光集序帖赞》:"道本于身,真积乃全。贯以一诚,虽人实天。元祐之初,帝赉良弼。匪康其躬,为民而出。龙起于洛,云兴于嵩。有泽其膏,四海之丰。方其未骧,一念下土。九关虽扃,编此守虎。及其既用,草偃维风。群贤鳞差,潝然而从。天以诚开,民以诚格。混融流通,何索何获。有崇南山,太平之基。岩岩具瞻,维公宜之。平生不欺,涵泳浃洽。心画之作,为天下法。取人以直,持己以谦。岂徒幅笺,二德之兼。荣光属天,公书在棪。有德有言,温其如玉。"②司马光虽是北宋时期著名政治家,但其书法水平并没有达到很高的艺术境界,这由台北故宫博物院所藏楷书纸本《天圣

---

① 岳珂《宝真斋法书赞》卷五,影印文渊阁《四库全书》第813册,第608页。又见《全宋诗》第56册,第35418页。

② 岳珂《宝真斋法书赞》十一,影印文渊阁《四库全书》第813册,第697页。又见《全宋诗》第56册,第35433—35434页。

帖》即可看出。该帖虽然有一定的习颜倾向,但谈不上有什么用笔技法与书法气象。但在此诗中,作者大力肯定司马光济世安民、心怀社稷的道德品格,并由此高度认可其《集序帖》,认为该帖为"心画之作",可"为天下法"。这种评价也充分反映了宋代的书法观念。

就岳珂赞语的形式而言,诗体样式相当丰富,有三言体、四言体、五言体、六言体、七言体、骚体、赋体等。纵使是同一形式,也富有变化。如《怀素律公帖赞》:"噫怀素,善草书。杂真行,世所无。妙之臻,理不殊。盍反观,同其初。"①《高宗皇帝舞剑赋御书赞》:"维中兴,焯人文,焯皇灵。即清燕,垂翰墨,光日星。挥怒蛙,市骏骨,期混并。写古作,示休宠,作豪英。臣有剑,淬三河,包两京。舞绝世,抉浮云,开太清。帝有训,誓臣节,式钦承。谁掣肘,起奋袖,愤裂缨。郁干将,在宝匣,长悲鸣。后百年,血郅支,锷尚腥。刻斯赞,表帝心,传龙庭。"②在古代诗体类型方面,三言体因不宜组成抑扬顿挫的音节节奏,创作很少,这由上面的两首诗可以看出。岳珂的《宝真斋法书赞》则试用此体,长短随意,视自己的表达需要而定,表现出明显的重视三言的文体意识。特别是就韵脚而言,前一首押传统的偶句韵,而后一首则以三句为单位进行押韵,一韵到底,可谓诗奇、韵奇。

除书法外,在宋代时期,绘画已成为宋代文人士大夫展示其文化修养和风雅生活的重要媒介。不少文人可谓文画兼擅,如文同、苏轼、米芾、王诜、李公麟、赵孟坚等人。纵使不擅长绘画,文人们也热衷于品评前代或当代的画作,对画家绘事进行咏赞与描绘,品题之风颇为盛行。可以说,绘事的繁盛与文士对绘画的重视是宋代咏史诗走向繁盛的重要文化因素。与书法相比,绘画艺术与宋代咏史诗的关系更为密切。这在题画咏史诗创作上体现得相当充分。所谓题画诗,顾名思义,是指以画作为题而创作的诗歌作品。它有狭义与广义之分,就狭义而言,它是指直接题写于

---

① 岳珂《宝真斋法书赞》卷五,影印文渊阁《四库全书》第 813 册,第 614 页。又见《全宋诗》第 56 册,第 35420 页。
② 岳珂《宝真斋法书赞》卷二,影印文渊阁《四库全书》第 813 册,第 581 页。又见《全宋诗》第 56 册,第 35413 页。

画面的诗歌；就广义而言，是指所有对绘画作品进行题咏、描绘或对绘画有感而发的诗歌，这类诗歌不以是否直接题写于画面之上作为判断标准。为更全面地认识题画咏史诗，笔者主要从广义角度进行分析。

两宋时期，作为绘画重要类型的历史画蓬勃发展，非常繁盛，与之相关的题画咏史诗的创作自然也丰富起来。此类诗歌创作主要表现在以下两个方面：

第一，对前代画家、画作的吟咏。据《全宋诗》可知，这类作品非常丰富，主要有范仲淹《桐庐方正藏唐翰林画白芍药予来领郡事因获一见感叹久之题二十八字景佑元年十月七日》，吕谓《题阎立本北斋较书图》，梅尧臣《咏王右丞所画阮步兵醉图》《观邵不疑学士所藏名书名画》，苏洵《题阎立本画水官》，苏轼《阎立本职贡图》《记所见开元寺吴道子画佛灭度以答子由题画文殊普贤》《虢国夫人夜游图》（盛唐著名画家张萱绘）、《题王维画》《韩幹马》，李之仪《内侍刘有方畜名画乃内虢国夫人夜游图最为绝笔东坡馆北客都亭驲有方敢跋其后既作诗以相示时欲和而偶未暇今阅集得诗遂次其韵以申前志》，李鹰《谢公定所宝蕃客入朝图贞观中阎立本所作笔墨》，葛胜仲《吴道子画鬼》，谢薖《十八学士写真图》（初唐画家阎立本绘），徐俯《明皇夜游图》（中唐著名画家周昉绘），李彭《韩熙载宴客图》（五代十国南唐人物画家顾闳中绘），周紫芝《题王摩诘画袁邵公卧雪图》，李纲《次韵虢国夫人夜游图》《题成士毅所藏辋川雪图》，吕本中《观宁子仪所蓄维摩寒山拾得唐画歌》，张元幹《跋赵唐卿所藏访戴图》，张嵲《观洛神图慨然有作》三首，朱翌《吴道子华清宫图》《观李思训幸蜀图》，王铚《题洛神赋图诗》《追和周昉琴阮美人图诗》，刘子翚《韩幹画马阙四足龙眠拓而全之》，高宗赵构《题唐郑虔山居说听图》《题赵幹北窗高卧图》，陆游《题十八学士图》《韩幹马图》，郑畆《题阎立本十八学士图》，朱熹《跋睢阳五老图》，吕祖谦《睢阳五老图赞》，张贵谟《题睢阳五老图》，欧阳谦之《题睢阳五老图》，韩淲《南唐画有宣和题》，释居简《张萱作妃子夜游图子由谓之秦虢并驱争先图文潞公司马公东坡兄弟一时名胜洎自宣和宸翰在焉藏诸御府后归绍兴权倖家复为开禧权倖所有更化后景献仲兄得之》，戴复古《赵尊道郎中出示唐画四老饮图滕贤良有诗亦使野人着句》，牟巘《王维画孟浩然骑驴图》,方一夔《李伯时明皇按乐图》,郑思肖《题明皇按乐图》,陈深《题郑柏窗所藏莲社图》等等。

这类诗作有较重要的价值与意义。首先,它们多以前代著名画家的画作为审视对象,充分反映了宋代士人对前代画家的接受意识及其历史人物关注范围的拓展。自先秦时期开始,古代社会盛行"君子不器"(《论语·为政》)的观念,一直视绘画为小道末技。在这种文化观念下,虽然画家是中国古代文艺活动中比较重要的社会群体,但他们很少受到比较公正的关注。这也导致了宋前咏史诗很少把画家当作关注与咏赞对象。到了宋代时期,统治者的右文政策使社会开始正视书画等艺术活动,古今画家群体自然也就逐渐受到了当时的重视。这种人物群体关注意识的转变在题画咏史诗创作上得到了比较鲜明的体现。由上述作品可知,唐代时期的阎立本、周昉、吴道子、张萱、李思训、王维、韩幹、郑虔,五代时期南唐顾闳中、赵幹,北宋时期的李公麟等等,都是比较受关注、认可的画家。这种情况充分说明咏史诗所涉及的历史人物群体与范围在宋代时期得到了比较大的拓展。

其次,一些作品重在展示画作所反映的历史内容,对于我们从古代绘画史的角度了解画作,特别是对于了解已经亡佚的画作面貌具有价值与意义。如苏洵《题阎立本画水官》一诗,宋陈思编《两宋名贤小集》卷七〇《老泉集》又作《净因大觉禅师以阎立本画水官见遗报之以诗》。阎立本(约601—673),为初唐著名画家,尤为擅长人物画。苏诗即以阎画为审视对象,对其《水官画》进行描绘:"水官骑苍龙,龙行欲上天。手攀时且住,浩若乘风船。不知几何长,足尾犹在渊。下有二从臣,左右乘鱼鼋。矍铄相顾视,风举衣袂翻。女子侍君侧,白颊垂双鬟。手执雉尾扇,容如未开莲。从者八九人,非鬼亦非蛮。出水未成列,先登扬旗旃。长刀拥旁牌,白羽注强拳。虽服甲与裳,状貌犹鲸鳣。水兽不得从,仰面以手扳。空虚走雷霆,雨雹晦九川。风师黑虎囊,面目昏尘烟。翼从三神人,万里朝天关。"[1]该诗把水神以及从臣侍女形象描写得非常具体生动,全面丰

---

[1] 《全宋诗》第 7 册,第 4373—4374 页。

富,细微精致,可谓见诗如见画。据《宣和画谱》,北宋宣和年间,御府尚藏有阎立本作品四十二件,然不见《水官图》。这说明在宋时该画一直收藏于民间,不为人所了解。苏洵的这首诗使我们看到了阎立本在鬼神画方面的高超技艺,有助于全面了解阎立本的绘画艺术成就。再如,苏轼《虢国夫人夜游图》一诗所涉及的画作,出自盛唐时期著名画家张萱之手。张萱"善画人物,而于贵公子与闺房之秀最工"①,画作丰富,《宣和画谱》中载其画作达四十七件,但现在均已佚失。现存《虢国夫人游春图》和《捣练图》一般认为为宋徽宗临摹。苏轼之诗云:"佳人自鞚玉花骢,翩如惊燕踏飞龙。金鞭争道宝钗落,何人先入明光宫。宫中羯鼓催花柳,玉奴弦索花奴手。坐中八姨真贵人,走马来看不动尘。明眸皓齿谁复见,只有丹青余泪痕。人间俯仰成今古,吴公台下雷塘路。当时亦笑张丽华,不知门外韩擒虎。"②诗歌重在描写画面人物情态,展示了虢国夫人夜游场景,对于认识张萱的画作有很大的帮助作用。

再次,有的作品充分反映了宋时的绘画观念与艺术精神。如,苏轼《韩幹马》云:"少陵翰墨无形画,韩幹丹青不语诗。此画此诗今已矣,人间驽骥漫争驰。"③苏轼通过韩幹画马之事,表达了个人的艺术观念。他认为诗画在艺术旨趣上存在相通之处,画作应当具有诗一样的内在精神、意境。这种绘画理念与其"味摩诘之诗,诗中有画。观摩诘之画,画中有诗"(《书摩诘蓝田烟雨图》)可相互印证。又,朱翌《吴道子华清宫图》前半部分重在展示吴道子的画作所绘景象,而后半部分则笔锋一转:"向非道子妙绝笔,那见开元全盛日。槎牙老木青铜柯,坡陀巨石苍玉质。石言木应若何闻,阿房兴废才顷刻。乃知吴生有深意,一时心事能貌出。臣非丹青好画师,臣以画谏乃其职。此山此事姑置之,此画当今须第一。"④通过对吴道子画事的评价,表达了以画讽谏的画学思想与精神。

最后,有的作品则是借画作所展示的内容表达对历史的认知与评价。

---

① 无名氏撰《宣和画谱》卷五,见王群栗点校《宣和画谱》,浙江人民美术出版社 2012 年版,第 55 页。
② 冯应榴辑注,黄任轲、牛怀春校点《苏轼诗集合注》第 3 册,第 1366—1368 页。
③ 冯冯应榴辑注,黄任轲、牛怀春校点《苏轼诗集合注》第 6 册,第 2461 页。
④ 《全宋诗》第 33 册,第 20822 页。

如吕谔《题阎立本北斋(韦按：应为"齐")校书图》云："由余入秦毁诗书，意在兵强黔首愚。弊极煨烬几无余，高齐风俗元自殊。岂料乃喜知卷舒，况复是正丛冠裾。公言所贬固不虚，我独谓其胜由余。"①自汉代武帝确立了以儒治国的基本国策后，校勘经史典籍一直是中原汉族政权的重要文化盛事。而少数民族政权则因重武轻文的风俗传统，很少关注文化建设，有的甚至有一些很极端的破坏文化的观念与行为。然而，具有较强少数民族政权性质的北齐一朝则不是如此，其朝运虽然短暂，但比较重视文化事业的发展，故《北齐书·文苑传》云："有齐自霸图云启，广延髦俊，开四门以纳之，举八纮以掩之，邺京之下，烟霏雾集。"②天保七年(556)，文宣帝高洋命文士樊逊、高乾和等十一人负责校定国家收藏的"五经"诸史。此次校定活动，"凡得别本三千余卷，《五经》诸史，殆无遗阙"③。对于北齐的这一文化盛事，有志于政权长久稳定的初唐统治者对此很是重视，阎立本的《北齐校书图》就是在这种情况下得以创作的。面对阎氏的这幅画作，吕谔并没有侧重于画面内容的描绘。对他而言，画作仅是引发其历史思考的一个媒介。他认为自由余入秦以来，一些政权推行霸权统治，强兵愚民，摧残文化。与之相比，北齐的校勘经籍之举，充分体现了统治者对衣冠礼乐的重视，是很值得肯定的。这种观点充分反映了北宋初期以吕谔为代表的士子重视典籍文化、崇尚文治的意识。又如，李纲《次韵虢国夫人夜游图》云："金鞍玉勒连钱骢，车如流水马如龙。遗簪堕珥碎珠翠，蜜炬夜入蓬莱宫。曲江宫殿春蒲柳，玉盘犀箸传纤手。坐中绰约尽天人，锦茵云幕清无尘。赐名大国动光彩，马嵬回首空啼痕。我欲题诗吊千古，丧国亡家皆此路。嫣然一笑倾人城，皓齿明眸真女虎。"④该诗通过铺陈画作表现的历史内容，批判唐代统治者的奢侈荒淫，表达了视红颜为祸水的传统识见。

第二，对宋代画家所作历史人物、故事画的品题之作。这类作品极其

---

① 《全宋诗》第3册，第1927页。
② 李百药《北齐书》第2册卷四五《文苑列传》，中华书局1972年版，第602页。
③ 李百药《北齐书》第2册卷四五《文苑列传》，第614页。
④ 《全宋诗》第27册，第17595页。

丰富,兹据《全宋诗》,胪列主要作品如下:宋祁《嵇中散画像》,欧阳修《堂中画像探题得杜子美》,黄庶《赋得退之画像》,苏颂《陈和叔内翰得庄生观鱼图于濠梁出以相示且邀作诗以纪其事》,刘挚《老子画像》,晏几道《题司马长卿画像》,郭祥正《明皇十眉图》《林和中家观画卷》三首,苏轼《戏书吴江三贤画像三首》《题李伯时渊明东篱图》,释仲殊《题李伯时支遁相马图》,苏辙《次韵题画卷》四首,释道潜《观明发画李贺高轩过图》,李之仪《李太白画像赞》,黄庭坚《题伯时画严子陵钓滩》《题伯时画松下渊明》《钱忠懿王画像赞》《题孟浩然画像》,林敏功《书吴熙老醉杜甫像》,米芾《题李伯时山隐图许元度王逸少谢安石支道林四像》二首、《题马远作四皓弈棋图横卷》,贺铸《题巫山图》,陈师道《题画李白真》,张耒《李赞皇画像》,周邦彦《开元夜游图》,蔡肇《题申王画马图》,王当《题清宰俞居安自画渊明图》,吴则礼《二疏遗荣图》《题贾表之所藏九马图》,苏庠《陶隐居画像赞》《和王子飞题李伯时画列子御风图》,唐庚《题李朔画像》,葛胜仲《跋子猷访戴图》《跋陶渊明归去来图》,谢薖《陶渊明写真图》《李贺晚归图》(吕子广藏画学博士李生所作),李彭《题兰亭修禊图》《观访戴图》,王安中《次秦夷行观老杜画像韵》,叶梦得《东山图赞》,程俱《与江仲嘉褒赵叔问子昼潘呆卿呆分题赋诗以颜鲁公裴晋公贺监陈希夷画像为题以我思古人为韵余得裴晋公我字韵》一首,韩驹《题李伯时画昭君图》《题明皇上马图》《题李白画像》,陈克《宁王进史图》《曹夫人牧羊图》,周紫芝《明皇羯鼓图》《题裴晋公画像二绝》《韩幹画郭家师子花此画本江南故物自腕而下绢素烂脱李伯时得之马忠肃家补足之蔡天启貌本以传其甥王季共》《题李伯时画归去来图》,李纲《题李伯时画老子出关图》《题富郑公画像》《题伯时明皇蜀道图》《题邵平种瓜图》《次韵顾子美见示题曲江画像》《洪崖先生画赞》,王洋《画列子图和韵》,邓肃《观子陵画像》,释正觉《吴傅朋郎中书来尝得李伯时所画震旦第一祖西归像需以赞说偈寄之》《吴兴辩长老以达磨画像请赞》,张元幹《拜颜鲁公像》《跋赵唐卿所藏访戴图》《题六代祖师画像》,林季仲《观徐孺子画像》,释慧空《世尊真赞》《达磨真赞》《二祖真赞》,朱翌《颜鲁公画像》,曹勋《题幸蜀图》(南宋画家赵千里),赵楷《觅梦得所藏李伯时画吴中三贤像各因其书绝句》三首,王铚《书谢文靖东山图》、刘子翚《李伯时画十古图郑尚明作诗诗辞多振绝因为同赋》,释昙华《满禅人画临济像请赞》《卞禅人画布袋和尚求赞》,葛立方《子真画屏求题诗》四首,陈棣《题李杜画像》,程敦厚《题陈宏画明皇太真联镳图》《题陈宏画太真上马图》,员兴宗《题岘山图》《题灞桥图》,王十朋《观渊明画像》《登诗史堂观少陵画像》《采菊图》,王灼《题昭君图》《题李伯时渭城送客图》,韩元吉《跋北齐校书图》,陆游《题少陵画像》《题城侍者岘山图》,范成大《韩无咎检详出示所赋陈季陵户部巫山图诗……》,杨万里《题无讼堂屏上袁安卧雪图》《跋写真刘敏叔八君子图》,周必大《东坡像李伯时作曾无疑藏之命予赞之》《徐泾教授求六一先生赞》《又求胡忠简公赞》,释宝昙《为李方舟题东坡赤壁图》《题子陵钓台图三绝》《题岘山图三绝》,李洪《题谪仙回舟卧披锦袍图》《题潘岳掷果图》,朱熹《题陶渊明小像》,张栻《跋王介甫游钟山图》,许及之《跋谏长画轴后五王按乐图》,章甫《题九歌图》,楼钥《题孟东野听琴图因次其韵》《慧元画寒林七贤》《桃源图》《题尤延之给事所藏葛仙翁徙居图》《又题杨妃上马图》,袁说友《题东坡苏公三笑图》,赵蕃《题归去来图》《题渊明采菊图子璿所作》,曾极《挂剑图》,危稹《题杨妃牙痛图》,袁韶《题林和靖像》,裘万顷《题昭君图》,韩淲《太白襄阳歌图》《题隆中图》《新亭图》《李白泛舟图》《次韵林德久所赋东坡海外三适图》,周端臣《题真妃出浴图》,释居简《少陵画像》《贾长江画像》《渊明画像》《为痴绝和尚赞初祖达磨并马大师画像》,苏洞《老杜浣花鸡图引》,陈宓《和徐绍奕昭君图》,朱子仪《访戴图》,洪咨夔《题李杜苏黄像》,真德秀《题八君子图后》,邹登龙《少陵草堂图》,释普济《五祖送六祖渡江图赞》,释智愚《黄檗礼佛掌宣宗图赞》《赵王访赵州州不下禅床图赞》《肃宗问忠国师十身调御图赞》《李翱参药山图赞》《韩愈见大颠图赞》《庄宗宣兴化问答图赞》《顺宗问鹅湖大义禅师图赞》《文宗问终南山蛤蜊瑞相图赞》《庞居士问马大师图赞》,刘克庄《孟浩然骑驴图》《题四梦图》《达磨渡芦图》《游东山图》《唐二妃像》《三醉图》《四快图》《三笑图》《卧雪图》《莲社图》《赤壁图》《过水罗汉图》《石虎礼佛图》《梁武修忏图》《老子出关图》《孔子问礼图》《明皇幸蜀图》《题读碑图》《郦生长揖图》《题崔白访戴图》《题画六言》一首,赵戣

《和人渊明采菊图》,释元肇《杜少陵像》《贾浪仙像》,张侃《苏李河梁相别图》《苏李松石图赞》,林希逸《和后村明皇按乐图歌》《石虎礼僧图》《明皇听笛图》《题达磨渡芦图》,郑起潜《题渊明采菊图》,释善珍《题三教三隐三仙三贤画轴》《又题》《题莲社图》,吴梅卿《题渊明爱菊图》,王柏《题流觞图》《题浴沂图》《题诸葛武侯画像》《羊叔子画像》,赵崇嶓《西施捧心图》,叶茵《少陵骑蹇驴图》《孟浩然归南山图》《李白诗百篇图》《岑参醉落魄图》,方岳《题高皇过沛图》,李曾伯《题范蠡五湖图》三首,萧澥《题东篱采菊图》,施枢《题桃源图》,胡仲弓《题陈希夷睡图》,家铉翁《题丹见庞居士图》二首,许月卿《题明皇贵妃上马图》,刘黻《四先生像》四首,释绍昙《题圆泽图》《杜甫骑驴游春图》《李白醉骑驴图》《为丘桂岩司门题和靖雪后看梅图》,真山民《吴王夜宴图》,柴随亨《昭君图》,黄文雷《二桥图》,陈必复《题东坡画像》,陈杰《题濂溪画像》《柴桑图》《题汤隽溪留远法师莲社图》《题老杜巡檐索笑图》,马廷鸾《题杨妃唾壶图》,龚开《题自写苏黄像》,陈昌时《太真图》,方回《醉翁亭图引为赵达夫作》《和陶咏二疏为郝梦卿画图卢处道题跋作》《孟浩然雪驴图》《题庐山白莲社十八贤图》《题渊明像》《题布袋和尚丰干禅师寒山拾得画卷》《题达磨渡江画》《题渊明采菊图》《离骚九歌图》《题渊明归来图》《题唐人按乐图》《观世音像赞》《题十六罗汉画像》《题寒山拾得画像》,牟巘《题渊明图》,陈允平《明皇按乐图》,何梦桂《达磨乘芦图》,释月磵《赞丰干寒拾虎四睡图》,俞德邻《题王谢燕游图为杨少监作》二首、《为郭元德题和靖探梅图》《题兰亭图》《题明皇卧吹箫图》二首,刘辰翁《文姬归汉图》《苏李泣别图》,周密《题三友图》,潘从大《疏斋以旧作题渊明归来图诗见赠依韵奉和》,钱选《题洪崖先生像》《题竹林七贤图》《题仇书图》《题唐三学士图》《题韩左军马图》《题石勒问道图》《题杨妃上马图》《题归去来图》,艾可翁《题渊明像》,丁易东《田母拒金图》,王镃《题耆英图》《太真入宫图》二首,郑思肖《黄帝洞庭张乐图》《尧民击壤图》等题画咏史诗121首,林景熙《蔡琰归汉图》,黄庚《题漂母饭信图》二首、《明皇按乐图》《题明皇按乐图》《明皇杨妃图》《孔明高卧图》,梁栋《渊明携酒图》,戴表元《题岘山图》《班婕妤题扇图》《张骞乘槎图》《苏李图》《题苏李泣别图》

二首、《题伏生授书图》《题孟浩然霜晓吟行图》《荀陈聚星图》，仇远《题季路负米图》《三学士图》《四皓图》《题孟浩然图》，艾性夫《昭君出塞图》《题明皇醉归图》《渊明采菊图》二首、《题四皓对弈瀹茶图各一绝》，黎廷瑞《虎溪三笑图》，陈文圭《题登瀛图》《跋明皇贵妃并马图》《题昭君画卷五绝》《渊明像》，宋无《明皇按辔图》《玉环病齿图》《题玉环联辔图》《渊明像》《太白扁舟图》《阿房宫图》，谢幼谦《子猷访戴图》等。

上述题画咏史诗反映出很重要的文化信息，展示了它们在画作中的重要文化作用，凸显了咏史诗新的价值与功用。

其一，就特征而言，宋型文化重视历史资源的价值与作用，注重通过历史表达自己的文化诉求、民族情怀、主体品节等。正是在这种文化意识之下，描绘历史人物、故事的画作因之繁荣，创作量丰富，这由上面所列作品即可看出。这些画作成为展示宋型文化的主要文艺载体，题材类型丰富，有君王帝妃题材、贤臣良将题材、名士文人题材、释家题材、女性题材等等，充分反映了宋代历史画多元发展的倾向。

其二，关于题画咏史诗的历史知识唤起、复原、认识功能与画作的历史呈现问题。历史画以历史人物、事件为题材，在类型上属于图像历史，表现为一种静态的视觉呈现，无法呈现动态历史过程。特别是，对于那些历史知识较为欠缺的人士而言，他们往往缺乏历史回忆、复原的能力，难以深入理解与把握画作的主旨、用意。而题画咏史诗通过对历史人物与事件的叙述、介绍、评价，可以使人直接走近、了解与认知历史，具有很强的历史知识唤起、复原、认识功能。这种功能可以使历史从单纯静态的图像展示转向富有包蕴性的动态呈现。如李纲《题邵平种瓜图》："君不见伯成子高让侯爵，在野终年自耕获。下风趋问礼徒勤，偲偲田间事无落。又不见于陵仲子推相位，为人灌园刈葵藿。抱瓮区区同汉阴，不糁藜羹有余乐。古来贤达有如此，志趣未可常情度。力辞富贵居贱贫，凛若风霜陨轻箨。邵平本自侯东陵，秦破国除休一塈。当时汉祖疑郦侯，置卫增封意非薄。众宾皆贺平独吊，一言转祸推先觉。以兹智略佐风云，复取故封何所怍。归来种瓜青门外，灌溉锄耘甘寂寞。长安之东壤尤美，翠蔓离离照城郭。秋阳正炽瓜正肥，解衣摘实如俯鹤。儿童随立形骨清，挈笠携筐助操作。遂令世美东陵瓜,身后高名动寥廓。屠贩曾闻封绛灌,奴仆从来兴卫霍。高鸟已尽良弓藏,更有韩彭辱囚缚。何如终老守瓜畦,自饱饱他真不恶。龙眠也是可怜人,画此端令事如昨。世间如画画如梦,聊为作歌资一噱。"①关于邵平种瓜等事,本是一则比较偏僻的典故,见于《史记·萧相国世家》:"上已闻淮阴侯诛,使使拜丞相何为相国,益封五千户,令卒五百人一都尉为相国卫。诸君皆贺,召平独吊。召平者,故秦东陵侯。秦破,为布衣,贫,种瓜于长安城东,瓜美,故世俗谓之'东陵瓜',从召平以为名也。召平谓相国曰:'祸自此始矣。上暴露于外而君守于中,非被矢石之事而益君封置卫者,以今者淮阴侯新反于中,疑君心矣。夫置卫卫君,非以宠君也。愿君让封勿受,悉以家私财佐军,则上心说。'相国从其计,高帝乃大喜。"②在该诗中,李纲一方面对召平事迹进行了叙述,描绘了他对萧何的劝讽、晓谕,凸显了其才能智识;同时,通过引证伯成子高、于陵仲子等高隐大德不重功爵之事,来表达对邵平种瓜归隐之事的深入认识,思考古代君主专制社会形态下能臣良将功高震主、鸟尽弓藏问题。这种题写有助于赏阅者充分了解、认识历史,唤起、调动其对历史的丰富联想与认知,从而使历史由静态的图像展示转变为动态的历史呈现。

其三,题画咏史诗与画作的美学呈现。以画为主、诗画结合是宋代绘画艺术比较重要的样式。画家或者其他文人墨客往往根据画面的空间布局,在其留白之处创作、书写题画诗,画面与以优美的书法形态而存在的诗歌品题有机结合,从空间布局上共同促成了中国古代绘画艺术审美世界的呈现。当然,就"美"而言,它既涉及美的形式,更涉及美的本质属性。其中,美的本质属性和人类的价值取向、意义认可有密切关系,是人类的主体认知、判断在客观事物上的意义展现。基于这种理论认识,绘画者的创作主旨、意蕴及其所绘外在形象的价值意义再提升等诸多因素,都关系画作的美学呈现。事实上,一幅纯粹用色彩、线条等绘制而成的作品,不同的人因文化、知识背景不同,往往具有不同的认知与判断。有时候,这种主体性认知与判断甚至严重背离画作者的原意,不利于画作之美

---

① 《全宋诗》第 27 册,第 17647 页。
② 《史记》第 6 册卷五三《萧相国世家》,第 2017 页。

的真正再现。从这个角度而言,题画咏史诗对于画作之美的重要性与意义便充分体现出来。如马廷鸾《题杨妃唾壶图》:"三郎好女思倾国,一霎沉酣四海奔。汉业巍巍英主事,内庭供奉孔家孙。"其自注云:"右《杨妃唾壶图》,第五男端颐得之,请乃翁题其后,因教之曰:自古内外庭不分,是以人主亲贤士大夫之时多,亲妇人女子之时少,则天下治矣。汉武帝时执此物者侍中孔安国也,唐明皇时杨妃职之,汉唐之所以成败欤?然而宠任中书宦官,又自汉始。此话甚长,小子识之。"①马廷鸾(1222—1289),字翔仲,晚号玩芳病叟,饶州乐平(今属江西)人。登淳祐七年(1247)进士第,调池州教授。开庆元年(1259)召为校书郎,景定四年(1263)进中书舍人,五年迁礼部侍郎。咸淳元年(1265)签书枢密院事,五年拜右丞相兼枢密使。九年,为浙东安抚使、知绍兴府。著有《玩芳集》《木心集》等,《宋史》卷四一四有传。从诗题看,《杨妃唾壶图》所涉及的题材内容应当是比较琐碎的历史轶事。这样的画作无论其绘画手法有多么高超,人们在欣赏时很容易把它视作娱乐艳俗之作。但是,该画作一旦有了马廷鸾的题诗,其创作目的、主旨即可得以昭明。由马诗可以看出,该画的创作目的、主旨是关系统治者好色好贤与国家治乱问题的。可以说,由于有了这首题画咏史诗,《杨妃唾壶图》才改变了比较浅俗的艳冶女性题材性质,实现了美学意蕴的升华与拓展。又如郑思肖《屈原餐菊图》:"谁念三闾久陆沉?饱霜犹自傲秋深。年年吞吐说不得,一见黄花一苦心。"②郑思肖(1241—1318),南宋末年画家、诗人,字忆翁,号所南,连江(今属福建)人。其名、其字均南宋灭亡之后所改,原名不详。曾以太学上舍生应博学鸿词试。元军南侵时,曾扣阊上书,向朝廷献抵御之策,慷慨陈词,直忤当路,未被采纳。后客居吴下,寄食报国寺。"平日喜画兰,疏花简叶,不求甚工,赋诗以题。"③关于其具体事迹,明王鏊撰《姑苏志》卷五五有传。作为一位著名画家与文学家,他创作了比较多的题画诗,有《所南翁一百二十图诗集》一卷,《全宋诗》卷三六二四予以收录。《屈原餐菊

---

① 《全宋诗》第66册,第41263页。
② 《全宋诗》第69册,第43389页。
③ 徐乾学《资治通鉴后编》卷一五七,影印文渊阁《四库全书》第345册,第158页。

图》是其画作之一,若仅从其图来审视的话,画面所呈现的当是屈原高尚其志、餐菊饮霞的图景。但若结合题于其上的诗歌可以看出,作者在此画中又注入了深沉的民族情怀与爱国精神。战国时期,面对强秦逼临、疆土日蹙的时代境况,屈原心系楚国,忧念楚国的存亡,但空有一腔爱国情怀而不受重用,故而极为抑郁苦闷。在宋元易代之际,屈原的这种情怀与境况更容易打动士子,引发他们的民族情怀与亡国体验。郑思肖的题画诗就充分表达了这种情怀与体验。《姑苏志》卷五五本传载:"(郑思肖)精墨兰,自更祚后,为兰不画土,根无所凭藉。或问其故,则云:'地为他人夺去,汝不知邪!'"[1]正是由于有了这首题画诗,《屈原餐菊图》的意蕴得到很大拓展与升华,具有了更加深厚慷慨的美学气韵与魅力。

其四,题画咏史诗充分反映了宋代历史画的发展趋势与文化特征。在统治者的文治国策下,宋代士大夫阶层以集学者、官僚、文人三位一体的复合型主体特征而著称,呈现出独特的政治参与意识、高尚的道德涵养与钟情于文艺的内在情怀。他们带着文士独特的审美眼光与标准,善于通过创作、品题绘画来展示其情怀艺趣,谈文论艺,充分反映了宋代文人画创作的发展趋势与文化特征。这在题画咏史诗创作方面得到了极其充分的反映。

首先,就宋代画作而言,宋代文人画士出于一种身份认同感,尤其注意创作历代文人雅士形象图作,以展示自己的情思雅怀、风流好尚。米芾《画史》云:"余尝与李伯时言分布次第,作《子敬书练裙图》。图成,乃归权要,竟不复得。余又尝作支许王谢于山水间行,自挂斋室。"[2]这种"自挂斋室"的行为就说明了宋代文人情思雅怀、风流好尚与历史人物画之间的关系。这种历史人物画创作倾向,在宋代题画咏史诗中得到了充分反映。像宋祁《嵇中散画像》,欧阳修《堂中画像探题得杜子美》,黄庶《赋得退之画像》,晏幾道《题司马长卿画像》,苏轼《题李伯时渊明东篱图》,释道潜《观明发画李贺高轩过图》,李之仪《李太白画像赞》,黄庭坚《题伯时画松下渊明》《钱忠懿王画像赞》,林敏功《书吴熙老醉杜甫像》,陈师道

---

[1] 王鏊撰《姑苏志》卷五五"人物·卓行",影印文渊阁《四库全书》第493册,第1044页。
[2] 米芾《画史》,影印文渊阁《四库全书》第813册,第11页。

《题画李白真》,王当《题清宰俞居安自画渊明图》,葛胜仲《跋子猷访戴图》《跋陶渊明归去来图》,谢薖《陶渊明写真图》,徐俯《李贺晚归图》,李彭《观访戴图》,王安中《次秦夷行观老杜画像韵》,叶梦得《东山图赞》,韩驹《题李白画像》,陈棣《题李杜画像》,王十朋《观渊明画像》《登诗史堂观少陵画像》《采菊图》,陆游《题少陵画像》,朱熹《题陶渊明小像》,袁说友《题东坡苏公三笑图》,释绍昙《杜甫骑驴游春图》《李白醉骑驴图》《为丘桂岩司门题和靖雪后看梅图》,陈必复《题东坡画像》等,均以嵇康、陶渊明、李白、杜甫、苏东坡等历代文人相关绘画作品为品题对象,充分反映了宋代历史画以文人为创作对象的画风。

其次,就画学思想而言,注重颂赞讽谏是传统绘画艺术的根本精神、原则。这种精神、原则在先秦两汉时期已有一定的体现。《孔子家语》载:"孔子观乎明堂,睹四门墉有尧舜之容,桀纣之象,而各有善恶之状,兴废之诫焉。又有周公相成王,抱之负斧扆南面以朝诸侯之图焉。孔子徘徊而望之,谓从者曰:'此周公所以盛也。夫明镜所以察形,往古者所以知今。人主不务袭迹于其所以安存,而忽忽所以危亡,是犹未有以异于却走,而欲求及前人也,岂不惑哉?'"[①]东汉王充《论衡·须颂篇》载:"宣帝之时,画图汉列士,或不在于画上者,子孙耻之。何则?父祖不贤,故不画图也。"[②]到了魏晋南北朝隋唐时,这种思想进一步得到发展,认识更深刻。南朝齐时谢赫在《古画品录》中说:"图绘者,莫不明劝戒,著升沉,千载寂寥,披图可鉴。"[③]张彦远在《历代名画记·叙画之源流》中说:"夫画者,成教化,助人伦,穷神变,测幽微,与六籍同功,四时并运,发于天然,非繇述作。"[④]他认为绘画能够起到教化社会,淳化伦理道德的作用,通过绘画可以了解社会发展状况。但相对而言,因绘画艺术还处在发展阶段,还没有引起统治者的高度重视;同时,画家群体相对比较单一,主要集中在纯粹的画工身上。

---

① 王德明主编《孔子家语译注》,广西师范大学出版社1998年版,第127页。
② 黄晖《论衡校释》第3册,中华书局1990年版,第851页。
③ 谢赫《古画品录》,影印文渊阁《四库全书》第812册,第3页。
④ 张彦远《历代名画记》卷一,辽宁教育出版社2001年版,第1页。

宋代时期，统治者在执行文治政策过程中，比较注重绘画，画作门类至宋大备，画家人数之多，亘古未有。同时，统治者尤其注重以史为鉴，这为历史画提供了很好的发展环境与机遇。比如，宋仁宗本人就非常重视画作及其鉴戒功能。庆历元年（1041）七月，仁宗"出御制观文鉴古图记以示辅臣"[1]；四年（1044），曾下令画院高手于崇政殿西阁四壁绘前代帝王的"美恶之迹可为规戒者"，并"命两府臣僚入阁观之"[2]；皇祐元年（1049）十一月，"御崇政，召近臣三馆台谏官及宗室观三朝训谏图"[3]。在统治者的这种文化意识影响下，宋代的绘画讽谏思想得到充分张扬、凸显。北宋著名画论家郭若虚在《图画见闻志》卷一《叙自古规鉴》中说："盖古人必以圣贤形像，往昔事实，含毫命素，制为图画者，要在指鉴贤愚，发明治乱，故鲁殿纪兴废之事，麟阁会勋业之臣，迹旷代之幽潜，托无穷之炳焕。"[4]米芾《画史》云："古人图画，无非劝戒。"[5]文人画士要通过画作实现以史讽谏的目的，就必须注意选择具有典型性、代表性的历史题材。基于这种文化意识，宋人在绘事题材上形成了比较鲜明的趋同性特征，尤其表现在唐玄宗题材上。这种文化意识与题材趋同倾向同样在题画咏史诗中得到了集中体现。郭祥正《明皇十眉图》，周邦彦《开元夜游图》，韩驹《题明皇上马图》《题李白画像》，周紫芝《明皇羯鼓图》，李纲《题伯时明皇蜀道图》，曹勋《题幸蜀图》，程敦厚《题陈宏画明皇太真联镳图》《题陈宏画太真上马图》，楼钥《又题杨妃上马图》，危稹《题杨妃牙痛图》，周端臣《题真妃出浴图》，刘克庄《明皇按乐图》《唐二妃像》《明皇幸蜀图》，林希逸《和后村明皇按乐图歌》《明皇听笛图》，马廷鸾《题杨妃唾壶图》，俞德邻《题明皇卧吹箫图》二首，钱选《题杨妃上马图》，王镃《太真入宫图》二首，黄庚《明皇按乐图》《题明皇按乐图》《明皇杨妃图》，艾性夫《题

---

[1] 范祖禹《范太史集》卷一九《迩英留对札子》，影印文渊阁《四库全书》第 1100 册，第 247 页。
[2] 王应麟辑《玉海》第 2 册卷四九，第 928 页。
[3] 范祖禹《范太史集》卷一九《迩英留对札子》，影印文渊阁《四库全书》第 1100 册，第 247 页。
[4] 郭若虚《图画见闻志》卷一，王其祎校点《图画见闻志》，辽宁教育出版社 2001 年版，第 3 页。
[5] 米芾《画史》，影印文渊阁《四库全书》第 813 册，第 11 页。

明皇醉归图》、陈文圭《跋明皇贵妃并马图》、宋无《明皇按辔图》《玉环病齿图》《题玉环联镳图》等均是玄宗历史题材,数量众多,讽谏思想非常鲜明。如程敦厚《题陈宏画明皇太真联镳图》:"并辔春风禁籞游,外间底事上心头。骑驴后日嘉陵道,料得君王始欲愁。"①敦厚,字子山,眉山(今属四川)人。高宗绍兴(1135)进士,历任校书郎、起居舍人兼侍讲、中书舍人,诌附秦桧,桧卒落职。该诗风格婉转隐约,讽谏玄宗好色误国。刘克庄《明皇按乐图》云:"莺啼花开春昼迟,掖庭无事方遨嬉。广平策免曲江去,十郎谈笑居台司。屏间无逸不复睹,教鸡能斗马能舞。戏呼宁哥吹玉笛,催唤花奴打羯鼓。南衙群臣朝见疏,老伶巨珰前后趋。阿瞒半醉倚玉座,袖有曲谱无谏书。金盆皇孙真龙种,浴罢六宫竞围拥。惜哉旁有锦绷儿,蹴破咸秦跳河陇。古来治乱本无常,东封未了西幸忙。辇边贵人亦何罪? 祸胎似在偃月堂。今人不识前朝事,但见断缣妆束异。岂知当日乱离人,说着开元总垂泪。"②该诗批判唐玄宗罢黜贤能,任用无能之人,不重国事,娱乐享受。作者以图为审视对象,深刻总结了"古来治乱"之理,结尾四句蕴含着强烈的以史为鉴的思想意识,这种思想意识也是宋代绘画尚讽谏精神、原则的体现。

  再次,在绘画理论上,宋代认为画作的形象绘写重在把握其神,抓住最能体现其本质、精神的主要特征。苏轼在《传神记》一文中认为:"传神与相一道,欲得其人之天,法当于众中阴察之。今乃使人具衣冠坐,注视一物,彼方敛容自持,岂复见其天乎! 凡人意思各有所在,或在眉目,或在鼻口……优孟学孙叔敖抵掌谈笑,至使人谓死者复生。此岂举体皆似,亦得其意思所在而已。使画者悟此理,则人人可以为顾、陆。"③陈郁《藏一话腴》云:"写照非画科比,盖写形不难,写心惟难……夫写屈原之形而肖矣,傥笔无行吟泽畔、怀忠不平之意,亦非灵均。写少陵之貌而是矣,傥不能笔其风骚冲淡之趣,忠义杰特之气,峻洁葆丽之姿,奇僻赡博之学,离寓放旷之怀,亦非浣花翁。盖写其形,必传其神,传其神,必写其心。否则,

---

① 《全宋诗》第 35 册,第 22081 页。
② 《全宋诗》第 58 册,第 36242 页。
③ 孔凡礼点校《苏轼文集》第 2 册,第 401 页。

君子小人,貌同心异,贵贱忠恶,奚自而别,形虽似何益,故曰写心惟难。"①可见,宋代认为人物画要以凸显历史人物的独特气质与品格为主,重在其神态。当然,关于气质与品格,不同时代总是有不同的审视标准与内涵。在宋型文化时代,统治者积极倡导道德伦理建设,思想界也顺应这种建设要求,对传统儒学进行复古与革新,力倡性理。重视主体垂范于世的道德义理与高情雅怀,也因之成为那个时代很鲜明的文化意识与倾向。宋代的绘画特别是历史人物画艺术就典型地体现了这种文化意识与倾向。如叶梦得《东山图赞》共四首,以许询、王羲之、谢安、支遁等名士大德为颂赞对象。其序云:"龙眠李伯时画许玄度、王逸少、谢安石、支道林四人像,作《东山图》。玄度超然万物之表,见于眉睫;逸少藏手袖间,徐行若有所观;安石肤腴秀泽,著屐,反首与道林语;道林赢然出其后,引手如相酬酢,皆得其意于俯仰走趋之间,笔墨简远,妙绝一时。"第二首咏王羲之云:"翰墨之娱,以写万变。不偿一姥,笑蕺山扇。袖手纵观,我行故迟。岂以怀祖,乐此逶迤。"②由此可以看出,《东山图》对王羲之的塑造,重在其袖手徐行、闲观山水的风流之姿,很符合历史上王羲之本人纵情丘壑山林的潇洒风神。联系其序"皆得其意于俯仰走趋之间"所云,可知《东山图赞》体现了宋代历史人物画重意神的创作倾向。又如,关于王徽之访戴逵之事,《世说新语·任诞》篇载:"王子猷居山阴,夜大雪,眠觉,开室,命酌酒,四望皎然。因起彷徨,咏左思《招隐》诗。忽忆戴安道。时戴在剡,即便夜乘小舟就之。经宿方至,造门不前而返。人问其故,王曰:'吾本乘兴而行,兴尽而返,何必见戴?'"③宋代时期,王徽之访戴之事受到了画家文士的大力鼓吹与颂扬,充分体现了宋代文人遂兴遣情、任性自然的文人情怀。这种情怀是在高度压抑的政治生活下,士子文人欲图剥去伪饰、标扬情性的主体意识反映。在此情况下,宋代产生了很多以访戴之事为题材的画作,如葛胜仲《跋子猷访戴图》、李彭《观访戴图》、刘克庄《题崔白访戴图》、谢幼谦《子猷访戴图》等诗均体现了宋代绘画的这种发

---

① 陈郁《藏一话腴》外编卷下,文渊阁《四库全书》第 865 册,第 569—570 页。
② 《全宋诗》第 24 册,第 16208 页。
③ 余嘉锡笺疏《世说新语笺疏》,第 759 页。

展倾向。又如,注重描绘陶渊明形象是宋代画坛很值得注意的现象。这在题画咏史诗中得到了集中体现,作品不胜枚举,如苏轼《题李伯时渊明东篱图》,黄庭坚《题伯时画松下渊明》,王当《题清宰俞居安自画渊明图》,苏庠《陶隐居画像赞》,葛胜仲《跋陶渊明归去来图》,谢薖《陶渊明写真图》,王十朋《观渊明画像》《采菊图》,朱熹《题陶渊明小像》,赵蕃《题归去来图》《题渊明采菊图子璿所作》,释居简《渊明画像》,赵戣《和人渊明采菊图》,郑起潜《题渊明采菊图》,吴梅卿《题渊明爱菊图》,萧澥《题东篱采菊图》,方回《题渊明采菊图》《题渊明归来图》,钱选《题归去来图》,梁栋《渊明携酒图》,艾性夫《渊明采菊图》二首等。这些作品多以陶渊明采菊与归去为主要内容,可谓抓住了能够反映其品格、情怀的行事。如葛胜仲《跋陶渊明归去来图》:"小邑弦歌始数句,迷途才觉便归身。欲从典午完高节,聊与无怀作外臣。"[①]作为与画作密切相关的七绝,该诗从陶渊明迷途知返、忠于晋室进行发论,从另一方面证明了画作重视伦理道德即所谓的体"道"倾向。方回《题渊明归来图》云:"人以心役形,方寸有所主。陋巷足箪瓢,外物肯妄取。心或为形役,饥肠内煎煮。未必得鼎食,汤镬已烹汝。渊明归去来,妙甚第三语。自形役自心,何乃浪自苦。此理一以悟,公相亦粪土。而况折我腰,不过米斗五。昨非谢督邮,今是睇衡宇。易有不远复,艮曰止其所。圣之清若和,高风夷惠伍。懦立薄夫敦,仰止迈终古。"[②]通篇以悟理为核心,展现陶渊明对世俗追求的反思与对人生的参悟,反映了其通达"道理"的人生境界。这种展现也反映了宋代历史画重视性理的思潮与倾向。

---

① 《全宋诗》第 24 册,第 15702 页。
② 《全宋诗》第 66 册,第 41854 页。

第五章　宋代科举文化制度与咏史诗

宋代右文国策是以各项具体的政治文化制度作为保障的。在各项政治文化制度中,科举制度尤其值得注意。这一制度虽然形成于隋,并在唐代得到了很大发展,但它还是带有魏晋以来荐举制的一些弊端,同时取士规模较小,并非人才选拔的主导途径,还不能很好地满足政府对于人才的需求。门荫、上书、征召、宗室、外戚、宦官、尚主等途径在唐代仕进制度中同样发挥着重要作用,通过这些途径而入仕的人数还是非常多的。到了宋代时期,科举制度已非常完善,在伦才的数量、程序的规范、考试方法的完善等诸多方面都远胜于唐代,为宋代统治者贯彻右文国策提供了基本的制度保障。科举已成为宋代主导性的仕进途径,而与之相比,其他途径则逐渐衰微乃至消亡。该制度广泛而深入地推行,尤其是考试内容的扩充、规定对宋代文学特别是咏史诗产生了很大影响。

第一节　宋代科举进士、制科等科目与考试内容

就科举考试科目而言,宋代承袭前代旧制而略有变化。据《宋史》卷一五五《选举一》:"宋之科目,有进士,有诸科,有武举。常选之外,又有制科,有童子举,而进士得人为盛。"[1]就常科而言,除大家熟悉的进士科外,尚有九经、五经、三史、三礼、学究、开元礼、明法等所谓诸科。六经皆

---

[1]　《宋史》第11册卷一五五《选举一》,第3604页。

史,所谓诸科实际上都是经史知识为考核内容的。当然,就其考试形式而言,诸科考试一般都是采取"帖书"与"墨义"形式。"帖书"源于唐时的贴经。关于帖经,杜佑《通典》卷一五《选举三》云:"帖经者,以所习经掩其两端,中间开唯一行,裁纸为帖,凡帖三字,随时增损,可否不一,或得四、得五、得六者为通。"①可知,帖经非常类似于今天的考试题型"填空题",只不过由于宋代诸科考试内容不是全部出自经书,因此称为"帖书"。墨义,即默写,要求将某处经文或注疏背诵、默写出来②。宋初时期,对诸科帖书、墨义有较为细致的规定。"凡《九经》,帖书一百二十帖,对墨义六十条。凡《五经》,帖书八十帖,对墨义五十条。凡《三礼》,对墨义九十条。凡《三传》,一百一十条。凡《开元礼》,凡《三史》,各对三百条。凡学究,《毛诗》对墨义五十条,《论语》十条,《尔雅》《孝经》共十条,《周易》《尚书》各二十五条。凡明法,对律令四十条,兼经并同毛诗之制。各间经引试,通六为合格,仍抽卷问律,本科则否。"③可以看出,诸科考试都强调背诵、记忆能力。

太宗之后,诸科考试虽略有变化,但未有实质性改变。由于这种纯粹记忆、背诵的考试方式使选拔的人才不能很好地适应宋朝政治文化发展的需求,因此在庆历四年(1044)时,宋祁等人准敕详定贡举条例,在减少帖书的基础上,又增加了对经史大义的把握。"诸科举人依旧制场各对墨义外,有能明旨趣愿对大义者,于取解到省家状内具言愿对大义。除逐场试墨义外,至终场并御试,各于本科经书内只试大义十道,直取圣贤意义解释对答,或以诸书引证,不须具注疏。《九经》《三礼》《三传》《毛经》

---

① 杜佑《通典》第 1 册卷一五《选举三》,中华书局 1988 年版,第 356 页。
② 关于宋代的"墨义"形式,马端临《文献通考》卷三〇《选举三》有很好的说明:"按自唐以来,所谓明经者,不过帖书墨义而已。愚尝见东阳丽泽吕氏家塾有刊本吕许公夷简应本州乡举试卷,因知墨义之式,盖十余条。有云:'作者七人矣,请以七人之名对。'则对云:'七人某某也,谨对。'有云:'见有礼于其君者,如孝子之养父母也。请以下文对。'则对云:'下文曰:见无礼于其君者,如鹰鹯之逐鸟雀也。谨对。'有云'请以注疏对者。'则对云:'注疏曰,云云。谨对。'有不能记忆者,则只云:'对未审。'盖既禁其挟书,则思索不获者,不容臆设故也。其上则具考官批凿,如所对善,则批一'通'字,所对误及未审者,则批一'不'字,大概如儿童挑诵之状,故自唐以来贱其科,所以不通者,殿举之罚特重,而一举不第者不可再应。盖以其区区问诘犹不能通悉,则无所取材故也。艺祖许令再应,待士之意亦厚矣。"(浙江古籍出版社 2000 年版,第 283—284 页)这段记载对我们把握"墨义"形态有很大的帮助作用。
③ 《宋史》第 11 册卷一五五《选举一》,第 3604—3605 页。

《尚书》科,愿对大义者,每道所对与经旨相合,文理可采者为通,五通为合格。其中,深晓经义、文理俱优者为上等。三史科愿对大义者,每道所对与史意相合,文理可采者为通,五通为合格。其中,深明史义、文理俱优者仍(按:当为"乃"字)为上等……"①因诸科多侧重记忆、背诵能力的考核,真宗之后,人们对诸科愈来愈不满,认可度不高。"不过帖书、墨义,观其记诵而已,故贱其科"②,"诸科对义,但以念诵为工,罔究大义"③,"诸科徒专诵数之学,无补于时"④。但允实而论,考取诸科是以对古代经史典籍的记忆、背诵为基础的,这必将促使士子致力于阅读相关典籍。特别是,当时的考试难度极大,除本经、本史外,相关注疏、诸家杂说等都有可能涉及。嘉祐六年八月二十一日,司马光上《论举选状》云:"国家置明经一科,少有应者。及诸科所试大义,有司不以定去留,盖由始者立格太高,致举人合格者少。臣欲乞今后明经所试墨义,止问正文,不问注疏。其所试大义,不以明经诸科,但能具注疏本意,讲解稍详者为通;虽不失本意而讲解疏略者为粗,余并为不通。若能先具注疏本意,次引诸家杂说,更以己意裁定,援据该赡,义理高远,虽文辞质直,皆为优等,与折二通。若不能记注疏本意,但以己见穿凿,不合正道,虽文辞辩给,亦降为不通。"⑤七年,又上《论诸科试官状》:"臣伏见朝廷取勘诸处发解考试诸科官,以所解之人到省,十有九不中者。臣窃惟国家本设诸科,以求通经之士,有司专以上文下注为问,已为弊法。窃闻去岁贡院出议题官,更于弊法之中,曲为奇巧,或离合句读,故相迷误;或取卷末经注字数以为问目。虽有善记诵之人,亦不能对。其于设科本意,不亦远乎……仍敕贡院,将来科场选择通经术、晓大体之人,充诸科出义官,依条出义,毋得更如今来诡僻苛细。"⑥由此可知,虽然诸科考试重在记忆、背诵能力,但难度是非常大的。考试内容涉及相关经史注疏、诸家杂说,"曲为奇巧","诡僻苛细",纯粹

---

① 《宋会要辑稿》第 5 册选举三之二八,第 4275 页。
② 《宋史》第 11 册卷一五五《选举一》,第 3605 页。
③ 《续资治通鉴长编》第 4 册卷九〇,第 2082 页。
④ 王珪《华阳集》卷七《议贡举序奏状》,影印文渊阁《四库全书》第 1093 册,第 47 页。
⑤ 司马光撰,李之亮笺注《司马温公集编年笺注》第 3 册,巴蜀书社 2009 年版,第 89 页。以下所引此书版本均同。
⑥ 司马光撰,李之亮笺注《司马温公集编年笺注》第 3 册,第 130—131 页。

为为难士子而设。在此情况下，士子要以诸科入仕，必须以相当熟悉经书、史书为前提，难度还是很大的。这必然会导致士子要花费相当长的时间去阅读、背诵经史文献典籍，提高自己的文献把握能力。

  进士科是宋代的取士高科，备受士人关注。宋初时期，进士科考试虽然"试诗、赋、论各一首，策五道，帖《论语》十帖，对《春秋》或《礼记》墨义十条"①，看上去比较全面，但事实上主要承袭唐代诗赋取士的传统，"逐场去留"，即诗赋达到要求之后，才可涉及论、策等。这就导致了在具体考试过程中士子的诗赋水平成了决定其去留的主要因素。"当今取人，一出于辞赋，曰策曰论，姑以备数。"②"比来省试，但以诗赋进退，不考文论。"③真宗之后，统治者开始对科举考试内容进行完善，逐步探索出能够体现宋代知识结构与文化需求的考试体系，这尤其表现在策论内容的强化方面。大中祥符元年（1008）正月癸未，朝廷举行科考。针对所出现的一些问题，兵部侍郎冯拯"请兼考策论，不专以诗赋为进退"④，这一建议得到了真宗的认可。天禧元年（1017）九月癸亥，"右正言鲁宗道言：'进士所试诗赋，不近治道。诸科对义，但以念诵为工，罔究大义。'上谓辅臣曰：'前已降诏，进士兼取策论，诸科有能明经者，别与考校。可申明之。'"⑤可以看出，到了真宗时代，统治者为了能更好地考察士子的治国才能与学识，开始强调以策论选拔人才。其后，仁宗为了改变以诗赋取人的弊端，也强调策论在科举考试中的地位。天圣五年（1027）正月十六日，"诏贡院将来考试进士，不得只于诗赋进退等第，今后参考策论，以定优劣。"⑥按诸当时的科场实际情况，《宋史·叶清臣传》载："清臣幼敏异，好学善属文。天圣二年，举进士，知举刘筠奇所对策，擢第二。宋进士以策擢高第，自清臣始。"⑦这则史料说明统治者重视策论的规定在科举考试中开始得到贯彻与执行。

---

① 《宋史》第 11 册卷一五五《选举一》，第 3604 页。
② 李觏《盱江集》卷二七《上叶学士书》，影印文渊阁《四库全书》第 1095 册，第 225 页。
③ 《续资治通鉴长编》第 3 册卷六八，中华书局 1992 年版，第 1522 页。
④ 《宋史》第 27 册卷二八五《冯拯列传》，第 9610 页。
⑤ 《续资治通鉴长编》第 4 册卷九〇，中华书局 1992 年版，第 2082 页。
⑥ 《宋会要辑稿》第 5 册选举三之一五，第 4269 页。
⑦ 《宋史》第 28 册卷二九五《叶清臣传》，第 9849 页。

特别是，到了庆历年间，以范仲淹、欧阳修为代表的政治革新派，有感于当时"有司束以声病，学者专于记诵，则不足尽人材"的现实，为了达到"复古劝学"①的目的，积极倡导包括科举在内的政治文化革新。庆历四年（1044），欧阳修在《论更改贡举事件札子》中分析了当时贡举的弊端："臣窃闻近有臣寮上言，请改更贡举进士所试诗赋策论先后事，已下两制详议。伏以贡举之法，用之已久，则弊当变更。然臣谓必先知致弊之因，方可言变法之利。今贡举之失者，患在有司取人先诗赋而后策论，使学者不根经术，不本道理，但能诵诗赋，节抄《六帖》《初学记》之类者，便可剽盗偶俪，以应试格。而童年新学、全不晓事之人，往往幸而中选。此举子之弊也。今为考官者，非不欲精较能否，务得贤材，而常恨不能如意，大半容于缪滥者，患在诗赋策论通同杂考。人数既众而文卷又多，使考者心识劳而愈昏，是非纷而益惑，故于取舍往往失之者。此有司之弊也。"针对这两大弊端，他提出："先试以策而考之，择其文辞鄙恶者，文意颠倒重杂者，不识题者，不知故实、略而不对所问者（限以事件若干以上）、误引事迹者（亦限件数）、虽能成文而理识乖诞者，杂犯旧革不考式者，凡此七等之人先去之。计于二千人，可去五六百，以其留者次试以论，又如前法而考之，又可去其二三百，其留而试诗赋者，不过千人矣。于千人而选五百，则少而易考，不至劳昏。考而精当，则尽善矣。纵使考之不精，亦选者不至大滥。盖其节抄剽盗之人，皆以先经论策去之矣（策论逐场旋考，则卷子不多，考官不致劳昏，去留必不误）。比及诗赋，皆是已经策论，粗有学问理识、不致乖诞之人。纵使诗赋不工，亦足以中选矣。如此可使童年新学、全不晓事之人，无由而进。此臣所谓变法，必须随场去留，然后能革旧弊者也。其外州解送到且当博采（秖可尽令试策），要在南省精选，若省榜奏人至精，则殿试易为考矣。故臣但言南省之法，此其大概也。其高下之等，仍乞细加详定，大率当以策论为先。"②欧阳修的这篇文章透露出重视学问识见与以策论为先的考试主张。这种主张充分贯彻在本年的考试中，"进士并试三场，先试策二道，一问经史，二问时务；次试论一首；次试

---

① 《宋史》第 11 册卷一五五《选举一》，第 3613 页。
② 欧阳修《文忠集》卷一百四，《影印文渊阁四库全书》第 1103 册，第 79—80 页。

诗赋各一首,三场皆通考去留"①。庆历新政失败后,范仲淹、欧阳修所提出的考试方法与主张遭到罢废。

庆历科举革新运动具有很重要的历史文化意义,它充分反映了在宋代政权日趋稳固之后统治者与有识之士对科举制度的反思与构建,意味着自唐以来的以崇尚浪漫才情与华美文辞为表征的科举时代即将结束。重视知识才学,崇尚实务,侧重治国安邦方略的探讨,日渐成为宋代统治者对科举入仕人才的基本要求。"诗赋不过工浮词,论策可以验实学。""诗赋可以见词艺,论策可以观才识。"②这些主张都充分反映了仁宗之后对人才的根本诉求。因此,皇祐之后,统治者在进士考试方面又恢复了庆历时的革新主张,策论又成为考试的重要内容。治平元年(1064),天章阁待制兼侍讲、同知谏院司马光上《贡院乞逐路取人状》云:"国家用人之法,非进士及第者不得美官,非善为赋、诗、论、策者不得及第,非游学京师者不善为赋、诗、论、策。"③可见,论、策能力的高低已成为士子能否科举中第的主要条件。

伴随着时人对实学才识的强调,英宗之后,科举考试重视策论而轻视诗赋的倾向开始形成。欧阳修、司马光、王安石、吕公著等主要政治人物都曾提出了罢弃诗赋的主张。治平元年(1064)四月十四日,司马光上《贡院定夺科场不用诗赋状》:"准中书送下天章阁待制、判国子监吕公著札子:'……窃闻昨来南省考校,始专用论策升黜,议者颇以为当。臣犹恐四方疏远,未知所尚,有司各持所见,则人无适从。欲乞今来科场,更不用诗赋。如未欲遽罢,即乞令第一场试论,第二场试策,第三场试诗赋。每遇廷试,亦以论压诗赋,为先后升降之法。庶成先帝之志,永底人文之盛。臣谬司学政,盍进舆言。如允所奏,即乞预行告示,令本院定夺闻奏者。'当院看详。近世取人,专用诗赋,其为弊法,有识共知。今来吕公著欲乞科场不用诗赋,委得允当。然进士只试论策,又似太简,欲乞今后省试除论策外,更试《周易》《尚书》《毛诗》《周礼》《仪礼》《春秋》《论语》大义共

---

① 《宋会要辑稿》第 5 册选举三之二五,第 4274 页。
② 《文献通考》卷三一《选举四》,第 290 页。
③ 司马光撰,李之亮笺注《司马温公集编年笺注》第 3 册,第 328 页。

十道,为一场。其策只问时务。所有进士帖经、墨义一场,从来不曾考校,显是虚设,乞更不试。御前除试论外,更试时务策一道。如此,则举人皆习经术,不尚浮华。若是依旧不罢诗赋之时,即先试后试,事归一体,别无损益。今若罢去诗赋,仍乞依吕公著起请,预行告示,使天下学者早得闻知。"[1]熙宁二年(1069)五月,朝廷讨论科举变法问题,吕公著上呈《上神宗答诏论学校贡举之法》,提出:"按进士之科始于隋而盛于唐。初犹专策试,至唐中宗乃加以诗赋,后世遂不能易。取人以言,固未足见其实。至于诗赋,又不足以观言。是以昔人以鸿都篇赋比之尚方技巧之作,此有识者皆知其无用于世也。臣以谓自后次科场进士可罢诗赋,而代以经。先试本经大义十道,然后试以论策。夫试于有司,固未能得人之实材,然此法既设,则人稍宗经。"[2]由二人的上书可知,北宋中期,以论策作为进士考试的主要内容已成为科举常制,取消诗赋的呼声比较强烈。由于论策重在表达对历史与时务的认识,这就涉及持论的立场与思想问题;同时,诗赋被取消之后,科举考试的内容有单调之嫌。基于这些原因,以欧阳修、吕公著为代表的人物提出了考试经义的问题。至此,在论策地位得到完全巩固的条件下,科举考试"论策""诗赋"之争进而变为"经义""诗赋"之争。从总体上,关于后一问题的争论,社会对经义的认可应当是主流。洪迈《容斋随笔》卷一六云:"一世人材,自可给一世之用。苟有以致之,无问其取士之门如何也。今之议者,多以科举经义、诗赋为言,以为诗赋浮华无根柢,不能致实学,故其说常右经而左赋。是不然……所谓科目,特借以为梯阶耳!经义、诗赋,不问可也。"[3]虽然洪迈对当时的诗赋、经义之争,表现出新颖独特的理解,认为从古至今的诸多科目仅仅是选拔人才的一种形式、手段而已,但他的这段话也反映出当时社会对经义的认可。这种侧重经义的主张,对宋代咏史诗的发展也产生了很大影响。在科举指挥棒的影响下,士子要想步入仕途,就必须按照这种考试倾向进行长期训练,从而形成一种以经义为评判历史的思维意识。宋代咏史诗在

---

[1] 司马光撰,李之亮笺注《司马温公集编年笺注》第3册,第300—301页。
[2] 杨士奇等编《历代名臣奏议》卷一六六,影印文渊阁《四库全书》第437册,第580页。
[3] 洪迈《容斋随笔》,上海古籍出版社1978年版,第211页。

南宋之后表现出很强烈的义理之气，应当说就是这种意识的体现。

虽然自庆历之后，宋代进士科考试在每一时期都有不同程度的争论与变化，但总体来讲，是以策论、经义为主，诗赋在科场中的地位尽管下降，但仍是考试的一项内容。与唐代相比，宋代以进士科为代表的科举考试内容更为全面，难度也大为增加。庆历四年，朝廷规定"诗赋论于《九经》、诸子、史内出题。其策题即通问历代书史及时务"[①]。元祐二年（1087），针对王安石执政时期"佐以庄、列、释氏之书"的现象，宋哲宗下诏明确规定："自今举人程试，并许用古今诸儒之说，或己见，勿引申、韩、释氏之书。考试官于经义、论策通定去留，毋于《老》《列》《庄子》出题。"[②]元祐八年（1093）五月二十六日，苏轼上《奏乞增广贡举出题札子》，讨论了当时科举考试出题范围相关问题与情况。该文云："臣伏见《元祐贡举敕》：'诸诗赋论题，于子史书出。（唯不得于老庄子出。）如于经书出，而不犯见试举人所治之经者亦听。（如谓引试治《诗》《书》举人，即听于《易》《春秋》经传出诗赋论题。引试治《易》《春秋》举人，即听于《周礼》《礼记》出诗赋论题之类。）臣窃谓自来诗赋论题杂出于《九经》《孝经》《论语》，注中文字浩博，有可选择，久而不穷。今详上条，止得于子史书出，所取者狭，虽听于经书出，又须不犯见试举人所治之经。如是在京试院，分经引试，可以就别经出题。至如外州、军，只作一场引试，即须回避，只如子史中出，恐非经久之法。臣今相度，欲乞诗赋论题，许于《九经》《孝经》《论语》子史并《九经》《论语》注中杂出，更不避见试举人所治之经，但须于所给印纸题目下备录上下全文，并注疏不得漏落，则本经与非本经举人所记均一，更无可避，兼足以称朝廷待士之意，本只以工拙为去取，不以不全之文掩其所不知以为进退，于忠厚之风，不为无补，取进止。"[③]综合上述史实与苏轼上奏情况可知，宋代科举考试的出题范围相当广泛，涉及《九经》、诸子、经子注解以及历史典籍，总体上涵盖了中国古代历史文化知识体系，这种出题情况必然促使宋代士子以苦读博览为

---

① 《宋会要辑稿》第5册选举三之二五，第4274页。
② 《宋会要辑稿》第5册选举三之五〇，第4286页。
③ 孔凡礼点校《苏轼文集》第3册，第1017页。

要务,其阅读范围自然也就非常广泛。

宋代统治者之所以在科举考试中提高"论"的地位,其根本目的是为了充分发挥历史规谏现实的巨大作用,并从历史资源中寻求解决现实问题的方法、途径。这是统治者对待历史资源的根本态度与认识。因而,在科举考试中,"论"主要是检测士子们是否有广博的历史学识,以及对历史的分析、评判能力。而中国古代的历史资源又极其丰富,这必然导致其出题范围之广,远远要超出我们的想象。这在宋代的科举用书上得到了鲜明体现。所谓科举用书,是指为应对科举考试而编撰印行的书籍。这类书籍在唐代时期就已经开始出现,唐太宗之子蒋王李恽曾令杜嗣先仿照应试科目编撰《兔园册》三十卷。宋代时期,因志于举业的士子颇多,考试规模庞大,加之出版印刷技术达到了较高水平,官私出版印行的科举用书自然数量比较多。岳珂《愧郯录》卷九"场屋编类之书"条云:"自国家取士场屋,世以决科之学为先,故凡编类条目、撮载纲要之书,稍可以便检阅者,今充栋汗牛矣。"[1]岳氏所言就反映了科举需求与场屋类书之间的关系。像《论学绳尺》《永嘉八面峰》《群书会元截江网》《古今合璧事类备要》等都具有科举用书的性质。在此,仅以《论学绳尺》为例。该书共十卷,宋魏天应编,林子长注,《四库全书》"集部·总集类"收录。"是编辑当时场屋应试之论,冠以《论诀》一卷,所录之文,分为十卷。凡甲集十二首,乙集至癸集俱十六首,每两首立为一格,共七十八格。每题先标出处,次举立说大意,而缀以评语。又略以典故分注本文之下。盖建阳书肆所刊。"[2]全书共一百五十五篇文章,其中题目出自《论语》者共十一篇,《孟子》二十三篇,《荀子》十篇,《扬雄》之文十四篇,《文中子》五篇,《汉书》约四十七篇,有关唐代历史、文章的十六篇,韩愈文章三篇。细按其中题目就会发现,举凡朝代兴废、为政得失、军事成败、礼乐制度、人物评价、国计民生等均可作为论题。由此可以推知,宋代进士的出题范围是非常广泛的,可谓无所不及。如卷一首题为"汤武仁义礼乐如何",该题出自《汉书·贾谊传》中的《陈政事疏》:"汤武置天下于仁义礼乐,而德泽洽,

---

[1] 岳珂著,朗润点校《愧郯录》,中华书局2016年版,第123页。
[2] 纪昀等《钦定四库全书总目》(整理本),第2623—2624页。

禽兽草木广裕，德被蛮貊四夷。"当时对于"论"的评判，有具体标准："择其文辞鄙恶者，文意颠倒重杂者，不识题者，不知故实，略而不对所问者（限以事件若干以上），误引事迹者（亦限件数），虽能成文而理识乖诞者，杂犯旧格不考式者，凡此七等之人先去之。"①士子要针对这一题目写出论文，既要熟悉汉文帝时期的历史政治背景，也要熟悉贾谊的本意，更要结合自己的历史知识，从社会、历史发展的角度对统治者为政思想、行为等进行深入分析，发表深见，表现出自己的独特理解，充分反映自己广博的历史学识，展现其博古通今、史为今用的能力，难度是比较大的。关于此题的范文为王冑之作，该作立足儒家思想，对汤武仁义礼乐问题表达了自己的理解："谓仁义之中自有礼乐。成汤武王躬行仁义之久，使一世民物安行乎仁义之中，而与圣人相忘于道化之内。故极顺所积而礼生焉，极和所格而乐成焉。是则人心之礼乐，皆自仁义中来，岂于仁义之外而他有所谓礼乐哉。"②这种观点是比较深入的。同时，作者通过联系汉朝历史背景，征引孔子、孟子、王通等前贤硕儒之论，反映出比较广博的知识视野，体现出作者鲜明而深入的社会治理观念。立意鲜明，思路流畅，文辞以散为主，兼行对仗，文风质朴而不雕琢。

除了进士科外，制科也是宋代科举相当重要的科目，地位颇高，有"大科"之称。《宋史·选举志》云："宋初承唐制，贡举虽广，而莫重于进士、制科，其次则三学选补。"③《邵氏见闻录》卷九载："富韩公初游场屋，穆修伯长谓之曰：'进士不足以尽子之才，当以大科名世。'公果礼部试下。时太师公官耀州，公西归，次陕。范文正公尹开封，遣人追公曰：'有旨以大科取士，可亟还。'公复上京师，见文正，辞以未尝为此学。文正曰：'已同诸公荐君矣。又为君辟一室，皆大科文字，正可往就馆。'"④由这两则史料即可看出宋代制科的地位。虽然因标准很高、录取人数较少等因素，该

---

① 欧阳修《论更改贡举事件劄子》，欧阳修《文忠集》卷一〇四，影印文渊阁《四库全书》第1103册，第80页。
② 魏天应编选，林子长笺解《论学绳尺》卷一，影印文渊阁《四库全书》第1358册，第88页。
③ 《宋史》第11册卷一五五《选举志》，第3603页。
④ 邵伯温撰，李剑雄、刘德权点校《邵氏闻见录》，中华书局1983年版，第89页。

科与不断规范完善的进士科相比,并不是特别繁盛。但因其地位高于进士科,被选拔上来的士吏大多在朝廷中"多至大用"①,因此它对宋代士子也有着相当大的影响。

宋代制科来源于汉代以来的贤良文学对策选士制度。汉代时期,一些有突出才能的士吏即贤良文学,在丞相、公卿、州牧等举荐下,针对朝廷或皇帝的策问,进行书面回答,形成对策文,若对策符合统治者的需求与利益,便可入仕②。因这种对策选士制度比较切实可行,确实选拔了一批才能突出的人士,一直为历代统治者所重视。北宋初期,统治者也注重这种制科选拔。《宋会要辑稿·选举》载:"国初制举有贤良方正能直言极谏、经学优深可为师法、详闲吏理达于教化凡三科,应内外职官、前资见任、黄衣草泽人,并许诸州及本司解送尚吏部,对御试策一道,以三千字已上成,取文理俱优者为入等。太祖乾德二年正月十五日诏曰:'炎刘得人,自贤良之选;有唐称治,由制策之科。朕耸慕前王,精求理本,焦劳罔怠,寤寐思贤,期得拔俗之才,访以经国之务……自设科以来,无人应制。得非抱倜傥耻耻局于常调,效峭直者难罄于有司,必欲直对朕躬,以伸至业。士有所郁,予能发焉。士有所郁,予能发焉。今后不限内外职官、前贤见任、黄衣布衣,并许直诣阁门进奏请应。朕当亲试,以进时贤,所在明扬,无隐朕意。'"③由此可知,宋朝建立伊始便仿效前代设有制科,但因此科难度较大,直到乾德二年(964),无人应选,太祖为此专门下诏,对相关政策略作调整,积极鼓励贤能之人应举制科。本年四月一日,博州军事判官颖赘应诏贤良方正能直言极谏科,召试称旨。乾德四年(966)年五月,朝廷召翰林学士陶毂等人考试应诏制科的郝益涉等人④。这些史实说明制举一科在太祖一朝是诉诸实施的。据《宋史·选举志》:"太宗以来,凡特旨召试者,于中书学士舍人院,或特遣官专试,所试诗、赋、论、颂、策、制诰,或三篇,或一篇,中格则授以馆职。"⑤可知太宗时期也进行过制科选

---

① 《宋史》第 11 册卷一五六《选举志》,第 3646 页。
② 关于汉代的对策情况可参见拙文《汉代对策刍议》,载《文学遗产》2012 年第 6 期。
③ 《宋会要辑稿》第 5 册选举一〇之六,第 4414 页。
④ 《宋会要辑稿》第 5 册选举一〇之六、七,第 4414 页。
⑤ 《宋史》第 11 册卷一五六《选举志》,第 3647 页。

拔。其后,真宗咸平、景德年间,朝廷曾多次举行制科考试。据《宋会要辑稿·选举》:"咸平三年四月十五日,赐应制举人林陶同进士出身。陶既试学士院,不及格。帝方欲招来俊茂,故特奖之。""咸平四年二月二十五日,诏曰:'……其令学士、两省、御史台五品以上,尚书省诸司四品以上,于内外京朝官、幕职、州县官及草泽中举贤良方正之士各一人,当策以时务,朕亲览焉。'"本年四月有五人参加制科考试,录取四人;八月有三人参加考试,全部录取①。景德二年(1005),诏曰:"朕纂绍丕图,宪章前古,并建众职,允厘百工,用广详延,庶臻茂异,至于悬科而较材等……今复置贤良方正能直言极谏、博通坟典达于教化、才识兼茂明于体用、武足安边洞明韬略、运筹决胜军谋宏远、材任边寄等科,宜令尚书吏部遍下诸路,许文武群臣、草泽隐逸之士应此科目。"②可知,此年制科考试设置了六科,名目大大扩充。大中祥符元年(1008),制科遭罢。

　　仁宗时期是制科考试发展的重要阶段。他即位伊始,便恢复制科,并将其具体科目增至十科。《宋史·选举志》载:"仁宗初,诏曰:'朕开数路以详延天下之士,而制举独久不设,意者吾豪杰或以故见遗也,其复置此科。'于是增其名,曰:贤良方正能直言极谏科,博通坟典明于教化科,才识兼茂明于体用科,详明吏理可使从政科,识洞韬略运筹帷幄科,军谋宏远材任边寄科,凡六,以待京、朝之被举及起应选者。又置书判拔萃科,以待选人。又置高蹈丘园科,沉沦草泽科,茂材异等科,以待布衣之被举者。"③同时,此时期对制科考试的程序与考试文体进行了规范,标志着制科考试逐渐成熟。天圣七年(1029)闰二月二十三日,诏云:"令复置贤良方正能直言极谏、博通坟典明于教化、才识兼茂明于体用、详明吏理可使从政、识洞韬略运筹决胜、军谋宏远材任边寄六科。应内外京朝官、不带台省馆阁职事、不曾犯赃及私罪轻者,并许少卿监已上上表奏举,或自进状乞应上件科目。仍先进所业策论五十首,诣阁门或附递投进,委两制看详。如词理优长,具名闻奏,当降朝旨召赴阙。差官试论六首,以三千字

---

① 《宋会要辑稿》第5册选举一C之七、八,第4415页。
② 《宋会要辑稿》第5册选举一C之一〇,4416页。
③ 《宋史》第11册卷一五六《选举志》,第3647页。

已上为合格,即御试。又置高蹈邱园、沉沦草泽、茂才异等三科。应草泽及贡举人非工商杂类者,并许本路转运逐处长吏奏举,或自于本贯投状乞应上件科目。州县体量,实有行止别无玷犯者,即令纳所业策论五十首。本州看详,委实词理优长,即上转运使覆实,审访乡里名誉,选有文学再行看详。其开府封委自知府审访行止,选有文学佐官看详,委实文行可称者,即以文卷送尚书礼部,委判官看详。选择词理优长者,具名奏闻,当降朝旨赴阙。差官试论六首,以三千字以上为合格,即御试。"①就其程序、步骤而言,首先,符合条件的人士在相关人员的举荐或自我请求参加相关科目考试的前提下,先上纳平时所作策论五十篇;其次,经相关部门、人员审查考评后,合格者召集京师,试"论"六篇,此即所谓的"秘阁六论";最后,经考核合格者,再参加御试。

神宗之后,政治斗争特别是党争纷起,制科考试时举时停。熙宁七年(1074),"以进士试策,与制科无异,遂诏罢之。试馆职则罢诗、赋,更以策、论"。元祐二年(1087),"复制科。凡廷试前一年,举奏官具所举者策、论五十首奏上,而次年试论六首,御试策一道,召试、除官、推恩略如旧制"。绍圣初年,哲宗认为"制科试策,对时政得失,进士策亦可言",于是"因诏罢制科",改设宏词科②。

南宋建立后,为延揽人才,拯救乱局,重设制科。绍兴二年,高宗诏云:"祖宗以来百余年间,尝以此科获致豪俊,有显闻于天下矣。朕方求才以济艰难之运,尚期得人,远追前烈,庶亦无愧于斯焉。今后科场复置贤良方正能直言极谏科,自尚书两省谏议大夫以上、御试中丞、学士、待制各举一人,不拘已仕未仕,以学问俱优,堪备策问者充,仍本人词业,缴进以闻。"③《宋史·选举志》云:"二年,诏举贤良方正能直言极谏科……凡应诏者,先具所著策、论五十篇缴进,两省侍从参考之,分为三等,次优以上,召赴秘阁,试论六首,于《九经》《十七史》《七书》《国语》《荀》《扬》《管子》《文中子》内出题,学士两省官考校,御史监之,四通以上为合格。

---

① 《宋会要辑稿》第 5 册选举一〇之一六、一七,第 4419—4420 页。
② 《宋史》第 11 册卷一五六《选举志》,第 3648—3649 页。
③ 《宋会要辑稿》第 5 册选举一一之二〇、二一,第 4437 页。

仍分五等,入四等以上者,天子亲策之。第三等为上,恩数视廷试第一人,第四等为中,视廷试第三人。皆赐制科出身;第五等为下,视廷试第四人,赐进士出身;不入等者与簿尉差遣,已仕者则进官与升擢。"①从该诏书看,统治者放宽了应举者的条件限制,考试程序与规定同于仁宗时期,但对过阁六论的出题范围、合格条件、字数等有了更详细的要求。其后,孝宗对制科考试也比较重视。乾道二年(1166),要求试题"权于正文出题,不得用僻书注疏"②。"七年,诏举制科以六论,增至五通为合格,始命官、糊名、誊录如故事。""旧试六题,一明一暗。时考官命题多暗僻,失求言之意,臣僚请遵天圣、元祐故事,以经题为第一篇,然后杂出《九经》《语》《孟》内注疏或子史正文,以见尊经之意。从之。"③可见,孝宗进一步完善了制科考试,在考试出题、合格要求等方面有更细致的规定与补充。至南宋末期,制科制度没有太多的变化。允实而论,南宋时期应试此科的人数极少,这主要和统治者偏居一隅后对敢言直谏言论持打压态度有很大的关系。

就考试内容而言,参加制科的人士必须缴纳进卷五十篇,包括"策"与"论"各二十五篇。这些策论文章绝非一朝一夕所能完成的,而是在学养才学达到一定程度之后渐次创作出来的,充分反映了士子对历史与现实相关问题的思考,表现了其学术根底与才学水平。在参加过制科考试的士子中,张方平、李觏、苏轼、苏辙、李清臣、秦观等人的进卷都得到了很好的保存,对于我们了解当时的进卷情况有很好的作用。如,苏轼的进卷主要有《中庸论》上、中、下,《大臣论》上、下,《秦始皇帝论》,《汉高帝论》,《魏武帝论》,《伊尹论》,《周公论》,《管仲论》,《孙武论》上、下,《子思论》,《孟轲论》,《乐毅论》,《荀卿论》,《韩非论》,《留侯论》,《贾谊论》,《晁错论》,《霍光论》,《扬雄论》,《诸葛亮论》,《韩愈论》,《策略》一、二、三、四、五,《策别·课百官》一、二、三、四、五、六,《策别·安万民》一、二、三、五、六,《策别·厚货财》一、二,《策别·训兵旅》一、二、三,《策

---

① 《宋史》第 11 册卷一五六《选举志》,第 3649—3650 页。
② 《宋史》第 11 册卷一五六《选举志》,第 3650 页。
③ 《宋史》第 11 册卷一五六《选举志》,第 3650 页。

断》一、二、三等。李清臣的进卷主要有《论略》,《易论》上、中、下,《春秋论》上、下,《礼论》上、中、下,《诗论》上、下,《史论》上、下,《四子论》上、下,《唐虞论》,《三代论》,《秦论》,《西汉论》,《东汉论》,《魏论》,《梁论》,《隋论》,《唐论》,《五代论》,《策旨》,《法原策》,《势原策》,《议刑策》上、下,《议兵策》上、中、下,《议戎策》上、下,《议官策》上、中、下,《重计策》,《实傋策》,《明责策》,《劝吏策》,《固本策》,《厚俗策》,《广助策》,《养材策》,《审分策》,《慎柄策》,《解蔽策》,《辨邪策》等。

在这些作品中,相关论文主要侧重于历史方面的论述,表达对历史人物、事件的认知,深入总结历史发展规律,为当前社会提供借鉴。如苏轼《贾谊论》以汉文帝时期的贾谊为评论对象,认为贾谊为"王者之佐",但"不能自用其才"。那么造成其政治、人生悲剧的根本原因究竟是什么。为此,作者首先提出:"君子之所取者远,则必有所待,所就者大,则必有所忍。古之贤人,皆有可致之才,而卒不能行其万一者,未必皆其时君之罪,或者其自取也。"传统观点多认为贾谊的悲剧在于文帝没有坚定重用贾谊的信念,特别是在灌婴、周勃等旧臣间以谗言之后,疏远、贬谪了贾谊。而此文开篇就一反常见,认为问题在于贾谊自身。其后,文章围绕这一观点进行了详细分析、论证。首先以孔子、孟子为例,说明一个有所作为的人应当有长久的勤侍其君的信念,"若贾生者,非汉文之不用生,生之不能用汉文也"。其次,贾谊作为一个洛阳少年,没有正确处理与君王、旧臣之间的关系,导致了矛盾激化。"贾生洛阳之少年,欲使其一朝之间,尽弃其旧而谋其新,亦已难矣。为贾生者,上得其君,下得其大臣,如绛、灌之属,优游浸渍而深交之,使天子不疑,大臣不忌,然后举天下而唯吾之所欲为,不过十年,可以得志。安有立谈之间,而遽为人痛哭哉?"其三,贾谊在遭受贬谪后,未能妥善处理政治穷途问题,说明其才智有余而识见不足。"其后卒以自伤哭泣,至于夭绝。是亦不善处穷者也。夫谋之一不见用,安知终不复用也。不知默默以待其变,而自残至此。呜呼,贾生志大而量小,才有余而识不足也。"[1]这些分析为认识贾谊的政治、人生悲剧提供了深

---

[1] 孔凡礼《苏轼文集》第 1 册,第 105—106 页。

入新颖的解释。与论相比,策文虽然侧重于时务,但实际上也需要以丰富的历史知识,特别是对历史的深入认知与判断作为论证的前提,否则难以成策。如苏轼的《策别·课百官》一,在总体上提出治理国家要注重课百官、安万民等几个基本问题后,转入对"课百官"问题的论述。它首先从历史发展的角度梳理了从上古至战国时代的吏治措施,然后分析现实吏治问题。作者在分析时,直指要害,他指出官职愈高者,其害愈大,但其受到的惩罚则甚轻。为此,作者围绕"刑不上大夫"的历史传统发表见解,最后提出了"厉法禁自大臣始,则小臣不犯"①的核心观点与主张。

在制科考试中,"进卷"考核合格者,还要参加"过阁"考试,即所谓的秘阁六论。这是对士子历史知识储备与记忆力的极为严格的考核,难度极大。南宋监察御史潘纬曾说:"制科不过三事,一缴进词业,二试六论,三对制策。而进卷率皆宿著,廷策岂无素备? 惟六论一场,谓之过阁,人以为难。"②就其考试内容而言,元祐七年(1092)五月十一日诏云:"秘阁试制科,论于《九经》、兼经、正史、《孟子》《杨子》《荀子》《国语》并注内出题,其正义内勿出。"③孝宗乾道七年(1171),规定:"旧试六题,一明一暗。时考官命题多暗僻,失求言之意,臣僚请遵天圣、元祐故事,以经题为第一篇,然后杂出《九经》《语》《孟》内注疏或子史正文,以见尊经之意。从之。"④考试内容涉及"经学""史学""子学"及其相关注解,涵盖了中国古代传统文化的诸多方面。特别是其试题多有明数与暗数之分。绍兴元年(1131)正月,高宗《德音》云:"阁试一场,论六首,每篇限五百字以上成,差楷书祗应,题目于《九经》《十七史》《七书》《国语》《荀子》《杨子》《管子》《文仲子》正文及注疏内出,内一篇暗数,一篇明数。如绍兴(按:当为"圣"字)元年阁试'舜得万国之欢心论'(原注云:出《史记·乐书》"舜弹五弦之琴,歌南风之诗,而天下治"云云。夫南风之诗者,生长之音也,舜乐好之,乐与天地同意,得万国之欢心,故天下治也,此谓暗数。所

---

① 孔凡礼《苏轼文集》第 1 册,第 242 页。
② 《文献通考》卷三三《选举六》,第 316 页
③ 《宋会要辑稿》第 5 册选举一一之一九,第 4435 页。
④ 《宋史》第 11 册卷一五六《选举志》,第 3650 页。

引不尽为粗。)、'事成六德论'(原注云:出《毛诗·皇皇者华》笺注,此谓明数。)。四通以上为合格,仍分五等,入四等以上,召赴殿试。"①关于明数、暗数,聂崇岐有很好的解释:"盖直引书之一二句,或稍变换句之一二字为题者为明数;颠倒书之句读,窜伏首尾而为题者为暗数。明数尚易知,暗数则每扑朔迷离,令人难明究竟,故李焘诮之,谓'类于世之覆物谜言'。旧制,六题明暗相参,暗数多不过半。"②无论明数与暗数,都需要说明出处,否则即为不"通"。如,嘉祐六年(1061)八月十七日,秘阁考试,题目是《王者不治夷狄论》《礼义信足以成德论》《刘恺丁鸿孰贤论》《礼以养人为本论》《既醉备五福论》与《形势不如德论》,分别出自《春秋公羊传》"隐公二年"何休注,《论语·子路篇》"樊迟请学稼"包咸注,《后汉书》卷三九《刘恺列传》、卷三七《丁鸿列传》,《汉书》卷二二《礼乐志》,《毛诗·大雅·既醉》首章笺疏,《史记》卷六五《吴起列传》"赞"辞等。中国古代文史典籍浩如烟海,科举考试从中出题,自然使当时的士子有"题目如海中沙"③之感,要准确指明其出处,难度可想而知。特别是,一些题目专门为刁难士子而出,似是而非,难以判断。宋沈作喆《寓简》卷八对制科试题类型进行了分类,"其要有十字而已,曰明,曰暗,曰疑,曰顽,曰合,曰合(音蛤),曰揭,曰折,曰包,曰胎,不出此十字也"。其中,疑题、顽题等多是专门刁难考生的。"曰疑者,何也? 曰'尧、舜、汤、禹所举如何'是也。疑若唐虞夏商也,乃是《魏相传》高皇帝所述书天子所服第八:'受诏长乐宫,中谒者赵尧举春,李舜举夏,兒汤举秋,贡禹举冬(高帝时自有一贡禹),四人各执一时也';又如'汤周福祚',疑若二代也,乃是《杜周传》赞云:'张汤杜周,并起文墨小吏,迹其福祚元功,儒林之后莫及也。'此为最巧。曰顽者,何也? 曰'形势不如德'是也。意思语言,子史中相近似者殆十余处,独此一句在史赞,令人捉摸不着,虽东坡犹惑之,故论备举诸处以该之也。"④在浩如烟海的中国古代典籍中,对于考试者而

---

① 《宋会要辑稿》第 5 册选举一一之二一、二二,第 4436—4437 页。
② 聂崇岐《宋代制举考略》,见《宋史丛考》,中华书局 1980 年版,第 181 页。
③ 沈作喆《寓简》卷八,影印文渊阁《四库全书》第 864 册,第 156 页。
④ 沈作喆《寓简》卷八,影印文渊阁《四库全书》第 864 册,第 156 页。

言,能够指出极为模糊难辨的论题出处,并围绕论题进行论题写作,表现自己的历史学识与见解,着实存在很大的难度。

第二节　宋代科举与咏史诗人的激增及其知识储备

在修身齐家治国平天下的传统思想熏陶下,古代社会认为实现人生价值,获取政治、文化、经济利益的主要方式是入仕从政。先秦时期,仕进主要是靠世袭、荐举、军功等途径,真正"学而优则仕"者是比较少的。汉代时期,特别是武帝以后,统治者创建太学,成绩优异的博士弟子可以入仕;同时,朝廷又设置了明经科,士子只要对经书能够背诵得很准确、把握得很透彻,也可以做官。读书与入仕才有了相当密切的联系。但这也不是严格意义上的读书入仕,因为汉代的明经等察举科目多需经人举荐。当时,举荐名额很少,并且举荐权力多被世家大族操控,一般读书人很难获得被举荐的资格。隋唐时期,社会还带有鲜明的门阀气息,此时期科举制度虽然开始实行,但录取名额很少,同时制度还不是很健全,不能够充分贯彻公平公正的原则,科举名额多为世家大族所占据,真正通过读书入仕的下层士子还是比较少的。

到了宋代,科举制度推行糊名法、誊录法等,在程序、规范等方面已达到了相当完善的地步,"一切以程文为去留"①,保证了考试的客观性与公正性。所以欧阳修在《论逐路取人札子》中曾很有感慨地说:"窃以国家取士之制,比于前世,最号至公。盖累圣留心,讲求曲尽,以为王者无外,天下一家,故不问东西南北之人尽聚诸路,贡士混合为一,而惟才是择。又糊名誊录而考之,使主司莫知为何方之人,谁氏之子,不得有所憎爱薄厚于其间。故议者谓国家科场之制,虽未复古法而便于今世。其无情如造化,至公如权衡,祖宗以来不可易之制也。"②基于这种公平健全的制

---

① 陆游《老学庵笔记》卷五,《宋元笔记小说大观》第 4 册,第 3501 页。
② 欧阳修《文忠集》卷一一三《论逐路取人札子》,影印文渊阁《四库全书》第 1103 册,第 155 页。

度,无论贵贱与出身,每位士子均可通过科举改变自己的命运,统治者也积极鼓荡、号召"男儿若遂平生志,《六经》勤向窗前读"。这必然导致相当大的社会阶层流动,中国古代社会也逐渐由门第社会转变为科举社会。对于这种社会形态,钱穆有比较深入的认识:"科举进士,唐代已有。但绝大多数由白衣上进,则自宋代始。我们虽可一并称呼自唐以下之中国社会为'科举社会',但划分宋以下特称之为'白衣举子之社会',即'进士社会',则更为贴切。我们亦可称唐代社会为'前期科举社会',宋以后为'后期科举社会'。"①虽然唐代实行科举考试,但能否称为"科举社会"有待于进一步探索。因为判断一种制度雕塑、影响下的社会形态,不在于制度的形成,而在于这种制度是否全方位地对当时的社会生活产生广泛而深远的影响。显然,唐代还没有达到这样的社会状态,但钱穆所提出的"科举社会"这一概念则是相当有启发性的。

在制度规定与驱动之下,读书、科举与仕进之间已形成了逻辑性的关联。士子要想步入仕途,就必须参加科举,就必须读书。与宋前士子多元化的生活方式相比,宋代士子在科举入仕之前生活方式大多比较单一,多以读书为务。这在《宋史》列传中有充分鲜明的体现。如:"仲淹二岁而孤,母更适长山朱氏,从其姓,名说。少有志操,既长,知其世家,乃感泣辞母,去之应天府,依戚同文学。昼夜不息,冬月惫甚,以水沃面;食不给,至以糜粥继之,人不能堪,仲淹不苦也。举进士第,为广德军司理参军,迎其母归养。"②"张方平字安道,南京人。少颖悟绝伦,家贫无书,从人假三史,旬日即归之,曰:'吾已得其详矣。'凡书皆一阅不再读,宋绶、蔡齐以为天下奇才。举茂林异等,为校书郎、知昆山县。"③"欧阳修字永叔,庐陵人。四岁而孤,母郑,守节自誓,亲诲之学,家贫,至以荻画地学书。幼敏悟过人,读书辄成诵。及冠,嶷然有声……苦志探赜,至忘寝食,必欲并辔绝驰而追与之并。举进士,试南宫第一,擢甲科,调西京推官。"④"黄庭坚

---

① 钱穆《中国历史研究法》,生活·读书·新知三联书店 2001 年版,第 46 页。
② 《宋史》第 29 册卷三一四《范仲淹传》,第 10267 页。
③ 《宋史》第 30 册卷三一八《张方平传》,第 10353 页。
④ 《宋史》第 30 册卷三一九《欧阳修传》,第 10375 页。

字鲁直,洪州分宁人。幼警悟,读书数过辄成诵。舅李常过其家,取架上书问之,无不通,常惊,以为一日千里。举进士,调叶县尉。"①"叶梦得字少蕴,苏州吴县人。嗜学蚤成,多识前言往行,谈论亹亹不穷。绍圣四年,登进士第,调丹徒尉。"②"真德秀,字景元,后更为希元,建之浦城人。四岁受书,过目成诵。十五而孤,母吴氏力贫教之。同郡杨圭见而异之,使归共诸子学,卒妻以女。登庆元五年进士第,授南剑州判官。继试中博学宏词科,入闽帅幕,召为太学正,嘉定元年迁博士。"③"徐梦莘字商老,临江人。幼慧,耽嗜经史,下至稗官小说,寓目成诵。绍兴二十四年举进士。历官为南安军教授。"④

由上述史料可知,在科举指挥棒的影响下,因文化体制的强力驱动,宋人自孩提时期即沉浸于文献典籍、文章作品的学习中。可以说,无论是京畿近郊,还是偏远闭塞之地,士子们苦读力学,整个社会形成了一种崇尚读书与学习的风尚。洪迈《容斋四笔》卷五"饶州风俗"条云:"为父兄者,以其子与弟不文为咎;为母妻者,以其子与夫不学为辱。其美如此。"⑤朱长文《苏州学记》云:"圣朝承平之久,而长育之勤,虽濒海裔夷之邦,执耒垂髫之子,孰不抱籍缀辞以干荣禄,哀然而赴诏者,不知其几万数。盖自昔未有盛于今也。"⑥晁冲之《夜行》诗云:"老去功名意转疏,独骑瘦马取长途。孤村到晓犹灯火,知有人家夜读书。"⑦可见,读书已经成了宋代时期比较普遍的日常社会行为,这种社会形态是宋代区别于前代的典型社会特征。在此情况下,与宋前诸朝相比,宋代文人数量必然会大大增加。这一点从参加科举考试的人数就可以看出来。关于科举人数,我们多注意朝廷实际录取的进士、诸科名额。诚然,与唐代每榜进士二三十人相比,宋代在录取名额方面有了极大的扩充。如,太宗雍熙二年

---

① 《宋史》第 37 册卷四四四《文苑传》,第 13109 页。
② 《宋史》第 37 册卷四四五《文苑传》,第 13132 页。
③ 《宋史》第 37 册卷四三七《儒林七》,第 12957 页。
④ 《宋史》第 37 册卷四三八《儒林八》,第 12982 页。
⑤ 洪迈《容斋四笔》卷五"饶州风俗"条,见《容斋随笔》,上海古籍出版社 1978 年版,第 666 页。
⑥ 朱长文《乐圃余稿》卷六,影印文渊阁《四库全书》第 1119 册,第 29 页。
⑦ 《全宋诗》第 21 册,第 13893 页。

(985)录取进士 255 人、诸科 620 人、特奏名 84 人,共 959 人;真宗咸平三年(1000),"得进士陈尧咨以下四百九人,诸色四百三十余人。又试进士五举、诸科八举及尝经御试,或年踰五十者,得进士及诸科凡九百余人,共千八百余人。"①仁宗之后,随着科举制度的完善,录取人数多控制在三百至五百人左右。但这些数据为被择优录取的人数,我们更应当考虑参举者的基数。就考试级别与程序而言,当时的考生在太学、国子学或州县学经过长时间的学习后,必须参加发解考试,即所谓的监试、州(府)试等。发解试结束后,由州府等上解状报送名单、人数至礼部。据《宋史·选举一》:"淳化三年,诸道贡士凡万七千余人。"②《宋会要辑稿·选举一》:"(真宗咸平三年五月)七日,诏去岁天下举人数余万计。"③"(大中祥符四年五月)二十七日,翰林学士晁迥等言:'窃见今岁诸处解到并免解进士仅三千人,诸科万余人……'"④关于参加解试的录取比例,至道三年(997)五月,朝廷的规定是"每进士一百人,只解二十人;《九经》已下诸科共及一百人,只解二十人赴阙"⑤。若按照这一规定计算,北宋初期参加解试的人数已至八九万人。

由于贡举人数过多,给阅卷考校带来了很大的压力。于是,大中祥符二年(1009),真宗针对"有司之上言限岁贡之常数"问题,让礼部讨论,最终形成了"其令礼部于五年最多数中,特解及五分"⑥的科举规定。在这种规定下,后来参加省试的人数虽被压缩,但人数还是比较多的。《文献通考·选举四》云:"时上书者言四年一贡举,四方士子客京师以待试者,恒六七千人。"⑦可知,贡举人数多集中在六七千人左右。仁宗之后,科举制度日趋完善,迎来其黄金时代。参加科举考试的人数更多。治平元年(1064),参知政事欧阳修上奏称,东南州军取解比例是"百人取一",西北

---

① 《文献通考》卷三〇《选举三》,第 286 页。
② 《宋史》第 11 册卷一五五《选举一》,第 3608 页。
③ 《宋会要辑稿》第 5 册选举一四之一八,第 4491 页。
④ 《宋会要辑稿》第 5 册选举一四之二一,第 4493 页。
⑤ 《宋会要辑稿》第 5 册选举一四之一六,第 4490 页。
⑥ 《宋会要辑稿》第 5 册选举一四之二〇,第 4492 页。
⑦ 《文献通考》卷三一《选举四》,第 290 页。

州军比例为"十人取一人"①。周必大《论科举代笔》:"臣闻科举之害,莫切于代笔。大约州郡数十人方解一名,亦有至一二百人者。"②汪藻在《朝散大夫直龙图阁张公行状》一文言及熙宁年间饶州发解人数:"饶士盛东南,应书常数千人,所取裁百一。"③据《宋史·地理志》,北宋时东南州军数量及人口比较多,为西北州军的两倍以上。因此,折中算来的话,全国平均解试录取比例至少应当在六十取一。按照这个比例的话,仁宗之后,全国参加解试的人数应当在三十六至四十二万左右。可见,应举人数是相当惊人的。南宋建立之后,伴随着南北议和,社会逐渐稳定。虽然仅是半壁江山,但整个社会应举者数量不少于甚至高于北宋。孝宗淳熙三年,"四川诸州赴试举人最多去处,至有四五年(当为"千")人,最少处亦不下千余人"。同年,福州"试者二万人,济济有序"④。淳熙十三年,"福建路转运副使赵彦操、转运判官王师愈言:'窃见福州每岁就试之士,不下万四五千人,而考试官止差十员;建宁府亦不下万余人,而考试官止差八员……'"⑤宁宗嘉定三年(1210),权礼部尚书章颖言:"伏缘诸路每三岁科举最为重事,大郡至万余人,小郡亦不下数千人。"⑥绍兴十二年(1142),南宋分路两浙东路、两浙西路、江南东路、江南西路等十六路,嘉定元年(1208)把利州分为东、西两路,改为十七路,州军监等行政区约有二百一十四。若以每州军等有五千人参加解试的话,那么全国人数将达一百万以上。

虽然宋代时期科举名额大增,但由于参加人数极多,竞争压力大,绝大部分士子是没有办法跻身进士行列的,自然也因之湮灭无闻。这些落选人士从小即接受相关经、史、文等传统文献典籍的学习,学习诗赋策论创作,其身份自然应当为文人。特别是对于参加解试的人员而言,更是如此。解试考试的内容与省试基本相同,考试也很严格。太祖乾德二年

---

① 《文献通考》卷三一《选举四》,第 292 页。
② 周必大《文忠集》卷一三六,影印文渊阁《四库全书》第 1148 册,第 515 页。
③ 汪藻《浮溪集》卷二四,影印文渊阁《四库全书》第 1128 册,第 215 页。
④ 《宋会要辑稿》第 5 册选举一六之一九、二一,第 4521—4522 页。
⑤ 《宋会要辑稿》第 5 册选举二二之六,第 4598 页。
⑥ 《宋会要辑稿》第 5 册选举六之七,第 4333 页。

(964)即规定:"凡贴经、对义,并须监官对面,同定通否,诸场去留,合格者即得解送。仍解状内开说当州府元若干人请解,若干人不及格落下迄,若干人合格见解,其合申送所试文字,并须逐件朱书通否。下试官、监官,仍亲书名,若合解不解,不合解而解者,监试官为首罪,并停见任,举送长官闻奏取裁。"①至道三年(997),翰林院承旨宋白上奏,获得朝廷认可,奏云:"国家封域至广,州郡甚多。每岁举人,动以万数,将惩滥进,理在精求,欲乞不限两京、国学及诸道州府。应新旧进士、诸科举人每秋赋,各以前后敕命,委本处逐色差官考试,须是文章、经义最精者……或有缪滥,其逐处发解官并依先敕(实)罚。"②仁宗天圣七年(1029)八月十日,上封者言:"京府秋试进士不下一二千人……今请进士才引保迄,如千人已上,分为二甲。每甲先试诗赋,次引诸科两场。若诗赋犯不考试,便先次驳落,更不引试。其试论策,亦逐场驳落。"③可见,主持或参与解试的官员若不能严格负责考试之事,认真选拔人才,将要受到惩罚,承担相关责任;同时,解试也有相关的程序与复核办法。在此情况下,能够在解试中脱颖而出的举子也是比较有知识水平与文学才能的。他们应当是宋代时期较典型的文人。

总之,在科举制度的影响下,中国古代社会形态至宋代时期发生了明显变化,读书社会已经成为有宋一朝典型的时代标签。在此社会形态之下,文人数量俱增,经史文献典籍成为时人必须学习与阅读对象。这就为宋代文学特别是咏史诗的繁荣奠定了坚实的社会文化基础。我们知道,一种诗歌类型的发展、繁荣会涉及诸多因素,但其中作家数量与作家创作此类诗歌的知识基础是最根本的要素。就前者而言,宋代科举制度导致了极其众多的文人的产生,他们具有良好的创作基础与素养,宋代咏史诗繁荣就是以文人的激增作为前提的,这是诗歌繁荣的前提条件,无需作过多的解释。就后者而言,科举制度强调经史知识的学习与考核,致使士子具有比较广博丰富的历史文化知识,这就决定了宋代士子在咏史诗创作

---

① 《宋会要辑稿》第 5 册选举一四之一三、一四,第 4489 页。
② 《宋会要辑稿》第 5 册选举一四之一六,第 4490 页。
③ 《宋会要辑稿》第 5 册选举一五之六、七,第 4498—4499 页。

方面具有良好的知识基础。而在长久的历史文化发展过程中,中国古代社会形成了根深蒂固的以诗言志、以诗讽时等文学传统,诗歌成为士子文学创作中最看重的文体。在各种人生际遇、社会环境之下,宋代士子可以迅速调动自己所掌握的历史文化知识,进行咏史诗的创作。宋王得臣《麈史》卷中载:"张颂公美,颍昌人,举进士不第,尝馆于吾家义方斋。畏谨自律,读书外口不及他事,然好吟诗……尝咏唐君臣得失之迹与其治乱之辨,可为世鉴者凡百篇。元丰末,至京师欲上之。会永裕不豫,囊其书归。有志而不达,惜哉!"①又,方勺《泊宅编》卷一载:"王钦臣自西京一县令召入,议法与介甫不合,令学士院试赋一篇,但赐出身,却归本任。以二诗献公,其一云:'蜀国相如最好词,武皇深恨不同时。凌云赋罢浑无用,寂寞文园意可知。'""冯当世未第时,客余杭县,为官逋拘窘,计无所出,题小诗于所寓寺壁。一胥魁范生见之,为白令,丐宽假。令疑胥受赇游说,胥云:'冯秀才甚贫,某但见其所留诗,知他日必显。'出其诗,令笑释之:'韩信栖迟项羽穷,手提长剑喝西风。吁嗟天下苍生眼,不识男儿未济中。'"②这些材料都充分说明宋代科举从制度性方面规定与保障了宋人的文史知识储备。这种储备为士子在各种人生际遇、生命状态之下从事诗歌创作,特别是咏史诗创作奠定了坚实的知识基础。

第三节 科举考试对历史文化知识的考核与咏史诗

就当时的科考而言,辞赋、诗歌是较重要的考核内容。其中,很多题目是以历史文化知识为考核重点,属于咏史诗题。据文莹《湘山野录》卷下载:"公(指寇準)历富贵四十年,无田园邸舍,入觐则寄僧舍或僦居。在大名日,自出题试贡士,曰《公仪休拔园葵赋》《霍将军辞治第诗》,此其志也。"③这是一次解试,诗赋均以历史题材为题目。《公仪休拔园葵赋》

---

① 王得臣《麈史》卷中,见《宋元笔记小说大观》第2册,第1351页。
② 方勺《泊宅编》,《宋元笔记小说大观》第2册,第2107、2108页。
③ 《宋元笔记小说大观》第2册,第1414—1415页。

一题出自《史记·循吏列传》:"公仪休者,鲁博士也。以高弟为鲁相。奉法循理,无所变更,百官自正。使食禄者不得与下民争利,受大者不得取小……食茹而美,拔其园葵而弃之。见其家织布好,而疾出其家妇,燔其机,云:'欲令农士工女安所仇其货乎?'"①《霍将军辞治第诗》题目出自《史记·卫将军骠骑列传》:"骠骑将军(指霍去病)为人少言不泄,有气敢任。天子尝欲教之孙吴兵法,对曰:'顾方略何如耳,不至学古兵法。'天子为治第,令骠骑视之,对曰:'匈奴未灭,无以家为也。'由此上益重爱之。"②《诗话总龟》卷十三"警句门"云:"自唐以来,试进士诗号省题,时有佳句。如梓州进士杨谞,天圣八年省试《蒲车诗》,云:'草木惊皇辙,山川护帝舆。'是岁下第。景祐元年省试《宣室受厘诗》云:'愿前人主席,一问洛阳人。'是岁及第。未几卒……滕元发皇祐五年御试《吹律听军声诗》……杨谞有《题骊山》云:'行人问宫殿,耕者得珠玑。'"③《宣室受厘诗》一题为省试题目,出自汉朝贾谊典故:"后岁余,贾生征见。孝文帝方受厘,坐宣室。上因感鬼神事,而问鬼神之本。贾生因具道所以然之状。至夜半,文帝前席。既罢,曰:'吾久不见贾生,自以为过之,今不及也。'"④而《题骊山》则是殿试题目,主要涉及唐玄宗相关史实。又,刘克庄《林去华省题诗》云:"昔杨无咎补之,江南高士,试南宫,以《八阵图》为题。补之警联云:'陈迹千年在,斯人万古无。'同案之士用之,擢上第,补之汔不偶。诗虽工,有命存焉。"⑤以上诗歌题目或出自解试,或出自省试、殿试,均为咏史诗题。可知,咏史诗题在宋代科举考试中是比较常见的。

科举考试是一个指挥棒,科场考什么内容,士子自然针对这类内容进行训练。为了能够在科举考试中胜出,宋代士子自孩提时代起就需要针对这些诗歌题目进行大量的练习与创作,以增强包括咏史诗在内的创作

---

① 《史记》第10册卷一一九《循吏列传》,第3101—3102页。
② 《史记》第9册卷一一一《卫将军骠骑列传》,第2939页。
③ 阮阅编,周本淳校点《诗话总龟》,人民文学出版社1987年版,第154页。
④ 《史记》第8册卷八四《屈原贾生列传》,第2502—2503页。
⑤ 辛更儒校注《刘克庄集笺校》第9册卷一〇〇,中华书局2011年版,第4187页。

能力。王禹偁曾云："禹偁志学之年,秉笔为赋,逮乎策名,不下数百首。"①苏辙云："诗赋虽小技,比次声律,用功不浅。"②这说明了为了应对科举考试,士子在诗赋方面下了很大的工夫。黄庭坚《与洪驹父书》云:"往见所作《玉父倦壳轩诗》,极知不负老舅所期。既食贫,不免仕宦。古人所谓一人乘车,三人缓带,此亦不可不勉。赋自是中郎父子旧业,更须留意作五言六韵诗,若能此物,取青紫如拾芥耳。老舅往常作六七篇,尝见之否? 或未见,当漫寄。大体作省题诗,尤当用老杜句法。将有鼻孔者,便知是好诗也。"③黄庭坚谆谆告诫外甥要注重科举赋,特别是诗的训练,尤其要善于学习杜诗句法,并且他把自己创作的六七篇应试作品以示之。这些应试作品在其现存诗文集中仍有留存,如《岁寒知松柏》《东观读未见书》《披褐怀珠玉》《欸塞来享》等。关于后三首,南宋初期的任渊注云:"右三篇,未必同时所作。然皆效进士体,以教儿侄,今附见。"④刘克庄一诗,诗题颇长,类似于序言,云:"竹溪直院盛称起予草堂诗之善,暇日览之,多有可恨者。因效颦作五十首,亦前人广骚反骚之意。内二十九首用旧题,惟《岁寒知松柏》《披褐怀珠玉》三首效山谷,余十八首别命题,或追录少作,并存于卷以训童蒙。"⑤所谓"教儿侄""训童蒙"都是指长者通过具体的应试诗歌来指导孩童,对孩童进行日常作诗训练。毫无疑问,这种长期的创作指导与训练必然会涉及包括咏史诗在内的诸种诗歌题材类型。可以说,源于科举逼驱的动力因素与长期训练自然有助于提升士子的咏史创作素养与能力。

宋代科举考试以经史文化体系为基础,重在考核士子对该文化体系的熟悉程度与认知能力。无论是进士科、明经、诸子等常科,还是作为大科的制举等,其考核内容都极为广泛,涵盖了各类历史文化内容。如,庆历四年,朝廷规定进士科考试"诗赋论于《九经》、诸子、史内出题。其策

---

① 王禹偁《小畜集》卷二《律赋序》,影印文渊阁《四库全书》第1086册,第10页。
② 《宋史》第31册卷三三九《苏辙传》,第10824页。
③ 黄庭坚《山谷集·外集》卷十,影印文渊阁《四库全书》第1113册,第456页。
④ 黄庭坚撰,任渊等注,刘尚荣校点《黄庭坚诗集注》,中华书局2003年版,第21页。
⑤ 辛更儒校注《刘克庄集笺校》第4册卷二八,中华书局2011年版,第1515页。

题即通问历代书史及时务"①。元祐二年(1087),针对王安石执政时期科考"佐以庄、列、释氏之书"的现象,宋哲宗下诏,明确规定:"自今举人程试,并许用古今诸儒之说,或己见,勿引申、韩、释氏之书。考试官于经义、论策通定去留,毋于《老》《列》《庄子》出题。"②制科考试的内容更为广博细致。如,皇祐元年(1049)八月二十日,上封者进言:"伏见国家每设制科以收贤材,中选之后多至大用,以此知不独取于刀笔,盖将观其器能也……近来御前所试策题,其中多问典籍、名数及细碎经义,乃是又重欲探其博学,竟不能不观其才用,岂朝廷求贤之意耶?"③李纲在《论举直言极谏之士札子》中曾指出:"至本朝设贤良方正能直言极谏科,始有进卷。及试六论,乃对廷策。其六论题,杂出于经、子、史、注疏之间,所以求卓识洽闻之士,号为制科。其得人如富弼、张方平、夏竦,皆致宰辅;其次如钱易、钱明逸、孔文仲、武仲、苏轼、苏辙兄弟之流,皆为名士,论议有补于国家。然制科之举,贯穿古今,汪洋浩渺,非强记博识,积以岁时,未易能究其业。"④可以说,与前代相比,宋代科考题目所涉及的内容极为广泛细致,士子要答好这些题目是很不容易的。

在这种情况下,为了能够考试中举,宋代士子除了要训练诗、赋、论、策等写作技巧外,更要为写作提供广阔丰富的知识素材,熟谙历史文化。为此,宋代士子自孩提时代起,多勤奋苦读,励志于学。在这种苦读勤学成风的社会文化环境之下,宋代士子在知识的全面丰富、广博细致等方面大大超过了前代任何时期。如《宋史》相关列传载:"(苏轼)生十年,父洵游学四方,母程氏亲授以书,闻古今成败,辄能语其要……比冠,博通经史,属文日数千言,好贾谊、陆贽书。既而读《庄子》,叹曰:'吾昔有见,口未能言,今见是书,得吾心矣。'嘉祐二年,试礼部。方时文磔裂诡异之弊胜,主司欧阳修思有以救之,得轼《刑赏忠厚论》,惊喜,欲擢冠多士,犹疑其客曾巩所为,但置第二;复以《春秋》对义居第一,殿试中乙科……五

---

① 《宋会要辑稿》第5册选举三之二五,第4274页。
② 《宋会要辑稿》第5册选举三之二五,第4286页。
③ 《宋会要辑稿》第5册选举一一之一,第4426页。
④ 李纲《梁溪集》卷九四《论举直言极谏之士札子》,《影印文渊阁四库全书》第1126册,第214页。

年,调福昌主簿。欧阳修以才识兼茂,荐之秘阁。试六论,旧不起草,以故文多不工。轼始具草,文义粲然。复对制策,入三等。自宋初以来,制策入三等,惟吴育与轼而已。"①"陆佃字农师,越州山阴人。居贫苦学,夜无灯,映月光读书。蹑屩从师,不远千里。过金陵,受经于王安石。熙宁三年,应举入京。"②"汪应辰字圣锡,信州玉山人。幼凝重异常童,五岁知读书,属对应声语惊人,多识奇字。家贫无膏油,每拾薪苏以继晷。从人借书,一经目不忘。十岁能诗,游乡校,郡博士戏之曰:'韩愈十三而能文,今子奚若?'应辰答曰:'仲尼三千而论道,惟公其然。'未冠,首贡乡举,试礼部,居高选。时赵鼎为相,延之馆塾,奇之。绍兴五年,进士第一人,年甫十八。御策以吏道、民力、兵势为问,应辰答以为治之要,以至诚为本,在人主反求而已。上览其对,意其为老成之士,及唱第,乃年少子,引见者掖而前,上甚异之。"③"王质,字景文,其先郓州人,后徙兴国。质博通经史,善属文。游太学,与九江王阮齐名。阮每云:'听景文论古,如读郦道元《水经》,名川支川,贯穿周匝,无有间断,咳唾皆成珠玑。'质与张孝祥父子游,深见器重。孝祥为中书舍人,将荐质举制科,会去国不果。著论五十篇,言历代君臣治乱,谓之《朴论》。中绍兴三十年进士第,用大臣言,召试馆职,不就。"④"薛季宣字士龙,永嘉人。起居舍人徽言之子也。徽言卒时,季宣始六岁,伯父敷文阁待制弼收鞠之。从弼宦游,及见渡江诸老,闻中兴经理大略。喜从老校、退卒语,得岳、韩诸将兵间事甚悉。年十七,起从荆南帅辟书写机宜文字,获事袁溉。溉尝从程颐学,尽以其学授之。季宣既得溉学,于古封建、井田、乡遂、司马法之制,靡不研究讲画,皆可行于时。"⑤吴处厚《青箱杂记》卷二曾介绍了自己在解试方面取得成功的原因:"余皇祐壬辰岁取国子解,试《律设大法赋》,得第一名。枢密邵公亢、翰林贾公黯、密直蔡公杭、修注江公休复为考官,内江公尤见知,语余曰:'满场程试皆使萧何,惟足下使"萧规"对"汉约",足见其追琢细腻。

---

① 《宋史》第 31 册卷三三八《苏轼传》,第 10801—10802 页。
② 《宋史》第 31 册卷三四三《陆佃传》,第 10917 页。
③ 《宋史》第 34 册卷三八七《汪应辰传》,第 11876 页。
④ 《宋史》第 34 册卷三九五《王质传》,第 12055 页。
⑤ 《宋史》第 37 册卷四三四《儒林传》,第 12883 页。

又所问《春秋》策,对答详备。及赋押秋荼之密,用唐宗赦受缣事,诸君皆不见云,只有秦法繁于秋荼,密于凝脂。然则君何出?'余避席敛衽,自陈远方寒士,一旦程文,误中甄采,因对曰:'《文选·策秀才文》有"解秋荼之密网"。唐宗赦受缣事,出杜佑《通典》,《唐书》即入载。'公大喜,又曰:'满场使次骨,皆作"刺骨"对"凝脂"。惟足下用《杜周传》作"次骨",又对"吹毛"。只这亦堪作解元。'余再三逊谢。是举登科,名在行间,授临汀狱掾。"①

在唐代时期,除了科举入仕外,从军边塞、隐居求名、荐举、辟署、征召等都是入仕途径。这种多元化的入仕方式背后蕴含了一个重要文化信息,即文化知识并不是唐代选拔人才的主要考量标准。这既导致了唐代文人数量与文化事业总体上不及宋代,更导致了在历史知识与思想文化方面则相对欠缺。由上引史料可以看出,围绕科举考试的要求,宋代士子多自幼进行高强度的学习。他们心无旁骛,以读书作为自己的人生要务,努力学习、忆诵、消化传统文化知识,因之具备了相当全面细致的历史文化知识。这种历史文化知识储备标志着宋代士子在主体人文素养与品格构成方面,实现了从唐代纯粹文辞之士到宋代知识型、学者型士子的深刻转变。就宋代士子的学业时段而言,入仕之前的读书时期是最为重要的,而入仕之后,冗事繁杂,官务缠身,他们已不能全身心地投入到学习之中。可以说,宋代士子的总体知识构成、视野等都已在入仕之前得以奠定。叶梦得《石林燕语》云:"熙宁以前,以诗赋取士,学者无不先遍读《五经》。余见前辈,虽无科名人,亦多能杂举《五经》,盖自幼习之尔,故终老不忘。"②叶氏所论就指出了科举入仕之前的知识积累在士子个人学业构成的基础地位。可以说,因科举制度的强力驱动,宋代士子大多学问渊博,历史文化知识非常丰富,这就为宋人拓展咏史诗的历史题材关注范围奠定了良好的基础。

就历史题材关注范围而言,从遥远古淳的上古时代,一直到时局危促的当代风云,宋代咏史诗对此都有深刻认识与把握。在此,仅以薛季宣的

---

① 《宋元笔记小说大观》第 2 册,第 1647 页。
② 叶梦得《石林燕语》,中华书局 1984 年版,第 115 页。以下所引此书版本均同。

诗歌为例。薛季宣(1134—1173),字士龙,号艮斋,永嘉(今浙江温州)人。师事袁溉,传河南程氏之学,学问赅博,历史知识丰富。这种文化品格在其咏史诗中有充分反映。笔者据《全宋诗》初步统计,其咏史诗约82首,题材内容非常丰富。如《南风歌》小序云:"舜治天下作。"诗云:"忾彼夏日,熇熇其暑。毒我下民,辟焉无所。忾彼夏夜,郁蒸其雨。民之愠结,莫安其处。凯风自南,发于茂林。实彼百谷,纾我愠心。"①作为乐府咏史诗,该诗采取了典雅厚朴的四言形式,颂扬远古时代的圣君——舜关注民瘼、忧心民事,从而致使天下和平的事迹。

又如其《永嘉行》云:"夷甫清谈平子醉,晋俗浮虚丧节义。不闲胡虏哭桑林,九伯五侯无一至。洛阳宫中胡马嘶,晋家天子行酒卮。驱出如羊晋卿士,妇辱面前争敢知。胡儿居坐汉官立,不许纷纭但含泣。刃加颈上始觉忧,追悔前时又何及。烟尘坌起昏中土,人死如麻骼如阜。草莱万里无舍烟,毡帐羊裘自来去。乌旗雾合胡箛咽,无援边城断肠绝。琅琊匹马竟浮江,弃寅存心坚片铁。天骄一坐昭阳殿,九鼎迁移如转电。禁声不得悲楚囚,白版金陵谩龙变。数奇督运淳于伯,诛斩无名血流逆。若思不识是何人,却使帅师临祖逖。"②诗歌重在抒写西晋末年清谈盛行,统治者祖尚玄虚,这由此导致胡族入侵问题。建兴四年(316)八月,匈奴族刘曜围困长安,内外断绝,晋愍帝司马邺危在旦夕。此时,在江东已站稳脚跟的丞相、大都督中外诸军事司马睿知悉此事后,组织军队,举行了声势浩大的誓师大会,打算北上勤王,但此事最终落空。关于其中原因,干宝《搜神记》卷九"淳于伯"条透露出一些信息:"晋元帝建武元年六月,扬州大旱。十二月,河东地震。去年十二月,斩督运令史淳于伯,血逆流,上柱二丈三尺,旋复下流四尺五寸。是时淳于伯冤死,遂频旱三年。刑罚妄加,群阴不附,则阳气胜之。罚,又冤气之应也。"③《晋书·刘隗传》亦略载此事:"建兴中,丞相府斩督运令史淳于伯而血逆流。"刘隗为此上奏伸冤。"于

---

① 《全宋诗》第46册,第28710页。
② 《全宋诗》第46册,第28680页。
③ 干宝《搜神记》,上海古籍出版社编《汉魏六朝笔记小说大观》,上海古籍出版社1999年版,第342页。

是右将军王导等上疏引咎,请解职。帝曰:'政刑失中,皆吾暗塞所由。寻示愧惧,思闻忠告,以补其阙。而引过求退,岂所望也!'由是导等一无所问。"①当时,司马睿已坐稳江东,一旦勤王成功,自己的称帝计划与政治地位又将如何处理?但若不勤王,他身为宗室与晋臣,又如何面对舆论的压力,展示自己的忠义之心。在这种情况下,对他而言,既要有表面上的勤王之举,又要不成此事。兵马未动,粮草先行。粮草出现问题,自然勤王不成。司马睿从中做文章,杀掉督运令史淳于伯自在情理当中。这首诗绝大部分篇幅铺陈西晋末年的民族苦难,但最终是为了批判司马睿,揭露了他置民族危机而不顾,只图个人政治利益的险恶卑鄙用心。特别是,作者在创作时又涉及了其他史实、典故。如"夷甫清谈平子醉,晋俗浮虚丧节义"句总结西晋灭亡的原因,语义出自《晋书·王衍传》。王衍被石勒俘房,将死之际,顾而言曰:"呜呼!吾曹虽不如古人,向若不祖尚浮虚,戮力以匡天下,犹可不至今日。"②"洛阳宫中塞马嘶,晋家天子行酒卮。驱出如羊晋卿士,妇辱面前争敢知"四句所写史实,出自《晋书》卷五《孝怀帝纪》。永嘉五年(311)六月,"丁酉,刘曜、王弥入京师。帝开华林园门,出河阴藕池,欲幸长安,为曜等所追及。曜等遂焚烧宫庙,逼辱妃后,吴王晏、竟陵王楙、尚书左仆射和郁、右仆射曹馥、尚书闾丘冲、袁粲、王绲、河南尹刘默等皆遇害,百官士庶死者三万余人"。"七年春正月,刘聪大会,使帝著青衣行酒。侍中庾珉号哭,聪恶之。"③"天之骄子"指胡族,典故出自《汉书·匈奴传上》:"南有大汉,北有强胡。胡者,天之骄子也。"④对于这些史实与典故,薛季宣都充分地融入诗中,特别是对司马睿的批判更反映了其深入新警的历史思考。作者以史喻今,表达了他对南宋最高统治者偏居一隅的讽刺,其学、其识确实是很让人佩服的。

再如其《书温公集后》:"不用须藏用即行,未分丘壑与朝廷。声名怪得生来盛,非但潜心醉六经。"《读舒王日录》:"立志嘐嘐必致君,四方观

---

① 《晋史》第6册卷六九《刘隗传》,第1836—1837页。
② 《晋史》第4册卷四三《王衍传》,第1238页。
③ 《晋史》第1册卷五《孝怀帝纪》,第123、125页。
④ 《汉书》第11册卷九四上《匈奴传上》,第3780页。

听一时新。周家道备骊戎变,流俗元来不误人。"①前一首赞扬司马光无论在朝在野,均系心朝廷与国家。其颇有盛名的原因绝不仅仅因为他醉心典籍,学问渊博,而在于他关心国家,心系国运。后一首批评王安石志远言大,立志社会改革,以恢复周代社会为目标。但这种改革不切实际,导致了民族灾难的发生。作者对司马光与王安石的评价充分反映了南宋初期的历史认知。

通过上述诗歌可以看出,就咏史诗的历史题材关注范围而言,以薛季宣为代表的宋代士人眼光是比较宏远宽广的,即涉及远古史、中古史,也涉及当代史。这种历史题材关注范围超过了宋前时期。之所以如此,这应当与宋代科举制度对历史知识的考核要求存在着密切的关联。

宋代,特别是仁宗之后,科举考试题目多出自经史文献典籍,对历史文化知识的考核极为细致。如,据张方平《乐全集》卷三七《推诚保德守正功臣正奉大夫尚书户部侍郎知颍州军州事管内劝农使上柱国汝南郡开国公食邑二千户食实封四百户赐紫金鱼袋赠兵部尚书谥文忠蔡公神道碑铭并序》:"大中祥符八年,方太平,用文治,天子临轩试贡士,采贾谊之言,赐赋题曰《置天下如置器》。时文忠公预试。"②该题出自《汉书·贾谊传》:"夫天下,大器也。今人之置器,置诸安处则安,置诸危处则危。天下之情与器亡以异,在天子之所置之。汤武置天下于仁义礼乐,而德泽洽,禽兽草木广裕,德被蛮貊四夷,累子孙数十世,此天下所共闻也。"③又,王洋有《省题泰帝鼓瑟》诗:"雅乐闻琴瑟,相因泰昊前。朱丝疑杂奏,素女减哀弦。破竹符终合,分鱼目不全。所余裁五五,再续未绵绵。损益时皆有,亏成理或然。茫茫千古意,汉帝自谁传。"④所涉及的"泰帝鼓瑟"一事比较偏僻。《史记·封禅书》载:"其春,既灭南越,上有嬖臣李延年以好音见。上善之,下公卿议,曰:'民闲祠尚有鼓舞乐,今郊祀而无乐,岂称乎?'公卿曰:'古者祠天地皆有乐,而神祇可得而礼。'或曰:'太帝使素

---

① 《全宋诗》第 46 册,第 28662 页。
② 张方平《乐全集》卷三七,影印文渊阁《四库全书》第 1104 册,第 425 页。
③ 《汉书》第 8 册卷四八《贾谊传》,第 2253 页。
④ 《全宋诗》第 30 册,第 18977 页。

女鼓五十弦瑟,悲,帝禁不止,故破其瑟为二十五弦.'于是塞南越,祷祠太一、后土,始用乐舞,益召歌儿,作二十五弦及空侯琴瑟自此起."①作为省试咏史题目,该诗即以这一历史记载为题材,表达自己的认识。又,刘敞《公是集》卷二六有《拟御试求遗书于天下》诗:"中秘收图籍,清衷访古初。周爱驰使传,悉上得遗书。事有先秦旧,文多变隶余。千岩穷禹穴,四彻按昆嵚。高阁题天禄,群英议石渠。定知奎壁彩,从此丽云居。"②这一咏史诗题出自《汉书·艺文志》:"至成帝时,以书颇散亡,使谒者陈农求遗书于天下。诏光禄大夫刘向校经传诸子诗赋……撮其指意,录而奏之。"③又,《江邻幾杂志》载:"吴春卿殿试《圣有谟训赋》,用'答扬'二字,自谓颇工。""嘉祐二年,欧阳永叔主文,省试《丰年有高廪》诗,云出《大雅》。举子喧哗,为御史吴中复所弹,各罚金四斤。"④《圣有谟训赋》出自《尚书·胤征》:"嗟予有众,圣有谟训,明征定保。"《丰年有高廪》诗出自《诗经·周颂·丰年》:"丰年多黍多稌,亦有高廪,万亿及秭。"

　　由上述资料即可看出,宋代科考题目是非常细致的。这就要求参加科举考试的士子们不能粗疏地浏览相关经史文献典籍,必须把其读透读细,才能够脱颖而出。自然而然,这种阅读方式很容易培养宋代士人博闻细致的读书、学习风气。受这种风气影响,宋代士人在进行咏史诗创作时,比较注重一些具体细微的事件,或对不受前人关注的历史人物进行吟咏、评论,借以表现自己的博学多闻。如,刘敞《咏列子》:"御寇卧郑都,子阳归之粟。固辞得无受,妻子怨窘束。君非自知我,人事故反覆。俛仰未及终,类伛首邦族。始知至人心,避荣乃避辱。如何当路子,扰扰事干禄。"⑤刘敞(1023—1089),字贡父,号公非,临江新喻(今江西新余)人。庆历六年(1046)进士,历仕州县二十年,后为国子监直讲,官至中书舍人。精于经学、史学,有《彭城集》四十卷。《全宋诗》录存其诗十七卷,其中咏史诗约有64首。列子,名寇,又名御寇,郑国莆田(今河南郑州)人,

---

① 《史记》第4册卷二八《封禅书》,第1396页。
② 刘敞《公是集》卷二六,影印文渊阁《四库全书》,第1095册,第620页。
③ 《汉书》卷三〇《艺文志》,第6册,第1701页。
④ 江休复《江邻幾杂志》,见《宋元笔记小说大观》第1册,第594、595页。
⑤ 《全宋诗》第11册,第7316页。

与郑缪公同时,战国前期思想家,是老、庄之外的另一道家代表人物。唐代时期,统治者比较重视道教,天宝元年(742),玄宗封其为"冲虚真人"。盛唐时期,道教诗人吴筠为推尊本教,表达自己的道教思想,作有《冲虚真人》一诗。但从古代咏史诗发展史角度而言,士人对列子的咏赞还是很少的。到了宋代时期,科举制度注重全面考察士子对历史文化知识的掌握情况,试题涉及的题材内容比较丰富细致,其中一些试题和《列子》直接相关①。这在一定程度上导致了《列子》一书及其本人逐渐引起宋代士人的兴趣,如刘敞《读〈列子〉赠幾太傅胜之殿丞君章监丞》、刘攽《咏列子》、秦观《读〈列子〉》、林希逸《列子口义成》等等。刘攽所咏之事见自《列子·说符篇》:"子列子穷,容貌有饥色。客有言之于郑子阳者曰:'列御寇,盖有道之士也,居君之国而穷,君无乃为不好士乎?'郑子阳即令官遗之粟。子列子出见使者,再拜而辞。使者去,子列子入,其妻望之而拊心曰:'妾闻为有道者之妻子皆得佚乐。今有饥色,君过而遗先生食。先生不受,岂不命也哉?'子列子笑谓之曰:'君非自知我也。以人之言而遗我粟,至其罪我也,又且以人之言,此吾所以不受也。'其卒,民果作难而杀子阳。"②关于列子不受粟之事,一般人很少了解。而刘攽则对此进行吟咏,并表达出自己的识见,由此可见其读书细致、博学多闻的特点。又如,范成大有《题开元天宝遗事四首》,通过对开元天宝时期一些奇闻轶事的描绘、评论,表达识见。其三云:"朝天车马诏频催,飐得新汤未敢开。忽报猪龙掀宇宙,阿瞒虚读相书来。"③宋乐史《杨太真外传》卷下:"上(唐玄宗)尝于勤政楼东间设大金鸡障,施一大榻,卷去帘,令禄山坐其下,设百戏与禄山看焉。肃宗谏曰:'历观今古,未闻臣下与君上同坐阅戏。'上私曰:'渠有异相,我禳之故耳。'又尝与夜燕,禄山醉卧,化为一猪而龙首。

---

① 元祐二年(1087),针对王安石执政时期"佐以庄、列、释氏之书"的现象,宋哲宗下诏,明确规定:"自今举人程试,并许用古今诸儒之说,或己见,勿引申、韩、释氏之书。考试官于经义、论策通定去留,毋于《老》《列》《庄子》出题。"(《宋会要辑稿》第5册选举三之二五,第4286页。)这说明宋代科举考试以列子为题的现象可能比较突出。
② 杨伯峻撰《列子集释》,中华书局1979年版,第244页。
③ 《全宋诗》第41册,第25770页。

左右遽告帝。帝曰:'此猪龙,无能为。'终不杀,卒乱中国。"①范诗中的"猪龙"代指安禄山,这一偏僻细微的典故即源于这则记载。其四云:"剥啄延秋屋上乌,明朝箭道入东都。宫中亦有风流阵,不及渔阳突骑粗。"②所谓"风流阵",实为玄宗时期一种比较荒唐的游戏。五代时王仁裕《开元天宝遗事》"风流阵"条载:"明皇与贵妃,每至酒酣,使妃子统宫妓百余人,帝统小中贵百余人,排两阵于掖庭中,目为风流阵。以霞被锦被张之,为旗帜攻击相斗,败者罚之巨觥以戏笑。时议以为不祥之兆,后果有禄山兵乱,天意人事不偶然也。"③这两首诗所涉及的史实都是正史中很少涉及的,范成大以这些史实作为吟咏内容,也充分反映了宋代士子注重博闻细识的风气,而这种风气的形成则与科举制度的影响存在密切关系。

  更重要的是,科举考试对历史文化知识的考核,在一定程度上还有助于雕塑了宋代士子的文化关注意识。所谓文化关注意识是在经过长期的文化学习、训练之后,社会文化群体所形成的关注社会与周围事物的选择性倾向与兴趣,其形成必须以知识素养为基础。在科举考试的逼促之下,宋代士子自觉地进行着历史文化知识的学习。在本质上,知识学习的过程也是他们人文素养与文化关注意识形成的过程。基于这种意识,宋代文人对富有历史文化感的事物、遗迹、景象等自然有了一份深切的注视与情怀。在此情况下,无论在求学问道,还是任职游览的过程中,社会中的每一处历史人文景观都有可能触发他们的咏史情怀。这必然会导致怀古类咏史诗的大量创作。赵令畤《侯鲭录》卷二载:"王平甫年十一过洪州,有《滕王阁》诗,盖其少成如此。又再赋一首,叙其事云:'滕王平昔好追游,高阁依然枕碧流。胜地几经兴废事,夕阳偏照古今愁。层城树密千家笛,江渚人孤一叶舟。怅望沧波吟不尽,西山重叠乱云浮。'十四岁再题一首,其序云:'予始年十一时从亲还里中,道出洪州,泊滕王阁下,俯视山川之胜,而求士大夫所留之诗,凡百余篇。自唐杜紫微外,类皆世俗气,不足

---

  ① 乐史《杨太真外传》卷下,陶宗仪《说郛》卷一一一下,影印文渊阁《四库全书》第 882 册,第 431 页。
  ② 《全宋诗》第 41 册,第 25770 页。
  ③ 上海古籍出版社《唐五代笔记小说大观》(下册),第 1744 页。

矜爱。乃作一章,榜之西楹。后三年,客淮上,思其幼时勇于述作,不自意其非也,辄改作一章,以志当时之事。其旧者往往传于江西,今故并存之。'诗云:'地势远连徐孺亭,穷南有客两曾经。檐前燕雀鸣相斗,潭里蛟龙困未醒。乱霭苍茫侵树色,惊涛浩荡失天形。当时好景无同赏,对此悲歌孰为听。'"[1]滕王阁是唐高祖李渊之子元婴任洪州都督时所建,因王勃的骈文《秋日登洪府滕王阁饯别序》而名贯古今。王安国(1030—1076),字平甫,王安石大弟,宋代著名诗人。在少年求学时代,他即能对滕王阁这样的历史人文古迹感兴趣。毫无疑问,这种文化关注意识与其对历史知识的学习是分不开的。

又如,苏轼有《是日至下马碛憩于北山僧舍有阁曰怀贤南直斜谷西临五丈原诸葛孔明所从出师也》:"南望斜谷口,三山如犬牙。西观五丈原,郁屈如长蛇。有怀诸葛公,万骑出汉巴。吏士寂如水,萧萧闻马檛。公才与曹丕,岂止十倍加。顾瞻三辅间,势若风卷沙。一朝长星坠,竟使蜀妇髽。山僧岂知此,一室老烟霞。往事逐云散,故山依渭斜。客来空吊古,清泪落悲笳!"[2]嘉祐六年(1061),苏轼参加制科考试,入第三等,为"百年第一",授大理评事、签书凤翔府判官。此诗即创作于任职签书凤翔府判官期间,时为嘉祐八年(1063)七月[3],当为其外出祷雨时所作,其中的"有怀诸葛公""客来空吊古"等诗句反映了苏轼的文化关注意识与怀古情怀。岳珂《桯史》卷二"刘改之诗词"条云:"庐陵刘改之过以诗鸣江西,厄于韦布,放浪荆、楚,客食诸侯间。开禧乙丑,过京口,余为饟幕庚吏,因识焉。广汉章以初升之、东阳黄几叔机、敷原王安世遇、英伯迈,皆寓是邦。暇日,相与蹴奇吊古,多见于诗,一郡胜处皆有之。不能尽忆,独录改之《多景楼》一篇曰:'金焦两山相对起,不尽中流大江水。……君不见王勃词华能盖世,当时未遇庸人耳。翩然落托豫章游,滕王阁中悲帝子。又不见李白才思真天人,时人不省为谪仙。一朝放迹金陵去,凤凰台上望长安。我今四海游将遍,东历苏杭西汉沔。第一江山最上头,天地无人独登

---

[1] 《宋元笔记小说大观》第 2 册,第 2046—2047 页。
[2] 冯应榴辑注,黄任轲、朱怀春《苏轼诗集合注》第 1 册,第 172—173 页。
[3] 关于此点,参见孔凡礼《苏轼年谱》,中华书局 1998 年版,第 116 页。

览。楼高意远愁绪多,楼乎楼乎奈尔何! 安得李白与王勃,名与此楼长突兀。'"①

再如,张尧同,秀州(今浙江嘉兴)人,生平不详,《四库全书总目提要》定为宁宗以后人,诗集存有《嘉禾百咏》一卷,见《全宋诗》卷二九五二,均为怀古咏史之作。嘉禾即今之嘉兴,北宋时改秀州为嘉禾郡,南宋宁宗庆元元年(1195)升郡为府,后改嘉兴军。该诗集所吟咏的均是嘉兴一带具有历史人文内涵的景观与古迹,表达对历史的认识与评论,如《槜李城》:"螳螂方捕楚,黄雀遽乘吴。交怨终亡国,君王到死愚。"《射襄城》:"此地连江海,曾经古战争。干戈今不见,空有射襄名。"②春秋时期,吴越相争,战争遗迹较多,其中包括槜李、射襄二城。槜李即今之浙江桐乡,是吴越相争的主要战场。如《左传·定公十四年》载:"吴伐越,越子句践御之,陈于槜李。"《哀公元年》载:"吴王夫差败越于夫椒,报槜李也。遂入越。"③射襄,古城名,在今嘉兴王江泾镇,已废,当时地处吴越边境,为争战之地。虽然在宋代时期,嘉兴地区已有比较大的文化影响,但就其春秋战国时期的历史而言,它还没有引起人们的充分关注。基于这种分析,张尧同以槜李、射襄等为题,就拓展了咏史诗的地域史关注范围,同时也说明他对地域史的学习是相当扎实的,人文素养很深厚。

上述事例说明,在以科举制度为主导的文化体制的雕塑之下,宋代文人无论在读书求学,还是在任职游览时,均热衷于游览、探寻名胜古迹,感受历史,已形成了"跖奇吊古,多见于诗"的文化习气。在此情况下,怀古类咏史诗的创作自然在宋代颇为盛行。

第四节 科举考试的精神、理念与咏史诗

科举考试是为了选拔人才,但选拔的人才能否具有真知灼见,并在以后的政治生活中发挥作用,则涉及了科举的根本精神理念问题。唐代时

---

① 岳珂《桯史》,第22页。
② 《全宋诗》第56册,第35175页。
③ 杨伯峻《春秋左传注》,中华书局1990年版,第1595、1605页。以下所引此书版本均同。

期,科举考试以诗赋为主,以文辞取士。对于这种方式,肃宗时期刘峣上《取士先德行而后才艺疏》,认为:"国家以礼部为孝秀之门,考文章于甲乙,故天下响应,驱驰于才艺,不务德行。夫德行者,可以化人成俗;才艺者,可以约法立名,致有朝登科甲而夕陷刑辟,制法守度,使之然也。陛下焉得不改而张之? 至如日诵万言,何关理体,文成七步,未足化人……今舍其本而循其末。况古之作文,必谐风雅,今之末学,不近典谟,劳心于草木之间,极笔于烟云之际,以此成俗,斯大谬也……陛下若以德行为先,才艺为末,必敦德励行,以伫甲科。"①他指出科举、特别是进士科以"劳心于草木之间,极笔于烟云之际"的文辞定高下,势必使人重才而轻德;国家选才更应注重德行这种质实性的内容。广德元年(763),以礼部侍郎杨绾为首,包括给事中李栖筠、李廙、尚书左丞贾至等有名望的朝臣在内,更集中地攻击进士科的缺陷。杨绾认为士子只重文辞,浸以成俗,致使当时产生了不重经史与儒学的问题。"幼能就学,皆诵当代之诗,长而博文,不越诸家之集。递相党与,用致虚声,六经则未尝开卷,三史则皆同挂壁,况复征以孔孟之道,责其君子之儒者哉!"②为此,他提出要恢复汉时察举制,试策要"皆问古今理体,及当时要务,取堪行用者"③。这些思考已表现出注重实用的精神理念,"策"也成为中晚唐科举考试中的一项文体,并在当时的科举考试中产生了一定影响④。

但一种制度措施在社会生活中产生广泛影响之后,必然会保持着强大的文化惯性,不易打破。特别是晚唐五代时期,藩镇割据,武力为尚,统治者大多无心于文化制度改革。宋初三朝时期,虽然统治者积极实施右文国策,对文事日渐重视,但面对科举制度的强大文化惯性,他们在实施科考时仍然保持了唐时以诗赋定去留的基本精神,还没有关注人才的实用性、试题的现实性问题。但一些有识之士逐渐认识到了这一问题。咸

---

① 董诰等编《全唐文》第2册卷四三三,上海古籍出版社1990年版,第1958页。以下所引此书版本均同。
② 杨绾《条奏贡举疏》,见《全唐文》第2册卷三三一,第1484页。
③ 杨绾《条奏贡举疏》,见《全唐文》第2册卷三三一,第1484页。
④ 关于此点可参见拙著《宋前咏史诗史》(中国社会科学出版社)2010年版第八章第一节"中晚唐咏史诗的繁盛及其时代政治和历史文化原因"。

平五年(1002),河阳节度判官张知白上疏指出:"圣人居守文之运者,将欲清化源,在乎正儒术。古之学者,简而有限,其道粹而有益。今之学者,其书无涯,其道非一,是故学弥多,性弥乱……先策论后诗赋,责治道之大体,舍声病之小疵。"①天禧元年(1017),"右正言鲁宗道言:'进士所试诗赋,不近治道;诸科对义,但以念诵为工,罔究大义。'上谓辅臣曰:'前已降诏,进士兼取策论,诸科有能明经者,别与考校。可申明之'"。②由这两则材料可知,伴随着宋代文化建设的渐次深入,部分有识之士对科举之弊已有了比较清醒的认识,他们认为科举考试要以考察士子的实才实学为根本目的,要注意选拔有深识卓见、熟谙国家治道的人才。

在有识之士的积极呼吁下,到了仁宗时期,统治者本着策论能够展现士子实才实学的认识,多次下诏要求在考试、评判过程中兼顾策论。如,天圣五年(1027)正月己未,"诏礼部贡院比进士以诗赋定去留,学者或病声律而不得骋其才,其以策论兼考之,诸科毋得离摘经注以为问目"③。特别是到了庆历革新运动时期,革新派达成了"先策论而后诗赋"的共识,范仲淹更是提出了"其考较进士,以策论高、词赋次者为优等,策论平、词赋优者为次等;诸科经旨通者为优等,墨义通者为次等"④的评判标准。欧阳修、蔡襄等则提出了按照策论诗赋顺序逐场去留的主张:"请试策三道为一场;考校验落外,次试论为一场;又考校验落外,次试诗赋为一场。以三场皆善为优,或策论诗赋互有所长,则互取之。"⑤虽然就某次具体科场而言,诗赋策论何者为重略有不同,但就总体趋势而言,正是在这种呼吁与改革之下,重视策论成为仁宗之后科举考试的主要认识与倾向。到嘉祐末年,进士科考试甚至出现了专以策论定夺的局面。治平元年(1064),司马光在《贡院定夺科场不用诗赋状》就指出当时的科场情况:"南省考校,始专用论策升黜,议者颇以为当。"⑥熙宁元年(1068),孙觉上

---

① 《续资治通鉴长编》第2册卷五三,第1168—1169页。
② 《续资治通鉴长编》第4册卷九〇,第2082页。
③ 《续资治通鉴长编》第4册卷一〇五,第2435页。
④ 《续资治通鉴长编》第6册卷一四三,第3436—3437页。
⑤ 蔡襄《端明集》卷二三《论改科场条制疏》,影印文渊阁《四库全书》第1090册,第523页。
⑥ 司马光撰,李之亮笺注《司马温公集编年笺注》第3册,第301页。

奏议也说："近岁以来……有司往往阴考论策以定去留，不专决于诗赋。"①晁说之上奏《元符三年应诏封事》云："自嘉祐以来尚论策，而士各力于策论。"②这种重视策论的背后实际上蕴含了仁宗之后的统治者开始着力解决人才的实用性问题，这种情况也说明宋代科举制度的精神理念开始发生了重大转变，即它由自唐代以来注重浪漫才情、华词丽句，至此转变为重在考察学子们的治国才识，看重的是其分析、辨解问题的能力。这种转变意味着注重人才的实用性，已成为宋代科举考试的主要精神理念。苏轼在《拟进士对御试策》一文中云："窃见陛下始革旧制，以策试多士，厌闻诗赋无益之语，将求山林朴直之论，圣德广大，中外欢喜……自嘉祐以来，以古文为贵，则策论盛行于世，而诗赋几至于熄。"③苏轼所言就反映了统治者在科举制度方面重视策、论等应用文体的根本原因。当然，策论能否真正地反映出学子们的真才实学与治国才能也是需要另当别论的。

罗大经《鹤林玉露》甲编卷五"学仕"条云："学不必博，要之有用；仕不必达，要之无愧。学而无用，涂车刍灵也。仕而有愧，鹤轩虎冠也。"④在刻苦读书、博学多闻已成风气的情况下，罗大经特别提出了为学以"有用"为根本追求的主张，这种主张实际上凸显了科举制度注重实用的精神理念对"学"的影响。南宋学者陈鹄在《耆旧续闻》一著中指出："学者须做有用文字，不可尽力虚言。有用文字，议论文字是也。"⑤其重视"有用文字""议论文字"的认识也深刻反映了当时的士林习尚，而这种习尚在很大程度上源于宋代科举制度的影响。可以说，在科举考试注重实用性、现实性的条件下，宋代学子立足于策论等主于明理的考试要求，极为重视议论能力的培养与训练，以便提高自己的理性思维水平。议论水平的高

---

① 赵汝愚编《宋名臣奏议》卷八〇《上神宗论取士之弊宜有更改》，影印文渊阁《四库全书》第 432 册，第 5 页。
② 晁说之《景迂生集》卷一，影印文渊阁《四库全书》第 1118 册，第 19 页。
③ 孔凡礼点校《苏轼文集》第 1 册，第 301 页。
④ 《宋元笔记小说大观》第 5 册，第 5212 页。
⑤ 陈鹄《西塘集耆旧续闻》卷二，上海古籍出版社编《宋元笔记小说大观》第 5 册，第 4806 页。

低成为判断学子是否优秀的重要标准,也是学子能否获得社会认可的资本。《曲洧旧闻》卷六载:"邢恕字和叔,吕申公、司马温公皆荐其才可用。子居实字惇夫,年未二十,文学早就,议论如老成人。黄鲁直诸公皆与之为忘年友,所谓'元城小邢'是也。"①《挥麈后录》卷三载:"王寀辅道,枢密韶之子。少豪迈有父风,早中甲科,善议论,工词翰,曾文肃、蔡元长荐入馆为郎。"②《贵耳集》卷中载:"雉山周宗圣师成,雪之长兴人,少年秀丽,读书善记,议论古今,落落可听。"③由这些笔记所载即可看出,宋代士子在入仕之前已具有了很强的议论思辨能力,这种能力的形成和科举制度的人格雕塑是分不开的。基于这种文化状况,张端义在《贵耳集》中认为:"古今治天下各有所尚,唐虞尚德,夏尚功,商尚老,周尚亲,秦尚刑名,西汉尚材谋,东汉尚节义,魏尚词章,晋尚清谈,周、隋尚族望,唐尚制度文华,本朝尚法令议论。"④他对历代总体文化特征的揭示还是相当精准的,其中他认为"议论"是宋代最根本的风尚,这种认识可谓抓住了宋型文化的主要特征。

  在这种科举制度的基本精神理念与具体导向下,宋代咏史诗人面对相关历史题材等,不再侧重于对它的详细叙述,而是以议论为诗,重在对其进行深入的评论与分析,这自然导致了史论体咏史诗的繁盛。作为古代咏史诗中的重要类型,史论体咏史诗在中晚唐时期就已有一定的发展。其中,杜牧、刘禹锡、胡曾、周昙等都是当时比较有影响的作家。但科举制度的刺激与雕塑使宋代士人形成了鲜明的论史意识,史论体咏史诗的创作因之而进入了非常繁荣的时期。除比较常见的单篇形式外,一些史论体咏史组诗相当值得注意,如华镇《咏古》十六首、晁补之《松菊堂读史》五首、葛胜仲《读史》八首、王庭珪《读唐遗录六绝》、项安世《读本朝史有感》十首、孙应时《读通鉴杂兴》八首等等。这些都是小型的史论组诗。特别值得注意的是,一些作家专门致力于史论诗的创作,数量非常惊人。

---

① 朱弁《曲洧旧闻》第3册卷六,《宋元笔记小说大观》,第2996页。
② 王明清《挥麈后录》第4册卷三,《宋元笔记小说大观》,第3662页。
③ 张端义《贵耳集》第4册卷中,《宋元笔记小说大观》,第4297页。
④ 张端义《贵耳集》第4册卷中,《宋元笔记小说大观》,第4299页。

如王十朋(1112—1171),字龟龄,号梅溪,南宋著名的政治家和诗人,有史论诗一卷,见《全宋诗》卷二〇二四,共计一百零六首,为历史人物论,所咏对象从上古时期的伏羲、神农、黄帝,一直到五代时期的梁太祖、唐庄宗、晋高祖、汉高祖、周太祖等。刘克庄(1187—1269),字潜夫,号后村,南宋中后期文坛领袖,有《杂咏》两百首,见《全宋诗》卷三〇四六、三〇四七。这些诗歌也是典型的史论体咏史诗,以类编排,分"十臣""十子""十节""十隐""十儒""十勇""十仙""十释""十妇""十妾""十豪""十辩""十智""十贪""十憸""十躄""十医""十卜""十稚""十女"等类别,所评论的历史人物极其广泛。徐钧,字秉国,号见心,南宋末期人,精于史学,曾据《资治通鉴》所记史实,创作了一千五百三十首史论体咏史诗。今存《史咏集》二卷,见《全宋诗》卷三五八四、三五八五。陈普(1244—1315),字尚德,号惧斋。他作有《咏史》诗两卷,见《全宋诗》卷三六五〇、三六五一,共计三百七十首,均为史论体,其中,《刘表》四首仅有存目。由这些数字即可看出,宋代史论体诗创作的确进入了一个很繁荣的时期。这种创作的繁荣与宋代科举制度诱发下的崇尚议论的社会风尚存在着密切关系。

"诗赋可以见词艺,论策可以观才识。"[①]所谓"才识",实际上就是指本着实用的科举精神与目的,士子要通过对历史与现实的思考,表现出自己对国家、社会相关问题独特而深邃的思考。这种科举制度理念必然会引导着士林形成推崇才学识见的风气。这种风气对咏史诗的发展产生了很大影响。如金朋说《汉党锢》:"坑士焚书已促秦,前途覆辙又因循。范滂一命何须惜,可叹颠危汉室倾。"[②]金朋说,字希传,号碧岩,休宁(今属安徽)。曾从朱熹问学,淳熙十四年(1187)进士。初为教官,庆元党禁期间,归隐碧岩山。他创作了比较多的咏史诗,《汉党锢》是其中一篇。东汉桓帝、灵帝时期,宦官专权。士大夫、贵族等对此很不满,与宦官发生了激烈斗争。宦官集团挟皇权之助,以"党人"罪名禁锢了相当多的有正义感的士大夫。两次党锢之祸使东汉政权丧失了士大夫的支持,人心尽失,

---

① 《文献通考》卷三一《选举四》,第290页。
② 《全宋诗》第51册,第32206页。

为黄巾之乱和东汉的最终灭亡埋下伏笔。从这个角度而言,党锢之祸是导致东汉灭亡的主要导火索与因素。该诗便是从这个角度进行评论的,认为党锢之祸与秦朝的焚书坑儒在性质上是一样的,以范滂为代表的士大夫命不足惜,但它最终导致了汉朝政权倾危这一严重政治问题。这种才学识见是很深刻到位的,充分反映出作者对历史的敏锐洞察力。

  崇尚"才识"的科举理念充分培养了宋代士子透过历史表象而深研历史的思维意识。这种思维意识使宋代士人面对同一个历史问题时,往往能够从不同角度进行分析与评价,见微知著,充分彰显出宋人突出的历史认知能力。如,关于项羽失败的原因问题,一直是古代文人士子热衷讨论的问题。晚唐时期,胡曾有《乌江诗》云:"争帝图王势已倾,八千兵散楚歌声。乌江不是无船渡,耻向东吴再起兵。"① 周昙《项藉》诗云:"九垓垂定弃谋臣,一阵无功便杀身。壮士诚知轻性命,不思辜负八千人。"② 这两首诗均立足项羽兵败、不肯渡江的史实进行慨叹,实际上并无多少深刻的历史反思,而反观宋人的作品则不是如此。张耒《咏史》并序云:"项羽不听韩生之谋,背关怀楚,亡征已见。汉王卒用张良计,致齐王信等会垓下。"诗云:"入关不守旧山河,汉用张良作网罗。垓下不知兵已合,夜深方讶楚人多。"③ 按诸《史记·项羽本纪》:"人或说项王曰:'关中阻山河四塞,地肥饶,可都以霸。'项王见秦宫室皆以烧残破,又心怀思欲东归,曰:'富贵不归故乡,如衣绣夜行,谁知之者!'说者曰:'人言楚人沐猴而冠耳,果然。'项王闻之,烹说者。"④ 关中占据山河之利,土地肥沃,进可攻,退可守。秦朝之所以能够一统天下是与此紧密相关的。项羽在灭秦之后,"说者"即张诗中的"韩生"(此处当是诗人误记)提出了都于关中的建议。但项羽目光短浅,否定了这个建议,从而导致了在楚汉霸业之争中输掉先机。张诗就是从这一角度进行分析项羽失败的原因。吴龙翰《乌江项羽庙》:"盖世英雄只恁休,千年遗恨大江流。汉提义帝作张本,当日

---

① 《全唐诗》(增订本)第 10 册,第 7471 页。
② 《全唐诗》(增订本)第 11 册,第 8431 页。
③ 《全宋诗》第 25 册,第 16446 页。
④ 《史记》第 1 册卷七《项羽本纪》,第 315 页。

君输第一筹。"①吴龙翰，字式贤，号古梅，南宋末期歙（今属安徽）人。其诗也对项羽失败的原因进行了评论、分析。项梁起事后，接受范增的建议，立战国时楚怀王熊槐之孙熊心为王，以顺应民望。在尊崇怀王的旗帜下，各路反秦队伍约定先入定关中者称王。其后，刘邦先入关中。怀王答复遵从原来的约定，引起项羽不满。于是，项羽佯尊怀王为义帝，徙长沙郴县，而暗中令英布等人于江南弑之。汉二年（前205）三月，"（刘邦）南渡平阴津，至雒阳。新城三老董公遮说汉王以义帝死故。汉王闻之，袒而大哭。遂为义帝发丧，临三日。发使者告诸侯曰：'天下共立义帝，北面事之。今项羽放杀义帝于江南，大逆无道。寡人亲为发丧，诸侯皆缟素。悉发关内兵，收三河士，南浮江汉以下，愿从诸侯王击楚之杀义帝者'"②。刘邦的这种举动并不是为义帝报仇，而是在与项羽的斗争中为自己树立起正义的旗帜，拉拢人心。吴诗认为刘邦此举意义重大，标志着他在道义上已占尽优势，项羽已明显输理，战争的结局自然是不言而喻的。该诗能够在纷杂的楚汉之争史实中，单独拈出此事，分析项羽失败的原因，是非常有见地的。可以看出，面对项羽失败这一相同的问题，张耒与吴龙翰的分析虽不尽相同，但均鞭辟入里，与晚唐胡曾、周昙的吟咏形成了鲜明区别。这也充分说明宋代咏史诗在历史认识、评价方面达到了一个新高度，表现出鲜明的深研历史的思维意识，而这种思维意识应当是基于崇尚"才识"的科举理念而逐渐形成的。

　　科举体制崇尚才识的理念本质上是以"创新"作为根本目标的，同时长期的议论能力训练，也能够为宋代士人进行"创新"奠定基础。在此情况下，士人多以直陈新见作为根本追求，纵使面对长久以来的既定史论或共同认识，也能够敢于打破，多有创新，这从而促成了翻案体咏史诗的勃兴。如项安世《黄州赤壁下》："杜牧谈兵语未公，都将事业付东风。三江不见刘玄德，已觉曹瞒在掌中。"③关于"杜牧谈兵"之事，实是就其《赤壁》诗而言："折戟沉沙铁未销，自将磨洗认前朝。东风不与周郎便，铜雀

---

① 《全宋诗》第68册，第42890页。
② 《史记》第2册卷八《高祖本纪》，第370页。
③ 《全宋诗》第44册，第27317页。

春深锁二乔。"铜雀即铜雀台,曹操于东汉建安十五年(210)冬兴建。在这首诗中,杜牧用形象化的言辞指出,如果没有东风这一偶然因素,在赤壁之战中,胜利的一方将是曹操。本来这一观点已属翻案,项安世则对此进行案中翻案。项诗认为杜牧把历史发展的决定要素归结为偶然因素是不正确的。它主要应取决于人的智谋与决算,纵使没有刘备一方相助,依靠以周瑜为代表的东吴力量地精心谋划,曹操的失败也是必然的。又如王炎《吊祢正平》其序云:"蜀人韩毅伯游武昌,作诗吊祢正平,专诋黄祖。祖不足责,其言盖有为而发也。昔孟子谓'盆成括小有才而未闻大道,则足以自杀其躯',正平未免坐此。就东京人物论之,郭林宗、徐孺子、黄叔度之樊墙,正平未能窥也。乃书数语述此意。"诗云:"曹瞒忍杀杨德祖,不敢复害祢正平。区区黄祖雀鼠辈,乃以嬉笑生五兵。才虽可爱亦可忌,人间险过羊肠路。不锄骄气祸之媒,祖也不仁衡未智。黄鹤楼前江水平,鹦鹉洲边春草青。凭君酹酒吊孤冢,古来贤哲非贪生。处士一死泰山重,文举一死鸿毛轻。"[①]王炎(1138—1218),字晦叔,号双溪,婺源(今属江西)人,孝宗乾道五年(1169)进士。他的这首诗虽是因地怀古之作,但没有抒写前贤不在的历史沧桑凄凉之感,而是重在论述祢衡其人其事。祢衡,字正平,东汉末年名士,为人狂放,恃才自傲,裸身击鼓,侮辱曹操。于是,曹操遣送与荆州牧刘表。后又被刘表转送与江夏太守黄祖。最终,因冒犯黄祖被杀。对于祢衡之死,历代诗人多有吟咏,对其怀才不遇、因才被害给予了深切同情,如李白《望鹦鹉洲怀祢衡》:"魏帝营八极,蚁观一祢衡。黄祖斗筲人,杀之受恶名。吴江赋鹦鹉,落笔超群英。锵锵振金玉,句句欲飞鸣。鸷鹗啄孤凤,千春伤我情。五岳起方寸,隐然讵可平。才高竟何施,寡识冒天刑。至今芳洲上,兰蕙不忍生。"[②]而王诗则认为祢衡虽然小有才能,但未达大道,未能明白"才"的最终意义。他凭恃小才,过于狂放,最终导致杀身之祸,与郭泰(字林宗)、徐稺(字孺子)等为国请命的人物相比,其死不足惜。这种认识是对传统观点的一种纠正与反思,是典型的翻案体咏史诗。

---

① 《全宋诗》第48册,第29741页。
② 瞿蜕园、朱金城校注《李白集校注》,上海古籍出版社1980年版,第1308页。

崇尚才识的科举理念对咏史诗创作体式也具有比较大的影响。一般而言,所谓"才",主要是指个人的才学知识;所谓"识",主要是指个人对某一问题、现象的理性认识、分析与评价。由于中国古代诗歌多以七绝、七律等为主,篇幅比较短小,难以承载过多的内容,这就导致了它很难满足宋代士人展示其"才""识"的咏史目的与要求。在此情况下,士人必须对诗歌体式进行改革与完善。经过不断的摸索与实践,宋代士人探索出了以诗注、诗序配合诗歌的书写体制。其中,诗注、诗序主要用于历史知识的展示,而诗歌本身则重在反映其对历史的评价与识见。这在很多士人的咏史创作中得到了充分体现。如,曾极,字景建,号云巢,曾滂之子,临川(今属江西)人,一作南丰(今属江西)人,《宋元学案》卷五七《梭山学案·曾先生滂附子极》有简要介绍,著有《春陵小雅》已佚,今存《金陵百咏》咏史专集。该专集可见《全宋诗》卷二六八〇,实存诗九十五首,以金陵富有历史人文内蕴的自然景观为描写对象,大部分作品配以自注,这有助于人们充分了解相关历史文化知识。如《新亭》:"青天四合绕天津,风景依然似洛滨。江左于今成乐土,新亭垂泪亦无人。"小注云:"在城南五十里。《金陵览古》:在江宁县十里。洛阳四山围,伊、洛、瀍、涧在中;建康亦四山围,秦淮、直渎在中。故云风景不殊,举目有山河之异。李白云山似洛阳多,许浑云只有青山似洛中,谓此也。蔡嶷作天津桥,亦以此。"[1]曾极深刻指出东晋初期从北方躲避战乱到江南的士人、权贵尚且有新亭对泣之举,而如今连垂泪之人也没有了,这种见识警醒有力,蕴含着对当前现实的讽刺与批判;而诗注则重在介绍新亭的地理位置、自然环境以及相关诗作吟咏,展现了诗人的地理、历史、文学等方面的知识。又如,方信孺(1177—1223),字孚若,号好庵,自号柴帽山人,莆田(今属福建)人。嘉定元年(1208)至三年(1210),曾通判肇庆府。《南海百咏》可能创作于这一期间。南海即今广州一带,在南宋时依然属于文化比较落后的地方。在《南海百咏》中,作者对南海一带的诸多古迹进行了吟咏。由于这些古迹所涉及的历史文化大多比较偏僻,作者也用自注的形式进

---

[1] 《全宋诗》第50册,第31506页。

行说明、考证。如其《笔授轩》云:"制止遗踪底处寻,相传笔授此丛林。毗庐四万八千卷,正要墨池如许深。"自注云:"卞山老人作记云:昔制止钵刺密谛弥伽释迦对译《楞严经》于此,唐相国房融笔授之。后蒋颖叔以笔授名其轩。有石砚,乃祁寮得于张季方家,至今尚存。轩今在光孝寺中,盖芗林向公子諲所复。且有云龛,李公邴书榜及画相国胡僧,刻之于石。"①自注重在介绍笔授轩得名的历史缘由、当前状况,反映了作者的博学多闻。曾氏、方氏二人的诗歌创作典型体现了宋代士人在诗歌体制方面的探索,其中诗以显识,而注、序则以示学,这种诗歌体制的形成与科举制度崇尚才识的理念存在密切关系。换句话说,科举制度崇尚才识的理念促使士人不断探索能够展示其历史才识的诗歌体制,致使咏史书写体制形成了诗歌与诗序、诗注相配的形式。

---

① 《全宋诗》第 55 册,第 34741 页。

第六章 宋代士风与咏史诗

所谓士风是古代士林普遍流行的风气。它是非常宽泛的概念,涉及诸多方面,比如学术、政治、文化、思想等风气。在不同历史时期,由于文化特点、时代崇尚不同,士风自然也有很大的区别。到了宋代,随着宋型文化的深入开展,与前代相比,宋代形成了值得注意的士风,比如读书之风、博学之风、崇尚识见议论之风等。作为一种思想崇尚和文化态度,它们深刻影响了士子的现实行为与对历史的价值判断。咏史诗作为一种深刻体现历史审视态度、反映主体价值判断的诗歌类型,必然与士风存在着密切关联,深受士风影响。立足于这种认识,本章试就宋代士风与咏史诗的关系进行探讨。

第一节 读书之风与咏史诗

鉴于晚唐五代以来藩镇割据、武将专权的教训,宋代自太祖起即实施崇文礼士、以文治国的大政方针。为了有效地贯彻这个方针,统治者积极号召臣下读书尚学,提高文化知识水平。据《续资治通鉴长编》卷三:"壬寅,上谓近臣曰:'今之武臣欲尽令读书,贵知为治之道。'近臣皆莫对。"李焘在按语中引史臣李沆等之语云:"昔光武中兴,不责功臣以吏事,及天下已定,数引公卿郎将讲论经义,夜分乃罢。盖创业致治,自有次第。今太祖欲令武臣读书,可谓有意于治矣。近臣不能引以为对,识者非之。"[①]近臣的懵然无对说明当时还没有充分认识到读书与以文治国的关系,而

---

① 《续资治通鉴长编》第1册卷三,第62页。

太祖则富有远见卓识,很深入而清醒地看到读书所具有的巨大政治意义,史臣李沆就是从这一方面进行评论的。

其后,太宗、真宗等统治者为了充分实现以文治国,建立文官政体,也通过自己的身体力行,倡导读书。据《事实类苑》卷二:"太宗锐意文史,太平兴国中,诏李昉、扈蒙、徐铉、张洎等门类群书为一千卷,赐名《太平御览》。又诏昉等撰集野史小说为《太平广记》五百卷,类选前代文章为一千卷,曰《文苑英华》。太宗阅《御览》日三卷,因事有阙,则暇日追补之,尝曰:'开卷有益,朕不以为劳也。'"①卷三:"(天禧)三年九月,(真宗)召宰臣枢密两制,及东宫僚属于清景殿观书,帝以《青宫要纪》事有未备,因博采群书,广为《承华要略》十卷,每篇著赞以赐皇太子,至是书成,故召近臣观焉。帝虽政务繁剧,亦中夕披阅,条其舛互,纤悉穷究,诸儒疲于应对。为文务求温雅,制述尤多。中外书奏歌颂,无不重复省览,暑月或衣单绤,流汗浃体,而详览不辍。文史政事之外,无他玩好。帝读经史,摭其可以为后世法者,著《正就》五十篇。"②由这些史料可以看出,统治者倡导读书的意识是非常强烈的。这种意识在咏史诗创作中也有鲜明体现。据《青箱杂记》卷三:"真宗听政之暇,唯务观书。每观毕一书,即有篇咏,使近臣赓和,故有御制《看尚书诗》三章、《看周礼》三章、《看毛诗》三章、《看礼记》三章、《看孝经》三章。复有御制《读史记》三章、《读前汉书》三首、《读后汉书》三首、《读三国志》三首、《读晋书》三首、《读宋书》二首、《读陈书》二首、《读魏书》三首、《读北齐书》二首、《读后周书》三首、《读隋书》三首、《读唐书》三首、《读五代梁史》三首、《读五代后唐史》三首、《读五代晋史》二首、《读五代汉史》二首、《读五代周史》二首。可谓近代好文之主也。"③可见,在读书过程中,真宗创作了为数不少的《读史记》《读前汉书》《读后汉书》等咏史诗,近臣赓和的咏史诗数量则应更为可观,这说明统治者倡导阅读经史文献典籍的过程,也是咏史诗创作的过程,这种倡导是宋代咏史诗创作繁盛的原因之一。

---

① 江少虞《宋朝事实类苑》卷二,第 19 页。
② 江少虞《宋朝事实类苑》卷三,第 26 页。
③ 吴处厚《青箱杂记》卷三,《宋元笔记小说大观》第 2 册,第 1649 页。

统治者不仅积极倡导读书,同时,在官员的任用、升迁方面,力行崇文抑武策略。在宋初时期,太祖已表现出重用文士儒者的意识。据《续资治通鉴长编》卷七:"上初命宰相撰前世所无年号,以改今元。既平蜀,蜀宫人有入掖廷者,上因阅其奁具,得旧鉴,鉴背有'乾德四年铸',上大惊,出鉴以示宰相曰:'安得已有四年所铸乎?'皆不能答。乃召学士陶谷、窦仪问之,仪曰:'此必蜀物,昔伪蜀王衍有此号,当是其岁所铸也。'上乃悟,因叹曰:'宰相须用读书人。'由是益重儒臣矣。"①当然,必须指出的是,在这一时期,"太祖对于'文士''书生'的信任,是掌控在一定限度之内的"②。太宗以后,崇文抑武的政治策略得到了实质性奠定、贯彻,并最终成为赵宋的"祖宗家法"之一。据《太平治迹统类》卷二六,庆历七年,"辛未,读《贞观政要》:'唐太宗曰:今所任人必以德行学识为本。王珪曰:人臣若无学业,岂堪大用。'帝(仁宗)曰:'人臣须是知书,宰相尤须有学也。'"③统治者"人臣须是知书,宰相尤须有学"的意识,在官员的任用、升迁方面得到了鲜明体现。《宋史·张洎传》载:"时,上(太宗)令以《儒行篇》刻于版,印赐近臣及新第举人。洎得之,上表称谢,上览而嘉之。翌日,谓宰相曰:'群臣上章献文,朕无不再三省览。如张洎一表,援引古今,甚不可得。可召至中书,宣谕朕意。'数月,擢拜中书舍人,充翰林学士。"④《王大宝传》载:"(王大宝)知袁州,进《诗》《书》《易解》,上谓执政曰:'大宝留意经术,其书甚可采,可与内除。'执政拟国子司业,上喜曰:'适合朕意。'时经筵阙官,遂除国子司业兼崇政殿说书。"⑤可以说,正是立足于崇文的国家政治文化策略与仕途升迁的考虑,宋代官员要想在事业上有发展,必须经常读书,注重扩充、强化历史文化知识。《宋史·宋庠传》载:"庠自应举时,与祁俱以文学名擅天下,俭约不好声色,读书至老不倦。善正讹谬,尝校定《国语》,撰《补音》三卷。又辑《纪年通谱》,区别

---

① 《续资治通鉴长编》第1册卷七,第171页。
② 邓小南《祖宗之法——北宋前期政治述略》,生活·读书·新知三联书店2006年版,第173页。
③ 彭百川《太平治迹统类》卷二六,影印文渊阁《四库全书》第408册,第647页。
④ 《宋史》第26册卷二六七《张洎传》,第9211—9212页。
⑤ 《宋史》第34册卷三八六《王大宝传》,第11856页。

正闰,为十二卷。《掖垣丛志》三卷,《尊号录》一卷,《别集》四十卷。"①《赵安仁传》载:"尤嗜读书,所得禄赐,多以购书。虽至显宠,简俭若平素。时阅典籍,手自雠校。三馆旧阙虞世南《北堂书钞》,惟安仁家有本。真宗命内侍取之,嘉其好古,手诏褒美。尤知典故,凡近世典章人物之盛,悉能记之。喜诲诱后进,成其声名,当世推重之,有集五十卷。"②《王刚中传》载:"王刚中字时亨,饶州乐平人。刚中博览强记。绍兴十五年,进士第二人……繇布衣至公卿,无他嗜好,公退惟读书著文为乐。有《易说》《春秋通义》《仙源圣纪》《经史辨》《汉唐史要览》《天人修应录》《东溪集》《应斋笔录》,凡百余卷。"③在日常生活中,以宋庠、赵安仁、王刚中等为代表的官员往往手不释卷,把读书作为人生的要务,除了个人的兴趣爱好外,应当说和"大臣须是知书,宰相尤须有学"的时代要求有密不可分的关系。

要把以文治国的国家政治策略长久深入地贯彻下去,离不开人才选拔。太宗云:"朕欲博求俊彦于科场中,非敢望拔十得五,止得一二,亦可为致治之具矣。"④所言可谓深刻道出人才选拔与政治统治的关系。为此,宋代统治者大力推行与完善科举制度。首先,与唐代相比,宋代科举彻底取消了门第、地域限制,不论出身,只要是读书人,皆可应举,投牒自进。淳化三年(992)三月,朝廷明诏规定:"国家开贡举之门,广搜罗之路,采其乡曲之誉,登于俊造之科……如工、商、杂类人内有奇才异行、卓然不群者,亦许解送;或举人内有乡里是声教未通之地,许于开封府、河南府寄应。"⑤过去一直被排斥于科举之外的工、商等阶层之士和边远地区子弟皆有应举的资格。其次,大大扩充录取名额。唐代科举每榜录取人数进士一般为20至30人左右。到了宋太宗以后,录取人数大大增加。如,在太平兴国二年(977)举行的科考中,"命李昉、扈蒙第其优劣为三等,得吕蒙正以下一百九人。越二日,覆试诸科,得二百人,并赐及第。又

---

① 《宋史》第27册卷二八四《宋庠传》,第9593页。
② 《宋史》第28册卷二八七《赵安仁传》,第9659页。
③ 《宋史》第34册卷三八六《王刚中传》,第11862—11864页。
④ 《宋史》第11册卷一五五《选举》一,第3607页。
⑤ 《宋会要辑稿》第5册《选举》十四之十五、十六,第4490页。

阅贡籍,得十举以上至十五举进士、诸科一百八十余人,并赐出身。《九经》七人不中格,亦怜其老,特赐同《三传》出身。凡五百余人"①。景德二年,即澶渊之盟的第二年,为巩固北地边防,在按照常例取正奏名和特奏名进士、诸科1 003人之外,特别为河北举人举行专门的省试,经殿试,取正奏名进士146人,诸科698人,特奏名进士205人,诸科及瀛洲防城举人997人,共2 046人。取士合计3 049人之多,这在科举史上是空前绝后的②。当然,在具体人数方面,每期录取人数都有变化,但与前代相比,名额大大扩充则是事实。第三,制定严格的考试程序、规定,"一切以程文为去留"③。为了保证考试的公平,宋代废除"公荐"制度,严格考试程式,推行封弥、誊录之法,在很大程度上做到了考试面前人人平等。恰如欧阳修所云:"窃以国家取士之制,比于前世,最号至公。盖累圣留心,讲求曲尽,以为王者无外,天下一家,故不问东西南北之人尽聚诸路,贡士混合为一,而惟才是择。又糊名誊录而考之,使主司莫知为何方之人,谁氏之子,不得有所憎爱薄厚于其间。故议者谓国家科场之制,虽未复古法而便于今世。其无情如造化,至公如权衡,祖宗以来不可易之制也。"④

在统治者的积极倡导,特别是在科举制度的刺激下,与前代相比,读书、学习成为士子日常生活中的重要组成部分,力学、苦学成风,宋代也因之成为了一个崇尚读书与文化知识的社会。据《宋史》相关传记:"任布字应之,河南人。后唐宰相圜四世孙也。力学,家贫,尝从人借书以读。进士及第,补安肃军判官。"⑤"杜常字正甫,卫州人,昭宪皇后族孙也。折节学问,无戚里气习。尝跨驴读书,驴嗜草失道,不之觉,触桑木而堕,额为之伤。中进士第。"⑥"陆佃字农师,越州山阴人。居贫苦学,夜无灯,映月光读书。蹑屩从师,不远千里。过金陵,受经于王安石。熙宁三年,应

---

① 《宋史》第11册卷一五五《选举》一,第3607页。
② 见张希清《论宋代科举取士之多与冗官问题》,《北京大学学报》1987年第5期,第110页。
③ 陆游《老学庵笔记》,《宋元笔记小说大观》第4册,第3501页。
④ 欧阳修《文忠集》卷一一三《论逐路取人札子》,影印文渊阁《四库全书》第1103册,第155页。
⑤ 《宋史》第28册卷二八八《任布传》,第9682页。
⑥ 《宋史》第30册卷三三○《杜常传》,第10635页。

举入京。"①"郑穆字闳中,福州候官人。性醇谨好学,读书至忘栉沐,进退容止必以礼。门人千数,与陈襄、陈烈、周希孟友,号'四先生'。举进士,四冠乡书,遂登第,为寿安主簿,召为国子监直讲。"②"(张)唐英字次功。少攻苦读书,至经岁不知肉味。及进士第,翰林学士孙抃得其《正议》五十篇,以为马周、魏元忠不足多。荐试贤良方正,不就。"③这些史料都充分体现出宋代士子的读书之风。

既然读书已成为宋代士子的主要生活方式,在诗歌作品中表现对所读典籍、作品及其著者的理解与认识,也就自然成为宋代文学的必然现象。就咏史诗而言,这促成了读书类咏史诗的大量产生。所谓读书类咏史诗,是指人们在阅读相关历史典籍时,以古人古事为题材而创作的一类咏史诗。从诗史发展的角度上,这类诗歌产生是较早的。东晋时,陶渊明有《读史述九章》,算是目前所能见到的比较早的作品。其后,到了唐代特别是中晚唐时期,这类作品的数量开始增多了,如鲍溶《读史》、曹邺《读李斯传》、李山甫《读汉史》、司空图《南北史感遇》十首、秦韬玉《读五侯传》、崔涂《读留侯传》、韦庄《题李斯传》、李九龄《读三国志》、李中《读蜀志》等。由于宋代实行崇文抑武、以文治国的国家文化策略,再加上印刷技术的进步,书籍不再是仅供少数人阅读的奢侈品,而是在社会中广为印行、流通,颇为易得,因此这类作品的大量创作、繁盛必然是在宋代时期。

宋代读书类咏史诗创作量极其丰富。在此,仅以代表性作家作品为例。张方平有《读杜工部诗》《读王朴传》《读素书》《读齐世家》《读坐忘论》《读穆天子传》《读杜诗》《读公羊传》四首、《读孙子》二首、《读高士传》等,共14首。邵雍有《读陶渊明〈归去来〉》《读古诗》《观〈书〉吟》《观〈诗〉吟》《观〈春秋〉吟》《观三皇吟》《观五帝吟》《观五伯吟》《观七国吟》《观嬴秦吟》《观两汉吟》《观三国吟》《观西晋吟》《观十六国吟》《观南北朝吟》《观隋朝吟》《观有唐吟》《观五代吟》《读〈张子房传〉吟》等,共19

---

① 《宋史》第31册卷三四三《陆佃传》,第10917页。
② 《宋史》第31册卷三四七《郑穆传》,第11014页。
③ 《宋史》第32册卷三五一《张唐英传》,第11098页。

首。王安石有《读史》《读〈汉书〉》《题张司业诗》《读〈后汉书〉》《读〈唐书〉》《读开成事》《读汉功臣表》等,共7首。王令有《读〈孟子〉》《读〈西汉〉》《读〈东汉〉》《〈读商君传〉》《书〈孔融传〉》《读老杜诗》《读〈白乐天集〉》等,共7首。苏辙有《读史六首》《读〈乐天集〉戏作五绝》等,共11首。黄庭坚有《读〈曹公传〉》《读〈谢安传〉》《读〈晋史〉》《夜读〈蜀志〉》等4首。张耒有《读史》二首、《读〈秦纪〉》二首、《读〈周本纪〉》《读〈管子〉》《读杜集》《读〈唐书〉》二首、《夜读贾长江诗效其体》等,共10首。葛胜仲有《读史》八首、《刊正三国史辄依韵攀和》等,共9首。张嵲有《读〈楚世家〉》《读〈退之集〉偶书》《读〈赵飞燕外传〉杂诗》七首、《读〈崔昭纬传〉》等,共9首。陆游有《夜读〈岑嘉州诗集〉》《读〈袁公路传〉》《读史》《读陶诗》《读杜诗偶成》《读史》《读杜诗》《读李泌事偶书》《读〈老子传〉》《读杜诗》《读〈晋书〉》《读〈后汉书〉》二首、《读〈隐逸传〉》《读书〈六经〉》其二、《读〈老子〉》《读史有感》三首、《读〈老子〉》《读陶渊明诗》《读史》《读刘贲策》《读史》《冬夜读史有感》《读〈夏书〉》《读〈陈蕃传〉》《元日读〈易〉》《读〈阮籍传〉》《读〈唐书·忠义传〉病后作》《读〈唐书〉》《读史》二首、《读李杜诗》《读史》《读史》四首、《读陶诗》《读史》二首、《读乐天诗》《读许浑诗》《读〈华佗传〉》等,共46首。范成大有《续〈长恨歌〉》七首、《读史》《读史》三首、《题〈开元天宝遗事〉》四首、《读〈甘露遗事〉》二首、《读唐太宗纪》《再读〈唐太宗纪〉》《读白傅〈洛中老病后诗〉戏书》等,共20首。杨万里有《书王右丞诗后》《读〈严子陵传〉》《读唐人及半山诗》《读元白长庆二集诗》《读〈陈蕃传〉》《读〈天宝事〉》《读〈武惠妃传〉》《读〈子房传〉》《读〈渊明传〉》《读梁武帝事》《读〈汉书〉》《读〈笠泽丛书〉》三首、《读唐人于濆刘驾诗》《读〈白氏长庆集〉》《读〈贞观政要〉》、《读张文潜诗》二首等,共19首。项安世有《读本朝史有感》十首、《读〈三国志〉》等,共11首。薛季宣有《读书三首寄景望》《读〈春秋〉有感》《读〈列女传〉》《读〈李斯传〉》《读〈萧铣传〉》《读〈九国志〉闷书》《读〈三国志〉》《读史》《读史》《读东坡和靖节诗》《读靖节诗》《书温公集后》《读舒王日录》《读〈鬼谷子〉》《读〈史记〉》《书〈颜子传〉后》《读伊川〈易传〉》《读〈萧铣传〉》《读〈荆轲传〉》《读〈刘叉集〉》等,共22首。在崇尚

读书的文化环境下,士子致力于读书类咏史诗的创作有很大的意义,主要表现在:

第一,拓展了历史人物关注群体范围。宋代以前,由于作家创作咏史诗的主要目的是借史言志,表达自己的政治理想、有志不遇的政治情怀以及走向归隐的人生抉择,因此对历史人物的关注主要集中于政治、隐逸等人物。在宋代注重文治的时代文化环境下,士人因读书需要大大扩充了历史人物关注范围,这尤其体现在对文人群体的关注方面。由上列诗篇可以看出,陶渊明、杜甫、白居易等人是颇受关注的。其中,咏陶渊明的诗篇有邵雍《读陶渊明〈归去来〉》、陆游《读陶诗》二首、《读陶渊明诗》,薛季宣《读靖节诗》等;咏杜甫的诗篇有张方平《读杜工部诗》《读杜诗》,王令《读老杜诗》,张耒《读杜集》,陆游《读杜诗偶成》《读杜诗》二首、《读李杜诗》等;咏李白的诗篇有王令《读〈白乐天集〉》、苏辙《读〈乐天集〉戏作五绝》、陆游《读乐天诗》、范成大《读白傅〈洛中老病后诗〉戏书》、杨万里《读元白长庆二集诗》《读〈白氏长庆集〉》等。这些作品多以古代文人及其文集作为吟咏对象,如张耒《读杜集》:"风雅不复兴,后来谁可数。陵迟数百岁,天地实生甫。假之虹与霓,照耀蟠肺腑。夺其富贵乐,激使事言语。遂令困饥寒,食粝衣挂缕。幽忧勇愤怒,字字倒牛虎。嘲词破万家,摧拉谁得御。又如滔天水,决泄得神禹。他人守一巧,为豆不能簠。君独备飞奔,捷蹄兼骏羽。飘萍竟终老,到死尚为旅。高才遭委弃,谁不怨且怒。君乎独此忘,所惜唐遗绪。悲嗟痛祸乱,欲取彝伦叙。天资自忠义,岂媚后人睹。艰难得一职,言事竟龃龉。此心耿可见,谁肯浪自苦。鄙哉浅丈夫,夸己讪其主。文章不知道,安得擅今古。光焰万丈长,犹能伏韩愈。"[1]该诗从文学发展的角度,高度评价了杜甫的文学创作及其忠义人格。又如王令《读白乐天集》:"北邙山下一孤坟,流落三千绮丽文。后世声名高白日,当年荣利等浮云。屏除忧愤归禅寂,消遣光阴在酒醺。若使篇章深李杜,竹符还不到君分。"[2]从主体人格的角度,分析白居易文名日高的原因在于抛弃荣利之念,走向闲适,淡泊其怀。在宋代以前,除

---

[1] 《全宋诗》第 20 册,第 13339 页。
[2] 《全宋诗》第 12 册,第 8180 页。

了李商隐《漫成五章》等个别作家作品外，在整体上，士子对文人群体还缺乏共同关注。由上面的引述可以看出，这些作品都以在古代文学史中具有重要影响的作家作为关注对象，确实是扩充了咏史诗人物群体关注范围。

第二，拓展咏史诗题材范围。就宋前咏史诗而言，咏史诗的题材范围主要集中于正史所载或大家耳熟能详的历史人物、事件上。而宋代士子的阅读范围则非常广泛，涉及经、史、子、集等。当他们把如此广泛的典籍著述作为阅读对象后，其咏史诗题材范围自然就会得到很大的拓展。通过上述咏史诗篇目可以看出，张方平《读公羊传》四首、邵雍《观〈书〉吟》《观〈诗〉吟》《观〈春秋〉吟》、陆游《读〈夏书〉》《元日读〈易〉》、薛季宣《读〈春秋〉有感》等均以经书内容作为抒写对象。如邵雍《观〈书〉吟》："吁嗟四代帝王权，尽入区区一旧编。或让或争三万里，相因相革二千年。唐虞事业谁能继，汤武功夫世莫传。时既不同人又异，仲尼恶得不潸然。"①此诗从宏阔的历史视野出发，表达对虞、夏、商、周四代更替因革的反思，带有很强的历史哲学性质。可以看出，它在题材上没有局限于具体的历史之事，而是以上古历史整体的发展演变作为关怀重点。这种"宏观史"题材在前代还是很少见的。另外，在前代咏史诗创作中，作家很少以子书内容作为吟咏对象，而张方平《读〈坐忘论〉》《读〈孙子〉》二首、《读〈高士传〉》，张耒《读〈管子〉》，陆游《读〈老子〉》《读〈鬼谷子〉》等均以子书作为题材，体现出比较鲜明的开创性。如薛季宣《读〈鬼谷子〉》："捭阖乾坤若有神，崎岖长短困仪秦。无声无臭文王道，应是先生浪鼓唇。"②《鬼谷子》一书为纵横家书，其指导思想与儒家所推崇的仁义道德大相径庭，因此后世较少关注此书及鬼谷子本人。而此诗则以《鬼谷子》为阅读对象，表达对鬼谷子其人的评价，在题材选择上还是有开拓性的。就史部而言，宋代士子也不再局限于正史，而是大大扩充了关注史书的范围。逸史、野史、杂史、别史等均走进了他们的视野，如张方平《读〈穆天子传〉》《读〈高士传〉》、王安石《读开成事》、张嵲《读〈赵飞燕外传〉杂诗》七首、范成大

---

① 《全宋诗》第7册，第4608页。
② 《全宋诗》第46册，第28662页。

有《题〈开元天宝遗事〉》四首、薛季宣《读〈列女传〉》等。在此,仅以张嵲《读〈赵飞燕外传〉杂诗》七首为例。《赵飞燕外传》最早见载于晁公武《郡斋读书志》卷九:"汉伶玄子于撰。茂陵卞理藏之于金縢漆柜。王莽之乱,刘恭得之,传于世。晋荀勖校上。"①由于《赵飞燕外传》重在叙述艳事,而古代士人多受儒家观念影响,对女性往往持有偏见,特别是对以姿色事人而又祸乱邦国者更是持强烈抵制的态度,因此该书很少受到重视。而张嵲则以此书为阅读对象,以组诗体制进行咏史诗创作。如其一云:"漫漫积雪被岗坻,宜主当时有暗期。忽见梅花照夜发,只疑犹待射雕儿。"其七云:"合德来嫔帝甚欢,温柔乡里胜求仙。武皇虽被白云误,犹得垂衣到暮年。"②二诗旨在讽刺、批判作风淫乱的赵飞燕、赵合德姊妹,虽然立意平常,但作者以杂传记载为题材还是有开拓性。

第三,一般而言,现实生活是文学创作的源泉。但是要把某一类文学作品放于具体的历史文化环境当中,这一结论就需要认真斟酌、思考。古代社会文献典籍丰富,著述、文集颇盛。一旦士子把这些典籍、著述、文集等作为阅读对象,进行咏史诗创作时,现实生活便不再是诗歌创作的主要源泉。诸多经、史文献资源所构筑、描写、形成的历史世界与生活世界,则成为咏史诗进行创作的主要源泉。上列读书类咏史诗实际上都是在这种状态下创作的。如邵雍《观七国吟》:"当其末路尚纵横,仁义之言固不听。肯谓破齐存即墨,能胜坑赵尽长平。清晨见鬼未为怪,白日杀人奚足惊。加以苏张掉三寸,扼喉其势不俱生。"③毫无疑问,战国时期的史料背后所呈现的历史世界是邵雍进行创作的主要源泉,如果没有历史典籍对历史的记载与描述,这类诗歌自然也就难以产生。

第二节　博学之风与咏史诗

在宋代右文国策的影响下,通过学习、阅读各种文献典籍,宋代士子

---

① 晁公武撰,孙猛校证《郡斋读书志校证》,第 374 页。
② 《全宋诗》第 32 册,第 20551 页。
③ 《全宋诗》第 7 册,第 4608 页。

往往深于学问,博通坟籍。博学已成为其突出的主体文化品格、特征,也成为获取时人推许与统治者青睐的重要因素与筹码。《宋史·儒林传》载:"胡旦字周父,滨州渤海人。少有隽才,博学能文辞。举进士第一,将作监丞,通判升州……旦喜读书,既丧明,犹令人诵经史,隐几听之不少辍。著《汉春秋》《五代史略》《将帅要略》《演圣通论》《唐乘》《家传》三百余卷。"①《洪迈传》载:"(洪)迈兄弟皆以文章取盛名,跻贵显,迈尤以博洽受知孝宗,谓其文备众体。迈考阅典故,渔猎经史,极鬼神事物之变,手书《资治通鉴》凡三。有《容斋五笔》《夷坚志》行于世,其他著述尤多。"②据《道山清话》:"大参陈彭年,以博学强记受知定陵。凡有问,无不知者。其在北门,因便殿赐坐对,甚从容。上因问:'墨智、墨允是何人?'彭年曰:'伯夷、叔齐也。'上问:'见何书?'曰:'《春秋少阳》。'即令秘阁取此书。既至,彭年令于第几板寻检,果得之。上极喜,自是注意,未几执政。"③又据《建炎以来系年要录》卷七四:"诏草泽邓名世,令阁门引见上殿。名世初以刘大中荐,召赴行在。献所著《春秋四谱》《古今姓氏书辨证》。诏吏部尚书兼侍讲胡松年看详,松年言其贯穿群书,用心刻苦,由是引对,遂命为右迪功郎。"④由这些史料可以看出,宋代博学品格在士子政治仕途中的重要作用。

由于中国古代的知识谱系是一种人文性历史文化,因此为了能够充分地展示才学,借史示才,热衷于咏史诗创作,自然成为宋代士子的必然选择,并表现出值得注意的特征:

第一,熔铸更多的历史事实、典故入诗。在以七绝、七律等为主导诗体的情况下,因字数所限,如何在短小的体裁下熔铸更多的历史事实与典故,来展示自己的博学多才,成为宋代士子必须思考的问题。这种咏史创作倾向在中晚唐时期就已表现出来。如李商隐《览古》:"莫恃金汤忽太平,草间霜露古今情。空糊赪壤真何益,欲举黄旗竟未成。长乐瓦飞随水

---

① 《宋史》第37册卷四三二《儒林传》,第12827、12830页。
② 《宋史》第33册卷三七三《洪迈传》,第11574页。
③ 佚名《道山清话》,《宋元笔记小说大观》第3册,第2945页。
④ 李心传《建炎以来系年要录》第2册,第52—53页。

逝,景阳钟堕失天明。回头一吊箕山客,始信逃尧不为名。"此诗涉及的史实、典故颇多。首句所用典故为出自《汉书·蒯伍江息夫传》:"必将婴城固守,皆为金城汤池,不可攻也。"①《后汉书·光武纪赞》亦云:"金汤失险,车书共道。"②"空糊赪壤"源出鲍照《芜城赋》:"制磁石以御冲,糊赪壤以飞文。观基扃之固护,将万祀而一君。出入三代,五百余载,竟瓜剖而豆分。"③意谓西汉吴王刘濞在广陵全盛时,城池坚固壮丽,以为可以为万代之君。哪里想到三代五百余载后,竟毁废荒芜。关于"黄旗"事,据《建康实录》卷四:"三年春,后主大举将家西上。初,废帝太平元年冬,刁玄使蜀还,得司马徽与刘廙论运命历数事,遂诈增其文以诳国人,曰:'黄旗紫盖见于东南,终有天下者,荆扬之君乎!'又得魏人言寿春下童谣曰:'吴天子当西上。'是年,后主闻之,大喜曰:'此天命也。'遂载太后已下六宫嫔妾千余人,济自牛渚,陆道西上,呼云青盖入洛阳,以从天命。"④在"长乐瓦飞"一句中,长乐为汉宫殿名,"瓦飞"一典出自《汉书·平帝纪》:"冬,大风吹长安城东门屋瓦且尽。"⑤"景阳钟"句见《南齐书》卷一二:"上(齐武帝)数游幸诸苑囿,载宫人从后车,宫内深隐,不闻端门鼓漏声,置钟于景阳楼上,宫人闻钟声,早起装饰,至今此钟唯应五鼓及三鼓也。"⑥尾句中的"箕山客"一典为尧时许由典故,《庄子·逍遥游》篇云:"尧让天下于许由……许由曰:子治天下,天下既已治也,而我犹代子,吾将为名乎?"⑦《徐无鬼》篇云:"啮缺遇许由,曰:'子将奚之?'曰:'将逃尧'"⑧可见,这首诗所涉及的史料、典故非常丰富,此种情况说明李商隐的历史文化素养是很深厚的。

　　其后,宋代士人很好地继承了中晚唐咏史诗的这种创作特点,并把它发扬光大,使其成为咏史诗创作的主流倾向。这在宋初台阁诗人杨亿、钱

---

① 《汉书》第 7 册卷四五《蒯伍江息夫传》,第 2159—2160 页。
② 《后汉书》第 1 册卷一下《光武帝纪》,第 87 页。
③ 严可均辑《全上古三代秦汉三国六朝文·全宋文》,商务印书馆 1999 年版,第 453 页。
④ 许嵩撰,张忱石点校《建康实录》,中华书局 1986 年版,第 101 页。以下版本均同。
⑤ 《汉书》第 1 册卷一二《平帝纪》,第 358 页。
⑥ 《南齐书》第 2 册卷一二《武穆裴皇后传》,第 391 页。
⑦ 郭庆藩《庄子集释》第 1 册,中华书局 1961 年版,第 22—24 页。
⑧ 郭庆藩《庄子集释》第 4 册,中华书局 1961 年版,860—861 页。

惟演、刘筠、李宗谔等人身上得到了鲜明体现。这些诗人大多为翰林学士，文化素质很高。在以文化成天下、崇尚"学问优博"[1]的时代文化环境下，在咏史诗中全力展示自己的才学成为他们比较鲜明的创作倾向。这在《西昆酬唱集》所载的咏史诗中有很充分的体现。该集为杨亿编集，是杨亿、钱惟演、刘筠等人的唱和诗集，存有较多的咏史诗，如《南朝》4首、《汉武》6首、《明皇》3首、《始皇》3首等。这些作品多是"历览遗编""观海学山"[2]之作。杨亿《南朝》云："五鼓端门漏滴稀，夜签声断翠华飞。繁星晓埭闻鸡度，细雨春场射雉归。步试金莲波溅袜，歌翻玉树涕沾衣。龙盘王气终三百，犹得澄澜对敞扉。"[3]该诗重在描写南朝统治者的奢侈腐化，所用典故、史实非常密集。首句用上述《南齐书》卷一二"上（齐武帝）数游幸诸苑囿"典故；第二句"夜签声断"用《陈书·世祖纪》典："每鸡人伺漏，传更签于殿中，乃敕送者必投签于阶石之上，令枪然有声，云'吾虽眠，亦令惊觉也。'始终梗概，若此者多焉。"[4]第三句的典故见《南齐书·武穆裴皇后传》："车驾数幸琅邪城，宫人常从，早发至湖北埭，鸡始鸣。"[5]又见《建康实录》卷二："度溪有桥，名募士桥，吴大帝募勇士处。其桥西南角过沟有埭，名鸡鸣埭。齐武帝早游钟山，射雉至此，鸡始鸣，因名焉。"[6]第四句"射雉"、第五句"金莲"典故等均与南朝齐东昏侯萧宝卷的故事相关。《南齐书·东昏侯纪》载："（萧宝卷）置射雉场二百九十六处，翳中帷帐及步鄣，皆夹以绿红锦，金银镂弩牙，玳瑁帖箭。"[7]《南史·废帝东昏侯纪》载："（萧宝卷）又凿金为莲华以帖地，令潘妃行其上，曰：'此步步生莲华也。'"[8]第六句"歌翻玉树"典故见自《陈书·皇后列传》："后主每引宾客对贵妃等游宴，则使诸贵人及女学士与狎客共赋新诗，互相赠答，采其尤艳丽者以为曲词，被以新声，选宫女有容色者以千百数，令习而

---

[1] 程俱撰，张富祥校证《麟台故事校证》卷五"恩荣"，第196页。
[2] 杨亿《西昆酬唱集序》，见杨亿等著，王仲荦注《西昆酬唱集注》，第2页。
[3] 杨亿等著，王仲荦注《西昆酬唱集注》，第14—15页。
[4] 《陈书》卷三《世祖本纪》，中华书局1972年版，第61页。以下所引《陈书》版本均同。
[5] 《南齐书》第2册卷一二《武穆裴皇后传》，第391页。
[6] 许嵩撰，张忱石点校《建康实录》，第49页。
[7] 《南齐书》第1册卷七《东昏侯本纪》，第103页。
[8] 《南史》第1册卷五《齐本纪》，中华书局1975年版，第154页。

哥之,分部迭进,持以相乐。其曲有《玉树后庭花》《临春乐》等,大指所归,皆美张贵妃、孔贵嫔之容色也。"①第七句"龙盘""三百"典故分别出自诸葛亮与郭璞之语。"蜀诸葛亮使于吴,亮谓大帝曰:'钟山龙盘,石城虎踞,真帝王所都也。'"②"郭璞有云:'江东偏王三百年,还与中国合。'"③该诗能在七律字数的限制下,熔铸如此密集的史实、典故,并巧妙地对仗起来,确实显现出杨亿的博学多才。

第二,全面细致地反映历史问题,以博取胜,以量取胜。

中国古代的历史知识极其丰富,按照一定的顺序、要求、目的等进行创作、编排,以量取胜,同样可以达到展示博学的目的。这突出表现在咏史组诗与专集的创作上。咏史组诗创作出现甚早,西晋时的左思作有《咏史》8首,晋宋之际的陶渊明有《咏贫士》7首、《读史述九章》,南朝宋时颜延之有《五君咏》5首等。当然,这些都是10首以下的小型咏史组诗。到了唐代,特别是中晚唐时期,中型与大型咏史组诗创作开始兴盛,如道士吴筠作有《览古诗》14首、《高士咏》50首等。同时,一些作家专注于咏史诗创作,形成了咏史专集,如赵嘏有《读史编年诗》,辛元房《唐才子传》卷七《赵嘏传》云:"今有《渭南集》及编年诗二卷。悉取十三代史事迹,自始生至百岁,岁赋一首、二首,总得一百一十章,今并行于世。"④胡曾有《咏史诗》三卷,《通志二十略·艺文略》第八《别集五》载:"胡曾《咏史》,三卷。"⑤《直斋书录解题》卷十九《诗集类上》云:"《咏史诗》三卷,唐邵阳胡曾撰。凡一百五十首。"⑥

到了宋代时期,咏史组诗与专集创作更加丰富。其中,10首以上的咏史组诗或专集主要有:杨备《姑苏百题》《金陵览古百题》,韦骧《咏唐史》二十九首,华镇《咏古》十六首,贺铸《历阳十咏》,张九成《论语绝句》

---

① 《陈书》卷七《皇后列传》,第132页。
② 乐史《太平寰宇记》卷九〇《江南东道二·升州》,影印文渊阁《四库全书》第470册,第8页。
③ 《隋书》第5册卷五七《薛道衡传》,中华书局1973年版,第1407页。
④ 傅璇琮主编《唐才子传校笺》第3册,中华书局1990年版,第307页。
⑤ 郑樵撰,王树民点校《通志二十略》,第1777页。
⑥ 陈振孙著,徐小蛮、顾美华点校《直斋书录解题》,上海古籍出版社1987年版。以下所引此书版本均同。

一百首,王十朋《咏史诗》一卷、《徘徊览古共成十二绝》,项安世《读本朝史有感》十首,马之纯《金陵百咏》,曾极《金陵百咏》,许尚《华亭百咏》,方信孺《南海百咏》,张尧同《嘉禾百咏》,岳珂《宫词》一百首,刘克庄《杂咏》一百首、《读本朝史有感》十首,李涛《读阮籍咏怀十七绝》,白玉蟾《武昌怀古十咏》《历代天师赞》,萧立之《开元天宝杂咏》十八首,胡仲弓《感古》十首,林同《孝诗》一卷,徐钧《史咏集》,陈普《咏史诗》两卷,罗公升《燕城读史》十四首,杨修《六朝遗事杂咏》一卷等。这些咏史组诗与专集数量很惊人,很多都在百首以上。如林同《孝诗》一卷,见《全宋诗》卷三四一八,除去"禽兽昆虫之孝十首"外,其他"圣人之孝""贤者之孝"等类诗歌均为咏史诗,共计 290 首。又如,徐钧著有《史咏集》,为咏史专集,《全宋诗》辑录为两卷。关于此集的创作数量,据黄溍序:"金华兰溪徐章林先生夙有闻家庭所传先儒道德之说,而犹精于史学,凡司马氏《资治通鉴》所记君臣事实可以寓褒贬而存劝戒者,人为一诗,总一千五百三十首,命之曰史咏。其大义炳然一本乎圣经之旨,诚有功于名教者也。"[①]在咏史诗发展史上,如此大规模的咏史创作确实是前无古人的。

上述咏史组诗与专集充分地展示出了作者的知识才学,反映了宋人的博学品格。如,曾极今存咏史专集《金陵百咏》,见《全宋诗》卷二六八〇,实存诗 95 首。其《胭脂井》诗云:"寒泉玉甃没春芜,石染胭脂润不枯。杏怨桃羞娇欲堕,犹将红泪洒黄奴。"自注云:"陈末,后主与张丽华、孔贵嫔投景阳井以避隋兵。旧传云:栏有石脉,以帛拭之作胭脂痕,一名胭脂井,又名辱井,在法华寺。或云白莲阁下有小池,面方丈余。或云在保宁寺览辉阁侧。"《八功德水》云:"数斛供厨替八珍,穿松漱石莹心神。中涵百衲烟霞色,不染齐梁歌舞尘。"自注云:"在蒋山悟真庵后。按《梅挚亭记》:梁天监中,有胡僧昙隐,寓锡于此山中,乏水。时有庞眉叟相谓曰:予山龙也,知师渴饮,措之无难。俄而一沼沸成。后有西僧继至,云本域八池,已失其一,似竭彼盈此也。其泉一清、二冷、三香、四柔、五甘、

[①] 黄溍《徐见心先生史咏后序》,见阮元《宛委别藏》本,徐钧《史咏集》第 104 册,江苏古籍出版社 1988 年版。

六净、七不饐、八蠲疴。故名八功德水。自梁以前尝取给。"①在六朝时期,金陵作为首都,是中国古代政治、文化、经济中心,人文景象荟萃,山山水水都蕴含着大量的文化内涵与信息。但要把这些内涵与信息充分地展示出来,必须具有广博深厚的历史、地理知识。像关于胭脂井背后的历史情境、来历、又名、地理位置,八功德水的地址位置、历史来源、特点等,作者都通过诗歌与自注进行了描述、说明。可以说,作为《金陵百咏》的代表作,《胭脂井》《八功德水》二诗较好地展示了曾极的地理、历史等文化知识,反映了其博学的文化品格。

第三,注重细读,以偏细取胜。

伴随着雕版印刷术的发明与广泛使用,宋代非常重视书籍特别是经史的刊刻。景德二年(1005),真宗《颁行公羊传敕》云:"国家钦崇儒术,启迪化源,眷六籍之垂文,实百王之取法,著于缃素,皎若丹青。乃有前修,诠其奥义,为之疏释,播厥方来。颇索隐于微言,用击蒙于后学。流传既久,讹舛遂多,爰命校雠,俾从刊正。历岁时而尽瘁,探简策以惟精。载嘉稽古之功,允助好文之理。宜从雕印以广颁行。"②《事实类苑》卷三一《词翰书籍》载:"淳化五年七月,诏选官分校《史记》《前汉》《后汉书》,既毕,遣内侍赍集于杭州镂板。咸平中,真宗谓宰相曰:'太宗崇尚文史,而三史版本如闻当时校勘官未能精详,尚有谬误,当再加刊正。'乃命直史馆陈尧佐等覆校《史记》,景德元年正月校毕,并录差误文字五卷同进。诏赐帛有差。"③这种刊刻意识与行动导致了宋代书籍的广泛传播。在当时,《春秋》《三传》《史记》《汉书》《后汉书》《三国志》等经史典籍已非常普及,很容易得到。在宋代以前,书籍多不易得。先秦两汉时,竹简、木简等是书籍的主要载体,这也导致书籍的阅读、携带、抄写等很不方便。其后,即使在纸张成为书籍的主要载体后,士人要想阅读书籍,也必须靠手抄。在这种情况下,对于一般士人而言,能够偶阅经史,熟知一般的历史大事与典章制度等,就算很有才学了。而宋代书籍的普及化,则决定了士

---

① 《全宋诗》第 50 册,第 31505、31509 页。
② 王志庆编《古俪府》卷九,影印文渊阁《四库全书》第 979 册,第 394 页。
③ 江少虞《宋朝事实类苑》卷三一,第 395 页。

人已不能局限于此。同时,宋代的科举考试所出题目"命题杂出诸史,无所拘忌"①,有的甚至"务出于僻隐难知"②。这种现实决定了宋代士子必须改变读书方法,注重细读,把经史典籍读细、读透,掌握经史中的各类知识。苏轼在《与王庠》文中谈读书之法时说:"故愿学者,每次作一意求之。如欲求古人兴亡治乱圣贤作用,但作此意求之,勿生余念。又别作一次求事迹故实典章文物之类,亦如之。他皆仿此。此虽迂钝,而他日学成,八面受敌,与涉猎者不可同日而语也。甚非速化之术。"③他所指出的分类细读法旨在更透彻细致地把握兴亡治乱、典章文物等各类知识,这种方法的提炼反映了宋代士人注重"细""透"的阅读诉求。

为了展示才学,宋代士子在创作咏史诗时,一方面在围绕正史所载重要历史题材发议论时,也往往注重从细微偏僻之处入手,同时也把目光投向了那些正史行文中不被重视的人物。兹以陈长方的咏史诗为例。陈长方(1108—1148),字齐之,学者称唯室先生,侯官(今福建福州)人,有《唯室集》十四卷,今佚。《全宋诗》辑录其诗一卷,见卷一九八四,有25首咏史诗。如《读萧相国传嘉召平出处之合义作昭平诗》云:"秦刑次骨政如虎,六合瓦分访前主。龙蛇五年垓下定,尺地寸天皆汉土。青门抱瓮等齐民,赍志肯教重屈身。采薇昔日首阳下,岂谓周武惭商辛。为臣委质贰乃辟,况我陪封存故国。不知荒虐但知君,可卷随人心匪席。每开汗简为潜然,出处真成不愧天。袖手叵堪余技痒,往吊鄎侯消未然。高皇漫道群雄祖,何似萧王更英武。一相不能推赤心,终至遭君玩掌股。君不见臧文仲,厚禄知贤不能共。千古难辞窃位讥,我为鄎侯还忸怩。"④召平是秦末汉初人,正史中无传,主要事迹见自《史记》卷五三《萧相国世家》。萧何因献计吕后诛韩信,受到刘邦重封,但也因此颇受刘邦疑忌。"召平者,故秦东陵侯。秦破,为布衣,贫,种瓜于长安城东,瓜美,故世俗谓之'东陵瓜',从召平以为名也。召平谓相国曰:'祸自此始矣。上暴露于外而君守于

---

① 徐松辑《宋会要辑稿》第5册《选举》五之八,第4316页。
② 杨士奇编《历代名臣奏议》卷一六七载"王存上奏"之辞,影印文渊阁《四库全书》第437册,第614页。
③ 孔凡礼点校《苏轼文集》第5册,第1822页。
④ 《全宋诗》第35册,第22247页。

中,非被矢石之事而益君封置卫者,以今者淮阴侯新反于中,疑君心矣。夫置卫卫君,非以宠君也。愿君让封勿受,悉以家私财佐军,则上心说。'相国从其计,高帝乃大喜。"①召平献计本是汉代历史中的一件小事,而此作则以此为题,表达识见。又如《霍光赏符玺郎》云:"黄四娘家花满蹊,姓名因寄杜陵诗。孟坚父子编摩久,符玺中郎竟为谁。"②符玺郎之事见《汉书》卷六八《霍光传》:"殿中尝有怪,一夜群臣相惊,光召尚符玺郎,郎不肯授光。光欲夺之,郎按剑曰:'臣头可得,玺不可得也。'光甚谊之。明日诏增此郎秩二等。众庶莫不多光。"③此事也是《霍光传》中的一件小事,用以展现他的政治品格。而此诗确以此为题,批判班彪、班固父子不知大义,不应把符玺郎之事作为选材写进《汉书》之中。

另一方面,士人在创作咏史诗时,大大扩充了历史的选材范围,把一些别史、野史等所载的奇闻逸事等纳入创作视野。如陆游《读李泌事偶书》:"莘渭当时已误来,商山芝老更堪哀。人生若要常无事,两颗梨须手自煨。"④李泌(722—789),字长源,唐陕西京兆(今陕西西安市)人,历仕玄宗、肃宗、代宗、德宗四朝。德宗时,官至宰相,封邺县侯,世人因称李邺侯。他为躲避政治迫害,经常以退为进,隐逸示志。"杨国忠忌其才辩,奏泌尝为《感遇》诗,讽刺时政,诏于蕲春郡安置,乃潜遁名山,以习隐自适。""寻为中书令崔圆、幸臣李辅国害其能,将有不利于泌。泌惧,乞游衡山,优诏许之,给以三品禄俸,遂隐衡岳,绝粒栖神。"⑤陆诗即以他作为评论对象,讽刺他外示淡泊,实则名位仕途之心颇重,不是真正的归隐。此诗所以发兴的"煨梨"之事,正史《旧唐书》卷一三〇、《新唐书》卷一三九均无记载。据《太平广记》卷三八"李泌"条:"又肃宗尝夜坐,召颍王等三弟,同于地炉麕毯上食。以泌多绝粒,肃宗每自为烧二梨以赐泌。时颍王恃恩固求,肃宗不与,曰:'汝饱食肉,先生绝粒,何乃争此耶?'颍王曰:

---

① 《史记》第 6 册卷五三《萧相国世家》,第 2017 页。
② 《全宋诗》第 35 册,第 22251 页。
③ 《汉书》第 9 册卷六八《霍光传》,第 2933 页。
④ 陆游著,钱仲联校注《剑南诗稿校注》第 4 册,上海古籍出版社 2005 年版,第 2210 页。以下所引此书版本均同。
⑤ 《旧唐书》第 11 册卷一三〇《李泌传》,第 3621 页。

'臣等试大家心,何乃偏耶! 不然,三弟共乞一颗。'肃宗亦不许,别命他果以赐之。"①据条末所注,《太平广记》所载出自《邠侯外传》。所谓外传,是指相关历史人物正史所不载,或正史已有记载而别为作传,重在记其遗闻逸事。《郡斋读书志》卷九录有"《相国邠侯家传》十卷",云:"唐李繁传。繁,邠侯泌之子也。大和中,以罪系狱当死,恐先人功业不传,乞废纸掘笔于狱吏,以成撰稿。戒其家求世闻人润色之,后竟不果。宋子京谓其辞浮侈云。"②陆诗诗题所言"读李泌事"实是指读此书而言的。可见,其咏史诗所用题材,看似琐细偏僻,实则反映出陆游丰赡的才学知识。又如萧立之《开元天宝杂咏》,为组诗体例,《全宋诗》卷三二八六辑录其诗 18 首。所咏诸事均为开元天宝年间的奇闻佚事,均见自五代王仁裕《开元天宝遗事》,诗歌题目均以此著中的条目命名。如《美人呵笔》云:"冻笔能回雪殿春,君恩珍重遣宫嫔。金花笺上清平乐,倚得词工却误人。"由于所写史实比较偏僻,作者进行了自注:"李白于便殿撰诏诰。时天寒笔冻,莫能书字。帝敕宫嫔十人侍左右,执牙笔呵之,遂而取书。其受圣眷如此。"③与《开元天宝遗事》所载文字基本一致。《风流阵》云:"两阵雌雄禁掖间,纷纷攻击寸心寒。风流天子贪行乐,不作伊川被发看。"自注云:"明皇与贵妃酒酣,统宫妓、小中贵排两阵于掖庭,目为风流阵,攻击以戏。"④《开元天宝遗事》卷下"风流阵"条云:"明皇与贵妃,每至酒酣,使妃子统宫妓百余人,帝统小中贵百余人,排两阵于掖庭中,目为风流阵。以霞被锦被张之,为旗帜攻击相斗,败者罚之巨觥以戏笑。时议以为不祥之兆,后果有禄山兵乱,天意人事不偶然也。"⑤可见,作者能够把《开元天宝遗事》中的这类佚事作为咏史诗创作的素材,确实反映出其博学多闻的主体文化品格。

---

① 李昉等编《太平广记》第 1 册卷三八,第 241 页。
② 晁公武撰,孙猛校证《郡斋读书志校证》,第 372 页。
③ 《全宋诗》第 62 册,第 39175 页。
④ 《全宋诗》第 62 册,第 39175 页。
⑤ 上海古籍出版社编《唐五代笔记小说大观》(下册),第 1744 页。

第三节　崇尚识见议论之风与咏史诗

宋代崇尚文治,固然以各种文献典籍的学习、整理等作为前提与基础,但根本目的不是对文献典籍的完全复制与忆诵,而是适应宋代社会发展的时代要求,在全面掌握各种历史文化遗产的基础上,充分借鉴其合理可行之处,以资治道。统治者只有贯彻与落实这个根本原则,宋代的以文治国才能获得真正成功。这种时代文化要求决定了统治者在看重士子是否博学的同时,更强调对各种历史、文化的深刻识见与反思。宋代社会比较流行的词语"学识""器识"等中的"识"字,实际上就是就此而言的。

早在宋初,统治者就敏锐地认识到了"识"在文治建设中的重要作用,强调以"识"观人、选人。《宋朝事实类苑》卷二载:"太宗尤重内外制之任,每命一舍人,必咨询宰辅,求才实兼美者,先召与语,观其器识,然后授之……会光禄丞尹少连上书,引马周遇太宗事,其词多捭阖,上异其才,召试《何以措刑论》,文理可观,即欲超擢,询及枢宰,无有知少连名者,虑不协时望,遂止。苏易简荐吴人浚仪尉周亨俊拔可任,因御试贡举人,遂令亨考校,临观与语,以察器局,俾易简索其文章,得《白花鹰》赋以比张茂先《鹪鹩》之作,文彩亦可尚。上意其非大器也,语易简曰:'且可令序迁京秩,更徐观之。'改光禄寺丞,月余,暴遇疾卒。上之衡鉴精审如此。"[①]欧阳修《归田录》卷一载:"真宗好文,虽以文辞取士,然必视其器识,每御崇政赐进士及第,必召其高第三四人并列于廷,更察其形神磊落者,始赐第一人及第;或取其所试文辞有理趣者,徐奭《铸鼎象物赋》云:'足惟下正,讵闻公竦之欹倾;铉乃上居,实取王臣之威重。'遂以为第一。蔡齐《置器赋》云:'安天下于覆盂,其功可大。'遂以为第一人。"[②]这些史料都说明士人之"识"是统治者颇为看重的条件。

宋代统治者为了能够在社会中形成崇"识"意识,在科举制度建设过程中不断强化、凸显士子的主体识见在科考中的重要作用。宋初沿承唐

[①]　江少虞《宋朝事实类苑》卷二,第 16 页。
[②]　《宋元笔记小说大观》第 1 册,第 613 页。

代科举之制，进士科主要考诗、赋，以文辞作为选录标准。其后，真宗咸平年间，省试增加策、论，但主要还是"以诗赋进退，不考文论"①。由于诗、赋只是文华之事，仅注重文辞修饰，无关乎国计民生，不具有社会现实性。随着仁宗一朝社会矛盾的不断出现，如何修订、完善科举条制以便把富有真知灼见的士子选拔上来，必然为宋代的文治要务。天圣五年（1027），"诏贡院将来考试进士，不得只于诗赋进退等第，今后参考策论，以定优劣"②。这是宋代科举考试内容的首次改革，反映出统治者从崇尚诗赋到重视策论的转化，这种转化实际上蕴含着统治者对士子器识的重视。其后，庆历新政时期，科举改革更加深入。庆历三年（1043），宋廷颁布由欧阳修执笔、经两制官复议后确定的《详定贡举条状》。它采取了欧阳修的改革提议，把进士省试分为三场："先试策二道，一问经史，二问时务；次试论一首；次试诗赋各一首。"③凡试策不通过的，不得参加第二、第三场；试论不通过的，不得参加诗赋考试。"今先策论，则文辞者留心于治乱矣。简其程式，则闳博者得以驰骋矣。问以大义，则执经者不专于记诵矣。"④"先策论，则辨理者得尽其说；简程序，则闳博者颇见其才。"⑤在统治者看来，这种以策论为先、注重理论阐释的考试办法，能够充分地使士人"引古验今，足以见平日学识智虑之所存"⑥，这种认识典型地反映了统治者"欲求理道而不以雕琢为贵"⑦的政治文化观念，体现了右文政策由声律文辞之学向识见义理之学的转变。

与此同时，仁宗以后，统治者在政治生活中极为看重官员的"学识"（才学识见）或"器识"（气度识见）。"识"已成为选拔宰执大臣的一大标准或评价人物政治能力的重要因素。元祐元年（1086），监察御史孙升上

---

① 《续资治通鉴长编》第 3 册卷六八，第 1522 页。
② 《宋会要辑稿》第 5 册《选举》三之十五，第 4269 页。
③ 《宋会要辑稿》第 5 册《选举》三之二五，第 4274 页。
④ 欧阳修《文忠集》卷一〇四《详定贡举条状》，影印文渊阁《四库全书》第 1103 册，第 82 页。
⑤ 司马光《贡院定夺科场不用诗赋状》，李之亮《司马温公集编年笺注》第 3 册，第 301 页。
⑥ 《续资治通鉴长编》第 16 册卷四〇八，第 9938 页。
⑦ 《宋史》第 11 册卷一五五《选举》，第 3612 页。

奏,提出:"愿陛下选任左右辅弼,必先乎德业器识,无取乎文学声名。"①同年,朝廷任命起居舍人曾肇为中书舍人,侍御史王岩叟上书反对:"肇天资甚陋,人望至卑。早乘其兄布朋附王安石,擅权用事,朝廷美爵,如取于家。故肇因缘得窃馆职。素无吏能,而擢领都司;殊昧史材,而委修《实录》。每一除改,士论每切非之。文章、学识皆无可称,何足以代王言而预国论。方陛下极天下之公,简拔英髦,耸动多士,不可以凡材间厕清近,累陛下知人全美。"②《宋宰辅编年录》卷一六"九月庚辰,黄祖舜同知枢密院事"条云:"孝宗初即位,加通议大夫。制略曰:'学识醇明,器资沉裕,早荷圣神之眷,亟跻华近之班。顷以夕班,遂参枢柄,属是篡临之际,尤多翼赞之劳,用躐进于华资,以增广于图任。'七月壬戌参知政事。"③《靖康要录》卷八载:"中书侍郎唐恪除少宰制曰:周室任贤,《诗·雅》美甫、申之维翰;汉朝论相,史官称丙、魏之有声,皆垂希世之名,用起中兴之治……正奉大夫、守中书侍郎唐恪,器识闳远,德履端良,学足以知治乱之原,力足以任股肱之托……可特授少宰兼中书侍郎。"④通过这些史料可知,以识伦才已经成为宋代时期鲜明的政治意识与主张,学识与器识已成为官职升迁的主要条件或衡量政治能力高低的主要因素。

宋代的政治形态是典型的"士大夫政治"。为了更有效地"与士大夫治天下"⑤,将"事业付之书生"⑥,充分发挥士大夫的政治作用,宋代在充分借鉴汉唐诸代的基础上,建立了相当完善的文官政治体制,诸如臣僚奏事、集议、台谏制度等。统治者设置、完善这些制度的目的是尽量听取官员们的不同意见,获取全方位的政治信息,从而为朝廷的最终决策提供依据与方案。可以说,在这些制度规范与保障下,宋代政治问题的处理基本上是以"议事"方式进行的。比如关于对外战守策略问题,事关宋王朝的

---

① 《续资治通鉴长编》第 16 册卷三八八,第 9444 页。
② 《续资治通鉴长编》第 16 册卷三九二,第 9523 页。
③ 徐自明《宋宰辅编年录》,影印文渊阁《四库全书》第 596 册,第 634 页。
④ 汪藻著,王智勇笺注《靖康要录笺注》第 2 册,四川大学出版社 2008 年版,第 1042 页。
⑤ 《续资治通鉴长编》第 9 册卷二二一,第 5370 页。
⑥ 陈傅良《止斋集》卷三〇《乾道壬辰进士赐第谢太上皇帝》,影印文渊阁《四库全书》第 1150 册,第 740 页。

生死存亡。端拱二年(989),"春正月癸巳,诏文武群臣各陈备边御戎之策"①。这是一次规模很大的集议,温仲舒、张洎、王禹偁、田锡等均上奏议。在分析这一问题时,一般多从汉族政权一方进行分析,而王禹偁所上《御戎十策》则从汉政权与少数民族政权两个角度,结合汉唐对外史实,进行辩证分析,见解相当深入,"上览奏,深加叹赏。宰相赵普尤器之"②,对宋代以守为主的对外政策确立产生了相当大的影响;同时,也可纠正一直以来我们对宋朝重内虚外的防守策略的偏见。

  毫无疑问,在这种议事机制下,士大夫分析问题的能力与议论才能的高低,是获得统治者与时人认可的主要原因。欧阳修在《再论水灾状》一文中推荐王安石云:"太常博士群牧判官王安石,学问文章,知名当世,守道不苟,自重其身,论议通明,兼有时才之用,所谓无施不可者。"③《宋史》卷二九五论云:"当仁宗在位时,宋兴且百年,海内嘉靖,上下安佚。然法制日以玩弛,侥幸之弊多。自西陲用兵,关中困扰,天子悯劳元元,奋然欲用群材以更内外之治,于时俊杰辈出。尹洙崎岖兵间,亦颇论天下之事。孙甫驰骋言路,咸以文学、方正知名。(谢)绛文词议论,尤为儒林所宗,朝廷方欲倚用之,不幸死矣。"④卷三四六《陈师锡传》载:"元祐初,苏轼三上章,荐其学术渊源,行已洁素,议论刚正,器识靖深,德行追踪于古人,文章冠绝于当世,乃入为秘书省校书郎,迁工部员外郎,加秘阁校理,提点开封县镇。"⑤卷四一八《江万里传》云:"史嵩之罢相,拜监察御史,仍兼侍讲。未几,迁右正言、殿中侍御史,又迁侍御史,未及拜。万里器望清峻,议论风采倾动一时,帝眷注尤厚。"⑥由这些史料可以看出,议论能力与士大夫的政治生活紧密相关,已成为判断他们有无政治才能的主要因素。这也就是苏轼所谓:"朝廷不见其文章议论,无以较量其人。"⑦可以说,正

---

① 《续资治通鉴长编》第 2 册卷三〇,第 666 页。
② 《续资治通鉴长编》第 2 册卷三〇,第 675 页。
③ 欧阳修《文忠集》卷一一〇,影印文渊阁《四库全书》第 1103 册,第 123 页。
④ 《宋史》第 28 册卷二九五,第 9857 页。
⑤ 《宋史》第 31 册卷三四六,第 10972 页。
⑥ 《宋史》第 36 册卷四一八,第 12523 页。
⑦ 苏轼《进何去非备论状》,见孔凡礼点校《苏轼文集》第 3 册,第 897 页。

是在这种极为完善的议事机制与以议论察人的用人制度下,没有哪个时代能像宋代那样极为看重议论。崇尚议论成为宋代士风中相当重要的一面。为此,宋人极其注重议论能力的培养,善于议论成为他们突出的主体文化特征。这在《宋史》相关传记中有鲜明体现:"(马遵)性乐易,善议论,其言事不为激讦,故多见推行,杜衍、范仲淹皆称道之。"[1]"吕溱字济叔,扬州人。进士第一……溱开敏,善议论,一时名辈皆推许。"[2]"章望之字表民,建州浦城人。少孤,喜问学,志气宏放。为文辩博,长于议论。"[3]这些史料都充分体现了宋代士子善于议论的风气与品格。

在汉魏六朝时期,咏史诗主要是对历史事实、人物进行韵体概括与描述,借以抒情言志,很少对历史进行深入探析。班固的《咏史》、左思的《咏史》八首、陶渊明的《咏荆轲》《咏贫士》七首等都表现出这种创作特征。这种特征一直延续到初、盛唐时期。其后,"安史之乱后的政治危机、社会现实导致了思想危机,如何对传统史性文化进行重新思考,使其焕发新意,彰显有助于解决社会现实问题的价值,成为当时知识分子思考的重要问题"[4]。这种思想认识使咏史诗创作形成了一种新的创作倾向,即注重对历史事实的思考与分析。如刘禹锡《金陵怀古》、杜牧的《题桃花夫人庙》《四皓庙》、皮日休《汴河怀古》等,都是立足于这种思想文化背景而创作的。但是随着五代军阀混战割据、不修文事局面的产生,这种倾向因之式微。到了宋代,伴随着文治策略的深入推行,崇识之风兴盛,宋人在创作咏史诗时,自然从纷纭复杂的历史表象外,走向了对史实的理性认知与分析,在思想内涵上崇尚识见,形成了深、新的诗学特征。如刘敞《读晏子春秋》:"平生实善交,厚薄等新故。解骖济越石,调禄谓车御。犹称礼逼下,未免俭则固。高风往既息,颓迹后方骛。陈妾轻绮纨,贤士敝襦绔。若人不重得,遗论今始布。吾亦太史徒,执鞭所欣慕。"其序云:"世讥晏婴之节逼下。夫晏婴大不治宫室,细不治冠带,无衣帛之妾,则信俭且陋

---

[1] 《宋史》第 29 册卷三〇二《马遵传》,第 10022 页。
[2] 《宋史》第 30 册卷三二〇《吕溱传》,第 10401—10402 页。
[3] 《宋史》第 37 册卷四四三《章望之传》,第 13097 页。
[4] 韦春喜《中晚唐史学精神与史论诗》,《史学史研究》2010 年第 1 期,第 10 页。

矣。至其脱左骖以济越石父之困,出仓粟以成北郭骚之孝,又何其裕哉。世之君子未尝道其裕也,而独病其陋。是以宫室则必修,冠带则必丽,陈妾则必富。所恶陋于已者从矣,所能裕于贤者谁哉!吾闻陋于已裕于贤之谓俭,陋于贤裕于已之谓吝。晏子固俭矣,于圣人之道何贬焉。"①此诗针对世俗之论,对春秋时代齐国名相晏子的节俭简陋进行了辩证思考,认为他严格地以俭朴作为自己的生活准则,而对需要帮助的人则慷慨相济,与后世之人注重华丽浮靡的生活享受相比,他的这种行为无损于圣人之道,着实值得赞扬。这种观点与认识是很深入的,富有启发意义。又如金朋说《李密陈情表》:"乌鸟私情虽孝恳,谀人藐主岂忠诚。堂堂大汉天潢派,何必陈情以伪名。"②李密,名虔,字令伯,西晋时期文学家,武阳(今四川省眉山市彭山)人,历经蜀、魏、晋三代。泰始三年,晋武帝司马炎慕李密之名,下诏征密为太子洗马。诏书累下,郡县不断催促。时李密祖母已九十六岁,年老多病。于是他向晋武帝上表,陈述无法应诏的原因。这就是著名的《陈情表》。在西晋时期,统治者在思想上崇尚以孝治国。很多士子为了博取时誉,往往以孝为辞。李密陈情拒征,可能是在深刻把握了统治者的这一思想策略的基础上提出的,因此此诗认为李密"陈情以伪名"。特别是,该诗进一步指出李密违背了君臣大义,藐视君主之命,非忠心之举。以我们的眼光来审视的话,这个结论看起来比较迂腐。但是一种观点与认识是否深入而富有新识,应当以当时,而非我们现在的思想文化认识进行审视。在宋型文化的环境下,宋代的思想文化已形成了以"尊王"为核心的价值评判标准。因此,以这种评判标准进行审视,金诗的这种识见在当时是深入而富有新意的。

在长期的历史发展过程中,一些历史人物、事件因其典型性而颇受士子关注,但也很容易形成历史见解的趋同。如关于王昭君之事,一般诗作多集中于感慨、同情其不幸的命运,是典型的悲怨主题。杜甫《咏怀古迹》其三:"群山万壑赴荆门,生长明妃尚有村。一去紫台连朔漠,独留青冢向黄昏。画图省识春风面,环佩空归月夜魂。千载琵琶作胡语,分明怨

---

① 《全宋诗》第 9 册,第 5668 页。
② 《全宋诗》第 51 册,第 32206 页。

恨曲中论。"①白居易《王昭君》二首其一云:"满面胡沙满鬓风,眉销残黛脸销红。愁苦辛勤憔悴尽,如今却似画图中。"②张祜《昭君怨》二首其二:"汉庭无大议,戎虏几先和。莫羡倾城色,昭君恨最多。"③这些作品虽然文辞不同,但悲怨主题是相同的。而在崇识风气的环境下,宋代士子则别具他见。嘉祐四年(1059),王安石作《明妃曲》二首,欧阳修、梅尧臣、司马光、刘敞、曾巩等均有唱和之作。这就是宋代著名的"王昭君"文事。这次唱和活动之作各具识见,充分体现出宋人的尚识之风。

  王安石《明妃曲》其一云:"君不见咫尺长门闭阿娇,人生失意无南北。"其二云:"汉恩自浅胡自深,人生乐在相知心。"这些诗句深含人生哲理,议论深入警醒,富有新意,的确反映了王安石"务为新奇,求出前人所未道"④的诗风。欧阳修《明妃曲和王介甫作》云:"胡人以鞍马为家,射猎为俗。泉甘草美无常处,鸟惊兽骇争驰逐。谁将汉女嫁胡儿,风沙无情貌如玉。身行不遇中国人,马上自作思归曲。推手为琵却手琶,胡人共听亦咨嗟。玉颜流落死天涯,琵琶却传来汉家。汉宫争按新声谱,遗恨已深声更苦。纤纤女手生洞房,学得琵琶不下堂。不识黄云出塞路,岂知此声能断肠?"⑤《再和明妃曲》云:"汉宫有佳人,天子初未识。一朝随汉使,远嫁单于国。绝色天下无,一失难再得。虽能杀画工,于事竟何益?耳目所及尚如此,万里安能制夷狄!汉计诚已拙,女色难自夸。明妃去时泪,洒向枝上花。狂风日暮起,飘泊落谁家?红颜胜人多薄命,莫怨春风当自嗟。"⑥欧阳修平时很谦虚,很少自夸其文。据《诗人玉屑》卷一七引《石林诗话》云:"欧公一日被酒,语其子棐曰:'吾诗《庐山高》,今人莫能为,惟李太白能之。《明妃曲》后篇,太白不能为,惟杜子美能之。至于前章,则子美亦不能为,惟吾能之也。'"⑦可知欧阳修对明妃二诗是颇为自负的。

---

① 杜甫著,仇兆鳌注《杜诗详注》第4册,第1502页。
② 《全唐诗》(增订本)第7册卷四三七,第4871页。
③ 《全唐诗》(增订本)第8册卷四三七,第5872页。
④ 李壁笺注,高克勤点校《王荆文公诗笺注》,第143页。
⑤ 欧阳修著,洪本健校笺《欧阳修诗文集校笺》(上册),上海古籍出版社2009年版,第231页。以下所引此书版本均同。
⑥ 欧阳修著,洪本健校笺《欧阳修诗文集校笺》(上册),第234页。
⑦ 魏庆之编《诗人玉屑》,上海古籍出版社1959年版,第363页。

首作借昭君思归作曲,而汉廷却视其曲为"新生谱"进行争按,统治者的这种行为说明他们只图享乐,不了解边塞之苦。这实际上是借此议论宋王朝在民族政策上居安忘危、不思振作;而第二首中的"耳目所及尚如此,万里安能制夷狄"则直接以劲健有力的议论批判朝廷的对外策略,从而把"昭君"诗从悲怨主题转换到国家、民族主题,其器识的确是很高远的。曾巩的《明妃曲》二首其一云:"明妃未出汉宫时,秀色倾人人不知。何况一身寸辞汉地,驱令万里嫁胡儿。喧喧杂虏方满眼,皎皎丹心欲语谁?延寿尔能私好恶,令人不自保妍媸。丹青有迹尚如此,何况无形论是非。穷通岂不各有命,南北由来非尔为。黄云塞路乡国远,鸿雁在天音信稀。度成新曲无人听,弹向东风空泪垂。若道人情无感慨,何故卫女苦思归?"其二云:"娥眉绝世不可寻,能使花羞在上林。自信无由污白玉,向人不肯用黄金。一辞椒屋风尘远,去托毡庐沙碛深。汉姬尚自有妒色,胡女岂能无忌心?直欲论情通汉地,独能将恨寄胡琴。但取当时能托意,不论何代有知音。长安美人夸富贵,未央宫殿竞光阴。岂知泯泯沉烟雾,独有明妃传至今。"[①]对于这两首诗,后世很少关注。实际上,这两首诗针对王安石之论进行了反思,认为毛延寿的有形图画尚且能使人不辨妍媸,更何况是无形的言语是非呢?虽然"人生失意无南北",但失意与否不是由自己决定的,绝不是因为"意态由来画不成"。昭君置身于胡族,同样也会因遭受嫉妒而失意,不会受到胡主恩遇,寻求到其知心人。基于这种认识,王安石"汉恩自浅胡自深,人生乐在相知心"的认识,自然也就需要认真思考了。

又据张师正《倦游杂录》"华清宫题咏"条:"临潼县灵泉观,即唐之华清宫也,自唐迄今,题咏者不可胜纪,自小杜五言长韵并三绝,洎郑嵎《津阳门诗》外,少得佳者。本朝张文定、陈文惠,洎前进士杨正伦三篇,虽词非绮靡,而义理可取。文定诗曰:'当时不是不穷奢,民乐升平少叹嗟。姚宋未亡妃子在,尘埃那得到中华?'文惠诗曰:'百首新诗百意精,不尤妃子即尤兵。争如一句伤前事,都为明皇惜太平。'正伦诗曰:'休罪明皇与

[①] 陈杏珍、晁继周点校《曾巩集》,第59页。

贵妃,大都衰盛两随时。唯怜一派温泉水,不逐人心冷暖移。'又郑文宝诗:'只见开元无事久,不知贞观用功深。'皆为知音所赏。"①华清宫作为反映唐代安史之乱前后盛衰巨变的文化标志与意象,一直为士人乐道,但相关诗歌多集中于批判唐玄宗的奢侈浮靡,或立足女色亡国的传统论调指责杨贵妃。而"华清宫题咏"条所载诸诗或认为奢侈无关于国事兴亡,导致盛衰巨变的根本原因在于没有像姚崇、宋璟那样的贤相辅佐;或认为玄宗依仗太平,已无积极的治世用心;或者立意更上一层,从历史哲学角度审视社会兴衰,这些观点都是颇有见识的。

由上述可以看出,王昭君与华清宫题材都是咏史诗创作中的传统题目,很容易形成立意的趋同化,而在崇识之风的影响下,宋代打破了咏史诗立意的趋同之弊,使传统咏史诗题的内涵与旨趣具有了多样性、创新性。

从类型上,中国古代的咏史诗体式主要有以历史叙述为主的史叙体、以借史抒情为主的情理体等。在盛唐以前,作家创作咏史诗时基本上以这两种类型为主。如班固《咏史》:"三王德弥薄,惟后用肉刑。太苍令有罪。就递长安城。自恨身无子,困急独茕茕。小女痛父言,死者不可生。上书诣阙下,思古歌鸡鸣。忧心摧折裂,晨风扬激声。圣汉孝文帝,恻然感至情。百男何愦愦,不如一缇萦。"该诗重在以韵体形式描述缇萦救父的故事,是典型的史叙体咏史诗。左思《咏史》八首则借史言志抒情,历史仅仅是抒情言志的手段而非目的。如其二云:"郁郁涧底松,离离山上苗。以彼径寸茎,荫此百尺条。世胄蹑高位,英俊沉下僚。地势使之然,由来非一朝。金张籍旧业,七叶珥汉貂。冯公岂不伟,白首不见招。"在该诗中,冯唐之事仅是作者表达其有志不遇情怀的一种典故。到了中晚唐时期,史论体咏史诗开始出现,它是指作者以议论手法为主,评论历史、表达识见的一种咏史类型。虽然在中晚唐时期,此类咏史诗有了一定的创作量,但其真正繁荣兴盛则是在宋代。在崇识尚论的文化环境下,为了充分展示自己的议论能力,宋代士子在面对历史题材时,自然会以纵横议论

---

① 见《宋元笔记小说大观》第1册,第766页。

为主,古代咏史诗的发展至此走向了以史论体咏史诗为主流的新时代。如,金朋说共创作了《汉党锢》《诸葛武侯》《荀彧饮药》《赤壁鏖战》等32首咏史诗,全部是史论体咏史诗。徐钧的《史咏集》二卷,共1 530首;陈普有咏史诗两卷,见《全宋诗》卷三六五〇、三六五一等,二人的咏史诗均以史论体为主。由于史论体咏史诗以理性的议论与辨析为主,随着它成为咏史诗创作的主导,咏史诗的品性与气质自然也发生了变化。换而言之,咏史诗于传统的因史言怀的感性言说之外,其理性精神与意识也大大强化,如金朋说《荀彧饮药》云:"管仲尊周昔相桓,当年文若附曹瞒。匡朝宁国言虽正,始比高光孰发端。"①荀彧,字文若,是曹操的重要谋士,为曹操统一北方做出重大贡献,后因不满曹操称魏公而卒。他在早期追随曹操时,曾劝说曹操收复、巩固兖州,其说辞云:"昔高祖保关中,光武据河内,皆深根固本以制天下,进足以胜敌,退足以坚守,故虽有困败而终济大业。"②可见,在其说辞中,荀彧把曹操比作了汉高祖、光武帝。金氏在其诗中指出荀彧在曹操欲称魏公之际,其匡朝宁国之言看上去颇有忠于汉室之意,实际上并非如此。他最早地把曹操比作汉高祖、光武帝,这种言论本身就启发了曹操称公称王的不臣之心。因此,荀彧的悲剧在一定程度上是自身造成的。可见,金氏的这种分析极具理性精神与意识的。陈普《杨修》云:"簏中是绢不能知,妄把聪明察色丝。五等人伦皆扫地,多文好学欲何为。"自注云:"杨氏四世三公,修,震玄孙,谓杨彪为诸父。杨彪、孔融、祢衡不从操,而修从之。曹植浮薄,丁仪侧媚,君子所远,而修乐之。劝操立幼,教植夺嫡,乱人父子兄弟之间,如鬼如蜮,曹操幸而容之,其能免于丁仪之诛乎。"③该诗从儒家传统的政治、伦理角度批判杨修,认为他缺乏政治操守,淆乱政治与伦理秩序,走向死路是必然的。可以看出,这两诗对相关历史人物的分析都是非常深刻的,透露出强烈的理性意识与精神。

---

① 《全宋诗》第51册,第32206页。
② 陈寿撰,裴松之注《三国志》第2册卷一〇《魏书·荀彧荀攸贾诩传》,中华书局1959年版,第309页。以下所引《三国志》版本均同。
③ 《全宋诗》第69册,第43830页。

第七章　宋代"《春秋》学"与咏史诗

伴随着以儒为本、以文治国国家文化策略的确立,宋代经学进入了新的发展时期。特别是其中的《春秋》,既是经书,又是史书。在注重发挥历史的现实政治功用的时代文化环境下,它成为当时的显学。在宋人看来,《春秋》重在表达对历史的一种认知,蕴含着经邦治国之道,在如何看待、评价与书写历史等方面,形成了一套独特的义法、体例,具有法典意义。史学研究应当以《春秋》为法,已成为当时的共识。由于咏史诗重在表达对历史人物、事件的认识与评价,自然也会顺应以《春秋》为法的史学潮流。在此情况下,要对宋代咏史诗有一个新的认识,还必须涉及宋代"《春秋》学"对它的影响问题。

第一节　"《春秋》学"的繁盛与以《春秋》为法的史学潮流

晚唐五代时期,王纲失坠,武人割据篡乱,士子伦理道德丧失,整个社会陷入了一种混乱无序的状态当中。宋代政权建立后,统治者既制定了收兵权、强禁军等有别于前代的政治军事措施;同时,在思想文化上,充分认识到了要保证政权的长久稳定,必须"化成于人文"[①],"文"化民众,使人们在思想上坚守社会伦理道德秩序,走向维护国家与政权的精神自觉。在此情况下,宋代统治者开启了以儒为本、以文治国的国家文化建设策略。

---

① 夏竦《文庄集》卷一二《崇政殿御试贤良方正能直言极谏科制策》,影印文渊阁《四库全书》第1087册,第151页。

统治者要实现这种国家文化建设策略,离不开对相关文献典籍的整理与学习。为此,在通过政治、军事手段完成了政权的初步稳定后,统治者开始了大规模的文献典籍校勘、整理活动。太宗时,曾下诏召集群儒校定《五经正义》。据《宋史·儒林传》载:"(孔维)受诏与学官校定《五经义疏》,刻板行用,功未及毕……维将终,召其婿郑革口授遗表,以《五经疏》未毕为恨。"①"太宗以孔颖达《五经正义》刊板诏孔维与(李)觉等校定。"②又,真宗咸平二年(999),"(邢昺)受诏与杜镐、舒雅、孙奭、李慕清、崔偓佺等校定《周礼》《仪礼》《公羊》《穀梁春秋传》《孝经》《论语》《尔雅义疏》,及成,并加阶勋。"③同时,统治者也深刻认识到要保证以文治国文化策略得以长久实施,必须通过一种制度规定使士子自觉走向文献典籍的学习。为此,统治者主要通过科举制度以期实现这一目标。在科举取士方面,面对自唐代以来进士科所形成的既定现实,在承认诗赋取士的基础上,同时增加"帖《论语》十帖,对《春秋》或《礼记》墨义十条"④。另外,又设有《九经》《五经》《三史》《三礼》《三传》、学究、明经等诸多科目。这些科目多以经史文献典籍作为考试内容。

应当说,朝廷通过上述举措,其目的就是在经史文献典籍的学习中探寻治国经邦之道,寻求治国经验教训,维护思想统治。但非常遗憾的是,宋初学风承续的是汉唐以来的章句义疏之学。科举考试中的经史内容,也多是通过墨义帖经等形式考核士子的记忆背诵能力。这种学风与考核方式很容易导致士子思想的僵化,使其不能把所学的知识运用到具体的现实政治生活当中,为宋代政权服务。这与统治者以文治国策略的初衷是相背离的。庆历三年(1043),范仲淹上《答手诏条陈十事》一文,就明确指出这一问题的严重性:"今诸道学校如得明师,尚可教人六经,传治国治人之道。而国家乃专以辞赋取进士,以墨义取诸科,士皆舍大方而趋小道,虽济济盈庭,求有才有识者十无一二。况天下危困乏人如此,将何以

---

① 《宋史》第 37 册卷四三一《儒林传》,第 12812 页。
② 《宋史》第 37 册卷四三一《儒林传》,第 12821 页。
③ 《宋史》第 37 册卷四三一《儒林传》,第 12798 页。
④ 《宋史》第 11 册卷一五五《选举》一,第 3604 页。

救? 在乎教以经济之业,取以经济之才,庶可救其不逮。"①由于每一时代都有立足自身社会政治现实的文化需求,与汉唐相比,宋代的社会、政治、民族等现实状况已发生了很大的变化。在此情况下,汉唐训诂注疏之学已不能适应这种变化,从而更好地服务于当时的社会。宋代要把以文治国策略贯彻到实处,必须立足于自身的现实政治文化需求,打破章句注疏之学的限制,重新阐释经典,建构自身的经史文化知识谱系。对此,宋代士子有明确的理论认识。程颐在《春秋传序》中说:"后世以史视《春秋》,谓褒善贬恶而已,至于经世之大法则不知也。《春秋》大义数十。其义虽大,炳如日星,乃易见也;惟其微辞隐义,时措从宜者为难知也……(《春秋》)乃制事之权衡,揆道之模范也。"②他认为《春秋》具有强烈的"经世"精神,贯穿着"时措从宜"的根本原则,在此精神与原则下,评判一切史实都要立足于当时的具体境况、情景进行分析。宋人面对《春秋》,应该学习的是这种精神与原则,而非仅仅记住其中的善恶评价。可见,程颐所言代表了宋代有识之士的一种思想诉求,即取法《春秋》的根本精神与原则,进而更好地服务于自身时代的文化建设。陈舜俞《说用》一文云:"《六经》之旨不同,而其道同归于用,天下国家所以道其道而民由之,用其用而民从之,非以华言单辞,殊指奥义,为无益之学也。故《易》有吉凶,吉凶者,得失之用也……《春秋》有褒贬,褒贬者赏罚之用也。""君子所贵乎道者,以其济于用也。呜呼! 圣人没,燔于秦,专门于汉,下至晋、宋、齐、梁、魏、隋、唐之间,人知训诂,而不知经,断析其言而不顾理,散而为章句,窃而为进取之术,君子不以为成德,小人假以文奸言。甚哉,生民

---

① 范能濬编集,薛正兴校点《范仲淹全集》,第478页。按:宋初时期,统治者为了贯彻以文治国的策略,在进士科考方面,除了诗赋外,又有"论各一首,策五道,帖《论语》十帖,对《春秋》或《礼记》墨义十条"(《宋史》卷一五五《选举》一,第11册,第3604页),增加了经史内容,但在总体上其考核方式主要以帖经墨义为主,而帖经墨义纯属忆诵,比较简单。策论虽能显示士子的学识,但因"当今取人,一出于辞赋,曰策曰论,姑以备数"(李觏《盱江集》卷二七《上叶学士书》,影印文渊阁《四库全书》第1095册,第225页),故而形同虚设。而诗赋则涉及技法文采、属句构篇,难度较大,"非学优才高不能当也"(沈作喆《寓简》卷五引孙何语,影印文渊阁《四库全书》第864册,第132页),故更受士子关心,主司在择取时自然也看重诗赋。范仲淹所云"国家乃专以辞赋取进士",实就此种总体情况而言。

② 程颢、程颐著,王孝鱼点校《二程集》,中华书局1981年版,第583页。以下所引此书版本均同。

不见《六经》之用久矣。天下国家安治乎!"①陈氏更直接表达了对章句之学的不满,阐述了其立足世用、开展宋代文化建设的认识。

适应这种要求,自仁宗时代开始,以孙复、刘敞等为代表的有识之士开始了重新阐释儒学经典的工作。就儒学经典而言,《春秋》以历史作为关注层面,"尊天子,卑诸侯,抑大夫"②,"明当时之是非,著褒贬而代赏罚,以惩劝于后世"③,涉及国家社稷、君臣父子等社会人事关系,具有鲜明的经世致用价值,很容易和当前的国家利益诉求与伦理道德秩序有机地联系起来,因此备受宋代士子的重视。"《春秋》学"研究因之呈现出前所未有的繁盛局面。按《宋史·艺文志》:"《春秋》类二百四十部,二千七百九十九卷。"④其中,属于宋代撰述的竟达二百部以上。其中,孙复的《春秋尊王发微》,王晢《春秋皇纲论》,刘敞《春秋权衡》《春秋意林》,孙觉《春秋经解》等,都是"《春秋》学"史上的代表作。这些著述大多"治《春秋》,不惑传注,其言简易,明于诸侯大夫功罪,以考时之盛衰,而推见王道之治乱,得经之本义为多"⑤,大多摆脱了前代章句注疏之学的桎梏,立足于宋代政治文化需求进行思想阐释。

在思想统治上,宋代统治者强调以儒为本。士人要有效地助推这种统治方式,一方面要立足于宋代社会现实,以儒经为核心,对儒家思想进行重新阐释,建立新型儒学话语体系,实现儒学义理的宋朝化,构建宋代的国家意识形态。上述孙复、王晢、刘敞等人的"《春秋》学"著述,都是适应这一要求而产生的。另一方面,还要把这种儒学新义与意识形态贯彻于诸多文献典籍中,达到典籍研治指导思想的儒家化,以便人们在学习时自觉接受这种思想,从而稳固地控制、规范人们的精神世界,使其走向维护宋朝皇权统治的意识自觉。在众多文献典籍中,史书具有相当大的垂

---

① 陈舜俞《都官集》卷六,影印文渊阁《四库全书》第1096册,第455—456页。
② 崔子方《崔氏春秋经解》卷一"八月庚辰宋公和卒"条,影印文渊阁《四库全书》第148册,第181页。
③ 崔子方《崔氏春秋经解》卷二"郑伯以璧假许田"条,影印文渊阁《四库全书》第148册,第190页。
④ 《宋史》第15册卷二〇二《艺文志》,第5066页。
⑤ 《续资治通鉴长编》第8册卷一八六,第4495页。

法资鉴、经世致用的价值。然而,宋代以前的史书是立足于当时的价值观念得以撰述的,其中蕴含的思想价值取向肯定不尽符合统治者的要求。晁公武《郡斋读书志》卷五载:"《唐书》二百卷,右石晋刘昫、张昭远等撰。因韦述旧史增损以成,繁略不均,校之实录,多所漏阙,又是非失实,其甚至以韩愈文章为大纰缪,故仁宗时删改,盖亦不得已焉。"[1]又据王应麟《玉海》卷四六,开宝六年(973)四月,太祖诏令薛居正、卢多逊、扈蒙、李昉等修梁、唐、晋、汉、周《五代史》,七年闰十月,书成。其后,因"其书取《建康实录》为准",太宗、真宗时知制诰、史馆修撰胡旦"以为褒贬失实"[2]。这样看来,在宋代以文治国的文化策略之下,士人要有效发挥史书的经世致用价值,必须解决好历史书写的指导思想问题。

历史书写的指导思想问题本质上反映的是经史关系问题。《春秋》以前,经史合一。其后,经、史分流。特别是汉代司马迁创作《史记》后,史学走向独立的发展道路,基本上以叙事为宗,以注重事实描述的"实录""直笔"为主要原则与精神,主张通过对客观历史事实的记载以寓含史义。汉代班固称赞司马迁曰:"善序事理,辨而不华,质而不俚,其文直,其事核,不虚美,不隐恶,故谓之实录。"[3]唐代史学评论家刘知幾也认为:"夫史之称美者,以叙事为先。"[4]"良史以实录直书为贵。"[5]这些观点都反映了上述史学原则与精神。在此原则与精神下,宋前时期对史书撰写的思想立场问题没有充分的理论认识。到了宋代,随着以儒为本、以文治国策略的确立,史学的目的与性质也随之发生了变化。"盖史者所以明夫治天下之道也。"[6]由于史学已经成为获取经世大略,进行政治建设的有力工具与知识资源,因此以体现国家思想意识形态的儒家经义为指导自然成为当时的文化选择。经、史关系问题因之引起了士人的高度关注。对此,在苏洵《史论》一文中认为:"大凡文之用四:事以实之,词以章之,

---

[1] 晁公武撰,孙猛校证《郡斋读书志校证》,第192—193页。
[2] 王应麟辑《玉海》第2册卷四六,第875页。
[3] 《汉书》第9册卷六二《司马迁传》,第2738页。
[4] 刘知幾著,浦起龙通释《史通通释》卷六《叙事》,上海古籍出版社2009年版,第152页。
[5] 刘知幾著,浦起龙通释《史通通释》卷一四《惑经》,第381页。
[6] 曾巩《南齐书目录序》,陈杏珍、晁继周点校《曾巩集》,第188页。

道以通之,法以检之。此经、史所兼而有之者也。虽然,经以道、法胜,史以事、词胜,经不得史无以证其褒贬,史不得经无以酌其轻重……使后人不通经而专史,则称谓不知所法,惩劝不知所祖。吾故曰:史不得经,无以酌其轻重。"①徐元杰在《绍定壬辰御试对策》中云:"夫经所以载道也,史所以纬经也。人主之学,所以讲经与史者,盖欲为修身齐家治国平天下之用者也。"②纵使是朝廷对经史关系问题也有深入认识,洪咨夔代朝廷撰写的诏书云:"经者,道之纲也。史者,事之纪也。八书十字而下,述作纷纷,经学之不明也。深于经,则必良于史……卿能以经法为史法,品藻实录,方将轶迁董而上之,进参纂修,尚奚逊,所辞宜不允。"③可以看出,历史书写应当以经义为指导思想,已成为宋代朝廷与士人的共识。

在儒家经典中,《春秋》亦经亦史,通过对社会历史的关注昭示圣人之意,具有史学垂范意义。因此,宋代士人在研治《春秋》的同时,极力倡导史学撰述与历史评论应当以《春秋》为法,为此掀起了效法《春秋》的史学浪潮。这既体现在当时的理论认识方面,也体现在史学著述方面。就前者而言,黄庭坚《书欧阳子传后》云:"今使壮舆能尽心于《春秋》之旧章,以考百世之典籍,斧藻先君子之凡例,著是去非,则十国之事虽浅,笔法所寄,自当与日月争光。"④吕南公《与饶元礼论史书》:"盖史之作,以才过人为主,其法必合于《春秋》。然后当司马迁为史不甚合《春秋》,然而号称最良者,其才高也。班固之才不及迁,而措置谨密则过之,故亦配迁流传,范晔以下卑乎陋矣。"⑤刘子翚《汉书杂论》:"爵禄者,人主之柄也。褒贬者,史官之柄也。史官之柄与人主相为权衡,以劝善惩恶。孔子作《春秋》,后之作史者取法焉。"⑥就后者而言,欧阳修的《新五代史》、孙甫

---

① 苏洵著,曾枣庄、金成礼笺注《嘉祐集笺注》,上海古籍出版社1993年版,第229页。
② 徐元杰《楳埜集》卷五,影印文渊阁《四库全书》第1181册,第665页。
③ 洪咨夔《平斋集》卷一二《朝议大夫新除兵部侍郎兼国史院编修官实录院检讨官兼崇政殿说书赵彦悈辞免升兼同修国史实录院同修撰恩命不允诏》,影印文渊阁《四库全书》第1175册,第200页。
④ 黄庭坚《山谷集》卷二六,影印文渊阁《四库全书》第1113册,第276页。
⑤ 吕南公《灌园集》卷一五《与饶元礼论史书》,影印文渊阁《四库全书》第1123册,第147页。
⑥ 刘子翚《屏山集》卷四,影印文渊阁《四库全书》第1134册,第397页。

的《唐史论断》、司马光的《资治通鉴》等都带有强烈的《春秋》色彩。据苏辙《欧阳文忠公神道碑》："公于六经，长于《易》《诗》《春秋》，其所发明，多古人所未见。尝奉诏撰《唐本纪表志》，撰《五代史》。二书本纪，法严而词约，多取《春秋》遗意。"①孙甫《唐史论断序》云："《尚书》《春秋》记治乱虽异，其于劝戒则大意同也。后之为史者，欲明治乱之本，谨戒劝之道，不师《尚书》《春秋》之意，何以为法？"②司马光撰《资治通鉴》，无论在立意，还是体例上都体现出很强的师法《春秋》之意。对此，胡三省云："《通鉴》之作实接《春秋》《左氏》后也。"③可谓深察司马光的本心。胡寅所撰《读史管见》也是如此，他有感于《资治通鉴》"事虽备而立议少"，故"用《春秋》经旨，尚论详评"④。

就主体文化特征而言，宋代士子完成了从唐代的纯粹文辞到文章学问之士的转换。擅长《春秋》诸经，文史通融，富有历史学识，已成为他们突出的主体文化特征⑤。仅就《春秋》方面而言，如苏辙著有《颍滨春秋集传》二十卷，"大意以世人多师孙明复，不复信史，故尽弃《三传》，全以《左氏》为本，至其不能通者始取《二传》、啖、赵。自熙宁谪居高安，至元符初，十数年矣，暇日辄有改定，卜居龙川而书始成"⑥。可知其"《春秋》学"修养是很深厚的。杨万里学问渊博，擅长经学，著有《诚斋易传》，对于《春秋》也是很有心得，其《〈春秋〉论》一文深刻表达了对孔子作《春秋》一事的深入理解⑦。陈造著有《江湖长翁文集》，咏史诗创作也非常丰富，约有70余首。其本人虽无《春秋》方面的专著，但极为推崇《春秋》。其《文以变为法》一文云："作文之法，备于《六经》。学者矻矻他求，何哉？

---

① 陈宏天、高秀芳点校《苏辙集》第3册，第1135—1136页。
② 孙甫《唐史论断序》，影印文渊阁《四库全书》第685册，第644页。
③ 《资治通鉴》第1册，第28页。
④ 胡大壮《〈读史管见〉序》，胡寅《致堂读史管见》，《续修四库全书》编纂委员会编《续修四库全书》第448册，第409页。
⑤ 关于此点，可参见拙文《宋代史学精神与史论诗》，《山东大学学报》2012年第3期。
⑥ 晁公武撰，孙猛校证《郡斋读书志校证》，第115页。
⑦ 杨万里撰，辛更儒笺校《杨万里集笺校》第6册，中华书局2007年版，第3374—3376页。以下所引此书版本均同。

经于句法、字律,《春秋》严矣,一字之变,褒贬各有。"[1]在《答严学谕书》一文中,他对严氏的《〈春秋〉十说》进行了评价:"《〈春秋〉十说》,并以见遗。其理有据,其文甚畅,理当而辞顺,足以卜其中之得于经者,于以自定。"[2]由他对《春秋》的认识及对严氏著述的评价,可知他对《春秋》是很有研究的。可以说,在这种主体文化品格与以《春秋》为法的思想潮流之下,当士子在进行咏史诗创作,以诗歌的形式表达对历史的评论、反思时,自然会受到此时期"《春秋》学"的影响。"高文简得《春秋》法,大体严如剑佩臣。"[3]咏史诗与"《春秋》学"产生关联,也就可以理解了。

第二节 "《春秋》学"的主导义向与咏史诗

在国家思想文化政策上,宋代之所以以儒为本,根本原因在于儒学所具有的维护国家与统治者利益的经世作用。对此,统治者有非常清醒的理论认识。大中祥符元年(1008),宋真宗亲自撰写《文宣王赞》,认为孔子为"人伦之表",儒学是"帝道之纲"[4]。五年(1012),又撰写《崇儒术论》,并刻石国子监,其文曰:"儒术污隆,其应实大,国家崇替,何莫由斯。故秦衰则经籍道息,汉盛则学校兴行。其后命历迭改,而风教一揆。有唐文物最盛,朱梁而下,王风浸微。太祖、太宗丕变弊俗,崇尚斯文。朕获绍先业,谨遵圣训,礼乐交举,儒术化成,实二后垂裕之所致也。"[5]仁宗景祐四年(1037)十月,"甲午,迩英阁讲《春秋》。上曰:'《春秋》自昭公之后,鲁道陵迟,家陪用政,记载虽悉,而典要则寡。宜删去蔓辞,止取君臣政教事节讲之。'因谓宋绶等曰:'《春秋》经旨,在于奖王室,尊君道,丘明作传,文义甚博,然其间录诡异,则不若《公羊》《穀梁》二传之质。'绶等对

---

[1] 陈造《江湖长翁集》卷二九《文以变为法》,影印文渊阁《四库全书》第 1166 册,第 373 页。
[2] 陈造《江湖长翁集》卷二六《答严学谕书》,影印文渊阁《四库全书》第 1166 册,第 336 页。
[3] 强至《读尹师鲁集》,见《全宋诗》第 10 册,第 7021 页。
[4] 孔传《东家杂记》卷上,影印文渊阁《四库全书本》第 446 册,第 71 页。
[5] 《续资治通鉴长编》第 3 册卷七九,第 1798 页。

曰:'三传得失,诚如圣言。臣等自今凡丘明所记事,稍近诬及陪臣僭乱无足劝戒者,皆略而不讲。'"①可见,统治者对儒学的关注主要集中于其政治价值与意义。宋代士子必须以统治者的这种文化意识与要求为准则,进行《春秋》诸经的阐释,才能使儒学获得发展。基于这种认识,宋代士人立足统治者的现实政治文化需求,开启了"《春秋》学"阐释工作,此时期的"《春秋》学"因之具有鲜明的主导义向。

在通过一些政治军事措施实现国家与政权的初步稳定后,摆在宋王朝面前的主要任务是如何在思想上确立政权的合法性,维护皇权统治。宋初著名学者孙复敏锐地把握了这一文化命题,他有鉴于当时的章句训诂之学已不能适应宋代选人、用人需求,积极倡导对经学"重为注解"②,使经学有效地发挥经世致用价值。在诸经之中,他认为"尽孔子之心者大《易》,尽孔子之用者《春秋》,是二大经,圣人之极笔也,治世之大法也。故作《易》说六十四篇,《春秋尊王发微》十二卷"③。在后著中,他充分发挥公羊传"春王正月"之义。他认为"孔子之作《春秋》也,以天下无王而作也"④,处处提倡"尊王"之旨。"天子至尊,非诸侯可得伉。僖与襄王交聘,伉孰甚焉。故曰'天王使宰周公来聘。公子遂如京师遂如晋'以恶之。"⑤"孔子曰:'天下有道,则礼乐征伐自天子出;天下无道,则礼乐征伐自诸侯出。自诸侯出,盖十世希不失矣;自大夫出,五世希不失矣。'夫礼乐征伐者,天下国家之大经也。天子尸之,非诸侯可得专也。诸侯专之,犹曰不可,况大夫乎!吾观隐、桓之际,诸侯无小大,皆专而行之,宣、成而下,大夫无内外,皆专而行之,其无王也甚矣。故孔子从而录之,正以王法。"⑥"《春秋》之义,非天子不得专杀。此言陈人杀其公子御寇者,讥专

---

① 《续资治通鉴长编》第 5 册卷一二〇,第 2838 页。
② 孙复《寄范天章书二》,《孙明复小集》,影印文渊阁《四库全书》第 1090 册,第 172 页。
③ 石介《泰山书院记》,陈植锷点校《徂徕石先生文集》,中华书局 1984 年版,第 223 页。以下所引此书版本均同。
④ 孙复《春秋尊王发微》卷一,影印文渊阁《四库全书》第 147 册,第 3 页。
⑤ 孙复《春秋尊王发微》卷五"冬,天王使宰周公来聘。公子遂如京师,遂如晋"条,影印文渊阁《四库全书》第 147 册,第 58 页。
⑥ 孙复《春秋尊王发微》卷一"郑人伐卫"条,影印文渊阁《四库全书》第 147 册,第 5—6 页。

杀也。是故二百四十二年无天王杀大夫文,书诸侯杀大夫者四十七也,何哉?古者诸侯之大夫皆命于天子,诸侯不得专命也。大夫有罪,则请于天子,诸侯不得专杀也。大夫犹不得专杀,况世子、母弟乎?春秋之世,国无大小,其卿、大夫、士皆专命之,有罪无罪皆专杀之,其无王也甚矣!故孔子从而录之,以诛其恶。"①孙复认为在社会政治体系中,天子居至尊之位,拥有至高无上的权力与威严,神圣不可侵犯。毫无疑问,这种思想都是紧密围绕宋代统治者的政治文化需要而进行的经义阐释。在孙复的影响下,宋人虽然对具体问题有不同的认识,甚至互有轩轾,但在《春秋》主旨上,均认可孙氏的尊王之义。如沈棐《〈春秋〉比事》认为:"春秋之义莫大于尊王,罪莫大于不尊王。"②李琪《春秋王霸列国世纪编》云:"《春秋》一经,总摄万事,而大本始于尊王。圣人盖谓尊卑不著,则人纪不建,而天理熄矣!尚何万事之有存哉!尊王之义设,而后是是非非昭明而不舛,此《春秋》所由作乎!"③吕大圭《〈吕氏春秋〉或问》云:"《春秋》之作,为尊王而作也。"④这些认识都表达出强烈以尊王为本的经世精神。

  宋代时期,民族矛盾非常尖锐。西夏、辽、金、蒙古等多个少数民族政权先后崛起,严重威胁着宋王朝的生存。特别是金、蒙古两大政权,最终导致了北宋、南宋的灭亡。在这种尖锐的民族矛盾下,夷夏关系自然成为宋代儒学经义话语体系中的热点问题,这在宋代"《春秋》学"著述中有相当鲜明的体现。作为开启"《春秋》学"风研治先路的主要人物,孙复在《春秋尊王发微》中已表现出相当强烈的攘夷思想与情怀。例如关于僖公元年"齐师、宋师、曹师次于聂北救邢"事:邢为狄人所侵。于是,当时的霸主齐桓公就与宋、曹二国发兵救援。对于此事,《左传》仅是进行了几句简单的叙述,《公羊传》《穀梁传》分别在"救不言次"和桓公逗留观望因而不值得称赞方面进行着笔。而孙复却别有用心,认为:"威自灭遂,二

---

① 孙复《春秋尊王发微》卷三"陈人杀其公子御寇"条,影印文渊阁《四库全书》第147册,第35页。
② 沈棐《春秋比事》卷三"不朝王而事齐晋"条,影印文渊阁《四库全书》第153册,第40页。
③ 李琪《春秋王霸列国世纪编》卷一,影印文渊阁《四库全书》第156册,第184页。
④ 吕大圭《〈吕氏春秋〉或问》卷七"王使荣叔来锡桓公命"条,影印文渊阁《四库全书》第157册,第543页。

十年用师征伐,皆称人者,以其攘夷狄救中国之功未著,微之也……至此称师者,以其能合二国,次于聂北救邢,齐威攘夷狄救中国之功渐见,少进之也。"①自此之后,阐释《春秋》夷夏问题表达对民族斗争的认识,成为宋代《春秋》学的另一主导义向。

特别是,有感于靖康之难所带来的民族耻辱,以胡安国为代表的士子更自觉地把发挥"攘夷"之义作为自己的文化使命。胡安国(1074—1138),字康侯,号青山,学者称武夷先生,后世称胡文定公,南宋时期著名经学家与湖湘学派的创始人。哲宗绍圣四年(1097),进士及第,先后为太学博士,提举湖南学事、成都学事等。绍兴元年(1131),除中书舍人兼侍讲、给事中等。因仕途坎坷,无意于仕。晚年退隐,致力于学术研究。在学术师承上,早年拜程颢、程颐弟子杨时为师,研究性命之学。入太学时,又从程颐之友朱长文、靳裁之,得程学真传。其治学理念上承二程,下接谢良佐、杨时、游酢,在理学发展史上有承上启下的作用。其为学重经世济时,强调发挥传统经籍服务现实、时事的功能。绍兴五年(1135),高宗诏令胡安国纂修《〈春秋〉传》,他"感激时事,往往借《春秋》以寓意"②。与北宋的著述相比,此著为现实政治服务的意识更加强烈。绍兴六年(1136),他在上奏高宗的《〈春秋传〉进表》中说:"陛下天锡勇智,圣德日新,嗣承宝位于三纲九法沦斁之后,发于独断,崇信是经,将以拨乱世反之正……臣以荒芜末学,荣奉诏旨,辄不自揆,罄竭所闻,修成《春秋传》三十卷十万余言,上之御府。恭惟肃将天讨之余,万几之暇,特留宸念,时赐省览,取自圣裁。监天人休咎之府,核赏罚是非之实,懋检身之盛德,恢至治之远图,式叙邦经,永康国步,则臣虽委身填壑,志愿毕矣。"③他在《序》中自评《春秋传》云:"虽微辞奥义,或未贯通,然尊君父、讨乱贼、辟邪说、正人心、用夏变夷,大法略具,庶几圣王经世之志,小有补云。"④由这些言辞即可看出,其《春秋传》蕴含着强烈的经世济时的用心。在该著中,作

---

① 孙复《春秋尊王发微》卷五,影印文渊阁《四库全书》第 147 册,第 43 页。
② 纪昀等《钦定四库全书总目》(整理本),第 345 页。
③ 胡安国著,钱伟强点校《春秋胡氏传》,浙江古籍出版社 2010 年版,第 7 页。以下所引此书版本均同。
④ 胡安国《春秋传序》,见《春秋胡氏传》,第 2 页。

者对民族关系尤为关切,力倡攘夷存夏与复仇大义,充满了强烈的民族情绪。如,该著"(隐公)二年春,公会戎于潜"条云:"《春秋》天子之事,何独外戎狄乎?曰:中国之有戎狄,犹君子之有小人。内君子外小人为泰,内小人外君子为否。《春秋》圣人倾否之书,内中国而外四夷,使之各安其所也。"①"(庄公元年)秋,筑王姬之馆于外"条云:"《春秋》于此事一书再书又再书者,其义以复仇为重,示天下后世臣子不可忘君亲之意。"②"(僖公三十年)夏,狄侵齐"条云:"《诗》不云乎:'戎狄是膺,荆舒是惩。'四夷交侵,所当攘斥。"③

宋代《春秋》学中的"尊王"义向是为了昭示皇权统治下的王道秩序,使人们以一种思想自觉的方式促进政治稳定,而"攘夷"则是为了在激烈的民族斗争环境下,使人们树立一种民族意识,维护国家利益。在文化向度上,前者向"内",后者对"外",都体现了当时的国家思想意识形态诉求。二者都浸润于宋代士子的思想深处,对咏史诗创作产生了相当大的影响。

出于"尊王"的自觉意识,宋代士子在进行咏史诗创作时,体现出鲜明的肯定皇权统治、维护君主专制的思想倾向。如周紫芝《读高帝纪》:"始皇坑儒生,秦室遂颠覆。取冠溺其中,何乃踵前躅。亭长初秦民,秦事鉴已熟。事有异取舍,安用自窘束。方从丰沛豪,起逐中原鹿。君王自神武,将士岂局促。当时分汉茅,素行甚污辱。屠沽与刀笔,杂然非一族。叔孙晚见推,韩彭旋烹戮。一弛复一张,往往如转轴。高皇躬独断,此理深照烛。英风渺何之,遗事空简牍。"④在此诗中,作者高度认可了汉高祖的"一弛复一张"之法,此诗认可汉高祖的"一弛复一张"之法,即统治者无论是推赏,还是诛杀将士,目的都是为了维护自身威严与朝廷利益,字里行间流露出对统治者"独断"之理的赞佩。由此可见,这首诗极力宣扬的是一种皇权主义,是宋代尊王意识形态的直接呈现与表达。虽然像这

---

① 胡安国著,钱伟强点校《春秋胡氏传》卷一,第 6 页。
② 胡安国著,钱伟强点校《春秋胡氏传》卷七,第 85 页。
③ 胡安国著,钱伟强点校《春秋胡氏传》卷一三,第 199 页。
④ 《全宋诗》第 26 册,第 17108 页。

样直白地推崇君主专断的作品比较少,但却反映了宋代咏史诗新的内涵倾向。

同时,同时,在《春秋》学"尊王"意识的支配下,宋代士子在创作咏史诗时多以是否忠君与维护正统王朝为标准,认识与评价历史人物。褒忠刺奸、贬篡斥伪成为此类诗歌突出的书写立场与倾向。张商英《题关公像》、吕南公《新室》、刘弇《题屈原》、周紫芝《卞公祠》《过狄梁公墓》、范浚《读孔北海传》、项安世《读三国志》、金朋说《司马昭弑魏主》《五季相冯道》、蔡沈《读王莽传寄廖判府》、刘克庄《蹩操》《魏志》、郭居安《曹操》《司马懿》、徐钧《桓温》《安禄山》等咏史诗都是这方面的代表作。在此,以周洎《忠孝亭》、金朋说《五季相冯道》、徐钧《桓温》等诗为例。周诗云:"晋鼎脆脆奸人窥,孰谋国者如儿嬉。陷阱弗设延虎貔,虩阚搏噬婴者摧。群公奔溃不敢谁,卞公力疾起督师。谓事迫矣奚生为,以肉喂虎吁可悲。公则死矣二子随,伟哉忠孝萃一时。维公忠义天所资,向来谋国如蓍龟。不用吾言至于斯,为社稷死则死之。冶城之麓江之湄,荒冢突兀余丰碑。半生读史长嘘唏,拜公之坟涕沾颐,死者可作吾谁归。嗟哉江左固多士,往往所欠惟一死,元规儿辈何足罪。王公逼仄石头里,气息奄奄有如泉下龟。苏武之节不如是,视公胡不颡有泚,男子之死一言耳,死而不亡公父子。"[1]诗歌咏赞了东晋名臣卞壸。卞壸,字望之,济阴冤句(今山东菏泽)人,东晋初期著名政治家、军事家、书法家,累事三朝,两度为尚书令。他勤于吏事,刚正不阿,不畏权贵,注重匡风正俗,维护朝廷纲纪,不与清谈之士为伍。咸和二年(327),苏峻为乱,司马氏政权处于非常险恶的境地,卞壸英勇杀敌,壮烈殉国。此诗即以此发端,写出了当时执政者无视国难的状态与"群公奔溃"的乱象,然后重点渲染、赞扬卞公"为社稷死则死之"的忠义精神与品格。金朋说《五季相冯道》云:"历代成规知谨守,五朝八姓诰封新。改辞易面何无耻,视古夷齐不亏心。"[2]冯道,五代时人,字可道,自号长乐老,瀛洲景城(今河北沧州)人。在纷乱的时局中,他多易其主,历仕后唐、后晋(契丹)、后汉、后周四朝十君,拜相二十余

---

[1] 《全宋诗》第 47 册,第 29131 页。
[2] 《全宋诗》第 51 册,第 32209 页。

年，人称官场"不倒翁"。对于其人其行，司马光从"忠臣不事二君"的观念出发，认为冯道实为"奸臣之尤"①。金诗的史学立场与司马光一致，认为他只图个人富贵权势，毫无道德操守与羞耻之心。徐作云："世有英明善治君，奸雄屈伏作能臣。尽忠于国人臣事，底事甘为跋扈人。"②该诗直接按照古代忠君的政治观念，对试图篡晋自立的桓温进行严厉批评。可以看出，这三首诗分别对卞壶、冯道、桓温等人进行褒扬或贬斥，充分体现出咏史诗"尊王"的书写立场与倾向。

受"《春秋》学""攘夷"义向影响，宋代咏史诗非常注重选择为民族与国家利益英勇斗争、献身的人物形象，歌颂历史上的抗敌御侮的军事斗争，严斥不以民族大业为重的思想与意识，体现出相当鲜明的民族主义性质。这种倾向在北宋时期就已经表现出来，如孔平仲的《武宗》一诗，写唐武宗重用李德裕，君臣合力，"一平回鹘凶，再洗上党昏"，"外内已息兵，崇卑定乾坤"③，积极肯定唐王朝打击少数民族入侵、维护国家利益的军事斗争。李复《王导》："邹人羞比管夷吾，可复中原尽羯胡。郊垒连云困衣食，纵高练布得充无。"④王导为东晋政权的建立、稳定做出了很大贡献，当时有管夷吾之称。此诗以此发端，引用孟子羞比管仲的典故⑤，讽刺他器局狭小，不以抗击羯胡侵略、恢复民族大业为事。

靖康之难后，随着宋政权偏居一隅，民族矛盾日趋严峻，咏史诗中的民族主义倾向愈来愈鲜明，如金朋说《五季石晋》二首、吕本中《双庙》、邓肃《咏史》二首其一、陈长方《李邺侯赞》《李西平画像赞》、蔡枏《题颜鲁公祠》、陆游《读唐书忠义传》、李辅《题双庙》、袁说友《题颜鲁公怀忠堂》、金朋说《张忠靖》《五季石晋》、赵肃远《岳王坟》、周师成《新亭》、叶

---

① 《资治通鉴》第 20 册卷二九一，第 9511—9512 页。
② 《全宋诗》第 68 册，第 42849 页。
③ 《全宋诗》第 16 册，第 10851 页。
④ 《全宋诗》第 19 册，第 12493 页。
⑤ 《孟子·公孙丑章句上》：公孙丑问曰："夫子当路于齐，管仲、晏子之功，可复许乎？"孟子曰："子诚齐人也，知管仲、晏子而已矣！或问乎曾西：'吾子与子路孰贤？'曾西蹴然曰：'吾先子之所畏也。'曰：'然则吾子与管仲孰贤？'曾西艴然不悦。'尔何曾比予于管仲！管仲得君如彼其专也，行乎国政如彼其久也，功烈如彼其卑也；尔何曾比予于是！'"曰："管仲，曾西之所不为也，而子为我愿之乎？"（杨伯峻《孟子译注》，中华书局 1960 年版，第 56 页）

绍翁《题鄂王墓》、岳珂《读刘琨传》、王迈《读渡江诸将传》、袁甫《题英烈庙》、刘克庄《读陈汤传》、胡仲参《读岳鄂王行实》、徐集孙《鄂王墓》、吴龙翰《读岳武穆传》、徐钧《颜杲卿》《张巡》《许远》《雷万春》、文天祥《刘琨》《祖逖》《颜杲卿》《许远》等。在这些作品中，有的重在批判尊奉夷狄的民族罪人，如金朋说《五季石晋》二首："父礼契丹输左衽，尊夷割地表称臣。降戎借势冠裳倒，万古春秋一罪人。""石晋尊夷取帝华，如何两世覆邦家。杀胡林下天还报，剖腹监心归帝耙。"①这两首诗对石敬瑭认贼作父、尊夷割地的可耻行径大加诛伐。绝大部分作品多以西晋末年的刘琨，安史之乱期间的张巡、许远、颜真卿、颜杲卿，南宋初期的岳飞等历史人物为题材，歌颂他们为民族利益而英勇斗争的忠义精神与气节，批判破坏民族斗争的可耻人物及其行径。如陆游《读唐书忠义传》："志士慕古人，忠臣挺奇节。就死有处所，天日为无色。大义孰不知，临难欠健决。我思杲卿发，可配嵇绍血。"②叶绍翁《题鄂王墓》："万古知心只老天，英雄堪恨复堪怜。如公更缓须臾死，此虏安能八十年。漠漠凝尘空偃月，堂堂遗像在凌烟。早知埋骨西湖路，学取鸱夷理钓船。"③陆诗重在歌颂颜杲卿勇于死节的大义之举，叶诗以岳飞抗金为着眼点，表达了抵抗外族入侵的思想，也蕴含了民族恢复大业因遭破坏而不成的沉着慨叹。

社会现实中一切人事活动，一旦成为历史，便成为"独立于人的意识之外的客观存在"④，无法复原。在很大程度上，后世对历史形态存在的认知，实际上都是凭借相关文献资料、传闻等，按照自己的主观意图、思想进行分析的结果。毫无疑问，主观认知的结果与历史本真形态之间肯定会存在着一定或很大的出入。基于这种分析，在《春秋》学"尊王""攘夷"等思想成为一种为主流浪潮后，士子对历史人物的分析与认知，必然会以之作为一种潜含的认知前提，从而导致诸多历史人物如王昭君、陶渊明等从历史本真形象向意识形态形象地转换。

---

① 《全宋诗》第 51 册，第 32209 页。
② 陆游著，钱仲联校注《剑南诗稿校注》第 7 册，第 3667 页。
③ 《全宋诗》第 56 册，第 35135 页。
④ 张可礼《古代文学史料与古代文学研究》，《山东大学学报》2011 年第 3 期，第 15 页。

关于王昭君,赵汝鐩《昭君曲》云:"御戎岂别无经纶,娄敬作俑言和亲。或结或绝患不已,至呼韩邪朝竟宁。稽首愿得婿汉氏,秭归有女王昭君。临时失赇画工赂,蛾眉远嫁单于庭。玉容惨淡落紫塞,粉泪阑干挥黄云。下马穹庐移步涩,弹丝谁要胡儿听。年年两军苦争战,杀人如麻盈边城。若藉此行赎万骨,甘忍吾耻縻一身。闻笳常使梦魂惊,倚楼惟恐烽火明。狼子野心何可凭,呜呼狼子野心何可凭。"①盛世忠《王昭君》云:"汉使南归绝信音,毡庭青草始知春。蛾眉却解安邦国,羞杀麒麟阁上人。"②赵文《昭君词》云:"蜀江洗妍姿,万里献君王。君王不我幸,弃置何怨伤。君王要宁胡,借问谁能行。女伴各惧怯,畏此道路长。慨然欲自往,讵忍别恩光。倘于国有益,尚胜死空房。行行涉沙漠,风霜落红妆。得为胡阏氏,揣分已过当。单于感汉恩,边境得安康。一朝所天死,掩泣涕沾裳。胡俗或妻母,何异豺与狼。仰天自引决,爰此夫妇纲。大忠与大义,二者俱堂堂。可怜千古无人说,只道琵琶能断肠。"③在真实世俗的历史生活当中,能够具有鲜明的大义思想并以之作为行事准则的人物,毕竟是很少的。在这种情况下,士子要通过历史人物展现其"尊王""攘夷"思想,必须对历史人物进行改造,这在王昭君公案中体现得相当充分。按诸《汉书》《后汉书》等典籍,昭君只不过是因汉朝为改善与匈奴的民族关系而被迫出嫁的宫女而已,谈不上具有维护民族利益的意识。而在民族问题非常凸显的宋代时期,她出嫁异族的本事,则成为士子借以表达自身民族情怀的良好素材。在这种需求下,基于春秋学"尊王""攘夷"思想,宋代士人在创作咏史诗时对王昭君形象进行了改造,使她由一个感慨个人命运而哀怨幽思的形象,转变成为民族利益而勇于牺牲的人物形象。上述三首诗就充分体现了这种形象塑造,特别是"大忠与大义,二者俱堂堂。可怜千古无人说,只道琵琶能断肠"诸句,可谓人物形象转变的最佳表述。

关于陶渊明,葛胜仲《跋陶渊明归去来图》云:"小邑弦歌始数句,迷

---

① 《全宋诗》第 55 册,第 34201—34202 页。
② 《全宋诗》第 59 册,第 36829 页。
③ 《全宋诗》第 68 册,第 43236 页。

途才觉便归身。欲从典午完高节,聊与无怀作外臣。"①王柏《陶渊明》云:"义熙鼎向寄奴轻,归去来兮绝宦情。特笔谁书晋处士,千年心事一朝明。"②潘从大《疏斋以旧作题渊明归来图诗见赠依韵奉和》云:"公归岂为三径松,取节荆轲仇祖龙,平生大义要其终。遁身甘混田舍翁,肯随一世皆尚同。言言易水诗见志,抚卷陡觉辞深雄,谁知笔补造化工。寓怀曲糵匪昏醉,孤忠耿耿蟠心胸。纡辔几许尘埃中,柴桑不与车马通。八表同昏雨濛濛,曒日通天西复东。当年荣木随时穷,黄花今犹傲秋风。拜公遗像读公传,眼高千载为之空。"③郑思肖《题陶渊明集后》云:"拂袖归来未是迟,传家何用五男儿? 不堪生在义熙后,眼见朝廷被篡时。"④据《晋书·隐逸传》:"(陶渊明)自以曾祖晋世宰辅,耻复屈身后代,自高祖王业渐隆,不复肯仕。所著文章,皆题其年月,义熙以前,则书晋氏年号,自永初以来唯云甲子而已。"⑤但是,在当时的历史环境下,陶氏是否有忠于晋室的思想,还要做深入的考辨。对此,袁行霈把他放到晋宋之际的政治风云之中,认为他"忠于晋室之说是难以成立的","陶渊明对刘裕弑帝是不满的,但态度并不十分激愤"⑥,这种分析是很有道理的。到了宋代,在"尊王"成为一种主流意识下,宋代士子利用《晋书》等史料所载的"耻复屈身""唯云甲子"之说,对陶渊明进行了挖掘与净化。如,韩驹云:"渊明忠义如此,今人或谓渊明所题甲子,不必皆义熙后,此亦岂足论渊明哉。唯其高举远蹈,不受世纷,而至于躬耕乞食,其忠义亦足见矣。"⑦由上述四诗可以看出,作者均把陶渊明塑造为一位具有强烈忠义情怀的形象,使其成为中国文化的一种符号⑧,这种形象肯定与历史真实原形存在比较大的区别。宋代士人对陶渊明形象的共塑,必然是以共同的思想意识作为

---

① 《全宋诗》第 24 册,第 15702 页。
② 《全宋诗》第 60 册,第 38065 页。
③ 《全宋诗》第 68 册,第 42796 页。
④ 《全宋诗》第 69 册,第 43418 页。
⑤ 《宋书》第 8 册卷九三《隐逸传》,第 2288—2289 页。
⑥ 袁行霈《陶渊明与晋宋之际的政治风云》,《中国社会科学》1990 年第 2 期,第 16—17 页。
⑦ 韩驹《论陶二则》,见《陶渊明资料汇编》(上册),第 50 页。
⑧ 关于此点,可参见袁行霈《论和陶诗及其文化意蕴》,《中国社会科学》2003 年第 6 期。

基础的,而这种思想意识实际上就是基于宋代意识形态下的"《春秋》学""尊王"思想。它导致了士子对相关历史人物的思想、行为,极力进行挖掘、净化与放大,从而造成了历史人物形象塑造的崇高化与符号化。

第三节 "《春秋》学"的阐释方式与咏史诗

就经学阐释而言,汉唐"《春秋》学"重在章句训诂,极其烦琐。自中唐以后,为解决当时的思想危机,重建人的道德精神世界,以啖助、赵匡等为代表的"《春秋》学"派开始摆脱章句注疏之学的限制,舍弃三传,直接以经书为本,阐释其中的微言大义,开启了《春秋》阐释的新途径。到了宋代,士人为了充分发挥经文服务于现实政治文化需求的作用,继承了啖、赵一派的《春秋》研治方法,不惑传注,直寻经文大义。较早开启这种风气的是北宋初期的孙复。

孙复(992—1057),字明复,晋州平阳(今山西临汾)人。他力学不辍,饱读《六经》,贯以义理。因举进士不第,退居泰山,专心于讲学授徒近二十年,并著《易说》六十四篇、《春秋尊王发微》十二卷等著作,声名渐显于世,人称"泰山先生",又与胡瑗、石介并称"宋初三先生"。庆历二年(1042),在范仲淹、石介等人的推荐下,孙复任秘书省校书郎、国子监直讲,积极支持范仲淹等的"复古劝学"主张,大兴太学。庆历七年(1047),因徐州孔直温案,被贬外职,后重返太学任教。嘉祐二年(1057)七月,病逝。孙复在"《春秋》学"方面影响颇大,惠泽学人。程颐《回礼部取问状》一文在谈到其讲说《春秋》盛况时云:"孙殿丞复说《春秋》,初讲旬日间,来者莫知其数。堂上不容,然后谢之,立听户外者甚众。当时《春秋》之学为之一盛,至今数十年传为美事。"[①]

作为孙复的代表著述,《春秋尊王发微》不惑传注,舍传求经,直指经文大义,开启了"《六经》注我"的学风。如,他在解释《春秋》首句"元年,春王正月"时云:"孔子之作《春秋》也,以天下无王而作也,非为隐公而作

---

① 王孝鱼点校《二程集》,第568页。

也。然则《春秋》之始于隐公者非他,以平王之所终也。何者?昔者,幽王遇祸,平王东迁,平既不王,周道绝矣。观夫东迁之后,周室微弱,诸侯强大,朝觐之礼不修,贡赋之职不奉,号令之无所束,赏罚之无所加。坏法易纪者有之,变礼乱乐者有之,弑君戕父者有之,攘国窃号者有之。征伐四出,荡然莫禁,天下之政、中国之事皆诸侯分裂之……春秋自隐公而始者,天下无复有王也。夫欲治其末者,必先端其本;严其终者,必先正其始。元年书王,所以端本也,正月所以正始也。其本既端,其始既正,然后以大中之法,从而诛赏之,故曰'元年,春王正月'也。"①可以看出,作为引领宋代"《春秋》学"新风的著述,孙复的《春秋尊王发微》在解释《春秋》首句时,不再按照笺疏"元""王""正"等字词的传统老路,而是直接阐发大义。稍后于孙复的刘敞,著有《春秋权衡》《春秋传》《春秋意林》等。在这些著述中,作者在取舍众说的基础上,重在表达自己对经义的理解,对《春秋》的阐释方式与孙复颇为相似。故《四库全书总目》评云:"进退诸说,往往依经立义。""北宋以来,出新意解《春秋》者,自孙复与敞始。"②如,关于文公五年"王使荣叔归含且赗"一事,其《春秋意林》云:"王使荣叔归含且赗,不知者乃以谓天子赗人之妾,小过耳,而讥之深;求车杀母弟,大恶也,而讥之略。是不及知《春秋》正人伦之意也。君臣也,父子也,夫妇也,治之三纲也,道莫先焉。桓以臣杀君而王命之,成风以妾僭嫡而王成之,于三纲废矣。是去人之所以为人也,王之无天不亦明乎?古之为文者,三画而一贯之为王。一贯之者,谓能法天也。苟不能法天,何王之称?"③他在批判前说的基础上,认为君臣、父子、夫妇等纲常是天下为治之道。《春秋》之所以对"天子赗人之妾"这样的"小过",讥讽甚深,去"天"以贬之,其原因就在于它是周襄王不遵循三纲之道的一种体现。仅仅通过这个事例就可以看出,依据经文,直寻大义,是刘敞"《春秋》学"的主要特点。其后,在孙复、刘敞等人的影响下,直寻经义成为宋代士子研治《春秋》时最鲜明的阐释方式,并对古代咏史诗的发展产生了深刻影响。

---

① 孙复《春秋尊王发微》卷一,影印文渊阁《四库全书》第 147 册,第 3 页。
② 纪昀等《钦定四库全书总目》(整理本),第 337 页。
③ 刘敞《刘氏春秋意林》卷上,影印文渊阁《四库全书》第 147 册,第 513—514 页。

第七章 宋代"《春秋》学"与咏史诗 247

从诗史演进的角度上讲,自东汉以来,士人受中国古代史学以叙事为宗的原则影响,在创作咏史诗时比较重视历史人物、事件的叙述,这在班固《咏史》、陶渊明《咏荆轲》等诗作中有比较鲜明的体现。到了宋代,在"《春秋》学""直寻经义"阐释方式的影响下,士人在创作咏史诗时不再重视对历史过程的详细描述,而是通过议论的方式直接陈述、探析史义,从而致使史叙体逐渐衰减,而史论体则蔚然而兴。如李觏《齐世家》:"莫以荒淫便责君,大都危乱为无臣。若教管仲身长在,何患夫人更六人。"①李觏是北宋中期著名的思想家、教育家,受范仲淹推荐,曾任太学助教、直讲等职,专门负责教育工作。虽然没有专门的《春秋》著述,但对当时的"《春秋》学"的发展却颇为关注。其《策问》六首其四云:"问:《春秋》书王,所以见王者,上奉时承天而下,统正万国。吾习诸此,未始不舍业而叹。深矣,先王之法也。然《公羊》子曰:'王者孰谓,谓文王。'杜元凯曰:'所书之王,即平王。'学者往往未知所传。今之儒生又有异意,谓春秋以天下无王而作。盖号令赏罚,天子之事,孔子不敢私之,故书王以著号令赏罚之所由出。若是则王非周也。孔子藉之云尔。吾心亦不安兹。用商于二三子,绎圣人之心,懋君臣之义,吾有望焉。"②所提到的"今之儒生",实际上是指孙复,其《春秋尊王发微》的主张之一就是《春秋》为天下无王而作。可以看出,他对当时"《春秋》学"的发展是非常关注的,并通过策问的形式来引发学子对之进行思考。同时,他对一些历史问题的分析,基本上也是遵循当时"《春秋》学"的尊王之旨。如针对学子"伊尹废太甲,有诸"的疑问,他说:"是何言欤!君何可废也?古者君薨,百官总己以听于冢宰三年。成汤既殁,二十五月中,伊尹之知政,太甲之居忧,固其常也。不宫于亳而宫于桐,近先王墓,使其思念。名之曰'放',儆之之意也。故三祀十有二月朔,伊尹以冕服奉嗣王归于亳,二十六月而即吉也。则太甲之为君,何尝一日废矣哉!"③由此也可看出,他对历史的诠解体现

---

① 《全宋诗》第 7 册,第 4336 页。
② 李觏《盱江集》卷二九,影印文渊阁《四库全书》第 1095 册,第 261 页。
③ 黄宗羲著,全祖望补修《宋元学案》第 1 册卷三《高平学案》,上海古籍出版社 1986 年版,第 159 页。以下所引《宋元学案》版本均同。

出鲜明的"《春秋》学"直指大义的特点。立足于这种学术精神,《齐世家》一诗没有集中于叙述《史记·齐世家》之事,而是重在探讨国家危乱之因,认为国君纵有荒淫,也不可过于苛责,齐国如果能够再有像管仲这样的能臣匡正国君的话,也不会有乱危的政局。这种分析既表现出鲜明的尊王意识,也体现了直指大义的特征。

又如陈普《荀息》:"三怨盈朝积不舒,奚齐卓子釜中鱼。区区荀叔若乳姬,智略无称信有余。"自注云:"全德全材,古人难得,但一节足为世教,圣人皆许之。此荀息之死,所以得书于《春秋》也。献公未死,一国之中皆二子之党也,其畜有年矣。奚齐、卓子之危,荀息皆肯为之傅。受献公临终之命,为之尽力,荀息之智其不足称者矣。及里克杀二子,荀息必践其言,不负献公之托,斯则君子有守无贰、忠信不渝之道,此夫子所以取之也。正如子路仕非其所,而结缨一节,亦可称。至怨,古今之所难忘,而仁义之心能不灭,亦足为三纲五常之助矣。"[①]荀息是春秋时期晋国的肱股之臣,先后侍奉晋武公、献公。献公二十六年(前561),晋国发生内乱。晋献公听信宠妃骊姬的谗言,逼死太子申生,逼走重耳和夷吾,立骊姬之子奚齐为太子,并任命荀息为太傅,辅佐年幼的奚齐。当年九月,晋献公于病榻前召见荀息,委以托孤重任。"公疾,召之,曰:'以是藐诸孤辱在大夫,其若之何?'稽首而对曰:'臣竭其股肱之力,加之以忠贞。其济,君之灵也;不济,则以死继之。'"[②]因奚齐年幼,骊姬专横武断,内乱不已。于是,以里克、丕郑为代表的政治力量,希望外逃的重耳和夷吾两位公子能够回来执政,于是纠合申生、重耳、夷吾即"三怨"之徒,杀掉奚齐。不料,荀息又扶立奚齐的异母弟卓子(骊姬之妹少姬所生)为国君。陈诗即以此事为题材,对荀息进行评论,认为他虽然不识时务,没有智略,但忠于其君的信义人格是非常值得肯定的。再联系其自注之语可知,作者实际是通过荀息之事,表达对《春秋》大义的理解,其解析方式与当时的"《春秋》学"直指大义的诠解方式是完全一致的。

实际上,直指大义包含两个方面的指向:"直指"与"大义",前者为诠

---

① 《全宋诗》第 69 册,第 43792 页。
② 杨伯峻《春秋左传注》,第 328 页。

解方式，后者为诠解倾向。前者导致了咏史诗从史叙体向史论体的转变，而后者则决定了咏史诗创作的思想导向与政治功能。就其实质而言，"大义"是维护当时皇权统治与国家民族利益的思想意识的总括。当士子把探寻大义作为历史认知的目的时，这自然导致了咏史诗创作具有了一个总体性的思想导向。所谓思想导向，是指众多作家在创作作品时，以当时的国家思想意识形态为指导，所表现出的旨在维护皇权社会统治的自觉意识。在宋代以前，作家创作咏史诗的目的主要是借史言志抒怀，表达个人情志。如晋代作家左思作有《咏史》诗八首，重在抒发在自己的功业理想、怀抱以及门阀制度压抑下的郁愤不平之情。沈德潜云："太冲咏史，不必专咏一人，专咏一事，咏古人而己之性情俱见。此千秋绝唱也。"①可谓深察了咏史诗与主体情志表达之间的关系。但是，宋前时期的咏史诗时还没有涉及创作导向问题。到了宋代，咏史诗创作因阐发大义的需要，必然产生了思想导向问题。在此仅以徐钧《史咏集》为例。黄缙《徐见心先生史咏后序》云："金华兰溪徐章林先生夙有闻家庭所传先儒道德之说，而犹精于史学，凡司马氏《资治通鉴》所记君臣事实可以寓褒贬而存劝戒者，人为一诗，总一千五百三十首，命之曰史咏。其大义炳然一本乎圣经之旨，诚有功于名教者也。"②可知，徐钧精于史学，其《史咏集》在内涵上楬橥经学大义为主，目的是"有功于名教"即维护皇权社会利益。如《齐威王》："赏罚严明国富强，独能仗义一朝王。周纲此日微如发，独有人心理未亡。"该诗咏赞齐威王，赞扬其能够尊周朝王。《屈原》："托兴妃嫔疑亵嫚，幻言神怪似荒唐。若无一点精忠节，未必文争日月光。"该诗在分析屈原文学书写特点的基础上，充分肯定其精忠之节。《卫鞅》："心术刑名太刻残，网深文峻众心寒。仓忙客舍无归处，始悔当年法欠宽。"该诗通过商鞅之事，说明统治者不可为法深刻。《韦贤子元成》："遗金何得似传经，爵让难兄风感深。卒使淮阳谋遂寝，潜消一点废储心。"③韦玄成是西

---

① 沈德潜《古诗源》，第 166 页。
② 黄缙《徐见心先生史咏后序》，见阮元《宛委别藏》第 104 册徐钧《史咏集》，江苏古籍出版社 1988 年版。
③ 以上四诗分别见《全宋诗》第 68 册，第 42828、42829、42829、42837 页。

汉宣宗、元帝时人,曾为相。父贤死,玄成佯狂让爵于兄,朝议高其节。淮阳宪王为宣帝之子,好政事。"上奇其材,有意欲以为嗣,然用太子起于细微,又早失母,故不忍也。久之,上欲感风宪王,辅以礼让之臣。"①于是,玄成被任为淮阳中尉。此首诗即就这两件事发论,积极肯定其义让其兄与规讽淮阳宪王之举。上述四诗的内容虽不尽相同,但均以"大义"的揭示为根本,体现出鲜明的维护君王利益与皇权统治的思想导向功能。

第四节 "《春秋》学"的学术精神、研治途径与咏史诗

在中晚唐赵匡、陆淳等为代表的"《春秋》学"派的启发下,宋代学者积极倡导舍传求经,彻底摆脱前代章句笺疏之学的限制,直指《春秋》文本,强调解经者的自我识见。可以说,不惑传注,以己意解经,成为宋代"《春秋》学"最突出的学术精神。如关于孙复《春秋尊王发微》一著,欧阳修《孙明复先生墓志铭》评云:"先生治《春秋》,不惑传注,不为曲说以乱经。其言简易,明于诸侯、大夫功罪,以考时之盛衰,而推见王道之治乱,得于经之本义为多。"②刘敞著有《春秋权衡》。在此著中,他对《左传》《穀梁传》《公羊传》多有批判。如关于《公羊传》,他说:"《公羊》之所以异二传者,大指有三:一曰据百二十国宝书而作,二曰张三世,三曰新周故宋,以春秋当新王。吾以此三者皆非也。"③孙觉著有《春秋经解》,他在该著卷三中对庄公二年"秋七月,齐王姬卒"之事发表见解云:"《公羊》曰:'我主之也。'《穀梁》曰:'为之主者,卒之。'鲁主王姬之婚不一也,何独卒王姬乎?元年者卒之,则十一年者何不卒之也?啖子曰:'公为之服也。'十一年之王姬何不为之服?赵子曰:'记是以著非。'为仇雠,夫人服,犹以为是,交仇雠者,亦得礼也。啖、赵之说亦非也。"④他不仅否定了

---

① 《汉书》第10册卷七三《韦贤传》,第3112—3113页。
② 欧阳修著,洪本健校笺《欧阳修诗文集校笺》(中册),第747页。
③ 刘敞《春秋权衡》卷八,影印文渊阁《四库全书》第147册,第254页。
④ 孙觉《春秋经解》卷三,影印文渊阁《四库全书》第147册,第587页。

《公羊》《穀梁》之说,同时对宋代颇为认可的啖助、赵匡等人的说法也给予批驳,由此可见其不为传统传注所囿、直言己意的精神是很强烈的。

在很大程度上,宋代学术风气的转换是以《春秋》诸经研究作为核心和突破口的。由于《春秋》作为经史典籍,其研治方式具有很大的启发、引领作用。立足于此,宋代"《春秋》学"不惑传注、直言己意的学术精神必然会有助于史学解放思想,大胆献疑,走向创新。如,苏轼深受当时"《春秋》学"风影响,其《论春秋变周之文》云:"三家之传,迂诞奇怪之说,公羊为多,而何休又从而附成之。后之言《春秋》者,黜周王鲁之学与夫谶纬之书者,皆祖《公羊》。《公羊》无明文,何休因其近似而附成之。愚以为何休,《公羊》之罪人也。"①苏轼对《春秋》经传尚且如此批驳,至于对待其他史家之论、世俗成见,他自然更会大胆质疑,力倡新奇,这在其《论范蠡》《论商鞅》《贾谊论》等史论文中体现得相当充分。又如,吕本中著有《春秋集解》十二卷,此著因"集解"体例所限,"却无自己议论",但所集诸儒之说主要集中于"陆氏及两孙氏、两刘氏、苏氏、程氏、许崧老、胡文定数家而已……而所择颇精"②。"数家"都是能够体现宋学精神的新《春秋》一派,这说明吕氏在选择诸说之中有很强的打破传统章句笺疏之学的意识。这种意识同样也会使他走向对历史成说的反思、致疑之中,如对于东晋苏峻之乱期间,卞敦不讨叛,反受王导崇禄之报一事,吕氏便对司马光的史论进行了反思,另发新论③。正是基于这种史学潮流与精神,士子在通过咏史诗表达历史思考、识见时,自然也会反思致疑史家前人之说,力倡本人的新见卓识。苏轼、吕本中的咏史诗便充分证明了这一点。如

---

① 孔凡礼点校《苏轼文集》第1册,第76页。
② 陈振孙著,徐小蛮、顾美华点校《直斋书录解题》卷三,第65页。又,关于《春秋集解》的作者,《直斋书录解题》误署为吕祖谦,实为吕本中。关于此点,《四库全书总目》卷二七"春秋类二"已有辨析。(《钦定四库全书总目》,中华书局1997年版,第344页)
③ 吕本中《紫微杂说》云:"陶侃、温峤之讨苏峻。湘州刺史卞敦拥兵不赴,又不给军粮。及峻平,陶侃奏敦阻军顾望,不赴国难,请槛车收付廷尉。王导以丧乱之后宜加宽宥,转敦安南将军、广州刺史。温公以为卞之罪既不能明正典刑,又以宠禄报之,晋室无政亦可知矣。温公之言固正论也,然未知王导之意,盖有所在。导意为晋室衰微已甚,又前此无积仁累德之效,若一一行法用刑,则离心更甚,危亡必及,如人元气不固,而又以峻药制病,岂不殆哉!吕导之辅晋,盖得子产治郑之意,多委曲迁就,以求合人心者,未可以常理论也。王右军与殷浩言:'中兴之业,以道胜宽和为本。'又顾和劝王导:'明公为政,当使网漏吞舟之鱼。'此皆深达当时治体,王导能慎守之,以辅衰晋,非后人所能详也。"(影印文渊阁《四库全书》第863册,第824页)

苏轼《颜乐亭诗并叙》云:"颜子之故居,所谓'陋巷'者,有井存焉,而不在颜氏久矣。胶西太守孔君宗翰始得其地,浚治其井,作亭于其上,命之曰颜乐。昔夫子以箪食瓢饮贤颜子,而韩子乃以为哲人之细事,何哉?苏子曰:古之观人也,必于小者观之,其大者容有伪焉。人能碎千金之璧,不能无失声于破釜;能搏猛虎,不能无变色于蜂虿。孰知箪食瓢饮之为哲人之大事乎!乃作《颜乐亭诗》以遗孔君,正韩子之说,且用以自警云。"①由此可知,《颜乐亭诗》的创作目的主要是为了打破韩愈之论,通过颜回乐事表达个人的哲理思考。吕本中《读史》云:"陈寿谓诸葛,将略非所长。私恨写青史,千古何茫茫。谤议终自破,公论不可当。是非傥可定,青蝇果何伤。"②《三国志·诸葛亮传》云:"亮才,于治戎为长,奇谋为短,理民之干,优于将略。而所与对敌,或值人杰,加众寡不侔,攻守异体,故虽连年动众,未能有克。"③吕本中所言实就陈寿之论而发。可以看出,苏、吕二诗都以力纠前代儒家、史家之说为主要目的,直言己意,透露出很强烈的历史创新精神。

　　宋代学人认为《春秋》具有微言大义,但大义是蕴含于极其简略深奥的言辞之中的,即所谓:"《春秋》微显阐幽之道也。"④"昔者,圣人之作春秋也,立天下之经存乎礼,处天下之变存乎权,拨天下之乱存乎正,严天下之守存乎法,防危杜患存乎几,阐幽明微存乎理,是故其辞约,其旨远,其深有不言之意,其微有不形之道。"⑤在这种情况下,宋代学人要实现批判前人、另立新说的目的,必须对《春秋》史实察幽析微,详加辨析。这是宋代"《春秋》学"非常典型的学风。如,《四库全书总目提要》评孙复《春秋尊王发微》云:"其间辨名分,别嫌疑,于兴亡治乱之机,亦时有所发明。"⑥评叶梦得《春秋谳》云:"是书抉摘三传是非,主于信经不信传,犹沿啖助、孙复之余波,于《公羊》《穀梁》多所驳诘……如辨诸侯世相朝为衰世之

---

① 冯应榴辑注,黄任轲、牛怀春校点《苏轼诗集合注》第2册,第685页。
② 《全宋诗》第28册,第18039页。
③ 《三国志》卷三五《蜀书·诸葛亮传》第4册,第930页。
④ 高闶《高氏春秋集注》卷四,影印文渊阁《四库全书》第151册,第283册。
⑤ 李明复《春秋集义·纲领》卷上,影印文渊阁《四库全书》第155册,第188页。
⑥ 纪昀等著《钦定四库全书总目》(整理本)"经部二六·春秋类一",第336页。

事,辨宰孔劝晋献公及鲁穆姜悔过之言皆出附会,辨十二次分十二国之谬,辨夹谷之会孔子沮齐景公事亦出假托,辨堕郈堕费非孔子本意,辨诸侯出入有善有恶,辨诸侯之卒或日或不日非尽属褒贬,鲁侯之至与不至亦不可拘牵成例。虽辨博自喜,往往有澜翻过甚之病。于经旨或合或离,不能一一精确,而投之所向,无不如志,要亦文章之豪也。"①关于具体事例,仅以《春秋尊王发微》释《春秋·哀公二年》"晋赵鞅帅师纳卫世子蒯聩于戚"条为证:"夏四月,卫灵公卒,卫人立辄。辄者,蒯聩之子也,故晋赵鞅帅师纳蒯聩于戚。其言于戚者,为辄所拒,不得入于卫也。案:定十四年,卫世子蒯聩出奔宋。灵公既卒,辄又已立,犹称曩日之世子蒯聩当嗣,恶辄贪国叛父,逆乱人理,以灭天性,孔子正其名而书之也。故子路问于孔子曰:'卫君待子而为政,子将奚先?'孔子曰:'必也正名乎!名不正则言不顺,言不顺则事不成,事不成则礼乐不兴,礼乐不兴则刑罚不中,刑罚不中则民无所措手足……此圣师之旨可得而见矣。故蒯聩出入,皆正其世子之名,书之所以笃君臣父子之大经也,不然,贪国叛父之人接踵于万世矣。"②可以看出,注重察幽辨微的学术精神极为鲜明。

基于这种学术精神,宋代士子在审视历史人物、事件,进行咏史诗创作时,自然会体现出鲜明的辨析精微细致的特点。如王炎《吊祢正平》云:"曹瞒忍杀杨德祖,不敢复害祢正平。区区黄祖雀鼠辈,乃以嬉笑生五兵。才虽可爱亦可忌,人间险过羊肠路。不锄骄气祸之媒,祖也不仁衡未智。黄鹤楼前江水平,鹦鹉洲边春草青。凭君酹酒吊孤冢,古来贤哲非贪生。处士一死泰山重,文举一死鸿毛轻。"其序云:"蜀人韩毅伯游武昌,作诗吊祢正平,专诋黄祖。祖不足责,其言盖有为而发也。昔孟子谓'盆成括小有才而未闻大道,则足以自杀其躯',正平未免坐此。就东京人物论之,郭林宗、徐孺子、黄叔度之樊墙,正平未能窥也。乃书数语述此意。"③王炎经学功底深厚,著述丰富,有《读易笔记》《尚书小传》《春秋衍义》等。其《吊祢正平》认为祢衡被杀主要是由于他小有才气而未通达大

---

① 纪昀等著《钦定四库全书总目》(整理本)"经部二七·春秋类二",第344页。
② 孙复《春秋尊王发微》卷一二,影印文渊阁《四库全书》第147册,第120—121页。
③ 《全宋诗》第48册,第29741页。

道,旨在纠正"专诋黄祖"之论。陈普《蜀先主》其六云:"荆楚留连似失时,涪城欢饮类狐疑。军中刘晔夸言语,岂识英雄为义迟。"自注云:"陶谦死,不敢受徐州,用孔文举、陈元龙之言而复受。刘琮降曹操,不以告,荀彧劝攻琮,而顾刘表托孤之义,不忍取之,将其众去。操军迫近,荆楚之士从之如云,众十余万,辎重数千辆,或劝宜速行取江陵,而以人心依依不忍舍去,日行十里,几至危殆。法正东来,劝取刘璋,疑而未决,用庞士元之言而后行。既至涪城,刘璋来会,张松、法正、士元劝于会间取璋,可坐得益州,不从其言。与璋欢饮百余日,彼此无疑。在葭萌,士元、元龙陈三策,以径袭成都为上,诱执关头为次,还退白帝城连引荆州徐还图之为下。不得已,从其中计。凡此,皆刘晔之所谓迟。然闻司马徽、徐庶之言,诣隆中,片言断金,若决江河,谓之迟不可也。迟于利而不迟于义,乃所谓敏耳。郭嘉谓袁绍迟而多疑,当矣。刘晔谓玄德有度而迟,不知玄德者也。"①又据《三国志·刘晔传》,谋臣刘晔劝曹操伐蜀,认为刘备虽为人杰,但"有度而迟"②。陈作对此进行深入评议,认为刘备之"迟"作为一种道德人格,具有"迟于利而不迟于义"的特点,这是其获得成功的关键因素。二诗的见解都是很深刻的,察幽探微、辨析精微细致的特点是非常鲜明的。这种特点实际上和宋代"《春秋》学"的学术精神密切相关。

在研治方式上,为了达到开创新说、深察大义的目的,宋代"《春秋》学"非常注意从理、势、情角度进行分析、论证。对此,叶适有明确的理论总结,其《春秋》一文云:"《春秋》者,道之极也而圣人之终事也……是故从其三而观之:一曰情,二曰势,三曰理。人之为不善,其必有自得于中者也。人之施已也不以道,而后已之报物也不可反。圣人独有察焉,是之谓情。迫于不可止,动于不能已,强有加于弱,小有屈于大,不知其然而然者也,是之谓势。夫其如是,则宜若无罪焉可也。虽然,舜能事瞽瞍,而天下不能为子,箕子能事纣,而天下不能为臣,汤事葛、文王事昆夷,而天下不能为国,是何耶? 是未之思也,是之谓理。察其情,因其势,断之于理,而《春秋》之义始可得而言矣。不以情不以势,其心不厌然而服我,则谁

---

① 《全宋诗》第 69 册,第 43819 页。
② 《三国志》第 2 册卷一四《程郭董刘蒋刘传》,第 445 页。

肯自愧于空言之理哉？呜呼！是道之极而圣人之终事也。"①所谓"情"，是就人的主观意图而言；所谓"势"，是就当时社会的发展态势而言；而所谓"理"，则是就社会发展与人物行事应当遵循的社会道德与伦理秩序而言。宋代"《春秋》学"在反思前人之说，分析春秋史实，阐释《春秋》大义时，大多从这三个方面来入手。如关于经文"(哀公十三年)公会晋侯及吴子于黄池"事，孙复《春秋尊王发微》析云："黄池之会，其言公会晋侯及吴子者，主在吴子也。黄池之会不主晋侯而主吴子者，盖晋侯不能主诸侯故也。吴自柏举之战，势横中国，诸侯小大震栗，皆宗于吴。晋侯不见者二十四年。此不能主诸侯可知也。故黄池之会，吴子主焉。"②关于"四年，晋人执戎蛮子赤归于楚"，刘敞《春秋权衡》析云："杜云：'晋耻为楚执诸侯，故称人以告。若蛮子不道于民也。'晋苟不耻则已矣，若犹有耻，彼则讳而不告矣。不然则虽告而匿其归于楚矣。岂当诬人以不道，而自发扬其归于楚之耻乎？此事势之不然。"③这些分析都体现出鲜明的以势论史的方法与倾向。这种方法与倾向同样体现在咏史诗的创作中。如孔平仲《扶苏》云："天下精兵掌握间，便宜长啸入秦关。奈何伏剑区区死，不辨书从赵李奸。"④王十朋《楚庄王》云："周衰夷狄最跳梁，楚入春秋势更强。能用一言存灭国，贤哉犹有一庄王。"⑤徐钧《显王》云："国微地蹙政无纲，其奈嬴秦势日强。遣胙已非仍入贺，却因致霸遽称王。"⑥孔作从当时扶苏掌握秦国军事力量的时势角度出发，认为他不应自刎而死，应当长驱入关，掌握秦国政权。王作以楚国在春秋时代的势力强盛为切入点，凸显庄王之贤。徐作从周王室衰微不振的时势背景出发，批判秦国的强势行为。综上可以看出，三诗均把"势"作为关键因素，进行历史评议，表达识见。

但纯粹从"势"出发，很容易陷入以时势论英雄的片面分析中，因此

---

① 《水心别集》卷五，见刘公纯、王孝鱼、李哲夫点校《叶适集》(下册)，第702页。
② 孙复《春秋尊王发微》卷一二，影印文渊阁《四库全书》第147册，第124页。
③ 刘敞《春秋权衡》卷七，影印文渊阁《四库全书》第147册，第253页。
④ 《全宋诗》第16册，第10935页。
⑤ 《全宋诗》第36册，第22687页。
⑥ 《全宋诗》第68册，第42827页。

在历史人物的评论、认知方面,宋代士子更强调从理、情或情理结合的角度进行切入。这种研究方式在宋代"《春秋》学"中体现得相当充分。如关于经文"(僖公二十八年)天王守于河阳"事,刘敞《春秋权衡》云:"左氏曰:'晋侯召王,且使王狩,仲尼曰:'以臣召君,不可以训。故书曰天王狩于河阳。''吾谓左氏迷惑此说,心未能了。何者?本但晋侯召王自嫌不顺,故使王狩以匿其罪耳。狩不当书,今故书者,所以起狩,为晋侯召也。其义已足。而左氏既云:'晋侯使王狩矣。'又云:'仲尼为其不可以训,故书狩。'即实使王狩非,仲尼故书也,即实仲尼书之,非使王狩也。其言首尾相反,由迷惑故也。又曰:'言非其地且明德也。'亦非也。晋文召王,意在尊周,其礼虽悖,其情甚顺,仲尼原心定罪,故宽其法耳,亦何德之明,然则左氏固暗于王道而非仲尼之徒者邪。"①关于经文"(闵公元年)秋八月,公及齐侯盟于落姑"之事,叶梦得《春秋传》云:"落姑,齐地也。何以盟?定公位也。叶子曰:'吾何以知此盟为定公位欤?《左氏》《穀梁》皆以是盟为纳季子。夫子般弑而季子奔陈。庆父请于齐而立闵公。庆父与季子盖不并立于鲁者。闵公生,才八岁,安能内拒庆父之强,外召季子,而请诸齐。庆父者,季子之所不得制。权非出于闵公,则鲁人亦安能违庆父召季子乎,此理之必不然者也……'"②崔子方在《崔氏春秋经解》卷二云:"《春秋》之作,所以明当时之是非,著褒贬而代赏罚,以惩劝于后世,今以国恶之故,而为之讳,乃诡其事,而没其实,使是非不明,褒贬不著,而后世不知赏罚之所在,而不为之惩劝,岂圣人之心哉!且凡《春秋》之所为讳者,必将有见也,或以其辞而见之,或以他事而见之,未有没其实焉,故善观《春秋》者以情度当世之事,以理逆圣人之言,未有不得者也。"③关于经文"(庄公四年)纪侯大去其国"事,张大亨《春秋通训》卷三云:"纪侯委国而去之,非人主之常情,纪季以地附仇,非人子之正道。然与其死社稷,孰若保之为贵,与其覆宗祀,孰若存之为贵,事有时而不得已,归于忠恕可也。故圣人之于与夺,不徇其名而稽其实,不论其迹而原其心,虽

---

① 刘敞《春秋权衡》卷四,影印文渊阁《四库全书》第147册,第214—215页。
② 叶梦得《叶氏春秋传》卷七,影印文渊阁《四库全书》第149册,第84页。
③ 崔子方《崔氏春秋经解》卷二,影印文渊阁《四库全书》第148册,第190页。

罪其败常乱俗,又恶夫执而贱道也。孔子曰:'可与适道,未可与立,未可与权。'孟子曰:'男女授受不亲礼也。嫂溺,援之以手,权也。'权非贤者不能用,非圣人不能察也。以其难察,故《春秋》尽其辞焉。"①由这些分析可以看出,从情、理或情、理结合的角度解释经文,批判诸说,评价历史人物,是宋代"《春秋》学"非常鲜明的研究途径与方法。

这种推理原情的研究途径与方法对宋代咏史诗产生了很大影响。宋代士子往往从情、理等角度分析历史,评论人物。如周紫芝《过狄梁公墓》:"高后王诸吕,汉鼎几半倾。绛侯入北军,有意诛鲵鲸。兵缠未央殿,血溅长安城。禄辈仅诛灭,四海殊雷惊。唐家女主祸,未可方西京。艾狠剪宗枝,贼计殊未成。三思本幺麽,白面不足黥。举朝无真节,但畏罗织刑。梁公挟大计,赤手无寸兵。为言不袝姑,祸止谈笑平。功比汉诸人,优劣不用评。事苟以理胜,口舌亦可争。师曲举必败,势力未易凭。老妇虽至愚,理在见自明。不然此危邦,讵可一言兴。"②据《新唐书·狄仁杰传》,武则天欲立武三思为太子,狄仁杰上对云:"且太子,天下本,本一摇,天下危矣。文皇帝身蹈锋镝,勤劳而有天下,传之子孙。先帝寝疾,诏陛下监国。陛下掩神器而取之,十有余年,又欲以三思为后。且姑侄与母子孰亲?陛下立庐陵王,则千秋万岁后常享宗庙;三思立,庙不袝姑。"狄仁杰从为国政理特别是"母子天性"亲情的角度启发武则天。"后感悟,即日遣徐彦伯迎庐陵王于房州。"③周作实就此事而发,认为狄仁杰手无寸兵而能"卒复唐嗣"④,有兴复大唐之功。与汉初绛侯周勃诛灭诸吕事相比,狄仁杰对言之事虽微不足道,但却取得了良好的政治效果,导致这种政治状况产生的深层原因在于"事苟以理胜","理在见自明"。由此可见,这首诗是以"理"为着眼点,表达历史认知的。又如陈普《刘琨》二首其一云:"竹林遗类入荆杨,贾郭馀尘在晋阳。听得平阳消息否,忍听徐润调笙簧。"自注云:"(刘琨)奢豪声色,宠用非人,足以失人也。国破君

---

① 张大亨《春秋通训》卷三,影印文渊阁《四库全书》第148册,第567页。
② 《全宋诗》第26册,第17379页。
③ 《新唐书》卷一一五《狄仁杰传》第14册,第4212页。
④ 《新唐书》卷一一五《狄仁杰传》第14册,第4212页。

亡,崎岖刘石之间,如握蛇捕虎。平阳在望,怀帝幽辱,而不忘望尘时习气,与伶人同处。一杀令狐盛衰转,遂失并州,以亡其身以及其亲。曾是以为忠乎。"其二云:"刘琨忠孝君亲念,急切不似令狐泥。亡身自是缘声色,须把初心看匹䃅。"自注云:"琨以败亡之余,依段匹䃅,不忘本朝,与相亲厚,助其攻讨,推使居上。其子群,无故行险,以祸其父。匹䃅虽杀琨,而犹依依晋室,终持晋节以死于石勒。然则匹䃅于群胡中为无愧矣。"①对于刘琨,我们多把他视为爱国之士。事实上,如果结合当时的历史背景与其所作所为,我们对他应有一个更清晰客观的认识。他在怀帝幽辱,国难当头之时,置身声色,杀害忠臣,于情于理,都有违于忠君爱国的大义。而段匹䃅则因杀害刘琨而颇受非议。实际上他杀害刘琨,也是颇有苦衷,特别是一生忠于晋室,死于石勒之手时尚"著朝服,持晋节"②,可谓"系心朝廷,始则尽忠国难,终乃抗节虏廷"③。因此,对于段匹䃅,我们要重在察其情志,肯定他忠于王室的"初心",这样才能够得出合理妥当的认识。可以看出,上引陈氏二诗就是从这种情、理角度,评价刘琨、段匹䃅等历史人物的。允实而论,我们要对历史人物做出合理的评价,认识其历史价值与意义,从何种角度、方面进行切入是必须解决的问题。切入角度不同,所得出的结论自然也就不同。从情、理等角度进行切入,为合理深入地评价历史人物,发掘某一史实所具有的历史意义,提供了一种可能。上述周紫芝、陈普之诗就证明了这一点。

总之,适应以儒为本、以文治国的国家文化建设策略要求,宋代士子开启了儒学经典阐释运动,"《春秋》"学也因此呈现出繁盛局面。在历史认知与撰述上,以《春秋》为法,弘扬《春秋》精神与大义已成为当时的主流文化意识与文本书写原则。具体而言,在政治思想上,受"《春秋》"学"尊王"义向影响,宋代咏史诗体现出鲜明的肯定皇权统治,维护君主专制的思想意识,多以是否忠君,是否维护正统王朝为历史切入点,表达对历史人物的认识与评价,褒忠刺奸、贬篡斥伪成为咏史诗基本的书写立

---

① 《全宋诗》第 69 册,第 43842 页。
② 《晋书》卷六三《段匹䃅传》第 6 册,第 1712 页。
③ 《晋书》第 6 册卷六三史臣之论,第 1717 页。

场。受"《春秋》学""攘夷"义向影响,宋代咏史诗注重选择为民族、国家利益英勇斗争、献身的人物形象,歌颂历史上的抗敌御侮的军事斗争,严斥不以民族大业为重的思想与意识,体现出较鲜明的民族主义倾向。受"《春秋》学"直指大义的阐释方式影响,宋代咏史诗不再重视对历史过程的详细描述,而是通过议论的方式直接陈述、探析史义,这种创作倾向从而导致了史叙体逐渐衰减,而史论体则蔚然而兴;同时,咏史诗创作多以探寻"大义"作为根本目标。另外,宋代"《春秋》学"的学术精神、研治途径对咏史诗创作也产生了很大影响。在学术精神上,宋代"《春秋》学"不惑传注,察幽辨微。受这种精神影响,咏史诗大胆献疑,注重精微细致的辨析。另外,宋代咏史诗注重从"势"特别是从"理""情"等角度分析、论证历史,这种创作特征的形成在一定程度上与《春秋》学研治方式的影响有关。

第八章 宋代理学史学观与史论体咏史诗

史论体咏史诗是我国古代咏史诗的重要一类,是指对历史事件、人物主要采取议论手法,表达对历史的评论、反思的一种咏史类型。这类诗歌在中晚唐时期产生①。到了宋代,在宋型文化精神的浸润影响下,其创作蔚为大观。由于重在表达历史评论、反思,属于史学批评的范畴,它必然和史学观念紧密相关,而史学观念又是当时的社会思想在历史领域的一种反映。在此情况下,研究宋时对士子产生深刻思想影响的理学与史论诗的关系,应该是可行的。从目前研究现状看,史学、文学界对"史论"的关注多限于正史史家之论与史论文,很少涉及史论体咏史诗,而哲学界多侧重理学哲理思想的论述,很少关注理学对一种文体的影响。基于此,本章重在探讨宋代理学史学观对史论体咏史诗的影响。

第一节 理学影响史论体咏史诗创作的必然性

在崇尚理性、注重文史的时代文化下,宋代史论风尚很浓厚,史论体咏史诗创作非常丰富。这就涉及以何种史学观审视历史的问题。作为一种思想文化范型,理学也有其史学观念、意识。这种史学观要对史论诗产生影响,前提是众多的史论作家必须对它持接受态度。

作为宋代文化思想的重要组成部分,理学在北宋中叶即已形成。周

---

① 关于产生原因,可参见拙文《试论中晚唐史论体咏史诗产生的历史文化原因》,《四川大学学报》2009年第1期。

敦颐、二程、张载等人通过自身的努力,构建了一套较为完整的思想体系。但是,思想的形成是一回事,能否产生广泛的社会影响则又是一事。这就涉及理学思想的接受问题。公允而论,北宋中叶后,王安石的新学适应当时社会现实需要,并通过把持科场,成为官方支持下的主流思想,为士子崇尚。魏泰《东轩笔录》卷六载:"王荆公在中书,作新经义以授学者,故太学诸生几及三千人,以至包展锡庆院、朝集院,尚不能容。"①《宋史·王安石传》载:"初,安石训释《诗》《书》《周礼》,既成,颁之学官,天下号曰'新义'。晚居金陵,又作《字说》……一时学者,无敢不传习,主司纯用以取士,士莫得自名一说,先儒传注,一切废不用。"②与王学接受的盛行相比,虽然二程等理学家向统治者极陈其主张,"务以诚意感动人主","极陈治道","未有一语及于功利",但均被神宗以"此尧、舜之事,朕何敢当"③谢绝。可以说,因空谈心性道德,从而与统治者注重现实利益的政治策略相背,理学颇显冷落。哲宗初年,范祖禹在考官陈瓘面前谈到程颢时,陈竟然问:"伯淳(程颢之字)谁也?"④又《宋史·陈襄传》载:"时学者沉溺于雕琢之文,所谓知天尽性之说,皆指为迂阔而莫之讲。四人者(指陈襄等人)始相与倡道于海滨,闻者皆笑以惊。"⑤特别是徽宗年间,统治者利用元祐党禁问题,对理学极力打压。"崇宁二年(1103),范致虚言程颐以邪说诐行惑乱众听,而尹焞、张绎为之羽翼,事下河南府体究,尽逐学徒,复隶党籍。"⑥可见,在北宋时,理学仅是少数学人之思,在理学之士内部进行传授,它并未获得社会的整体认可与接受,没有成为盛行于世的社会思潮。

宋室南渡后,面对混乱的政治时局,从学理上反思宋室巨变的文化原因,以维系人心,加强思想统治,成为当时社会一种必然的文化选择。绍兴元年(1131),"直龙图阁沈与求试侍御史,上尝从容言王安石之罪在行新法。与求对曰:'诚如圣训。然人臣立朝,未论行事之是非,先观心术之

---

① 魏泰《东轩笔录》卷六,见《宋元笔记小说大观》第3册,第2723页。
② 《宋史》第30册卷三二七《王安石传》,第10550页。
③ 黄宗羲著,全祖望补修《宋元学案》第1册卷一三《明道学案》,第538页。
④ 朱熹《伊洛渊源录》卷三,影印文渊阁《四库全书》第448册,第435页。
⑤ 《宋史》第30册卷三二一《陈襄传》,第10419页。
⑥ 黄宗羲著,全祖望补修《宋元学案》卷一五《伊川学案》,第590页。

邪正。扬雄名世大儒,乃为《剧秦美新》之文;冯道左右卖国,得罪万世。而安石于汉则取雄,于五代则取道,是其心术已不正矣。施之学术,悉为曲说,以惑乱天下,士俗委靡,节义凋丧,驯致靖康之祸,皆由此也。'"①绍兴五年(1135),兵部侍郎王居正请对高宗。"上曰:'安石之学,杂以伯道,取商鞅富国强兵。今日之祸,人徒知蔡京、王黼之罪,而不知天下之乱,生于安石。'居正对曰:'祸乱之源,诚如圣训,然安石所学得罪于万世者,不止此。'因为上陈安石训释经义无父无君者一二事。上作色曰:'是岂不害名教,孟子所谓邪说者,正谓是矣!'"②在反思王学之失的文化潮流中,理学因其注重道德修养、伦理秩序的特质,符合了当时重新确立、强化国家权威和社会秩序的文化要求,从而很快受到了统治者的重视。在统治者"选从程氏学士大夫渐次登用"③的政策下,不少理学之士渐次步入朝廷,成为一股重要的政治力量。在与反理学力量的长期斗争中,到了理宗时期,理学被确认为官方思想,获得了绝对的政治优势。

这里有个问题,一种思想被推尊为官方思想,但如果不被社会广泛接受,那么它仅仅是具有政治象征意义的符号而已。统治者还必须采取系列举措,保证其能够获得社会的广泛认同,确立其文化霸权地位。

适应这种要求,随着一些理学家渐次被朝廷启用,理学通过介入科举的方式,完成了向社会的渗透。在高宗以前,宋廷主要以王安石之学取士。有鉴于大量士子学习王学的既定事实,高宗采取了理学、王学并存的取士政策。绍兴十四年(1144),高宗与力主王学的秦桧交谈时说:"王安石、程颐之学,各有所长。学者当取其所长,不执于一偏,乃为善学。"④绍兴二十六年(1156),高宗采纳了叶谦亨的建议:"愿诏有司精择而博取,不拘一家之说,使学者无偏曲之弊,则学术正而人才出矣。"⑤"至是,诏自今毋拘一家之说,务求至当之论。道学之禁稍解矣。"⑥这种政策为士子

---

① 《建炎以来系年要录》第1册卷四六,第636页。
② 《建炎以来系年要录》第2册卷八七,第231页。
③ 胡寅《斐然集》卷一九《鲁语详说序》,胡寅撰,尹文汉点校《斐然集·崇正辩》,岳麓书社2009年版,第375页。以下所引《斐然集》版本均同。
④ 《建炎以来系年要录》第3册卷一五一,第107页。
⑤ 《建炎以来系年要录》第3册卷一七三,第434页。
⑥ 《宋史》第11册卷一五六《选举二》,第3630页。

学习理学,使理学从单纯的学术形态走向全社会地广泛学习,提供了可能。事实上,秦桧死后的高宗时期,在学术上唯一能和理学相抗衡的王学日趋衰微,理学已成为当时的显学。《宋史·王居正传》载:"居正既进其书七卷(指《书辨学》《诗辨学》等),而杨时《三经义辨》亦列秘府,二书既行,天下遂不复言王氏学。"①所言似涉夸张,但理学的显行则是事实。到孝、光年间,理学已为多数士子接受。陈亮在《送王仲德序》中说:"二十年之间(指孝宗隆兴以来),道德性命之说一兴,迭相唱和,不知其所从来,后生小子读书未成句读,执笔未免手颤者,已能拾其遗说,高自誉道,非议前辈,以为不足学矣。"②庆元三年(1197),臣僚上言:"近日伪学(指理学)荒诞迂阔之说遍天下,高官要职无非此徒……三十年来,伪学显行,场屋之权,尽归三温人,预说试题,阴通私号,所谓状元、省元与两优释褐者,若非私其亲故,即是其徒。"③由这些史料可见当时理学在科场中的盛行以及士子对它的崇奉。理宗以后,理学成为官方学术,完全占领了科举阵地,相关理学著作成为科考内容。周密《癸辛杂识》后集"太学文变"条云:"淳祐甲辰,徐霖以书学魁南省,全尚性理,时竞趋之,即可以钓致科第功名。自此,非《四书》《东西铭》《太极图》《通书》《语录》不复道矣。"④又《续集》下"道学"条引沈仲固之语云:"士子场屋之文,必须引用(指《四书》《语录》等)以为文,则可以擢巍科,为名士。否则立身如温国,文章气节如坡仙,亦非本色也。于是天下竞趋之。"⑤虽然宁宗时曾有"庆元党禁"事,但禁时从庆元元年(1195)开始,到嘉泰二年(1202)始弛,为时较短,没有产生致命的影响。

与此同时,理学家也在积极探寻思想传播方式,建立传播阵地。其中,发挥书院的传播功能,是完成理学社会化渗透、认同相当有效的举措。书院是晚唐五代时出现的一种独特的教育组织形式,承担了一定的教学

---

① 《宋史》第34册卷三八一《王居正传》,第11737页。
② 陈亮《龙川集》卷一五,影印文渊阁《四库全书》第1171册,第632页。
③ 李心传《道命录》卷七下,《丛书集成初编》,商务印书馆1937年版,第75页。据李心传按语,此奏乃宗正寺主簿杨寅轮对时所上。
④ 周密《癸辛杂识》,见《宋元笔记小说大观》第6册,第5739页。
⑤ 周密《癸辛杂识》,见《宋元笔记小说大观》第6册,第5806页。

功能,如晚唐时创建的江西高安桂岩书院(814—866)、德安东佳书院(公元890年以前创建,五代续办),后唐匡山书院(930—933)、南唐时的蓝田书院(937—975)等。到北宋时,特别是在庆历兴办官学、大力发展教育之后,书院有了进一步的发展,以仁宗、神宗二朝时数量最多,全国约有73所书院。岳麓书院、石鼓书院、白鹿洞书院等都是当时影响很大的书院。但遗憾的是,当时的理学家传播意识淡薄,没有充分认识到书院传播思想的积极作用。到南宋时,理学家纷纷创建或讲学书院,教授理学课程与知识,如张栻的城南书院、朱熹的考亭书院、陆九渊的象山书院、吕祖谦的丽泽书院、真德秀的明道书院等。当时的书院遍布全国各地,打破了官府对异地入学和身份规定的限制,生徒可以自由择师从学,也不限制院外人士听讲。同时,书院传授知识并非仅仅围绕科举,而是开启智慧,发扬道德,"养其心,立其身,而宏大其器业"①,极大地满足了下层士子、民众对知识的渴求,促进了理学的社会化、民间化。如乾道三年(1167),朱熹、张栻在岳麓书院会讲时,"学者云集,至千余人,日俟公余质所疑,论说不倦……一时舆马之众,饮池水立涸"②。陆九渊在家乡江西金溪辟槐堂书屋、贵溪筑象山精舍,"学者辐辏愈盛,虽乡曲老长亦俯首听诲,言称先生……听者贵贱老少,溢塞涂巷,从游之盛,未见有此"③。纵使不甚知名的书院,人数也相当惊人,"士之自远而至者,常数千百人,诵弦之锵,灯火之光,简编之香,达于邻曲。其子弟服食仁义,沉酣经训,往往多为才且良者"④。

理学是一种综合性思想,涉及哲学、政治、教育、历史等诸方面。但相对而言,北宋理学家多不太关注史学,尽管他们在表述思想时透露出这样或那样的历史观念与意识。到南宋时,为适应当时重新确立、强化国家权威和社会秩序的文化要求,一些理学家开始对史学表现出强烈兴趣,希望通过对历史的分析,为解决现实政治、文化等问题提供指导。其中,胡安

---

① 袁燮《絜斋集》卷一〇《东湖书院记》,影印文渊阁《四库全书》第1157册,第122页。
② 赵宁修《长沙府岳麓志》卷三《书院》,赵所生、薛正兴主编《中国历代书院志》第4册,江苏教育出版社1995年版,第206页。
③ 杨简《象山先生行状》,钟哲点校《陆九渊集》,中华书局1980年版,第390页。
④ 杨万里《廖氏龙潭书院记》,辛更儒笺校《杨万里集笺校》第6册,第3111页。

国的《春秋传》首开此风,"顾其书作于南渡之后,故感激时事,往往借《春秋》以寓意"①。其后,张栻《诸葛忠武侯传》《经世纪年》,朱熹《通鉴纲目》《宋名臣言行录》,吕祖谦《大事记》《东莱博议》,张洽《春秋集传》《续通鉴长编事略》等著述,都是反映理学史学观的代表作。特别是,理学家在传授理学知识时,往往把历史学习作为一项基本教育内容。如吕祖谦的《东莱博议》,即成书于丽泽书院期间,同时又是书院的主要教材。又,南宋徐元杰《楳埜集》卷一一载延平郡学及书院诸学的规定:"晚读《通鉴纲目》,须每日为课程,记其所读起止。"②《景定建康志》卷二九载明道书院的基本规程:"每旬山长入堂,会集职事生员授讲、签讲、覆讲如规。三八讲经,一六讲史,并书于讲薄一。每月三课,上旬经疑,中旬史疑,下旬举业。"③毫无疑问,在讲授时,以理学史学观来审视历史,成为理学教育的必然选择。这很容易培养士子的理学历史观念与意识。

综上所述,在重新确立、强化国家权威和社会秩序的文化要求下,通过科举与书院,理学已成为士子乃至下层民众崇奉的知识体系,成功地实现了向社会特别是民间社会的普及。而这种社会普及性恰恰是判断一种思想是否有文化影响力,能否变成社会主流思潮的根本条件。在理学已成为一种社会化思潮,弥漫于士林民间,且又注重历史知识、强调历史学习的情况下,以理学的眼光审视、评论历史自然也就成为当时的社会风尚,士子以理学史学观为指导进行史论体咏史诗创作也就成为必然。

第二节 以史经世、探究治乱的理学史学观与史论体咏史诗

所谓以史经世,是指通过对历史的总结、梳理、诠释等,以发挥历史对现实政治的规范、垂诫、资治等作用。这种史学意识在宋代以前,特别是

---

① 纪昀等《钦定四库全书总目》(整理本),第345页。
② 徐元杰《楳埜集》卷一一《延平郡学及书院诸学榜》,影印文渊阁《四库全书》第1181册,第776页。
③ 马光祖修,周应合纂《景定建康志》卷二九《儒学志二》,中华书局编辑部编《宋元方志丛刊》第2册,中华书局1990年版,第1813页。

唐代时已表现出来。到北宋时，随着文治策略的积极实施，这种意识更加强烈。《资治通鉴》就典型地体现了这种意识。治平四年（1067），神宗在《御制资治通鉴序》中就说该著撰写的根本目的是"明乎得失之迹，存王道之正，垂鉴戒于后世"①。到南宋时，面对局促一隅、秩序混乱的社会局面，理学家在积极构建适应时代文化需要的思想体系的同时，也对历史具有的经世致用功能给予了充分重视。南宋初的理学家胡寅在《寄张相》中说："某学业未成，方幸闲处，得以讨论古昔，冀他日或有万一，可为世用。"②在《无逸传》中又说："臣所以本原古训，贯以时事，谈经尚论而无益于今，则腐儒而已。"③南宋中期理学名士真德秀在《周敬甫晋评序》中，认为"性命道德之学"与"古今世变之学"是"儒者之学"的两个方面，"善学者本之以经，参之以史，所以明理而达诸用也……不达诸事，其弊为无用；不根诸理，其失为无本"④。可见，理学以史经世的意识是很强烈的。

出于这种意识，南宋理学很注重古今盛衰治乱的总结，希望通过对历史发展演变的探讨，以史为鉴、为法，为政治文化建设提供治国为政之道。胡宏《皇王大纪序》云："愚承先人之业，辄不自量，研精理典，泛观史传，致大荒于两离，齐万古于一息，根源开辟之微茫，究竟乱亡之征验。事有近似古先而实怪诞鄙悖者，则裁之削之；事有近似后世而不害于道义者，咸会而著；庶几皇帝王伯之事可以本始百世诸史乎！"⑤朱熹在回答门人时说："大而天地万物之理，以至古今治乱兴亡事变，圣贤之典策，一事一物之理，皆晓得所以然，谓之道。"⑥吕祖谦云："看《左传》须看一代之所以升降，一国之所以盛衰，一君之所以治乱，一人之所以变迁。"⑦受这种意识影响，南宋士子在读史、评史，咏赞古人古事时，往往从各个方面总结

---

① 《御制资治通鉴序》，司马光编著，胡三省音注《资治通鉴》第 1 册，第 33 页。
② 胡寅撰，尹文汉点校《斐然集·崇正辩》，第 348 页。
③ 胡寅撰，尹文汉点校《斐然集·崇正辩》，第 427 页。
④ 真德秀：《西山文集》卷二八，影印文渊阁《四库全书》第 1174 册，第 436 页。
⑤ 胡宏著，吴仁华点校《胡宏集》，中华书局 1987 年版，第 164—165 页。以下所引此书版本均同。
⑥ 黎靖德编，王星贤点校《朱子语类》第 6 册卷八六，第 2218 页。
⑦ 吕祖谦《左氏传说·看左氏规模》，见黄灵庚、吴战垒主编《吕祖谦全集》第 7 册，第 1 页。

历史兴废治乱的原因、规律,史论体咏史诗也因此形成了以盛衰治乱为关注点的风尚。如陈造《读晋史》二首其一:"司马家儿转首亡,奸欺三叶是余殃。区区牛氏何关汝,覆面犹须泪满床。"其二:"只知成济犯乘舆,刘石凶威更有余。狼顾魂灵应自反,尚将鬼责怖公闾。"①陈造(1133—1203),字唐卿,"身笃操修,道兼体用"②。由其"夫求天理者于人事"③、"私克于理,理澈于思"④等言,可知他深受理学影响。在他的这首诗中,"牛氏"事系指:"初,《玄石图》有'牛继马后',故宣帝深忌牛氏,遂为二榼,共一口,以贮酒焉,帝先饮佳者,而以毒酒鸩其将牛金。"⑤"狼顾"事系指:"帝(指宣帝司马懿)内忌而外宽,猜忌多权变。魏武察帝有雄豪志,闻有狼顾相,欲验之。乃召使前行,令反顾,面正向后而身不动。"⑥公闾是指贾充,为拥立司马氏的主要人物,因其父贾逵为曹魏忠臣,故易为司马氏所猜忌。联系这些史实可知,《读晋史》二首深刻地指出了晋朝速亡的根本原因在于统治者以猜忌杀戮为事,奸术治国而不重外患。又如刘克庄《秦纪》诗:"土广曾吞九云梦,民劳因起一阿房。人皆怜楚三户在,天独知秦二世亡。"⑦认为秦国一统后,不恤民情,过度劳役、压迫民众,是其灭亡的主因。可以说,在兴亡治乱原因的探究上,陈、刘二人的史论体咏史诗是很深刻的。

应该注意的是,理学对社会盛衰治乱的探索,是与其历史发展哲学观、进程论以及社会理想建构论密切相关的。立足于"道"这个哲学本体,理学认为历史的演变实际上是"道"的演变,治乱兴废是"道"的显、晦、强、弱在社会发展中的体现。对此,理学家多有表述。胡宏云:"时之

---

① 《全宋诗》第 45 册,第 28202 页。
② 纪昀等《钦定四库全书总目》(整理本),第 2149 页。
③ 陈造《江湖长翁集》卷二三《送赵节推介卿序》,影印文渊阁《四库全书》第 1166 册,第 284 页。
④ 陈造《江湖长翁集》卷二三《送程总郎序》,影印文渊阁《四库全书》第 1166 册,第 289 页。
⑤ 《晋书》第 1 册卷六《元帝纪》,第 157—158 页。
⑥ 《晋书》第 1 册卷一《宣帝纪》,第 20 页。
⑦ 《全宋诗》第 58 册,第 36739 页。又,刘克庄深受理学影响,与朱熹高第多有交游,并师事大儒真德秀。可详参王宇《刘克庄与南宋学术》第四章"刘克庄与程朱理学"。(中华书局 2007 年版)

古今,道之古今也。"①朱熹云:"易,变易也,随时变易以从道也。易也,时也,道也,皆一也。自其流行不息而言之,则谓之易,自其推迁无常而言之,则谓之时,而其所以然之理,则谓之道。时之古今,乃道之古今。时之盛衰,乃道之盛衰。"②罗点上书孝宗云:"儒者之道,与天地相为终始,与古今相为表里,与风俗相为盛衰,与治乱相为升降。"③以这种历史哲学意识为指导,在继承二程历史观的基础上④,以朱熹为代表的南宋理学家多把社会历史的发展分为王道(三代时期)、霸道(三代以后)两大阶段。他们认为王道时期,天理流行,尧、舜等圣人以道治政,社会一片和谐太平气象。三代以后,统治者以智、法把持天下,物欲横行,社会在总体上呈现为一种不合道法的状态。在理学话语体系的表述中,王道社会已不是历史的客观状态,而是士人在遵循古代"崇古""重古"的文化心理下,对理想社会图景的一种美好建构与设置,而开创这种理想社会图景的尧、舜等圣君则成为帝王国君形象的完美化身与政治文化符号。应当说,这些认识都集中体现了理学对社会政治建设终远目标的积极思考,反映了"渐复三代"⑤"致君尧舜之上"⑥的经世用意。对比而言,传统史家往往善于在具体历史事实的分析中,总结经世为政之道以规谏现实,很少涉及理想社会形态的构建,而理学作为系统化的思想体系,则把这种构建作为自身相当重要的文化使命,并以之来引导现实,以期完成社会的渐次变革与转换。这是理学的史学经世观值得关注的方面。

本着上述历史认识、观念,南宋士子在进行史论体咏史诗创作时,表现出值得注意的倾向:一方面,以"时之古今,道之古今"的历史哲学意识为指导,士人在探究治乱时,往往以"道""理"作为着眼点,以道观史,认

---

① 胡宏《知言》,见胡宏著,吴仁华点校《胡宏集》,第10页。
② 朱熹《晦庵集》卷三九《答范伯崇同吕子约蒋子先》,影印文渊阁《四库全书》第1144册,第137页。
③ 袁燮《絜斋集》卷一二《罗公行状》,影印文渊阁《四库全书》第1157册,第154页。
④ 关于二程的历史观,可参见吴怀祺主编《中国史学思想通史·宋辽金卷》第一编第二章,黄山书社2002年版。
⑤ 朱熹编《伊洛渊源录》卷六《横渠先生行状》,影印文渊阁《四库全书》第448册,第456页。
⑥ 朱熹《晦庵集》卷二三《辞免两次除授待职名及知江陵府奏状》,影印文渊阁《四库全书》第1143册,第494页。

为行道多兴,废道则衰,是社会发展的根本原则。立足于这种社会历史发展立场与观念,史论体咏史诗也因此呈现出一种"道理"品格。如于石《读史》七首其六:"莫言世事只如棋,千载是非人共知。吾道废兴时否泰,人才进退国安危。诗书未火秦犹在,党锢无钩汉亦衰。覆辙相寻多不悟,抚编太息此何时。"① 该诗从整体上总结历史发展的根本规律,带有很强的历史哲学色彩。金朋说《五季梁主》:"弑君杀父乱纲常,弟戮其兄促灭亡。上下交征仁义绝,背违天理应难昌。"② 诗人对五代梁朝统治者的批判是立足于其理学道德意识的。这两首诗都透露出很强的以道观史的史学意识和"道理"品格。另一方面,由于史料缺乏,上古历史很少有详细的实证信息,大多微茫难知。因此,中晚唐以来,史论体咏史诗多以春秋战国以后的历史为探究对象,很少涉及上古史。到了南宋时,由于"三代"已成为理学表达社会理想的历史符号,致君尧舜成为士人的自觉追求。在此情况下,上古史走进了士子的视野,史论体咏史诗创作掀起了评论上古历史、圣君的潮流。如,王十朋有《伏羲》《神农》《黄帝》《唐尧》《夏禹》《启》《少康》《成汤》《周文王》等;杨简创作了《历代诗》,其中包括《三皇五帝》《夏》《商》《西周》等;陈普有《尧舜之道陈王》《尧舜之道孝悌》《禹汤文武周公》等。这些作品多以颂扬上古的"盛世"气象,探讨圣君为政之道为重点内容,反映了理学以"三代"为法、以圣王为期的史学思想。仅以《尧舜之道陈王》为例:"自贼其君固不恭,责难陈善乃为忠。要知尧舜夫何道,只在常言仁义中。"③ 在封建政权过渡之际,统治者往往自相残害,后继之君往往抓住前君的缺失进行攻击、迫害。此诗实际上就是针对这个问题表达识见,明显地表现出以尧舜为法的经世用意。

在以人治、专制为特征的封建社会,国家的治理在很大程度上取决于君主;同时,君主作为最高统治者,也具有国家政体象征意义。这导致了士子在探究兴废治乱,以史经世时,往往以君主作为重点的思索对象。这

---

① 《全宋诗》第 70 册,第 44147 页。
② 《全宋诗》第 51 册,第 32209 页。
③ 《全宋诗》第 69 册,第 43779 页。

在中晚唐史论体咏史诗中已得到鲜明体现①。宋代也是如此。但是,由于倡导的"道""理"具有崇高性,三代圣王已成为理学社会政治理想的远古投影,始终以超越现实的姿态而存在,而"三代"以下已沦为霸道社会。当理学立足于这些前见,对三代以降人物特别是君主进行历史认知时,往往持法甚严,形成了一股强烈的历史批判思潮。且不论陈后主、隋炀帝等昏庸无能、残暴奢华之辈,纵使是汉文帝、唐太宗等有为之君,也往往少有是处。例如对于唐太宗,北宋司马光认为:"太宗文武之才,高出前古,驱策英雄,网罗俊乂,好用善谋,乐闻直谏,拯民于汤火之中,而措之衽席之上。使盗贼化为君子,呻吟转为讴歌。衣食有余,刑措不用。突厥之渠,系颈阙庭,北海之滨,悉为郡县。盖三代以还中国之盛未之有也。"②而朱熹则认为:"太宗之心,则吾恐其无一念之不出于人欲也,直以其能假仁借义以行其私。"③在鲜明的评价对比中,可以看出理学强烈的历史批判意识。在此影响下,与北宋以前褒贬相兼的史论态度相比,南宋史论体咏史诗在评论君主,进行国家治乱之思时,多以贬抑立意,带有极强的批判性。如,范成大史论组诗《读唐太宗纪》共五首,其一云:"宫府相图势不收,国家何有各身谋。纵无管蔡当时例,业已弯弓肯罢休。"其二云:"弟兄相残斁天伦,自古无如舜苦辛。掩井捐阶危万死,不闻亲杀鼻亭神。"其三云:"佐命诸公趣夜装,争言社稷要灵长。就令昆季尸神器,未必唐家便破亡。"④唐太宗曾发动玄武门之变,杀掉其兄李建成、其弟李元吉等。这三首诗就以此事为题材,批判唐太宗残害兄弟的行为,并指出造成这种悲剧的根本原因在于唐太宗对帝位的执念,而绝非为了唐王朝国运长久。陈普《唐太宗》云:"文皇仁义播敷天,李氏无伦三百年。末路荒唐如炀帝,蜀江更起度辽船。"自注云:"唐太宗进锐退速,才及五伯,一退即死,又贻国家无穷之祸。由其不知正心养气故也。"⑤此诗批判唐太宗一味执着于

---

① 关于此点,可参见拙文《中晚唐史学精神与史论体咏史诗》,《史学史研究》2010年第1期。
② 司马光《稽古录》卷一五,影印文渊阁《四库全书》第312册,第500页。
③ 朱熹《晦庵集》卷三六《答陈同甫》,影印文渊阁《四库全书》第1144册,第18页。
④ 《全宋诗》第41册,第25782页。
⑤ 《全宋诗》第69册,第43846页。

开疆拓土,而不知收心,晚年更甚,乃至于有征辽之举,给国家带来了无穷之祸。"末路荒唐如炀帝"直接把太宗比作隋炀帝,充分体现了作者对唐太宗的态度。由上述可见,这些诗歌对唐太宗的批判极为严苛,这种极尽贬抑的创作态度实际上反映了理学历史批判思潮对史论体咏史诗创作的影响。

第三节 识统察机、以心论史的理学史学观与史论体咏史诗

历史的演变是很复杂的。如何把握前代的兴废存亡,更好地发挥历史的经世作用,这是值得关注的。对此,理学家表现出深入的思考。朱熹《资治通鉴纲目序例》云:"岁周于上而天道明矣,统正于下而人道定矣。大纲概举而监戒昭矣,众目毕张而几微著矣。"[①]他在谈读史之法时说:"读史当观大伦理、大机会、大治乱得失。""人读史书,节目处须要背得,始得。如读《汉书》,高祖辞沛公处,义帝遣沛公入关处,韩信初说汉王处,与史赞《过秦论》之类,皆用背得,方是。"[②]吕祖谦《读史纲目》云:"读史先看统体,合一代纲纪风俗消长治乱观之。如秦之暴虐,汉之宽大,皆其统体也。复须识一君之统体,如文帝之宽,宣帝之严之类。统体盖谓大纲,如一代统体在宽,虽有一两君稍严,不害其为宽;一君统体在严,虽有一两事稍宽,不害其为严。读史自以意会之可也。至于战国、三分之时,既有天下之统体,复有一国之统体,观之亦如前例……既识统体,须看机括。国之所以兴所以衰,事之所以成所以败,人之所以邪所以正,于几微萌芽时察其所以然,是谓机括。"[③]在这里,虽然朱、吕二人在史学观念上有一定区别,但在如何把握历史的发展变化方面,却有一致之处。二人所说的"大纲""统体",是指每个历史时期表现出的总体性的盛衰、宽严、治乱等特点;而所谓的"大机会""节目处""机括""几微"等,是指引发、造

---

① 朱熹《御批资治通鉴纲目》卷首上,影印文渊阁《四库全书》第 689 册,第 3 页。
② 黎靖德编,王星贤点校《朱子语类》第 1 册卷一一,第 196—197 页。
③ 吕祖谦《东莱吕太史别集》卷一四《读书杂记》三,见黄灵庚、吴战垒主编《吕祖谦全集》第 1 册,第 561 页。

成某种历史状况、态势的关键与触发点,以及一些能深刻反映、见证政治变化与时代兴衰的"小"的历史因素、事件等。他们认为要对历史有全面深入的把握,必须把这二者有机地结合起来。

受这种史学观影响,南宋士人在创作史论体咏史诗时,首先,善于从总体上把握某一时期、阶段的历史态势与风貌,形成了一种总述历史的特点。如曾极《大唐》云:"仁义晋阳主,神功致太平。子孙承事业,妇寺窃权衡。府卫兵先坏,租庸调不行。未几三百载,逆贼入宫城。"《五代》云:"弑篡起交争,中原战血腥。王庭更五姓,民户乏孤丁。耕织常年驰,干戈甚日停。圣人祈早降,香雾达高冥。"[1]应当说,这两首诗史论并不是很新颖独到,但是对唐代发展态势、兴亡演变以及五代"弑篡起交争"的总体社会状况的把握是符合历史真实的。中允无奇的史论背后实际上蕴含了理学追求"大纲""统体"的史学意识。

其次,南宋史论体咏史诗往往善于探寻治乱兴亡的关键点、触发点,从几微之处探讨历史的发展,表现出深邃的历史洞察力。如项安世《宣帝》云:"宣皇开口嫌俗儒,要知不是憎诗书。多文少实果何取,国家弃尔如粪土。卓然高见亦大奇,惩羹不谓真吹䪌。汉家德意自此尽,王业岂是元成衰。"[2]项安世(1129—1208),字平甫,号平庵,为理学之士。据《宋史》卷三九七本传,他曾"坐学禁久废"[3],与朱熹深有交往。宁宗时,朱熹落职罢祠,他"率馆职上书留之"[4]。《宋元学案》列之于卷四八《晦翁学案表》。按《汉书·元帝纪》:"(元帝)壮大,柔仁好儒。见宣帝所用多文法吏,以刑名绳下,……尝侍燕从容言:'陛下持刑太深,宜用儒生。'宣帝作色曰:'汉家自有制度,本以霸王道杂之,奈何纯任德教,用周政乎! 且俗儒不达时宜,好是古非今,使人眩于名实,不知所守,何足委任!'乃叹曰:'乱我家者,太子也!'"[5]一般认为西汉的衰微始于元帝时,而项安世却另有深识。他由宣帝父子间的谈话这一"机括",认为宣帝轻儒,不重

---

[1] 《全宋诗》第50册,第31520页。
[2] 《全宋诗》第44册,第27372页。
[3] 《宋史》第35册卷三九七《项安世传》,第12090页。
[4] 《宋史》第35册卷三九七《项安世传》,第12089页。
[5] 《汉书》第1册卷九《元帝纪》,第277页。

文德之教,这种文化意识必然导致王业大衰。汉朝衰微之势,实际上是由宣帝肇起的。又,陈普《咏史》卷上《商鞅》:"此天此地此经文,学者何尝溺所闻。尽道李斯焚典籍,不知吹火是商君。"自注云:"商君说孝公变法,首云:'常人安于故俗,学者溺于所闻。'坑焚之祸已兆于此。"①商鞅在变法过程中积极实施"壹教"政策,反对人们学习诗书礼乐。该诗认为焚书之祸即兆始于商鞅变法。由这两首诗可以看出,注重几微的史学观念使史论体咏史诗多能烛幽探微,打破历史常见的束缚,反思翻案,具有深邃的历史洞察力。

再次,从小的历史因素出发,探讨、论述时代的兴衰治乱。萧立之著有《开元天宝杂咏》,《全宋诗》辑为18篇。萧立之(1203—?),字斯立,号冰崖。据清厉鹗《宋诗纪事》卷六六,他为淳祐庚戌(1250)进士,应是活动于理宗以后时期的人士。此时理学已为官学,为士子崇尚,又据其"向来濂溪卜庐山,莲花峰下溪之源"(《寄题李叔谊莲峰书院》)、"稍解忍饥知道进,未能守口坐诗狂"(《书罢偶成》)等诗句,可知他服膺理学。他的《开元天宝杂咏》均以开元天宝时的小事、小物为题,如《移春槛》篇云:"东来西去木为轮,异草名花易地春。未必乾坤关气数,世间何事不由人。"关于"移春槛"事,一般人多不了解。于此,萧氏自注云:"杨国忠子弟每春至,求名花异木植于槛中,板为底,木为轮,使人牵之。所至槛在目前,即便欢宴,目为移春。"②该诗前二句即咏此事,三四句发为深论:杨国忠作为统治阶层的主要人物,如此华奢之能事,国家焉能不衰。可知乾坤、社会的"气数"是由人决定的。作者由"移春槛"这样小的历史因素,引发出深刻的国家衰败之思,是很难得的。又如《玉有太平字》云:"瑞玉天开此日奇,分明中有篆文题。翠华不作西南幸,肯信渔阳有鼓鼙。"自注云:"开元元年,内中雨过地裂,有光,宿卫奏之。上令凿地,得玉一片如拍板样。上有古篆天下太平字。百僚称贺,收之内库。"③作者由"玉有天下太平字"这一奇小之事,引出人们对天下太平问题的思考,委婉地指出天

---

① 《全宋诗》第69册,第43794页。
② 《全宋诗》第62册,第39176页。
③ 《全宋诗》第62册,第39174—39175页。

下太平依靠的是统治者的励精图治,而非祥瑞之物。其他如韩淲《明皇揽镜而言吾虽瘠天下肥矣》、曾极《孙陵鹅眼钱》、杨修《焚衣街》等,仅通过题目,就可看出诗人们的着眼点都是能印证时代兴废治乱的小的历史因素、事件。这种共同的趋向背后实际上反映了一种史学意识对史论体咏史诗创作的影响。

众所周知,理学构建了精湛深微的心性学理体系。但其构建目的并不是形成一种与社会现实脱节的纯粹形上之学,而是希望把它贯彻于现实生活与经史典籍的研治之中。《朱子语类》卷九云:"学者吃紧是要理会这一个心,那纸上说底,全然靠不得。或问:'心之体与天地同其大,而其用与天地流通'云云。先生曰:'又不可一向去无形迹处寻,更宜于日用事物、经书指意、史传得失上做工夫。即精粗表里,融会贯通,而无一理之不尽矣。'"①可以看出,朱熹认为"心"不应是空洞无著的哲理范畴。它一方面应贯彻于现实生活中的每一处,另一方面也要在经书大义,特别是在历史人物传记的研治中体现出来。本着这种思想,以朱熹、张栻为代表的理学家,在评价历史人物时多以心性作为着眼点。朱熹在评价刘邦、项羽时说:"汉高祖见始皇出,谓:'丈夫当如此耳!'项羽谓:'彼可取而代也!'其利心一也。"②张栻在史论文《张子房平生出处》中云:"五世相韩,笃《春秋》复仇之义,始终以之。其狙击秦政,非轻举也。其复仇之心,苟得以一击而遂焉,则亦慊矣。此其大义根心,建诸天地而不可泯者也。"③可以看出,这是一种典型的以心论人、以心论史的史学观念、方法。而吕祖谦所谓"史,心史也。记,心记也"④,则是对此种观念、方法的集中概括。在理学以前,古代史学在涉及以历史人物为核心的史论时,往往多表现为天命论、人事论等。随着理学一派的产生、壮大,以朱熹为代表的人士拈出不为传统儒学所重的"心"字,思虑经营,形成了从人的主观、心理意识入手的方法,对丰富史学研治方式做出了贡献。

---

① 黎靖德编,王星贤点校《朱子语类》第1册卷九,第152页。
② 黎靖德编,王星贤点校《朱子语类》第8册卷一三六,第3244页。
③ 张栻《南轩先生文集》卷一六,邓洪波校点《张栻集》,第635页。
④ 吕祖谦《左氏博议》卷一〇,黄灵庚、吴战垒主编《吕祖谦全集》第6册,第241页。

随着理学成为主导性社会思潮,上述观念与方法也必然会被南宋士子接受,史论诗自然也会表现出新的创作倾向,即在评价历史人物,把握社会治乱兴废时,善于从"心"即人的内心欲望、情感念虑等角度进行认知、审视。范成大《重读唐太宗纪》,徐钧《虞世基》《宋璟》,陈普《汉高帝》八首其二、《谢安》十首其三,罗公升《燕城读史》其四、《曹操疑冢》,艾性夫《项羽庙》,陆文圭《读史》等,均是从"心"的角度进行史论的。仅以陈普《谢安》、陆文圭《读史》为例。陈作云:"临安猿鹤共清吟,犹作投机叩齿音。商鞅禹文无辨别,冶城数语是何心。"自注云:"安石东山,即幼舆之丘壑,居丧不废琴瑟,盖其家风久矣。冶城之工,讳王羲之之言,以商鞅拒之。鞅诚无益矣,夏禹、文王亦为滞于事物而不达乎。诐淫邪遁之言也。生于其心,发于其政,害于其事,此安石相业所以终愧于古人欤。"①按《世说新语·言语》:"王右军与谢太傅共登冶城。谢悠然远想,有高世之志。王谓谢曰:'夏禹勤王,手足胼胝;文王旰食,日不暇给。今四郊多垒,宜人人自效。而虚谈废务,浮文妨要,恐非当今所宜。'谢答曰:'秦任商鞅,二世而亡,岂清言致患邪?'"②此诗就此史实而发论,联系诗注可知,诗人认为谢安内心淫邪不正,心系清谈而不以国事为念,导致了东晋偏居江南而国运不昌,其相业自然愧于前人。陆诗云:"魏延及杨仪,两人蜀俊乂。各怀专妒心,曲直竟谁在。孔明惜其才,未尝辄偏废。渭南反旆归,师在千里外。朝臣意左右,魏为杨所害。杨亦不得死,晚用姜维辈。蜀竟以是亡,束手付邓艾。艾复矜其功,受制于钟会。四人共一律,皆以专妒败。家国莫不然,呜呼可为戒。"③该认为魏延、杨仪等蜀将各怀专妒之心,既给自己带来危害,也导致了蜀汉的灭亡;其后平蜀的邓艾、钟会因居功自傲的矜心或别有异志的野心而旋遭杀戮,国亡身败的结局都源于"心"的作用。

历史的发展是时势、现实、自然等多重因素合力的结果,南宋以前的史论体咏史诗也多从这些方面进行论述。如杜牧是中晚唐史论体咏史诗

---

① 《全宋诗》第 69 册,第 43841 页。
② 余嘉锡笺疏《世说新语笺疏》,第 129 页。
③ 《全宋诗》第 71 册,第 44521 页。

的代表作家，其《赤壁》云："折戟沉沙铁未销，自将磨洗认前朝。东风不与周郎便，铜雀春深锁二乔。"①北宋王安石《乌江亭》云："百战疲劳壮士哀，中原一败势难回。江东子弟今虽在，肯为君王卷土来。"②杜诗认为若无东风之便，赤壁之战的胜方将是曹操，强调了自然因素对历史的影响。王诗则从时势角度分析了项羽兵败乌江是历史的必然。然而，在理学产生以前，人们对历史发展因素的思考很少注意"心"即心理、意念等主观因素。事实上，由于人是历史活动的主体，人的现实行为多取决于思想意识，因此"心"对社会历史的发展起着关键作用。对此，理学有深刻认识。程颢云："一心可以丧邦，一心可以兴邦，只在公私之间尔。"③朱熹云："盖天下之大本者，陛下之心也……天下之事，千变万化，其端无穷，而无一不本于人主之心者……故人主之心正，则天下之事无一不出于正，人主之心不正，则天下之事无一得由于正。"④真德秀云："盖治乱之源，在人主之一心"⑤"人君心正则治，心不正则乱，故曰治之在心。"⑥这些言论都指出了统治者的主观意图与社会历史发展的关系，极为肯定"心"的重大社会作用。上述以陈普《谢安》、陆文圭《读史》为代表的史论体咏史诗之所以从"心"出发，以心论史，都源于理学重视"心"这一历史因素的思想。同时，由陈、陆之作也可看出，由于以心论史是一种新方法、观念，这有助于从新的视角反思、认识历史人物，把握历史的治乱兴废。

第四节　标崇义理、维护正统的理学史学观与史论体咏史诗

南宋理学家多具有强烈的社会忧患意识，他们认为当前的社会"行义

---

① 杜牧著，冯集梧注《樊川诗集注》，上海古籍出版社1962年版，第271页。
② 李壁笺注，高克勤点校《王荆文公诗笺注》，第1279页。
③ 程颢、程颐撰《二程遗书》，上海古籍出版社2000年版，第180页。
④ 朱熹《晦庵集》卷一一《戊申封事》，影印文渊阁《四库全书》第1143册，第181页。
⑤ 真德秀《大学衍义》卷三一《逸欲之戒》，影印文渊阁《四库全书》第704册，第794—795页。
⑥ 真德秀《大学衍义》卷一《帝王为治之序》，影印文渊阁《四库全书》第704册，第509页。

凋损,政事殆废,风俗薄恶,人民嚣顽。子弟变父兄者有之,为王臣而从盗贼有之,为诸生而献敌庭者有之,卒弑其守者有之,民杀其令者有之……上下习以为常,恬不知怪,而三纲绝息,人道大坏"①。由于人的行动取决于思想,要改变这种社会现实,就必须弘扬儒家经学大义,端正人心,强化伦理规范,以达到社会现实秩序的重建与稳定。

从这种现实文化需要出发,理学家在审视历史时,极力强调以经为本,要善于透过历史的表层现象,深察其中的儒学义理。早在北宋时,一些有识之士在思考治史目的、方法时,开始突破传统史学的求真观,认识到了史学与义理的关系。范祖禹曾明确提出,治史必须"稽其成败之迹,折以义理"②。到南宋时,治史阐明义理的意识已成为当时思想界的主流。胡寅撰有《读史管见》,具体论述了经理与史事的辩证关系:"夫经所明者,理也。史所记者,事也。以理揆之事,以事考诸理,则若影响之应形声,有不可诬者矣。"③其侄胡大壮为此书作序,进一步发挥胡寅的思想:"后圣明理以为经,纪事以为史。史为案,经为断。史论者,用经义以断往事者也。"④其后,朱熹指出:"凡读书,先读《语》《孟》,然后观史,则如明鉴在此,而妍丑不可逃。""读书既多,义理已融会,胸中尺度一一已分明,而不看史书,考治乱,理会制度典章,则是犹陂塘之水已满,而不决以溉田。若是读书未多,义理未有融会处,而汲汲焉以看史为先务,是犹决陂塘一勺之水以溉田也。其涸也可立而待也。"⑤朱熹认为在经、史关系上,应先经后史,以经统史,经学是史学的指导,要在充分把握儒学义理的基础上,研治历史。同时,义理也须通过对历史的研治得以体现,这样才能发挥义理规范世教、褒贬善恶的社会作用,否则就会因空洞而失去自身的意义。

基于这种思想意识,南宋士子在涉足历史人物、事件,进行史论体咏

---

① 胡宏《易俗》,胡宏著,吴仁华点校《胡宏集》,第208页。
② 范祖禹《范太史集》卷一三《进唐鉴表》,影印文渊阁《四库全书》第1100册,第198页。
③ 胡寅《致堂读史管见》卷一六,《续修四库全书》第449册,上海古籍出版社2002年版,第19页。
④ 胡大壮《读史管见序》,见胡寅《致堂读史管见》,《续修四库全书》第448册,第409页。
⑤ 黎靖德编,王星贤点校《朱子语类》第1册卷一一,第195页。

史诗创作时,往往以理观史,注意阐发史实背后的经学义理,以忠孝仁义、善恶忠奸等为探讨、辨析的中心,并借此昭示王道秩序、纲常伦理,教化示人。可以说,以义理评判人物、事件已成为南宋史论体咏史诗的基本创作倾向,儒学义理化、道德化成为其主要特征。如刘宰《读〈公孙弘卜式儿宽传〉》:"儒雅弘宽世所宗,汗青中介牧羊翁。史家有意君知否,未必文华胜朴忠。"①刘宰,字平国,主要活动于光宗至理宗时期。据《宋史》卷四〇一《刘宰传》可知,理学为其"平生所学"。其诗题所言史传出自《汉书》卷五八。传中的公孙弘、儿宽、卜式为汉武帝时人。其中,前二人善经术文学,居官甚高,但二人或"不肯庭辩",唯以希顺上指为事,或"久无有所匡谏于上"。儿宽则以田畜牧羊为事,"不习文章"②,但却输财助边,心系国家。刘诗即就此而发,赞扬卜式之"忠",三、四句可视为以理观史观念的直接表述。又如,林同选择古代以孝著称的人物,著成《孝诗》一卷。此卷纲目鲜明,分"圣人之孝十首""贤者之孝二百四十首""仙佛之孝十首""妇女之孝二十首""夷狄之孝十首"等类别。同时,为方便理解,林同在诗题下以自注形式对所论人物的孝行、事迹进行了介绍。仅以《李孝女》诗为例,其注云:"安禄山乱,被劫徙它州。闻父亡,从间道奔丧。既至,父已丧,庐墓终身。"诗云:"奔丧脱贼手,庐墓至终身。此大丈夫事,谁云一妇人。"③可以看出,这是典型的"史为案,经为断"的撰述体例,反映出作者通过具体史实探求义理的意识。由《孝诗》通过分目、体例可知,林同实际上是希望通过不同群体人物的选择、评论,为社会各阶层垂范孝法大义,宣扬侍亲之道。

  同时,注重义理的史学观对当时的历史人物关注层面也产生了很大影响。虽然北宋时期,以司马光为代表的史学家具有重视道德礼制的倾向,但其"鉴于往事,有资于治道"④的意识,使北宋史学在很大程度上是政治史学。这导致了北宋史学的人物关注层面主要集中于政治、军事性

---

① 《全宋诗》第 53 册,第 33350 页。
② 《汉书》第 9 册卷五八,第 2619、2633、2628 页。
③ 《全宋诗》第 65 册,第 40637 页。
④ 胡三省《新注资治通鉴序》,见司马光编著,胡三省音注《资治通鉴》第 1 册,第 28 页。

等人物。而到了南宋时,张栻、朱熹等理学家则本着重建当时的思想、社会秩序的根本目标,希冀重塑人的儒学性文化人格,主张通过一个个社会主体的"修身",最终达到"平治天下"的社会目标。这种思想主张及其所体现出的践行路径决定了当时的知识分子必须深入思考人的社会存在意义。从哲学角度上,每个人在社会当中都有其存在意义。但这种意义绝不仅是一种政治价值。毕竟,对于一般人而言,因建功立业而得以实现的政治价值不具有普适性。在很大程度上,人的价值存在是获得当时传统文化认可的伦理、道德、风俗性存在。这种主导意识决定了史学从政治性史学向社会文化史学(即目前学界认可的义理史学)的性质转变。这种社会文化史学一方面对政治人物如汉文帝、唐太宗、魏徵等保持着浓厚兴趣,并借之以探究社会历史的兴废盛衰;另一方面,因伦理道德广泛存于社会的不同阶层、群体,故而于政治性人物之外,寻求其他阶层、群体人物从而更好地彰显义理,自然成为这一史学发展的必然趋势。在此情况下,硕儒鸿德、高士大隐,特别是社会底层的贞女烈妇、孝子奇男,均成了史论体咏史诗新的关注对象。这是南宋史论体咏史诗非常值得注意的变化,如杨万里《读严子陵传》、金朋说《闵子骞》、徐钧《陶潜》、薛季宣《孔子》、赵师秀《徐孺子宅》、舒岳祥《伯夷》、史吉卿《严子陵钓台》等,都重在评述道德隐逸之士,赞扬他们鄙弃名利的人格精神。而苗昌言《唐孝子张常洧义台》、许及之《题曹娥庙》、杜范《曹娥》、曾原一《题贤女祠》、姜特立《朝云》、陈郁《读唐子西漂母传》、赵葵《贞义女咏》等,均以社会底层人物为关注对象。如杜范《曹娥》:"举世贪生不足评,舍生取义亦难明。娥知有父不知死,当日何心较重轻。"[①]该诗径陈义理,高度评价曹娥的义事。姜特立《朝云》:"东坡真天人,万事早超悟。生死固了然,刀锯不足怖。方其谪岭海,负瓢歌道路。此已遗形骸,死埋随到处。朝云尔何人,从公不忍去。万里烟瘴深,此岂有羡慕。当时士大夫,反眼相背负。孰料祸患中,义行唯妾妇。懿哉配坡公,清名照缣素。惠州松林树,不是小蛮墓。"该诗以苏轼遭谪时紧随左右的侍女朝云为吟咏对象,通过朝云与"当时士

---

① 《全宋诗》第 56 册,第 35303 页。

大夫,反眼相背负"的对比,赞扬她身处"祸患中"的"义行"。一直以来,因囿于政治功业价值标准,古代史学很少关注社会底层人物,而注重义理的史学意识则把这类人物纳入了人们的视野,肯定其价值,这是理学对古代史学的贡献。上述以杜作、姜作为代表的史论体咏史诗就证明了这一点。

要对某时期的历史人物作出合理评价,还涉及一个根本前提,即其所处的国家、政权能否获得后世的文化认同,以及他本人与国家、政权的关系。这就涉及正统论问题。相对而言,北宋欧阳修、司马光、苏轼等有识之士多以"居正""一统"作为判断"正统"的主要标准;在评价历代王朝的合法性、正当性时,既注重"或以至公,或以大义,皆得天下之正,合天下于一"①,也注重"兴者以力"②和"功业之实"③;在"居正"与"一统"不能兼备的情况下,更重"一统"。到了南宋时,随着政权偏居一隅,国力武功衰弱,被视为文化中心的中原之地为外族所占。在此社会形势下,较之北宋,此时期的正统之辨也发生了深变,在"居正"和"一统"观念上,更强调"居正",更关注政权存在的道德义理性因素。这种观念在三国正统公案上得到了集中体现。在北宋时,欧阳修、司马光等史家多本着上述正统观念以曹魏为正统。而到南宋时,张栻则认为:"汉献之末,曹丕虽称帝,而昭烈以正义立于蜀,诸葛亮相之,则汉统乌得为绝?故献帝之后,即系昭烈年号,书曰'蜀汉',逮后主亡国而始系魏。"④张栻认为刘备以诛贼复汉为己任,以正义立于蜀,承续了汉统,因此三国应以蜀汉为正统。其后,朱熹进一步强化了这种认识,而对司马光以魏为正统的史学观很不满意。《朱子语类》卷一〇五载:"问《纲目》主意。曰:'主在正统。'问:'何以主在正统?'曰:'三国当以蜀汉为正,而温公乃云,某年某月'诸葛亮入寇',是冠履倒置,何以示训……'"⑤其后,受张、朱等人影响,在三国何者为正的问题上,人们多正蜀而闰魏,如黄震在编撰《古今纪要》时,认为:"作史

---

① 欧阳修《原正统论》,见洪本健校笺《欧阳修诗文集校笺》(下册),第1550页。
② 欧阳修《魏论》,见洪本健校笺《欧阳修诗文集校笺》(下册),第1560页。
③ 《资治通鉴》第5册卷六九,第2187页。
④ 张栻《经世纪年序》,见邓洪波校点《张栻集》,第612页。
⑤ 黎靖德编,王星贤点校《朱子语类》第7册卷一〇五,第2637页。

者以编年之法论,则献帝之汉既灭,当以昭烈之汉继之,昭烈之汉既灭,始当不得已而属之吴魏。"①基于这种认识,他不仅改蜀名为汉,而且把吴、魏二国附于蜀汉之后。另外,较之北宋,随着中原之地沦为异族的统治范围,南宋正统思想更强调"夷夏之辨","尊王攘夷"的特征较为突出,南宋正统论也因此带有了强烈的民族色彩。如郑思肖明确提出:"尊天王,抑夷狄,诛乱臣贼子,素王之权,万世作史标准也。"②

基于上述正统之辨,南宋史论体咏史诗出现了以下值得注意的创作趋势与特征:

第一,虽然理学家对历代政权、王朝孰为正统的认识,有一定的差别,如朱熹在《资治通鉴纲目·凡例》中将周、秦、汉、晋、隋、唐等列为正统,而周密在《癸辛杂识》后集《正闰》中,则认为"三代而下,独汉、唐、本朝可当正统"③。这在史论诗中也有反映,如方回《东晋》:"刘琨劝进岂无闻,王猛临终亦有云。秽史汝能诬正统,老伧谁实莅余分。山阴禊事流觞帖,彭泽归来植杖文。二物万年终不泯,可能草木张吾军。"自注云:"魏收撰《元魏书》,目东晋为僭,晋宋以下为岛夷,世称秽史。故不得不与之辨。"④可知,方回表现出以东晋为正统的思想。但总体而言,五胡十六国、北朝等少数民族政权既无"正",也无"统"。这导致了南宋士子除极少数作家外,很少关注这类政权。可以说,史论体咏史诗在极度繁荣的背后,很少涉及这些政权的历史人物、事件,其中的主要原因即在于此。

第二,受三国正统公案的影响,史论体咏史诗形成了以三国人物、事件为题材关注点的史论热潮,贬曹拥刘成为基本的思想立场,如王十朋《魏武帝》《吴大帝》《蜀先主》,项安世《读〈三国志〉》,陈造《曹魏》二首,薛季宣《读〈三国志〉》,刘克庄《曹孟德》《孙伯符》《刘玄德》《魏志》,陈杰《先主》《曹操》,徐钧《昭烈帝》《文帝》等。在此,仅以徐钧二诗为例,其《昭烈帝》云:"崎岖蜀道漫三分,势去英雄挽不能。若使人心似西汉,

---

① 黄震《古今纪要》卷四,影印文渊阁《四库全书》第384册,第73页。
② 郑思肖《心史·古今正统大论》,饶宗颐《中国史学上之正统论·资料一》,上海远东出版社1996年版,第123页。
③ 周密《癸辛杂识》,《宋元笔记小说大观》第6册,第5761页。
④ 《全宋诗》第66册,第41456页。

未输光武独中兴。"该诗直接把蜀政权视作汉之后续,认为只要当时的人们人心有似于西汉,蜀政权是能够像东汉那样中兴刘汉的。《文帝》云:"才输十倍德何如,窃位称尊启帝图。自料孔明非可敌,终身不敢瞰成都。"①在该诗中,作者直接以尊奉蜀汉的潜在立场对曹丕进行讽刺。这两首诗尊刘贬曹的史论立场是极鲜明的。

值得注意的是,在三国诸人物中,诸葛亮成了史论体咏史诗关注的核心,如陈长方、陈杰、徐钧均有同题《孔明》,金朋说、刘黻、方一夔有同题《诸葛武侯》,其他又有陈普《诸葛孔明》八首、陆游《谒诸葛丞相庙》、项安世《次韵颜运使伏龙山诸葛祠堂》二首、程洵《用韵题诸葛武侯祠》二首、释居简《武侯庙》、苏洞《孔明庙》等。在理学极其严厉的历史批判思潮中,大多数统治阶层人物多受贬责,而诸葛亮则独享高评。如,方一夔《诸葛武侯》:"我从古人中,不数管晏辈。纷纷后春秋,仅有孔明在。伊人层壑冰,表里绝疵颣。文章派莘岩,气节凌梁岱。未把渭上麈,甘抱隆中耒。维时太清暗,芒炎亘慧孛。老瞒鬼蜮雄,阔步无留碍。区区蜂与蚁,应手铁山碎。陆城胄天潢,穷乏卓锥块。垂白气不衰,迩肯一寸退。孔明托末契,一起镇横溃。煌煌复仇义,掀揭人心晦。风云两飞扬,眼底无强对。取分孙曹间,只手探怀内。自堪托六尺,不啻才十倍。暮年五丈师,此举不俟再。中坚拥貔貅,势若决潴汇。半道失良图,天理意茫昧。彼哉髡钳儿,见雪空狂吠。是非付陈编,清泉奉芳酹。何时起九京,六合需一溉。朗咏出师篇,千载照肺肝。"②在方一夔心目当中,诸葛亮已变成了一个神坛完人,这种认识集中代表了南宋时期士子对诸葛亮的历史认知。士子之所以趋同性、集体性地评论、咏赞诸葛亮,其原因在于,在乱世之中,诸葛亮力扶刘氏,忠心为国,在注重正统的史学观下,已成为臣子形象的道德化身与历史符号。

第三,以正统论尊王攘夷思想为指导,南宋史论体咏史诗多对篡伪政权、人物以及农民起义极尽批判、讽刺,如金朋说《武则天》:"唐代司晨有

---

① 《全宋诗》第 68 册,第 42846 页。
② 《全宋诗》第 67 册,第 42240 页。

牝鸡,灭残宗室殆无遗。若非仁杰擎天力,李鼎将移属武媚。"①乐雷发《陈胜吴广》:"假号偷名只可怜,枉抛钱镈弄戈鋋。陇头燕雀应相笑,鸿鹄元来是项燕。"②前诗批判武则天篡唐之事,后诗则讽刺陈胜、吴广的农民起义"假名偷号",无起义的正统资格。同时,在宋金、宋元斗争的现实环境下,出于攘夷目的,士子多注重选择为民族、国家利益而忠义感人、勇于斗争的历史人物,史论体咏史诗形成了一股评论、颂扬民族英雄的潮流。这样,西晋灭亡后坚持抵抗匈奴、羯族的刘琨,志在恢复晋室的祖逖,唐代"安史之乱"期间的张巡、许远、颜真卿、颜杲卿,北宋庆历前后抚边抗夏的范仲淹、韩琦,南宋初年的抗金领袖岳飞等,便走进了诗人们的史论视野。如喻良能《题旌忠庙次王龟龄韵》,通过对比南宋初年"建炎多难谁奋躬,开门纳降何匆匆"妥协退让的民族政策,高度评价张巡、许远:"矢死不降有二公,青史皎皎书其忠……抽砖击敌甘命终,愿以颈血污刃红。精诚贯日亘云穹,上彻九重达尧聪。诏令血食居镇东,激昂臣子忠勇风。"③又,文天祥被元兵俘虏期间,作有《颜杲卿》诗:"常山义旗奋,范阳哽喉咽。胡雏一狼狈,六飞入西川。哥舒降且拜,公舌膏戈鋋。人世谁不死,公死千万年。"④两诗都以民族英雄作为史论对象,体现出强烈的民族主义意识与情怀。与中晚唐、北宋相比,这种意识与情怀是南宋史论体咏史诗值得注意的特征。

---

① 《全宋诗》第 51 册,第 32207 页。
② 《全宋诗》第 66 册,第 41329 页。
③ 《全宋诗》第 43 册,第 26943 页。
④ 《全宋诗》第 68 册,第 43048 页。

第九章 宋代史学精神与史论体咏史诗

宋代时期史论极其发达。它重在评论、反思历史,属于史学批评的范畴。其中,史论体咏史诗是当时史论中的重要文体类型。从这一思考出发,史论体咏史诗创作必然和当时的史学精神、思想紧密相关。目前对"史论"的关注多限于正史史家之论与史论文,很少涉及史论体咏史诗,对它与史学精神的关系更是很少涉及。基于此,本章试图就宋代史学精神对史论诗的影响略做探讨。

第一节 史学精神对史论体咏史诗产生影响的前提

从本质上讲,文学与史学属于不同门类。由于史论体咏史诗的创作主体多是文人士子,在此情况下,要探讨宋代史学精神对它的影响,必须理清此时期士子对史学的接受情况。

宋朝建立以后,依靠兵变夺得帝位的宋太祖,为防止武人跋扈割据以至篡位的局面不再重演,避免北宋重蹈五代短命王朝的覆辙,开启了抑武崇文、以文治国的国家文化策略。但是,士子应当具备怎样的文化知识才能够实现以文治国的政治目的,都是需要思考的问题。自唐代以来,士子竞逐于雕文琢句以显示文采风流,社会形成了崇尚华丽文采而不根实学的文学风尚。这种风气一直延续到晚唐五代。陶谷、李煜等人实际上就是这种文风、士风的代表。《东轩笔录》卷一载:陶谷"自五代至国初,文翰为一时之冠",自以为"宣力实多"。然太祖却说："颇闻翰林草制,皆检前人旧本,改换词语,此乃俗所谓'依样画葫芦'耳,何宣力之有?"①又《石林燕语》卷四载:"江南李煜既降,太祖尝因曲燕问:'闻卿在国中好作诗',因使举其得意者一联。煜沉吟久之,诵其咏扇云:'揖让月在手,动摇风满怀。'上曰:'满怀之风,却有多少。'他日复燕煜,顾近臣曰:'好一个翰林学士。'"②从宋太祖讽刺嘲谑的口吻中,可以看出他对华文浮辞之士的不满。再联系宋太祖对秦王侍讲的所言之辞:"帝王之子,当务读经书,知治乱之大体,不必学作文章,无所用也。"③这里所说的文章,即指那些没有实际功用而徒具文采的浮文。毫无疑问,在统治者心中,纯粹以声律辞采为知识才能的人士是不符合以文治国文化策略要求的。

统治者要实现以文治国的目的,必须让士子通过相关文献典籍的学习,始终维护封建君权统治和道德伦理秩序,实现社会的长久稳定;在极为丰富历史资源中,寻求到经邦治国的智慧、方法,解决社会政治和生活中的各种问题。太宗所谓:"夫教化之本,治乱之原,苟非书籍,何以取法?"④实际就道出了这种思考。由于学习儒经能够培养士子的道德意识,端正思想立场,而通过学习历史知识,以史为法、为鉴,更具有现实操作性与实效性。因此,统治者在贯彻以文治国的策略时,极力强调"本朝以儒立国"⑤,重视经史在以文治国中的作用。对此,宋代统治者多有明确表示。宋太宗曾对近臣说："王者虽以武功克定,终须用文德致治。朕每退朝,不废观书,意欲酌前世成败而行之,以尽损益也。"⑥真宗曾对邢昺云："勤学有益,最胜它事,且深资政理,无如经书。朕听政之暇,惟文史是乐,讲论经艺,以日系时,宁有倦耶!"⑦由这些史料可以看出,从经史典籍中寻求治国之道与政治智慧是宋朝统治者积极倡导的文化主张。

---

① 魏泰《东轩笔录》卷一,见《宋元笔记小说大观》第3册,第2687页。
② 叶梦得《石林燕语》,第60页。
③ 司马光《涑水记闻》卷一,第20页。
④ 《宋会要辑稿》第3册崇儒四之十六,第2238页。
⑤ 陈亮《龙川集》卷一《上孝宗皇帝第三书》,影印文渊阁《四库全书》第1171册,第509页。
⑥ 《续资治通鉴长编》卷二三,中华书局1992年版,第528页。
⑦ 江少虞《宋朝事实类苑》卷三,第25页。

但要把以文治国的策略，特别是从历史中获取治国之道与政治智慧的意识，长久地贯彻下去，仅靠积极提倡还是不够的。统治者还必须提供一种制度保障，使士子深刻认识到历史学习与个人利禄仕途、事业前程密切关联，自觉地重视历史的学习。这主要是通过科举制度实现的。宋代科举有进士、制科、九经、五经、三史、三礼、三传、明经之别。其中，前二科最受重视。在继承唐代以诗赋取士的基础上，进士科"自咸平景德以来，省试有三场。一日试诗赋，一日试论，一日试策，诗赋可以见辞艺，论策可以见才识"①。特别是庆历四年（1044），范仲淹主持政治革新，本着"复古劝学"的目的，基于"有司束以声病，学者专于记诵，则不足尽人材"②的现实考虑，明确提出："先试论策，使工文辞者言古今治乱，简其程序，使得以逞问以大义，使不专记诵。"③这反映出以论策考核士子历史知识的意识。其后，科举政策虽然发生了一些变化，但以论策考察历史知识，成为统治者的一贯主张。如，绍兴七年，宋高宗在回答礼部侍郎吴表臣时，明确表示："诗赋止是文词，策论则须通知古今，所贵于学者，修身齐家治国以治天下，专取文词亦复何用。"④至于制科考试，主要以策论为主。"凡应诏者，先具所著策、论五十篇缴进。两省侍从参考之，分为三等，次优以上，召赴秘阁，试论六首，于《九经》《十七史》《七书》《国语》《荀》《扬》《管子》《文中子》内出题。"⑤至于九经、三史等经史性科目，自然多以古代儒家思想、典制、人物等历史性知识作为考核内容。特别是明经科，自嘉祐二年（1057）增设以来，不再侧重于记诵，而是"各问大义十条"，"策时务三条"⑥，也需要以丰富的经史知识进行分析。总而言之，与唐代以诗赋取士相比，在以文治国的策略下，宋代科举考试极其重视以策论等文体来考核士子的历史学识，从而强化了史学在士子心目中的地位。

同时，在仕途方面，是否具有历史才能，能否从历史中寻绎为社会现

---

① 章如愚《群书考索》后集卷三二，影印文渊阁《四库全书》第937册，第445页。
② 《宋史》第11册卷一五五《选举》，第3613页。
③ 《文献通考》卷三二《选举五》，第304页。
④ 《建炎以来系年要录》第2册卷一一三，第539页。
⑤ 《宋史》第11册卷一五六《选举》，第3649页。
⑥ 《宋史》第11册卷一五五《选举》，第3615页。

实政治所需的政理,也是官员获得统治者认可、升迁的一大因素。《宋史·王蔺传》载:"一日,上袖出幅纸赐之,曰:'比览陆贽《奏议》,所陈深切,今日之政恐有如德宗之弊者,可思朕之阙失,条陈来上。'蔺即对曰:'德宗之失,在于自用遂非,疑天下士。'退即上疏,陈德宗之弊,并及时政阙失。上嘉纳之。迁起居舍人。"[1]《黄裳传》载:"裳每劝讲,必援古证今,即事明理,凡可以开导王心者,无不言也。绍熙二年,迁起居舍人。"[2]《李大性传》载:"服阕,进《典故辨疑》百篇,皆本朝故实,盖网罗百氏野史,订以日历、实录,核其正舛,率有据依,孝宗读而褒嘉之。擢大理司直,迁敕令所删定官,添差通判楚州。"[3]由此可见,官员是否具有历史才能,能否从典籍之中探寻政理,会对其仕途升迁产生着较大影响。在这种仕进机制下,士人纵使已步入仕途,也必须保持着对历史的关注。

与前代相比,宋代的书籍刊刻、印刷技术得到了很大提高。为保证以文治国策略的顺利实施,宋代统治者非常注重书籍的刻印。当时的国子监、崇文院等文化教育机构,其职能之一就是负责刻印。国子监有专门下辖机构印书钱物所,后改为国子监书库官。"掌印经史群书,以备朝廷宣索赐予之用,及出鬻而收其直以上于官。"[4]崇文院也负责"校勘及抄写书籍,雕造印版"[5]。在雕印活动中,宋代极重史书。仅以北宋初期为例。真宗咸平三年(1000),"十月,诏选官校勘《三国志》《晋书》《唐书》"。"五年,校毕,送国子监镂板。"[6]乾兴元年(1022),"十一月,判国子监孙奭言:'刘昭注补《后汉志》三十卷,盖范晔作之于前,刘昭述之于后,始因亡逸,终遂补全,其于《舆服》《职官》足以备前史之阙。乞令校勘雕印颁行。'从之……天圣二年送本监镂板。"[7]这些史料反映的是朝廷官刻情况。此外,宋代书籍尚有坊刻、家刻。特别是坊刻,多以经济利益为中心,追逐科举时风,印刻了较多的历史性书籍,也使士子获得、学习史书便捷

---

[1] 《宋史》第 34 册卷三八六《王蔺传》,第 11854 页。
[2] 《宋史》第 34 册卷三九三《黄裳传》,第 12001 页。
[3] 《宋史》第 34 册卷三九五《李大性传》,第 12048 页。
[4] 《宋史》第 12 册卷一六五《选举》,第 3916 页。
[5] 程俱撰,张富祥校证《麟台故事校证》,第 28 页。
[6] 《宋会要辑稿》第 3 册崇儒四之二,第 2231 页。
[7] 《宋会要辑稿》第 3 册崇儒四之五,第 2231 页。

起来。在唐代时期，书籍多靠抄写而不易得。到了宋代，伴随着雕印技术的应用，经史在实现批量化生产的同时，也实现了社会普及化、民间化。它不再是为上层阶级独占的文化珍宝，一般士庶之家也很容易获得。《续治通鉴长编》卷六十载："景德二年，五月戊申朔，幸国子监阅书库，问祭酒邢昺书板几何，昺曰：'国初不及四千，今十余万，经史正义皆具。臣少时业儒，观学徒能具经疏者百无一二，盖传写不给。今板本大备，士庶家皆有之，斯乃儒者逢时之幸也。'"①苏轼在《李氏山房藏书记》中说："余犹及见老儒先生，自言其少时，欲求《史记》《汉书》而不可得，幸而得之，皆手自书，日夜诵读，惟恐不及。近岁市人转相摹刻诸子百家之书，日传万纸，学者之于书，多且易致如此。"②苏轼所言就反映了在雕印技术条件下经史典籍的社会普及化。

受统治者的积极提倡、科举考试的规定、官员升迁导向等因素影响，同时，经史典籍又实现了普及化，故士子非常重视历史学习。由于历史知识涉及政治、经济、思想、典制等内容，非常繁复，学习起来费时费力，因此宋代士子博览强记、力学、苦学成风。《宋史·丁度传》载："度强力学问，好读《尚书》，尝拟为《书命》十余篇。大中祥符中，登服勤词学科……度著《迩英圣览》十卷、《龟鉴精义》三卷、《编年总录》八卷，奉诏领诸儒集《武经总要》四十卷。"③《王刚中传》载："刚中博览强记。绍兴十五年进士第二人……每侍讲，极陈古今治乱之故，君子小人忠佞之辨……无他嗜好，公退惟读书著文为乐。有《易说》《春秋通义》《仙源圣纪》《经史辨》《汉唐史要览》《天人修应录》《东溪集》《应斋笔录》，凡百余卷。"④《王当传》载："幼好学，博览古今，所取惟王佐大略……遂著《春秋列国名臣传》五十卷，人竞传之。（王）当于经学尤邃《易》与《春秋》，皆为之传，得圣人之旨居多。又有《经旨》三卷，《史论》十二卷，《兵书》十二篇。"⑤可见，通过博览强记，苦力为学，宋代士子完成了从唐代纯粹文辞到文章学问之士

---

① 《续资治通鉴长编》卷六〇，第 1333 页。
② 孔凡礼点校《苏轼文集》第 2 册，第 359 页。
③ 《宋史》第 28 册卷二九二《丁度传》，第 9761—9764 页。
④ 《宋史》第 34 册卷三八六《王刚中传》，第 11862—11864 页。
⑤ 《宋史》第 37 册卷四三二《王当传》，第 12848 页。

的转换,文史通融,富有历史学识,成为其突出的主体文化特征。这种特征使他们可以参与到史学阵营中,成为其中的主要学者成员,也可以把宋代的史学思想、精神真正渗透到史论诗的创作中去。

第二节 以史为鉴、探求治道的史学精神与史论体咏史诗

以史为鉴是中国古代史学的优良传统。从先秦的"殷鉴不远,在夏后之世"①,到唐代的"多识前古,贻鉴将来"②,这些认识都说明了古代社会始终在关注着历史的鉴戒意义、功能。到了宋代,由于统治者实行了以文治国的政治体制,对经史所具有的现实作用是站在国家文化策略的高度来看待的,因此史鉴思想、精神更为成熟与深刻。每位帝王对此均有深识。如太宗对宋琪等人云:"朕性喜读书,开卷有益。每见前代兴废,以为鉴戒。"③真宗尝谓大臣王旦等曰:"经史之文,有国家之龟鉴,保邦治民之要,尽在是矣。然三代之后,典章制度,声明文物,参古今而适时用,莫若《史》《汉》,学者不可不尽心焉!"④仁宗尝谓辅臣云:"朕听政之暇,于旧史无所不观,思考历代治乱事迹以为监戒。"⑤这些言论多被视为宋代的"祖宗圣训",说明"以史为鉴"已被抬升到前所未有的文化高度。治平三年,英宗命司马光设局于崇文院,编辑《历代君臣事迹》。四年十月,编辑成后,神宗因此书"鉴于往事,有资于治道"⑥,赐名《资治通鉴》,并为之序。《资治通鉴》的编写与成书更加充分地体现了统治者的史鉴意识。

一种史学思想、精神的提倡固然重要,但它能否对社会产生重大影响,还要看时人对它的接受状况。应当说,史鉴精神、思想在初唐时期已比较成熟,但它的接受、应用主体主要是以李世民、魏徵等为代表的政治

---

① 《诗经·大雅·荡》,见孔颖达疏《毛诗正义》,第 1161 页。
② 唐高祖《命萧瑀等修六代史诏》,宋敏求《唐大诏令集》卷八一,中华书局 2008 年版,第 466 页。
③ 江少虞《宋朝事实类苑》卷二《祖宗圣训》,第 21 页。
④ 江少虞《宋朝事实类苑》卷三《祖宗圣训》,第 28 页。
⑤ 王应麟辑《玉海》第 2 册卷五四"乾兴天和殿御览"条,第 1033 页。
⑥ 胡三省《新注资治通鉴序》,司马光编著,胡三省音注《资治通鉴》第 1 册,第 28 页。

家,接受群体的范围是有限的。到了宋代,随着注重经史、以文治国的国家政治策略的确立,以及士子文史通融文化人格的构建,史鉴思想、精神不再仅仅局限于帝王、重臣等少数政治人物,而是为广大的士子所认可与接受。这一点仅从《新唐书·艺文志》与《宋史·艺文志》"史类"所载的史著名称即可看出。前者所载的以"鉴"字命名的史著,寥寥无几,仅贺兰正《举选衡鉴》、王行先《律令手鉴》与李崇《法鉴》三部,都是属于职官、刑法方面的著作,还不能称为传统意义上的史鉴著作。而后者所载,数量众多,如李焘《续资治通鉴长编》、袁枢《通鉴纪事本末》、张栻《通鉴论笃》、石介《唐鉴》、范祖禹《唐鉴》、李舜臣《江东十鉴》、彭龟年《内治圣鉴》、李淑《三朝训鉴图》、欧阳安永《祖宗英睿龟鉴》、喻观能《孝悌类鉴》等。这还不包括遗漏的著作在内。如,《文苑传》载:"(江休复)少强学博览,为文淳雅,尤善于诗……著《唐宜鉴》十五卷、《春秋世论》三十卷,文集二十卷。"① 可知,江休复亦有《唐宜鉴》一著。可以说,与唐代相比,这些史著均以"鉴"字为书名,数量繁多,充分说明以史为鉴已演变成一种社会化思潮,在士林中广为普及,得到了前所未有的标举与倡扬。

  在以史为鉴精神广泛渗透于士林的条件下,当士子以诗的文体形式表达对历史的评论与反思,即进行史论体咏史诗创作时,必然会以这种精神作为指导。宋王得臣《麈史》卷中载:"张颂公美,颍昌人,举进士不第,尝馆于吾家义方斋。畏谨自律,读书外口不及他事,然好吟诗……尝咏唐君臣得失之迹与其治乱之辨,可为世鉴者凡百篇。元丰末,至京师欲上之。会永裕不豫,囊其书归。有志而不达,惜哉!"② 又南宋末期,徐钧著有史论组诗《史咏集》。关于此集的编撰目的、旨趣,黄溍序云:"金华兰溪徐章林先生夙有闻家庭所传先儒道德之说,而犹精于史学,凡司马氏《资治通鉴》所记君臣事实可以寓褒贬而存劝戒者,人为一诗,总一千五百三十首,命之曰史咏。其大义炳然一本乎圣经之旨,诚有

---

① 《宋史》第 37 册卷四四三《文苑传》,第 13092—13093 页。
② 王得臣《麈史》卷中,见《宋元笔记小说大观》第 2 册,第 1351 页。

功于名教者也。"①可见,《史咏集》的编纂目的与旨趣主要是为了"寓褒贬而存劝戒",从而"有功于名教"。又,陈普创作了数量繁多的史论诗,如《杜预》云:"晋武良心独未亡,娼家渎礼自多妨。洛中冠盖无多日,元凯春秋亦短长。"其自注云:"晋武欲行丧礼,良心也。即位之初,蔚然贤主……为其臣者,当其欲行丧礼之时,遂其良心,导之以古训,扩其心而充之,事事以丧礼为准则,成汤可及,尧舜亦可为矣,运祚讵可量哉。裴秀、傅玄苟偷无识,杜预《春秋》之学亦为邪说以沮之,使其良心不继,荒怠日生,既终皇太后丧,而声色宴游之事作,始终如两人。盖礼乐者,久长深远之具,晋室得非其道,乱亡不久,故有贤君而不生良佐,始虽暂治,终于大乱。此则创业垂统者之所当戒也。"②可以看出,无论是史论体专集的编撰,还是具体的诗作,都贯穿着强烈的史鉴精神与意识。

以史为鉴是就历史的现实政治功能而言的。要达到这个目的,士子必须在纷纭多变的历史表象中,探寻历史发展演变的原因,从而总结出治国为政之道。而历史的发展演变涉及人事、自然、经济、军事、地理等多重因素,是诸种历史因素合力的结果。其中,人是历史活动的主体。从这个角度出发,宋代戒鉴史学思想最重视人在历史活动中的作用与影响。欧阳修云:"予述本纪,书人而不书天。"③二程云:"治则有为治之因,乱必有致乱之因,在人而已矣。"④范祖禹云:"其治未尝不由君子,其乱未尝不由小人,皆布在方策,显不可揜。"⑤叶适云:"天下之祸,无大于莫之使而自亡;自亡者,非天也,其人而已矣。"⑥这些言论都表现出从人事角度解释历史发展演变的思想意识。在这种史鉴思想的影响下,史论体咏史诗对历史治乱兴亡的解释虽然角度各异,具体结论也不尽相同,但总体上讲,很少从经济、自然、地理等因素考虑问题,多立足于人事表达对历史的认

---

① 黄缙《徐见心先生史咏后序》,见阮元《宛委别藏》第 104 册,徐钧《史咏集》,江苏古籍出版社 1988 年版。
② 《全宋诗》第 69 册,第 43836 页。
③ 《新五代史》第 3 册卷五九《司天考第二》,第 705 页。
④ 《河南程氏粹言》卷一,王孝鱼点校《二程集》,第 1214 页。
⑤ 范祖禹《范太史集》卷三六《唐鉴序》,见影印文渊阁《四库全书》第 1100 册,第 397 页。
⑥ 叶适《水心别集》卷六《五代史》,刘公纯、王孝鱼、李哲夫点校《叶适集》,第 724 页。

知。如刘敞《览古》二首其一云："固国不须险,用兵不须强。域民在所守,威敌在所良。由余仕诸戎,秦穆警封疆。晏子犹在齐,范昭识难亡。小国有其人,大国岂易当。奈何亿万师,牧野遂煌煌。"①该诗认为国家的安危和地理险要、兵力强盛等没有太大的关系,主要在于国家是否有由余、晏子等贤臣良才,揭示了能否重用贤才与国家安危的关系。苏轼《读王衍传》云："文非经国武非英,终日虚谈取盛名。至竟开门延羯寇,始知清论误苍生。"②该诗指出以王衍为代表的士子清谈成风,不关心国事,无是非之心,导致了西晋社稷动荡,生灵涂炭。刘克庄《秦纪》："土广曾吞九云梦,民劳因起一阿房。人皆怜楚三户在,天独知秦二世亡。"③刘氏认为秦国一统后,不恤民情,过度劳役、压迫民众,是其灭亡的主因。可以看出,三诗对国家安危存亡的认识观点各异,但均从人事角度进行解释,透露出"始知成败尽由人"④的历史发展意识。

在以人治、专制为特征的封建社会,国家的治理与衰败在很大程度上取决于最高统治者的为政能力、道德意识。宋人对此多有明确的理论表述。司马光上疏神宗云："夫治乱安危存亡之本源,皆在人君之心。"⑤吕祖谦云："人主一心,实治乱安危之所从出。"⑥冯椅云："夫天下治乱,未尝不在乎君也。"⑦基于这种共同的思想认识,史论诗在从人事角度思考治乱兴废时,尤其注重从君主角度探寻兴亡之因。如,孔武仲《读梁武帝纪》云："破除纲纪事虚空,可恨萧家一老翁。鱼烂土崩俱自取,不须侯景到江东。"⑧指出梁朝的乱亡不是由于侯景之乱,而是武帝长期佞佛、咎由自取的结果。王十朋《吴王夫差》云："西施未必解亡吴,只为馋臣害霸图。早使夫差诛宰嚭,不应麋鹿到姑苏。"⑨对传统的女色亡国论进行翻

---

① 《全宋诗》第 9 册,第 5737 页。
② 冯应榴辑注,黄任轲、朱怀春校点《苏轼诗集合注》,第 2426—2427 页。
③ 《全宋诗》第 58 册,第 36739 页。
④ 文同《读史》,见《全宋诗》第 8 册,第 5360 页。
⑤ 《续资治通鉴长编》卷三五四,第 8481 页。
⑥ 《东莱吕太史文集》卷三《淳熙四年轮对札子》,见黄灵庚、吴战垒主编《吕祖谦全集》第 1 册,第 57 页。
⑦ 冯椅《厚斋易学》卷四八《易外传》,见影印文渊阁《四库全书》第 16 册,第 793 页。
⑧ 《全宋诗》第 15 册,第 10323 页。
⑨ 《全宋诗》第 36 册,第 22690 页。

案,认为夫差听信奸臣的谗言才是主要原因。又,赵戣有《咏史》二十二首[①],以时代为序,完全以历代立基开国帝王为史论对象,论述了自上古唐尧至后周太祖的历史演变情况,充分体现了君主为治乱本源的意识。

历史形态是极为繁富芜杂的,要充分发挥它的戒鉴作用,还涉及历史材料的取舍问题。在这方面,以司马光、朱熹为代表的士人有深刻的体认。司马光《进〈资治通鉴〉表》云:"每患迁、固以来,文字繁多,自布衣之士,读之不遍,况于人主,日有万机,何暇周览?臣常不自揆,欲删削冗长,举撮机要,专取关国家兴衰、系生民休戚,善可为法,恶可为戒者,为《编年》一书。"[②]朱熹撰有《资治通鉴纲目》,其编选之法是"大书以提要",具体而言是指"凡大书有正例,有变例,正例如始终、兴废、灾祥、沿革,及号令、征伐、杀生、除拜之大者,变例如不在此例,而善可为法,恶可为戒者,皆特书之也"[③]。同时,他在谈读史之法时说:"读史当观大伦理、大机会、大治乱得失。"[④]可以看出,要充分把握历史,发挥其鉴戒作用,就必须注重史料的区分、选择,重在把握关系国家兴衰治乱,具有垂法训诫意义的事件与人物。以这种史学意识为指导,南宋士子非常注重历史题材的选择,秦朝的灭亡、刘邦与项羽的胜败、汉武帝的文治武功是否可取、隋炀帝与隋朝的灭亡、唐玄宗与安史之乱等问题自然成为共同的关注点,史论诗自然也就表现出题材选择的典型性、趋同性。如,以秦亡为题材有邵雍《赢秦吟》《始皇吟》、释智圆《读秦始本纪》、王安石《秦始皇》、张耒《读秦纪》二首、刘棐《咸阳》二首、王十朋《秦始皇》《二世》、刘克庄《读秦纪七绝》《秦纪》《二世》、常棠《秦皇庙》、萧澥《读秦纪》等;以安史之乱与唐明皇为题材的,有李觏《马嵬驿》、李周《华清宫》二首、郑獬《明皇》、杜常《骊山》、李廌《骊山歌》、王十朋《明皇》、赵汝鐩《明皇》、王遂《读天宝诸公事》、唐士耻《咏史》等。这种共同的题材选择与史鉴思想影响下的史料取舍问题密切相关。

---

① 《全宋诗》第 59 册,第 36825—36826 页。
② 李之亮笺注《司马温公集编年笺注》第 6 册,第 86—87 页。
③ 《御批资治通鉴纲目》卷首上《朱子序例》,影印文渊阁《四库全书》第 689 册,第 3 页。
④ 黎靖德编,王星贤点校《朱子语类》第 1 册卷一一,第 196—197 页。

第三节　疑经辨伪、不拘成说的史学精神与史论体咏史诗

宋朝建立之初，为了凸显文治气象，统治者开展了大规模的文献整理运动。太宗时，下诏校刻《五经正义》，"太宗以孔颖达《五经正义》刊板诏孔维与(李)觉等校定"①。真宗咸平二年："(邢昺)受诏与杜镐、舒雅、孙奭、李慕清、崔偓佺等校定《周礼》《仪礼》《公羊》《穀梁春秋传》《孝经》《论语》《尔雅义疏》，及成，并加阶勋。"②官方也以此取士，强调严守经传注疏，不许标新立异。《文献通考·选举三》载："先是，(李)迪与贾边皆有声场屋。及礼部奏名，而两人皆不与。考官取其文观之，迪赋落韵，边论《当仁不让于师》，以'师'为'众'，与注疏异。特奏，令就御试。参知政事王旦议落韵者，失于不详审耳；舍注疏而立异，不可辄许，恐士子从今放荡无所准的，遂取迪而黜边。当时朝论大率如此。"③毫无疑问，在学风上，宋初承续的是一种汉唐章句义疏之学。这种拘守成说、不重思考的研治方式，很容易导致思想僵化。这与统治者从历史文化中全面汲取国家理道智慧的初衷实际上是相背离的。毕竟，统治者仅仅通过文献典籍的整理与校勘，并号召士子学习，是一种重视文治的形式主义。要把以文治国的国家文化策略真正深入地贯彻下去，必须在确立经典文献的法典地位后，通过对它们的研治、阐释，构建立足于宋朝自身现实文化需要的历史文化知识谱系。

在上述文化要求下，为了打破"笃守古义，无取新奇"④的文化局面，一方面，仁宗以后，朝廷通过士子最为看重的文化阵地——科场，传达对历代诸儒章句义疏之学的反思，引导士子实现学风的转换。如欧阳修在《武成王庙问进士策》二首中云："当汉承秦焚书，圣经未备，而百家异说

---

① 《宋史》第 37 册卷四三一《儒林传》，第 12821 页。
② 《宋史》第 37 册卷四三一《儒林传》，第 12798 页。
③ 《文献通考》卷三〇《选举三》，第 286 页。
④ 皮锡瑞《经学历史》，中华书局 1959 年版，第 220 页。

不合于理者众,则其言果可信欤。"①苏辙在《河南府进士策问》三首首条云:"至唐而传疏之学具,由是学者始会于一。数百年之间,凡所以经世之用,君臣父子之义,礼乐刑政之本,何所不取于此。然而穷理不深而讲道不切,学者因其成文而师之,以为足矣。是以间者立取士之法,使人通一经,而说不必旧。法既立矣,俗必自此而变。盖将人自为说而守之耶,则两汉之俗是矣。将举天下而宗一说耶,则自唐以来传疏之学是矣。夫上能立法,以救弊而已,成其俗者,必在于士。将使二弊不作,其将何处而可哉。"②可以看出,统治者引导士子思索汉唐学风的意图是很鲜明的。另一方面,以欧阳修、石介、孙复、刘敞等为代表的有识之士,在极力批判前代的章句义疏之学的同时,积极提倡建立一种适应时代文化需要的学风。如,孙复在《寄范天章书》二中,对朝廷开科取士以经学大师的传注解说,作为选录士人的标准甚为不满。他说:"不知国家以王、韩、左氏、公羊、穀梁、杜、何、范、毛、郑、孔数子之说,咸能尽于圣人之经耶?又不知国家以古今诸儒服道穷经者,皆不能出于数子之说耶?"而且,经过分析,他认为以上诸家对经典的注解,多有乖违圣人旨趣之处,因此没有必要立于太学。基于这种认识,他认为应当"重为注解,俾我六经廓然莹然,如揭日月于上,而学者庶乎得其门而入也"③。很明显,孙复几乎全面否定了汉唐以来的经学权威,提倡直指文本,自我诠经,重视表达自己对经学问题的思考。可以说,在中晚唐赵匡、陆淳等为代表的"《春秋》学"派的启发下,宋代士子在研治经典时,多舍传求经,径指文本,极力倡导打破前人章句的束缚,最终形成了疑经辨伪、独抒己见的学术精神、风气。王应麟《困学纪闻》卷八引陆游之语云:"唐及国初,学者不敢议孔安国、郑康成,况圣人乎!自庆历后,诸儒发明经旨,非前人所及,然排《系辞》,毁《周礼》,疑《孟子》,讥《书》之《胤征》《顾命》,黜《诗》之《序》。不难于议经,况传注乎!"④陆氏所言就反映了这种学风的变化。

---

① 欧阳修《居士集》卷四八,洪本健校笺《欧阳修诗文集校笺》(中册),第1188页。
② 苏辙《栾城集》卷二〇,陈宏天、高秀芳点校《苏辙集》第1册,第355页。
③ 孙复《寄范天章书二》,《孙明复小集》,影印文渊阁《四库全书》第1090册,第171—172页。
④ 王应麟著,翁元圻等注《困学纪闻》,上海古籍出版社2008年版,第1095页。

值得注意的是,这种学风的形成,在很大程度上是以先秦史著《春秋》的研治而得以畅扬的。由于"尽孔子之心者大《易》,尽孔子之用者《春秋》,是二大经,圣人之极笔也,治世之大法也"①,因此,为了探究治乱之道,以资世用,宋代士子极为重视《春秋》的研治。孙复《春秋尊王发微》、王晳《春秋皇纲论》、刘敞《春秋权衡》、萧楚《春秋辨疑》、叶梦得《春秋传》等著述,都是基于这种意识的撰述。这些著述始终体现着疑经辨伪、尽发己见的史学精神。如对于孙著,陈振孙点评云:"不惑传注,不为曲说,真切简易,明于诸侯大夫功罪,以考时之盛衰,而推见王道之治乱,得于经为多。"②《春秋》作为经史典籍,具有崇高的文化地位,其研治尚且可以不拘成说,大胆质疑。流风所及,宋人在涉及秦后历史时,自然更无拘束,敢于畅肆为言。如,据《玉海》卷四七,北宋时胡旦著有《汉春秋》一百卷,仁宗天圣时进呈朝廷。此著"因四百年行事,立褒贬著此书,以拟《春秋》","褒贬出胸臆"③。王珪《晁君墓志铭》云:"(晁仲衍)又观司马迁、班固、范晔所论,其中或有过之者,因掎其失,折中其义,作《史论》三卷。"④

疑经辨伪的史学精神使士子在涉及经书史实时,往往敢于对传统的经史之义进行大胆的怀疑发难。此点在史论体咏史诗中有鲜明体现,如洪皓《郑人来渝平》、刘敞《哀三良》等。按宋赵与时《宾退录》卷二,洪皓"著《春秋纪咏》三十卷,凡六百余篇",应是以《春秋》史实为题材内容的史论体咏史诗专集。《郑人来渝平》是其中一篇,诗云:"郑人来鲁请渝平,姑欲修和不结盟。使宛归祊平可验,二家何误作隳(堕)成。"⑤所言史实见《春秋·隐公六年》:"六年春,郑人来渝平。""渝平"二字,《穀梁传》《公羊传》均作"输平","输"与"渝"同从俞声,可通用。对于"渝平"事,《穀梁传》释云:"'输'者,堕也。'平'之为言,以道成也。'来输平'者,

---

① 石介《泰山书院记》,陈直锷点校《徂徕石先生文集》,第 223 页。
② 陈振孙著,徐小蛮、顾美华点校《直斋书录解题》卷三,第 58 页。
③ 王应麟辑《玉海》第 2 册卷四七"天圣《汉春秋》"条,第 895—896 页。
④ 王珪《华阳集》卷五〇,影印文渊阁《四库全书》第 1093 册,第 374 页。
⑤ 赵与时《宾退录》卷二,《宋元笔记小说大观》,第 4154 页。此诗《全宋诗》失辑。

不果成也。"①《公羊传》释云:"输平者何? 输平犹堕成也。何言乎堕成? 败其成也。曰吾成败矣,吾与郑人未有成也。"②二家都认为郑国败坏毁弃了与鲁国的和好。而洪皓则据《春秋·隐公八年》:"三月,郑伯使宛来归祊",认为郑国实有弃怨结好之意。二家之失在于误把"渝(输)"解释为"堕",从而导致了对经文完全错误的理解。"三良"事见《左传·文公六年》:"秦伯任好卒,以子车氏之三子奄息、仲行、鍼虎为殉,皆秦之良也……君子曰:'秦穆之不为盟主也宜哉!死而弃民。先王违世,犹诒之法,而况夺之善人乎……今纵无法以遗后嗣,而又收其良以死,难以在上矣。'君子是以知秦之不复东征也。"③《诗经·秦风·黄鸟》即言其事,《诗小序》云:"《黄鸟》,哀三良也。国人刺穆公以人从死,而作是诗也。"④其后,以王粲、曹植等为代表的作家在咏赞三良时,多基于《诗经》《左传》之义,进行情感抒发。而刘诗则云:"士为知己死,女为悦己容。咄嗟彼三良,杀身殉穆公。丹青怀信誓,夙昔哀乐同。人命要有讫,奈何爱厥躬。国人悲且歌,黄鸟存古风。死复不食言,生宁废其忠。存为百夫防,逝为万鬼雄。岂与小丈夫,事君谬始终。"其序云:"《秦风》有哀三良诗,刺穆公以人从死。后王粲作《哀三良》者,兴曹公以己事杀贤良也。陈思王亦作之者,怨己不及死者也。吾以哀三良仍有余意,犹可赋诗,故复作焉。当有能知者。"⑤可见,刘诗从三良生死忠于其君的角度,肯定其殉葬之事,对《诗经》经义与王粲、曹植诸人的思想基调进行了大胆否定。通过这两首诗即可看出疑经辨伪的史学精神对史论诗的影响。

同时,疑经辨伪、不拘成说的史学精神,使士子不再以前人的经史之见为准绳,而是直接沿袭中晚唐《春秋》学派"不本所承,自用名学"⑥的学风,通过对历史事实的细致解读,表现自己的历史见识。罗大经《鹤林玉露》乙编卷三"博浪沙"载:"张子房欲为韩报仇,乃捐金募死士,于博浪沙

---

① 承载《春秋穀梁传译注》,上海古籍出版社2004年版,第31页。
② 王维提、唐书文《春秋公羊传译注》,上海古籍出版社2004年版,第32页。
③ 杨伯峻《春秋左传注》,第546—549页。
④ 孔颖达疏《毛诗正义》,第427页。
⑤ 《全宋诗》第9册,第5681页。
⑥ 《新唐书》第18册卷二〇〇《啖助传》"赞"辞,第5708页。

中以铁椎狙击始皇,误中其副车。始皇怒,大索三日不获。未逾年,始皇竟死。自此,陈胜、吴广、田儋、项梁之徒始相寻而起。是褫祖龙之魄,倡群雄之心,皆子房一击之力也,其关系岂小哉!余尝有诗云:'不惜黄金募铁椎,祖龙身在魄先飞。齐田楚项纷纷起,输与先生第一机。'"①对于张良狙击秦始皇之事,史家虽然有一定的记述,但对它的议论却比较少;士子在吟咏时,也多是泛泛而谈,很少表现出精警深入的认识。如,晚唐时期比较著名的咏史作家胡曾《博浪沙》云:"嬴政鲸吞六合秋,削平天下虏诸侯。山东不是无公子,何事张良独报仇。"②该诗仅是赞叹张良勇于反抗秦朝,看不出有什么深言微义。而罗氏则通过对史实的解读与辨析,深入挖掘了张良博浪沙事件的意义,认为它直接开启了反秦义事,引发了六国推翻秦朝暴政的巨大浪潮。又卷四"钓台诗"条载:"近时戴式之诗云:'万事无心一钓竿,三公不换此江山。当初误识刘文叔,惹起虚名满世间。'句虽甚爽,意实未然。今考史籍:光武,儒者也,素号谨厚,观诸母之言可见矣。子陵意气豪迈,实人中龙,故有'狂奴'之称。方其相友于隐约之中,伤王室之陵夷,叹海宇之横溃,知光武为帝胄之英,名义甚正,所以激发其志气,而导之以除凶剪逆,吹火德于既灰者,当必有成谋矣。异时披图兴叹,岸帻迎笑,雄姿英发,视向时谨敕之文叔,如二人焉,子陵实阴有功于其间。天下既定,从容访帝,共榻之卧,足加帝腹,情义如此。子陵岂以匹夫自嫌,而帝亦岂以万乘自居哉!当是之时,而欲使之俯首为三公,宜其不屑就矣。史臣不察,乃以之与周党同称。夫周党特一士耳,岂若子陵友真主于潜龙之日,而琢磨讲贯,隐然有功于中兴之业者哉。余尝题钓台云:'平生谨敕刘文叔,却与狂奴意气投。激发潜龙云雨志,了知功跨邓元侯。''讲磨潜佐汉中兴,岂是空标处士名。堪笑史臣无卓识,却将周党与同称。'"③一般多认为严子陵是鄙弃富贵的高士,而罗氏则通过对史实的细致考辨,认为严子陵绝不是空有大名的隐士,而是激发帝志,对汉室中兴有重大影响的人物。其深识灼见确实有别于前代史臣之论,更

---

① 罗大经《鹤林玉露》,见《宋元笔记小说大观》第 5 册,第 5269 页。
② 《全唐诗》(增订本)卷六四七,第 7480 页。
③ 罗大经《鹤林玉露》,《宋元笔记小说大观》第 5 册,第 5283—5284 页。

非前代一般的泛咏之士所可比拟。由于立足于史实本身,而每个人对史实的解读多有不同。这必然会导致史论诗观点新颖,议论深入新奇,具有鲜明的创新性。这由罗氏之诗即可看出。

对于既定的历史事实,史家名儒、前贤时哲多有定论或评价。为了打破成说,宋代士子非常善于从不同的历史视角、因素思考问题,"在作史者不到处别生眼目"①,从而促成了翻案体咏史诗的盛行。王安石《商鞅》、项安世《黄州赤壁下》、金朋说《李密陈情表》、陈耆卿《读商君传》二首、陈普《张华》等诗,都是翻案体的代表作。如陈作云:"大信之信本不约,至诚之诚乃如神。欲识唐虞感通处,泊然无物自相亲。""计事应须远作程,快心多酿后灾成。遁来关下无人舍,正为商君法太行。"其诗序云:"荆公诗云:'自古驱民在信诚,一言为重百金轻。今人未可非商鞅,商鞅能令政必行。'余谓鞅非诚信者,虑民不服,设徙木事以劫之,真诈伪之尤耳。欲政必行,自是一病,古人之治,正其本而已。行不行非所计也。荆公以新法自负,不恤人言,患正堕此,故余诗反之。"②本来王安石的《商鞅》已是翻案之诗,重在纠正世俗之见。陈氏又转为翻案,重在批判王氏之说。二人对商鞅的识见都非常深刻,但观点针锋相对,其原因在于二人观察历史的视角不同。再如陈普《张华》:"应是诸公爱阮咸,所天亦把付清谈。张林若责金墉后,当日张华死更甘。"自注云:"清谈以来,三纲久废。故张林诘张华,但责其不死太子,而不责其不死太后。真西山(真德秀)曰:世之论华者,皆曰成乾之谏不从而去,此其所以及祸也。愚谓不然,方杨太后之废也,三纲五典于焉扫地,华尝谏矣,而不见从,于是时隐身而去,乃全进退之节。华方安然进居相位,坐视杨后见弑而不能救,逆天背理,孰甚于此。孔子称由、求为具臣,曰:弑父与君,亦不从也。姑犹可弑太子,其不可废乎。故曰:华之当去,在杨太后见废之时,不在愍怀见废之日矣。"③针对西晋张华应于何时隐身而退,以免杀身之祸的问题,陈普从西晋末年的形势及其所作所为的角度出发,力驳真德秀之说,分析细致,翻

---

① 费衮撰,骆守中注《梁溪漫志》,三秦出版社 2004 年版,第 203 页。
② 《全宋诗》第 56 册,第 35201 页。
③ 《全宋诗》第 69 册,第 43837 页。

案有据。通过二陈之作可以看出,在不拘成说的史学精神影响下,当时的翻案之风是非常盛行的。

第四节　以理观史、尊王为本的史学精神与史论体咏史诗

在宋代政权建立后,一些知识分子为了解决"国家与秩序的合法性危机","重新确立思想秩序"[1]。一方面对儒家经史典籍进行了重新诠释,对传统儒义进行了提炼、升华,建立以"道""理"为核心范畴的思想话语体系,增强了儒学的思辨性与形而上气质,使当时的思想实现了从传统儒学到以理学为主体的新儒学的成功转型。另一方面,本着"史者儒之一端"[2]的思想认识,宋代士子尤其是理学之士改变了宋代以前经史相离的文化形态,成功实现了史学指导思想的儒学化。由于史学思想是思想领域的一部分,是时代哲学思想在历史领域的一种反映。因此,要探讨宋代史学思想、精神必须注意分析此时期的哲学思想。

在哲学观上,以二程、朱熹等为代表的儒者提出:"天下之理一也,途虽殊而其归则同,虑虽百而其致则一。"[3]"宇宙之间,一理而已。"[4]他们认为"理"是宇宙的本原,宇宙中的万事万物在发展运动的过程中都体现、贯穿着"理"。其中,作为宇宙的重要组成部分,社会历史的发展演变更是如此,也为"理""道"所支配、覆盖,其运行在本质上也是"理""道"的运行。"盖皆此理之流行,无所适而不在,若其消息、盈虚、循环不已,则自未始有物之前,以至人消物尽之后,终则复始,始复有终,又未尝有顷刻之或停也。"[5]"易,变易也,随时变易以从道也。易也,时也,道也,皆一也。自其流行不息而言之,则谓之易,自其推迁无常而言之,则谓之时,而

---

[1]　葛兆光《中国思想史:七世纪至十九世纪中国的知识、思想与信仰》(第二卷),第170—171页。
[2]　《资治通鉴》卷一二三,第3868页。
[3]　《周易程氏传》卷三,王孝鱼点校《二程集》,第858页。
[4]　朱熹《晦庵集》卷七〇《读大纪》,影印文渊阁《四库全书》第1145册,第383页。
[5]　朱熹《晦庵集》卷七〇《读大纪》,影印文渊阁《四库全书》第1145册,第383页。

其所以然之理，则谓之道。时之古今，乃道之古今。"①罗点上书孝宗云："儒者之道，与天地相为终始，与古今相为表里，与风俗相为盛衰，与治乱相为升降。"②可以说，"理""道"作为本原性哲理范畴，一直贯彻在历史发展之中。历史的演变实际上是"道""理"的演变，治乱兴废的历史表象实际上是"道""理"的显晦强弱在社会发展中的体现。

这种历史发展根于"理""道"的史学精神对史论体咏史诗产生了很大的影响。一方面，由于"理""道"是宋儒提炼出的极具概括性的哲学范畴，宋代新儒学也以之为核心，实现了思辨性的加强与形而上品质的提升。以此为基础，与中晚唐时期相比，宋代士子在表达对历史发展本质问题的思索时，往往以"理""道"为本，使史论诗的内蕴上升到一种哲学层面，体现出鲜明的历史哲学性质。这种性质与特征是前代所不具备的。如陈普《禹汤文武周公》云："千圣相承惟道一，忧勤惕厉意尤深。至诚之理元无息，有息良非天地心。"③于石《读史》七首其一云："厥初开辟浩难名，帝降而王绪可寻。百代相因三代礼，七弦何似五弦琴。时逢否泰有消长，道在乾坤无古今。所以孟轲生战国，欲承三圣正人心。"④同时，本着"时之古今，道之古今"的历史哲学意识，士人在探究治乱时，往往以"道""理"作为着眼点，以道观史，行道多兴，废道则衰，成为基本的史论立场。如于石《读史》七首其六："莫言世事只如棋，千载是非人共知。吾道废兴时否泰，人才进退国安危。诗书未火秦犹在，党锢无钩汉亦衰。覆辙相寻多不悟，抚编太息此何时。"⑤金朋说《五季梁主》："弑君杀父乱纲常，弟戮其兄促灭亡。上下交征仁义绝，背违天理应难昌。"⑥治乱兴衰系于"道""理"行废的史论立场是很鲜明的。

既然"理""道"一直贯穿于社会历史的发展中，因此史学研究应当以

---

① 朱熹《晦庵集》卷三九《答范伯崇同吕子约蒋子先》，影印文渊阁《四库全书》第 1144 册，第 137 页。
② 袁燮《絜斋集》卷一二《罗公行状》，影印文渊阁《四库全书》第 1157 册，第 154 页。
③ 《全宋诗》第 69 册，第 43782 页。
④ 《全宋诗》第 70 册，第 44146 页。
⑤ 《全宋诗》第 70 册，第 44147 页。
⑥ 《全宋诗》第 51 册，第 32209 页。

"理"为本,根本任务是透过历史变化的表象,探究其兴废存亡之"理"。程颐云:"凡读史,不徒要记事迹,须要识治乱安危兴废存亡之理,且如读高帝一纪,便须识得汉家四百年终始治乱当如何,是亦学也。"①朱熹云:"是其粲然之迹,必然之效,盖莫不具于经训史册之中,欲穷天下之理而不即是而求之,则是正墙面而立尔,此穷理所以必在乎读书也。"②都表达了以理观史,历史研究重在求理的史学精神。由于"理""道"是一个总体性的哲理范畴,是对宇宙中万事万物规则、性质的总括,具体到社会、历史而言,它必须再作出更准确的界定,从而为历史的分析、研治提供更明确的意义指向。在这种要求下,具有社会伦理道德符号意义的"义"字被冠于"理"前,"义理"成为宋代更为看重、强调的史学研究概念。对此,宋人多有明确的理论表述。范祖禹在《进〈唐鉴〉表》曾明确提出,治史必须"稽其成败之迹,折以义理"③。杨时云:"《春秋》昭如日星,但说者断以己意,故有异同之论,若义理已明,《春秋》不难知也。"④朱熹云:"读书既多,义理已融会,胸中尺度一一已分明,而不看史书,考治乱,理会制度典章,则是犹陂塘之水已满,而不决以溉田。若是读书未多,义理未有融会处,而汲汲焉以看史为先务,是犹决陂塘一勺之水以溉田也。其涸也可立而待也。"⑤

在注重义理的史学精神的影响下,宋代史论诗多从纲常伦理、礼制教化等角度,探讨社会治乱兴废的根源,评价古今人物,发明史实之义,在历史认知上具有鲜明的道德化、义理化倾向。如张耒《项羽》:"沛公百万保咸阳,自古柔仁伏暴强。慷慨悲歌君勿恨,拔山盖世故应亡。"⑥该诗认为是否"柔仁"是得失天下的主要原因,项羽慷慨悲歌的结局是由于他走向了"柔仁"的反面——"暴强",因此其兵败灭亡是必然的。又,罗必元《卞壶墓》:"节义之风古所褒,清谈于晋视如毛。百年王谢丘墟了,惟卞将军

---

① 《河南程氏遗书》卷一八,王孝鱼点校《二程集》,第 232 页。
② 朱熹《晦庵集》卷一四《行宫便殿奏札二》,影印文渊阁《四库全书》第 1143 册,第 236 页。
③ 范祖禹《范太史集》卷一三《进唐鉴表》,影印文渊阁《四库全书》第 1100 册,第 198 页。
④ 杨时《龟山集》卷一〇《语录》,影印文渊阁《四库全书》第 1125 册,第 194 页。
⑤ 黎靖德编,王星贤点校《朱子语类》第 1 册卷一一,第 195 页。
⑥ 《全宋诗》第 20 册,第 13245 页。

墓最高。"①卞壶，东晋时人，在崇尚清谈的社会风尚下，勤于吏事，不苟同时好，忠于王室，为平定苏峻之乱苦战而死。此诗认为引领清谈风流的王、谢诸家名士已随历史的远逝而黯淡无名，只有卞壶以"节义之风"为世所褒，声名颇高。又，林同选择古代以孝著称的人物，著《孝诗》一卷。仅以其《皇甫谧》为例："尽弃平生物，惟赍一孝经。死犹不忘孝，临没苦丁宁。"题下注云："遗令平生之物皆无自随，为赍《孝经》一卷。"②可以看出，这三首诗都是以儒家的仁、义、孝等纲常伦理观念来进行史论，透露出鲜明的历史认知道德化、伦理化特征。

同时，注重义理的史学观对史论诗的历史人物题材选择倾向也产生了很大影响。由于史论诗以人物评价为核心，面对众多的历史人物，宋代士子必须进行精心择取，以更好地体现义理。在此情况下，前贤名儒、高隐大德自然很容易走进士子的史论视野，褒儒颂隐成为史论诗的一大风气。如，王安石、薛季宣、陈普等有同题《孔子》，强至、刘克庄、舒岳祥等有同题《伯夷》；李复、刘克庄、叶茵等有同题《陶渊明》，题目稍异的还有刘攽《咏陶潜》八首、高吉《读渊明传》、范浚《陶潜咏》、苏洞《陶令》、徐钧《陶潜》等。以严陵为题的更是不胜枚举，如许中、林季仲、林洪、连文凤等有同题《钓台》，其他又有杨时《严陵钓台》、陈冠道《题严子陵钓台》、叶茵《严子陵》、李昴昂《过严子陵钓台》、史吉卿《严子陵钓台》、连文凤《钓台》、林景熙《谒严子陵祠》等。在此，以徐钧《孟轲》、舒岳祥《伯夷》、史吉卿《严子陵钓台》等为例。徐作云："战国谁能识道真，故将性善觉生民。七篇切切言仁义，功利场中有此人。"③舒作云："四海归周莫不臣，首阳山下饿夫身。清风万古何曾死，愧死当时食粟人。"④史作云："功名束缚几英豪，无怪先生抵死逃。坐钓桐江一派水，清风千古与台高。"⑤可以看出，以这三诗为代表的上述作品多重在挖掘名儒高隐弘扬理道、鄙弃名利、注重操守的品格与精神，这种人物选择与内涵主旨的趋同现象实际上

---

① 《全宋诗》第 55 册,第 34357 页。
② 《全宋诗》第 65 册,第 40623 页。
③ 《全宋诗》第 68 册,第 42829 页。
④ 《全宋诗》第 65 册,第 41014 页。
⑤ 《全宋诗》第 65 册,第 41063 页。

反映了注重义理的史学精神对史论诗的影响。

"盖史之作,以才过人为主,其法必合于《春秋》。"①在很大程度上,宋代义理史学精神是以"《春秋》学"的研治而得以畅行的。为适应当时统治阶级思想文化建设的需要,宋代认为《春秋》蕴含着"经世之大法"②,因此极为重视《春秋》的研治。按诸《四库总目提要·经部春秋类》,"《春秋》学"著作有 114 部 1 138 卷,其中宋人撰 38 部 670 卷,为数最多。自孙复《春秋尊王发微》撰成以来,宋人虽然对具体问题有不同的认识,但在《春秋》主旨上,均认可孙氏的尊王之义。这种意识必然会导致宋代史论诗在进行义理探求时,始终以尊王为中心,具有鲜明的正统意识,多注重选择忠君为国、为维护民族利益而勇于献身,或篡位僭越,专权独断,违反君臣大义的人物,进行赞扬贬斥,从而形成了极其鲜明的褒贬之风。如魏了翁《过屈大夫清烈庙下》、徐钧《屈原》、刘敞《朱云》、金朋说《折槛吟》、宋祁《读张巡故事》、朱松《睢阳谒双庙》、曾伋《题张许双庙》、李行中《读颜鲁公碑》、张元幹《拜颜鲁公像》、朱翌《颜鲁公画像》、胡舜举《颜鲁公祠》、陆游《读唐书忠义传》、徐钧《颜杲卿》、陈普《颜杲卿》等,分别以战国时屈原,汉代朱云,唐时张巡、许远、颜真卿、颜杲卿等爱国忠义之士为史论对象。而金朋说《司马昭弑魏主》《五季梁主》《五季石晋》,蔡沈《读王莽传奇廖判府》,刘克庄《蹩操》《魏志》《汉儒》二首其一,郭居安《曹操》《司马懿》,徐钧《桓温》《安禄山》,陈普《侯景》等,则以篡位僭越或支持僭伪政权的人物为贬斥对象。在此,仅以张元幹《拜颜鲁公像》、陈普《侯景》二诗为例。张作云:"吴兴祠堂祀百世,凛凛英姿有生意。坐令异代乾没儿,莫敢徜徉来仰视。唐家纲纪日陵迟,僭窃相连益昌炽。我公人物第一流,皇天后土明忠义。屹然砥柱立颓波,未觉羊肠躐坦履。欲回希烈叛逆心,老夫但知朝觐礼。年垂八十位太师,平生所欠惟死耳。死重泰山古所难,杞鬼窃柄犹偷安。安知我公本不死,汝曹有知当骨寒。丰碑法书屋漏雨,政与丹青照千古。天遣神物常守护,要使乱臣贼子惧。"③此诗

---

① 吕南公《灌园集》卷一五《与饶元礼论史书》,文渊阁《四库全书》第 1123 册,第 147 页。
② 石介《泰山书院记》,陈直锷点校《徂徕石先生文集》,第 223 页。
③ 《全宋诗》第 31 册,第 19900 页。

把颜真卿置于"唐家纲纪日陵迟,僭窃相连益昌炽"的社会环境中,褒扬他的忠义精神,而尾句"要使乱臣贼子惧"则是对《春秋》尊王大义的直接表达。陈作云:"曹操桓温不自持,跛侯面上雨淋漓。奸人何事乾坤里,一日雷霆十二时。"自注云:"羞恶之心,奸雄不能减。曹操至强,桓温至忍,当其为不道时,皆流汗沾衣,况侯景哉。圣贤言语,道尽千万世人心事。"[1]侯景,南北朝时人,先叛东魏入梁,后发动变乱,叛梁自立。此诗通过他面见梁武帝时,"不敢仰视,汗流被面"[2]这一细节,表达对不尊王道、僭位不轨之人的严厉批判。可以看出,以这两首为代表的史论诗褒贬意识极其鲜明,透露出浓厚的正统意识。

综上所述,适应宋代以文治国文化策略的要求,宋代士子完成了从唐代纯粹文辞到文章学问之士的转换。文史通融,富有历史学识成为他们突出的主体文化特征。这种特征使他们可以把宋代的史学思想、精神渗透到史论诗的创作中。具体来讲,受以史为鉴、探求治道的史学精神影响,宋代史论体咏史诗贯穿着强烈的史鉴意识,强调"人"在历史活动中的作用,尤其注重从君主角度探寻兴亡治乱之因。注重史料选择,重在把握关系国家治乱兴衰,具有垂法训诫意义的事件与人物,题材选择具有典型性、趋同性。疑经辨伪、不拘成说的史学精神,使史论体咏史诗敢于怀疑传统经史之义,注重历史的细致辨析,表达己见,促成了翻案体的盛行。适应重建思想秩序的时代要求,伴随着新儒学的建构,宋代史学完成了指导思想的儒家化,以理观史成为宋代士子的着眼点,史论体咏史诗的内蕴也因此上升到哲学层面,体现出鲜明的历史哲学性质;多从义理角度评价人物,发明史义,在历史认知上有鲜明的道德化、义理化倾向;褒儒颂隐成为基本的题材倾向。特别是在探求义理时,始终以尊王为本,具有鲜明的正统意识,形成了强烈的褒贬之风。

---

[1] 《全宋诗》第 69 册,第 43846 页。
[2] 司马光著,胡三省音注《资治通鉴》卷一六二,第 5010 页。

参 考 文 献

司马迁撰《史记》，中华书局1959年版。
班固撰《汉书》，中华书局1962年版。
范晔撰《后汉书》，中华书局1965年版。
房玄龄等撰《晋书》，中华书局1974年版。
萧子显撰《南齐书》，中华书局1972年版。
李延寿撰《南史》，中华书局1975年版。
刘昫等撰《旧唐书》，中华书局1975年版。
欧阳修、宋祁等撰《新唐书》，中华书局1975年版。
薛居正等撰《旧五代史》，中华书局1976年版。
欧阳修撰《新五代史》，中华书局1974年版。
脱脱等撰《宋史》，中华书局1985年版。
王钦若等编纂，周勋初等校订《册府元龟》，凤凰出版社2006年版。
王溥撰《唐会要》，上海古籍出版社2006年版。
司马光编著，胡三省音注《资治通鉴》，中华书局1956年版。
李焘撰《续资治通鉴长编》，中华书局1992年版。
朱熹撰《御批资治通鉴纲目》，影印文渊阁《四库全书》。
马端临撰《文献通考》，浙江古籍出版社2000年版。
郑樵撰，王树民点校《通志二十略》，中华书局1995年版。
赵翼著，王树民校证《廿二史札记校证》，中华书局1984年版。
陈邦瞻撰《宋史纪事本末》，影印文渊阁《四库全书》。
司马光撰《涑水记闻》，中华书局1989年版。
江少虞撰《宋朝事实类苑》，上海古籍出版社1981年版。

钱若水修，范学辉校注《宋太宗皇帝实录校注》，中华书局 2012 年版。

上海古籍出版社编《汉魏六朝笔记小说大观》，上海古籍出版社 1999 年版。

上海古籍出版社编《唐五代笔记小说大观》，上海古籍出版社 2000 年版。

上海古籍出版社编《宋元笔记小说大观》，上海古籍出版社 2001 年版。

范祖禹撰，陈晔校释《帝学》，华东师范大学出版社 2015 年版。

孙逢吉撰《职官分纪》，影印文渊阁《四库全书》。

徐松辑《宋会要辑稿》，中华书局 1957 年版。

程俱撰，张富祥校证《麟台故事校证》，中华书局 2000 年版。

汪圣铎点校《宋史全文》，中华书局 2016 年版。

李心传撰《建炎以来系年要录》，上海古籍出版社 1992 年版。

徐乾学撰《资治通鉴后编》，影印文渊阁《四库全书》。

汪藻著，王智勇笺注《靖康要录笺注》，四川大学出版社 2008 年版。

乐史撰《太平寰宇记》，影印文渊阁《四库全书》。

许嵩撰《建康实录》，中华书局 1986 年版。

傅璇琮主编《唐才子传校笺》，中华书局 1990 年版。

陶宗仪著《书史会要》，上海书店出版社 1984 年版。

彭百川撰《太平治迹统类》，影印文渊阁《四库全书》。

岳珂撰《桯史》，中华书局 1981 年版。

岳珂撰《宝真斋法书赞》，影印文渊阁《四库全书》。

岳珂撰《愧郯录》，影印文渊阁《四库全书》。

王鏊撰《姑苏志》，影印文渊阁《四库全书》。

叶梦得撰《石林燕语》，中华书局 1984 年版。

徐自明撰《宋宰辅编年录》，影印文渊阁《四库全书》。

刘知幾著，浦起龙通释《史通通释》，上海古籍出版社 2009 年版。

胡寅撰《致堂读史管见》，《续修四库全书》。

黄震撰《古今纪要》，影印文渊阁《四库全书》。

孙甫撰《唐史论断》，影印文渊阁《四库全书》。
赵翼撰《陔余丛考》，中华书局1963年版。
中华书局编辑部编《汉魏古注十三经》，中华书局1998年版。
《十三经注疏》整理委员会整理《毛诗正义》，北京大学出版社1999年版。
《十三经注疏》整理委员会整理《周礼注疏》，北京大学出版社1999年版。
朱熹集撰，赵长征点校《诗集传》，中华书局2017年版。
崔子方撰《崔氏春秋经解》，影印文渊阁《四库全书》。
孙复撰《孙明复小集》，影印文渊阁《四库全书》。
孙复撰《春秋尊王发微》，影印文渊阁《四库全书》。
沈棐撰《春秋比事》，影印文渊阁《四库全书》。
李琪撰《春秋王霸列国世纪编》，影印文渊阁《四库全书》。
吕大圭撰《吕氏春秋或问》，影印文渊阁《四库全书》。
胡安国著，钱伟强注《春秋胡氏传》，浙江古籍出版社2010年版。
刘敞撰《刘氏春秋意林》，影印文渊阁《四库全书》。
刘敞撰《春秋权衡》，影印文渊阁《四库全书》。
孙觉撰《春秋经解》，影印文渊阁《四库全书》。
高闶撰《春秋集注》，影印文渊阁《四库全书》。
李明复撰《春秋集义》，影印文渊阁《四库全书》。
叶梦得撰《叶氏春秋传》，影印文渊阁《四库全书》。
张大亨撰《春秋通训》，影印文渊阁《四库全书》。
杨伯峻撰《春秋左传注》，中华书局1990年版。
王维堤、唐书文撰《春秋公羊传译注》，上海古籍出版社2004年版。
承载撰《春秋穀梁传译注》，上海古籍出版社2004年版。
赵晔撰，周生春辑校汇考《吴越春秋辑校汇考》，中华书局2019年版。
皮锡瑞著，周予同注释《经学历史》，中华书局1959年版。
洪兴祖注《楚辞补注》，中华书局1983年版。
汪瑗撰，董洪利点校《楚辞集解》，北京古籍出版社1994年版。

杨伯峻译注《论语译注》，中华书局1980年版。
郭庆藩撰，王孝鱼点校《庄子集释》，中华书局1961年版。
王先谦撰，沈啸寰、王星贤点校《荀子集解》，中华书局1989年版。
黄晖撰《论衡校释》，中华书局1990年版。
杨伯峻撰《列子集释》，中华书局1979年版。
王德明主编《孔子家语译注》，广西师范大学出版社1998年版。
刘义庆著，刘孝标注，余嘉锡笺疏《世说新语笺疏》，上海古籍出版社1993年版。
王应麟辑《玉海》，广陵书社2007年版。
王应麟著，翁元圻等注《困学纪闻》，上海古籍出版社2008年版。
陶宗仪编《说郛》，影印文渊阁《四库全书》。
四库全书研究所整理《钦定四库全书总目》（整理本），中华书局1997年版。
晁公武撰，孙猛校证《郡斋读书志校证》，上海古籍出版社1990年版。
陈振孙著，徐小蛮、顾美华点校《直斋书录解题》，上海古籍出版社1987年版。
章如愚撰《群书考索》，影印文渊阁《四库全书》。
魏天应编选、林子长笺解《论学绳尺》，影印文渊阁《四库全书》。
王志庆编《古俪府》，影印文渊阁《四库全书》。
邵伯温撰，李剑雄、刘德权点校《邵氏闻见录》，中华书局1983年版。
费衮撰，骆守中注《梁溪漫志》，三秦出版社2004年版。
赵汝愚编《宋名臣奏议》，影印文渊阁《四库全书》。
王群栗点校《宣和画谱》，浙江人民美术出版社2012年版。
郭若虚撰，王其祎校点《图画见闻志》，辽宁教育出版社2001年版。
张彦远撰，周晓薇校点《历代名画记》，辽宁教育出版社2001年版。
米芾撰《画史》，影印文渊阁《四库全书》。
谢赫撰《古画品录》，影印文渊阁《四库全书》。
洪迈著《容斋随笔》，上海古籍出版社1978年版。
洪迈撰《夷坚志》，上海师范大学古籍整理研究所编《全宋笔记》第9

编,大象出版社 2018 年版。

段成式著《酉阳杂俎》,齐鲁书社 2007 年版。
沈括著,侯真平校点《梦溪笔谈》,岳麓书社 1998 年版。
黎靖德编,王星贤点校《朱子语类》,上海古籍出版社 1986 年版。
程颢、程颐著,王孝鱼点校《二程集》,中华书局 1981 年版。
程颢、程颐撰《二程遗书》,上海古籍出版社 2000 年版。
朱熹撰《伊洛渊源录》,影印《文渊阁四库全书》。
胡寅撰,尹文汉点校《斐然集·崇正辩》,岳麓书社 2009 年版。
胡宏著,吴仁华点校《胡宏集》,中华书局 1987 年版。
李心传撰《道命录》,《丛书集成初编》本,商务印书馆 1937 年版。
真德秀撰《大学衍义》,影印文渊阁《四库全书》。
陆九渊著,钟哲点校《陆九渊集》,中华书局 1980 年版。
黄宗羲著,全祖望补修《宋元学案》,中华书局 1986 年版。
严可均辑《全上古三代秦汉三国六朝文》,商务印书馆 1999 年版。
中华书局编辑部点校《全唐诗》(增订本),中华书局 1999 年版。
北京大学古文献研究所编《全宋诗》,北京大学出版社 1991—1998 年版。
厉鹗辑撰《宋诗纪事》,上海古籍出版社 2008 年版。
董诰等编《全唐文》,上海古籍出版社 1990 年版。
吕祖谦编《宋文鉴》,文渊阁《四库全书》。
杨亿等著,王仲荦注《西昆酬唱集注》,上海书店出版社 2001 年版。
李昉等编《太平御览》,上海古籍出版社 2008 年版。
钟嵘著,曹旭集注《诗品集注》,上海古籍出版社 1994 年版。
张玉毂著,许遗民点校《古诗赏析》,上海古籍出版社 2000 年版。
郭茂倩编《乐府诗集》,中华书局 1979 年版。
沈德潜编《古诗源》,中华书局 1963 年版。
丁福保辑《历代诗话续编》,中华书局 1983 年版。
刘熙载撰,袁津琥校注《艺概注稿》,中华书局 2009 年版。
杜甫著,仇兆鳌注《杜诗详注》,中华书局 1979 年版。

方东树著,汪绍楹校点《昭昧詹言》,人民文学出版社1961年版。
王夫之等撰《清诗话》,上海古籍出版社1999年版。
郭绍虞编选,富寿荪校点《清诗话续编》,上海古籍出版社1983年版。
魏庆之编《诗人玉屑》,上海古籍出版社1959年版。
沈德潜等编《历代诗别裁集》,浙江古籍出版社1998年版。
胡仔纂集,廖德明校点《苕溪渔隐丛话》,人民文学出版社1962年版。
沈德潜著,霍松林校注《说诗晬语》,人民文学出版社1979年版。
蔡正孙撰,常振国、绛云点校《诗林广记》,中华书局1982年版。
北京大学、北京师范大学中文系古典文学教研组编《陶渊明资料汇编》,中华书局1962年版。
刘学锴、余恕诚、黄世中编《李商隐资料汇编》,中华书局2001年版。
刘学锴、余恕诚著《李商隐诗歌集解》,中华书局1988年版。
瞿蜕园、朱金城校注《李白集校注》,上海古籍出版社1980年版。
杜牧著,冯集梧注《樊川诗集注》,上海古籍出版社1962年版。
范能浚编集,薛正兴校点《范仲淹全集》,凤凰出版社2004年版。
石介著,陈植锷点校《徂徕石先生文集》,中华书局1984年版。
柳开撰《河东集》,影印文渊阁《四库全书》。
王禹偁撰《小畜集》,影印文渊阁《四库全书》。
李觏撰《盱江集》,影印文渊阁《四库全书》。
夏竦撰《文庄集》,影印文渊阁《四库全书》。
刘敞撰《公是集》,影印文渊阁《四库全书》。
王珪撰《华阳集》,影印文渊阁《四库全书》。
吕南公撰《灌园集》,影印文渊阁《四库全书》。
欧阳修撰《文忠集》,影印文渊阁《四库全书》。
欧阳修著,洪本健校笺《欧阳修诗文集校笺》,上海古籍出版社2009年版。
王安石著,李壁笺注,高克勤点校《王荆文公诗笺注》,上海古籍出版社2010年版。
司马光撰,李之亮笺注《司马温公集编年笺注》,巴蜀书社2009年版。

司马光撰《稽古录》,影印文渊阁《四库全书》。

苏洵著,曾枣庄、金成礼笺注《嘉祐集笺注》,上海古籍出版社1993年版。

苏轼撰,茅维编,孔凡礼点校《苏轼文集》,中华书局1986年版。

苏轼著,冯应榴辑注,黄任轲、朱怀春校点《苏轼诗集合注》,上海古籍出版社2001年版。

苏辙著,陈宏天、高秀芳点校《苏辙集》,中华书局1990年版。

曾巩撰,陈杏珍、晁继周点校《曾巩集》,中华书局1984年版。

黄庭坚撰,任渊、史容、史季温注《黄庭坚诗集注》,中华书局2003年版。

黄庭坚撰《山谷集》,影印文渊阁《四库全书》。

陆游著,钱仲联校注《剑南诗稿校注》,上海古籍出版社2005年版。

刘子翚撰《屏山集》,影印文渊阁《四库全书》。

孔传撰《东家杂记》,影印文渊阁《四库全书》。

李纲撰《梁溪集》,影印文渊阁《四库全书》。

杨时撰《龟山集》,影印文渊阁《四库全书》。

张栻撰,邓洪波校点《张栻集》,岳麓书社2010年版。

陈亮撰《龙川集》,影印文渊阁《四库全书》。

黄灵庚、吴战垒主编《吕祖谦全集》,浙江古籍出版社2008年版。

范祖禹撰《范太史集》,影印文渊阁《四库全书》。

陈傅良撰《止斋文集》,影印文渊阁《四库全书》。

田况撰《儒林公议》,影印文渊阁《四库全书》。

杜大珪编《名臣碑传琬琰之集》,影印文渊阁《四库全书》。

朱熹撰《晦庵集》,影印文渊阁《四库全书》。

杜范撰《清献集》,影印文渊阁《四库全书》。

叶适著,刘公纯、王孝鱼、李哲夫点校《叶适集》,中华书局1961年版。

杨万里撰,辛更儒笺校《杨万里集笺校》,中华书局2007年版。

刘克庄著,辛更儒校注《刘克庄集笺校》,中华书局2011年版。

张方平撰《乐全集》,影印文渊阁《四库全书》。

陈郁撰《藏一话腴》，影印文渊阁《四库全书》。
周必大撰《文忠集》，影印文渊阁《四库全书》。
汪藻撰《浮溪集》，影印文渊阁《四库全书》。
沈作喆撰《寓简》，影印文渊阁《四库全书》。
朱长文撰《乐圃余稿》，影印文渊阁《四库全书》。
陈傅良撰《止斋集》，影印文渊阁《四库全书》。
陈舜俞撰《都官集》，影印文渊阁《四库全书》。
徐元杰撰《楳埜集》，影印文渊阁《四库全书》。
洪咨夔撰《平斋集》，影印文渊阁《四库全书》。
吕本中撰《紫微杂说》，影印文渊阁《四库全书》。
袁燮撰《絜斋集》，影印文渊阁《四库全书》。
真德秀撰《西山文集》，影印文渊阁《四库全书》。
徐钧撰《史咏集》，阮元编《宛委别藏》第104册，江苏古籍出版社1988年版。
王国维著《王国维遗书》，上海书店出版社1983年版。
钱穆著《国史大纲》，商务印书馆1991年版。
钱穆著《中国历史研究法》，生活·读书·新知三联书店2001年版。
钱穆著《中国文化史导论》，商务印书馆1994年版。
陈寅恪著《金明馆丛稿二编》，生活·读书·新知三联书店2001年版。
陈寅恪著《隋唐制度渊源略论稿·唐代政治史述论稿》，生活·读书·新知三联书店2001年版。
鲁迅著《鲁迅全集》，人民文学出版社2005年版。
向达著《唐代长安与西域文明》，河北教育出版社2001年版。
夏曾佑著《中国古代史》，河北教育出版社2000年版。
侯外庐主编《中国思想通史》第四卷，人民出版社1959年版。
［英］爱德华·泰勒著，连树声译《原始文化》，上海文艺出版社1992年版。
［美］包弼德著，刘宁译《斯文：唐宋思想的转型》，江苏人民出版社

2001年版。

［美］刘子健著，赵冬梅译《中国转向内在：两宋之际的文化转向》，江苏人民出版社2012年版。

康乐、彭明辉主编《台湾学者中国史研究论丛：史学方法与历史解释》，中国大百科全书出版社2005年版。

朱自清《朱自清古典文学论文集》，上海古籍出版社1981年版。

曹锡仁著《中西文化比较导论——关于中国文化选择的再检讨》，中国青年出版社1992年版。

聂崇岐著《宋史丛考》，中华书局1980年版。

葛兆光著《中国思想史：七世纪至十九世纪中国的知识、思想与信仰》，复旦大学出版社2010年版。

邓小南著《祖宗之法——北宋前期政治述略》，生活·读书·新知三联书店2006年版。

陈峰著《宋代军政研究》，中国社会科学出版社2010年版。

邓洪波著《中国书院史》，东方出版中心2004年版。

姜广辉主编《中国经学思想史》，中国社会科学出版社2010年版。

赵伯雄著《春秋学史》，山东教育出版社2014年版。

张立文著《宋明理学研究》，人民出版社2002年版。

陈来著《宋明理学》，华东师范大学出版社2004年版。

杨新勋著《宋代疑经研究》，中华书局2007年版。

吴怀祺主编《中国史学思想通史》，黄山书社2002年版。

何忠礼著《科举与宋代社会》，商务印书馆2006年版。

张可礼著《中国古代文学史料学》，凤凰出版社2011年版。

葛晓音著《八代诗史》，陕西人民出版社1989年版。

王水照主编《宋代文学通论》，河南大学出版社1997年版。

张毅著《宋代文学思想史》，中华书局1995年版。

祝尚书著《宋代科举与文学考论》，大象出版社2006年版。

陈元锋著《北宋馆阁翰苑与诗坛研究》，中华书局2005年版。

朱刚著《唐宋"古文运动"与士大夫文学》，复旦大学出版社2013

年版。

张丽娟著《宋代经书注疏刊刻研究》,北京大学出版社2013年版。

吴建辉著《宋代试论与文学》,岳麓书社2009年版。

王宇著《刘克庄与南宋学术》,中华书局2007年版。

刘方著《宋型文化与宋代美学精神》,巴蜀书社2004年版。

韦春喜著《宋前咏史诗史》,中国社会科学出版社2010年版。

后　记

　　咏史诗是中国古代诗歌中的重要题材类型,非常值得关注。基于这样的认识,自硕士阶段开始,本人就致力于对它的研究。拙著《宋前咏史诗史》(中国社会科学出版社 2010 年版)就是对自己研究成果的一个基本总结。但这部著作主要集中于宋前咏史诗的研究,而对宋代及其以后时期没有涉及。恰如我在拙著《后记》中所言:"拙著的出版并不意味着我对咏史诗研究的结束,相反,它应当是我进入这块绚烂多姿的文学园地的标志与开端。"

　　有感于咏史诗的魅力,我决定继续对其进行下延研究。2010 年,我以"宋型文化视域下的宋代咏史诗研究"为题,成功申报了教育部人文社科青年基金项目,拟对宋代咏史诗进行集中研究。仅就个人的浅见而言,古代文学的发展始终是置身于一种文化环境之中的,宋代文学的发展尤是如此,它与宋型文化密切相关。学界所探讨的唐诗、宋诗的异同,在很大程度上是文化的异同。因此,要对宋代咏史诗有一个较为深入新颖的研究,不能脱离当时的宋型文化。可以说,由于宋型文化的渗透,宋代咏史诗走向了宏阔的历史文化境域之中,融含了当时的思想、学术、历史、哲学、国防文化等诸多层面。立足于这样的思想认识,我在研究方法上没有采用一般诗歌史撰述所采用的"历史时段分期概述+作家作品介绍"的模式,而是在对宋型文化进行总体把握的基础上,对宋型国防文化政策、右文国策、科举制度、士风、以《春秋》为代表的经学、理学、史学等不同文化层面与咏史诗的关系进行了专题性、综合性的梳理与研究。呈现在大家面前的这部拙著,就是对这些问题进行初步思考的成果。

　　拙著的部分章节、内容先后在《文史哲》《山东大学学报》《中南民族大学学报》等学术刊物发表。我衷心感谢这些刊物的主编、编辑先生,他们所提供的发表机会使拙著的部分内容得以刊出,让我能够尽早求教于学界师友。在此,表示衷心感谢。

2020年,我和中国海洋大学古代文学团队的青年教师积极组建"儒家文化与文学关系研究创新团队",该团队获批为山东省高等学校优秀青年创新团队,拙著因之列为团队拟重点出版的图书。中国海洋大学文科处、中国传统文化研究中心对拙著的出版给予了充足的经费支持。

人贵有自知之明。课题于2014年结项之后,我把更多的精力放在了秦汉文化与文学研究上,对结项成果并没有太多的修改与完善。由于学识浅薄,我对相关问题的分析、探讨还比较浅显,不是很透彻。"文章千古事,得失寸心知",我会认真总结自己的不足之处,也恳请各位方家赐正。

韦春喜

2021年5月28日